HEYNE <

Zum Buch

Luzinde hat ein Geheimnis, das sie für immer bedrücken wird: Sie hat ein uneheliches Kind geboren, das ihr nach der Geburt von der reichen Familie des leiblichen Vaters weggenommen wurde. Als Luzinde ihre Heimat im Kloster verliert, hilft ihr als Einziger der Jude Gottschalk. Er nimmt sie in Nürnberg als Magd in seinen Haushalt auf. Zunächst skeptisch entdeckt die Christin eine Welt, die so fremdartig wie faszinierend ist. Dann erhält sie endlich eine Nachricht über den Verbleib ihres Sohns. Um ihn wiederzusehen, muss sie allerdings Gottschalk verraten.

Zum Autor

Lena Falkenhagen, geboren 1973 in Celle, arbeitete nach ihrem Studium der Germanistik und Anglistik als Übersetzerin, Lektorin und Autorin für Fantasy-Rollenspiele. Als Redakteurin Aventuriens gestaltet sie die größte fantastische Rollenspielwelt Deutschlands mit. Nach *Das Mädchen und der Schwarze Tod* ist *Die Lichtermagd* ihr zweiter historischer Roman. Die Autorin lebt in Hannover, wo sie an ihrem dritten Roman arbeitet.

Lieferbare Titel

Das Mädchen und der Schwarze Tod

LENA FALKENHAGEN

Die Lichtermagd

Historischer Roman

WILHELM HEYNE VERLAG
MÜNCHEN

FSC
Mix
Produktgruppe aus vorbildlich
bewirtschafteten Wäldern und
anderen kontrollierten Herkünften

Zert.-Nr. SGS-COC-1940
www.fsc.org
© 1996 Forest Stewardship Council

Verlagsgruppe Random House FSC-DEU-0100
Das für dieses Buch verwendete
FSC-zertifizierte Papier *Holmen Book Cream*
liefert Holmen Paper, Hallstavik Schweden.

Originalausgabe 07/2009

Printed in Germany 2009
Karte Nürnberg: © Daniel Jödemann
Umschlagillustration: © Young woman with an oil lamp (oil on canvas),
Heimbach, Wolfgang (c. 1615–78) / Galleria Doria Pamphilj, Rome, Italy,
Alinari / The Bridgeman Art Library
Umschlaggestaltung: © Nele Schütz Design, München
Satz: Leingärtner, Nabburg
Druck und Bindung: GGP Media GmbH, München
ISBN: 978-3-453-40568-4

www.heyne.de

Meiner Familie gewidmet.

*Mit Dank an Tom, der mir stets Mut gemacht hat,
wenn es mir daran mangelte, sowie an Marc André
und Monique für offene Ohren und manch kritischen Blick.*

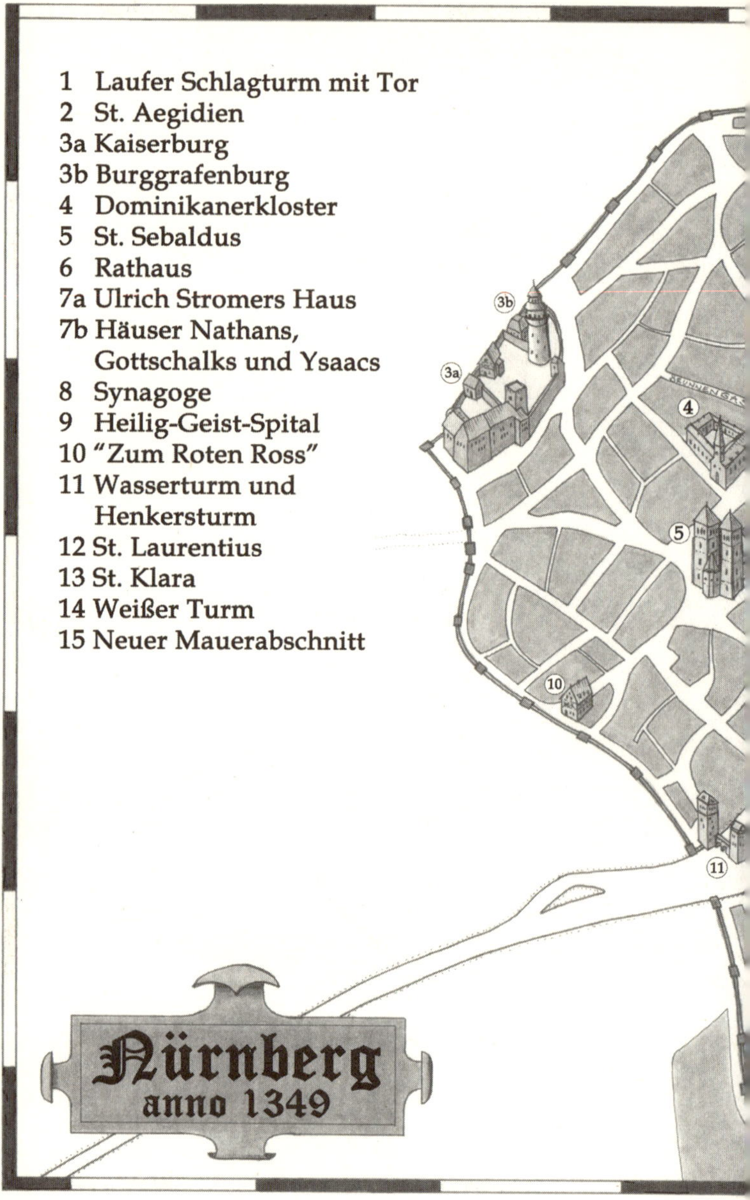
1 Laufer Schlagturm mit Tor
2 St. Aegidien
3a Kaiserburg
3b Burggrafenburg
4 Dominikanerkloster
5 St. Sebaldus
6 Rathaus
7a Ulrich Stromers Haus
7b Häuser Nathans, Gottschalks und Ysaacs
8 Synagoge
9 Heilig-Geist-Spital
10 "Zum Roten Ross"
11 Wasserturm und Henkersturm
12 St. Laurentius
13 St. Klara
14 Weißer Turm
15 Neuer Mauerabschnitt
3b
3a
4
5
10
11
Nürnberg
anno 1349

1
2
7b
7a
6
8
9
PEGNITZ
MARKTSTRASSE
FLEISCHBRÜCKE
12
13
15
14
DANIEL JÖDEMANN 2009
N

Prolog

Die Nonne kam um Mitternacht, um ihr das Kind zu stehlen. Sie stand als Erste hinter der Tür der Geburtskammer, nur zu sehen durch einen Spalt. Ihr weißer Brustschleier schien im dunklen Raum über dem dunklen Habit zu schweben, beschienen vom letzten Licht einer einsamen Kerze. Die Glocke diffuser Helligkeit, die sie erzeugte, färbte die Dunkelheit darum herum nur noch tiefer. Und die Nonne war nicht allein.

Draußen heulte der Sturm durch das Spitzdach der Kate und schüttelte die Balken. Wind und Regen rüttelten draußen an den Fensterverschlägen und leckten mit kalten Zungen durch jeden Spalt. Und doch trotzten diese Wände Wetter und Unbill und gaben Luzinde das Gefühl von Geborgenheit. Immerhin hauste sie hier seit Monaten; seit die Wölbung ihres Bauchs dem Dorf Lindelberg ihre Sünde vor Augen geführt hatte. Die Holzdielen der kleinen Kammer, in die man Luzinde verbannt hatte, waren rau und grob. Als das Mädchen unförmiger und unbeweglicher geworden war, hatte es sich daran manchen Splitter gezogen und oft ihr Wollkleid zerrissen.

Das Mädchen lag jetzt matt auf dem Lager. Das Haar klebte ihm noch an der Stirn, jeder Muskel schmerzte. Es hatte stundenlang darum gerungen, das Kind zur Welt zu bringen. Die Wehen hatten zur völligen Erschöpfung geführt. Nun fühlte sich das Mädchen, als habe Gott dieses kleine Würmchen mit unbarmherziger Hand aus ihm herausgewrungen. Luzinde wollte sich endlich zurücklegen und schlafen, wollte ihren kleinen und so zerbrechlichen Sohn in den Armen halten. Sie sehnte sich nach seinem Duft, seiner weichen Haut, dem Flaum auf seinem Haar.

Das Würmchen greinte mit schwachem, noch kaum erprobtem Stimmchen. In Luzindes Augen sammelten sich Tränen; nicht die von Leid und Verzweiflung wie in den letzten Tagen, in denen ihr Vater und die Nonne sie gedrängt hatten, den Bastard fortzugeben. Dies waren Tränen der Freude und Erleichterung. Sie richtete sich schwerfällig in eine halb sitzende Stellung auf. Weiter kam sie nicht, denn in ihrem Unterleib fühlte sich alles wund an.

»Bitte«, flüsterte sie mit rauer Kehle und streckte eine blutbefleckte Hand nach dem Bündel aus. Die Hebamme reagierte nicht. Stattdessen rieb sie das Kind trocken und schlug es fest in Leinentücher ein.

»Frau Stoll«, bat Luzinde. Sie sehnte sich so sehr danach, das Kind zu berühren, dass der in ihren Körper zurückkehrende Schmerz verdrängt wurde. Doch die Frau reagierte, nicht sondern trat zur Tür. Draußen wartete die Nonne, und wer weiß, vielleicht auch Konrad, der Vater des Neugeborenen, oder Margaret Welser, seine Verlobte.

»Schwester Elisabeth«, hörte die junge Mutter die Amme nun murmeln. »Hier habt ihr … Es ist … Glückshaube.« Luzinde hielt den Atem an, um die Worte zu verstehen, doch die Amme und die Nonne sprachen zu leise. Dann hörte sie die lautere Stimme ihres Vaters. Er war da! Er war gekommen. Luzinde beruhigte sich sofort, denn sie wusste, dass der Vater nur ihr Bestes wollte.

»Das ändert nichts. Nehmt es! In Gottes Namen, nehmt es. Sie ist doch selbst noch ein Kind. Wie soll sie da für eines sorgen?«

Der Vater hatte es Luzinde oft erklärt, und die Nonne auch einmal. Sie war gestern Nacht an ihr Bett getreten und hatte mit ihr gebetet. »Willst du, dass die Leute aus Lindelberg dich jemals wieder anschauen? Willst du wieder in Gottes Gnaden stehen?« hatte sie dann gefragt. »Dann gib das Kind fort und bereue.« Und Luzinde hatte ja gesagt.

»Nein«, wollte sie jetzt rufen. Was immer sie gestern gesagt hatte, besaß heute keine Gültigkeit mehr. Doch ihre Kehle brachte kaum einen Ton hervor. Niemand hörte sie. Sie wollte aufspringen, ihr Kind aus den Armen der Amme reißen – doch dazu reichte ihre Kraft nicht. Mühsam zog sie die Beine an und schob die Decke zurück.

»Gut«, sprach die Nonne. »... Glückshaube. Daher ... benenne ... Tagesheiligen. Eher ... Heiligen Johann. Seid ... einverstanden?«

»Macht, wie Ihr es für richtig haltet, Schwester Elisabeth.« Luzindes Vater hörte sich abweisend an.

Luzinde durchfuhr eine Welle der Freude. Ein Sohn. Hatte sie einen Sohn geboren? Sie musste ihn sehen, wenigstens einmal. »Nein«, schluchzte sie wieder auf, und dieses Mal hatte sie die Stimme besser unter Kontrolle. »Nicht ...«

Nun schob der Vater die Tür auf und sah zu ihr herüber. Trotz des Kerzenlichts lagen seine Augen im Dunkeln. »Luzinde, leg dich hin. Du bist noch zu schwach.«

»Ich will aber doch nicht, dass mein Kind ...«, keuchte Luzinde, doch der Vater unterbrach sie.

»Du bist noch zu jung. Du kannst noch gar nicht ermessen, was für eine Verantwortung du dir damit aufbürden willst. Für dich ist es besser so, und für das Kleine auch.«

»... nur zu verständlich ...«, drangen die Worte der fremden Nonne in den Raum. »Gebt ... das.« Etwas Blitzendes wechselte die Hand.

Luzinde nahm all ihre Kräfte zusammen, die sie zu mustern imstande war, als die Nonne durch die Tür der kleinen Kammer trat und das Kind von der Amme empfing. Die junge Mutter schob die Beine über die Bettkante, zog sich am Pfosten hoch, um ihr Gleichgewicht zu finden, und machte einen Schritt. Ihre Beine versagten, und sie sank zu Boden. Den Schmerz des Aufpralls in den Handgelenken spürte sie kaum.

»Nein ...«, weinte sie, doch die Nonne hörte nicht. Sie drehte sich wieder um und schritt über die Schwelle. »Nein!«, schluchzte die Mutter auch, als ihr Vater sie aufhob und zurück ins Bett hob. Sie schlug mit den Fäusten um sich und traf ihn am Kinn, so kraftvoll sie eben konnte. Er hielt ihre Arme fest und drückte sie aufs Bett. Dann streifte er ihr etwas über den Kopf. Kühles Metall lag ihr auf der Haut zwischen den Brüsten. »Das ist zum Trost, sagt Schwester Elisabeth. Such dein Heil, Luzinde.«

»Sollten sie allein lassen«, murmelte die Amme. Das Weiß ihrer Augen schimmerte im Kerzenlicht. »Wird sich schon wieder beruhigen. Spätestens, wenn die Milch aufhört zu fließen.« Damit sammelte sie ihre Utensilien zusammen, wusch die Hände im bereits geröteten Wasser und ging. Die Nonne folgte ihr, das wimmernde Bündel im Arm.

Draußen sauste der Wind noch immer, und der Regen hämmerte gegen das Holz der einsamen Kate vor dem Dorf Lindelberg, als wolle er es zerschlagen. »Nein«, flehte Luzinde. Ihr Vater war der Letzte in der kleinen Kammer. Wenn sie schwor, sie werde sich kümmern, werde aufhören, Unfug zu machen, werde mehr Verantwortung übernehmen, dann würde er bestimmt auf sie hören, würde die Nonne zurückholen!

»Ich will mein Kind ...«, begann sie. Doch der Vater fuhr ihr über den Mund. »Hör auf! Du weißt nicht, was du da redest. Es ist schlimm genug, wie es ist.« Er strich ihr nicht über das Haar oder gab ihr einen Kuss auf die Stirn, bevor er ging, wie er es früher getan hatte. Seit er von ihrer Schwangerschaft erfahren hatte, blickte er sie nicht einmal mehr an.

Als auch der Vater ging, blieb nur Luzinde zurück. Allein mit dem Heulen des Windes und dem beständigen Prasseln des Regens auf dem Dach. Allein mit dem Stöhnen der Holzbalken und der eisigen Kälte. Immerhin hatte sie noch Licht. Ihre Augen tasteten die vertrauten Schemen der Kammer ab, die durch die freundliche Flamme beschienen wurden. In ihren Brüsten zog es schmerzhaft.

Luzinde starrte auf die Kerze. Sie hatte sich über Monate nur auf diesen Augenblick vorbereitet, ihn herbeigesehnt und gleichzeitig gefürchtet. Sie hatte versucht sich vorzustellen, was sie für ihr Kind empfinden würde. Sie hatte von Glückseligkeit und Vergebung geträumt. Davon, dass ihr Vater stolz seinen Enkel in die Arme nehmen würde, wenn er ihn erst einmal gesehen hätte. Nun war alles anders, und das Einzige, was ihr blieb, war der pulsierende Schmerz in ihrem Schoß.

Eine Windbö erfasste die Kate mit sausendem Geräusch und rüttelte daran. Luzinde erzitterte. Die Tür fuhr auf und quietschte in den Angeln. Das Mädchen zog die Decke höher über die Schultern und wünschte sich, das Feuer wäre nicht heruntergebrannt. Dann verlöschte jäh die Kerze.

Die Schwärze lähmte das Mädchen vor Schreck. Plötzlich schien die Einsamkeit greifbar, und mit der Dunkelheit kam auch die Erkenntnis dessen, was gerade geschehen war. Man hatte ihr das Kind genommen. Für immer. Wie hatte sie das nur zulassen können!

»Ich will mein Kind«, flüsterte sie, doch der Raum blieb stumm. Dann schrie sie hinaus: »Ich will mein Kind! Bitte, gebt mir meinen Sohn!« Johann. Sie hatte ihn nicht einmal in den Armen gehalten!

Luzinde zog sich die Wolldecke um den Leib und strengte jeden Muskel an. Sie schob sich wieder aus dem Bett und stützte sich ab, wo sie nur konnte. Ihr helles Nachthemd war noch feucht und blutig, doch sie scherte sich nicht um die Kälte, die auf ihrer Haut klebte.

Langsam, Schritt für Schritt, schob Luzinde sich zur Tür der Kammer, hinaus in den Vorraum, in dem die Glut eines Feuers gerade verglomm. Sie schaffte es bis zur Tür und zog mit Mühe den Riegel zurück. Der Sturm riss ihr die Tür aus der Hand.

»Vater!«, rief Luzinde der Bö entgegen, doch draußen war niemand. »Frau Stoll!«, schrie sie in die Nacht hinaus. Die Wolken rasten über den Himmel und verbargen den Mond. Die Bäume um die Hütte herum wirkten wie eine undurchdringliche schwarze Wand.

Luzinde scherte sich nicht darum, sondern wankte hinaus. Sie wusste nicht, wohin ihre nackten Füße sie trugen. Sie sah nur das kleine Bündel vor sich, das die Amme in die Hand der Nonne gelegt hatte. Sie wollte nach Lindelberg, ins Haus des Vaters, wollte um sich schlagen, zetern und schreien, um nie wieder von ihrem Sohn getrennt zu werden.

Als Luzinde nicht mehr gehen konnte, stolperte sie von Baum zu Baum. Als sie hinfiel, kroch sie weiter voran, bis Decke und Hemd sich voll Schlamm und Regen gesogen hatten. Sie sah nicht mehr, wohin sie kroch, noch, wie weit sie kam. Sie machte einfach weiter und kämpfte. Sie hatte in so vielen Dingen versagt. Sie war ihrem Vater keine gute Tochter gewesen, denn sie hatte sein Vertrauen enttäuscht und sein Haus mit Sünde befleckt. Sie war keine gute Christin gewesen, denn Pater Marcus hatte sie aus dem Hause Gottes gewiesen, als er von ihrem Zustand erfahren hatte. Dies Kind war alles, was ihr noch blieb. Seinetwegen hatte man sie verdammt. Wenn es fort wäre – was blieb dann noch von ihr?

Irgendwann verließen Luzinde endgültig die Kräfte. Sie hörte kein Rauschen des Waldes mehr, fühlte den Regen nicht auf der Haut. Ihre Finger und Zehen waren längst taub vor Kälte, und bunte Flecken standen ihr vor den Augen. Sie würde sie schließen. Nur kurz! Und dann würde sie weiterkriechen. Sie wusste, sie müsste kämpfen. Sie müsste weitermachen. Sonst bliebe ihr nichts mehr. Doch ihr Leib gehorchte nicht mehr.

Als Luzinde die Augen schloss, fiel eine bleierne Schwere über ihre Gliedmaßen, als presse der Wind sie mit Gottes Gewalt auf den Boden.

Morgen, dachte sie noch.

Dann kam die Dunkelheit.

Kapitel 1

»König Karl hat gesiegt«, verkündete Ulrich Gruntherr außer Atem, als er in die Stube auf der Kaiserburg platzte. »Er hat gesiegt. Ludwig der Brandenburger ist zu Kreuze gekrochen.« Zu Nürnberg gab es im späten Juni des Jahres 1349 keine Nachricht, die größeres Entsetzen hätte auslösen können.

»Ich weiß«, knurrte Ulrich Stromer, genannt Hosto. »Der alte Kaiser Ludwig hat sich nicht einmal Päpsten unterworfen! Wenn der wüsste, dass sein Sohn eine Memme ist, er würde sich im Grabe umdrehen!« Er schritt in der leeren Kammer auf und ab, in der nur ein wuchtiges verhängtes Bett auf einem Podest stand. Gewöhnlich liebte Hosto die Sicht auf Nürnberg hinunter, die sich ihm von hier aus auftat. Die Dächer lagen in Frieden und Eintracht in der Umarmung der Stadtmauer – ein Anblick, der den Betrachter leicht vergessen lassen konnte, was für ein Hauen und Stechen um die Macht dort unten herrschte. Doch heute gab es für Hosto kein Vergessen. Heute gärte es in dem hochgewachsenen blonden Mann so sehr wie in der Stadt, die auf ihrem Kurs zwischen zwei Königen ins Schlingern geraten war. Es war schlimm genug, wie es war. Ein falsches Zeichen, und Nürnberg würde für immer in der Bedeutungslosigkeit versinken.

»Kaiser Ludwig, Gott hab ihn selig, hat sich nicht einmal um den Kirchenbann gekümmert. Und sein ältester Sohn streicht vor Karl von Böhmen die Fahne? Eine Schande!«

Hosto selbst war wie Ulrich Gruntherr Ratsherr des sogenannten aufständischen Rates von Nürnberg. Man hatte sich gegen König Karl erhoben und dessen Brandenburger Feinde in die Stadt gelassen. Und genau dieser Aufstand würde die Stadt nun vielleicht teuer zu stehen kommen, jetzt, da Ludwigs Kapitulation König Karl, den römisch-deutschen König und König von Böhmen, zum unangefochtenen Herrscher im Reich gemacht hatte.

Die furchtbare Nachricht, die Hosto vor kaum einer Stunde aus Frankfurt erreicht hatte, erfüllte ihn mit dem unbezwingbaren Drang zu laufen. Am liebsten wollte er rennen, hinaus in den Wald, und sich die Wut aus dem Leibe schreien. Doch er bezähmte seine Wut. Wenn er die Beherrschung verlor, wer wäre dann da, um den Nürnberger Karren aus dem Dreck zu ziehen? Der Rat brauchte einen Ausweg. Und so begnügte sich Hosto Stromer damit, mit weiten Schritten die beiden leeren Säle der Nürnberger Kaiserburg zu durchmessen, den Burghof hinunter in die Vorburg zu schreiten, bis ganz hin zum Sinwell-Turm, dem höchsten Gemäuer, das Nürnberg überragte, dort immer zwei und zwei die steilen Holzstufen erst außerhalb, dann innerhalb der Turmmauern zu erklimmen, bis er schließlich in der abendlichen Dämmerung des milden Junitages auf der obersten Plattform stand. Ulrich Gruntherr kam ihm nachgelaufen wie ein treuer Hund.

Hier ballte Hosto die Fäuste, um nicht die Fassung zu verlieren, und glich so mehr einer bärtigen Steinstatue mit hellem Haar denn einem Menschen. Sein starrer Blick folgte dem Lauf der Pegnitz gen Sonnenuntergang, durch die weiten Felder, die Nürnberg umgaben, schweifte über dunkel bewaldete Hügel, wo sie sich irgendwo mit der Rednitz vereinte. Vereint wälzten sich die Flüsse weiter bis Bamberg, wo der Bischof dieser Lande Hof hielt, und ergossen ihr Wasser dort in den Main, der es schließlich über Würzburg nach Frankfurt spülte. Dort teilte der König vermutlich in diesem Moment das Mahl mit Markgraf Ludwig von Brandenburg. Dieser älteste Sohn Kaiser Ludwigs des Bayern stellte sich also hinter Karls Ansprüche auf den Königsthron. Damit gab es niemanden mehr, der diesem die Stirn bieten konnte.

»Eine Schande? Eine Schande!« Die bebende Stimme Ulrich Gruntherrs schnappte fast über. Der kleine Mann mit dem Kugelbauch schwitzte nach dem steilen Treppenaufstieg auf den Rundturm. »Das ist keine Schande, das ist eine Katastrophe! Du hast gesagt, wir müssten aufseiten Ludwigs stehen. Du hast gesagt, er wäre uns dienlicher und gewogener! Und was haben wir nun davon?«

Hosto verspürte den beinahe unbezwingbaren Drang, sich den Mann zu greifen und über das Holzgeländer des Turmes zu schleudern. Der Verlust für Nürnberg wäre gering. Doch er beherrschte sich. Hielt Gruntherr ihn für einen Propheten? Für einen unfehlbaren Engel? Für Gott gar? Hätte Hosto gewusst, dass Ludwig klein beigeben würde, hätte er König Karl im letzten Jahr natürlich niemals die Stirn geboten.

Die Situation war damals aber auch verzwickt gewesen. Der Rat hatte König Karl nach Kaiser Ludwigs Tod zunächst anerkannt. Doch Ludwigs Sohn gleichen Namens bot ihnen dann alle Vorteile. Macht und Anspruch eines alten Hauses. Handelsprivilegien, deren Ausmaß gewaltig gewesen war. Man hatte sich einiger aufstrebender Schmiedemeister bedient, wie Rudel Geisbart einer war, um einen neuen, einen aufständischen Rat einzusetzen.

»Es war damals die richtige Entscheidung. Ludwig hat Tirol, und Tirol ist das Tor nach Venedig. Ludwig hat die Oberpfalz, und aus der Opferpfalz kommt das Erz für unsere Waffenschmieden. Niemand konnte ahnen, dass Ludwig sich Karl fügen würde.« Hosto rieb sich die Nasenwurzel.

»Aber das hat er, Hosto!« Ulrich Grundherrs panische Stimme hallte über die verwaiste Burg. »Und mittlerweile verteilt Karl alle unsere Privilegien an den Burggrafen von Nürnberg und den Bischof von Bamberg! Die Familie Vischbecken hat die Teichnutzung verloren, die Waldstromers und die Forstmeisters die Forstrechte. Jetzt nimmt Karl uns noch die Kaiserburg und Burg Brunn weg, um sie dem Burggrafen zu geben. Das Schultheißenamt verwalten inzwischen auch wieder dessen Getreue! Alles, wofür wir in den letzten Jahrzehnten gekämpft haben, geht die Pegnitz runter – weil wir zu Ludwig halten! Und jetzt verkauft der Mann sich an den König!« Gruntherr lief auf der kleinen kreisförmigen Plattform auf und ab und raufte sich das Haar in höchster Verzweiflung.

»Gruntherr, beruhige dich«, knurrte Hosto Stromer wütend. Doch die Furcht des anderen Mannes ließ ihn ruhig werden. Er wandte sich nach Osten und sah hinunter auf die Burggrafenburg direkt unter ihm, die momentan ebenso verlassen dalag wie die Kaiserburg selbst. »Hier geht es doch nicht nur um Ludwig und seine Allianzen! Hier geht es darum, dass Nürnberg als eine der ganz großen Parteien im Reich anerkannt wird! Ob von Ludwig oder von Karl spielt dabei keine Rolle.« Er stützte sich mit den Ellenbogen auf die Zinnen und dachte nach. »Karl will den Burggrafen gegen uns ausspielen. Er will uns in die Enge drängen.«

»Das hat er schon geschafft!« Gruntherr blieb endlich stehen. »Wir müssen dem König die Füße küssen. Sofort! Sonst bleibt von Nürnberg nichts mehr übrig.«

Hosto schnaubte abfällig. »Rückgrat, Mann! Karl ist vieles, aber nicht dumm. Er weiß, dass Nürnberg das Tor zum Reich ist. Und seine Waffenkammer obendrein. Er braucht Nürnberg, und er glaubt nicht einen Herzschlag daran, dass der Burggraf ihm ebenso dienlich sein könnte wie der Rat der Stadt.«

»Was können wir ihm denn noch bieten?«, fragte Gruntherr. »Geld? Geld kann er immer brauchen. Unterwerfung? Der Ehrgeiz des Mannes ist grenzenlos.«

Hosto dachte nach. »Geld, ja. Karl hat Schulden. Er hat Wahlversprechen gemacht und Ludwig den Brandenburger gekauft.« »Aber wir haben auch kein Geld mehr!«

»Dann müssen wir uns welches besorgen.« Doch das Stichwort vom Ehrgeiz, das Gruntherr ihm geliefert hatte, gab ihm eine Idee ein. Karl war ein frommer Mann, der sich gut mit dem Papst in Avignon verstand. Und zum ersten Mal gab es keinen anderen König, der Karls Macht hätte bedrohen können. Plötzlich erkannte Hosto, dass der nächste Schritt unausweichlich war. Karl würde Kaiser werden. Und mit dem Kaiser stellte man sich besser gut.

Er sah von diesem höchsten Punkt auf die Stadt hinunter. Die Gassen kleiner und krummer Häuschen, die bereits überall aus der Stadtmauer herauswucherten, drängten sich über den Fluss. Die Fleischbrücke, noch im letzten Jahrhundert erbaut, vereinte mit den beiden Ufern nördlich und südlich des Wassers die beiden Stadthälften. Eine neue Stadtmauer, die das stetig anschwellende Nürnberg wieder besser vor seinen Feinden schützen würde, befand sich seit Jahren langsam, aber stetig im Bau. Das Einzige, was der Stadt fehlte, um ihr ganzes Potenzial zu entfalten, war ein angemessen großer Marktplatz. Da die beiden Stadthälften lange unabhängig voneinander gewachsen waren, gab es keinen zentralen Markt. Ein solcher würde den Handel Nürnbergs zu einer Größe wie etwa in Venedig führen. Nein, mitten in der zusammengewachsenen Stadt lag die Judenschule, und darum herum scharten sich die Häuser der Hebräer. Das Land, das einst mühsam aus dem Schlamm der Pegnitz gewonnen worden war, galt nun als bester Baugrund der Stadt. Er selbst wohnt dort, am Zotenberg.

Die Frage der Königstreue hatte Nürnberg zerrissen. Damit lag die Stadt auf den Knien; wirkte schwach und angreifbar. Wie sollte sie Karl so auf Augenhöhe begegnen können, wie früher? Nein, es musste etwas geschehen. Nürnberg musste wieder auf die Füße kommen. »Wir können Karl noch etwas bieten. Etwas, das er dringender braucht als Geld.«

»Was?«

»Ein starkes Nürnberg. Ein einiges Nürnberg. Und besonders ein reiches Nürnberg. Wir werden Geld brauchen. Und wir werden noch ein wenig aushalten, damit er nicht denkt, wir knicken genauso ein wie Ludwig der Brandenburger. Und dann werden wir ihm mehr bieten als der Burggraf und der Bischof zusammen.«

»Und was soll das sein? Das letzte Jahr hat uns beinahe pleite gemacht, Hosto. Die Kassen der Stadt gehen zur Neige. Der Handel floriert nicht mehr so, wie er sollte. Ludwig steht unter dem Bann des Papstes, und wir dadurch mit ihm! Für andere Städte hat das Wort des Papstes viel Gewicht, Hosto! Selbst wenn der Bann von uns genommen wird, läuft der Handel nur langsam wieder an. Das Geld der Juden reicht auch nur so weit! Und eigentlich schulden wir seit Karls Verfügung auch davon jeden Heller dem Bischof von Bamberg und dem Burggrafen – und zwar rückwirkend! Gott verfluche die beiden dafür, dass sie dem König so weit in den Arsch gekrochen sind, bis nur noch die Füße rausschauen!«

Doch Hosto hörte dem Mann nicht zu. »Karl wird kommen«, brummelte er nachdenklich. Er ging die runden Mauern des Turmes entlang und musterte die schlichte Kaiserburg aus dunklen Ziegelsteinen. »Wir müssen bald die Räume bemöbeln, Gruntherr, damit der König sich auch recht wohlfühlt.«

»Hosto«, beschwor Ulrich Gruntherr ihn. »Ich frage dich

noch einmal: Was hätten wir König Karl zu bieten, was Fürsten und Grafen ihm nicht geben können?«

Ulrich Stromer, genannt Hosto, genannt Ulrich vom Zotenberg, runzelte die Stirn. »Was wir dem König bieten können?« Er schüttelte den Kopf. »Dem *König* Karl können wir nichts bieten.«

Gruntherr starrte ihn an, als habe er den Verstand verloren. »Hosto?«, fragte Gruntherr misstrauisch. »Willst du nun jemanden Dritten unterstützen?«

»Nein.« Ulrich Stromer lächelte. Nürnberg würde nicht unter dem Bischof und dem Burggrafen aufgeteilt werden und auf den Status einer kleinen Provinzstadt herabsinken. Nürnberg würde sich aus dem Schlamm, in dem es kniete, aufraffen und sich zu ungeahnter Größe erheben.

Hosto drehte sich nicht um, als er sprach, denn Gruntherr würde gar nicht zu würdigen wissen, an was für einer großen Entscheidung er teilgehabt hatte. Hosto konnte endlich den Anblick der Stadt in der Abendsonne genießen. Sie strahlte wieder jene Friedlichkeit aus, die er so schätzte.

»Wir bieten Karl eine Hauptstadt. Eine Hauptstadt für sein Kaiserreich.«

Kapitel 2

Träumst du?«

Luzinde kniff die Augen zusammen, schüttelte fast unmerklich den Kopf und starrte weiter ins Wasser. Kaum die Lippen bewegend erwiderte sie leise: »Ich träume nie, das weißt du doch. Gleich ist er drin!«

Auf dem schlierigen Wasser spiegelte sich die warme Nachmittagssonne dieses Tages im späten August das Jahres 1349. Luzinde war, als blicke sie in einen zerschlagenen Spiegel. Die Wellen verzerrten die Spiegelung ihres eigenwilligen Gesichtes: die dunklen Augenbrauen, das herzförmige Antlitz mit den eng stehenden, leuchtenden Augen, die um ein Vielfaches blauer waren als das Wasser des Teiches. An einem Lederband um ihren Hals hing ein geprägtes Amulett. Die gewölbte Metallscheibe zeigte eine Frau mit Lichterkranz im Haar – die Heilige Luzia, ihre Namenspatronin.

Luzinde blies eine dunkelbraune Strähne aus dem Gesicht, um die Reuse besser erkennen zu können, deretwegen sie, den Saum ihres schlichten braunen Obergewandes in den Gürtel gerafft, mit nackten Füßen bis zu den Oberschenkeln in einen der Fischteiche des Beginenhofes Pillenreuth gewatet war. In endloser Geduld verharrte sie dort. Und tatsächlich, irgendwann zerbrachen kleine Wellen Luzindes Bild auf der Oberfläche. Darunter sah sie einen graubraun schimmernden Karpfen, dessen spindelförmiger Leib sich langsam zwischen die Stäbe der Reuse schob.

»Hab ich dich«, lächelte Luzinde und griff in das angenehm kühle Wasser, das auf ihren bloßen Beinen prickelte. Sie zog die

Reuse an die Oberfläche. Darin lag der Fisch und schnappte vor sich hin. Sie entfernte den Stift aus dem Verschluss des kleinen Türchens und ließ den Karpfen in den Korb gleiten, der halb im Wasser stand. Darin zappelten bereits ein paar andere, die sie aus den Reusen der Pillenreuther Teiche eingesammelt hatte, konnten über die hohen Wände aus geflochtenen Weidenruten jedoch nicht entkommen, die über die Wasseroberfläche ragten. So blieb der Fisch frisch und kam unverdorben auf die Tafel des Beginenhofes, wo Luzinde und Anna als Mägde dienten.

»Warum träumst du nicht?«, fragte der kleine Thomas, dessen blondes Haar noch feucht schimmerte. Während die Mägde arbeiteten, spielte Annas fünfjähriger Sohn am Teich. Er war nass geworden, und so hing sein Kittel zum Trocknen über einem der nahen Büsche.

Die Frage traf Luzinde unerwartet. Im Umgang mit dem Kleinen fühlte sie sich stets befangen. Dabei mochte sie ihn doch. Trotzdem schien sie nie die richtigen Worte zu finden, wenn sie sich mit ihm beschäftigte. »Weil –«, wie sollte sie ihm das erklären? Sie hatte niemals beschlossen, dass sie nicht mehr träumen wollte, es war einfach geschehen. »Weil Träume einem Menschen falsche Hoffnungen machen. Und wenn man sie nicht erreicht, dann – ja dann tut das sehr weh.« Luzinde berührte ihren Heiligenanhänger. Sie wusste, wovon sie sprach. Doch sie machte eine tapfere Miene und klappte den Deckel des Fischkorbes zu. »Das wird ein Festmahl!«, verkündete sie mit falscher Fröhlichkeit. Sie wischte sich die Stirn mit dem feuchten Kopftuch ab, das ihren Scheitel vor der Sonne schützte.

»Aber die Meisterin und die Biginen essen uns doch alles weg«, nörgelte Thomas. »Können wir nicht einfach einen behalten, damit mehr für uns übrig bleibt?« Er blinzelte in kindlicher Unschuld in das Sonnenlicht.

Luzinde warf ihm einen schrägen Blick zu und watete aus dem Wasser heraus. Dabei warf sie sich die langen welligen Haare über die Schulter, die sie offen trug, wann immer sie sich außer Sicht der Beginen befand. Die hielten sie für eine Witwe. Und von Witwen erwartete man natürlich, dass sie die Haare unter Hauben wegflochten. Doch Luzinde trug ihre dunkle Pracht gerne offen.

»Die Frauen heißen ›Beginen‹, Thomas. Und sicher können wir das. Dann musst du nur noch die Köchin einweihen, die den Fisch kocht und sicher auch etwas davon haben will; und vielleicht die Waltraud, die die Tafel bei der Meisterin aufträgt, und ihr erklären, warum so wenig Fisch da ist. Damit bleibt für uns drei wieder kaum mehr ein Happen. Vielleicht sollten wir gleich zwei behalten?«

»Setz meinem Sohn keine Flausen in den Kopf«, schalt die ältere Magd besorgt. Anna trug ihr Tuch trotz der Wärme um Haar und Hals geschlungen, wie es sich gehörte, so dass ihr rundliches Gesicht noch voller wirkte. Sie rückte gerade den Riemen zurecht, der zwischen ihren Brüsten verlief. Daran hing ein Beutel, in dem sie Kerbel, Liebstöckel und einige Salbeispitzen gesammelt hatte. »Wenn den Jungen jemand erwischt, wie er von der Tafel klaut, dann bekommt er Schläge. Die Meisterin hat harte Regeln aufgestellt.«

»Aber ich will doch Fisch. Bitte.«

Luzinde wurde wieder ernst. Die Meisterin war gut zu ihr. Und das Letzte, was sie wollte, war, dass Thomas Ärger bekam. »Nein, deine Mutter hat Recht. Lass besser die Finger von der Tafel der Herrschaft.«

»Och«, schmollte der Kleine.

»Alles wieder gut?«, fragte Anna wie stets, wenn Thomas traurig war, und zauberte eine Stange Süßholz aus ihrer Schürze hervor. Da lächelte der Kleine, schob sich das Ende in den

Mund und nickte kauend. Schließlich hob er einen Kiesel auf und begann, ihn vom Dreck zu befreien und damit zu spielen. Wie einfach das Leben der Kinder doch war! Luzinde sah ihm mit einem Hauch von Wehmut beim Spielen zu. Er würde noch früh genug erwachsen werden müssen.

»Sei bloß vorsichtig mit dem, was du ihm in den Kopf setzt, Luzinde. Ich will nicht, dass er zu viel von dir lernt. Du weißt genau, wie weit du mit deinen Schnurren gehen kannst – zumindest hoffe ich das. Wenn Thomas glaubt, er könne sich bedienen, wie er will, dann wird er Ärger bekommen. Manche haben für einen Diebstahl schon Hand oder Zunge verloren.«

Der Korb im Wasser wackelte unter dem Zappeln der Fische – Luzinde hatte ganz vergessen, den Deckel festzubinden. Also watete sie zurück ins Wasser. »Hat die Meisterin nicht auch die Waltraud zu sich genommen?«, fragte sie über die Schulter. »Ich dachte, die hätte ihren Herren bestohlen und sei daraufhin verjagt worden.«

»Sicher vergibt die Meisterin einer Diebin, wenn sie Reue zeigt und auf die Bibel schwört, dass sie nicht mehr stehlen wird. Aber die Meisterin ist sehr streng mit Waltraud und hält ein Auge auf sie. Da kennt sie keine Gnade. Waltraud weiß das. Und daher ist sie die Treuste von uns allen.«

Luzinde verstummte, während sie das Band des Korbdeckels sorgfältig am Griff verknotete. Wie so oft fragte sie sich, ob sie der Meisterin Elisabeth in jener Nacht vor fünf Jahren wohl die Wahrheit hätte sagen können. Seit man sie damals fiebernd und halbtot auf den abgelegenen Beginenhof gebracht hatte, lebte sie mit dieser Lüge. Nicht einmal in der Beichte hatte sie bekannt, was sie damals auf die Straße getrieben hatte.

Inzwischen hatte Luzinde so lange geschwiegen, dass sie niemandem mehr von der Wahrheit berichten konnte. Sie hatte hier in Pillenreuth, abseits des Trubels der Welt, einen Ort gefunden, der ihr Sicherheit bot. Wenn sie mit der lieben Anna nun über ihre Vergangenheit sprach – würde die sie verstehen, ihr vergeben? Oder würde sie zu Meisterin Elisabeth laufen und ihr alles erzählen? Nein, bei dem Gedanken zog sich vor Furcht ihr Magen zusammen. Sie konnte nicht wagen, sich der Freundin anzuvertrauen.

»Wir sollten aufbrechen«, drängte Anna nun mit einem Blick zum Himmel, um den Stand der Sonne abzuschätzen, und zog ihrem Sohn den halbtrockenen Kittel wieder über. »Sonst kommen wir zu spät zur Andacht.«

»Nicht nötig«, erwiderte Luzinde und genoss die Sonne auf dem Gesicht. »Ich habe Schwester Kunigunde gesagt, wir hätten auch die Reusen auf der anderen Seite noch abzugehen und bräuchten den ganzen Nachmittag.«

Annas Augenbrauen fuhren hoch. »Aber die Reusen haben wir doch das letzte Mal eingesammelt und im Schuppen verstaut, weil man durch das Unterholz kaum zum Ufer kommt. Wieso …« Luzindes Gesichtsausdruck brachte sie zum Verstummen.

Die jüngere Magd zog die Schultern in gespielter Unschuld hoch und ließ sie wieder fallen. »Schau doch nicht so böse, Anna. Ich dachte, wir könnten uns einen schönen Nachmittag am See machen.« Sie wies um sich herum und hob erst das eine, danach das andere nackte Bein aus dem Wasser, als würde sie einen grotesken Tanz aufführen. »Die Sonne scheint so herrlich! Und bald geht die Obsternte los, die Felder werden geschnitten und die Tage kühler. Vielleicht ist heute unsere letzte Gelegenheit, den Sommer so richtig zu genießen!«

Anna sah sie an, als hätte sie den Vorschlag gemacht, der Bibel abzuschwören. »Luzinde, du hast gelogen! Wie kommst du nur immer auf solche Gedanken? Wir sind doch keine hohen Herrschaften, die sich einen Tag freinehmen können, immer wenn es ihnen passt! Was wird Schwester Kunigunde sagen, wenn wir bloß einen halben Korb Fische mitbringen? Wenn wir alle Reusen leeren würden, wäre es mindestens ein ganzer!«

Thomas hatte derweil ein Stück Baumrinde im nahen Gebüsch gefunden. Er hob es hoch und lief zu den beiden Frauen zurück. »Schau! Ich habe ein Boot gefunden. Ein Boot für die Ameisen!«

Anna sah von der Freundin hinüber zu ihrem Sohn, der in voller Begeisterung mit seinem Fund wedelte, damit die Mutter mit ihm spiele. Einen Augenblick später warf die in nur halb gespielter Verzweiflung die Hände in die Luft. »Wo soll das nur enden, Luzinde? Immer machst du solche Sachen! Kennt der Schalk in deinem Nacken denn gar keine Grenzen? Wenn das rauskommt, dann sind wir alle dran! Du bringst uns noch in Teufels Küche!«

Luzinde tat betreten. »Aber ich wollte euch doch nur ein wenig Zeit miteinander verschaffen. Du arbeitest immer so viel, und da dachte ich, du würdest dich freuen, wenn du und Thomas mal ein wenig Zeit füreinander hättet ...« Sie sprach nicht aus, was für eine Sehnsucht sie empfand, wenn die Mutter ihren kleinen Sohn verwöhnte und liebkoste.

»Aber die Arbeit macht sich doch nicht selbst, Luzinde! Das muss ich alles später nachholen!« Sie schüttelte ungläubig den Kopf. »Manchmal benimmst du dich mehr wie ein verwöhntes Bürgertöchterlein denn eine Magd!«

Luzinde wich dem Blick der Freundin aus. Wie nahe die manchmal der Wahrheit kam! »Vielleicht kann ich dir bei der Arbeit helfen, damit es schneller geht?«

»Ach!«, tat Anna verärgert und winkte ab. Doch Luzinde konnte sehen, dass die rundliche Frau längst überzeugt war. »Jetzt ist es ja eh zu spät.«

Luzinde planschte ans Ufer zurück und streckte die Glieder auf dem trockenen Gras aus. Thomas derweilen klatschte in die Hände und krähte: »Das Boot! Das Boot!« Doch Luzinde wusste ganz befangen gar nicht, was sie mit dem Buben anfangen sollte. Also scheuchte sie ihn weg. »Lass es doch schwimmen, Kleiner!«

Der Junge ließ sich durch die Abweisung nicht einschüchtern und zog Luzinde am Rock. »Lass dass!«, murrte sie schließlich. »Mir sind die Beine kühl geworden.« Doch es dauerte noch eine Weile, bis Thomas davon abließ und allein zum Ufer stapfte. Dort brachte er das Rindenboot zu Wasser und setzte dann Steine als Fischer darauf. Der innigliche Eifer, in den er dabei bald versank, schien das schlechte Gewissen der Mutter schnell zu beruhigen.

»Wilbert sagt, du machst dem Trautmann schöne Augen«, sagte Anna halbwegs versöhnt und legte sich neben Luzinde auf die Wiese; die Hände hinter dem Kopf gefaltet.

»Ich würde eher sagen, der Trautmann macht mir schöne Augen.« Doch Luzinde konnte sich ein Lächeln nicht verkneifen. Anna hatte Recht – der Knecht gefiel ihr gut. Er hatte eine Art an sich, Luzinde anzuschauen, dass ihr ganz warm wurde. Gut aussehende Männer hatten es leicht bei ihr, das wusste sie. Und sie erinnerte sich auch, was für Folgen das bereits gehabt hatte.

Anna rollte sich auf die Seite, um dem Jungen beim Spiel zuzuschauen. »Wenn du dich nicht in Acht nimmst, dann endet das übel«, mahnte sie. »Wilbert«, das war ihr Mann und ein Ackerknecht des Beginenhofes, »sagt, dass der Trautmann kein Blatt vor den Mund nimmt und über die Frauen redet, mit denen er ins Heu steigt. Wenn du dich nicht in Acht nimmst, dann verbreiten sich Gerüchte. Und dann werfen die Beginen dich raus. Das ist so sicher wie das Amen in der Kirche.«

Die Angst formte einen harten Klumpen in Luzindes Bauch. Die Aussicht, wieder zurück auf die Straße zu müssen, nirgends willkommen zu sein, nicht zu wissen, wohin sie gehen, und woher sie den nächsten Bissen Brot bekommen sollte … Sie verdrängte den Gedanken schnell. Dann wurde ihr bewusst, was Anna gerade gesagt hatte. »Andere Frauen?«, wiederholte sie perplex.

Die rundliche Magd grinste breit. »Du dummes Ding! Wie kannst du bei all deinen Torheiten so leichtgläubig sein, nur weil ein schöner Mann deine Augen bewundert? Schon bei Volckert dem Hufschmied warst du so behext! Alle paar Wochen kommt er und umwirbt dich, und du wähnst dich schon im Stand der Ehe«, sie lachte, »bis ihn die Meisterin schließlich aus dem Bett der Schwester Sophia und dann vom Hof wirft. Und Sophia gleich mit.«

Luzinde fand das nicht lustig. Wenn die Knechte bereits darüber sprachen, dann sollte sie den Trautmann besser auf Abstand halten, egal, was seine Absichten waren. Sie wollte nicht wieder geächtet werden. »Ich hab's nicht vergessen«, meinte sie ernüchtert. »Ich werde deine Worte beherzigen.« Thomas kam wieder herüber und zog sie am Rock. Doch Luzinde wollte nicht spielen. Der kleine Bube zuppelte und nörgelte aber weiter, bis ihr der Geduldsfaden riss. »Lass das!«, zischte sie. Sein Gesicht verzog sich zu weinerlichem Schrecken.

»Oh nein, bitte nicht«, stieß Luzinde aus. »Ich wollte dich nicht anfahren, wirklich nicht.«

»Ich wollte auch nicht über dich lachen«, sagte die rundliche Magd. »Bitte vergib mir. Du hast damals sicher gehofft, dass Volckerts Absichten ehrlich sind.«

Doch Luzinde dachte weniger an Volckert oder an Trautmann, sondern an den Burschen, dem sie als Erstes ihr Herz geschenkt hatte. Und sie wünschte, sie hätte damals schon eine so gute Freundin gehabt. »Ist schon gut, Anna.« Thomas begann zu weinen, und Luzinde sah die Magd fragend an. »Was mache ich denn jetzt nur mit dem Jungen?«

»Lenk ihn mit was Schönem ab oder versohl ihm den Hintern. Ansonsten plärrt er den ganzen Nachmittag.«

Luzinde sah sich um. »Thomas, schau, da vorne bei den Büschen ist ein prächtiger roter Kiesel. Willst du den nicht auch auf dein Boot setzen? Da drüben!« Thomas folgte ihrem Zeigefinger mit neugierigem Blick. Noch schniefend hüpfte er über seine protestierende Mutter hinweg und bückte sich beim Weidenbusch nach dem Kiesel.

Plötzlich wackelten die Zweige des Busches, als wäre Leben in sie gefahren. Anna fuhr erschrocken auf und schnellte wie eine Katze hoch. Dann rannte sie zu ihrem Kind. Doch sie war zu langsam! Bevor sie Thomas erreicht hatte, sprang ein grober Kerl wankend zwischen die beiden und griff nach ihr. Der Fremde riss Anna am Riemen des Umhängebeutels zu sich heran, sah sich wild um und zischte: »Nicht schreien!« Anna nickte nur, am ganzen Leib schlotternd. »Du da!«, knurrte der Mann und deutete auf Luzinde, die ebenfalls aufgesprungen war und stocksteif vor Schrecken am Ufer stand. »Hast du Fisch?« Sie hatte kaum genickt, da fuhr er sie an: »Mach den Korb auf!«

Luzinde scherte sich dieses Mal nicht darum, ihren Rock in den Gürtel zu stopfen. Sie watete wie befohlen ins Wasser. Ihre Finger zitterten, als sie das Band wieder aufknotete, das den Deckel des Fischkorbes hielt. Sie hoffte, dass Anna nicht die Nerven verlor. »Du willst etwas zu essen?«, fragte sie bebend und musterte ihn kurz. Das lange graue Haar war von Zweigen und Kletten durchsetzt, die Beinkleider und das helle Hemd aus gutem Stoff hingen ihm in Fetzen vom Körper, die Lederschuhe wirkten dunkel vor Feuchtigkeit. Der Mann trug einen ergrauten langen Kinnbart, der an eine Ziege erinnerte. »Nimm so viel du willst, Mann! Doch geh schnell! Die Männer sind drüben beim Waldesrand. Ein Ruf, und sie kehren zurück!«

Diese Drohung versetzte dem Kerl offenbar den erhofften Schrecken. Er sah sich um und zerrte an dem Beutelriemen, den Anna am Leibe trug. Damit war es um deren Tapferkeit geschehen. »Nein! Nicht! Ich bitt Euch, Herr, tut mir nichts!« Gleichzeitig ließ Thomas den Kiesel fallen, warf sich von hinten auf den Mann und trommelte mit kleinen Fäusten auf ihn ein. »Lass die Mutter in Ruh! Lass sie in Ruh!«

Das hatte Luzinde nicht gewollt. Wenn der Bursche fiel und sich etwas brach ... Mit großen Schritten watete die Magd aus dem Wasser und sprang auf die ringende Gruppe zu, um Thomas von dem Mann herunterzuziehen. Kaum griff sie nach dem Jungen, sauste etwas auf ihr Gesicht zu.

Helle Lichter explodierten vor ihrem inneren Auge – ein Schlag hatte sie an der Wange erwischt und schleuderte sie nach hinten. Das Wasser des seichten Ufers schloss sich über ihr, während sie noch nach Luft rang. Vor ihren Augen tanzten helle Flecken. Wo war oben, wo unten? Wo das Ufer, wo die Weite des Fischteichs? Einen kurzen Augenblick lang wähnte Luzinde sich schwerelos im dunklen Nichts. Sie hörte das Schreien eines Neugeborenen, in das sich das Weinen der Mutter mischte, sah das Funkeln eines Amuletts. Sie offnete den Mund. Sie wollte schreien, doch sie schluckte nur Wasser. Sie schlug um sich, griff nach Halt, doch sie fand keinen. Dann endlich tauchte sie wieder auf und hustete so hart, dass der Kopf schmerzte.

Als Luzinde sich keuchend wieder ans Ufer gezogen hatte, war der Fremde fort. Was war geschehen? Anna hockte auf dem Boden, barg Thomas schützend in den Armen und wiegte ihn vor und zurück. Der kleine Körper regte sich nicht.

»Anna?«, fragte Luzinde heiser, die Stimme noch schwach. Doch Anna antwortete nicht, sie hielt ihren Jungen fest im Arm und weinte. Eine bleierne Furcht nistete sich in Luzindes Magen ein, die sie allzu gut kannte. Wenn diese Mutter ihren Sohn verlor, Luzinde wüsste nicht, ob sie an sich halten könnte ... Hastig kroch sie auf allen vieren näher. »Anna! Geht es dem Buben gut? Anna!«

Endlich reagierte die rundliche Magd auf die Panik in ihrer Stimme. Sie sah mit tränennassen Augen auf. »Ja«, flüsterte sie. »Nur eine Beule.«

Die Erleichterung ließ Luzinde erzittern, und sie rollte sich am Ufer auf den Rücken und legte die Hände auf das Gesicht, um die Tränen der Erleichterung aufzuhalten. Das lange sommerliche Gewand klebte ihr am Leibe, und die Wange schmerzte. Was war das für ein Mann gewesen? Und warum war er auf der Flucht? Ein Räuber? Oder ein Gebannter aus Nürnberg? Doch erst einmal war Luzinde froh, dass er fort war.

Dann bebte die Erde unter dem Gewicht galoppierender Pferde. Luzinde fuhr hoch und sah sich um. Hatte der Mann Komplizen? Folgte der Rest der Bande nach und würde sich nun über die schutzlosen Frauen hermachen? Egal wer es war, hier waren sie nicht sicher!

Sie sprang, nass wie sie war, auf die Füße und lief zu Anna und Thomas hinüber. »Anna, komm schnell. Wir müssen uns verstecken!«

»Aber der Fisch ...« Tatsächlich zappelte einer der Karpfen aus dem offenen Korb heraus und platschte ins Wasser.

»Lass den Fisch! Wir müssen hier weg!« Luzinde zerrte die Magd auf die Beine. Die barg Thomas noch immer in den Armen. Sie schob Mutter und Kind hügelanwärts in Richtung des dichteren Gebüschs. Die Zweige peitschten ihr ins Gesicht, als sie in die Richtung rannten, in der sie den Wald und den Beginenhof Pillenreuth wähnte.

Ein Schatten huschte zu ihrer Rechten vorbei. Luzinde duckte sich ohne nachzudenken nach links weg den Hügel wieder hinunter, Anna immer an der Hand. Schon bald rang sie keuchend um Atem, und die Kehle brannte. Doch sie hielt im Laufen nicht inne. Nur noch ein Stück weit, dann hätten sie es in den Schutz der Bäume geschafft! Vor Luzinde donnerte der Boden, und wieder wich sie nach links aus und zog die Mutter mit ihrem Sohn hinter sich her. Als sie aus den Büschen auf eine mit hohem Gras bestandene Wiese brach, erkannte sie ihren Fehler: Der Reiter hatte sie abgedrängt, um sie in offenes Gelände zu treiben. Luzinde schlug wild das Herz im Leibe. Sie fühlte sich wie das Wild, wenn die Treiber es in die Enge gedrängt hatten.

»Heilige Mutter Gottes«, stieß sie aus. »Zurück. Zurück! Zurück!« Sie erspähte eine kleine Mulde unter einem Gebüsch und zögerte nicht. Sie schubste Mutter und Sohn vor. »Haltet still!«, zischte sie. Erst als die beiden hineingekrochen waren, sah sie, dass die Vertiefung zu klein war, um auch sie zu verbergen. Und wenn man allzu genau hinsah, konnte man sogar das braune Überkleid der Magd erspähen … Also sprang Luzinde zurück, weg von der Freundin und ihrem Sohn.

Der Himmel verdunkelte sich, und es schien, als habe Gott für einen kleinen Augenblick die Zeit angehalten. Über ihr schwebte ein fast weißes Pferd im Sprung über die Büsche in der Luft, die Vorderbeine angewinkelt, die Hinterhand ausgestreckt. Die Ohren waren in scharfer Aufmerksamkeit nach vorne gerichtet, der schwarze Schweif schlug in einer Ausgleichbewegung, und die Nüstern und Augen waren geweitet. Luzinde warf sich aus der Reichweite der Hufe und rollte über den Boden. Als das Pferd mit einem donnernden Beben neben ihr auf der Erde aufkam, lag sie auf der Wiese und barg den Kopf unter den Armen.

Das Tier wurde herumgeworfen und gezügelt, und für einige Augenblicke hörte man nichts als das Schnaufen aus großen Nüstern. Schließlich wagte Luzinde aufzusehen. Auf dem großen fahlgrauen Schimmel saß ein junger Edelmann mit gerötetem Gesicht und leuchtenden Augen, der in der Hand eine Rute trug.

»Du bist nicht der Geißbart«, stieß er aus und sah sich um. »Wer bist du, Weib? Steckst du mit ihm unter einer Decke?«

Luzinde schüttelte schnell den Kopf und zog sich das Tuch über das Haar. Ihre Gedanken überschlugen sich. Wer auch immer der Reiter war, er durfte nicht erfahren, dass sich Anna und Thomas in der Nähe befanden. »Mit wem?«

»Dem Geißbart. Hermann der Haubenschmidt. Ein älterer Kerl mit spitzem Bart. Du musst ihn doch gesehen haben!«

Einen kurzen Augenblick zögerte Luzinde, den Mann zu verraten. Sie konnte ahnen, wie er sich wohl fühlen musste, gejagt, ohne Freunde, heimatlos. Sollte sie Mitleid mit ihm haben? Doch hier ging es um ihre eigene Haut! »Gesehen wohl, Herr. Aber im Bunde bin ich nicht mit ihm!«

Der Mann kniff die Augen zusammen und musterte sie. Hatte er ihr Zögern bemerkt? »Was machst du hier draußen?« Bei dem Tonfall bewegte sich das Pferd unruhig, und der Sattel knirschte leise. Das Tier roch nach Schweiß und Lederfett.

»Ich bin Magd in Pillenreuth, Herr!«

Luzinde musterte den Reiter nun unter gesenkten Lidern hervor. Das dunkle Haar fiel ihm gewellt bis auf die Schultern. Er trug eine knielange moosgrüne Schecke, deren Zaddeln mit dünnem, beinahe weißem Pelz verbrämt waren, dazu einen breiten edelsteinverzierten Hüftgürtel sowie Beinlinge und Schuhwerk aus Leder. Er hatte ein feines, schmales Gesicht mit dunklen Brauen und glatt geschabte Wangen. An seiner Seite hing ein Schwert mit goldenem Knauf. Der Mann war ganz offenkundig von Stand oder großem Vermögen.

»Bist du allein?« Er sah sich um, als rechne er mit weiteren Überraschungen.

Luzinde zögerte. Entweder bekannte sie sich als schutzlos oder gab Anna und Thomas auch einer eventuellen Gefahr preis. Der Mann schien ihr kein Übel zu wollen, doch in Zeiten wie diesen, in denen Geißlerzüge unterwegs waren und Könige um den einen Thron kämpften, sträubte sie sich, einem Fremden zu vertrauen. Doch Anna würde ihr auch nicht beistehen können. »Ja, Herr.«

»Und was macht ein Weib wie du allein so weit ab vom Kloster?« Seine Blicke suchten noch immer die Umgebung ab.

»Ich – es sind doch nur zwei, drei Meilen, Herr.«

Er musterte sie wieder. Sie hoffte, er würde Anna und Thomas nicht entdecken, hoffte, die beiden hielten ihre Furcht im Zaum und regten sich nicht … Schließlich nickte der Fremde. »Wo ist der Flüchtling hin?«

»Ich … ich weiß nicht, Herr.« Sein Gesicht wurde dunkel vor Zorn, und sein Blick fuhr ihr durch Mark und Bein. »Er hat mich geschlagen, unten am See! Ich bin ins Wasser gefallen und hab nichts gesehen.« Sie deutete auf ihre Wange und setzte schnell hinzu: »Unter Wasser würdet Ihr auch nichts sehen, Herr!« Sie biss sich auf die Zunge. Der Mann wirkte nicht wie jemand, der duldete, dass Gesinde so mit ihm sprach. Als sein Blick an ihr herabglitt, wurde Luzinde bewusst, dass ihr Gewand und Kopfschleier eng am Leibe klebten. Vermutlich konnte er jede Wölbung ihres Körpers sehen.

Zu ihrer Überraschung antwortete der junge Mann nicht mit der Rute. Er schenkte ihr ein Lächeln, das seinen Zügen eine Weichheit verlieh, die in scharfem Kontrast zu der Wut von eben stand. »Da magst du Recht haben, Mädchen. Aber du hast eine spitze Zunge.«

»Das ist wohl so, Herr«, bekannte Luzinde erleichtert. »Wer ist der Kerl, den Ihr sucht, Herr?«

»Er ist einer der ersten Waffenschmiede der Stadt, Rudel Geisbart. Er hat den Aufstandsrat angeführt. Doch nun kommt König Karl persönlich nach Nürnberg, und da ist er geflohen, um seiner gerechten Strafe zu entgehen.«

»Und wer seid Ihr, Herr?« Luzinde hielt den Atem an. Sie hatte den Satz schon ausgesprochen, als ihr bewusst wurde, dass eine so dreiste Frage einen hochgestellten Mann wie diesen verärgern könnte.

Doch der junge Mann lächelte noch breiter. »Ich war zu lange in Genua, wie? Ulman Stromer der Name, Weib. Nenn mir deinen, damit ich bei den Beginen nachfragen kann, ob du wahr gesprochen hast.«

»Ich arbeite in der Küche«, sagte sie. »Mein Name ist Lu-«, neuerliches Hufgedonner unterbrach sie.

»Ulman?«, drang eine tiefe Männerstimme herüber, doch sie konnte durch die Büsche nicht erkennen, wer sprach. Nur ein blondes Haupt ließ sich kurz zwischen dem Grün ausmachen. »Hast du ihn?«

Erschreckt zog Luzinde den Kopf ein und schlang sich das andere Ende des Kopftuches um den Hals, so dass es Kinn und Mund verbarg. Würde dieser Mann ihr auch Glauben schenken, wie Herr Ulman hier? Oder würde er sie für eine Komplizin des Geißbartes halten und kurzen Prozess mit ihr machen? Herr Ulman sah zu ihr herab und zögerte kurz. Dann zwinkerte er Luzinde verschwörerisch zu.

»Nein, Oheim Ulrich, hier ist niemand«, rief der Patrizier zurück. »Er ist wohl doch in den Wald geflohen!«

»Dann trödel nicht länger herum, Junge! Wir haben dem

König einen Kopf zu liefern!«, befahl der Mann über die Büsche. »Sonst fordert er noch die unsrigen!«

»Ich komme!« Er wandte sich zu Luzinde um. »Gott befohlen, Mädchen«, sprach er leise. »Du solltest hier verschwinden und zum Beginenhof zurückkehren. Hier draußen ist die Jagd eröffnet. Das kann schon mal gefährlich werden. Aber wir fassen den Burschen schon.«

Luzinde nickte dankbar. Einen langen Augenblick sah der Patrizier noch zu ihr herab, als wolle er etwas sagen. Dann bohrte er seinem Pferd die Sporen in die Seite. Das Tier machte einen großen Sprung nach vorne und trug ihn über das Gebüsch. Erst als das Getrappel der Hufe in der Ferne verklang, hastete sie zu der Erdmulde.

Anna lag dort und hielt einem verweinten Thomas den Mund zu. »Sie sind weg«, rief Luzinde. Sie half den beiden heraus und fiel ihnen, dreckig wie sie waren, in die Arme. »Ich habe fast alles gehört«, keuchte die rundliche Magd. »Außer dem Namen. Wer war das? Und was wollte er?«

»Er nannte sich Ulman Stromer. Er jagt den Geißbart, der dich angegriffen hat«, erklärte Luzinde.

»Ulman Stromer?«, fragte Anna ungläubig. »Von den Nürnberger Stromern?«

»Das klang so. Wer sind die?«

»Du kennst sie nicht?«, rief Anna erstaunt aus. »Die Stromer sind eines der angesehensten und reichsten Patriziergeschlechter von ganz Nürnberg! Sie sitzen im Rat, besitzen große Ländereien und treiben Handel in der ganzen Welt! Bis hinunter ins Land der Welschen und hoch bis Lübeck und darüber hinaus, sagt man.«

Diese Aufzählung wollte kaum zu dem jungen Mann passen, mit dem sie gerade gesprochen hatte. »Aber er war eigentlich ganz nett«, gab sie zurück.

»Ganz nett? Die waren bekannt mit dem toten Kaiser Ludwig, Gott hab ihn selig!«

Luzinde dachte über die Worte des zweiten Mannes nach, den sie kaum gesehen hatte. »Ich schätze, sie haben jetzt auch mit dem neuen König Karl zu tun.«

Die beiden Frauen beschlossen, in die Sicherheit des Beginenhofes heimzukehren. Der Weg durch den Wald nach Pillenreuth war Luzinde noch nie so lang vorgekommen. Doch sie half Anna nicht, den jungen Thomas zu tragen. Luzindes Lüge war der Grund für den nachmittäglichen Ausflug gewesen. Wären sie wie befohlen nach Pillenreuth zurückgekehrt, wären sie dem Geißbart nie begegnet. Die Magd meinte, einen stummen Vorwurf in den Augen des Jungen zu lesen. Der klammerte sich an seine Mutter und schielte immer wieder zu ihr herüber. Doch er sagte nichts.

Ulman Stromer gab seinem Pferd die Sporen. Der Grauschimmel jagte in halsbrecherischem Tempo über die Wiesen, sprang über Hecken und Bruchsteinmauern und schlüpfte zwischen den Bäumen hindurch. Er hörte Hufgetrappel rechts und links – die anderen Jäger versuchten, es ihm gleichzutun. Doch Ulman wusste, was sein Tier zu leisten imstande war. Und er hatte die Beute zuerst gesehen, die es heute zu jagen galt.

Die Stute liebte die Jagd ebenso wie er. Er hatte Wölfe in Böhmen erlegt, in Genua die Beiz gelernt, in Barcelona Bären getötet und sogar einmal an einer Schlangenjagd teilgenommen. Doch noch nie zuvor hatte er Jagd auf einen Menschen gemacht. Der Gedanke beflügelte ihn.

Ulman machte einen grauen Haarschopf zwischen den Bäumen aus und steuerte den Schimmel mit einer winzigen Verlagerung des Gewichtes nach rechts. Er tauchte unter einigen Zweigen hindurch und stellte sich in den Steigbügeln auf, als das Pferd einen plötzlichen Sprung über eine Vertiefung machte. Danach zog er die Rute aus dem Gürtel.

Der Geißbart rannte von Baum zu Baum, wohl in der Hoffnung, dass er die Reiter im Wald abstreifen würde. Doch Ulman vertraute dem sicheren Tritt seiner grauen Stute. Er preschte auf den japsenden alten Mann zu, holte aus und schlug ihm auf die Beine, um ihn zum Stolpern zu bringen. Doch der Hieb ging ins Leere. Das Pferd schoss an seinem Ziel vorbei.

Ulman zügelte den Grauschimmel hart, warf ihn herum und trieb ihn wieder vorwärts, als er sah, dass sich der Geißbart beiseite gerollt hatte und nun seitwärts zwischen die Büsche hastete. Der alte Mann keuchte bereits wie ein Zugochse. Er würde es nicht mehr lange machen.

Als der Schimmel erneut zu dem Mann aufschloss, sprang der wieder beiseite. Auf diese Weise gelang es Ulman, den verwirrten Flüchtigen wieder zurück zum Waldrand zu treiben, in Richtung der weniger geschickten Reiter. Doch diese Beute würde Ulman sich nicht nehmen lassen. Inzwischen kannte er jede Bewegung des Geißbartes, der nun, ganz wie ein wildes Tier, nur noch reagierte.

Beim nächsten Mal leitete Ulman sein Tier nicht beiseite, um den Geißbart zu treiben. Die schwere Pferdeschulter rammte den Mann mit Schwung in die Brust. Der Alte flog durch die Luft, prallte gegen einen Stumpf und blieb auf dem Boden liegen. Unter dem Keuchen entrang sich seiner Brust ein Pfeifen.

Ulman brachte den Schimmel zum Stehen und sprang aus dem Sattel. Die Peitsche in der Hand schritt er auf den Geißbart zu. »Respekt!«, sagte er anerkennend. »Für dein Alter bist du weit gekommen, Mann. Aber jetzt hat es ein Ende. Mein Oheim hat ein paar Fragen an dich.«

Der Geißbart spie abfällig auf den Boden. »Gott verfluche Hosto Stromer«, keuchte er.

Ulman runzelte die Stirn. »Du hast dir dein Schicksal selbst eingebrockt, Mann. Du hast die Handwerker in den Aufstand geführt und die Macht in Nürnberg an dich gerissen. Nun musst du für deine Taten büßen. Hab ein bisschen Rückgrat, Mann, und steh dazu!«

Der Alte lachte heiser. »Wenn ich büßen muss, gehört Hosto Stromer auf ewig in den Höllenschlund!«

Hufgetrappel näherte sich. Hosto Stromer erschien auf seinem schweren Dunkelbraunen und rief erfreut: »Ulman, lieber Junge! Du hast ihn gestellt!«

»Ja, Oheim. Es war nicht einmal sonderlich schwer.«

»Dafür hat es aber verdammt lange gedauert.«

Ulman zuckte mit den Schultern. »Der Alte hat sich gut geschlagen.«

»Das hast du gut gemacht, Ulman. Du überraschst mich. Nach den Schilderungen deines Vaters habe ich gedacht, du wärst ein rechter Nichtsnutz!«

»Ihr solltet nicht allem trauen, was mein Vater sagte, Gott hab ihn selig«, erwiderte Ulman ärgerlich. »Er behauptete auch, die Jagd mit dem Falken sei ein Müßiggang für Leute von Stand, die nichts mit ihrer Zeit anzufangen wüssten. Sie lehrte mich mehr Geduld und Ruhe als jede Lektion, die er mir erteilte.«

»Nur die Ruhe«, lachte Hosto Stromer. »Ich habe einen wunden Punkt getroffen, was? Dabei sollte das doch ein ehrliches Lob sein, lieber Neffe.« Er blickte auf den völlig erschöpften Geißbart hinunter. »Lass das Gesinde den Mann verschnüren. Ich glaube, wir beide sollten mehr Zeit darauf verwenden, uns erneut kennenzulernen. Was hältst du von einem Kelch Wein?«

»Ich liebe Wein«, erwiderte Ulman. Er saß wieder auf. Hatte er sich getäuscht, oder hatte in den Augen des machtvollen Mannes so etwas wie Respekt aufgeblitzt?

Als Ulman Nürnberg verlassen hatte, war er im Streit vom Vater geschieden. Hosto Stromer schien aus anderem Holz geschnitzt als der unnachgiebige Vater. Der war nun längst begraben und konnte seinen Sohn nicht mehr rügen. Ulman folgte seinem Oheim zu den Pferden. Möglicherweise konnte er von der Familie doch noch etwas lernen.

Kapitel 3

Die Klause Pillenreuth schmiegte sich nicht unweit des kleinen Ortes Worzeldorf an einen Fischteich im ausgedehnten Lorenzer Reichsforst. Der kleine Hof wurde erst seit etwa acht Jahren von den Beginen genutzt. Durch Gönner wie den Nürnberger Konrad Groß und den verstorbenen Kaiser Ludwig den Bayern besaßen die frommen Frauen inzwischen einigen Einfluss in der Gegend und waren mit reichen Gütern und Privilegien ausgestattet worden. Den Mittelpunkt des Hofes stellte eine Holzkapelle mit Dachreiter dar, Mariä Schiedung gewidmet. Der umliegende, erdige Hof wurde von anderen Häusern gerahmt. Am Scheitel des Hofes lag ein breites Haus aus Bruchstein für die Magistra, Meisterin Elisabeth Vischbecken, und ihre elf Beginen. Gegenüber fand sich ein hölzernes Gesindehaus mit einer aus Holz errichteten Küche. Es gab je ein Tor im Osten und Westen sowie einen kleinen Stall für Schweine, Hühner und die Pflugochsen. Die Gebäude wurden von einer Bruchsteinmauer umfriedet, um wilde Tiere aus dem nahen Wald fernzuhalten. Eine zweite Palisadenumfassung grenzte direkt an die Mauer und schützte die Scheune, in der auch die Knechte schliefen, sowie einen offenen Geräteschuppen für Werkzeug und Karren.

Luzinde war froh um diesen ruhigen Ort inmitten von Fischteichen und Wäldern. In jener eisigen Winternacht vor fünf Jahren hatte man sie schwach und krank vor der Tür gefunden. Sie wäre sicher gestorben, wenn man sie nicht ins Haus geholt, gewärmt und gepflegt hätte. Man hatte ihr bereitwillig ein Lager und später sogar eine Stelle im Gesinde geboten. Seit sie sich erholt hatte, führte sie hier ein schlichtes Leben. Sie teilte mit der Köchin Almut ein Bett, bekam ausreichend zu essen und hatte Arbeit, auch wenn diese manchmal hart war. Die Beginen waren zwar keine Nonnen, doch sie lebten nach beinahe ebenso strengen Regeln wie anderswo heilige Frauen. Luzinde hingegen gehörte dem Orden nicht an. Sie versuchte, sich die Eintönigkeit des Lebens auf dem Waldhof so angenehm wie möglich zu machen. Ein paar erschlichene Pausen hier, eine von der Köchin zugesteckte Stange Süßholz da, ein kleiner Streich, um den Alltag erträglicher zu machen – sie war schließlich nicht immer eine Magd gewesen.

Anfangs hatte Luzinde sich vorgenommen, sich auf die Suche nach dem Kind zu machen, das man ihr weggenommen hatte. Sobald sie wieder laufen könnte. Sobald ihr Zustand besser wäre. Doch der war selten gut genug, um eine Reise mit unbekanntem Ziel anzutreten. Dann sagte sie sich, sie würde losziehen, sobald sie genug Geld zusammen gespart hatte. Doch wie lange würde eine solche Wanderung wohl dauern? Und wie viel braucht man dafür? Auch das Geld schien nie genug, denn sie bekam nicht viel.

Nach zwei Jahren war ihr aufgefallen, dass sie nicht mehr sparte und auch kaum mehr daran dachte, wegzugehen. Sie hatte einfach aufgehört, darüber nachzudenken. Ging es ihr nicht gut in Pillenreuth? Und hatte ihr Vater nicht gesagt, es wäre besser so? Ihr Vater war ein weiser Mann, der die Welt kannte. Vermutlich hatte er Recht.

Heute wollte Luzinde nicht einmal mehr an die Welt jenseits des Waldes denken. Das Leben da draußen hatte ihr nur Kummer und Schmerzen bereitet. Sie richtete die Augen besser auf die Arbeit, die sich in ihren Händen befand, und schaute nicht nach vorn oder zurück. Sie wagte nicht zu träumen. Träume beschwerten das Herz nur mit Sehnsüchten, die sich nicht stillen ließen. Nein, sie war zufrieden mit dem Leben, das sie besaß. Nur manchmal war es ein bisschen eintönig.

Die Köchin Almut war nicht erfreut, dass die Mägde ohne Fisch zurückgekehrt waren. Auch die verlorenen Kräuter würden in der Küche fehlen. »Dabei hat die Meisterin ein gutes Mahl befohlen! Die neue Witwe ist da! Die Familie hat wohl ein paar Pfund Haller Pfennige für sie bezahlt, und die Meisterin wollt sie gebührend empfangen. Mutter Maria, was mach ich bloß?« Doch das Obst, das sie den dreien zusteckte, sprach davon, wie besorgt sie der Überfall an den Teichen gemacht hatte.

Luzinde hatte der zeternden Alten kein Ungemach bereiten wollen. Wie üblich sollte die neu eintreffende Begine am Tage ihrer Ankunft wie ein Gast behandelt werden. Am nächsten Tag würde sie das Gelübde ablegen, das sie auf ein Jahr an die Klause band. Manche Frauen waren freiwillig hier, doch andere wurden von ihren Familien regelrecht abgeschoben, weil sie für die Ihren nutzlos waren. Man munkelte, Letzteres träfe auf die Neue zu.

Luzinde hätte der neuen Witwe ihr Festmahl gegönnt. Doch heute würde sie für niemanden in den Wald zurückgehen, um die Fischernte einzuholen. Gut möglich, dass dort noch weitere Bewaffnete unterwegs waren, und nicht allen konnte eine schutzlose Frau begegnen, ohne dass ihr Schaden widerfuhr. Der freundliche Herr Ulman war sicher nicht mehr dort.

Luzinde dachte mit Wohlgefallen an den Patrizier. Er hatte eine schmucke Figur auf seinem Schimmel abgegeben und war sehr freundlich gewesen. Die Magd war froh, dass sie ihm begegnet war, und nicht dem Älteren von beiden, der wesentlich unwirscher geklungen hatte.

»Ulman Stromer …«, murmelte sie leise, wie um den Namen auszuprobieren. Der junge Mann hatte etwas älter gewirkt als sie selbst, sicher um die zwanzig Jahre zählend. Sein Gesicht hatte eine für einen Patrizier geradezu gesunde Gesichtsfarbe, die eher an einen Bauern oder einen Welschen aus dem Süden erinnerte als an einen Herren aus einer der Ehrbaren Familien Nürnbergs. Luzinde schloss die Augen und versuchte, sich sein Gesicht einzuprägen. Welche Farbe hatten seine Augen gehabt? Waren sie blau gewesen?

»Hol Bärlauch und Thymian, Luzinde! Dann schmeckt dieses gewöhnliche Zeugs wenigstens, als wär es was Besonderes. Und wenn die Meisterin schimpft, dann bist du schuld, lass dir das gesagt sein!«

»Sicher, Almut«, entgegnete Luzinde. Die Köchin hatte sie noch nie bei der Meisterin angeschwärzt. Die Alte, die stets im schmuddeligen Schürzenkleid und mit heller Haube kochte, meckerte immer viel, war im Herzen aber doch eine gute Seele. Sie fühlte sich persönlich verantwortlich für alles, was in ihrer Küche geschah.

Die Magd ging in den Garten hinter dem Gesindehaus, in dem vielerlei Kräuter für die Küche wuchsen. Der langblättrige Bärlauch war schnell gefunden, der Thymian ließ jedoch die Blätter hängen. Der kleine Thomas war offenbar seiner neuen Pflicht nicht nachgekommen, die Beete zu gießen, wie Luzinde stirnrunzelnd feststellte. Doch das musste niemand erfahren. Sie holte schnell einen Holzeimer, füllte ihn am nahen Brunnen, um zumindest die trockensten Gewächse zu befeuchten, damit sie nicht noch mehr litten. Sie kurbelte den Eimer gerade aus der Tiefe hoch, da trat das neueste Mitglied des Beginenkonvents aus dem Haus der Schwestern.

Haar und Gesicht der Frau waren so gut wie ganz unter einer dunklen Witwenhaube verborgen. Noch trug sie ein für den Hof unpassendes blaues Samtkleid. Morgen würde sie die schlichte Beginentracht aus heller Wolle, den Schleier und die

Rise anlegen müssen, jenes Tuch, das auf Höhe der Ohren befestigt war und vom Kinn bis auf die Brust reichte. Die Frau streckte die Glieder und sah sich in dem kleinen Landhof um, doch sie schien nicht begeistert von dem Ort.

»Ich habe sie eben gesehen«, meinte Anna. »Sie scheint recht jung für eine Witwe.« Die Magd trug einen Korb voll Holz für die Küche. Dann warf sie Luzinde, die hier ebenfalls als Witwe galt, einen Seitenblick zu und errötete. »Oh, ich meine … bei dir habe ich mich wohl daran gewöhnt – Witwe, kaum dass du verehelicht warst – aber die da mag doch auch bloß ein paar Jahre älter sein als du! Ob sie schon Kinder getragen hat?«

Luzinde beantwortete dies mit einem Schulterzucken. Sie steckte eine dunkle Strähne unter das Kopftuch zurück und wollte sich gerade mit dem Eimer Wasser zum Kräutergarten wenden, da schlüpfte eine kleine Hand in die ihre.

»Thomas«, sagte sie stirnrunzelnd und zog die Hand zurück. »Weißt du, was du vergessen hast?« Der kleine Bube von kaum fünf Sommern schüttelte zaghaft den Kopf. »Was habe ich denn hier in der Hand? Und wer ist fürs Gießen der Kräuter zuständig?«

Kaum schuldbewusst zuckte der Junge mit den Schultern. Dann nahm er den Eimer und schleppte ihn platschend einen Schritt weit. Dann wandte er sich um. »Ich habe Hunger«, bat er. Dabei blinzelte er so leidend in die Abendsonne, wie nur ein Junge von fünf Jahren das konnte. Wieder einmal stellte die Magd fest, dass der Bube verwöhnt war. Ein Leben mit so wenigen Kindern und so vielen Frauen an einem Ort – das konnte einem Kind nur schaden! Ein merkwürdiger Neid machte sich in ihr breit. Doch sie bezwang ihn. »Wenn du mit deiner Arbeit noch vor der Messe fertig bist, bekommst du nachher einen Bissen von meinem Teil ab«, sprach sie. »Aber bis dahin machst du deine Arbeit.« Die Augen des Kleinen leuchteten, er grinste und zog den Eimer hinter sich her, so dass der Schlagseite erhielt. Von dem Inhalt blieb kaum etwas für die Pflanzen.

»Der Thymian, Thomas!«, rief Luzinde. Sie blickte ihm nach und schluckte schwer. Schuldgefühle vertrieben den milden Ärger. Der Bube rief Erinnerungen in ihr wach, die sie tief in sich begraben gehofft hatte. Sie wollte nicht zulassen, was da in manchen Augenblicken wieder in ihr aufstieg. In den Nächten, in denen sie nach ihrer Ankunft in Pillenreuth mit dem Fieber gekämpft hatte, hatte sie sich selbst einen Eid geleistet. Sie hatte beschlossen, dass die Ereignisse, die sie damals aus ihrem Zuhause fortgetrieben hatten, außerhalb dieser Mauern bleiben sollten, damit sie hier drinnen sicher vor ihnen wäre.

»Sei nicht so hart mit ihm«, bat Anna mit roten Wangen. Als sie Luzindes Traurigkeit sah, wurde sie ernst. »Hast dir ein Kind gewünscht, du Arme, was?«

Luzinde wich ihrem Blick aus und sah zu Boden. »Ja«, hauchte sie hastig und errötete. Die andere Magd nahm die Scheu für Schmerz und drang nicht weiter in sie, sondern ging das Reisig ins Haus tragen. Der Junge lief zu den Beeten hinter das aus großen Sandsteinquadern gebaute Haus, und auch Luzinde drehte sich um und wollte zur Küche zurückkehren. Der Tag war kurz, und es gab viel zu tun. Sie prallte beinahe mit der neuen Witwe zusammen, die unbemerkt hinter sie getreten sein musste. Erst jetzt, von Angesicht zu Angesicht, erkannte Luzinde, um wen es sich handelte.

Die helle Witwenhaube und die Bitterkeit in den Zügen hatten Margaret Berainer verändert. Die hellen Augen waren härter geworden, doch das spitze Gesicht mit den schmalen Lippen war noch dasselbe. Tatsächlich war die Frau kaum älter als Luzinde selbst, ein halbes Jahr genau, dass wusste die Magd, denn sie waren im selben Dorf aufgewachsen. Das blaue Kleid mit seidenen Stickereien zeugte von dem Wohlstand, den die Ehe ihr eingebracht hatte. Mit dumpfem Schmerz erkannte die Magd an der Witwenhaube der Frau noch mehr: Ihr Mann, Konrad Berainer, musste gestorben sein. Jener Mann, den Luzinde vor langer Zeit geliebt hatte. Und damit brach Luzindes Vergangenheit in die Mauern des Beginenhofs ein.

»Margaret …«, stammelte die Magd. Ihre Hand fuhr zu dem Luzienanhänger um ihren Hals.

»Du bist es also doch, Luzinde«, erwiderte die Witwe. »Ich war mir nicht sicher.« Sie musterten einander einen Augenblick. Dann lächelte Margaret schmal. »Wie ist es dir ergangen?«

»Gut. Gut! Es geht mir gut.«

»Das freut mich. All die Jahre, und wir haben nie wieder von dir gehört.«

Luzinde zögerte. »Ich … ich konnte ja wohl kaum zurückkehren.«

»Nein, das konntest du nicht.« Die Stimme der Witwe schnitt Luzinde kühl ins Herz. »Nach allem, was du getan hast.«

Die Magd senkte den Blick. »Wie geht es den Eltern?«, fragte sie leise. Wie oft hatte sie sich in ihren schwärzesten Stunden zu dem kleinen Haus des Vaters Fachinger zurückgesehnt, wohl wissend, dass man sie dort nicht einmal mehr über die Schwelle lassen würde. Der stolze Schreiber hatte sehr deutlich gemacht, was er von seiner jüngsten Tochter hielt. Wegen Unzucht und Mauschelei bin ich aus Nürnberg weggegangen, hatte er gebrüllt, und die Adern an seiner Stirn waren dabei hervorgetreten, wie sie es nur bei Wutanfällen taten. Und du wagst es, den Ruf meiner Familie zu beflecken! Du hast alles verraten, was gut und heilig ist. Und so etwas dulde ich nicht unter meinem Dach!

»Sie sind wohlauf«, erklärte Margaret. »Auch dein jüngster Bruder hat inzwischen geheiratet und zwei Bälger.«

»Ist mein Kind –«

»Nein. Dein Balg ist fort«, unterbrach die Witwe sie.

»Und Konrad? Ich meine – wie ist er –«, setzte Luzinde an, doch sie konnte den Satz nicht beenden.

»Das Fieber.« Eine Pause entstand. »Es wundert mich ein wenig, dass die Meisterin dich hier aufgenommen hat. Sie muss Sünderinnen freundlicher gegenüberstehen, als ich so dachte.«

Als Luzinde weiterhin schwieg, reicherte sich die Stimme der Witwe mit einem unheilschwangeren Lächeln an. »Dacht ich's mir doch. Sie weiß gar nicht, was du getan hast. Hast ihr Lügen erzählt, wie? Wo du herkommst, warum du verstoßen wurdest ...«

Die Magd starrte auf ihre dreckigen Füße. Margarets Worte zerrten Gefühle aus den Kammern ihrer Erinnerungen, die sie für immer unter Verschluss hatte wissen wollen.

»Du hast versucht, mir meinen Bräutigam zu stehlen. Mit den schlimmsten Schlichen, die eine Frau besitzt.«

»Ich wollte nie –« , sprach Luzinde, doch Margaret schnitt ihr das Wort ab. »Keine Ausflüchte, Luzinde.« Die Witwe machte selbst eine Pause, bevor sie mit sanfterem Tonfall fortfuhr. »Aber das zählt jetzt alles nichts mehr. Konrad ist tot. Mich haben sie in dieses Nest geschickt, weil ich kinderlos blieb. Wir beide müssen jetzt zusammenhalten, ja? Vielleicht hat Gott uns hier wieder zusammengeführt.«

Erstaunt blickte Luzinde der Witwe in die Augen. Konnte es angehen, dass die Frau, die auf dieser Welt am meisten Grund hatte, sie zu hassen, in ihrem Herzen die Kraft gefunden hatte, ihr zu verzeihen? Die Magd konnte in den Augen der anderen Frau nicht lesen. Doch Luzinde wünschte sich so sehr, dass man hier miteinander leben konnte, ohne sich anzufeinden. Also nickte sie. »Ja. Ja, das wäre schön.«

Margaret nahm sie zögernd in den Arm. Diese Geste überraschte die Magd mindestens ebenso sehr wie das Freundschaftsangebot. Vorsichtig erwiderte sie die Umarmung. Die Witwe flüsterte: »Ich werde dein Geheimnis bewahren.«

Damit war es der Magd um ihre Beherrschung geschehen. Sie schloss Margaret Berainer dankbar in den Arm und spürte, wie sich die Feuchtigkeit in ihren Augen sammelte. Ein Teil der alten Last, die ihr nun schon so lange auf den Schultern lag, fiel von ihr ab. »Gott sei Dank. Wie kann ich das nur wiedergutmachen, Margaret?«

»Nenne mich am besten gleich Herrin, Luzinde. Ich bin ab Morgen eine Begine hier, und du nur eine Magd. Und deinen Dank kannst du recht einfach zeigen, indem du einen Teil meiner Arbeitspflicht übernimmst.« Die harten Worte straften den süßen Ton Lügen.

Luzinde riss sich aus der falschen Umarmung und starrte die Witwe an. In deren Augen war nun die Bitterkeit zurückgekehrt, obwohl der Mund lächelte. »Ich sage ja – vielleicht hat Gott uns hier zusammengeführt. Vielleicht bist du in diesem dreckigen kleinen Nest der Lichtblick, der mein Leben versüßen soll. So kannst du endlich das gutmachen, was du mir angetan hast! Du bist eine Hure. Und wenn du nicht tust, was ich dir sage, dann werde ich dafür sorgen, dass alle davon erfahren. Und ganz besonders Mutter Elisabeth.« Damit wandte die junge Witwe sich um, griff in den Stoff ihres strahlend blauen Kleides, um den Saum nicht zu beschmutzen, und stolzierte von dannen.

Luzinde blieb zurück. Zum dritten Mal in ihrem Leben zerbrach eine Welt für sie.

In den nächsten Wochen erschien es Luzinde, als schmore sie im Vorhof zur Hölle. Ihre Aufgaben in Pillenreuth waren mannigfaltig. Sie hatte Gemüse und Kräuter in den Beeten des Klosters zu ernten und zu waschen. Wenn es in der Küche viel zu tun gab, half sie auch dort und hackte der Köchin die Wurzeln und Kräuter oder zerlegte Fleisch und Fisch. Da sie gut zu Fuß war, musste sie manchmal hinaus, um zu prüfen, ob die Apfel- und Birnenbäume erntereif waren, die zum Beginenhof gehörten, und um die Fischreusen zu leeren. Den Hof verließ aber niemand allein, und da die Meisterin die neue Begine Luzinde zugewiesen hatte, um die Arbeit auf dem Hof zu lernen, musste Schwester Margaret, wie die Witwe Berainer nun hieß, mit hinaus zu den Teichen, um die Fische zu ernten. Überhaupt schien Margaret bei der Meisterin darum gebeten zu haben, hauptsächlich mit Luzinde zusammenzuarbeiten, denn egal, was die neue Begine zu tun bekam, sie tat es mit ihr.

Das bedeutete üblicherweise, dass die Magd Arbeit für zwei leisten musste. Während sie die Reusen abging und die Karpfen vorsichtig daraus löste, badete Margaret ihre Füße oder saß auf einem Stein und wusch sich das Haar. Zu zweit war das Ernten der Fische bei gutem Wetter ein angenehmes Unterfangen. Man konnte sich abwechseln, so dass einem nicht zu kalt wurde. Bei zügiger Arbeit konnte man zusammen auch einmal eine kleine Pause machen. Besonders morgens war das Wasser so kalt, dass die Arbeit allein zu einer kraftzehrenden Tätigkeit wurde. Zudem sprangen die Fische oftmals aus dem Korb, bevor sie ihn wieder zugebunden hatte. Also brachten sie die meisten Tage nur eine geringe Ernte nach Hause.

Auf den längeren Wegen klagte Schwester Margaret darüber, dass sie sich Blasen an den Füßen lief, oder darüber, dass sie beim Korb mit anfassen musste, den Luzinde nicht allein schleppen konnte. »Meine Finger werden ja rau und grob! Wie sieht denn das aus!«, pflegte sie nach langem Gejammer zu schimpfen.

Wie es schien, hatten die fünf Jahre des Ehestandes mit Konrad Berainer, dem Sohn eines wohlhabenden Großbauern mit viel Gesinde, Margaret zu etwas Besserem gemacht. »Schwere Arbeit ist einfach nichts für mich«, sagte sie stets.

Luzinde schwieg zu solchen Worten, wie sie auch die vielfachen Sticheleien hinnahm, mit denen Margaret sie überschüttete, wenn sie allein waren. Sie nannte Luzinde ihren Lastesel oder ihr Arbeitstier und spottete darüber, wie leicht ihr die Feldarbeit doch von der Hand ging. »Wie gut, dass Konrad zu seinem Eheversprechen gestanden und mich zur Frau genommen hat«, sagte sie oft. »Ein Bauerntrampel als erste Frau von Lindelberg! Was wäre das für eine Schande gewesen.«

»Ich bin kein Bauerntrampel«, entgegnete Luzinde einmal in verletzter Eitelkeit. »Mein Vater ist Schreiber und damit ein freier Bürger, der –«

»Aber du gibst einen feinen Bauerntrampel ab«, schnitt Margaret ihr das Wort ab. »Vermutlich hättest du dich eher mit Konrads Knechten im Heu gerollt als dich anständig zu kleiden und zu verhalten, wie es seiner Frau geziemt. Und wenn ich dich einen Bauerntrampel nenne, dann solltest du froh sein, dass ich dein wahres Wesen nicht beim Namen nenne, Hure!«

Damit endete Luzindes erster und einziger Versuch, Margarets Beschimpfungen mit Stolz zu begegnen. Dabei hatte die Witwe teilweise sogar Recht. Luzinde tat ihre Arbeit auf dem Beginenhof eigentlich gerne und bildete sich ein, den Frauen eine Stütze zu sein. Sicher, ab und an hatte sie sich auch mal einen kleinen Abstecher in die Brombeeren oder eine Pause im Kornfeld gegönnt. Doch für solche Abschweifungen bot sich nun keine Gelegenheit mehr.

In dieser Zeit wurde Luzinde immer öfter zur Kellermeisterin Kunigunde Schweppermann gerufen. Die sah sie mit vor Kurzsichtigkeit zusammengekniffenen und runzligen Augen traurig an und schüttelte den Kopf über Luzindes offensichtliche Lustlosigkeit. Sie murmelte Entschuldigungen für Margaret, die ja nun neu sei und eine Begine, weshalb die Verantwortung für die Arbeit bei der Magd läge.

Als Luzinde in zwei kalten und regnerischen Wochen mit weniger und weniger Fischen aus den Teichen zurückkehrte, weil es dauerte, die Reusen allein aus dem schmerzhaft kalten Wasser zu ziehen und wieder hineinzubringen und Margaret sich standhaft weigerte, das Wasser auch nur mit den Zehenspitzen zu berühren, ließ die Meisterin Elisabeth Vischbecken sie erstmals rufen und blickte sie strafend an. »Luzinde, so kann das nicht weitergehen. Du machst deine Arbeit schlampig, du bist lustlos und mürrisch, redest kaum noch ein Wort mit jemandem. Am schlimmsten aber ist, dass das Essen nicht mehr regelmäßig auf den Tisch kommt. Und wenn das Essen nicht da ist, dann werden auch die anderen Frauen borstig.« Luzinde richtete ihre Augen fest auf den Holzboden der Schreibkammer im Beginenhaus, in dem die Meisterin empfing. Warum fragte die Meisterin nicht mal Schwester Margaret, weshalb die Arbeit nicht getan wurde? »Margaret sagt, du würdest ihr die Arbeiten gar nicht so recht beibringen, seist unwillig und frech, und sie sei allein damit überfordert. Warum bist du plötzlich so faul geworden, Mädchen?« Die Magd schwieg, und so runzelte die Meisterin ärgerlich die Stirn.

»Ich kann arbeitsscheue Frauen auf diesem Hof nicht dulden. Ein fauler Apfel im Korb verdirbt die ganze Ernte. Wenn du dich nicht besserst, dann muss ich dich fortschicken.«

Diese Worte schreckten Luzinde mehr als alles, was Margaret ihr an den Kopf werfen konnte. »Fort?«, fragte sie leise. »Aber wohin denn?«

Die beleibte Meisterin schnaufte und hievte sich aus ihrem Stuhl. »Das ist nicht mein Problem. Lass es nicht dazu kommen.«

Von diesem Tag an wurden Luzinde und Margaret nicht mehr zu den Teichen geschickt. Die neue Begine frohlockte. »Mach nicht so ein Gesicht, Luzinde! Keine Blasen mehr an Füßen und Händen, kein kaltes Wasser mehr, nie mehr regendurchnässt von einem langen Gang zurückkehren! Wir haben Grund zum Feiern!« Luzinde aber trauerte dieser Pflicht nach.

Stattdessen erhielten die beiden unterschiedlichen Frauen jetzt mehr Arbeit in Küche und Stall. Besonders über Letztere murrte Margaret noch mehr als über das Fischen, denn Mist schaufeln hielt sie für unter ihrer Würde. Zudem konnte sie sich in der Nähe der anderen Beginen nicht so vollständig vor der Arbeit drücken, wie ihr das außerhalb des Hofes gelungen war. Den Ärger darüber ließ sie an Luzinde aus, die des Nachts kaum noch ein Auge zutat und jedem neuen Morgen mit Bangen entgegensah. Sie hatte nicht einmal mehr Zeit, bisweilen mit Anna zu plauschen. Damit schwand auch Luzindes letzte Freude im Leben.

Früher hätte sie sich mit dem Stolz der Tochter eines freien Mannes gegen Margarets Hohn gewehrt. Nun lastete deren Joch schwer auf ihr, und sie wusste nicht, wie lange sie es noch würde tragen können. In manch schwarzer, banger Morgenstunde, wenn Almut leise neben ihr atmete, fragte Luzinde sich, ob sie nicht tatsächlich lieber fortgehen sollte, um ihr altes Ziel zu verfolgen. Doch dann überfiel sie stets eine klamme Furcht. Schon einmal war sie aus ihrer Heimat vertrieben worden und hatte gedacht, sie müsste sterben. Damals hatte Gott sie an die Tore dieser Klause geführt und ihr hier ein neues Zuhause geboten. Doch man hörte schlimme Geschichten von Frauen, denen die Gnade des Herren nicht hold war, die hungern und betteln oder gar ihre Tugend verkaufen mussten, um nicht zu sterben. Und dann weinte Luzinde nachts leise, denn obwohl ihr die Leibeslust vertraut war und Margaret sie gerne eine Hure schimpfte, wollte sie doch keine Hübscherin werden, die jedem zu Willen sein musste, der sie bezahlte. Sie war gerne in Pillenreuth. Dieser Ort bot ihr Schutz, hier hatte sie ein gesichertes Leben. Sie besaß Freunde, ja beinahe eine neue Familie.

Auch Anna bemerkte die Veränderungen in Luzindes Wesen. Im Gegensatz zur Meisterin hatte sie auch schnell die Ursache dafür erkannt. »Seit die neue Witwe da ist, benimmst du dich wie ein Einsiedler. Was drückt dich denn bloß so nieder, dass du kaum noch lachst?«

»Es ist nichts«, erwiderte Luzinde auf solche Fragen stets. Und obwohl Anna ihren Worten keinen Glauben schenkte und sie immer merkwürdiger ansah, stellte sie irgendwann keine Fragen mehr.

Auf dem Hof Pillenreuth war an jedem dritten Mittwoch im Monat Schlachttag. Das war harte Arbeit, denn es mussten genug Schinken und Würste für vier volle Wochen gemacht werden. Selbst wenn das nicht immer gelang, schaffte die Köchin Almut es meistens, das Fleisch bis zum Monatsende so zu strecken, dass niemand darben musste. Der ganze Hof freute sich auf den Spint, jenes Kesselfleisch aus Resten und Stückchen, oder die frischen Blutwürste. Später im Monat musste man dann wieder mit länger haltbarem Pökel-, Rauchfleisch und Schinken vorliebnehmen. Anfang September aber, etwa zwei Wochen, nachdem Margaret in Pillenreuth eingezogen war, wurden die Stücke des Räucherschinkens im Essen erstaunlich früh immer kleiner, und die Beginen murrten über die schlechte Planung.

Margaret und Luzinde sollten in dieser Zeit Wurzeln ernten und in eine Sandkiste im Vorratsraum am Beginenhaus stapeln. Die Witwe hatte sich wie üblich zu Beginn der Erntearbeit mit einem Gang zum Abort verabschiedet, so dass Luzinde allein im Beet schwitzte. Als sie eine Ladung zur Vorratskammer trug, prallte sie, den Arm voll Wurzeln, in der Tür mit Margaret zusammen.

»Herrin?«

»Verflucht, Luzinde!«, stieß die junge Begine vor Schrecken hervor und wurde rot. »Du arbeitest ja schnell heute.«

Erst dachte die Magd erfreut, dass sich die Begine dazu entschlossen hatte, ihr bei der Arbeit zu helfen. Dann nahm Luzinde den Duft von Geräuchertem an der Frau wahr und sah die Beule, die sich unter der Arbeitsschürze bildete. »Was hast du da?« Die Magd wies auf die Beule unter dem Stoff. »Ist das ein Stück vom Schinken?«

»Wie kommst du darauf?« Doch der unsichere Tonfall strafte die Worte der Begine Lügen.

»Ich seh die Beule unter deiner Schürze, Margaret«, erwiderte Luzinde. Sie selbst nahm schon mal Geschenke von der Köchin entgegen, doch aus der Speisekammer zu stehlen kam keinesfalls infrage. »Das Fleisch ist für alle gleichermaßen. Es ist doch genug da!«

»Wenn dir deine Portion reicht – gut. Ich bin eine fettere Kost gewohnt als die Betschwestern hier! Davon bekommt man ja kaum einen Spatzen satt!«

»Aber wenn du es alleine isst, müssen alle anderen darben. Das ist kaum gerecht!« Was sie nicht sagte, war, dass das Fleisch zuerst beim Gesinde fehlen würde, das stets die Reste von der Tafel erhielt. Doch Margaret lächelte bloß und trat nahe an Luzinde heran. Obwohl die Begine einen halben Kopf kürzer war, musste Luzinde den Impuls unterdrücken, vor ihr zurückzuweichen.

»Und was wirst du nun sagen?«, fragte Margaret wie eine Lehrerin, die ein tumbes Kind unterrichtete.

»Wie – was werde ich jetzt sagen«, wiederholte Luzinde verdaddert.

»Nichts wirst du sagen, Dummkopf!«, schalt Margaret. »Du wirst deinen Sabbel halten und mir den Schinken lassen. Und weißt du auch, warum?«

»Weil … weil du sonst mit der Meisterin sprichst.«

»Ganz genau. Und dann werden wir sehen, wer mehr Ärger bekommt! Also füg dich!« Damit schritt die Begine mit dem Schinken fort.

Luzinde konnte nicht zur Meisterin gehen, um die Tat anzuzeigen. Was sollte sie nur tun? Margarets böse Worte machten ihr die eigene Hilflosigkeit so deutlich wie noch nie. Also blieb sie noch einige Augenblicke mutlos vor der Tür zur Vorratskammer stehen und starrte ins Leere. Sie fühlte sich ganz kraftlos. Wie sollte sie jetzt zu ihrer Arbeit zurückzukehren? Wie morgen früh die Kraft finden aufzustehen? Wie sehnte sie die unbeschwerteren Tage auf dem Hof zurück, bevor Margaret gekommen war!

Plötzlich schob sich ein kleines, warmes Händchen zwischen ihre Finger. Sie sah in die lächelnden Augen des kleinen Thomas, der vertrauensvoll zu ihr aufsah. Unwillkürlich erwiderte sie das Lächeln und blinzelte die Feuchtigkeit fort, die sich in ihren Augenwinkeln gesammelt hatte. Sie schickte den Burschen doch stets weg, wenn er sie belagerte. Wieso vermochte er nun, sie derartig schnell zu trösten?

»Alles wieder gut?«, fragte Thomas, wie seine Mutter es sonst tat.

»Ja«, presste Luzinde heraus. »Alles wieder gut, Kleiner.« Sie versuchte, ihre Haltung wiederzugewinnen. »Geh«, meinte sie rau. »Mach deine Arbeit, sonst bekommst du Schelte von der Meisterin!« Und damit kehrte auch sie an ihr Tagwerk zurück.

Doch es war nicht alles wieder gut. Als Fleisch und Schinken wenige Tage darauf ganz im Essen fehlten, ging die Meisterin der Sache auf den Grund. Nach einem Gespräch mit der Kellermeisterin Kunigunde und der Köchin Almut ließ sie die gesamte Belegschaft des Hofes, Beginen wie Gesinde zugleich, im Hof beim Brunnen erscheinen, obwohl es nieselte. »Wenn ich eines nicht unter meinem Dache dulden kann«, sprach sie mit harter Stimme, »dann einen Dieb! Almut sagt, sie sei sparsam gewesen mit dem Schinken, und Almut hat sich bislang noch selten um mehr als ein, zwei Tage mit dem Fleisch verschätzt. Jetzt aber ist's mehr als eine Woche vor dem Schlachttag! Also heraus damit – wer hat's genommen?« Doch als sich niemand meldete, da schäumte die Meisterin vor Wut. »Also werden wir's anders herausfinden. Wer seinen Platz verlässt, bevor ich's sage, der verlässt auch diesen Hof. Waltraud, Kunigunde – ihr durchsucht die Kammern.« Kunigunde aus der Familie Schweppermann, die nach der Meisterin die angesehenste Begine zu Pillenreuth war, und die Magd Waltraud gehorchten.

Die anderen Frauen, die Knechte und Kinder standen draußen im Hof und erduldeten, dass der feine Septemberregen sie langsam von oben durchnässte, während die Feuchtigkeit des schlammigen Bodens ihnen an den Füßen fror. Das Wetter war bereits kühl, der himmlische Segen nicht angenehm. Niemand wagte zu sprechen oder Meisterin Elisabeth anzusehen. Die saß inmitten ihrer Pfunde auf dem hölzernen Thron und überwachte die Menge mit grimmiger Miene. Endlich traute Luzinde sich, zu Margaret hinüberzusehen. Würde man Reste des Schinkens bei ihr finden? Verriet die Tat die Diebin selbst? Doch die Begine schien nicht nervös.

Das Doppelgespann begann die Suche im Gesindehaus und blieb dort lange verschwunden. Als sie schließlich wie in heiliger Mission herausgestapft kamen, um sich die Scheune mit den Lagern der Knechte vorzunehmen, atmete Luzinde auf. Sie hätte Margaret zugetraut, einen verräterischen Rest des Schinkens in ihre Sachen zu legen, um den Verdacht auf sie zu lenken.

Luzinde fragte sich noch, ob die Meisterin sie hier wohl stehen lassen würde, bis etwas gefunden wäre, da gellte ein triumphierender Schrei von hinter der Mauer herüber. Wenige Herzschläge später eilten die beiden Frauen wieder auf den Hof, Frau Kunigunde mit einer schmalen weißen Speckrinde in der Hand.

»'s war in der Strohbude im Stall«, klagte sie an. »Die Ratten haben sich schon darüber hergemacht!«

»Strohbude? Was für eine Strohbude?«, grunzte die Meisterin.

Frau Kunigunde schwieg, doch Waltraud zögerte keinen Herzschlag. »Der Bursche Thomas verkriecht sich dort immer, Meisterin!«

Aller Augen wandten sich zu dem fünfjährigen Jungen, der, erschrocken über die plötzliche Aufmerksamkeit, hinter dem Rock der Mutter verschwand. Nur Luzinde starrte Frau Margaret an, hinter deren Maske aus rechtschaffener Entrüstung ein selbstzufriedenes Grinsen lungerte.

»Er war's nicht! Frau Meisterin, der Thomas war's nicht! Thomas, sag der Meisterin, dass du's nicht warst!« Verzweifelt stellte Anna sich vor ihren Sohn. Doch aus dem Jungen war nichts herauszubekommen; je mehr auf ihn eingeredet wurde, desto weniger war er willens zu sprechen.

»Thomas!«, spie die Meisterin aus und erhob sich von ihrem Sitz. »Das bedeutet dreißig Rutenschläge und kein Abendbrot!« Ein Gemurmel erhob sich unter den Frauen.

»Dreißig Schläge! Aber Frau Meisterin, er ist doch noch ein Bub!«, flehte Anna.

»Und weil er ein Bub ist, bekommt er nur die Schläge, und ich werfe ihn nicht vom Hof! Und jetzt genug davon!« Damit ließ die Meisterin ihren Stuhl ins Gebäude tragen und warf die Tür hinter sich zu.

Auch Luzinde war blass geworden. Dreißig Schläge – das war schon für einen Mann mit der Statur eines Ochsen hart genug, geschweige denn für einen Fünfjährigen! Nach einer solchen Strafe, zumal einer unverdienten, würde der Bursche seines Lebens nicht wieder froh werden. Sie sah zu Margaret hinüber. Der war das Schicksal von Thomas offenbar gleichgültig. Als sie dem vorwurfsvollen Blick Luzindes begegnete, schlich für einen kurzen Moment Unsicherheit in den Gesichtsausdruck der Begine. Dann schüttelte sie warnend den Kopf und legte in einer Geste, die nur Luzinde verstand, ihre Hand auf den Bauch und beschrieb damit einen Kreis.

Luzinde konnte ihre Wut über dieses verschlagene Weib nur schwer unterdrücken. Doch sie nickte widerwillig und wandte sich ab. Sicher, sie selbst nahm es oft nicht so genau mit den Regeln vor Ort. Doch sie hatte noch nie jemanden für eine Tat büßen lassen, die sie selbst begangen hatte! Sie eilte zu Anna hinüber. »Anna, der Bube war es sicher nicht. Er hätte ja immer genau die Zeiten abpassen müssen, in denen niemand auf dem Hof oder aus der Küche in der Vorratskammer gewesen ist. Der Junge ist doch kaum geschickt genug, einer Glucke ihr Ei zu stehlen, geschweige denn, über Tage hinweg die Kammer zu leeren!«

Doch die Worte waren an die Mutter verschwendet. »Sag das der Meisterin. Dreißig Schläge! Luzinde, mein armer Junge! Er wird daran zugrunde gehen! Das wird ihn zum Krüppel machen!«

»Ich glaube kaum, dass die Meisterin auf mich hört, Anna. Es tut mir leid.« Doch sie fühlte sich bei diesen Worten nicht wohl. »Vielleicht – vielleicht sagt Thomas ihr, dass er's nicht gewesen ist?«

»Die Meisterin will doch nichts mehr davon hören! Wer bekennt sich schon schuldig, wenn dreißig Schläge drohen?« Anna konnte das Schluchzen nicht mehr zurückhalten und presste ihren Sohn eng an sich. Der lugte zwischen ihren Armen zu Luzinde hoch. Die großen blauen Augen mit dem vertrauensvollen Blick verstanden offenbar nicht, was die ganze Aufregung sollte.

Plötzlich streckte er beide Arme nach Luzinde aus und wand sich vom Arm seiner Mutter. Verdutzt hielt die Magd den Buben fest. Sie verstand ihn nicht. Warum hatte er sie so ins Herz geschlossen, wenn sie ihn doch immer von sich weggeschoben hatte? Er schlang ihr die Arme um den Hals und flüsterte: »Alles wieder gut?«

Damit war es um Luzindes Selbstbeherrschung geschehen. »Alles wieder gut«, erwiderte sie leise und blinzelte eine Träne aus dem Auge. »Anna, mach dir keine Sorgen. Dem Buben wird nichts geschehen.« Luzinde war die Einzige, die etwas unternehmen konnte. Und sie wusste, was sie zu tun hatte. Sie musste mit Mutter Elisabeth sprechen. Also reichte sie den schweren Jungen wieder zu seiner Mutter hinüber und ging mit einem letzten bösen Blick zu Margaret ins Beginenhaus.

Die Meisterin des Hofes empfing sie abseits des Trubels in der Schreibkammer. Truhen voll ledergebundener Bücher, großer Bögen abgeschabten Pergaments, Gänsefedern, Federmesser und anderer Kostbarkeiten wurden hier aufbewahrt. Vor sich hatte sie auf einem Pult ein schmales ledergebundenes Buch liegen, das mit ihrer feinen Handschrift gefüllt war; Gänsefeder und Tinte waren noch feucht. »Was gibt es denn noch?«, fragte sie barsch. »Habe ich nicht gesagt, dass ich davon nichts mehr hören will? Der Junge bekommt seine Strafe! Denn ›wo keine Strafe verhängt wird, ist die Bosheit schnell am Werk‹.«

»Aber«, sprach die Magd aufgewühlt, »wenn er's denn wirklich nicht war?«

»Und woher solltest du das wissen?«, knurrte die Vorsteherin der Beginen.

Luzinde zögerte nur kurz. Die Wut auf die verschlagene Margaret loderte heiß in ihr. »Weil … weil ich den Schinken genommen habe, Meisterin Elisabeth.« Nun hatte sie es gesagt. Thomas würde nichts geschehen, und sie hatte die grausame Begine nicht verraten.

In das Schweigen in der Kammer drang das laute Singen einer Drossel herein, und aus der Ferne hörte man einen der Knechte Holz für die Küche spalten. Das Holz knarrte, als die Meisterin sich mit neuem Interesse nach vorne auf das Schreibpult beugte und Luzinde musterte. »*Du* hast den Schinken vom Haken an der Wand des Vorratskellers geschnitten?«, fragte sie ganz beherrscht.

Luzinde nickte. »Ja, Herrin.« Sie atmete tief durch. Die Schläge würde sie irgendwie ertragen.

»Und wie erklärst du dir, dass der Bube Thomas vom Speck in seiner Strohbude im Stall gehabt hat?«

Wieder zögerte die Magd. Natürlich wusste sie, dass Margaret den Speck dort platziert haben musste. Doch es gab nur eine logische Antwort. »Ich habe ihm was gegeben – vom Schinken. Der Bub wusste nicht, dass er gestohlen war. Ihr dürft ihn nicht schlagen lassen. Er trägt wirklich keine Schuld!« Luzinde fühlte sich so intensiv gemustert wie nur damals, als sie nach ihrer Genesung um Arbeit in der Klause gebeten hatte.

»Das zumindest glaube ich dir inzwischen«, nickte die Meisterin und lehnte sich wieder zurück. »Wer aber war es dann?«

Luzinde konnte nur überrascht stottern. »Wie – wer? Aber ich – ich habe Euch doch gerade gesagt, dass ich –«

»Ich weiß, was du gesagt hast, Luzinde. Dass du den Schinken gestohlen hast. Aber ich glaube dir nicht. Und weißt du auch, warum?« Die Magd schüttelte stumm den Kopf.

»Weil der Schinken in den letzten Tagen nicht an den Wandhaken im Vorratskeller hing. Die Kellermeisterin Kunigunde hatte ihn an die Deckenhaken in der Getreidekammer gehängt, weil sie sich so besseren Schutz vor Ratten erhoffte.«

Dazu wusste Luzinde nichts zu sagen. Ihre Wangen leuchteten rot auf. Sie wappnete sich gegen das nun sicher folgende Donnerwetter.

Tatsächlich stieg die Meisterin schnaufend von ihrem Tritt hinter dem Schreibpult herunter und kam auf die Magd zu. »Ich weiß, dass du es nicht warst, Kind. In den fast fünf Jahren, die du bei uns bist, ist dergleichen noch nicht vorgekommen. Warum also jetzt mit dem Stehlen anfangen? Andere dagegen … ich habe da so eine Ahnung. Aber du musst mir schon sagen, wer es war. Ohne eine Klage kann ich auch kein Gericht führen, verstehst du?«

Luzinde nickte bedrückt. Die Begine stahl, log, betrog und nutzte andere schamlos aus. Wie gerne wollte sie Margaret an die Meisterin ausliefern! Doch gleichzeitig wusste Luzinde, dass sie nichts davon bezeugen durfte, denn sonst würde Margaret über ihre gemeinsame Vergangenheit reden, und die Folgen waren klar. Die Klause Pillenreuth war Luzinde ein Heim geworden, seit sie ihres verloren hatte. Der Schmerz des Fortgehens, die Angst vor der Zukunft damals – das wollte Luzinde niemals mehr wieder erleben. Daher musste sie schweigen. Doch in die Augen sehen konnte sie Meisterin Elisabeth dabei nicht.

Nach kurzer Stille zwischen den beiden Frauen wandte die Meisterin sich wieder um und hievte sich zurück auf ihren Tritt. »Also gut, Luzinde«, sprach sie kühl. »Dann wird der Junge seine Schläge erhalten.«

Luzinde sah erschrocken auf und musterte die Vorsteherin. Innerlich hin- und hergerissen erwog sie, Margaret doch zu verraten. Doch als sie dem Blick der Meisterin begegnete, schüttelte sie blass den Kopf. »Nein, wird er nicht, Herrin. Ihr lasst sicher keinen unschuldigen Burschen verprügeln.«

Zuerst wollte die beleibte Frau aufbrausen. Dann errötete sie beinahe mädchenhaft und murmelte etwas Unverständliches. »Mach, dass du rauskommst«, brummte sie schließlich, und Luzinde wusste, dass sie Recht hatte. »Ja, Herrin.«

Draußen atmete die Magd auf, als sei eine Last von ihr gefallen. Der kleine Thomas würde keine Schläge erhalten, sie würde nicht als Diebin verjagt, und Margarets Geheimnis war gewahrt. Alles war gut. Sie eilte zum Gesindehaus, um Anna und ihrem Sohn die gute Nachricht zu überbringen.

Die dunklen Blicke, die ihr aus einer der Fensteröffnungen folgten, als sie über den schlammigen Hof lief, sah Luzinde nicht.

In der folgenden Nacht schreckte Luzinde aus dem Schlaf hoch. Um sie herrschte völlige Finsternis. Für einen kurzen Augenblick drückte ihr eine namenlose Furcht auf die Brust. Sie hatte einen Traum gehabt, jenen Traum, den sie seit ihrer Flucht aus Lindelberg so oft geträumt hatte. Sie hörte noch das Schreien eines Neugeborenen, eine weinende Frauenstimme –

ihre eigene –, sah Blut an ihren Händen, wieder das Funkeln eines Anhängers, einer Art Münze an einem Lederband …

Luzindes Hand ertastete wie so oft das silberne Bildnis der Heiligen Luzia an ihrem Hals. Dann erkannte sie das zarte Schnaufen der Köchin Almut neben sich im Bett und glich ihren Atem daran an. Sie lag in ihrem Kastenbett zu Pillenreuth. Alles war gut.

Doch die aufgeregten Stimmen vom Hof her kündigten an, dass sie nicht nur geträumt hatte. Sie hörte die Schritte harter Holzschuhe auf den Dielen; eine Laterne erhellte die Küche. Dann wurde der Vorhang beiseite gerissen, der die kleine Schlafkammer abtrennte. Frau Kunigunde, die Kellermeisterin, stand mit Waltraud in der Tür und starrte auf das Bett herab, die Gesichter durch die Schatten einer flackernden Laterne entstellt. Als Waltraud vortrat und sie am Arm packte, um sie unsanft aus dem Bett zu zerren, da wusste sie, dass sich in dieser Nacht alles verändern würde.

»Luzinde? Was ist?«, fragte Almut schlaftrunken.

»Ich … ich –«

»Komm mit zur Meisterin Elisabeth, Metze!«, zischte Waltraud und zog sie wie sie war, im Hemd und ohne Holzschuhe, über den schlammigen Hof, hinüber ins Haus der Beginen. Frau Kunigunde folgte ihnen. Hier in der Kemenate erwarteten sie bereits die übrigen zehn Frauen. Schwester Margaret kniete bleich auf dem Boden neben dem Stuhl der Meisterin und starrte Luzinde genauso verschlossen und abschätzig an wie die anderen Beginen.

»Ist es wahr?«, fragte die Meisterin Luzinde direkt heraus.

Waltraud stieß die Magd ebenfalls auf die Knie, neben Margaret, und trat zurück. Die Magd zögerte. »Wahr? Was?«

»Dass du keine Witwe, sondern eine Metze aus Lindelberg bist«, fuhr Elisabeth Vischbecken mühsam beherrscht fort.

»Dass du die Heiligkeit dieser Gemeinschaft entweiht und uns jahrelang belogen hast. Und dass du die Mutter eines Bastards ohne Vater bist!«

Luzinde erstarrte vor Angst. Ihr Blick huschte zu der trotzig wirkenden Margaret. Warum hatte die Frau sie dieser Schande ausgeliefert? Sie hatte doch nichts über deren Diebstahl verraten!

»Der Blick!«, rief die Magd Waltraud triumphierend aus. »Sie hat gewusst, dass die Margaret sie angeklagt hat! Woher hätt sie das wissen sollen, wenn's nicht stimmt?«

»Ist es wahr?«, fragte die Meisterin wieder, und über die Kemenate fiel Stille. Doch Luzinde senkte nur den Blick und schwieg. Was sollte sie nun noch sagen? Egal ob richtig oder falsch, niemand würde ihren Worten glauben. Ihr Herz pochte vor Angst hart gegen ihre Rippen.

Als die Meisterin Elisabeth wieder sprach, klang ihre Stimme hart und unbarmherzig. »Ich nehme dein Schweigen als Zustimmung, Luzinde. Du wirst deine Sachen packen und gehen. Verlasse das Pillenreuther Land und kehre nicht zurück! Du bist hier nicht mehr willkommen.«

Luzinde verlor bei diesen Worten den Boden unter den Füßen. So musste sich ein Regentropfen anfühlen, kurz bevor er vom Himmelszelt zu Boden stürzte; noch Halt am Himmel habend, und doch schon den Zug des Erdreiches spürend.

»Du hast nicht nur mich beleidigt, du beleidigst auch die Heilige Frau Maria, die dir in ihrem Hause Schutz bot«, fuhr die Meisterin wütend fort. »Lügnerinnen und Betrügerinnen kann ich in meinen Mauern nicht dulden. Kaiser Ludwig selbst hat diesen Konvent gegründet! Konrad Groß aus Nürnberg hat Geld und Ländereien gespendet! All diesen hohen Herren sind wir es schuldig, die Tugendhaftigkeit und den Anstand dieses Ortes zu bewahren!«

Luzinde schluchzte verzweifelt. Damals, als sie zu den Beginen gekommen war, hatte der Schmerz ihr die Kehle zugeschnürt, wann immer sie nur daran gedacht hatte. Danach hatte sie geschwiegen, um nicht mit Schimpf und Schande vertrieben zu werden, wie die Beginen es nun taten.

Tränen flossen über Luzindes Wangen, ohne, dass sie in der Lage wäre, sie zurückzuhalten. »Aber wohin?«, stammelte sie. »Ich bitt, habt Gnade! Ich will tugendsam sein und gehorsam, und …«

»Du hast meine Gnade verspielt, Mädchen!« Die Stimme der Meisterin bebte. »Ich will, dass du mir morgen früh aus den Augen bist! Doch du bist nicht die Einzige, die diese Mauern verlassen wird.« Damit wandte sich die Meisterin nicht minder zornig der knienden Begine zu. »Margaret, pack die Sachen, die du am Leibe tragen kannst, und verschwinde. Ich will auch dich nie wieder hier sehen.«

»I-ich?«, stieß die junge Begine entrüstet aus. »Aber – ich habe Euch doch diese Metze ausgeliefert! Ich habe nichts falsch gemacht!«

»Du hast deinen Mitschwestern den Schinken vom Munde weg gestohlen, Weib. Du dachtest, du könntest Luzindes Beschuldigung gegen dich schwächen, in dem du ihren Ruf zerstörst. Du hast dabei nur eines nicht bedacht.«

»Was?«, fragte Margaret wütend.

»Luzinde hat dich nie beschuldigt, den Schinken genommen zu haben.« Margaret stand der Mund offen, als die Meisterin weitersprach. »Das einzige Zeugnis über deinen Diebstahl erhielt ich aus deinem eigenen Mund, als du versuchtest, den Vorwurf abzuschwächen. Indem du ihre Sünde verraten hast, hast du deine eigene offenbart. Wie steht es in den Sprichwörtern geschrieben? Die Güte eines Menschen kommt ihm selbst zugute, der Hartherzige aber schneidet sich ins eigene Fleisch.

Geh in dich, meine Tochter! Hättest du geschwiegen, es ginge Euch beiden jetzt nicht schlechter als vorher.«

Margaret brauchte ein paar Augenblicke, um das zu verdauen. Dann nickte sie. »Gebt mir meine Mitgift, und ich gehe. Ich kann diese stinkende Bauernkate sowieso nicht ertragen!«

»Deine Mitgift gehört der Klause und ihren Bewohnern, denn du hast gegen die Gesetze Gottes und deiner Mitschwestern verstoßen. Geh mit dem, was du am Leibe trägst, und geh mit Gott – aber geh!«

»Ja wo sollte ich denn wohl hingehen? Ohne das Geld nimmt meine Familie mich schon gar nicht zurück – die haben Euch doch das Silber bezahlt, um mich loszuwerden!«

»Das hättest du dir überlegen sollen, bevor du deine Mitschwestern beraubt hast«, erwiderte Meisterin Elisabeth.

Wäre Luzinde nicht so wütend auf die verzweifelte Begine gewesen, hätte sie ihr beinahe leidgetan. Immerhin konnte sie deren Entsetzen nachempfinden. Sie erinnerte sich an den Hunger, das Fieber, die Furcht vor jedem Bauernhaufen, der Hand anlegen würde an eine schutzlose Vagabundin. Dieser alte Schrecken lähmte sie nun selbst beinahe. Wo sollte sie hingehen? Wie sollte sie ihr täglich Brot verdienen? Wer würde eine heimatlose Streunerin aufnehmen? Als sie später in ihrer rauchigen Kammer die Sachen packte, stellte sie diese Fragen auch Anna.

»Geh nach Nürnberg«, meinte die. »Das ist eine große Stadt, die stets Leute braucht, die vor harter Arbeit nicht zurückschrecken. Und einen Klarissen-Konvent hat es dort auch, und ein Spital, die kümmern sich um die Armen. Oder du gehst nach Roth. Dort erhalten selbst jene Asyl, die anderswo gegen geltendes Recht verstoßen haben.« Anna zögerte und biss sich auf die Lippe. »Ist es denn wahr? Du hast ein Kind?«

Luzinde hatte gegenüber der Meisterin bis zuletzt darüber geschwiegen, ob Margarets Vorwürfe berechtigt waren. Doch die liebe Anna konnte sie nicht anlügen. »Ja«, flüsterte sie. »Ich habe ein Kind.«

»Aber warum um Himmels willen hast du denn so lange geschwiegen?«, fragte Anna. »Warum hast du's nicht einfach gesagt?«

»Ich wusste nicht wie, Anna«, murmelte Luzinde bedrückt. »Ich hatte Angst, dass ich dann gehen müsste. Und dann wollte ich nur noch alles vergessen, als wäre nichts geschehen.« Sie verstummte kurz. »Es hat mir keine Freude bereitet, dich zu belügen«, setzte sie noch hinzu.

»Verstehe«, meinte die andere Magd, doch Luzinde sah, dass sie nicht verstand. Doch die andere bemühte sich, und das bedeutete ihr viel.

Anna runzelte die Stirn. »Aber, sag mal, wenn du hier warst – wer hat denn in den letzten Jahren für dein Kleines gesorgt?«

»Ich weiß es nicht«, erwiderte Luzinde.

»Wie heißt es denn?«

»Ich weiß es nicht.«

»Du weißt es nicht? Ist es denn ein Junge oder ein Mädchen?«

Luzinde schluckte schwer und kämpfte mit den Tränen. Dann flüsterte sie: »Ich – ich glaube, es ist ein Junge.«

Anna stellte keine weiteren Fragen.

Als die Morgensonne am Heiligen Sonntag den Himmel über dem östlichen Frankenwald rot entzündete, nahm Luzinde Abschied von der Klause Pillenreuth. Alle Beginen, Mägde und Knechte hatten sich versammelt, um die beiden Sünderinnen abziehen zu sehen – vermutlich würde man noch in Jahrzehnten über diese Nacht sprechen. Anna, Thomas, selbst Trautmann waren da. Er vermied es, ihrem Blick zu begegnen. Nur Meisterin Elisabeth war nicht erschienen. Sie ließ Luzinde durch Waltraud noch ein Abschiedswort mitgeben. »Darum werden die Frevler im Gericht nicht bestehen noch die Sünder in der Gemeinde der Gerechten. Denn der Herr kennt den Weg der Gerechten, der Weg der Frevler aber führt in den Abgrund.« Diese Worte nährten die verzweifelte Wut Luzindes auf die Meisterin nur noch. Musste die ihr noch einen Tritt versetzen, obwohl sie bereits am Boden lag?

Das Lebewohl fiel Luzinde nicht leicht. Sie weinte viel und klammerte sich an die liebe Anna, als könnte diese sie vor einer ungewissen Zukunft bewahren. Dann löste die rundliche Magd sich von ihr. »Möge die Heilige Mutter Maria dich beschützen.«

Luzinde küsste die Freundin. »Ich werde mich ihrer Wert erweisen«, flüsterte sie. Dann wandte sie sich ab. Sie hatte kaum drei Schritte getan, da riss sich der kleine Thomas von der Mutter los und klammerte sich an ihr Bein. Zum ersten Mal schob Luzinde ihn nicht fort. »Alles wieder gut?«, fragte er weinend und wollte Luzinde zurück zur Klause ziehen.

»Nein, Thomas«, sprach die ehemalige Magd mit rauer Stimme. »Dieses Mal wird nicht alles wieder gut. Ich muss fortgehen.«

»Alles wieder gut? Bitte, bitte?«, wiederholte der Bursche mit kindlicher Verbohrtheit und zog kräftiger. Da drehte sich Luzinde zu ihm um, hob ihn hoch und drückte ihn. »Hab keine Angst«, murmelte sie. »Die Jungfrau Maria wird schon auf mich achtgeben«, sie deutete auf die hölzerne Kapelle mitten auf dem Hof. »Du kannst auch zu ihr beten. Und an mich denken. Ich mach das auch.« Der Kleine nickte weinend.

Als die kleine Glocke von Pillenreuth zur Messe rief, setzte Luzinde den Jungen ab. Sie musste sich fast mit Gewalt aus seinem Griff lösen. Anna nahm ihn bei der Hand und hielt ihn fest.

So schulterte Luzinde ihr Bündel und wandte Pillenreuth den Rücken. Sie schritt nur zögernd aus, denn ihr Herz war schwer. Was sollte nur aus ihr werden? Was jetzt vor ihr lag, das wusste Gott allein.

Kapitel 4

So verließ Luzinde den Beginenhof Pillenreuth und machte sich auf nach Nürnberg. Sie folgte dem Karrenweg durch den Wald aus dunklen Tannen und lichten Buchen. Sie kämpfte sich durch den Schlamm des Vortags und das dichte Gebüsch, das auf den Weg ragte. Mehr noch aber kämpfte sie mit den Tränen. Sie schimpfte auf Margaret und Waltraud, auf Kunigunde und besonders auf Meisterin Elisabeth. Sie wusste zwar nicht, ob sie dort noch hätte leben wollen, nun, da die Beginen sie anstarrten, als wäre sie eine Aussätzige. Doch der Schmerz darüber, erneut alles verloren zu haben, was Heimat für sie gewesen war, schnürte ihr die Kehle zu, so dass sie kaum zu atmen vermochte. Selbst die diensteifrige Waltraud und die Beginen fehlten ihr. In der Klause hatte sie immer gewusst, dass für sie gesorgt war. Nun fühlte Luzinde sich schrecklich allein auf der Welt.

Man hatte ihr gesagt, dass Nürnberg nicht weit sei – sie müsse stets nach Norden durch den Lorenzer Reichswald, dann könne sie gar nicht fehlgehen. So gern Luzinde in der Umgebung der Klause allein durch den Wald gewandert war, diese Reise ängstigte sie. Die tiefgefurchten Wege ähnelten einander so sehr. Wenn sie fehlginge oder jemand sie überfiele – wer würde dann nach ihr suchen? So hastete sie mit klopfendem Herzen und schweißnasser Stirn durch Fichten und Fören, über Teppiche von Preisel- und Schwarzbeeren und betete, dass sie sich nicht verirrt hatte oder auf räuberische Gesellen stieß.

Doch endlich, nach Stunden der Wanderung, wich der Wald schließlich zurück und gab den Blick auf meilenweite Felder frei. In ihrer Mitte thronte eine gewaltige Stadt, und über dieser Stadt eine Feste, so trutzig, wie Luzinde noch keine gesehen hatte. Die Größe des Ortes verschlug ihr für einen Augenblick den Atem. In ihrem Schatten kam sie sich noch kleiner vor als ohnehin schon. Hier mussten mehrere tausend Menschen wohnen!

Vor Nürnberg aber befand sich, so schien es zumindest, noch eine zweite kleinere Stadt, die selbst so manches Dorf an Einwohnern übertraf. Es handelte sich um eine Zeltstadt, in der es von Rittern, Ministerialen, Knechten und Pferden nur so wimmelte. Der Wind wehte Gestank herüber, der einer Kloake Konkurrenz machen konnte. Herz dieses Lagers war ein riesiges Zelt, über dem noch kein Feldzeichen flog. War denn Krieg? Oder gar ein Reichstag auf der Kaiserfeste der Stadt? Die Magd sah einen Trupp klobig gerüsteter Rittersleute auf schweren Pferden zielstrebig davoneilen. Sie selbst hielt sich verborgen, bis die Männer weg waren. Dann machte sie vorsichtshalber einen weiten Bogen um die Zeltstadt. Bei so machtvollen Herrschaften wusste man nie …

So betrat Luzinde staunend die Stadt Nürnberg. Als sie an den ersten Hütten vorbeiging, erkannte sie schnell, dass die Stadt deshalb so riesig wirkte, weil sie längst über die sie umgebende Stadtmauer hinausgewachsen war. Zwar baute man bereits an einem neuen Wall, der auch diesen Außenbezirk mit einschließen sollte, doch noch duckten sich hier draußen Holz- und Lehmbauten so eng aneinander, dass die Magd schon bald den Überblick verlor. Alles schien gleichermaßen dreckig und eng, Bettler und Krüppel humpelten in Lumpen durch die matschigen Straßen. Bauernkarren rumpelten, von mächtigen Kaltblütern gezogen, stadtauswärts, so kurz vor dem Mittag bereits von ihren Gütern befreit. Ein Deutschordensritter, kenntlich am schwarzen Kreuz auf weißem Grund, trottete langsam auf seinem schweren Ross an ihr vorbei. Und jeder, so schien es, starrte sie an und konnte ihr an der Stirn ablesen, dass sie eine Fremde ohne Heim war. Luzinde hoffte nur, dass niemand ihre Habe als ausreichende Beute ansähe, um sie zu berauben. Und so klammerte sie ihren Beutel an sich und strebte mit schnellen Schritten zur Durchfahrt des hoch aufragenden hellen Turmes in die Stadtmauer hinein.

Innerhalb der Mauern waren die Straßen in geringfügig besserem Zustand, denn Gräben leiteten das Regenwasser ab. Allerdings saßen hier keine Bettler an den Rändern – die hatten offensichtlich ihre festen Plätze an den Kirchen. Also wanderte Luzinde die Straßen entlang, die einen seichten Hügel hinaufführten. Viele Holzhäuser hier standen genau so krumm und schief wie vor den Mauern. Die Schilder über den Türen zeugten von den Handwerken ihrer Besitzer, man sah Feuerzangen, Scheren und andere Darstellungen. Luzinde sah über Steinhäusern rauchende Schlote und lauschte auf die Geräusche der Handwerker aus den Häusern: das Hämmern eines Zimmermannes, das Singen eines Schneiders, das Klingen von Hammer auf Amboss. Sie hörte das dumpfe Dröhnen eines Mühlsteins und machte gar das Zeichen eines Hutmachers aus. Aus einem Haus huschte eine Magd heraus und rempelte Luzinde an, schüttelte verärgert den Kopf und hastete weiter. Überall herrschte rege Betriebsamkeit.

Wohin sollte sich Luzinde nun wenden? Wo sollte sie beginnen? Sicher würde es für jemanden, der harte Arbeit nicht scheute, irgendwo eine Anstellung geben. Doch die fremde Welt stürzte sie in Verwirrung, und so hielt sie es für Fügung, dass ihre Schritte sie zu einem Gotteshaus lenkten. Und was für ein Gotteshaus das war! Eine riesige Basilika aus Sandsteinquadern ragte über die darum herumliegenden Häuser auf und zwang sie so in ihren Schatten. Sie war teilweise von Baugerüsten umgeben, denn offenbar wurden an der Westseite, die zu Luzinde wies, zwei Türme aufgesetzt und eine Fassade höher gezogen. Momentan arbeiteten Steinmetze an etwas, das aussah wie eine riesige Rosette aus hellem Stein. Seitlich leuchteten die spitzbogigen Butzenglasscheiben der Kirche im Sonnenschein und stellten den Reichtum ihrer Erbauer dar. Selbst ein auf der gegenüberliegenden Ecke stehender wuchtiger Wohnturm aus rotem Sandstein und drei gemauerten Geschossen, an sich schon ein gewaltiges Haus, wirkte dagegen klein. Die Kirche hatte in Luzindes Augen etwas Beruhigendes, gar etwas Tröstendes.

»Das ist Sankt Laurentius, Dummchen!«, lachte eine zahnlose Alte, die mit einem Korb voll Gemüse am Markt saß, auf Luzindes Frage. »Die reichen Schmiede gehen hier zur Messe, und ein paar der Ehrbaren Familien!« Sie wies zu dem Wohnturm hinüber.

Eine Reicheleutekirche! Luzinde wäre dort sicher nicht willkommen. Sie sah sich um. Die große Kirche und der wuchtige Wohnturm standen auf der Kuppe der sanften Steigung, der sie gefolgt war. Wenige Schritte nach Norden fiel der Boden gen Flussufer ab. Sah man aber über den Fluss hinweg, über die vielen krummen Dachbalken der kleinen und großen Häuser, die sich im Herzen der Stadt befanden, blickte man genau auf die Mauern der trutzigen Kaiserburg Nürnbergs. Der große runde Turm, der den höchsten Punkt des ganzen Landes bildete, ragte stolz in den Himmel. Irritiert schaute Luzinde die Straße nach Süden hinunter.

»Warum wird unten vor der Stadt ein Feldlager aufgebaut, wenn es doch eine große Burg in der Stadt gibt?«, fragte sie die Alte.

»Der König kommt bald, das weiß doch jeder. Die feinen Herrschaften müssen sich erst einigen.«

»Einigen? Worüber?«

»Wem die Stadt gehört. Wem die Burg gehört – dem Rat, dem Burggrafen oder dem König in Böhmen. Und wie viel Köpfe rollen müssen. Wegen des Aufstands«, erklärte die Alte ihr mehr oder minder geduldig. »Die hohen Herren sollten dem König schnell die Füße küssen, wenn du mich fragst. Damit wir wieder die Messe feiern können!«

»Warum feiert ihr die Messe nicht, Alte?«, fragte Luzinde erstaunt.

»Wir feiern sie schon, Dummchen. Aber eigentlich dürfen wir's nicht, und die Priester sollen auch das Abendmahl nicht halten. Weil der Rat doch zum Kaisersohn Ludwig hält, und der ist vom Papst gebannt wie sein Vater vor ihm und alle seine Städte mit ihm. Deshalb dürfen wir die Messe nicht feiern, so wie früher, als der Bayer noch Kaiser war.«

»Das ist schlimm«, meinte Luzinde. Sie wusste, wovon sie sprach. Als ihre Schwangerschaft zu Hause in Lindelberg bekanntgeworden war, hatte der Priester sie damals von den heiligen Sakramenten ausgeschlossen. Auch sie hatte dafür einen Ausweg gesucht und sich in Pillenreuth, geschützt durch ihre Lügen, einen Platz in der Messe und beim Abendmahl verschafft. Doch in ihrem Innersten wusste sie, dass, wenn sie auch den Priester und die Meisterin Elisabeth getäuscht hatte, Gott alles sah und alles erfuhr – auch ihre Sünde.

Luzinde ließ sich lieber den Weg zum Klarissenkonvent weisen, der die Straße hinunter – »gen Galgenbaum, Kindchen!« – außerhalb der Mauern lag, und machte sich auf den Weg. Das Kloster lag in der Nähe des Franziskanerkonventes. Es lag geduckt und massig hinter seiner Mauer, wie flach auf den Boden gedrückt. Nach außen besaß es nur wenige Scharten, denn es lag ja nicht im schützenden Kreis der Mauer. Auch die dazugehörige Kirche wirkte niedrig und bescheiden gegen die hoch aufstrebende Basilika des heiligen Laurentius. Die dicken Steine ließen kein Geräusch aus dem Innern nach außen dringen. Doch als die Magd zögernd an eine der Türen klopfte, da hallte der Klang dumpf im Innern wider. Die Tür wurde einen Spaltbreit geöffnet.

»Grüß Gott«, begann Luzinde. Ein kleines Mädchen lugte stumm durch den Spalt zu ihr auf. »Ich suche Stellung«, fuhr die Magd fort. Doch bevor sie weitersprechen konnte, schlug das Mädchen ihr die Tür vor der Nase zu. Luzinde runzelte die Stirn. Hatte sie etwas falsch gemacht? Doch nur wenige Augenblicke später gewährte ihr eine Novizin mit kurz geschnittenem braunen Haar und einem schlichten Wollkleid Einlass. »Das Kind ist schreckhaft«, entschuldigte sie sich. »Was willst du?«

»Ich suche Stellung«, brachte Luzinde erneut vor.

Also brachte die Novizin sie zur Mutter Oberin Agnes, die gerade die Wascharbeiten des Gesindes überprüfte. Die Mägde spülten, schlugen und seiften das helle Leinen der heiligen Frauen im Schweiße ihres Angesichtes. Luzinde stellte erfreut fest, dass hier ein weiteres Paar Hände sicher willkommen wäre. Der dünnen Oberin schlotterte der braune Habit der Klarissen beinahe am Leibe. Unter einem hellen und einem dunklen Schleier wirkten ihre Augen wie die eines Raubvogels, mit denen sie jeden Fehler und jeden Augenblick der Muße zu bemerken schien. Hier konnte sich niemand vor der Arbeit drücken.

»Du kennst hier niemanden?«, fragte die spitzgesichtige Oberin erstaunt, als die Magd bescheiden erklärte, dass sie neu sei und fremd in Nürnberg.

»Nein, Herrin.«

»Und du suchst hier eine Arbeit?«

»Ja, Herrin.«

»Was kannst du denn, du mageres Ding?«, fragte sie, während sie einer Wäscherin mit einer Rute ungeduldig auf die schon roten Finger klopfte. Die Frau blickte nicht auf, beschleunigte aber ihren Arbeitstakt.

Luzinde unterdrückte die schnippische Antwort, dass sie immer noch fülliger sei als die bereits ältere Mutter Oberin selbst. Offenbar bevorzugte die ihre Mägde kräftig, damit sie hart arbeiten konnten.

»Ich habe Dienst in ... einem Hof heiliger Frauen getan, Herrin. Ich weiß, was in Küche und Hofhaltung anfällt. Ich kann auch Honig zeideln und Fische fangen und ausweiden.«

»Nun, Zeidlerinnen werden hier kaum nötig sein«, erwiderte die Oberin. »Aber vielleicht können wir im Haus Hilfe gebrauchen. Wer war deine Herrin?«

Die Magd zögerte. Ihr Magen kribbelte, als sie vor der Wahl stand, zu lügen oder zu schweigen, denn dass sie aus Pillenreuth kam, das durfte sie nicht sagen. Der Beginenhof war gar nicht fern und sicher bekannt. Wenn die Äbtissin dort nach ihrem Betragen fragen ließ, würde sie die ganze Wahrheit erfahren. Und das bedeutete, dass Luzinde über kurz oder lang wieder auf der Straße stünde.

»Himmelpfort«, log sie schließlich leise und vermied den Blick der Äbtissin. Jenes Kloster war das einzige Frauenkloster, das sie vom Namen her kannte. Zugleich hoffte sie, es läge zu weit weg, als dass man sich dort wegen einer Magd erkundigen mochte.

Die spitzgesichtige Mutter Agnes sah zu ihr herab und zog eine Augenbraue hoch. Das Geräusch sich plusternder Wäsche im Zuber füllte die Stille. »Soso, Kloster Himmelpfort, hm?«, sprach sie nachdenklich, und Luzinde fürchtete schon, dass die Lüge durchschaut worden war. Dann wurden ihre Züge weicher. »Wie geht es denn der lieben Mutter Innozenzia? Hat sie ihr Fieber gut überstanden?«

Luzinde schlug das Herz hart im Leibe. Die Mutter Oberin kannte also auch die dortige Äbtissin. »Ich weiß nicht, Herrin«, flüsterte sie unsicher, »ich bin schon seit einigen Wochen fort …«

»Das erklärt allerdings nicht, warum du dort eine Mutter Innozenzia kennst, Lügnerin«, erwiderte die Mutter Oberin kühl, und Luzinde verstummte. »Die letzte ist dort vor zwölf Jahren verstorben.« Sie schüttelte abfällig den Kopf und wandte sich ab. »Mach, dass du rauskommst, bevor ich dir die Zunge herausschneiden lasse.«

Die Magd schluckte mühsam eine Antwort herunter und blieb allein zurück. Sie schalt man eine Lügnerin? Und die Worte der Oberin, mit denen sie sie hinters Licht geführt hatte, waren die denn keine Lüge gewesen? Luzinde atmete ein paar Mal tief durch, um sich zu beruhigen. Was hätte sie denn tun sollen? Die Wahrheit sagen, und deshalb nicht angestellt werden? Ihre Wangen brannten, und sie wollte nur noch raus aus dem Kloster.

In diesem Augenblick stupste sie von der Seite jemand an. Ein kleines Mädchen hielt ihr am ausgestreckten Arm eine Holzschüssel mit Wasser entgegen. Ihr langes honigfarbenes Haar fiel ihr glatt bis auf die Schultern, wo es sich erst in den Spitzen zu feinen Locken kringelte. Sie hatte blaue Augen, eine Stupsnase und eigenwillig geschwungene Lippen. Die schlichte Tunika aus fleckiger Wolle war an einer Stelle mit Pergament ausgebessert und zeichnete sie als Gesinde aus. Luzinde schloss, dass es wohl dasselbe Kind war, das ihr vorhin die Tür geöffnet hatte. Als die junge Frau bedrückt hinunterschaute, versuchte das Mädchen von vielleicht vier Jahren ein kleines Lächeln. Also riss Luzinde sich zusammen, nickte, so freundlich es ging, und griff nach dem dargebotenen Getränk.

»Ich dank dir. Wie heißt du?«

Das Kind zierte sich einen Augenblick, doch als Luzinde getrunken hatte, da legte sie in ihrer Kleinkindmanier fast würdevoll die Hand auf die Brust und meinte: »Ich bin Hannchen. Und wer bist du?«

»Luzinde.«

»Bist du hungrig?«, fragte die kleine Hanna in so erwachsenem Tonfall, wie sie eben konnte.

Die Magd sah sich im Innenhof des Klosters um. Die Mutter Oberin war nirgendwo zu sehen. Doch sie wollte die Freundlichkeit dieses merkwürdigen Mädchens nicht ausnutzen. »Ich glaube kaum, dass die –«

»Jeder bekommt einmal Haferbrei mit Speck«, erklärte Hanna in lehrhaftem Tone. »Musst nur drum bitten.«

Oh ja, inzwischen war Luzinde hungrig. Sie hatte zwar von der Köchin Almut ein Brot und etwas Käse zugesteckt bekommen. Wenn sie damit sorgsam umging, würde es sie ein, zwei Tage vor dem Verhungern bewahren. Doch nun, da sie nicht wusste, wie sie sich demnächst ihr Essen verdienen sollte, war sie dankbar, ihre Vorräte schonen zu können.

»Warum bist du so nett zu mir?«, fragte Luzinde beinahe misstrauisch. Dieses Kind erschien ihr gleichzeitig weise und sehr naiv.

»Bist du nun hungrig?«, hakte die Kleine nach, ohne ihr zu antworten.

»Ja«, sagte sie mit noch immer vor Enttäuschung bedrückter Stimme. »Aber –«

»Bittest um Speisung?«

Luzinde seufzte. »Ich bin hungrig und bitte um Speisung.«

»Darum«, feixte das Mädchen und sprang davon.

Und so erhielt Luzinde im Kloster der heiligen Klara immerhin eine Mahlzeit, bevor sie zurück auf die tiefgefurchte und schlammige Straße musste.

An diesem und dem nächsten Tag lief sich Luzinde in der Stadt die Füße blutig. Sie klopfte an die Tore sämtlicher Klöster Nürnbergs und bot sich als Küchenhilfe oder Stallmagd an. Doch die Franziskaner, Dominikaner, Schottenmönche und die Deutschherren wollten sie genauso wenig wie Sankt Katharinen, das Sankt-Elisabeth-Hospital oder das noch junge Heilig-Geist-Spital, das am sumpfigen Pegnitz-Ufer thronte. Manche hatten genug Gesinde oder nahmen keine Frauen. Andere suchten jemanden, doch spätestens, wenn sie ihre Ortsunkenntnis zugab oder keinen Leumund benennen konnte, schickte man sie fort. Es gab genug Mägde, die hier aus Nürnberg stammten und ausreichend Zeugen für ihre Ehrlichkeit vorbringen konnten. In diesen Zeiten wollte niemand eine Fremde anstellen.

Vom Heilig-Geist-Spital an der Fleischbrücke traute Luzinde sich dann auch weiter in das reiche Nordviertel der Stadt. Es lag um Sankt Sebaldus herum direkt zu Füßen der Kaiserburg. Die hoch aufragenden Häuser und Kirchen aus Stein ließen die Gassen darunter umso schmaler und dunkler wirken. Eilig strebende Menschen flößten ihr den Eindruck ein, als sei sie der einzige Mensch, der keinen Platz in der Gesellschaft besaß, und sei es als Bettlerin auf einer der Kirchenstufen.

Ganz Nürnberg befand sich, wie Luzinde schon am Tage ihrer Ankunft bemerkt hatte, in einem Zustand höchster Erregung. Immerhin stand das Heer König Karls vor den Mauern! Zunächst konnte sie nicht so recht ausmachen, ob sich die Menschen in freudiger oder ängstlicher Erwartung befanden –

nur um schließlich festzustellen, dass es wohl von beidem etwas war. Sie erfuhr, dass ein Kreis aufständischer Ratsherren dem König über mehr als ein Jahr die Stirn geboten hatte. Nun würde er kommen, um die Schuldigen zu finden und die Reichsstadt wieder unter seine Herrschaft zu bringen. Also fürchtete man den König, denn er würde, wenn nicht noch ein Wunder geschah, Nürnberg sicher für diesen Verrat bestrafen.

Gleichzeitig sehnte man König Karl aber herbei. Luzinde war die Stadt auf den ersten Eindruck reich und geschäftig erschienen, doch bei näherem Hinsehen blieb so manche Esse kalt und der Markt, der sich in der schmalen Straße von der Fleischbrücke zur Burg hochzog, nur dünn bestückt. Vom König erhoffte man sich, dass der Handel wieder in Schwung kam. Eine beinahe ebensolche Bedeutung aber hatte, dass Karl ein Liebling von Papst Clemens VI. war. Mit der Rückkehr in königliche Gnaden hoffte man, den päpstlichen Bann endlich abschütteln zu können, von dem Luzinde schon gehört hatte. Offenbar waren die Priester vom Stadtrat gar mit Gewalt bedroht worden, damit sie die Messe lasen. Andere verstießen freiwillig gegen das Wort des Heiligen Vaters in Avignon, weil sie sich um das Seelenheil der Gläubigen sorgten. In jedem Fall spürte Luzinde, als sie am Abend einer Armenmesse im Heilig-Geist-Spital beiwohnte, dass alle Anwesenden, vom Priester über die Mönche bis hin zu den Gläubigen, sich danach sehnten, endlich wieder frei und aufrecht in den Gottesdienst schreiten zu dürfen, ohne dass man fürchten musste, den Anordnungen des Heiligen Vaters oder gar dem Willen Gottes zuwiderzuhandeln.

Im Sebaldusviertel lag nahe des Wasserturms auch das Augustinerkloster, dessen Mauern ihr immerhin ein Gefühl von Schutz und Geborgenheit gaben. An ihrem zweiten Tag in Nürnberg war ihre Suche nach Arbeit noch immer erfolglos. Ihre dreckigen Füße schmerzten an diesem Abend, und sie war müde und entmutigt. Also hockte sie sich in eine Nische zwischen den Steinen der Klostermauer und ein paar Büsche, die sie vor den Blicken der Städter verbergen würden. Sie hatte die Stelle heute Morgen gefunden und sich zum Nachtlager erkoren, denn die Stadt war voll von Fremden und Armen. Anderswo gab es keinen Fleck, den man nicht mit der Faust hätte erobern müssen. Die Magd öffnete das Leinentuch mit den Vorräten und blickte auf die spärlichen Reste. Obwohl sie sparsam gegessen hatte, blieben ihr nur ein Knust von Almuts gutem Brot und ein letzter Streifen Käse, der noch die Marken ihrer Zähne zeigte.

Luzinde gestand sich ein, dass sie nicht weiterwusste. Sie war alle Stellen abgegangen, an denen sie sich Arbeit hatte erhoffen können. Morgen würde sie hungern, und das hieß, sie würde ins Heilig-Geist-Spital zurückkehren müssen, um wie andere Arme und Bettler um Almosen und Speise zu heischen. Und das geschah ihr, die sie die Tochter eines wohlhabenden Schreibers war! Sogar lesen konnte sie und schreiben auch, doch das galt hier in dieser Stadt nichts, in der sich offenbar viele Gelehrte und belesene Menschen befanden.

Luzinde riss sich zusammen, als sie spürte, wie ihr der Mut zu schwinden drohte. Sie durfte sich nicht gehen lassen, sonst wäre es aus mit ihr. Erst einmal schlang sie gierig ihre Essensreste in sich hinein und löschte den Durst mit dem Dünnbier, das sie sich für ihr letztes Geld in die Schweinsblase hatte abfüllen lassen, in der Almut ihr gutes dünnes Met mitgegeben hatte. Nachdem sie ihre dreckigen Füße ein wenig geknetet hatte, packte sie ihr Bündel unter den Kopf und lehnte sich an die Mauer, um zu schlafen. Sie hoffte, im Traum den Hunger zu vergessen, der sie so sehr an die andere schlimme Zeit ihres jungen Lebens erinnerte. Doch als sie die Augen schloss, da standen die Geschehnisse wieder so deutlich vor ihrem Geiste, als wären die fünf Jahre seitdem niemals verstrichen.

»Liebst du mich?«, lachte Luzinde und warf mit einer Handvoll Stroh nach dem jungen Mann, der mit halboffenem Hemd an ihrer Seite lag.

Konrads blauen Augen suchten ihr Gesicht ab, während seine warme Hand durch den Ausschnitt des Obergewandes ihre Brust suchte und fand. Wohlgeschnittenes braunes Haar war mit Strohhalmen gespickt und hing ihm wirr in das kantige Gesicht. Seine Wangen glühten wie immer, wenn sich sein Leib nach ihrem verzehrte, und er zerrte sich sein besticktes Hemd über den Kopf und schmiegte sich an sie, um ihr einen Kuss zu rauben.

»Konrad!«, quiekte sie fröhlich. »Du kannst aber auch an gar nichts anderes denken, nicht wahr?« Sie gewährte seinem Drängen einen weiteren stürmischen Kuss, bevor sie ihn lachend zurückschob. »Sag schon! Liebst du mich, Konrad Berainer?«

Der junge Mann keuchte unter seinem Atem: »Ja doch. Das weißt du doch.« Damit fuhren seine Hände heiß über ihren Körper und schlüpften in einer fließenden Bewegung auf Höhe ihrer Knie unter ihr Obergewand und das saubere Hemd, von wo sie aufwärts fuhren.

Luzinde wurde wie beim ersten Mal ganz anders unter diesen Berührungen, die voll Verlangen nach ihr waren. Ihr Kopf wurde leicht, der Atem flach, und sie fühlte sich, als schwämme sie in einem sonnenbeschienenen See, dessen Fluten ihre Ohren vor jeglichem Geräusch dämpften. Sie wollte ihn gewähren lassen, wollte seine Finger in sich spüren, schließlich unter seiner Lust dahinschmelzen, wollte das Pulsieren seiner Manneskraft in ihrem Schoß fühlen, wie sie es schon einmal getan hatte, nachdem er ihr seine Liebe gestanden hatte … Doch sie durfte nicht, noch nicht. Sie musste widerstehen, denn sie musste es wissen. Also presste sie die Beine zusammen, um seinen Fingern den Eintritt zu verwehren. Konrad stöhnte frustriert, seine Hand suchte härter danach, ihre Beine zu öffnen.

»Konrad!« Sie griff mit der Hand nach seiner und zog sie weg. »Du tust mir weh.«

»Was denn noch?«, seufzte er und ließ locker.

»Du bist der Sohn eines reichen Grundherrn, ich nur die Tochter eines Schreibers. Du musst es mir sagen, nicht einfach nur zustimmen! Sag es mir wie beim letzten Mal. Dann glaube ich es.« Sie lächelte und schob sich näher an ihn, so dass sie die Wärme seines Körpers an ihrem spürte.

Konrad schloss die Augen und schwieg einen Augenblick. Dann lehnte er seine Stirn gegen ihre. Seine Hand strich über ihre Wange, sein Daumen liebkoste ihre Lippen. »Natürlich liebe ich dich, Luzinde. Lägen wir sonst hier nackt, gleichsam wie Mann und Frau, vor dem Herrn?«

Das Mädchen küsste seine Hand und entspannte sich. Ihr Traum erfüllte sich. »Dann wird ja alles gut«, seufzte sie erleichtert. »Dann müssen wir nur noch heiraten, und alles wird gut.«

»Heiraten?« Konrad riss die Augen auf und erstarrte. »Warum sollten wir heiraten, wenn doch niemand etwas von uns weiß?«

»Weil sie's bald wissen werden, Liebster«, schmunzelte Luzinde und legte die Hand auf ihren Bauch. »Ich trage deinen Sohn in mir.«

Wie vom Hafer gestochen sprang Konrad Berainer auf. »Schwanger!«, keuchte er. »Aber wir sind doch gar nicht getraut! Nur Ehepaare bekommen Kinder!«

»Vielleicht hat Gott uns ja bereits verbun-«

»Schwanger!«, stieß er erneut aus. Der kräftige junge Mann griff nach seinem langen Hemd und zog es sich hektisch über, als könne er damit alles wiedergutmachen.

»Aber Konrad! Beruhige dich doch. Wenn wir bald vor den Altar treten, ist das alles gar nicht so schlimm. Noch wird man mir nichts ansehen, und manche Kinder werden zu früh geboren. Wir flunkern einfach und sagen, es sei in der Ehenacht gezeugt. Wir –«

»Ich bin versprochen, Weib! Ich bin der Margaret Welser versprochen und soll sie bald heiraten!«

»Ich weiß«, gab Luzinde zurück. »Aber du kannst ja schlecht zwei Frauen heiraten, nicht wahr?«

»Aber die Welser haben drei Höfe! Die Familie hat reiche und einflussreiche Freunde bis Nürnberg und darüber hinaus! Deinem Vater gehört ja nicht einmal sein Haus. Ich muss die Margaret heiraten.«

»Aber du liebst sie doch nicht, Konrad. Willst du lieber drei Höfe haben und dein Leben in Einsamkeit verbringen?«

Nun blieb Konrad Berainer stehen und starrte sie an. Die Frage blieb bedeutungsvoll im Raume hängen. Der Blick des Mannes, für den sie so reine Gefühle hegte, war hart. »Luzinde, du bist eine dumme Gans! Du sagst doch selbst – du bist die Tochter eines Schreibers. Mir wird einmal fast das ganze Dorf gehören! Und ich liebe dich nicht. Hörst du? Ich habe das nur gesagt, um dir meinen Schwanz zwischen die Beine zu stecken. Gott ist mein Zeuge, du hast es mir nicht besonders schwergemacht.«

In Luzindes Ohren rauschte es. Hatte er nicht gerade noch

gesagt, dass er sie liebe? War der Teufel in ihn gefahren, dass er jetzt so grob und hässlich zu ihr war? Oder sollte sie ihren Jungfernkranz etwa einem groben, falschen Klotz geschenkt haben? »Aber …«, stammelte sie, als ihr die Wahrheit dämmerte, »wenn du mich nicht willst … was soll ich denn dann tun?« Ohne Ehemann ein Kind gebären? Das war unerhört! Man würde sie als Hure an den Pranger stellen. Ihre Eltern würden sie verstoßen. Vielleicht würde man gar ihre ganze Familie mit Steinen aus Lindelberg verjagen!

»Was schert es mich?«, schnaubte der junge Mann. »Lass es wegmachen. Oder geh selber weg. Hauptsache, du ziehst mich da nicht mit rein. Du bist eine Hure, nicht ich.« Damit stieg er vom Heuboden hinunter und stampfte durch die Scheune davon. Zurück ließ er ein junges Mädchen von gerade einmal fünfzehn Jahren in Tränen aufgelöst.

Luzinde saß einfach nur da, unfähig, sich zu bewegen. Noch nie in ihrem Leben hatte sie eine solche Angst in ihrem Bauch gefühlt. Spätestens, wenn man die Schwangerschaft sehen würde, gälte sie im Ort als Dirne. Was würden die Eltern sagen? Was der Pfarrer? Er predigte stets die göttliche Vergebung – aber konnte Lindelberg vergeben? Luzinde glitt auf die Knie, die Hand auf dem Bauch liegend, in dem das verdammende Leben in ihr wuchs. »Oh Gott«, flüsterte sie mit bebender Lippe. »Was soll ich nur tun?«

Plötzlich und schmerzhaft verkrampfte sich ihr Bauch unter der Hand, als läge sie bereits in den Geburtswehen.

Der Tritt hatte Luzinde in den Bauch getroffen und unsanft aus dem Schlaf geweckt. Sie rutschte vor Schmerz stöhnend zur Mauer zurück und rollte sich zusammen, so dass der zweite Tritt gegen ihren Arm ging.

»Mach dass de wech kommst, verdammte Hübscherin«,

hörte sie eine nuschelnde Stimme, die sich vor Aufregung überschlug. Über ihr stand eine gekrümmte Gestalt mit ungepflegtem Bart und zotteligem Haar, die nur Lumpen am Leibe trug. Auf der Brust saß ein schmutziger gelber Flicken. »Wech! Sonst nehm ich dein Fleisch als Pacht für den Fleck, Hurenweib!«

Hastig sprang Luzinde auf und brachte ausreichend Abstand zwischen sich und den Bettler. »Ich bin keine Hure«, stieß sie hervor, vor Müdigkeit und Kälte zitternd. Der Morgendunst aus dem sumpfigen Pegnitzufer hing bereits klamm in ihren Kleidern. Sie musste bis in die frühen Morgenstunden geschlafen haben. Als der zottelige Kerl Steine aufsammelte, um sie zu verjagen, schnappte Luzinde sich ihren Beutel und humpelte, den Arm auf den Leib gepresst, schnell davon, um nicht noch mehr Schläge einzustecken.

Schmerz und Müdigkeit steckten ihr noch in den Gliedern. Mehr noch bedrückte sie aber die im Traum wieder aufgetauchte Erinnerung. Daran, wie ihre Eltern sie verstoßen hatten, sobald man ihre Schwangerschaft hatte sehen können. Wir sind anständige Leute, hatte der Vater geschimpft. Wir ehren den Herrn Jesus Christus und treten ihn und seine Worte nicht mit Füßen! Doch insgeheim glaubte Luzinde, dass er nicht ertragen hätte, wenn die Lindelberger ihn mit derselben Abscheu und Verachtung ansahen, die sie ihr entgegenbrachten. Pater Marcus hatte sie von den Sakramenten ausgeschlossen und ihr die Kirche verboten. Erst, als sie ihm unter Weinen und Flehen den Namen des Vaters ihres Ungeborenen genannt hatte, hatte er ihr das Abendmahl abseits von Messe und Kirche erteilt. Diese Wahrheit hatte immerhin die Eltern Konrads, die Großbauern Berainer, dazu gezwungen, ihr während der Schwangerschaft eine Kate zur Verfügung zu stellen. Dort hatte man sie in Ruhe leben lassen. Doch wann immer sie ausgegangen war, hatte sie den Hurenschleier tragen müssen, und die Leute aus Lindelberg hatten sie gemieden, als hätte sie den Aussatz. Einsamkeit und Angst hatten sie bereits viele Monate vor der Geburt beinahe zugrunde gehen lassen. Bis sie zum ersten Mal eine Bewegung des Kindes in ihrem Leibe spürte.

Noch heute lief Luzinde ein Schauer über den Rücken, wenn sie daran zurückdachte. Plötzlich war sie nicht mehr allein gewesen. Von einem Augenblick auf den anderen hatte sie etwas erhalten, für das es sich zu leben lohnte. Dieses kleine Würmchen in ihrem Leib hatte sie damals davor bewahrt, ganz in ihrer Verzweiflung zu versinken.

Und dasselbe tat die Erinnerung daran jetzt auch wieder. Luzinde erinnerte sich an den Schmerz der Geburt, die Welle von Freude, Erleichterung und Angst. Angst davor, dass dem Kind nun, da sie es nicht mehr in sich trug, Schreckliches widerfahren könnte, dass sie es nicht mehr schützen, nicht ernähren könnte. Sie hörte wieder den ersten Schrei, mit dem es nach Luft rang. Eine Träne rollte Luzinde bei dieser Erinnerung die Wange herab, und sie griff nach dem Amulett der heiligen Luzia und drückte es so fest, dass sich die Kanten in ihre Handfläche einschnitten. Die Nacht lag lange Jahre zurück, und doch vermisste sie das Kind so sehr, als wäre es erst gestern geboren worden.

Ihres Schlafplatzes beraubt, lief Luzinde den Rest der Nacht halb besinnungslos vor Müdigkeit durch die Gassen. Sie presste ihre Kleider frierend an den Leib, stets auf der Flucht vor den Turmwächtern, die die Bettler von den Straßen vertrieben. Irgendwann begann die Sonne die dunstigen Straßen Nürnbergs zu wärmen, und Luzinde begrüßte sie dankbar. Viel länger hätte sie die Dunkelheit ihres Gemüts und die Kälte nicht ertragen können.

Als das Leben in der Stadt zu erwachen begann, setzte Luzinde sich müde vor das Heiligen-Geist-Spital und bettelte um Almosen. Natürlich waren die besten Bettelstellen bereits an alteingesessene Bettler vergeben, die hier auch schliefen und jeden mit Prügel bedachten, der ihnen in die Quere kam. Sie trugen ebenfalls den gelben Flicken auf dem Gewand, den Luzinde schon bei dem Bettler an der Augustinermauer gesehen hatte. Doch sie dachte sich nichts dabei.

Erstaunt stellte Luzinde fest, dass Nürnberg früh erwachte. Von einem Schlag auf den anderen waren schrecklich viele Menschen unterwegs. Luzinde konnte keinen Vergleich anstellen, doch die Bettler um sie herum stellten zufrieden fest, dass »das fette Weib Nürnberg mal wieder aus allen Nähten platzt!«. Ein anderer wies mit dem Kinn auf Luzinde und grunzte als Antwort: »Oh ja, und die fremden Geyler lauern darauf, uns die Almosen wegzunehmen! Die da kann ihr Auskommen immerhin in der Grätsche verdienen!« Luzinde wusste nicht genau, was ein Geyler war, doch da sie gemeint war, handelte es sich dabei vermutlich um andere Bettler. Sie fürchtete schon, dass man sie wieder mit Steinen verjagen würde, doch die Bettler beließen es bei den Drohungen.

Die Bedeutung der gelben Flicken wurde ihr gegen Mittag deutlich, als ein junger Chorschüler ihrer ansichtig wurde. »Du hast keinen Flicken auf dem Gewand. Bist fremd, wie?«, fuhr er Luzinde an. Diese nickte vorsichtig. »Hast du Familie hier?«

»Nein, junger Herr.«

»Freunde?«

»Nein.«

»Kennt dich denn gar niemand hier?«

»Nein, Herr.«

»Das heißt, es kann auch niemand bezeugen, dass du der Almosen bedürftig bist? Wie lange bist du denn schon hier?«

»Den dritten Tag, junger Herr.«

»Dann mach, dass du weg kommst. Fremde dürfen hier nur drei Tage betteln, und wenn niemand für dich Zeugnis ablegt, dann kannst du auch nicht bleiben.«

»Zeugnis …«, wiederholte Luzinde erstaunt. »Aber Ihr seht doch, ich habe nichts, nicht einmal zu essen, und –«

»Das tut nichts zur Sache, Frau. Du bist jung und kräftig und kannst arbeiten. Also mach dich auf, such dir Arbeit!«

»Aber ich habe –«, doch der Chorschüler hörte nicht mehr zu. Er drängte sich durch die Menge der Bettler und verteilte hier und da einen Pfennig, dann kehrte er mit einem letzten warnenden Blick auf Luzinde ins Hospital zurück.

»Mach besser, dass du weg kommst«, hustete eine alte stinkende Bettlerin, die eines der gelben Flickenstücke am Gewand trug. »Sonst sperren sie dich noch ins Loch unterm Rathaus oder prügeln dich aus der Stadt. Sind zu viele Fremde hier. Können nicht alle vom Betteln leben.«

Dankbar für diese Warnung nahm Luzinde ihr Bündel und verließ den Platz vor dem Spital. Wieder irrte sie durch die Gassen. Schließlich ließ sie sich an der Straße hinauf zur Burg völlig erschöpft nieder. Sie suchte sich den etwas zurückgesetzten Winkel zweier Gebäude schräg gegenüber vom Dominikanerkloster aus, in dem sie sich hinter den Marktständen halbwegs verborgen hoffte. Da der Markt entlang einer schmalen Gasse verlief, erstreckte er sich über deren ganze Länge und war erst hier oben, am Hang, allmählich zu Ende. Einige Handwerker hatten auf den schrägen Tischen kleiner Buden ihre Ware ausgebreitet – hauptsächlich wohlhabende Krämer und Drahtschmiede. Die Magd wollte hier nur einen kleinen Augenblick ruhen, wollte darüber nachdenken, wie es nun weitergehen sollte mit ihr. Der Blick eines Krämers mit braunem Bart über einem schmalen Kinn folgte ihr kurz. Er fürchtete wohl, dass sie es auf seine Auslage abgesehen hatte. Doch der Blick verhehlte sein Interesse an ihr nur schlecht.

In der Hausecke war Luzinde hoffentlich auch erst einmal vor der Aufmerksamkeit der Marktbüttel sicher. Sie nahm den letzten Schluck aus ihrem Bierschlauch, zog die dreckigen Beine an und legte den Kopf auf die Knie. Müdigkeit und Verzweiflung krochen ihr in den Sinn, und sie begann stumm zu weinen. »Oh Gott«, flüsterte sie. »Was soll ich nur machen?« Vielleicht sollte sie in der Nacht in die Pegnitz gehen.

Man sagte, der Tod durch die Kälte wäre ein sanfter. Doch sterben von eigener Hand? Mit dem Makel, den sie auf der Seele trug? In einer Stadt, die vom Papst verdammt worden war? Jeder einzelne dieser Umstände ließ Luzinde um ihr Seelenheil fürchten. Alle zusammen aber mussten direkt in die Hölle führen.

Nein, sagte sie sich, sie war bloß müde. Sie sollte vielleicht ein wenig schlafen, um zu neuen Kräften zu kommen. Ihre Augenlider waren schwer und fielen immer wieder zu. Doch Luzinde riss sich zusammen. Wenn bereits die Chorschüler darauf achteten, dass fremde Bettler die örtlichen nicht vertrieben, dann würde es sicherlich auch eine Art Bettelvogt geben, der sie mit Prügel aus der Stadt jagen würde, wenn er sie fand. Erschöpft stand sie auf, reckte ihren kalten, steifen Leib und hob die Sachen auf. Als sie sich wieder aufrichtete, da streckte ihr jemand eine Münze entgegen. Erstaunt musterte sie den Kerl.

Der Mann, der die Münze hielt, war alt. Er trug einen gestutzten weißen Bart, der an den Schläfen ausuferte, und kurzes, ebenfalls schlohweißes dünnes Haar, das teilweise von einer

Mütze bedeckt war. Seine weite Kotte wirkte sauber und gepflegt; fremdartige Silberstickereien darauf waren ein Zeichen für Wohlstand. Trotz des Alters von sicher über sechzig Jahren und knorpeligen Gichtfingern strahlten die grauen Augen sie wach und freundlich an. Er lächelte Luzinde aufmunternd zu und hielt ihr weiter die Münze aus lauterem Silber entgegen.

Die Magd zögerte. Das Doppelkreuz auf der Münze bewies, dass es sich um einen Groschen handelte – und der war immerhin zwölf ganze Pfennige wert! Sie forschte in den Augen des Mannes nach Spuren, ob es sich um einen Scherz handelte, oder der Alte etwa Hintergedanken mit der Gabe verband. Doch der klare Blick blieb freundlich und offen. Also streckte Luzinde die Hand aus und griff nach der Münze. Dieses Stück Silber würde ihr sicherlich über etliche Tage helfen, wenn sie nur Brot und Käse kaufte und das Essen gut einteilte. Der Mann machte mit dieser einfachen Gabe die Sorgen um ihre Zukunft erträglicher. »Ich werde für Euch beten«, sprach sie warm. »Gott wird es Euch vergelten.«

»Na, das würd mich aber wundern«, warf der Krämer ein, der zum Pissen hinter die Bude gekommen war. Er spie auf den Boden. »Das ist ein Jud, der will die Gebete aufrechter Christenleute nicht, Mädchen!«

Erstaunt musterte Luzinde den Alten genauer. Sie hatte sich die Gottesmörder immer mit spitzem Hut vorgestellt, denn so mussten sie sich kenntlich machen. Doch wenn der Mann eine Jude war, dann wollte er mit dem Geld nicht ihre Gebete erkaufen, da hatte der Krämer Recht. Was erhoffte er sich dann? Wollte er sie sich verpflichten? Sie hatte schlimme Geschichten gehört, was Juden mit Christen und Christenkindern taten.

Zwei weitere Handwerker steckten die Köpfe auf den Ruf

hin neugierig hinter die Buden. Plötzlich schien das kleine heimliche Eckchen, das Luzinde sich gesucht hatte, Zentrum der Aufmerksamkeit zu sein. Sie errötete.

»Ich kann das nicht nehmen«, sagte sie laut und reichte dem Mann die Münze zurück. »Nicht von dir.«

Der Alte zog eine buschige weiße Braue hoch. Doch er nahm den Groschen wieder an und steckte ihn in seine lederne Börse zurück, die mit ihren rot gefärbten Rosenpunzierungen allein sicher mehr wert war als das Geld, das er ihr geboten hatte. Er machte schon Anstalten, sich umzuwenden, doch er hielt noch einmal inne. »Ich dacht nur«, murmelte er dann mit leiser Stimme, »de kennst's brauchen.«

»Aber du bist ein Jude«, erwiderte sie.

»Und?«

»Na – und ich bin's nicht.« Damit war alles gesagt, fand die Magd.

»De willst mein Geld also nit?«, fragte der alte Mann. Die grauen Augen beobachteten sie milde.

Luzinde zögerte. Der Hunger nagte in ihren Eingeweiden, und sie wollte den Groschen gerne nehmen. Doch dies war sicher eine Prüfung Gottes. Gott würde sie nicht im Stich lassen, wenn sie der Versuchung widerstand. Also schüttelte sie den Kopf.

»Dann werd ich's behalten«, murmelte der Alte. »Ich dacht es helft meglicherweis.« Damit drehte er sich um und ließ sie stehen, um unbeholfen die steile Straße hinunterzugehen.

»Gut gemacht«, nickte der Krämer mit dem braunen Bart anerkennend. Sein oberschenkellanges grünes Gewand war von einem kupfernen Ziergürtel gehalten, die weichen Lederstiefel gingen ihm bis über das Knie. Der Mann stellte einen bescheidenen Wohlstand zur Schau. Er gab ihr einen Pfennig. »Wer weiß, was in deren Köpfen vorgeht …«

»Ja, wer weiß. Es wohnen viele Juden in der Stadt, nicht wahr?«

»Oh ja!« Der Krämer runzelte die Stirn. »Sie breiten sich aus wie der Schwarze Tod.« Er bekreuzigte sich. »Sie sind des Königs Kammerknechte und keinem Landesherren untertan. Daher führen sie sich auf, als gehörte die Stadt ihnen. Na, die besten Häuser haben sie schon«, er nickte die Straße hinunter, die sich vom Rathaus der Stadt bis zur Fleischbrücke erstreckte. »Da unten sind vom Rathaus bis zur Brücke alles Judenhäuser. Und im Osten bis zum Zotenberg. Alles rund um die Judenschule, die sie sich vor fünfzig Jahren haben bauen dürfen.« Dann wies er mit dem Kinn gen Westen. »Auf der anderen Seite haben sie sich Häuser fast bis zum Kloster der Dominikaner gekauft. Und wenn's nach ihnen geht, dann raffen sie immer mehr an sich. Kein Wunder, bei dem Wucher, den sie nehmen.«

»Das sind viele«, staunte Luzinde. »Warum duldet der Rat sie denn bloß?«

»Sie gehören halt der Kammer des Königs an«, der Krämer verzog das Gesicht. »Und sie verleihen Geld. Anständige Christen wissen, dass das in die Hölle führt. Bei den Juden ist's eh zu spät, schätze ich.«

»Ja, aber – wer leiht denn Geld von einem Juden?«

»Mädchen«, der Krämer schnitt eine Grimasse, »ich hab's auch schon getan. Wenn du Weib und Kinder ernähren musst, dann setzt du auch dein Seelenheil aufs Spiel.«

»Und der Wucherzins?« Luzinde hatte davon gehört, die Juden würden die Christen oft so sehr schröpfen, dass sie Haus und Hof verloren.

»Zwei Pfennig pro Woche vom Pfund Haller«, seufzte der Krämersmann. »Und das ist nur für Einheimische! Fremde zahlen drei. Du kannst dir vermutlich nicht vorstellen, wie viel das ist, Mädchen –«

»Luzinde«, unterbrach die Magd ihn. Sie mochte den redseligen Mann, der sich an ihrem lumpigen Äußeren nicht zu stören schien. Sie legte den Kopf schief und grübelte. »Doch, ich weiß ungefähr, wie viel das ist, ich kann ein wenig rechnen. Ein rechter Christenherr nimmt nur den Zehnten. Und die Juden dürfen … drei bis vier Mal so viel schröpfen?«

»Gott weiß, warum.« Der Krämer strich sich seinen langen braunen Bart und lächelte dann. »Du hast das Herz auf dem rechten Fleck, Luzinde. Ich bin Caspar, ich wohne dort oben, beim Brunnengässlein«, er deutete mit dem Daumen hinter das Dominikanerkloster.

Die Magd spürte einen Hauch Hoffnung aufkeimen. »Hast du einen Schuppen, Caspar, in dem ein armes Weib einen trockenen Schlafplatz hat? Ich kann auch arbeiten, ich –«

»Nein«, stieß der Krämer schnell aus. »Es tut mir leid – du bist nicht mal eine ordentliche Bettlerin. Ich hätt dir nicht einmal das Geld geben dürfen. Und meine Frau, die Kungunt –«, er wurde rot. »Nein, ich kann nicht.«

Luzinde nickte betrübt. Caspar schien ein anständiger Kerl zu sein. Doch er begehrte sie. Daher konnte er sie nicht um sich dulden. Vielleicht hätte sie dort immerhin eine Stelle, wo sie heimlich immer mal einen Kanten Brot bekommen konnte, so dass sie nicht verhungern musste.

»Trotzdem – es ist gut, dass du das Judengeld nicht genommen hast. Gott wird's dir lohnen.« Damit machte Caspar sich auf, zurück in seine Bude, um darin lautstark herumzuräumen.

Luzinde nickte. Juden waren unbekehrbar und brachten ihrem Gott Christenkinder auf dem Altar dar, erzählte man sich. »Hab Dank.« Als sie ihre Sachen nahm und die Ecke verließ, da schmerzte ihr Bauch vor Hunger. Sie hoffte, dass Gottes Lohn für diese Tat bald käme, denn sonst wäre es vielleicht zu spät. Doch wenn anständige Bürgersleut sich nicht schämten, von den Juden Geld zu nehmen – warum sollte sie sich dann zieren?

Doch Gottes Lohn kam nicht, und nachdem der Pfennig ausgegeben und das Stück Brot gegessen war, verbrachte Luzinde eine unruhige Nacht in einer kleinen Gasse hinter dem Roten Ross, einem Gasthaus, aus dem es verführerisch duftete. Der Hunger fraß sich auch am nächsten Morgen in ihre Eingeweide, und nach dem fruchtlosen Durchstöbern der Abfälle, die vom Gasthaus auf die Straße gekippt worden waren, verbrachte sie den Tag damit, trotz der Warnung des Chorschülers wieder um Almosen zu betteln. Nachdem sie zwei Mal von einem narbengesichtigen Turmwächter aus der Stadt geprügelt worden war, verhielt sie sich vorsichtiger. Sie hielt Ausschau und konnte sich beim dritten Mal rechtzeitig vor dem Kerl aus dem Staub machen. Sie würde anderswo die Hand aufhalten müssen. Immerhin hatte sie am Nachmittag genug zusammen, um sich etwas Haferspeise und einen Krug Bier zu kaufen.

Am Abend schließlich, als die Kirchgänger von Sankt Sebaldus aus der Messe kamen, drängten sich die Bettler auf der kleinen Terrasse vor dem Eingang. Nach der Kirche verteilten die wohlhabenderen Leute stets Almosen, denn Mildtätigkeit war eine Christenpflicht. In dem um Aufmerksamkeit heischenden Pulk versuchte Luzinde mit ihrem »Herr! Gott vergelt's!« herauszustechen und errang immerhin einen Pfennig. Als sie ihn schnell einsteckte, sah sie, dass die Hand, die ihn ihr gereicht hatte, keine Männerhand, sondern die einer Frau war. »Dir geht es also noch schlechter als mir, was?« Das spitze Gesicht Margaret Berainers war von einem boshaften Lächeln verzerrt, als sie auf Luzinde herab sah. »Ich schätze,

Gott besitzt einen Sinn für Gerechtigkeit, meinst du nicht?« Die ehemalige Begine trug Kleider, die denen Luzindes nicht ganz unähnlich waren – nur sauberer. Sie wiesen Margaret jetzt selbst als Magd aus, und den zusammengepressten Lippen nach zu urteilen war sie über diesen Abstieg nicht glücklich.

»Margaret«, erwiderte Luzinde mit flacher Stimme. »Du hier – in Nürnberg? Wie hast du Anstellung gefunden?«

»Ich habe noch immer Bekannte hier, die mich nicht zugrunde gehen lassen«, der harte Zug um ihren Mund wurde bitter. »Auch wenn sie sich öffentlich nicht mehr zu mir bekennen. Sie haben mich ins Gesinde gesteckt! Und wem habe ich das zu verdanken?«

Luzinde schwieg. Wenn sie Margaret die Widerworte entgegenbrächte, die ihr auf der Zunge lagen, dann holte diese vielleicht noch einen Büttel.

»Dir natürlich, Metze!«, fauchte Margaret. »Der Teufel hat dich geschickt, um mein Leben zu vergiften!«

»Meinst du nicht, er hätte mir etwas Besseres dafür geboten als das hier?«, fragte Luzinde den Tränen nah. »Immerhin musst du nicht betteln!«

»Immerhin muss ich nicht betteln?«, äffte die ehemalige Begine sie nach. »Ich war einmal die Herrin von Lindelberg! Und immer, wenn ich etwas erreicht habe, gerätst du mir dazwischen«, zischte Margaret. »Du frisst dich durch mein Leben wie der Schwarze Tod, du Hure! Ich werde nicht zulassen, dass du mir noch mehr kaputt machst!«

»Margaret«, flehte Luzinde voller Angst, »bitte sag niemandem etwas von früher, ja?« Wenn sie erst einmal in Nürnberg als Hure verschrien wäre – wo sollte sie dann noch hin?

»Dann lauf mir nie wieder über den Weg!«, fauchte Margaret, drehte sich um und ging.

Die ehemalige Magd atmete auf. Sie wandte sich wieder den Almosen zu, die vor der Kirche verteilt wurden, doch der große Strom der Gläubigen war bereits wieder versiegt. Nur noch einige Nachzügler kamen an den Bettlern vorbei, die weiterhin die Hände aufhielten und Gottes Segen dafür versprachen. Als jemand ein paar Münzen warf, merkte Luzinde sich einen Fundort und robbte dorthin, froh, dass dies ihr zweiter Pfennig wäre. Als sie nach der Münze griff, stellte sich ein Stiefel auf ihre Finger. Sie schrie auf. Die eisenharte Hand des narbengesichtigen Kerls packte sie am Oberarm und zerrte sie beiseite. Das war der Mann, der sie heute schon zwei Mal beim Heischen erwischt hatte! Geschah dies mit Margarets Zutun?

»Du schon wieder?«, knurrte er. »Bist du blödsinnig, dass du mir drei Mal am Tag über den Weg läufst?« Er fletschte die Zähne. »Habe ich nicht beim letzten Mal versprochen, dich totzuschlagen, wenn ich dich erwisch?« Luzinde sah den Knüppel nicht kommen, den der Mann mit der anderen Hand schwang. Sie hatte nur Glück, dass sie gerade versuchte, sich dem Griff des Büttels zu entwinden, und so traf er sie nicht am Kopf. Der plötzliche Schmerz in ihrer Schulter ließ sie aufschreien. Sie riss sich los und rannte, doch der Kerl warf ihr den Knüppel gegen das Bein, so dass sie strauchelte. Der Boden sauste ihr entgegen. Es gelang ihr mehr schlecht als recht, sich mit den Handballen abzufangen. Doch dort, wo der Knüppel ihren Oberschenkel getroffen hatte, fühlte sie plötzlich gar nichts mehr. Sie wusste nicht einmal, ob das Bein sie noch tragen würde. Auf dem Kirchhof von Sankt Sebaldus sah sie kurz Margarets grinsendes Gesicht, bevor diese sich umdrehte und verschwand.

»Nicht! Bitte, nicht!«, wimmerte sie und riss instinktiv die Hände hoch, als das Narbengesicht nachsetzte. Doch er hob nur seinen Knüppel wieder auf.

»Erst betteln sie dreist und strecken einem die Zunge raus«, höhnte der Mann, »und wenn man sie dann erwischt, dann lecken sie einem die Füße.« Er funkelte sie an und ließ den Knüppel in die Handfläche klatschen. »Wie die Hunde. In der letzten Zeit wird nur noch Abschaum in die Stadt gespült!«

Luzinde kroch rückwärts Richtung Sankt Sebaldus, doch sie hatte die Mauer schneller im Rücken, als sie dachte. Wenn sie es auf den nahen Kirchhof schaffen könnte ... Sie bewegte probeweise ihr Bein, doch der pochende Schmerz, der inzwischen von dort aufstieg, nahm ihr sofort allen Mut – weglaufen konnte sie nicht. Jetzt blieb ihr nur noch, sich zu Tode prügeln zu lassen, wie der Büttel es angedroht hatte, oder ihn zu bezahlen. Da sie nicht ausreichend Geld für so eine Tat besaß, blieb ihr keine große Wahl der Mittel.

Furchtsam horchte sie in sich hinein. Wie weit war sie bereit zu gehen? Der Schmerz war bereits so groß, dass sie beinahe alles tun würde, um zu vermeiden, dass der Kerl ihre Knochen unter dem Knüppelholz splittern ließ! Der Büttel hatte ein Funkeln in den Augen – offenbar genoss er die Situation. Er gehörte zu der brutalen Sorte – wenn der einmal anfing, sie zu prügeln, würde er nicht aufhören, bevor ihr Kopf eine blutige Masse war.

»Ich ... ich kann Euch bezahlen, Herr«, sprach sie schnell. »Ihr müsst das nicht tun! Ich – ich verdiene gar nicht schlecht, und ich gebe Euch etwas ab!«

»Du verdienst nicht schlecht?«, höhnte der Büttel und grinste, so dass eine Narbe über seiner Wange weiß aufleuchtete. »Nicht, wenn du nicht anfängst, die Beine breit zu machen! Die Bettelei beherrschst du jedenfalls nicht sonderlich gut.« Er machte einen Schritt auf sie zu. »Wie willst du mir denn, na, sagen wir mal, 'nen Groschen zahlen, damit ich dir einen Bettelflicken besorge?«

»Ich –« , Luzinde standen die Tränen in den Augen. Sie musste dem Mann beweisen, dass sie ihm gute Dienste als Hure leisten könnte. Wenn er sie nur nicht totschlug! Sie griff nach ihren Röcken, und begann, sie trotz ihrer Schmerzen langsam zu raffen. Der Mann konnte den Blick nicht von ihren Beine wenden.

Gerade in diesem Augenblick sah sie eine vertraute Gestalt. Auf der Straße ging der Jude vorbei, der ihr gestern noch den Silbergroschen angeboten hatte. Luzinde dachte nicht groß nach, sondern keuchte schnell: »Der Jude zahlt!« Sie wies auf den alten Mann. »Ich stehe in seinen Diensten.«

»Du stehst – in seinen Diensten?«, wiederholte der Schläger ungläubig. »Ich habe dich doch schon zwei Mal beim Betteln erwischt, Geylerin! Du lügst doch!«

»Er hat mich angeworben! Als – als Magd!« Luzinde wusste nicht, ob Juden Mägde brauchten, doch da sie reich waren und große Familien hatten, standen die Chancen nicht schlecht. Der Alte bemerkte nun die Aufmerksamkeit und schaute irritiert zu ihnen herüber. Sein gebeugter Rücken ließ ihn demütig wirken. Luzinde fing seinen Blick und versuchte, ihn zu erweichen. Wenn er sich jetzt abwandte, wenn er ging, dann war es vorbei mit ihr. Die Unschlüssigkeit stand ihm ins Gesicht geschrieben. Offenbar mischte er sich nicht gerne in die Angelegenheiten der Büttel ein.

In ihrer Verzweiflung rief Luzinde: »Herr! Hier drüben!«

Der alte Mann erstarrte. Jetzt würde er sich entscheiden müssen. Wollte er ihr helfen oder sie als Lügnerin bloßstellen? Immerhin machte er ein paar Schritte auf sie zu.

»Was is denn los?«, fragte er vorsichtig. Sein Blick ging von Luzinde zum Büttel und wieder zurück, um die Situation zu begreifen.

Luzindes Ruf hatte auch den Büttel innehalten lassen. Mit

finsterer Miene grunzte er den Juden an: »Du bist Gottschalk, nicht wahr? Stimmt's, dass die Geylerin hier in deinen Diensten steht?«

Der Alte schaute überrascht zu Luzinde herab. Nun musterte er sie genauer. Sie schwieg und warf ihm einen flehentlichen Blick zu. Was immer er von ihr mit dem Groschen gewollt hatte, sie würde den Preis gerne bezahlen, wenn er ihr jetzt nur half. Als sie die Beine anzog, um sich aufzusetzen, raubte ihr der Schmerz beinahe das Bewusstsein. Sie musste sich zusammenreißen.

Die grauen Augen Gottschalks verengten sich, als er Luzindes Zustand erkannte. Die Hoffnung der Magd sank. Vermutlich wollte er auch bloß seine Fleischeslust an ihr stillen. Er würde sie nicht wollen, zusammengeschlagen und verletzt wie sie war! Er würde sie dem Büttel überlassen und sich nicht mehr um sie scheren.

»Se schtet in meinem Dienst«, sagte der Alte leise. »Und ich bitt, Ihr megt se geen lassen.« Dabei senkte er leicht den Kopf und vermied es, dem Büttel in die Augen zu sehen.

Der Kerl schwieg erstaunt, und auch Luzinde hielt überrascht den Atem an. »Eine Christin in jüdischer Knechtschaft? Die Juden sollen doch den Christen dienen«, grunzte der Büttel. »Egal. In jedem Fall hat sie widerrechtlich gebettelt. Ich habe sie schon zwei Mal aus der Stadt geprügelt.« Er räusperte sich mit schlauem Blick. »Darum schuldet sie mir Geld.«

»Ah?«, fragte Gottschalk, der offenbar mit nichts anderem gerechnet hatte. »Wie fil mog des sein?«

»'nen Groschen.«

Ohne hinsehen zu müssen fischte der Greis einen Silbergroschen aus der ledernen Börse mit den Rosen, die Luzinde so bewundert hatte, und warf ihn dem Büttel zu. »Damit is de Schuld getilgt, jo?«

»Ja, versteht sich«, erwiderte der Büttel. »Pass das nächste Mal besser auf deine Geylerin auf.« Damit versetzte er Luzinde noch einen kleinen Tritt, der mehr ihrem Stolz als ihrem Gesäß schadete. Dann grinste er. »Wofür du auch immer eine Geylerin brauchst.«

»Oh, das werd ich«, meinte Gottschalk und neigte das Haupt.

Dann war Luzinde mit ihm allein. Doch die Erleichterung wollte sich nicht einstellen. Eine Situation, vielleicht die gefährlichere, hatte sie zerstreut. Doch wie würde es nun weitergehen? Was würde der Jude von ihr wollen? Gott wusste, dass dieses Volk nicht dazu neigte, Christen umsonst einen Gefallen zu tun. Luzinde sammelte hastig ihre Sachen zusammen und stopfte sie wieder in den Beutel. »Ich will dir nicht zur Last fallen«, sagte sie brüsk. »Ich werd einfach verschwinden.«

»Voll Dank is se«, schmunzelte der Alte. »Ich hätt 'se dem Kerl mit dem Knippel lassen sollen.«

Luzinde hielt inne. Ja, sie war undankbar. Doch sie fürchtete, wenn sie freundlicher wäre, müsste sie dem Mann Zugeständnisse machen. Aber immerhin hatte er sie vor dem Knüppel des Büttels bewahrt. »Es tut mir leid«, sagte sie darum ehrlich. »Du hast mir sehr geholfen. Dafür verdienst du meinen Dank.«

Der Alte zog die buschigen Brauen hoch. »Ich wird mich ja freien – aber de hast mir keine Wal lassen«, erwiderte er. »Trotzdem, hast Anstand im Leib. Das ehrt dich unter den Geylern.«

»Ich hoffe, das gilt auch für dich«, entgegnete Luzinde warnend. Der alte Mann wendete sich kopfschüttelnd ab, um zu gehen. »Jetzt zweifelst wider an meiner Erlichkeit. Im ganzen Kinigraich gibt's so viel Geyler, und ich treff ire Firschtin?«

»Ich kenn dich und deine Sitten nicht«, erwiderte Luzinde, die nur die Hälfte seiner Worte verstand. Doch der barsche Ton von eben tat ihr leid. Sie wollte nur weg von hier, an einen Ort, an dem sie sich sicher fühlte. Das Heimweh nach Pillenreuth befiel sie nicht zum ersten Mal. Sie wünschte nichts sehnlicher, als dorthin zurückkehren zu können, wo sie einen Platz in der Welt zwischen halbwegs freundlichen Gesichtern hatte. Sie raffte sich vorsichtig auf. »Jedenfalls dank ich dir wirklich. Der Büttel hätte meine Knochen zu Brei gemahlen.« Doch als sie einen Schritt nach vorne tat und ihr Bein belastete, da schrie sie vor Schmerz. Sie sah den Alten noch aufschrecken, als ihr das Blut aus dem Kopf sackte. Der schmuddelige Boden wankte. Was dann geschah, das wusste sie nicht mehr.

Als Luzinde wieder zu sich kam, herrschte draußen bereits Dunkelheit. Verwirrt sah sie sich um, denn sie hatte keine Erinnerung daran, wo sie sich befand oder wie sie hergekommen war. Sie lag auf einem Lager mit sauberem Leinen. Der Duft von verbrannten Kräutern stieg ihr in die Nase. Die Kammer, in der sie sich befand, wirkte warm, ordentlich und wohnlich. Kleine geschnitzte Puppen zierten einen Tisch, daneben hing ein schilffarbenes Überkleid aus Leinen mit einer interessanten Stickerei neben einem Wollumhang an einem Haken. Darunter stand ein Paar Holztrippen mit Lederriemen, die nur darauf zu warten schienen, dass jemand sie sich über die Lederschuhe zog. Ein Wasserkrug aus Steinzeug stand neben einer Holzschüssel auf einer großen Truhe. Luzinde erstarrte, als sie daneben einen mit Schnitzereien versehenen siebenarmigen Kerzenleuchter erspähte. War sie im Haus des Juden? Wenn ja, wie war sie hierher gekommen? Als sie versuchte, sich zu bewegen, stellte sie fest, dass sie nur ein langes Hemd trug und sich ihr Bein merkwürdig anfühlte. Unwillkürlich ertastete sie einen feuchten Verband aus Leinen um ihren linken Oberschenkel. Sie begann panisch daran herumzufingern.

»Las des Tuch wo's is«, vernahm sie eine Stimme von der Tür her. Eine Magd in sandfarbenem Gewand und Kopftuch kam herein, eine dampfende Holzschüssel in Händen. »Es helt de Arnika und des Silberkraut fest. De hast da en ganz harten Schlak auf das Bein bekumen, was, Schicksa? Steckst innen Schlimassel, hm?« Sie setzte sich neben Luzinde auf das Lager und reichte ihr die Schüssel.

»Arnika?«, fragte diese und strich eine Locke ihres fülligen Haares hinter das Ohr. Wollte man ihr einen Liebeszauber anhexen? Sie nahm das Gefäß und schnupperte misstrauisch daran – eine dicke Suppe mit Huhn und Kräutern.

Die Magd lachte. »Der Her hat schon gesakt, du wirst nit essen, ohne vorher in der Sup zu schtochern. Glaubst'e is Gift drin, Schicksa?«

»Nein, ich –«, doch Luzinde konnte kaum sagen, was sie gedacht hatte. »Danke«, fügte sie hinzu, ergriff den dargebotenen Löffel und schob sich schnell die erste Fuhre Hühnersuppe in den Mund. Der Hunger überwältigte sie beinahe. »Wo bin ich?«, fragte sie schließlich kauend. Das Mahl schmeckte eigenartig herb, aber ganz köstlich.

»In Herrn Gottschalks Haus«, erwiderte die fremde Magd fröhlich. »In meiner Kamer, wenn de's wissen willst.«

»Und wer bis du?«, setzte Luzinde hinzu.

»Ich bin Rahel. Ich koch und puz für den Herrn Gottschalk und sein Gesindel. Das da is von mir«, sie deutete auf die dampfende Schüssel. »Also sag besser, wie du die Sup mogst.«

»Sie ist gut«, versicherte Luzinde. »Wirklich. Was ist das für ein Geschmack?«, fragte sie und fischte sich ein Korn aus dem Mund, das die Ursache für die interessante Note zu sein schien.

»Remischer Kimel, Schicksa«, lachte Rahel.

»Römischer Kümmel?«, probierte Luzinde die Laute. Langsam begann sie sich in die Sprache der Leute hineinzuhören. Es half, die Worte laut zu wiederholen, fand sie.

»Sag ich doch«, gab die Frau zurück. Sie war noch rundlicher als die Pillenreuther Magd Anna und hatte leuchtend rote Wangen. Das Kopftuch verbarg ihr Haar vollständig, doch die Augenbrauen deuteten darauf hin, dass sie dunkelblond war.

»Ich heiße Luzinde«, meinte das Mädchen noch, als die Jüdin schon wieder hinausging.

»Is gut, Schicksa«, rief Rahel über die Schulter zurück. »Des Kleid do am Haken, des is fer dich!«

»Warum nennst du mich so?« Doch Rahel antwortete nicht mehr.

So erhielt Luzinde Zeit zum Nachdenken. Der Alte hatte sie also mit nach Hause genommen. Furcht und Neugier rangen in der Magd miteinander. Sie fragte sich zum wiederholten Mal, was der alte Mann wohl von ihr wollte. Sie konnte entweder bleiben, um das herauszufinden, oder sie konnte zusehen, dass sie das Weite suchte. Die Entscheidung war schnell getroffen – Luzinde würde ihr Schicksal nicht in die Hände eines Ungläubigen geben. Dieser Gottschalk war freundlich genug gewesen – doch man wusste ja nie.

Einen langen Augenblick blieb sie noch beinahe bedauernd auf dem Lager liegen und genoss die Wärme, die die Suppe in ihr verströmte. Sie fühlte sich zurückversetzt in ihre Zeit in dem kleinen elterlichen Haus zu Lindelberg. Damals hatte das Leben noch so einfach ausgesehen, das für eine Tochter aus gutem Haus festzustehen schien. Einen anständigen Mann heiraten und in sein Haus ziehen, ein paar Kinder bekommen und damit zufrieden sein … Doch dieses Leben hatte sie verschenkt.

Dann stellte Luzinde die leere Schale beiseite und raffte sich auf. Das Bein gab beinahe wieder unter ihr nach, als sie es belastete, doch nach einigen Versuchen stellte sie fest, dass das Gehen unter Schmerzen möglich wäre. Also mühte sie sich hinüber zu dem engen schilffarbenen Überkleid, streifte es über das lange Hemd und band es an der Seite zu. Mit seinen kurzen Ärmeln und den mit perlfarbenem Seidenfaden aufgestickten Symbolen – darunter wieder der Leuchter mit sieben Armen sowie ein Baum – wirkte es fremdartig im Vergleich zu allem, was Luzinde jemals am Körper gehabt hatte. Es war ein wenig kürzer als ihr Untergewand, vermutlich das gekürzte Kleid einer vornehmeren Frau.

Sie griff nach ihrem Beutel, der in einer Ecke lag, stopfte eine der Wolldecken hinein, unter denen sie eben noch gelegen hatte, und humpelte so leise wie möglich zur Tür der Kammer. Mit einem letzten sehnsüchtigen Blick auf das bequeme Lager biss sie die Zähne zusammen und schlich durch den Lagerboden, die knarrende Treppe hinunter in das erste Geschoss. Dort stand Luzinde in einer Kemenate mit Tafel und hörte Stimmen aus einem angrenzenden Raum – eine Männerstimme sprach in einem melodischen, aber kehligen Singsang. Wie während des Geschwätzes der Magd meinte Luzinde, das ein oder andere Wort verstehen zu können, dann aber folgte wieder ein Ausdruck, der ihr völlig fremd war. Hier befand sich ebenfalls ein goldener Kerzenleuchter mit sieben Armen auf einer Truhe an der Wand. Die kleinen eckigen Fenster standen noch offen, obwohl schon ein empfindlich kühler Windzug herrschte. Von draußen drang das Rattern von Rädern auf der unebenen Straße herein; das Trappeln von Hufen und dumpfes Hämmern.

Als Luzinde weiterzuschleichen wagte, berührten ihre frisch gewaschenen Füße weiche Flusen. Unwillkürlich sah sie hinunter.

Sie stand auf einem geknüpften Teppich mit eigenwilligen geometrischen Mustern. Das Gefühl der weichen Wollfäden zwischen ihren rauen Zehen war so zärtlich, dass Luzinde ein Knoten im Hals saß und sie die Feuchtigkeit aus den Augen blinzeln musste. Das Streicheln der Seidenfäden auf ihrer Haut verkörperte für sie in einer plötzlichen Erkenntnis alles, was sie mit Heimat verband. Doch sie trieb sich voran, die Stufen hinunter ins Erdgeschoss.

Hier erreichte sie die Diele, in der ein angebrochenes Brot lag. Sie eilte zum Tisch und griff sich den halben Laib. Als sie zum Ausgang humpeln wollte, schmerzte der Muskel im Bein wieder, und sie stützte sich für einen Augenblick an einen Balken in der Mitte des Raumes und schöpfte Atem. Gott sei Dank, die Tür zur Straße stand leicht offen! Als sie genauer hinsah, entdeckte sie verwundert, dass am Pfosten der Tür ein kleines, kostbar verziertes Kästchen aus Metall schräg angenagelt war. Was das wohl für ein heidnischer Brauch war?

»Das is en Mesusa.«

Die Stimme des Alten ließ Luzinde erstarren. Konnte der Mann etwa Gedanken lesen? Das Herz pochte ihr im Leibe, und sie überlegte, ob sie zur Tür eilen sollte. Doch mit ihrem Bein käme sie kaum schnell genug hinaus. »Warum hängt sie da?«, fragte sie mehr aus Verlegenheit denn Interesse. Die gestohlene Decke und das Brot brannten ihr auf dem Gewissen.

»Drin is en Pergament mit den ersten beiden Versen des Schma Jsrael«, erklärte er. »Des is des Bekenntnis auf den Einen und Einzigen.«

»Ah.« Luzinde brannten die Wangen.

Die Stimme des alten Mannes wurde innig und nahm einen singenden, beinahe deklamierenden Tonfall an: »Here, Israel: Der Herr ist dein einzig Gott. Und de sollst deinen Gott liben, von ganzem Herzen, mit ganzer Seele und allen deinen Kreften – und deinen Nechsten wie Dich selbst.«

Luzinde wandte sich erstaunt um. Die Verse kamen ihr merkwürdig vertraut vor. Zitierte der Jude da die Bibel? Wollte er ihren Glauben verspotten? Doch der Alte schaute ernst. »Kennst des?«

»Der barmherzige Samariter«, erwiderte sie. Der Vater hatte diese Geschichte oft erzählt. Doch ihr war unwohl dabei, die Heilige Schrift mit einem Ungläubigen zu besprechen.

Gottschalk nickte mit gerunzelter Stirn. »Krischt war ein Jid. Warum also sollten die Jiden nicht diselbe Baremharzigkeit kennen wie de Krischten auch?«

Darauf hatte Luzinde keine Antwort. Sie hatte nie darüber nachgedacht, wenn sie ehrlich sein sollte, genauso, wie sie nie viel über die Juden nachgedacht hatte. Also zuckte sie mit den Schultern.

»De kannst über dies Schwel geen wan imer de wilst. Ich halt dich nit. Du hast mich beschpotet und beschtolen.« Sein Blick war nicht freundlich, und Luzinde wagte nicht, ihm zu begegnen. »Doch wenn de die Lige zur Worheit machen wilst, kenst fer den Toler, den ich fer dich bezalt hab, arbeten. Für en Dach über dem Scheidel und en warme Sup am Tag.«

Das warme Bett in der Kammer, die Suppe, der Römische Kümmel, ja der zärtliche Knüpfteppich in der Stube oben – mit einem Mal wirkte das alles gar nicht mehr bedrohlich, sondern behaglich und einladend. Luzinde sehnte sich beinahe so sehr danach zu bleiben, wie sie sich nach dem vertrauten Beginenhof verzehrte. Auch das machte sie wieder misstrauisch.

War dies eine Versuchung des Teufels? Sollte sie fest im Glauben bleiben und zu dieser Tür hinausgehen?

»Oder de kanst geen«, Gottschalk wies auf die Tür. »Wan de wilst.«

Luzinde zögerte noch. »Ihr wollt mich als Magd anstellen?«

»Als Schabbesgoje.«

»Was muss ich da tun?«

»Was ein Mad so tut.«

»Ist ein Schabbesgoje eine Magd?«

»Ist ein Mad, de zind am Schabbes de Lichter an.«

Damit war Luzinde so schlau wie vorher. »Ich muss nicht an euren Gebräuchen teilnehmen?«

Gottschalk lächelte dünn. »Keinesfals. Kind, des wol'n wer gar nit.«

»Und ich muss auch sonst nichts Unheiliges tun?«

»Was dir umrein oder umheilig scheint, kannst de lasen.«

»Und ich bekomme Lohn?«

»Zehn Pfennig im Monat.«

»Einen Groschen!«, feilschte Luzinde schnell.

Der Alte seufzte ergeben. »En Groschen also.«

»Und ich darf zur Kirche gehen?«, fragte Luzinde lauernd.

Gottschalk runzelte verwirrt die Stirn. »Warum soltest nit zur Kirch geen dirfen?«

Die Magd zuckte mit den Schultern, während sie nachdachte. Caspar der Krämer kam ihr in den Sinn, der um seiner Familie willen jüdisches Geld genommen hatte. Wie der König offenbar auch, denn man sagte ja, das Volk gehöre seiner Kammer an. »Ihr schert Euch nicht um meinen Leumund?«, fragte sie mit einem letzten Blick zur Tür.

Gottschalk musterte sie aus hellen grauen Augen.

»Stilst aus Geweinung?«

Sie nahm an, er meinte Gewohnheit. »Nein.«

»Bist en Hur?«

Luzinde zögerte. Manche Menschen würden sie als Hure bezeichnen – doch sie verdiente ja nicht ihren Lebensunterhalt als Hübscherin! »Nein.« Die Unterstellungen wurden ihr lästig, und doch wusste sie, dass Gottschalk allen Grund hatte, sie das zu fragen.

»Hast de en Kind gemorderet?«

Sie biss die Lippen aufeinander, dann schüttelte sie sanft den Kopf. Doch sie errötete noch tiefer als zuvor.

Gottschalk musterte sie aus mitfühlenden grauen Augen. »Ich bin alt. Ich weiß, dass keiner ohn Feler is, ob Jid, ob Krischt. De hast gefelt, ich seh des. Des is nur mentschlich.«

»Woher wisst Ihr das?«, fragte Luzinde leise.

Er schürzte die Lippen und sah auf den Boden. Luzinde fand, dass sein Gesicht älter und grauer wirkte als noch zuvor. »Ich hab in meinem Leben ein paar beise Mentschen geseen. Und heißt's nit: Drum werden de Frevler im Gericht nit besteen noch de Sinder in de Gemeinde de Gerechten? Beise Mentschen haben beise Augen. Du auf der andern Seit ...« Doch er beendete den Satz nicht.

Luzinde staunte, als der Alte ihr denselben Psalm zitierte, den ihr die Meisterin Elisabeth bei ihrem Aufbruch aus Pillenreuth mitgegeben hatte. Was bei der Begine hart und abweisend geklungen hatte, wirkte bei Gottschalk beinahe versöhnlich!

»Ich habe also keine schlechten Augen?«, fragte Luzinde verwirrt.

Er sah auf. Sein Blick begegnete unter buschigen Brauen dem ihren. Die Magd fühlte sich wieder an die Meisterin Elisabeth erinnert. Er schien einen Augenblick zu überlegen. »Ich glaub, de bist kein beiser Mentsch.«

Luzinde lächelte. Zum ersten Mal, seit sie von dem Beginenhof verstoßen worden war, keimte in ihr so etwas wie Hoffnung. Und wenn das eine Versuchung des Teufels war, dann war es eine verdammt gute. Sie zuckte mit den Schultern. Sollte der Teufel doch kommen. Lieber begegnete sie ihm ausgeschlafen und mit gefülltem Magen. Sie stellte ihr Bündel ab.

»Dann will ich Euch dienen.«

Kapitel 5

An dem Tag, an dem die Stadt Nürnberg sich in Demut vor König Karl verbeugen wollte, verhüllten graue Wolken den Himmel, und ein leiser Nieselregen segnete die Felder. Ulrich Stromer kannte den Wert von gewaltigen Symbolen, und so ertrug er den Regen mit bescheidener Würde. Als der Ratsherr aber auf die feuchte Wiese vor der Stadt sah, auf der der Herrscher die Unterwerfung des Rates erwartete, da verfluchte er die Symbolik. Natürlich hatte der Römische König nur für sich und seine nächsten Gefolgsleute einen Baldachin bereitstellen lassen. Auf dem Rest der Wiese versank der Boden in Nässe. Doch Ulrich mahnte sich zur Geduld. Der Stoff seiner Beinlinge mochte durchweichen und sein Stolz ein wenig verletzt werden. Doch mit Stolz konnte sich ein Handelsherr nichts kaufen. Der gute Wille eines zukünftigen Kaisers hingegen war Gold wert. Also kniete Hosto sich in den Schlamm und bot dem König den Schlüssel Nürnbergs auf einem Stahlschild dar. Der Regen tanzte darauf mit federleichter Melodie.

Der Nieselregen verstärkte sich sanft zu einem kurzen Schauer, der Hostos Gesicht bald trotz seiner Mütze mit einem feuchten Film überzog. »In Demut, mein Fürst, überreicht Euch die Reichsstadt Nürnberg ihre Schlüssel. Sie empfiehlt sich Eurer Gnade und Eurem Urteil. Nürnberg hat erkannt, dass Euer Anspruch auf den Thron des Heiligen Römischen Reiches deutscher Nation wahrhaft unangefochten bleiben muss. Daher bittet Euch der Rat der Stadt, lasst Nürnberg in das Reich zurückkehren. Nürnberg will Euch dienen, Herr!«

Und damit senkte Hosto den Kopf, der dünne stählerne Schild, auf dem der Schlüssel lag, noch emporgehoben. Er hatte darauf bestanden, dass die Unterlage die Form eines Wappenschildes mit dem Reichsadler erhielte – nur für den Fall, dass der König eine Erinnerung dafür brauchte, woher die besten Brünnen des Reiches stammten.

Doch König Karl antwortete nicht. Erwog er, Köpfe rollen zu lassen, um seine Macht zu demonstrieren? Und war Hostos vielleicht darunter? Wer sich in der Reichspolitik irrte, kam üblicherweise nicht leicht davon. Er starrte bald mit zitternden Armen auf die dunklen Flecken an den Knien seiner Hosen und biss die Zähne zusammen, denn der Stahl wog schwer.

»Nürnbergs Dienste werden angenommen«, sprach König Karl schließlich. »Wir, Karl von Böhmen, Römischer König, heißen Nürnberg wieder unter der Krone willkommen! Wir freuen uns sehr, dass diese unsere liebste Stadt in den Schoß des Reiches zurückgekehrt ist.« Damit nahm einer seiner Ministerialen den Schild mit dem Stadtschlüssel entgegen. Hosto ließ die zitternden Arme erleichtert sinken und sah auf den König, der noch immer auf seinem Holzthron unter dem Baldachin saß. Karl wirkte stets ein wenig gestaucht. Sein braunes schulterlanges Haar erschien im trüben Licht dieses Regentages dunkel, die Bartwulst über den Lippen und der Vollbart am Kinn ließen das breite Gesicht noch breiter wirken. Er musste jetzt etwas über dreißig Jahre alt sein. Seine Miene war schwer zu deuten, die dunklen Augen aufmerksam und kühl. ›Er würde einen guten Kaufmann abgeben‹, dachte Hosto bei sich. Und genau das würde die Eigenschaft sein, die Karl und Nürnberg wieder zusammenführen würde.

»Hat man die verantwortlichen Aufrührer gefasst?«, fragte Karl, bereits wieder so sachlich wie bei einem Geschäftsabschluss.

»Das hat man, mein Fürst«, bestätigte Hosto noch immer kniend. »Rudel Geißbart befindet sich im Gefängnis der Stadt.«

»Wir werden in den nächsten Tagen Gericht halten«, verkündete Karl. »Über jene, die die Schuld daran tragen, dass Nürnberg sich dem Reich so lange widersetzt hat.« Dabei traf sein Blick den von Hosto, und der Ratsherr bekam eine Gänsehaut. Natürlich wusste der König, dass auch er in dem aufständischen Rat gesessen hatte. Doch im Gegensatz zu Rudel Geißbart hatte Ulrich Stromer dem König noch etwas zu bieten – nämlich Geld, Macht, Einfluss. Hosto hoffte, dass Karl seinen Geschäftssinn über seine Wut und Enttäuschung siegen lassen würde.

»Ihr, Ulrich Stromer, wart Eurer Stadt immer ein guter Diener«, sprach der Herrscher nun kühl. »Lasst diese Eure Treue niemals wieder in Widerstreit mit Eurer Treue für das Reich treten! Denn wenn Wir noch einmal vor die Mauern Nürnbergs marschieren müssen, um Eure Gefolgschaft einzufordern, werden Wir nicht so gnädig sein!«

Mit einer so deutlichen Anklage hatte Hosto nicht gerechnet. Doch er hatte eine Antwort parat. »Mein Fürst, dem Reich war ich stets loyal. Im Gegenteil, wäre meine Treue zu Euch und dem Thron nicht weit geringer gewesen, wenn ich diese Eure liebste Stadt hätte verkommen lassen? Sollte ich die Verwaltung, die Kasse, ja die Wehrfähigkeit denn simplen Hufschmieden und Tischlern überlassen? Nein, mein Fürst, jemand musste dafür sorgen, dass Nürnberg nicht vor die Hunde geht!« Nachdem er gesprochen hatte, warnte ihn ein Flattern im Magen vor der Reaktion des Königs. Dieser hatte die Augenbrauen zusammengezogen. War seine Rede zu forsch gewesen? Egal, nun konnte er nicht zurück. »Wenn mich dies in Euren Augen herabsetzt oder mich gar Eure Freundschaft kostet, dann beweine ich dies mit heißen Tränen. Aber mehr noch würde ich weinen, wenn Nürnberg Euch nun nicht mehr zu Diensten sein könnte, weil die Ehrbaren Familien Euren Zorn zu sehr gefürchtet hätten. Denn ich liebe diese Stadt mehr als mein Leben. Sie zu erhalten war stets mein Ansinnen. Wollt Ihr mich für diese Liebe richten? Dann nehme ich Euer Urteil in Demut an, mein Fürst.«

Die Stille, die seinen Worten folgte, bewies, dass Hostos Worte nicht ohne Wirkung geblieben waren. Ja, sie waren dreist gewesen, und, ja, ein Geringerer würde dafür vermutlich den Kopf verlieren. Nur das Mitglied von einer Handvoll Familien im Reich konnte so mit einem König sprechen. Zumindest hoffte er das.

Endlich sprach der Herrscher. »Erhebt Euch, Freund Stromer.« Selbst Hosto atmete erleichtert aus. Doch der König war noch nicht fertig. »Das nächste Mal aber überlasst es Eurem König, eine abtrünnige Stadt zurück ins Reich zu holen!«

»Ja, mein Fürst«, sprach Hosto bescheiden. Doch sie beide wussten, dass es kein nächstes Mal geben würde. Ulrich stand auf, näherte sich dem nun aufrecht stehenden König und küsste seinen Ring in einem weiteren, tiefen Kniefall. Dann wies er auf den jungen Ulman Stromer hinter sich.

»Mein Fürst, dies ist mein Neffe Ulman Stromer. Ich bitt Euch, lasst ihn meinen Platz in Eurem Herzen einnehmen. Er ist ein junger Stier, der sich die Hörner in Barcelona, Genf und Genua abgestoßen hat und nun bereit ist, vor Euren Wagen gespannt zu werden!« Auch Ulman kniete nieder und erwartete, von dem Herrscher angesprochen zu werden.

»Erhebt Euch, junger Stromer. Mit Eurem Oheim habt Ihr einen der besten Lehrmeister des Reiches. Er wird Euch so tief in die Geheimnisse seiner Geschäfte einweihen, dass es Euch Könige und Päpste neiden werden.«

Ulman erhob sich wieder, doch er schüttelte den Kopf. »Ein König muss niemals einem Kaufmann neiden, mein Herr. Er wird in seiner Gnade dessen Gaben annehmen, die stets freiherzig angeboten werden.«

Ein erstauntes Lächeln überzog Karls Miene. »Wie ein Stromer gesprochen, junger Mann. Ihr seid stets willkommen in meinem Haus.«

»Ich danke Euch«, Ulman verneigte sein Haupt tief, während Hosto zufrieden nickte.

»Morgen«, verkündete der König laut, »wollen Wir die Stadt betreten und die Kaiserburg wieder in Besitz nehmen.«

Dann gab der König ein Zeichen. Diener hoben den Baldachin an und trugen ihn in langsamem Schritt den Hügel hinunter zurück in die Zeltstadt, in der Karl residierte. Mit der Kaiserburg würde er nicht nur Nürnberg wieder für das Reich beanspruchen, das wusste Hosto. Auch die Kaiserburg war ein Symbol – das Zeichen dafür, dass Karl Anspruch auf den Kaiserthron seines Großvaters anmeldete.

Hosto lächelte hintergründig. Heute hatte er hoch gespielt und gewonnen. Der Grund dafür war genau jener Ehrgeiz, der ihn mit Karl verband. Sie gaben sich beide mit nichts Geringerem als dem höchsten Ziel zufrieden. Wollte Gott, dass sie es beide erreichen würden. Ein starkes Nürnberg an Kaiser Karls Seite – das wäre eine Bündnis, das das ganze Reich auf Jahrhunderte stärken und prägen würde. Und Hosto wusste auch schon, wer diese Bande schmieden würde.

»Komm, Ulman. Lass uns endlich trockene Hosen anziehen, verdammt noch mal!«

Kapitel 6

An ihrem ersten Tag in Gottschalks Diensten blinzelte Luzinde in die skeptischen Gesichter der anderen vier Mitglieder seiner Familie.

»Ist se furchtsam?«, fragte der kleine Sohn Jakob, der vielleicht sechs oder sieben Jahre alt war.

»Nein, se is en Krischten«, erklärte der Alte.

»Weiß se denn, wie man Gescherr kaschert und Mazzen macht?«, fragte die Tochter Bel, die etwa doppelt so alt wirkte wie ihr Bruder. Luzinde hatte keine Ahnung, was das Kaschern von Geschirr sein sollte, oder was Mazzen waren. Aber das wollte sie auch gar nicht.

»Nein«, erwiderte Gottschalk geduldig, »weiß se nit, se is ja kein Jidene. Aber de Rahel weiß des, s'is also nit schlim.«

»Wie kan eine Frau so alt sein und des nit wissen? Wascht se sich denn richtig?« Bel verzog angewidert die Lippen. »Oder is se gar *tame?*« Sie wandte sich an die Mutter und wechselte einige Sätze in einer schnellen Sprache, die Luzinde beinahe zu verstehen meinte.

»Natürlich wasche ich mich«, erwiderte die Magd so höflich wie möglich. »Auch meine Ohren.« Der Bube, Jakob, kicherte. Doch bei Rebekka, seiner Mutter und Gottschalks Schwiegertochter traf der schnippische Kommentar auf wenig Verständnis. Von ihr sah man nur das ovale Gesicht, denn wie Rahel und Bel verbarg sie ihr Haar vollständig unter Kopftüchern. »Unser lezte Schabbesmad war en Luder«, meinte Rebekka kühl, sprach Luzinde aber immerhin direkt an. »Ich hoff de bist kein Schlechtss.«

»Ja. Herrin.«

»Des *Sefer Wajikra* sagt: Wie der Eingeborne unter euch sei euch de Fremde, der bei euch weilet, und de sollst ihn liben wie dich selber; denn Fremde wart ihr im Lande Mitzrajim«, zitierte Gottschalk.

Mose, der Vater der Kinder und Rebekkas Mann, hatte bislang geschwiegen. Er zählte bereits über dreißig Jahre. »Meint des nit eher andere Jidene, Foter?«

»Dariber kan man schtreiten«, lächelte der Alte.

Der Sohn begrüßte Luzinde daraufhin ebenfalls. »Wilkum.«

»Danke, Herr.«

Nun betrachtete Rebekka Luzinde von oben bis unten und wandte sich stirnrunzelnd an ihren Mann. »Se is en rechter Schlaks, nit?«

Mit diesen wenigen Worten gelang es der Herrin des Hauses, die Magd sowohl an Margarets üble Beschimpfungen und Mutter Agnes' arrogante Ablehnung zugleich zu erinnern. Luzinde beschloss, dass sie die Frau nicht mochte.

Damit war die Vorstellung abgeschlossen, und Rahel führte sie durch das Haus. Luzinde durfte zu ihrer Enttäuschung nicht in der warmen und gemütlichen Kammer im Haus schlafen, in der sie zum ersten Mal erwacht war. Stattdessen musste sie in einem Raum über dem kleinen Stall nächtigen, der an der Seite des kleinen Hinterhofs lag, an den fünf Häuser von drei Seiten angrenzten. Doch Luzinde war es zufrieden – sie hatte nicht mehr so viel Raum für sich allein gehabt, seit sie das Haus ihres Vaters hatte verlassen müssen. Dass sie auch gleichzeitig die beiden Kühe und die Hühner zu versorgen hatte, störte sie nicht.

Auch durfte sie nicht an den Mahlzeiten teilnehmen wie die Knechte und die Magd, sondern sollte allein für sich essen. In dem Anbau gab es für solche Zwecke eine kleine gut ausgemauerte Feuerstelle, die über einen Abzug gleichzeitig ihre darüber liegende Kammer beheizte. Hier gab es auch Grapen zum Kochen, ein paar Stücke Geschirr aus Holz und Ton, Messer und Löffel sowie Vorräte an Mehl, Trockenobst und Rüben. Luzinde vermutete, dass hier vor kurzem noch die andere christliche Magd gewohnt hatte, von der Rebekka gesprochen hatte. Wer sie wohl gewesen war? Was hatte sie getan, um sich das Schimpfwort Luder einzufangen? Und warum war sie gegangen?

Weitere Überraschungen warteten auf Luzinde, als Rahel ihr die Aufgaben erläuterte. Sie sollte nicht kochen, sie sollte nicht backen. Man verbot ihr sogar die Kuh zu melken. So schmal das Haus auch war, es gab darin zwei Küchen, die von der Feuerstelle bis zum Spülstein komplett ausgestattet waren. Und beide waren in Benutzung. Beim Spülen durfte Luzinde helfen, doch Rahel überwachte die Arbeiten streng, damit sie das Geschirr nicht vermischte – was immer das auch bedeuten mochte. Überhaupt gab es viel kostbares Geschirr im Hause, und es wurde mal dieses, mal jenes benutzt, ohne dass Luzinde darin einen Sinn erkennen konnte. Ansonsten durfte sie in den großen Küchen nur den Boden und die gemauerten Feuerstellen ausfegen. Doch wenn sie kaum in der Küche helfen sollte, musste es einen anderen Grund für ihre Anstellung geben. Oder geschah dort etwas, was sie nicht sehen sollte?

Als Nächstes versammelte sich die Familie zum Gebet in der Stube. Der Singsang wurde von Gottschalk in einer Sprache heruntergeleiert, die weich und melodiös klang. Das musste die Sprache der Hebräer sein. Sie klang fremdartig und unterschied sich von allem, was Luzinde je gehört hatte. Als Zweites redete die Familie in derselben Mundart wie jeder andere Mensch in Nürnberg auch. Und als Drittes sprachen sie jene schnelle, beinahe verständliche Sprache, das Jiddische. Im Alltag vermischte die Familie diese beiden letzten zu unterschiedlichen Teilen, so dass die christliche Magd sie so halb verstehen konnte. Manche Worte sprachen sie bloß anders aus, wie etwa Schtub für Stube, oder Schtot für Stadt. Andere wiederum, wie Schiksa, Schabbes oder Zeyde erschienen ihr sehr fremd. In jedem Falle hatte sie das dringliche Gefühl, dass besonders die Frauen immer über sie sprachen, wenn sie miteinander in merkwürdigen Ausdrücken schnatterten. Wenn sie dann lachten, glühte Luzinde der Kopf.

Am Nachmittag zogen die Männer gemeinsam zum Gebet in die Judenschule oder Schul, wie Gottschalk nur sagte, und die Frauen gingen in etwas, das sich Mikwe nannte und anscheinend sehr wichtig für Bel war. Die Männer setzten sich dafür Hüte auf – Gottschalk seine Kappe, Mose einen spitzen Judenhut –, und die Frauen legten Schleier mit blauen Borten über ihre Kopftücher, denn die Juden mussten sich auf der Straße von den Christen unterscheiden. So wollte es das Gesetz.

Luzinde war nur recht, dass alle aus dem Hause gingen. So konnte sie in aller Ruhe den Verband an ihrem Bein wechseln. Darunter prangte ein sich bereits verfärbender schwarzer Bluterguss, der unangenehm pochte. Danach hatte sie noch genug Zeit, sich im Haus ein wenig umzuschauen. Sie stöberte in der Stube herum, schnupperte an den Gewürzen in der Küche und entdeckte dort wahre Reichtümer. Sogar Salz und Pfeffer, Safran und diesen herben römischen Kümmel gab es hier in Hülle und Fülle! Dann wanderte sie durch den verwinkelten Innenhof, um zu ihrer Kammer zu gehen.

Der Hof war für einen städtischen Innenhof geradezu großzügig geschnitten. Gottschalks Familie teilte ihn sich mit der jüdischen Familie, die in dem Haus daneben wohnte. Im Hof stand auch noch eine kleine Hütte, ein armseliges Ding, in dem die Familie ihre Mahlzeiten einnahm. Luzinde fand sie recht hübsch – sie war mit Blättern, Stroh und Früchten geschmückt.

Doch bei näherem Hinsehen entdeckte sie, dass das mit Hölzern und Stroh gedeckte Dach bereits beschädigt war und es hineingeregnet hatte. Was es mit diesem Ding wohl auf sich hatte?

Die Familie war bald zurückgekehrt und unterbrach Luzindes selbst gewählte Einsamkeit. Sie zögerte ihren Dienst so lange wie möglich hinaus, um möglichst wenig Zeit mit den Juden verbringen zu müssen. Doch noch am ersten Abend, die Kinder spielten begeistert in der Hütte, rief der alte Gottschalk nach einem heißen Bier. Luzinde mühte sich mit schmerzendem Bein die Treppe hoch.

Der alte Mann saß in seiner Schreibkammer an einem Pult und las beim Licht einer Kerzenlaterne ein Buch. Die Schriftzeichen darin erinnerten Luzinde an winzige, aneinandergeheftete Fähnchen. In Regalen stand Ledereinband an Ledereinband nebeneinander. Auf die Buchrücken hatte man verschiedenste Symbole geprägt und gemalt, die Luzinde teils vertraut waren – Blätter und Pflanzen waren da abgebildet, Hämmer und Zirkel –, teils aber völlig unbekannt. Der Geruch nach muffigem Leder und Pergament erinnerte das Mädchen an die Schreibstube ihres Vaters. Doch die bis unter die Decke gestapelten Bücher ragten so schwergewichtig über ihr auf, dass sie fürchtete, unter ihnen begraben werden zu können. Davor standen drei kostbar beschlagene große Truhen mit Deckeln, die so spitz nach oben liefen wie Dachfirste. Eine davon war offen und mit einer Vielzahl an Einbänden und Pergamentrollen gefüllt. Wenn sie das überschlug, besaß der Alte beinahe so viele Werke wie die Meisterin Elisabeth!

Einen Augenblick lang stand Luzinde unschlüssig im Raum, denn Gottschalk beachtete sie nicht. Sie wusste nicht, ob es ihm angenehm war, dass sie in den Wohnbereich der Herrschaft trat, aber all diese Dinge würde sie nur herausfinden, wenn sie sie ausprobierte. Als sie den schlanken Krug mit seinem dampfenden Inhalt auf das gerade Sims des Lesepultes stellen wollte, da schnellte die Hand des Alten hoch. »Nit!«

Luzinde hielt erschrocken in der Bewegung inne. Als Gottschalk auf das Fenstersims wies, stellte sie den Bierkrug dort hinüber, neben eine große Sanduhr. Der Alte, dessen Blicke am Text festgesaugt schienen, las noch einen kurzen Moment. Dann löste er sich von der Lektüre, und sein Blick glitt erst zum Krug, dann zu ihr. »Hab Dank.«

Luzinde verbeugte sich leicht – der Umgang mit den Juden war ihr fremd. Immerhin war er jetzt ihr Herr. Welche Ehrenbezeugungen brachte man ihnen, den Gottesmördern, nur entgegen? Wie viel war zu viel, wie viel zu wenig? Sollte sie mit ihnen sprechen, oder besser nur das, was nottat? Endlich gewann ihre Neugier die Oberhand. »Du bist nicht unten in der Hütte. Deine Kindeskinder scheinen sich daran sehr zu erfreuen.«

»Tun se, nit? *Sukkot*, das Lauberfest, is der Kinder liebstes Fest. Sie freien sich Wochen darauf, dass die *Sukka* schtet. Und dann kumen se schwerlich wider raus. Aber meine alten Beine leiden unter der Kaltkeit.«

»Die Hütte steht also nicht immer dort im Hof?«, fragte Luzinde. »Ich dachte, sie wäre schon älter, weil sie bereits kaputt ist.«

»Nein, se schtet nit immer da«, meinte der Alte. »Wir bauen se jed's Jar wider.«

»Kaputt?«

»Kaputt.«

Luzinde runzelte die Stirn. »Aber warum denn nur?«

Da musste Gottschalk lächeln. »Ja, was macht des für einen Sinn, eine kaputte Hitt zu bauen? Frag des de Kinder. De kennen dir zeigen, dass se ihre Tora gut gelernt haben.«

Luzinde wusste nicht, was eine Tora war, noch dieses Sukkot. Sie wollte es auch gar nicht wissen, denn anscheinend war die Hütte, die sie für eine kleine Laube gehalten hatte, Bestandteil ihrer ketzerischen Religion. Da sie aber auch nichts Schlechtes darüber sagen wollte, schwieg sie.

»Habt'er Krischten denn kein Fest, an dem er der Wurzeln gedenkt und dem Herrn dankt, dass er trotz aller Not, trotz aller Schtrof für eure Feler, imer noch hier seid?«

Luzinde schluckte. Sie schüttelte schnell den Kopf. »Wir danken für die Ernte. Und für das Opfer des Herrn Jesus Christus. Und wir danken Gott dafür, dass er unsere Sünden von uns nimmt. Aber für die Strafen? Nein, für die danken wir ihm nicht.« Sie fand es auch schon recht merkwürdig, sich dafür zu bedanken, dass man es nicht leicht hatte, fand sie, aber das behielt sie für sich. Er war ein Jude, aber er war ihr Herr. Er konnte sie einfach wieder aus seinem Haus werfen, und dann säße sie wieder auf der Straße. Das durfte nicht passieren, bevor sie nicht eine andere Stelle hatte.

»Luzinde«, sprach der Alte unvermittelt, »ich glaub, de bist ein guts Meidel. Aber … etwas verfolgt dich doch, nit? Ich muss des nit aless wissen. Aber ich brauch ein bissel Erlichkeit von den Mentschen unter meinem Dach. Du solltest mir sagen, warum de dich rumgetrieben hast.«

Luzindes Brustkorb hob und senkte sich schwer. Sie erinnerte sich an die zornige Enttäuschung von Meisterin Elisabeth, als die erfahren hatte, wie lange die Magd sie belogen hatte. Ihr kam ein schlimmer Verdacht. War er vielleicht ein Mensch wie Margaret und wollte sich ihrer Sünde bedienen, um sie an sich zu binden und zu benutzen – für welche schlimmen Dinge es auch sein mochte? Hatte er deshalb von der Hütte erzählt? Nein, sie konnte dem Alten nicht berichten, was sie hergetrieben hatte. Also presste sie die Lippen aufeinander und schwieg.

Der Greis musterte sie noch eine Weile fragend. Dann wandte er sich seinen Papieren wieder zu. »Eins noch. Am Tag deines Hern kannst'e dir ein bissel Zeit nehmen. Jetzt sollten wer dich mal leren, was du wissen musst iber das Leben in diesem Haus, denn –«

Das Läuten von Kirchenglocken unterbrach die Unterredung. Luzinde kam die Unterbrechung nicht ungelegen – wenn sie ehrlich war, wollte sie gar nichts über jüdisches Leben erfahren. Sie brauchte einen Augenblick, um zu verstehen, warum ihr Herz plötzlich schneller schlug. Dann aber horchte sie auf. War die Stadt nicht eigentlich gebannt? Durfte man denn die Glocken zur Messe rufen lassen, wenn der Bann des Papstes doch auf der Stadt lag? Als dieser heilige Klang vom Norden her über die Stadt schallte, wurde ihr erst klar, wie sehr sie die Glocken in all den Tagen, die sie bereits in Nürnberg weilte, vermisst hatte.

»Des klingt nach Sankt Sebald«, murmelte Gottschalk stirnrunzelnd und erhob sich. »Frei dich – jetzt kent ihr Krischten wider in de Mess.« Eine zweite, dann eine dritte Glocke fielen ein, und schließlich hallte über Nürnberg das Geläut so vieler Kirchen, dass es schwerfiel, ihre Zahl zu bestimmen. Jede einzelne davon verkündete die Erhabenheit des Herrn.

Der Alte erhob sich schwerfällig und humpelte zum Fenster. »Weißt de, was des noch heißt?«, fragte er nachdenklich, während er, eine Hand am Fensterrahmen, mit der anderen den Laden weiter aufschob. Luzinde schüttelte den Kopf und folgte seinem Blick zur Kaiserfeste.

Gottschalk runzelte die Stirn. Er sah beunruhigt aus. »Kenik Karl is wider der Her in Nirnberg.«

Am nächsten Morgen sprang Luzinde aus der Tür des Judenhauses, hinaus auf die Straße, und sah sich um. Überall liefen Menschen entlang und riefen: »Der König! Der König kommt!«

Arm und Reich gleichermaßen drängten auf die Straßen. Ganz Nürnberg schien auf den Beinen.

Eine Unruhe hatte von der Magd Besitz ergriffen. Seit die Glocken, die den Einzug König Karls ankündigten, die ganze Nacht hindurch die Erlösung der armen Seelen Nürnbergs verheißen hatten, wünschte sie sich nach Sankt Laurentius. Sie hastete wieder ins Haus, lieh sich von Rahel ein paar Trippen, die sie unter die bloßen Füße schnürte, damit sie nicht Kot und Dreck in die Kirche trug. Dann lief sie los, den Menschen hinterher, die den Einzug des Herrschers nicht verpassen wollten. Sie aber wollte zum heiligen Laurentius beten, dem Patron der armen Seelen.

»Der König kommt!«, gellte es wieder durch die Menge, und »Karl ist bereits in der Stadt!«. Je näher Luzinde der Kirche kam, desto voller wurde es. Bald hörte sie Jubel aufbranden und musste sich durch die Menge der Wartenden schieben. Als sie die leichte Steigung zum Kirchhügel hinauf nahm und auf der anderen Seite herunterschauen konnte, da wusste sie, was der Aufruhr bedeutete. Dort unten näherte sich durch die begeisterte Menschenmasse ein prachtvoll anzuschauender langer Reiterzug. Vorne trugen zwei Ritter in Kettenrüstungen den goldenen Adler des Reiches und den böhmischen Löwen. Danach folgten Reihen um Reihen Berittener. Luzinde schob sich durch das Gedränge, bis sie beinahe vor Sankt Laurentius stand. Auch sie reckte voller Neugier den Hals.

Endlich näherte sich ein Pavillon aus prachtvollem gold-roten Brokat, an vier Stangen von Reitern in geschwärzten Kettenhemden und goldenen Wappenröcken getragen. Darunter ritt der König. Die Magd blinzelte, denn durch den Schatten von Baldachin und Kirche konnte sie den Herrscher kaum ausmachen. Sie sah bloß eine Silhouette, die der jubelnden Menge bisweilen zunickte oder grüßend eine Hand hob. Gleichzeitig hielt der Mann das weiße Pferd stets genau mittig unter dem königlichen Baldachin, als wüsste er um die beste Wirkung seines Auftretens. Auch der königliche Purpur und die helle Tunika unter dem Pelz zeugten von Erlesenheit und Sorgfalt.

Obwohl es Luzinde zum Gebet drängte, stellte sie sich auf die Zehenspitzen, um den Herrscher besser erkennen zu können. Vermutlich war dies das einzige Mal, dass sie einem König so nahe kommen würde! Im Geschiebe und Gedrängel fiel es ihr allerdings schwer, überhaupt etwas zu sehen, und als sie zwischen den Beinen der Leute vor ihr einen großen Holzeimer auf dem festgestampften Boden herumkullern sah, nutzte sie die Chance, sich dorthin durchzuschieben, ihn auf den Kopf zu stellen und darauf zu treten, um besser sehen zu können.

Was dann geschah, konnte Luzinde später schwer beschreiben. Sie erhob sich über die Menge und schaute zum Baldachin hinüber. In diesem Augenblick trat die Prozession des Königs aus dem Schatten von Sankt Laurentius heraus. Eine Windbö blähte den Baldachin nach oben und erschreckte das weiße Ross, das daraufhin einen nervösen Satz nach vorne machte und seinen Reiter aus der mittigen Position unter dem Baldachin heraustrug. Gleichzeitig schob der Wind die Wolken dieses Regentages beiseite, und ein Strahl der noch morgendlichen Sonne brach hindurch und fiel durch die Gasse hinter Luzinde direkt auf den König. Der zügelte sein Pferd und wandte den Kopf. Er blinzelte beinahe erschrocken in das plötzliche Licht. Das dunkle Haar unter dem gekrönten Helm rahmte ein ernstes Antlitz, der wulstige Bart ließ ihn breitgesichtig wirken. Luzinde sah in die grauen Augen und fand, dass sie kühl wirkten, abschätzig gar. Sie schluckte, denn dieser Mann war von königlichem Blut, Enkelsohn eines Kaisers! Dann beschattete er seine Augen mit der Hand, und seine Lippen bewegten sich.

Offenbar hatte er mit dem Ritter gesprochen, der vorne rechts die Stange des Baldachins hielt, denn der drehte nun ebenfalls den Kopf zu Luzinde herüber. Sie konnte die Züge des Mannes wegen der Kettenhaube nicht gut erkennen; kurze braune Barthaare waren zu sehen, darüber warme, braune Augen. Auch er blinzelte geblendet nach Osten. Was beim König Erschrecken verursacht hatte, zauberte ein ehrfurchtsvolles Staunen auf die Züge des Ritters. Was mochten die beiden in den Sonnenstrahlen wohl gesehen haben? Dann schob die Menge Luzinde von ihrem Podest und außer Sicht, während die Reiter an der Gasse vorbei hinunter zur Pegnitz ritten. Der seltsame Augenblick war vorbei.

Ein Ministerialer direkt hinter König Karl griff in einen großen Beutel am Sattel und warf zum Jubel der Menschen etwas in die Menge. Luzinde wurde hart am Kopf getroffen. Als sie sich die Stelle rieb, fischte sie einen Pfennig aus dem Tuch, das sie lose um das Haupt geschlungen trug. Um sie herum jagten die jubelnden Nürnberger dem Geld hinterher und folgten der Prozession, um auch den nächsten königlichen Geldsegen zu erleben. Das ohrenbetäubende Geläut der Kirchenglocken tönte noch immer über die Stadt. Luzinde grabschte nach einer weiteren Münze, die im Straßenschlamm lag. Dann zögerte sie. Stand nicht in der Bibel, dass eher ein Kamel durch ein Nadelöhr ginge, als ein Reicher ins Reich Gottes käme? So zumindest predigten es die Priester. Das war eine schwere Wahl, wenn man den Hunger kannte! Doch sie sehnte sich nach einer richtigen heiligen Messe, einer, von der man sicher sein konnte, dass sie Gottes Herz erreichte. Mit einem bedauernden Blick auf die nach dem Geld springende und kriechende Menge wandte sie sich Sankt Laurentius zu.

Auch wenn diese Kirche eigentlich eher von der Gemeinde der reicheren Handwerker besucht wurde, wollte sie sich in die letzten Reihen drängen, um den Patron Laurentius zu ehren. Die Flügel der Kirche waren noch nicht geöffnet. Als sie die knarrende Tür des Mannloches aufschob, begrüßte sie stilles Zwielicht. Noch waren die Schiffe der Basilika leer bis auf Mesner und Altarhelfer, die die Messe vorbereiteten.

Luzinde schritt in die Kirche und sah sich zögernd um. Das Jubeln der Menschen wurde hier durch dicke Mauern gedämpft. Das Dröhnen der Glocken übertönte alles.

An der Säule auf einem Absatz hoch über ihr stand eine Madonna mit Kind und üppiger Krone und sah mit einem Blick voller Güte herunter. Dahinter leuchteten die bunten Mosaikfenster im Sonnenlicht, und als Luzinde näher trat, erkannte sie, dass sie Szenen aus dem Leben des heiligen Laurentius abbildeten. Der war den Legenden nach ein Heiliger ganz nach Luzindes Geschmack. Ein Kaiser hatte Rom bedroht und dessen Bischof gefangen gesetzt, erinnerte sie sich. Ein erstes Ziel des Herrschers war die Schatzkammer der Heiligen Mutter Kirche. Der Kammerverwalter Laurentius wurde gefoltert, um den Kirchenschatz herauszugeben. Laurentius erbat sich, schlau wie er war, drei Tage Zeit. In dieser Zeit verschenkte er den Kirchenschatz an die Armen und bekehrte sie so zum Herrn Jesus Christus. Als kein Geld mehr übrig war und der Kaiser das Gold von Laurentius einforderte, da verwies der Fuchs auf die Gläubigen und sprach, sie seien der wahre Schatz der Kirche. Dieser beinahe schelmische Winkelzug sorgte zwar dafür, dass Laurentius als Märtyrer zu Tode gefoltert wurde, doch hatte er dem gierigen Herrscher widerstanden und sowohl das Gold vor ihm versteckt wie auch den Glauben unter die Menschen getragen.

»In der Not muss man ein paar Haken schlagen, nicht wahr?«, fragte Luzinde den Heiligen leise. Diese Einsicht beruhigte ihr schlechtes Gewissen darüber, dass sie sich in der Kirche aufhielt, obwohl ihr der heilige Grund eigentlich seit Jahren verboten war. Und darüber, dass sie nun im Dienst eines Juden stand.

Ihr Herz schlug schneller, als die Tore aufgetan wurden und die Menschen zu Dutzenden in die Basilika des Laurentius strömten. Und als die Priester aufrecht Richtung Osten gewandt und vor Erleichterung bebend die lateinischen Liturgie lasen, da schloss sie die Augen und dankte dem Herrn.

Das Abendmahl jedoch nahm sie nicht an. Sie mochte die Priester täuschen können. Doch Gott selbst wollte sie nicht belügen. Sie befand es Gnade genug, hier in Nürnberg wieder einen Hauch seiner Gegenwart spüren zu dürfen.

Kapitel 7

»Ich dachte schon, er würde dich köpfen lassen, Oheim, gleich dort, wo wir standen!« Ulman schüttelte immer wieder den Kopf, wenn er an die Szene dachte, derer er gestern Zeuge geworden war. Sein Oheim hatte einem König die Stirn geboten.

Hosto hatte Ulman noch am Tag von Karls siegreichem Einzug nach Nürnberg in sein Haus am Zotenberg kommen lassen. Der schlanke junge Mann saß nun auf der Bank am Fenster von Hostos Gemach und griff nach der Karaffe aus böhmischem Glas, die auf einem Tisch bereitstand. Der Oheim ließ sich von einem Knecht die seidenen Beinkleider an das Wams schnüren und den bodenlangen Überrock aus grün-goldenem Brokat über die Schultern legen. Die letzten Edelsteine und Goldstickereien wurden auf den kostbaren Stoff genäht, als müsse Hosto die erlittene Erniedrigung von gestern heute durch mehr Prunk ausgleichen. Dann winkte der Alte nach einem Pokal und ließ sich verdünnten Wein reichen. »Mit dreckigen Beinkleidern vor dem König herumrobben, verdammt! Was verlangt diese Stadt noch alles von mir!«

Ulman schürzte die Lippen. Er war zwanzig Jahre alt und erst vor wenigen Wochen aus den welschen Landen zurückgekehrt, wo er für die Familie Stromer Warenlieferungen und Preise ausgehandelt hatte. Nach der dort herrschenden Sitte trank er den roten Wein unverdünnt und stürzte ihn auch nicht einfach herunter. Nein, er ließ jeden köstlichen Schluck über die Zunge rollen und versuchte mit der Erinnerung an die sonnigen Lande seine Aufregung zu bezwingen. Genua! Oh, Genua. Dagegen wirkte Nürnberg kalt und verregnet.

»Ah!«, grunzte der ältere Mann und ließ sich auf einen lehnenlosen Holzstuhl mit Kissen fallen, dessen geschwungen gekreuzte Beine ihn wie eine breite Sanduhr aussehen ließ. »Tja, Ulman. Der junge Bastard hat mich ganz schön im Schlamm sitzen lassen. Wenn der erst mal in meinem Alter ist, dann wird er sehen, was seine Knie noch mitmachen …«

»Warum redest du so von ihm, Oheim? Er ist ein Ritter und König«, erwiderte Ulman stirnrunzelnd. »Er hat in seiner Jugend viele Turniere gefochten. Er stand in Italien und Crecy in der Schlacht!«

Hosto warf ihm einen belustigten Blick zu. »Oh ja, Crecy hat er überlebt. Aber ob ihn gerade das zum edlen Ritter macht …«

»Und ein Bastard ist er ganz sicherlich nicht!«, verteidigte Ulman den König weiter. Er sollte so nicht mit seinem Onkel sprechen, doch dessen Missachtung Karl gegenüber ärgerte ihn. Er mochte den König.

»Nein, ein Bastard ist er gewiss nicht. Wäre er das, besäße er nicht so viel Unterstützung. Doch in Nürnberg nimmt er sich trotzdem viel heraus! Nürnberg ist nicht seine Hure, die er vögeln kann, wie es ihm beliebt!«

Die Erinnerung an die Szene auf dem Feld vor der Stadt holte Ulman wieder ein. »Ich habe wirklich gedacht, es sei vorbei mit dir, Oheim«, bekannte er. »Du hast ihn provoziert. Und das, obwohl du mich doch gelehrt hast, dass Stolz im Geschäft nichts zu suchen hat. Oder hast du deine Meinung geändert?«

»Natürlich nicht!«

»Und trotzdem hat doch Stolz aus dir gesprochen, als du mit dem König geredet hast. Er ist fast geplatzt!«

»Ich kann's nicht wissen. Ich habe dabei demütig auf den Boden geschaut, wie es sich für einen unterwürfigen Untertanen geziemt, während meine Beinkleider klatschnass vom Ackerschlamm waren. Daher muss ich mich auf dein Wort verlassen, Ulman. Und, ja«, gab Hosto dann zu, »ich habe stolz gesprochen. Und zu Recht! Die Politik, junger Neffe, ist etwas anderes als das Geschäft.«

»Das weiß ich«, erwiderte Ulman ungeduldig. Er blickte in sein samtrotes Getränk und ließ es im Glaspokal kreisen, bis in der Mitte ein kleiner Strudel entstand. »Aber du hast ihn verärgert. Absichtlich! Was bringt es, einen König wie ihn gegen sich aufzubringen, während man doch gerade mit ihm Frieden schließt?«

»In diesem Falle? Alles, mein Junge. Ich musste Karl vor Augen führen, dass Nürnberg nicht auf den Knien ins Reich zurückkehrt. Wir entscheiden uns für ihn als gleichberechtigte Verhandlungspartner, weil wir es wollen, nicht, weil wir es müssen. Zumindest soll er das glauben. Etwas anderes zu behaupten hieße, die Stadt auf Jahrzehnte zum bloßen Vasallen verkommen zu lassen! Ich habe nicht mein Leben lang dafür gearbeitet, Nürnberg groß zu machen, um jetzt alles wegzuwerfen.« Hosto winkte nach noch mehr Wein. Er glühte beinahe vor Selbstzufriedenheit. »Aber ihn zu verärgern hatte noch einen weiteren Sinn.«

Ulman seufzte, denn sein Onkel würde es ihm sicher gleich sagen. Höflich fragte er trotzdem: »Und welchen, Oheim?«

»Karl umgibt sich nicht gerne mit alten Knackern wie mir, die das Spiel von Geld und Politik beinahe doppelt so lange spielen wie er. Er zieht jüngere Männer vor, die er für beeinflussbar hält.«

Ulman brauchte einen Augenblick, um zu verstehen. »Du hast ihn beleidigt, damit er mich mag?«, fragte er schließlich ungläubig. »Worin liegt da der Sinn?«

»Ich habe ihm meine freundschaftlich-harte Seite gezeigt, damit er dich als gute Alternative im Hause Stromer in Erinnerung behält. Ich werde alt, Ulman. Dein Halbbruder Peter ist schon gut eingearbeitet, doch er kann das Haus nicht allein führen, wenn ich einmal nicht mehr bin. Dafür ist unser Handelsnetz einfach zu weit gestreckt, das weißt du doch selbst am besten. Du bist ein Mann, der sich ein Ziel steckt und es dann beharrlich verfolgt – ein Jäger. Du bringst die richtige Mischung aus Gefälligkeit und Härte mit, die man braucht, um zu überleben, wenn man mit Kaufleuten, Bischöfen und Fürsten über die größten Summen verhandelt.« Er streckte erst den einen, dann den anderen Fuß aus, damit ihm der Leibknecht die weichen Lederschuh anziehen konnte. »Unser Geld, mein lieber Junge, macht Könige und Päpste! Kaiser Ludwig hatte den Wert der Städte erkannt. Er hat unser Spiel gespielt. Karl wird das auch noch begreifen. Dein Vater, Gott hab ihn selig, hat nicht viel von dir gehalten, junger Mann«, gemahnte der Ältere mit erhobenem Zeigefinger. In Ulman wühlte dieser leicht dahingesagte Spruch einen alten, schmerzhaften Ärger auf. Er wollte etwas sagen, doch Hosto unterbrach seinen Protest, noch bevor er begonnen hatte. »Ich habe das nie gedacht, Ulman. Sicher, du musst noch viel lernen. Wir werden sehen, ob du auch gehorchen kannst – denn das muss man lernen, um Befehle geben zu können. Und wenn Karl dich mir vorzieht – wenn Karl dich gar mag –, dann ist das mehr wert als ruinierte Hosen und mein verletzter Stolz, Bursche! Stellst du dich mit ihm gut, kannst du sogar mein Nachfolger werden.«

Das Haus Stromer führen? In des berühmten Ulrich Stromers Fußstapfen treten? Ulman nippte nachdenklich an seinem Wein. Das wäre ein später, köstlicher Triumph über die steten Zweifel, die sein Vater Heinrich an ihm gehegt hatte. Und König Karl – vielleicht einmal Kaiser Karl – sein Freund? Er hatte darüber noch gar nicht so recht nachgedacht. Bis heute hatte er Könige und Kaiser für unberührbar, ja beinahe übermenschlich gehalten. Er hatte Karl sowie dessen Vater, König Johann von Böhmen, stets für ihre Errungenschaften in der Schlacht bewundert. Das war noch wahres Rittertum! Sicher, Ludwig war kein unangefochtener Kaiser gewesen. Viele hatten versucht, ihm den Rang abzulaufen. Doch erst als Karl, der Enkelsohn eines Kaisers, sein Recht auf den Königsthron gefordert hatte, begann Ludwigs Stern zu sinken. Das war der Stoff für Geschichten, die man sich mit ehrfurchtsvoller Stimme am Lagerfeuer erzählte. Karl war ein Mensch von hohem Blut und echtem Adel.

Dabei hatten die Stromers eigentlich stets eher in Ludwigs Lager gestanden. Ulmans seliger Vater war zu seinen Lebzeiten immerhin so sehr mit Kaiser Ludwig befreundet gewesen, dass dessen Kanzler Ulrich Hagenor ihn, Ulman, aus der Taufe gehoben hatte. Abfällig erkannte der junge Mann, wie schnell solche Freundschaften mit der Macht wechselten, denn Kaiser Ludwig und die seinen waren nun Geschichte. Auch er war ein echter Ritter auf dem Kaiserthron gewesen, ein Mann von Mut und Ehre. Er hatte im Spiel um die Macht sogar dem Papst die Stirn geboten – jahrelang! Ulman hatte aus der Ferne auf die Nachrichten darüber gelauert, wie die beiden Könige um das Reich gekämpft hatten. Allein, die finale Schlacht um das Reich war ausgeblieben, denn Ludwig war vorher gestorben. Beinahe bedauerte Ulman das. Der junge Löwe, der den Alten aus dem Feld schlägt – eine solche Schlacht wäre in die Geschichte des Reiches eingegangen.

»Hast du nach dem Geißbart geschaut, wie ich dir befohlen habe?«, fragte Hosto unvermittelt.

»Das habe ich, Oheim.«

»Und, wie geht es ihm?«

»Unverändert«, erwiderte der schlanke junge Mann. »Er verflucht Euren Namen aus tiefster Seele. Er beschwört, Ihr hättet ihn verraten, um einen Sündenbock zu haben.«

»Und damit hat er ganz Recht«, bestätigte Hosto nüchtern und stürzte seinen Wein hinunter. »Er wird trotzdem seine Verurteilung bekommen.«

Ulman runzelte missmutig die Stirn und lehnte sich gegen den Türrahmen. Ritterlich war dieses Verhalten nicht gerade. Und er war daran beteiligt, denn immerhin hatte er den Geißbart gejagt und zurück nach Nürnberg gebracht! »Du warst mit dem Geißbart verbündet, Oheim. Hast du mir nicht beigebracht, dass man seine Allianzen halten muss, weil man sonst seine Glaubwürdigkeit verliert?«

»Solange sie sich auszahlen, ja. Aber die Zeichen der Zeit außer Acht zu lassen und dann mit seinem Wort unterzugehen, mag nobel sein – aber dumm. Und irgendjemand muss den Kopf für den Aufstand hinhalten.«

»Das will mir kaum gerecht erscheinen, Oheim.«

»Natürlich ist das nicht gerecht«, grunzte Hosto, als er sich ausstreckte und die Füße auf einen Tritt legte. »Wir haben eine Allianz geschlossen, die sich als fatal erwiesen hat. Jetzt müssen wir das Beste daraus machen.«

»Aber warum er? Sollte ein Mann nicht selbst geradestehen für das, was er tut?«

»Natürlich sollte er das, mein junger Neffe«, seufzte Ulrich. »Wir werden auch ein oder zwei Männer aus den Ehrbaren Familien vor das Gericht des Königs stellen müssen. Aber wir müssen strategisch denken. Wenn ich falle, fallen Macht und Einfluss des Hauses Stromer mit mir. Und das darf nicht sein. Die Stadt braucht Menschen mit Visionen! Mit Ambitionen! Mit Macht und mit dem rechten Sinn, sie zu benutzen. Also muss der Geißbart dran glauben. Und es ist ja nicht so, dass er nicht tatsächlich schuldig wäre.«

Ulman schmeckte die Sache trotzdem nicht. Er ließ den letzten Schluck des samtigen Roten über seine Zunge gleiten, um den üblen Geschmack zu vertreiben. Als er absetzte, betrachtete er den Pokal mit dem nach oben spitz zulaufenden Fuß, um den sich eine schmale Schlange wand. Er bestand aus durchsichtigem grünlichen Glas, das sicher aus Prag gehandelt worden war, dem Sitz des Königs Karl. Die Handelsbeziehungen dort hinüber waren in den letzten Jahren immer bedeutender geworden. Jetzt, da Karl nach der Kaiserkrone greifen würde, müsste man sich mit Prag gut stellen. Doch all dieses Taktieren und Beschenken, Schönreden und Loben von wichtigen Herrschaften – es war nicht nach Ulmans Geschmack.

»Ulman, dein Gerede von Ehre und Anstand ist genau das, was dein Vater an dir als Schwäche ausgelegt hat. Der Junge ist zu weich, hat er immer zu mir gesagt. Träumt von Turnieren und Jungfrauen, statt Rechnen und Schreiben zu lernen. Ich habe ihm stets gesagt, dass Ideale ein Vorrecht der Jugend sind und sich das schon auswächst«, er zog warnend die blonden Brauen zusammen. »Mach mich nicht noch zum Lügner.«

Ulman schluckte schwer, und fragte sich, ob der Onkel eine Antwort erwartete. Doch der fuhr fort. »Ich tue all diese Dinge auch und vordringlich für dich und deine Brüder. Vergiss nicht – ich schaue mich in der ganzen Familie nach jungen Männern um, die mir einmal nachfolgen könnten. Du hast die Ausbildung. Du hast das Talent. Nun musst du lernen, das Spiel zu spielen.« Der ältere Mann lächelte seinen Neffen an. »Und wenn Gott uns hilft und du diese Schwärmerei unter Kontrolle bringst, dann wirst du ein verdammt guter Spieler werden.«

Ulmans Stimme war rau, als er endlich sprach. Sicher, das Vertrauen des Onkels schmeichelte ihm, und die Aussicht auf so viel Macht war verlockend. Doch etwas in ihm revoltierte. »Dein sogenanntes Spiel kommt mir recht dreckig vor, wenn ich das so sagen darf.« Verächtlich stellte er das leere Glas ab. Er sollte es besser wissen, als seinen Onkel, den machtvollsten Mann der Familie und damit auch einen der bedeutendsten Männer Nürnbergs, zu verärgern, doch er konnte nicht anders.

Doch Hosto lachte ihm entgegen. »Siehst du, Junge, bei mir darfst du sagen, was du willst.« Er nahm die Füße vom Tritt und beugte sich vor. Sein funkelnder Blick bohrte sich in Ulmans. »Aber wehe, du vergisst dich bei einer Verhandlung. Das kann die ganze Familie zerstören, Ulman! Du bist jetzt nicht mehr nur ein reisender Kaufmann! Du bist ein Stromer, Herrgott!« Ulman erkannte plötzlich in dem untersetzten Gesicht die scharfen Züge, die sein Oheim in seiner Jugend besessen haben mochte. Die Ähnlichkeit mit seinen eigenen war verblüffend, nur dass Hosto härter wirkte und blond war. Wäre der Alte zwanzig Jahre jünger, man könnte sie beide wohl für Brüder halten. So wirkten sie trotz der verschiedenen Haarfarben mehr wie Vater und Sohn als Ulman und sein leiblicher Vater Heinrich, der bis vor zwei Jahren hier in Nürnberg lange selbst einen Teil der Familiengeschäfte geführt hatte.

»Ihr habt mich viel gelehrt und meine Ausbildung gefördert. Also will ich kein undankbarer Schüler sein«, brachte Ulman mühsam heraus. Nein, er wollte den Onkel nicht zum Feind haben.

»Wunderbar!«, lachte Hosto. »Du lernst die Arschkriecherei.« Und damit füllte er die Weinpokale nach. »Ich weiß auch schon, wie du dir hier in Nürnberg die ersten Sporen verdienen kannst. Was hältst du von den Juden?«

Ulman zuckte mit den Schultern. »Was soll ich von ihnen halten, Oheim? Man würde sie wohl nicht mehr in der Stadt dulden, wenn sie nicht ein gutes Gespür für das Geld hätten. Doch viele Leute hassen sie dafür.«

»Du nicht?«

»Warum sollte ich? Mir hat noch keiner von ihnen etwas getan. Bei den meisten handelt es sich um gebildete Leute. Und sie sind auch nicht verschlagener als andere Menschen. Sicher, sie sind verbohrt und unbekehrbar. Aber ich schere mich wenig um die Religion.«

»Es ist gut, das du so eine hohe Meinung von ihnen hast.«

»Warum, Oheim?«, fragte Ulman, nun doch neugierig geworden.

»Du wirst dich mit den Nürnberger Juden anfreunden. Als Erstes mit Gottschalk von dem Steyne, meinem Nachbarn«, Hosto deutete auf eine Wand.

»Was ist er für ein Mensch?«

»Gottschalk ist ein weiser alter Hund und besitzt daher viel Einfluss bei den Juden. Er nimmt nie den Kopf hoch, wenn er nicht muss, und so bekommt er auch nie etwas ab, wenn die Scheiße fliegt.«

»Also ein Feigling.«

»Ein geschickter Verhandler.« Der ältere kippte Wasser in seinen Rotwein und machte es sich wieder gemütlich. »Also, wirst du das für mich tun?«

Ulman beobachtete, wie Hosto den verdünnten Wein schnell herunterkippte. Er hatte großen Respekt vor seinem Onkel gewonnen, doch in mancherlei Hinsicht erschien dieser ihm grob und unzivilisiert. In jedem Falle konnten Ulman die Kontakte zu den Juden in Nürnberg nicht schaden. Im Gegenteil – vielleicht lernte er von ihnen noch etwas über das Geldleihgeschäft, in dem sie doch so bewandert sein sollten. »Natürlich, Oheim.«

»Wunderbar! Darauf trinke ich.«

Damit hoben sie ihre Gläser und prosteten einander zu. Der vollmundige Geschmack rollte weich über seine Zunge. Bei welschem Wein schlossen sich die besten Freundschaften. Ulman würde Gottschalk ein Fass davon mitbringen. Vielleicht wusste der Alte einen guten Tropfen sogar besser zu würdigen als der Onkel hier.

»Oheim«, fragte Ulman schließlich, »was willst du denn von den Juden?«

»Das, mein Junge, das werden wir besprechen, wenn du ihre Freundschaft gewonnen hast.«

Mit dieser Antwort musste sich Ulman begnügen.

Kapitel 8

Der Tagesablauf der Juden erschien Luzinde beinahe so fest in Stein gemeißelt wie die klosterähnlichen Regeln auf dem Beginenhof in Pillenreuth. Am nächsten Tag lernte Luzinde allmählich, wo sie sich bewegen durfte und wo nicht, welche Aufgaben man ihr zuteilte, und wovon sie die Finger zu lassen hatte. Dreimal am Tag beteten die Juden, morgens und abends bei den Mahlzeiten und einmal auswärts in der Schul. Die Nahrungsmittel wurden streng geteilt. War Milch in ihnen enthalten, kamen sie aus der einen Küche – und wenn Fleisch darin war, aus der anderen. Dasselbe galt für das Geschirr.

Auch die Familie lernte sie besser kennen. Mose wirkte Luzinde gegenüber skeptisch. Er war ein stiller Mann, der seinen Geschäften nachging und wenig sprach. Seine Frau Rebekka glich das mehr als aus. Sie hatte zu allem eine Meinung und an vielem etwas auszusetzen. Die zwölfjährige Tochter Bel und der sechs Jahre jüngere Sohn Jakob schienen spiegelverkehrte Bilder ihrer Eltern. Bel kam eher nach dem Vater, war still und konzentriert und vollführte all die Handlungen, die ihr der Glaube offenbar vorschrieb, mit gewissenhaftem Ernst. Derweilen machte sich der in solchen Dingen noch sorglose Jakob über sie lustig und beäugte die Welt um sich herum mit kindlicher Freude. Neben Rahel gab es noch zwei Knechte, Jekel und Fischlein, die bei den Geschäften halfen, Botendienste taten und was sonst an Aufgaben so anfiel. Insgesamt besaß die Familie nur ein bescheidenes Gesinde.

Luzinde fand sich überraschend schnell in der fremdartigen Umgebung zurecht. Bereits am Nachmittag des zweiten Tages aber – sie war nun kaum eine Woche in Nürnberg – verbreitete sich unerwartete Hektik. Im ganzen Haus wurde geputzt und geräumt, doch ein Großteil der Aufmerksamkeit wurde der Hütte im Garten gewidmet. Selbst Rebekka und die Kinder fassten mit an, und auch Luzinde wurde viel gescheucht, denn Rahel stand den ganzen Tag in der Küche. Sie buk ein zopfartiges Brot, das sie Strietzel nannte, bereitete Mahlzeiten vor, als würde ein großes Fest gefeiert und duldete Luzinde nicht in der Küche, weil sie nicht koscher sei. Da diese Vokabel vorher hauptsächlich für Wein und Fleisch verwendet worden war, hütete die christliche Magd sich wohlweislich, auch nur in der Nähe der Küche gesehen zu werden.

Die Aufregung im Hause Gottschalk ergriff auch die Kinder und die Eltern, die sich benahmen als erwarte man einen königlichen Gast. Und schließlich klärte Rahel Luzinde auf, man würde mit der Familie des Ysaac von Schesslitz aus dem Nachbarhaus, mit dem sie den Innenhof teilten, in die Schul gehen, um zu beten. Vor Sonnenuntergang wäre man zurück, um gemeinsam Schabbes zu feiern. »Des is en heilig Tag, und de Herschaft benscht den Tisch und bricht de Strietzel – des Brot –, und alles muss sein, wie die Schrift sagt.« Am Ende des Gespräches hatte Luzinde den Eindruck, dieser Schabbes sei so etwas wie das Ostern der Christen, also ein heiliger Tag der Juden. Aber hatte man sie nicht als – wie hatte Gottschalk es genannt? – Schabbesgoje angestellt? Sollte sie nicht irgendwelche Lichter anzünden?

Luzinde beendete gewissenhaft die ihr auferlegten Arbeiten. Als alles getan war, schlich sie neugierig durch das leere Haus, um festzustellen, was sich verändert hatte. Doch abgesehen von dem makellos geputzten Zustand sämtlicher Böden und Möbel wurde sie enttäuscht. Erst in der Hütte im Garten wurde sie fündig.

Den Tisch empfand sie als eine liebevoll gedeckte Kostbarkeit, obwohl er für beinahe zwanzig Leute gedeckt worden war. Feinstes Geschirr fand sich hier auf einem Leinentuch mit Stickereien; zwei Kerzenständer aus vergoldetem Silber standen neben kleinen sechseckigen silbernen Bechern, die sich verjüngten, so dass sie sich mühelos ineinanderstapeln ließen. Als Luzinde sie näher betrachtete, sah sie, dass auf dem Boden des einen ein Wappen mit einem zweischwänzigen Löwen eingraviert war, in einem anderen befand sich eine Lilie, und im nächsten wieder ein anderes Symbol. Mitten auf dem Tisch stand gar eine Schale aus hauchfein geschliffenem grünen Achat mit Silberfuß. Die Strietzel, die aussahen wie mehrfach ineinander verflochtene Brotzöpfe, lagen verborgen unter einem kostbar bestickten Tuch. Silberne Schüsseln enthielten Kräuter und Salz, ein Kelch roten Wein. Zweige, Blätter, Kränze und Efeu schmückten den Tisch, der so festlich aussah, dass Luzinde beinahe wünschte, an diesem Mahl mit dem jüdischen Gesinde teilnehmen zu dürfen. Doch dies war ein Ungläubigenmahl, und daher würde sie in ihrer kleinen Küche allein essen.

Als vorne die Tür ging, schrak sie aus ihrer Betrachtung auf. Wie spät es war! Draußen näherte sich bereits der Sonnenuntergang, und die Familie Gottschalks kehrte zurück. Ein ungutes Gefühl überfiel sie. Als Schabbesgoje sollte sie doch heute irgendwelche Lichter anzünden – nur wann? Und waren es diese Kerzen hier? Sie wusste es nicht genau. Mit dem Glockengeläut neulich hatte Gottschalk vergessen, ihr die Aufgaben genauer zu beschreiben, die sie im Haus vollführen sollte. Sie war nicht unglücklich darum, denn je weniger sie von den Juden wusste, desto besser. Aber bevor man sie der Pflichtvergessenheit beschuldigte, so beschloss sie, wollte sie das lieber zu früh als zu spät tun. Also lief sie zur Laterne am Innenhof, entzündete einen Span und steckte die beiden Kerzen auf dem Tisch an. Nun bildete die Hütte eine wundervolle Insel der Gemütlichkeit. Luzinde hoffte, ihre Herrschaft würde sich darüber freuen. Dann verschwand sie und setzte sich in ihre Küche, um ein paar Wurzeln für das eigene Abendessen zu waschen.

Nur wenige Augenblicke später drang Geschrei durch den Innenhof. Luzinde ließ erschreckt die Bürste in den Wasserbottich fallen. »Wo ist die Schiksa? Ich ziehe ihr die Ohren lang! So ein farfrumtes Luder!« Rebekka schoss in ihrem besten Gewand aus grüner venezianischer Seide durch den Hof. Bevor Luzinde recht verstand, was vorging, kam die Jüdin herein, schleifte sie in den Hof zur Hütte. Die beiden Familien zählten mit Gesinde zusammen neunzehn Mitglieder, die ihr alle wortlos entgegenstarrten. Am Tisch angekommen klatschte Rebekka der Magd eine so heftige Ohrfeige auf die Wange, dass vor ihrem inneren Auge Lichter explodierten. »Hast de des gemacht? Sicher hast'e des gemacht! So ein Beiskeit, den Schabbestisch zu farschmuzen! Ich zeig dir deinen Platz, du!« Und damit ließ sie ihre Hand wieder niedersausen.

Luzinde hatte die Benommenheit abgeschüttelt und wich instinktiv aus. Dann hielt sie Rebekkas Handgelenk fest. Bei dem Gerangel riss die Seide des kostbaren Kleides mit hässlichem Ratschen. Die Hausherrin wurde noch wütender. »Ich schmiz dich, wenn ich's will und so oft ich will, umreines Christenwaib! Des is erst de Onfang!«, keifte sie. Endlich kam Mose angelaufen und zog seine Frau zurück. »Rebekka! Zaum dich, mir zulib.«

»Hast'e geseen, was sie gemacht hat, des Schlimmas'l!«

Luzinde war verletzt und verwirrt zugleich. »Was – was habe ich denn falsch gemacht?«

»De hast de Wachsslicht angeschteckt!«, fauchte Rebekka und bäumte sich im Griff ihres Mannes auf.

»Aber ich dachte –« , setzte Luzinde an, doch die Frau wetterte weiter und hörte sie nicht an.

»Rebekka, Lib, lass gut sein«, bat Mose. Er wandte sich zu Gottschalk. »Foter, hast der Schabbesgoje nit gesagt, was se tun sol und was nit?«

»Ich dacht, ich hett's gesagt.« Dann runzelte er die Stirn. »Ich wollt's zumindest.«

Mose seufzte. »Rebekka, sihst? Das Meidel weiß es nit anders.«

»Des war pure Beiskeit! Der gerb ich des Fell!«

»Rebekka, des is genug«, rügte Mose. »Kom, es wird gleich dunkel. Der Tisch ist wider bereit. Schteck die Kerzen an und bensch den Tisch, oder Bel tut's.« Mit seiner Rede erreichte Mose immerhin, dass Rebekka mit der Kreischerei aufhörte. Während ihr Mann sie in die Hütte zog und weiter auf sie einredete, wechselte sie bei ihren Beschimpfungen vollständig ins Jiddische. Die Magd bewunderte die Geduld von Mose. Vermutlich war dies nicht der erste Wutanfall seines Weibes, den er miterlebte.

Als im Hof wieder Stille herrschte, versuchte Luzinde verzweifelt zu ergründen, was gerade vorgefallen war. Rebekka hasste sie, so viel war deutlich geworden. Wenn heute das Anzünden der Kerzen eine solche Reaktion hervorrief, was würde es morgen sein? Das Ausfegen des Hofes? Nein, das Leben in diesem Haus würde nicht einfach werden. Sie dachte an die Witwe Margaret zurück, die sie aus Pillenreuth vertrieben hatte. Gab es nicht immer jemanden, der einen hasste oder beneidete?

Vom Tisch drangen die leisen Töne eines fremdartigen Gesanges herüber. Luzinde sah zu dem Hüttchen und ein Schauer lief ihr den Rücken hinab. Die Rituale der Juden waren ihr unheimlich. Sie wusste nicht, ob sie zuschauen sollte, um zu überprüfen, ob dabei wirklich Hostien geschändet wurden, wie man sagte, oder sich die Decke über den Kopf ziehen, um sich davor zu verkriechen. Sie entschied sich für Letzteres. Wenn die Mönche und Priester der Stadt die Juden in Nürnberg duldeten – hieß das nicht eigentlich, dass sie ungefährlich waren? Die Magd hoffte es, denn sie wollte den Luxus ihrer neuen Bleibe nur ungern wieder gegen ein feuchtes Lager auf der Straße eintauschen. Doch ihre Einbildungskraft malte sich über die Zeremonie, die hinter den löchrigen Wänden der Hütte vorging, beklemmende Bilder aus. Mitten in der Nacht stand sie noch einmal auf und stellte die Waschschüssel vor die Tür, damit sie wenigstens aufwachte, wenn jemand ihre Kammer betrat.

Der nächste Morgen kam, und es blieb seltsam still im Haus. Luzinde ging in die Küche, in der es nach ausgeglühter Kohle roch, und legte Holz in die Kochstelle nach. Darauf stand eine Mahlzeit, die abgedeckt in der Resthitze des Vortages garte. Brot und Bier standen in rauen Mengen auf dem Tisch bereit, so dass man nur zugreifen musste, wenn man hungrig war. Doch Luzinde hütete sich. Wer wusste schon, ob das vielleicht auch wieder ein Fehler wäre. Sie suchte Rahel in der Diele und im Keller, denn üblicherweise war die recht früh wach und arbeitete. Nicht so heute.

Als Luzinde wieder heraufkam, machte es sich Rahel gerade mit Bel und Jakob in der Hütte im Garten gemütlich und sang ein Lied, das sich kaum von dem Gebetssingsang unterschied, den Luzinde gestern gehört hatte. Als die Magd sich näherte, sprang Rahel auf. »Ah, Luzinde. Da biste ja. Wir haben schon gewartet.«

»Ich – ich war mir nicht sicher, ob …«

»Machst'e de Karze an? So is schener.«

Luzinde holte verdutzt einen Span und entzündete ihn an einer Laterne am Haus. Üblicherweise machte Rahel das selbst. Ließ die Magd sie für ihren Ungehorsam gestern schmoren? Luzinde trug das Flämmchen in die Hütte. Als die Kerze brannte, griff sie nach dem Geschirr auf dem Tisch, doch die kleine Bel fiel ihr in die Hand. »Kannst'e …«, fragte sie zögernd. »Kannst'e das Schlingl an der Tasch da aufschlingen? Mein schene Schpang is' da drin, de will ich am Kleid haben …«, sie deutete auf ein Beutelchen, dass auf dem Tisch lag.

»Natürlich«, erwiderte Luzinde. Sie hatte damit gerechnet, dass der Knoten fest saß und man Geduld und Fingernägel brauchte, um ihn zu lösen. Doch sie zog bloß vorsichtig an den Fäden, da glitten die Schnüre schon leicht auseinander. Sie reichte dem Mädchen den Beutel, das eine Gewandnadel mit einem leuchtend grünen Stein herausnahm und sich voller Freude ansteckte. Jetzt ahnte Luzinde, was hier vor sich ging. Man wollte sie schikanieren. Die Familie wollte sie für das strafen, was gestern passiert war.

Und tatsächlich verbrachte Luzinde ihre Zeit bis zum späten Nachmittag damit, kleine und überflüssige Aufgaben auszuführen, während niemand im Haus sonst einen Handschlag tat. Die Familie wirkte dabei wie ausgewechselt. Gestern noch hatte selbst die Herrschaft beim Putzen angefasst. Heute aber steckte sie mit den Nasen in kostbaren Büchern und rührte sich kaum.

Beide Familien verbrachten viel Zeit in der Sukka, wie sie die Hütte im Hof nannten, obwohl sie nicht miteinander verwandt zu sein schienen. Trotzdem verknüpfte sie besonders zu den Abendmahlzeiten ein merkwürdiges Band, das Luzinde kaum beschreiben konnte – es schien mehr als Nachbarschaft und doch auch weniger als innige Freundschaft. Luzinde lernte den etwas beleibten Familienvater Ysaac als ruhigen Mann kennen, der offenbar einen Geldverleih betrieb. Seine Frau Rosa hatte fünf Kinder geboren und ihre Figur dabei völlig verloren, doch ihr Gemüt war so sonnig, dass es unmöglich war, sie nicht zu mögen. Ihr ganzer Stolz war eine sicher acht Ellen hohe Hagerose, die sich neben Luzindes Fenster im Hof die Mauer hochrankte. Die Blüten waren längst verwelkt und abgefallen. Stattdessen war sie üppig mit reifen roten Hagebutten behangen. Über das Gesinde und die Kinder gewann Luzinde keinen Überblick, da gab es so viele, und nach dem ersten Abend in der Hütte im Hof sah sie sie nie alle gleichzeitig, um sie auseinanderhalten zu lernen.

Als Luzinde ein Brett mit Obst hinauf in die Stube tragen wollte, da klopfte es an der Tür. Mose stand zwar unten in der Diele und rumorte in einer Truhe, doch er rührte sich nicht. »Machst auf?« Die Magd stellte das Brett ab und öffnete sogleich. Draußen stand ein Bote und wedelte mit einem Brief. Mose trat neben sie.

»Für den Herrn Gottschalk«, sagte der Bote und streckte das gefaltete Pergament auffordernd über die Türschwelle.

Mose zögerte. »Luzinde, nimm den Briw, jo?«

War da irgendein Haken dran? Glaubte er, das Pergament wäre vergiftet? Die Magd versuchte, in seinem Gesicht zu lesen, doch mehr als milde Ungeduld sah sie dort nicht. Also nahm sie den Brief entgegen.

»Und jezt gib ihm en Pfennik, jo?«, bat Mose, schnappte ihr den Brief aus der Hand und ließ ihr die Münze da. Luzinde wechselte einen verwirrten Blick mit dem Boten und gab ihm sein Geld.

Zweimal ging die Familie an diesem Tag zusammen zur Schul. Mose gab Luzinde ausführliche Anweisungen, nichts am Tisch zu verändern. Sie sollte nur die Kerzen löschen und wieder anzünden, wenn die Familie aus der Schul zurückkam. Als die

Magd fragte, warum sie das denn heute tun durfte, obwohl Rebekka sich dagegen gestern so gewehrt hatte, da starrte er sie stirnrunzelnd an. »Gestern war Leil-Schabbat. Heut nit.« Luzinde kannte diesen Tonfall bereits – Mose setzte ihn auf, wenn er seinem kleinen Sohn etwas zum dritten Mal erklärte. Also ließ sie die Erklärung auf sich beruhen und tat seufzend, was man ihr sagte. Wenn sie hier bleiben wollte, würde sie eine ganze Menge lernen müssen. Und Gottschalk fragen, was es mit diesen Dingen auf sich hatte.

Sogar Rebekka rief Luzinde zu sich, bevor die Familie zur Schul ging. »Hier«, sie deutete auf eine helle Nadel aus Bein, die auf dem Tisch lag. »Im Kleid is immer noch der Riss. Nimst de Nodel und neist des zu, jo?«

Luzinde gehorchte und flickte den Riss in Rebekkas gutem grünem Gewand mit sicher einem Dutzend wohlgesetzten Stichen. Rahel legte derweilen Bel den Umhang um. Warum ließ die Hausherrin dies nicht die jüdische Magd tun? »Danke«, sagte Rebekka kühl. Dann ging die Familie, und Luzinde holte sich etwas Brot und Bier.

Beim Essen überschlug Luzinde die Geschehnisse im Geiste und stellte fest, dass sie die Einzige war, die den ganzen Tag gearbeitet hatte. Nicht einmal Rahel oder die Knechte hatten etwas getan, das man als Tagwerk bezeichnen konnte. Dabei war doch morgen erst der heilige Sonntag! Also musste es für das faule Verhalten der Juden eine andere Erklärung geben. Sie dachte an die Sache mit den Kerzen gestern. Vermutlich hatte Rebekka die Familie angewiesen, ihr als der neuen Schabbesmagd den Platz aufzuzeigen, an den sie gehörte. Sie wollte sie strafen und sie in der Rangordnung der Familie und der Bediensteten ganz nach hinten stellen. Luzinde spülte das Brot mit dem Bier hinunter und seufzte. Sie würde eine Menge über sich ergehen lassen, wenn das bedeutete, dass sie nicht wieder auf die Straße musste. Solange die Schikanen nur darin bestanden, dass sie der Lastesel der Familie war oder dass sie die ungeliebte Handarbeit tat, konnte sie das ertragen. Das alles konnte ja kaum so schlimm werden wie Margarets Schikanen in Pillenreuth. Aber auch sie hatte eine Grenze – sie würde nichts tun, was im Namen des Herrn falsch oder gar unheilig war.

Als die Familie heimkehrte, begann Rahel in der Küche zu wirbeln. Luzinde bekam bald dies, bald jenes in die Hand gedrückt, um es in die Hütte im Hof zu bringen, damit man essen konnte. Ysaacs Familie saß mit Rebekka und den Kindern bereits am Tisch, die Sonne war schon untergegangen, so dass das Zwielicht den Innenhof in einen goldenen Schimmer tauchte. »Du«, sagte Rebekka und winkte sie mit dem Kinn herbei.

Luzinde sah auf. »Ich heiße Luzinde«, erwiderte sie. »Herrin.«

»Luzinde«, wiederholte Rebekka betont. »Do is ein Schlingl ab. Schling's wider zusam, sonst komt des Dach runter.« Dabei wies sie auf die Ecke der Laubhütte, wo das Dach in der Tat gefährlich lose hing.

Die Christenmagd zögerte. Sie erinnerte sich daran, wie Gottschalk gesagt hatte, dass die Hütte etwas mit einem jüdischen Fest zu tun hatte, dass die Kinder liebten. Sie wusste nicht genau, was man hier feierte, doch es war ein unfrommes Ritual. Kerzen darin zu entzünden war eine Sache. Aber sie berühren? Wollte man sie nun an unheilige Taten heranführen? Sie schüttelte den Kopf.

»Bitte«, ergänzte Rebekka ungeduldig, das Zögern offenbar missverstehend.

»Nein«, verkündete Luzinde. »Das Dach ist eh kaputt. Macht dass da noch etwas aus?«

»Nein?«, fragte die Jüdin ungläubig. »Ich bin de Herin hier, und ich sag, wann de des Dach machen musst. Also mach des farfrumte Schlingl fest!«

»Nein«, wiederholte die Magd fester. »Es ist nur ein Knoten. Mach ihn selber!«

»Aber Luzinde – Luzinde is es, nit?«, mischte sich Ysaac ein. »De Rebekka is dein Herin, und –«

»Des is doch ...«, unterbrach Rebekka ihn, offenbar wütend darüber, dass der Nachbar ihre Autorität unterstützen wollte, »de wirst jezt de Schlingl zumachen! Sonst ...«

»Rebekka, Freindin«, begann Rosa und legte der anderen Frau die Hand auf den Arm, doch Luzinde unterbrach sie nun ihrerseits.

»Das ist unheilig, Rebekka!«, stieß sie aus. »Ich will damit nichts zu tun haben, verstehst du?« Dann drehte sie sich um und ging mit schnellen Schritten zum Haus, bevor die andere Frau sie wieder vor all den Leuten zu schlagen versuchte.

»Kom zerik!«, zischte Rebekka hinter ihr. »Kom her de faule Geylerin!« Doch Luzinde gehorchte nicht.

»Du farfluchte Christenschlumper! Mose!«, kreischte Rebekka nach ihrem Mann, »des Waib muss weg! Ich will se aus dem Haus! Se soll nie wider zurik! Sprich mit dem Foter, Mose, oder ich schlak se selbst raus!«

In der Küche angekommen belud Luzinde zitternd ein Brett mit dem bereitstehenden Gemüse. Die Arbeit zu verweigern lag ihr fern. Sie wollte bloß nichts mit den jüdischen Ketzereien zu tun haben. Dann nahm sie den verschlossenen Grapen vom Feuer, in dem das Essen den ganzen Tag gesimmert hatte. Von draußen drangen Rebekkas schrille und Moses leise Stimmen herein. Nach einer Weile trat Mose in die Küche.

»Rebekka sagt, de machst de Arbet nit.« Sein Tonfall war müde.

»Ich tu die Arbeit. Ich fasse nur die Hütte nicht an«, erwiderte Luzinde mit klopfendem Herzen und hob das Brett an.

»Aber es is nur ein Schlingl am Dach, damit's nit einkracht!«

Luzinde stellte das Brett unsanft wieder auf den Tisch. »Wenn's doch nur ein Knoten ist, warum macht dein Weib ihn nicht selbst?«

Mose starrte sie an. »S'is uns farboten«, murmelte er. Dann winkte er ab und seufzte. »S'is Schabbat und *Sukkot*. Sollten beide eigentlich eine Zeit der Freide sein. Ach was. Bring des Essen her. Des Dach kann warten.«

»Ich fasse das Ding nicht an!«, wiederholte Luzinde bebend. Wie hatte die Familie die Hütte gebaut, wenn sie die Fäden nicht verknoten durfte? Sie verstand das nicht. Doch sie gehorchte, hob das Brett auf die Schulter und trug das Essen hinaus. Rebekka begegnete ihr mit eisigem Schweigen und scheuchte sie dann fort. Der einzig freundliche Blick stammte von Rosa, die Luzinde beinahe entschuldigend anlächelte.

Danach musste Luzinde in den Keller, um einen frischen Bierkrug zu holen. Sie griff sich die Laterne und kletterte vorsichtig die steilen Stufen hinunter. Tatsächlich war sie froh über die Gelegenheit, aus den Augen der Hausherrin zu kommen. Unten sah sie sich ein wenig um und entdeckte, dass das Haus auf weitläufigen, aus dem weichen Felsen geschlagenen Kellerräumen stand. Sie leuchtete die wie Kreuzgänge zurechtgemeißelten niedrigen Räume aus. Die Decken waren gerade so hoch, dass ein Mensch aufrecht stehen konnte. Für Stabilität sorgten ausgesparte Felsensäulen. Sie erinnerte sich an ihren ersten Blick hinüber zur Burg, die auf einen hellen Felsen ruhte. Ob die ganze Stadt auf diesem Sandstein stand? Und wieviele solcher Keller mochte es geben? Überrascht stellte Luzinde fest, dass die Luft kühl und frisch war, nicht stickig oder faulig, wie man es aus Kellerräumen gewohnt war. Froh über die Ablenkung stellte sie die Laterne ab und griff nach einem bereitstehenden Bierkrug, den man mit einem Lappen abgedeckt hatte. Sie schnüffelte daran und setzte an, um einen Schluck zu kosten.

Plötzlich sprang Luzinde etwas ins Gesicht. Etwas Kühles, Feuchtes klebte auf ihrer Haut! Sie schrie auf und taumelte zwei Schritte zurück. Der Krug, den sie eben noch in der Hand gehalten hatte, zerschellte auf dem Boden. Als sie panisch nach dem Ding schlug, um es abzustreifen, da schnellte es auch schon wieder fort. Mit galoppierendem Herz presste Luzinde sich an eine Wand und sah sich wild im dunklen Keller um. Doch es blieb still. Was war das bloß gewesen?

Irgendwann brachte sie sich dazu, um die Scherben des Gefäßes herumzutreten und sich mit der Laterne auf die Suche zu machen. Vor jeder Ecke klopfte ihr Herz schneller, und das Ausleuchten der schattenschwarzen Nacht hier unten entrang ihr viel Mut. Dann, endlich, sah Luzinde eine kleine Kreatur auf dem Boden hocken, deren Umrisse sie erst erkannte, als sie die Laterne direkt davor hielt. Bei dem Übeltäter handelte es sich um einen laubgrünen Frosch. Erleichtert entspannte sie sich.

»Ja, was machst denn du in dem Bierkrug?«, fragte die Magd erstaunt. Frösche lebten in Teichen und feuchten Auen, dieser Keller aber war trocken und kühl. Ein Kichern von der Treppe, begleitet von leichten schnellen Schritten, ließ sie Verdacht schöpfen. »Jakob, du Schurke«, seufzte sie bedrückt. Offenbar war Rebekka nicht die Einzige, die sie hasste. Dieser Bengel! Der böse Streich war ihm gelungen. Der Krug war kaputt, und damit gab es wieder einen Grund mehr für Rebekka, sie auf die Straße zu setzen. Sie zog die Stirn in Falten und betrachtete den Frosch. »Komm, Kleiner«, murmelte sie und näherte sich vorsichtig dem offenbar vom Bier ein wenig benommenen Lebewesen. »Wir werden dich hier besser herausholen, was?« Sie steckte das träge Tier in ein Tuch und räumte die Scherben weg. Dann füllte sie einen neuen Krug mit Bier und trug ihn hinauf zum Tisch. Als sie sich endlich zurückziehen konnte, sperrte sie den Frosch in ein Gefäß mit Gras, das sie auf die Fensterbank ihrer Kammer stellte. Sie hatte sich noch nicht entschieden, was sie mit ihm machen wollte. Das leise Rascheln seiner Bewegungen beruhigte sie. Die kleine Kreatur war vielleicht der einzige Freund, den sie in der Stadt besaß.

Erschöpft lehnte sich Luzinde gegen die Wand und spürte, wie nahe sie den ganzen Tag den Tränen gewesen war. Jetzt ließ sie ihnen freien Lauf.

Die Familie hier musste sie sehr hassen. Die Kälte und Ablehnung, mit der Rebekka sie behandelte, entmutigte Luzinde mehr, als sie es sich eingestanden hatte. Und die Mutter zog offenbar ihre ganze Familie mit. Auf eine andere Art war das ähnlich schlimm wie Margaret zu Pillenreuth. Bei der jungen Witwe waren wenigstens die Beweggründe halbwegs verständlich gewesen – die war faul und verfressen und wollte, dass andere die Arbeit für sie machten. Doch die Jüdin war Luzinde ein Rätsel. Sie konnte nicht einschätzen, wann sie zornig wurde und warum. Und wenn das bereits in der ersten Woche so ging, wie wäre das erst in ein paar Monaten … »So lang ertrag ich das nicht«, murmelte sie zu sich selbst. Sie sehnte sich nach Annas liebevoller Schelte, selbst nach Meisterin Elisabeths kühlen Zurechtweisungen.

Von draußen drangen Gebete herein; vermutlich ein weiterer Segen über der Mahlzeit. Luzinde zog die Stirn in Falten. Vielleicht war diese Anstellung auch keine Versuchung des Teufels, sondern eine Strafe Gottes? Oder eine Prüfung? Spontan warf Luzinde sich vor ihrem Bett auf die Knie, faltete die Hände über den Anhänger der heiligen Luzia, den sie stets am Hals trug, und betete so laut, dass sie die jüdische Litanei übertönte. »Pater noster, qui es in caelis: sanctificetur Nomen Tuum …« Fünf Vaterunser später hatte Luzinde sich halbwegs beruhigt. Sie wollte sich gerade wieder auf das Bett legen, da wurde sie auch schon wieder herausgerufen. Das Essen sollte abgetragen werden. Widerwillig gehorchte sie. Sie hatte sich nicht für so wenig belastbar gehalten. Nagten noch die Wochen unter Margarets Knute, der Abschied aus Pillenreuth und die letzten Tage in Nürnberg an ihr?

Rahel ging ihr nun wieder zur Hand. Und als Luzinde die zweite Ladung Geschirr aufnahm, um es zum Spülstein zu tragen, da sah sie, wie Mose selbst die Schnur am Dach der Hütte wieder befestigte, über die vorhin der Streit entbrannt war. Also durfte er die Hütte doch reparieren! Sie wusste nicht, ob sie sich darüber freuen oder ärgern sollte. Den Rest des Abends sprach kaum jemand aus der Familie ein Wort mit ihr. Sie wollte sich gerade aus der Küche in ihre Kammer fortstehlen, da hielt Rahel sie am Arm zurück. »Her Gottschalk fregt nach dir.«

Luzinde wrang besorgt die Hände, als sie hinauf in die Diele ging. Ihr Magen krampfte sich bei jeder Stufe weiter zusammen. Sicher hatten Mose und Rebekka ihre Beschwerde dem alten Hausherrn vorgetragen. Jetzt würde der sie sicherlich aus seinem Dienst entlassen, um den Hausfrieden zu bewahren. Aber wünschte sie sich das denn nicht? Sie war hier doch unglücklich! Aber die Alternative verhieß noch weniger Frohsinn.

Sie wappnete sich gegen das, was sie wohl erwarten mochte. Dann öffnete sie die Tür.

Gottschalk empfing sie in seiner Schreibstube; mit sorgenvoll gerunzelter Stirn über Listen von Gütern und Zahlen gebeugt. Er nickte Luzinde zu und deutete auf einen Stuhl. Sie setzte sich. Sein ernster Blick traf sie. »Rebekka is heute ser zorendig.« Luzinde nickte bedrückt.

»Gestern war Schabbat, weißt. Schabbat ist ein heilig Tog. Und wir feiern auch gerad *Sukkot*, des Lauberfest.«

Luzinde runzelte die Stirn. Der Mann hatte offenbar sein Zeitgefühl verloren, denn das ganze Spektakel war ja kaum ein paar Stunden her.

»Das habe ich inzwischen verstanden«, sagte sie. »Was ich nicht verstehe, ist, warum Rebekka so wütend darüber war, dass ich die Kerzen angezündet habe. Was habe ich ihr denn bloß getan, dass sie mich so hasst?«

Ein gütiger, amüsierter Blick traf sie. »Mit dem Anschtecken der Karzen vor dem Nachtmol fangen wir den Schabbat an. De Herin des Hauses schteckt de Karzen an und benscht den Tisch. En anderer tut des nur, wenn se nit do is.«

»Oh Maria und Jesus«, murmelte sie. »Ich habe mich in der Rangordnung über sie gestellt.«

Der Alte nickte. »Und hast beinah den Bund gebrochen, der das Folk Jsrael und den Schabbat verbind't.«

»Warum durfte ich dann heute die Kerzen anzünden? Nicht einmal Rahel wollte es tun.« Luzinde widerstrebte es, diese Fragen zu stellen, doch wenn sie den Fehler nicht noch einmal begehen wollte, dann würde sie endlich lernen müssen, wie sie sich zu verhalten hatte.

»Es gibt file Gebote der Schrift, die wir Jiden am Schabbat zu befolgen haben. Es wird fil gebetet. Ein besonder's Mal gegessen. Und wer dirfen am Schabbat kein Feier anschtecken oder ausmachen. So wie wir auch keine Schlingl schlisen oder aufmachen derfen. Deswegen steln wer ja ein Schabbesgoje an.«

»Daher die Sache mit dem Dach der Hütte!«, rief Luzinde

aus. »Aber warum hat Mose es dann nach dem Essen doch selbst befestigt?«

Nun lächelte Gottschalk und klappte sein Buch zu, um ihr seine ganze Aufmerksamkeit zu schenken. »Bei uns beginnt der Tag mit dem Untergang der Sonne, Luzinde. Noch dem Essen is' der Schabbes farbai, und damit is auch die Schabbesru farbai. Also derft Mose des Schlingl selbst machen.«

Luzinde blinzelte erstaunt. »Ihr habt merkwürdige Sitten. Wer denkt sich das bloß alles aus? Und wer kann sich das alles merken?«

»Des is aless nidergeschriben. Ist's denn andersrum weniger merkwirdik, den Leib des Herrn zu schpaisen?«

Darauf wusste die Magd keine Antwort, auch wenn sich Widerspruch in ihr regte. »Und was ist dieses Lauberfest? Warum ist sie nun kaputt?«

»Hast den Jakob nit gefragt?«

Luzinde schüttelte nur den Kopf. Der Junge hasste und piesackte sie, wo er nur konnte. Ihn würde sie sicherlich nicht wegen solcher Dinge befragen.

»Des dauert acht Tog, die wir darin wonen und essen, so oft wer kennen. Des is' ein Erinnerung daran, dass de Herr uns in armseligen Hitten hat wohnen lasen, als er uns aus Egipten weggefirt hat, und des ale Giter der Welt vergenglich sind. Und wir freien uns und feiern, denn dann is der Her mit uns, und nur der Her ist ewig.«

»Aha«, machte Luzinde widerwillig.

»Ich weiß, des willste aless nit wissen. De alte Schabbesgoje wollt's auch nit wissen.«

»Hat die sich anfangs auch so ungeschickt angestellt?«

»Sicher. Die Regeln der Jidenen sind kompliziert. Wir brauchen im Haus jemanden, der ihnen nit folgen muss. Schabbes is jede Woch. Do hats jemanden netig, der die Karzen anschteckt, des Faier ausmacht, dringende Briwe schreibt und Ding aus dem Haus oder in das Haus hinein tregt. In den letzten Monaten hat des de Gertrud fer uns gemacht. Hat fil mit den Kindern gemacht.«

»Hat sie sich denn auch um die Kinder kümmern müssen?«, fragte Luzinde erstaunt und war ganz froh, dass das nicht zu ihren Aufgaben zählte.

Da runzelte Gottschalk die Stirn. »Hat se. Se hat Rebekka ser geholfen. Ich bet darum, dass sie de beiden nicht zu sehr fardarbt hat.«

»Verdorben?«, riet sie, und der Alte nickte. »Warum verdorben?«

Er musterte sie aus hellgrauen Augen. »Se hat einen Man in mein Haus gebracht und hat bei ihm gelegen. Ich dulde nit, dass sich die Frauen unter meinem Dache farschmuzen. Des Leben is schwer genug fer uns, ohne, des man mir Unzucht mit einer Krischtin nochsegt.«

Deshalb hatte die letzte Magd gehen müssen. Und Luzinde hatte bereits Schlimmstes vermutet. Sie senkte den Blick und spürte, wie sie rot anlief. Würde er sie auch des Hauses verweisen, wenn er von ihrer Vergangenheit erfuhr? Sie schluckte, als sich Schweigen in der Kammer ausbreitete. Die Holzdielen knarrten laut unter ihren Füßen, als sie das Gewicht verlagerte. Wartete der Alte auf eine Erklärung? Wenn ja, dann blieb sie ihm diese schuldig.

»Ich hatt einen Oheim namens Mosse«, murmelte der alte Mann in die Stille. Luzinde wollte nicht aufsehen, tat es dann aber doch. Was hatte er ihr damit sagen wollen? Der Mann starrte aus dem Fenster. »Ich hatt einen Oheim namens Mosse. Ein Bruder meines Foters. Er hatte den schpizedigsten Bart, den ich seit dem je geseen hab…« Er lächelte versonnen und strich sich über sein Kinn, als wolle er die Form der Bärte vergleichen. Dann wurde er wieder ernst. »Sein erstes Waib war tot, von Rintfleischs Leuten erschlagen. Ein Man soll nicht allein bleiben, und so wollt er ein neues Waib.« Luzinde hatte von König Rintfleisch gehört. Man sagte, er sei um die Wende des Jahrhunderts mit einer Horde Bauern durchs Land gezogen, weil die Juden geweihte Hostien gestohlen und zermahlen hätten, bis das Blut Jesu Christi herausquoll. Sie erschauerte bei dieser Vorstellung. Die Gefolgsleute Rintfleischs waren in viele Städte eingefallen und hatten dort die Juden erschlagen, bis der damalige König den Mann hatte aufhängen lassen.

»Mosse blieb einige Jar alein. Dann nam er Sara zur Frau, de jung Tochter von einem Freund. Se war nur wenig elter als ich. Und se stand meinem Herzen nah.« Die Erinnerung hüllte ihn in einen Mantel der Freude. »Sara ehrte meinen Oheim. Doch der schtarb bald, und sie leitete ihn zu seinem Grab.« Er wedelte mit der Hand in eine Richtung. »Nun wollte Sara einen neuen Man. Ich ofenbarte ihr meine Lib, und se mir de ihre. Ich war kaum ein Man, se war trotz der Ehe noch ein jung Meidel. Wir waren einander so hold! Eines Abends fanden wir uns schpet noch dem Lauberfest alein in der Hitten wider, ohne die Mischpuche, die mit Argusaugen auf die jungen Leut schaut.« Er sah wohl ihren fragenden Blick, daher erläuterte er: »Verwandte. Sie sollen die jungen Leut nit alein zusamen lassen, wenn se einander ze nah verwandt sind.«

Luzinde lächelte wehmütig. So groß die Unterschiede sein mochten, in manchen Dingen waren sich Juden und Christen wohl ganz ähnlich. »Habt Ihr sie geehelicht?«, fragte sie gespannt.

»Nein«, das Gesicht des Alten zeigte noch jetzt, etliche Dutzend Jahre später, einen Schatten von Trauer. »Als Frau meines Oheim war sie mir farboten. Sie ging zu einem guten Man in Frankfurt.«

Die Magd runzelte enttäuscht die Stirn. Warum erzählte ihr der Mann diese Geschichte, wenn sie doch keinen guten Ausgang genommen hatte?

»Aber in jener Nacht«, sprach der Mann mit einem Funkeln in den Augen, »da wollten wir davon beide nits wissen.« Luzinde lächelte – also doch ein gutes Ende.

»De schmunzelest. Aber wir haben damit die Gesez Adonais gebrochen. Und unsere Laiber farschwecht – entweiht, segt er Krischten.« Er hielt bedrückt inne. »Ich hab lang Zeit gebraucht, mir ze fargeben.« Dann sah er auf und hatte eine Wärme im Blick, die Luzinde überraschte. »Doch de Zeit mit Sara is immer bei mir. Des hat gut's wie schlecht's. Weißt was ich mein?«

Die Magd verstand ihn gut. Trotz Konrads Verrat an ihr, obwohl er von dem Kind nichts hatte wissen und sie nicht zu einer ehrlichen Frau machen wollen, blieb ihr doch noch die Erinnerung ihrer Liebe an ihn. Und die unglaubliche Hoffnung, die sie bei der Geburt ihres Kindes empfunden hatte. Egal was ihr noch geschähe, daraus zog sie Kraft. Der Mensch war eine widersprüchliche Kreatur.

»Warum erzählt Ihr mir das?«, fragte sie leise.

»Ein Mentsch is nie nur gut oder nur beis, Luzinde. Die meisten Geschepf haben imer Gut's wie Beiskeit. Diese sind mer des eine, jene des andere.« Er hielt inne und sah sie prüfend an, bevor er fortfuhr, und sie meinte, einen Hauch der Sorge darin zu finden. »Du aber bist nit so. De bist anders. Mir will scheinen, des de von beidem gleich viele Teil in dir hast. Nur wenig Mentschen steen so in der Mitten.«

Luzindes Augen weiteten sich furchtsam. »Was heißt das? Dass ich ein böser Mensch werde?«

»Willst'e beis sein?«

»Nein!«

Der Alte zuckte mitfühlend mit den Schultern. »Adonai gab uns einen freien Wilen, Kind. Und der Wile ist's, der dich auf die eine oder die andere Seit bringt. Der leichte Wek, der firt imer zum Beisen. Das einzik Ding, was man da opfert, des is' das Gewissen. Wer gut sein wil, der muss sich jeden Tog neu dafir entscheiden. Des is ein Kampf, Luzinde.«

Bei seinen Worten fuhr ihr die Furcht in die Glieder. Dann aber runzelte sie die Stirn. »Euer Gott hat keine Macht über mich. Ich folge dem Erlöser Jesus Christus, der meine Seele in den Himmel führt.« Sie hörte selbst, wie trotzig das klang.

Gottschalk schien keine andere Antwort erwartet zu haben. »Und doch hast'e gesindigt, nit? Und nun bangst'e, ob der Maschiach ... der Messias, sagt ihr ... auch deine Sinden nimt, nit?«

Luzinde nickte bedrückt. Sie hätte niemals gedacht, dass dieser wackelige Alte früher zu ähnlichen Fehltritten fähig gewesen war wie sie selbst. Und doch war er ein angesehener Mann unter den Juden. Sein Geständnis machte ihr Mut. Und ohne ihn säße sie vermutlich noch heute auf der Straße. Also beschloss sie, ihm ein wenig Ehrlichkeit entgegenzubringen. Sie atmete einmal tief durch. »Ich ... ich habe einem Mann meinen Jungfernkranz geschenkt, ohne mit ihm vor den Traualtar zu treten. Das ist eine Sünde. Und wenn Ihr mich dafür nun wieder auf die Straße setzen wollt, um Euren Ruf zu schonen, dann nur zu.«

Das Schweigen kehrte in die Kammer zurück. »Hast ihm denn deine Lib geschenkt?«, fragte der Alte schließlich.

»Ja«, flüsterte sie.

»Und er dir?«

Hatte er? Ein schmerzhaftes Ziehen im Bauch gab ihr die Antwort. Sie schüttelte den Kopf und biss sich auf die Lippen. Nach all der Zeit des Schweigens war es ein gutes Gefühl, mit jemandem darüber zu sprechen, dessen Urteil sie nicht fürchtete. »Nein. Er hat mich verstoßen. Sie haben mich alle verstoßen. Und mit mir …«, sie seufzte und presste dann heraus, »mit mir mein Kind.« Sie wagte nicht aufzusehen.

Der alte Mann schwieg. »Wo ist des Kind jezt?«, fragte er dann leise. Luzinde wusste warum und sah auf ihre Fußspitzen. Man munkelte, dass viele Frauen die ungewollte Leibesfrucht im Fluss ertränkten, um der Schande zu entgehen. Und eine Kindsmörderin wollte sicher nicht einmal ein Jude unter seinem Dach dulden. »Ich weiß es nicht«, murmelte sie und schluckte schwer. »Sie haben es mir weggenommen. Ich habe versucht, es wiederzufinden. Die Welsers sagten, es käme in ein Kloster.« Die Schuld lastete schwer auf ihr, doch mehr würde sie ihm nicht offenbaren. »Es wurde mit einem Glückshäubchen geboren«, flüsterte sie erstickt. »So etwas ist ein Zeichen großer Weisheit.«

»Wer sind de Welsers?«

»Die Familie der Frau meines Buhlen.« Sie musste an Margaret denken, die sich in diesem Augenblick ebenso als Magd verdingte wie sie selbst. Doch Luzindes Gedanken kehrten zu dem Kind zurück. »Ich habe gesucht! Aber ich wusste nicht, wo ich suchen soll.« Tränen rannen ihr über die Wangen. »Ich wusste es doch nicht.« Die Heftigkeit ihrer Reaktion erstaunte sie selbst. Sie hatte gedacht, sich bereits vor Jahren mit dem Verlust abgefunden zu haben.

Der Alte räusperte sich gerührt und schwieg, bis sie sich wieder gesammelt hatte. »De hast den Mut aufgeben, nit?«

»Es gab nichts, was ich noch hätte tun können.«

»Wenn man hoft, gibt's imer was, des man tun kan, Luzinde.« Er machte eine Pause. »Hat dein Got dich fer des aless auch farlassen?«

Ein Knoten im Hals machte ihr das Sprechen schwer, und so nickte sie nur. Man hatte ihr nach dieser Tat die Messe verboten, und nur ihr Schweigen hatte ihr ermöglicht, wieder daran teilzunehmen. Obwohl sie wusste, dass Gott ihre Sünde kannte, schenkte die Messe ihrer Seele ein wenig Frieden.

»Siehst, da haben wir was gemein«, schmunzelte er. »Aber du willst zurik in seine Gnad?«

»Ja.«

»Dann is jo aless gut«, sagte der Alte lächelnd. »Sei ab jetzt rein und gut, und ich will dir deine Tat nit vorhalten. Wenn wir jung sind, verlieren wir bisweil den Scheidel. Erst wenn wir elter sind, seen wir des Gute in manchen beisen Wegen, auf die Adonai uns schickt. Denn hett er nit gewolt, des wir Feler machen – hett er uns dann einen freien Wilen gegeben – und so kleine Weisheit?«

»Ich ... ich danke Euch. Herr.«

Dann griff der Alte nach seinem Bierkrug, nur um festzustellen, dass er leer war. Gedankenverloren stellte er ihn wieder ab und runzelte die Stirn. »Ich weiß nun um deine Sind, jung Luzinde. Aber mein Sohn und seine Mischpuche wissen noch wenig von den Schlingen des Lebens. Wir wollen se im Dunkeln lassen, jo?«

»Ja«, nickte Luzinde dankbar. Sie wusste selbst nicht, ob sie bereit wäre, noch jemand anderem davon zu erzählen. Sie war so erschöpft wie sonst nur nach einem großen Wäschetag zu Pillenreuth. Sie nahm sich den Krug und öffnete die Tür. »Ich hol Euch vor der Nachtruhe noch ein neues Bier, Herr.«

Er nickte dankbar, und Luzinde verließ erleichtert die Kammer. Sie durfte bleiben! Sie hatte die Stellung nicht verloren, und dass obwohl sie sich Gottschalk anvertraut hatte. Beinahe trunken vor Freude brachte sie ihm sein Bier und lächelte sogar Rebekka offen zu, die ihr im Hof mit säuerlichem Gesichtsausdruck begegnete. Sie würde es hier nicht leicht haben, das wusste sie. Aber mit Gottschalk als Verbündetem würde sie das schaffen. Endlich hatte sie wenigstens wieder den Mut, nach vorne zu schauen und den Kampf aufzunehmen. In ihrer Kammer fiel ihr Blick auf das Steingutgefäß auf der Fensterbank. Sie lächelte. Eine Schlacht würde sie gleich jetzt aufnehmen. Sie huschte mit dem Krug hinaus, um für einen der Hausbewohner eine Überraschung vorzubereiten …

Später im Bett dachte Luzinde lange über den ereignisreichen Tag nach. Gerade, als sie endlich die Müdigkeit in ihre Glieder kriechen fühlte, störte ein entsetztes Quieken aus dem Haupthaus die nächtliche Stille. Dann drang fröhliches Kinderlachen über den Hof.

»Jakob! Schmeiß den Frosch aus'm Fenster, schnell!«, keuchte Bel, und der Bursche kicherte nur noch lauter.

»Ich war's nit! Bel, ich war's nit!«, beteuerte der Bube, trotz seines Bekenntnisses hörbar begeistert von dem Streich.

»Wer war's denn dann, Jakob? Bring ihn raus, du Schmok!«

»Bel!«, rief Jakob entrüstet. Luzinde drehte sich in ihrem Bett um und grinste vor sich hin.

Sie durfte bleiben.

Kapitel 9

Den ersten Sonntag nach König Karls Einzug verbrachte man in Nürnberg mit großer Würde und Besinnlichkeit. Die Juden gingen den ganzen Tag wohlweislich nicht aus dem Haus, denn die Christen strömten in die Kirchen, und Luzinde, die ein wenig freibekommen hatte, war unter ihnen.

Der nächste Morgen allerdings hielt eine Überraschung für die Schabbesmagd bereit. Nach dem Frühstück klopfte es an der Tür. Sie öffnete mit vom Spülen noch nasser Schürze und erstarrte. Dort stand jemand, den sie kannte.

»Gott zum Gruße«, sagte Ulman Stromer höflich. »Ich will deinen Herrn treffen, Judenmaid.«

Er wartete, bis Luzinde zögernd die Tür frei gab. »Ich –«, begann sie, doch er unterbrach sie. »Es ist recht. Er weiß, dass ich komme.« Erkannte er sie denn gar nicht? Sicher, bei ihrer ersten Begegnung hatte sie ein Tuch um den Kopf geschlungen gehabt und ärmlichere Gewänder getragen. Und vermutlich lag es nicht nahe, von einer Hofmagd bei Pillenreuth auf eine Judenmagd in Nürnberg zu schließen … Doch sie für eine Jüdin zu halten? War sie bereits so gottlos, dass man ihr die Christin nicht mehr ansah?

»Ich bin nicht –«

»Herr Ulman, nit?« Mose kam die Treppe herunter und neigte das Haupt. »Mein Foter freit sich auf Euch, seit er de Botschaft erhalten hat. Bitte, komt.« Dann ging er voran.

Der junge Patrizier aber wandte sich noch einmal der Magd zu. »Wie ist dein Name, Mädchen?«

»Luzinde, Herr.«

»Luzinde? Nach unserer heiligen Luzia?« Er lächelte überrascht und suchte ihren Blick. Luzinde nickte nur.

»Wie erstaunlich. Die heilige Luzia ist die Schutzpatronin meiner Familie.« Er betrachtete sie nachdenklich. Die Hand der Magd ging unwillkürlich zu dem verborgenen Luzienamulett unter ihrem Kleid. Sie musste ihn korrigieren! Doch bevor sie etwas erwidern konnte, fuhr Ulman fort. »Auch die Venezianer verehren sie sehr. Und sie ist die Heilige der Mägde, oder?«

»Und der Schreiber, Herr.«

Ulman lächelte überrascht. »Und der Schreiber, ja. Ihr Name bedeutet die Leuchtende oder die Lichtergleiche, weißt du?«

»Ich – ja, ich glaube schon, Herr.«

»Ihr Juden seid merkwürdig. Ihr glaubt nicht einmal an unseren Heiland, aber ihr tragt sogar die Namen unserer Heiligen.« Er musterte sie wieder, und sein Lächeln schwand. Plötzlich sah er ganz ernst aus. Luzinde schluckte betroffen und brachte kein Wort heraus.

»Aber er passt zu dir«, sagte Ulman leise. Dann wandte er sich um und sprang, immer mehrere Stufen auf einmal nehmend, Mose folgend die Treppe hoch.

»Danke, Herr«, stammelte sie überrascht, doch sie hörte seine Schritte schon oben auf den knarrenden Dielen. Für den Rest des Tages hatte sie sämtliche Handgriffe vergessen, die im Haushalt zu tun waren, und verbrühte sich zwei Mal an der Feuerstelle.

Knapp zwei Wochen gingen ins Land, in denen die letzten Tage des Septembermonats dem Oktober wichen. Während draußen das Wetter unwirtlicher und trostloser wurde, lernte Luzinde in dieser Zeit das Leben im jüdischen Haus kennen und die schlimmsten Fallstricke vermeiden. Sie ließ die Finger vom koscheren Essen, das rein war und bleiben musste, sowie vom gekascherten Geschirr, das mit Feuer oder Wasser rituell gereinigt worden war. Sie zündete das Herdfeuer nicht an, weil die Familie Wert darauf legte, akzeptierte, dass sie am Schabbestag einige Arbeiten übernehmen musste, die Juden nicht ausführen durften. Umgekehrt erhielt Luzinde am Sonntag mehrere Stunden frei, in denen sie tun durfte, was sie wollte.

Offenbar waren am Schabbes besonders viele Arbeiten nicht gestattet, die mit dem Haushalt zu tun hatten, wie Backen und Nähen, aber auch das Schreiben. Hinzu kamen einige Merkwürdigkeiten wie etwa das Hinein- oder Heraustragen von Dingen aus dem Haus. Aus diesem Grund schienen die Judenhäuser auf dem Zotenberg alle irgendwie miteinander verbunden zu sein. So konnte man sich gegenseitig besuchen, ohne das Haus zu verlassen und dabei vielleicht eine der vielfältigen Vorschriften zu brechen. Offenbar waren manche Gebote so lästig, dass selbst gläubige Juden versuchten, sie zu umgehen.

Sie lernte, dass jüdische Frauen ihrem Glauben nach einmal im Monat unrein wurden und anschließend in der *Mikwe* eintauchten, dem Judenbad bei Sankt Laurentius. Bel erklärte ihr gern all die Vorschriften, die sie sehr ernst nahm. Die christliche Eigenart, nicht regelmäßig in einem fließenden Gewässer zu baden, fand sie ausgesprochen unangenehm.

Als erstaunlichsten Unterschied zu einem christlichen Haushalt empfand Luzinde die Aura der Gelehrsamkeit, die Gottschalks ganzes Haus durchdrang. Besonders der alte Mann selbst, aber auch sein Sohn Mose, lasen in jeder Mußestunde in Schriftrollen und Büchern. Die waren meistens in der Schrift der Hebräer gehalten, wie Bel ihr erklärte, jenen Zeichen mit den Fähnchen. Selbst die Tochter lernte von ihrer Mutter lesen und schreiben und beherrschte mehrere Sprachen. Luzinde selbst hatte von ihrem Vater zwar auch Lesen und Schreiben gelernt, aber damit war sie als Tochter eines Schreibers in Lindelberg bereits eine Ausnahme gewesen.

Und über was nicht alles diskutiert wurde! Wie oft man ein Milchmesser, das in Berührung mit Fleisch gekommen war, in die Erde stoßen musste, um es wieder zu kaschern. Ob es recht war, um des lieben Friedens willen einen Krug Rotwein von einem Christen anzunehmen, wie Gottschalk fand, oder ob die Gebote und Verbote der Tora genau darauf abzielten, Juden und Christen voneinander zu trennen, wie Mose überzeugt war. Auch Jakob saß oft bei diesen Streitgesprächen dabei und lernte Lesen und Schreiben von seinem Vater und Großvater (den er Zeydel nannte), doch er beteiligte sich nur selten an ihren Gesprächen. Als Luzinde, fasziniert von diesen Gesprächen, ab und an in ihrer Arbeit innehielt und ein Weilchen zuhörte, stellte sie fest, dass die Männer zwischen mehreren Sprachen hin- und herwechselten, die sie gar nicht alle benennen konnte. Das Hebräische, das Jiddische, die Nürnberger Mundart, eine Mischung aus beidem, etwas völlig Fremdes, aber auch den singenden Ton der welschen Sprache hörte sie heraus. Tag für Tag empfand Luzinde mehr Respekt für die Gelehrsamkeit dieser Menschen.

Die Familie schien Luzinde mit der Zeit zu akzeptieren. Sicher, anfreunden würde sie sich kaum mit Mose, der ihr mit seiner skeptischen Art begegnete, oder gar Rebekka, die gegen Luzinde eine merkwürdige Eifersucht zu hegen schien. Doch man begegnete sich mit Respekt. Schnell stellte sie fest, dass die beinahe erwachsene Bel und sie eine Leidenschaft für Kräuter teilten. Sie lehrte das Mädchen einige Namen und Verwendungen von Heilkräutern, wie sie ihr aus Pillenreuth bekannt waren, und empfahl ihm, dem Schafgarbentee gegen Unterleibskrämpfe auch ein wenig Thymus vulgaris beizumischen, um die schlechten Säfte zu reinigen – und den Geschmack zu verbessern. Auch das Mädchen wusste einige Empfehlungen zu geben, doch da blieb Luzinde skeptisch. Sie wollte die jüdische Kräutermagie nicht annehmen; nicht, wenn sie nicht wusste, dass sie harmlos wäre.

Am meisten verblüffte Luzinde aber ihre Beziehung zu Jakob. Seit sie ihm den Frosch zurück ins Bett gelegt hatte, war der Junge schlicht begeistert von ihr. Offenbar hatte es noch niemand gewagt, ihm seine Neckereien mit gleicher Münze heimzuzahlen. Die Magd bereute ihre Tat beinahe, als sie ein paar Tage später ihre neuen hölzernen Trippenschuhe, die Rahel im Keller für sie aufgetan hatte, mit Pferdeäpfeln zugestopft fand. Doch Luzinde beschloss, sich nicht unterkriegen zu lassen. Sie warf den Fehdehandschuh zurück, indem sie seine Holzschuhe von innen mit einer dünnen Schicht guten Honigs aus dem Nürnberger Reichsforst einschmierte. Während Bel sich ekelte und Rebekka ungehalten fragte, ob das gar ihr eigener Honig gewesen sei, kicherte Jakob verschmitzt und schwieg. Tags drauf fand Luzinde mehrere Dutzend Nacktschnecken in ihrer Waschschüssel. So entspann sich ein Gefecht der Neckereien zwischen den beiden.

Nach der ersten Oktoberwoche – Luzinde war nun über zwei Wochen im Hause Gottschalks, gab eine murrende Rebekka zusätzlich noch eine ihrer eifersüchtig gehüteten Pflichten an sie ab: Ihr wurde aufgetragen, die Kinder beim Spielen mit Ball oder Kreisel auf der Straße zu beaufsichtigen. Zu ihrem eigenen Erstaunen bereitete ihr das mehr Freude als Unbehagen. Rebekka ermahnte sie allerdings streng, den beiden keine unkeuschen Flausen in den Kopf zu setzen oder zu versuchen, ihnen die »Lehre vom falschen Maschiach« näherzubringen. Luzinde verstand erst nach einer Weile mit Entsetzen, dass sie damit den Erlöser gemeint hatte.

Neben all diesen neuen Entwicklungen ging Luzinde endlich wieder mehrmals in der Woche zur Messe. Das hatte sie zwar auch in Pillenreuth regelmäßig getan, dort jedoch das Messopfer nur mit einem schlechten Gewissen angenommen, weil sofort aufgefallen wäre, wenn sie es verweigert hätte. Hier in Nürnberg aber konnte sie an den Gottesdiensten teilnehmen, ohne den Leib Christi anzunehmen, da das in der Menge kaum auffiel. Trotz ihrer Abfuhr durch die Mutter Oberin Agnes dort erwählte sie den Klarissenkonvent zu ihrer Stammkirche. Da sie sich nicht immer nach Sankt Laurentius hinein traute, zog sie den Armenkonvent am Kloster außerhalb der Mauern vor. Hier war sie unter ihresgleichen und schämte sich nicht ihrer schlichten Gewänder.

An einem bereits kühleren Tag Mitte Oktober beeilte sich Luzinde, um noch rechtzeitig in die abendliche Vesper zu kommen. Das Geläut der Klöster war gerade verstummt, als sie mit dem Putzen der Dielen fertig war. Sie verzichtete darauf, sich vorher noch zu waschen, warf bloß ihr durchnässtes und verschwitztes altes Kleid ab und streifte das grüne über, das sie von Rahel erhalten hatte, als sie zum ersten Mal in Gottschalks Haus aufgewacht war. Dann war sie auch schon aus der Tür und hastete durch die Straßen der Stadt und hinaus aus dem Tor. Auch auf dem Rückweg würde sie sich eilen müssen, um nicht ausgesperrt zu werden, denn die Tore wurden meist bei Sonnenuntergang geschlossen. Mit einigen anderen Nachzüglern erreichte sie schließlich die Mauern des Konvents und eilte durch den leeren Hof. Sie wollte gerade die Kirchhalle betreten, da sah sie Mutter Agnes am Eingang des Schwesterngebäudes. Sie sprach mit Ulman Stromer.

Überrascht verbarg sich die Magd hinter einem Gebüsch, um von Ulman Stromer nicht erkannt zu werden. Er glaubte ja, sie wäre eine Jüdin. Wie sollte sie ihm da wohl erklären, was sie in einem christlichen Gotteshaus verloren hatte? Sie lugte hinter der Mauer hervor, unschlüssig, wie sie sich verhalten sollte.

Der junge Mann wurde gerade von Mutter Agnes gesegnet. Er winkte zwei Männer in Leder- und Kettenrüstungen herbei, die ein kostbares und offenbar recht schweres Holzkästchen an Stangen zwischen sich trugen. Ulman öffnete das Kästchen nicht, er legte nur die Hand darauf und machte dann eine einladende Geste. Die Oberin trat davor und versperrte mit ihrem schmalen Rücken Luzindes Sicht.

Doch als sich die Mutter wieder umdrehte, war von ihrer sonstigen Frostigkeit kaum noch etwas zu spüren. Sie lächelte überaus erfreut und reichte Ulman die beringte Hand zum Kuss. »Auf drei Jahre wollen wir Euch und Eurer Familie hier in Sankt Klara die Messe lesen, junger Mann! Der Herr wird es Euch wahrlich danken.« Dann winkte sie eine andere Nonne herbei, die sich bislang unruhig im Hintergrund gehalten hatte. »Schwester Elisabeth – zeig den Herrschaften doch wohl bitte, wo sie die Truhe abzustellen haben. Der Herr Ulman hat unserem Haus eine überaus akzeptable Spende gemacht.«

Luzinde fand die Betonung dieses Satzes merkwürdig, wie auch die Reaktion der Nonne, die tief errötete und sich ein sattes Grinsen nicht verkneifen konnte. Luzinde kam die Schwester vage bekannt vor – vermutlich war sie ihr bei einem ihrer letzten Messgänge aufgefallen.

»Tante«, grüßte Ulman die Nonne höflich, und sie gab die Verbeugung zurück. Dann ging die kräftige Frau voran und bedeutete den Bewaffneten, einer davon ein Mann mit schlecht verheilten Narben im Gesicht, ihr zu folgen.

»Euer Wohlwollen ist meiner Familie ein großer Lohn, Ehrwürdige Mutter«, dankte der Patrizier der Oberin artig.

Luzinde wandte sich ab. Ihr Herzschlag beruhigte sich, denn es war unwahrscheinlich, dass sie entdeckt würde. Der Herr Ulman würde sicherlich nicht hier in Sankt Klara an der Messfeier teilnehmen – er gehörte eher nach Sankt Laurentius oder Sankt Sebald, wo die Ratsfamilien ihre Wappen und Gräber hatten. Also gesellte sich die Magd zu den letzten eintreffenden Gläubigen und betrat den Kirchenraum mit einem Kniefall und einem vor der Brust geschlagenen Kreuz. Halle und Chor waren vergleichsweise niedrig und breiter als lang, so dass die Kirche gestaucht wirkte. Die Wandmalereien auf dem hellen Untergrund bildeten Klara ab, doch an den Seitenaltären gab es auch andere Darstellungen. Der Heiligen Luzia war im nördlichen Bereich ein größeres Wandgemälde sowie ein Klappaltar mit vielen Kerzen gewidmet. Im Chor betete ein Priester nach Osten gewandt das Kyrie. Luzinde stellte sich mit gesenktem Haupt hinter die anderen Gläubigen.

Der lateinische Text klang durch die erhabene Halle. Dieser Ort strahlte nicht die Bedrohlichkeit manch anderer Kirche aus. Trotzdem kam es der Magd so vor, als würde sie unter dem uralten Ritus kleiner werden. Die Macht Gottes ragte so hoch, so gewaltig über ihr empor, dass es ihr unmöglich schien, als kleiner Mensch davor bestehen zu können. Zwar wusste sie um die Macht der Reue und der Vergebung Gottes. Doch war sie dessen würdig? Sah Gott überhaupt auf sie herab, eine kleine und unwichtige Magd? War er willens, auch ihr zu vergeben? Sie konnte keine Messen spenden, keine Stifte gründen oder ertragreiche Teiche und Wälder verschenken. Wenn die Reichen so viel zu geben hatten – würde Gott sie da noch wahrnehmen? Sie hoffte es, und sie betete darum.

Jemand stieß sie an und riss sie aus der Andacht. »Du!«, zischte eine Stimme, und als Luzinde aufsah, da blickte sie in Margaret Berainers wütendes Gesicht. »Was willst du hier?«

»Ich will nur beten, Margaret«, verteidigte Luzinde sich.

»Du hast in einem Haus Gottes nichts zu suchen, Hure!«, zischte die andere, die ebenfalls in schlichte Kleider gewandet war.

Luzinde hoffte nur, dass niemand ihre Worte gehört hatte. Immerhin hatte Margaret ihr gedroht, sie werde sie anzeigen, wenn sie einander noch einmal über den Weg liefen. Wütend flüsterte sie zurück: »Aber du etwa? Haben sie dich hier angestellt, weil du so ausgesprochen fleißig bist?«

Die andere funkelte sie an. »Metze«, sie trat näher an Luzinde heran und knurrte: »Sehe ich dich hier noch einmal, gehe ich zu Mutter Agnes und erzähle ihr, warum du aus Pillenreuth wegmusstest! Und das willst du doch nicht, oder?«

»Du willst ihr sagen, dass sie mich aus Pillenreuth vertrieben haben, weil du gelogen, betrogen und die Speisekammer der Schwestern beraubt hast?« Luzinde schloss erschrocken den Mund. Hatte sie das gerade laut gesagt? Die alte Panik wallte in ihr auf. Wo sollte sie hin, wenn sie wieder fort müsste? Gottschalk würde sie bestimmt nicht behalten, wenn er die Wahrheit erführe. Sie durfte Margaret nicht in die Enge treiben, sonst war alles vorbei, was sie sich hier aufgebaut hatte! »Ich werd's niemandem sagen«, versicherte sie schnell, denn Margaret hatte wie ein Bulle beim Angriff den Kopf zwischen die Schultern gezogen.

Eine Nonne kam herüber und mahnte sie zur Stille. Luzinde erkannte in ihr die Frau, die vorhin mit Meisterin Agnes die Spende Ulman Stromers entgegengenommen hatte. Jetzt konnte die Magd erkennen, dass sie um die dreißig Jahre alt sein mochte. Das Einzige, was Luzinde unter dem Habit von dem Gesicht auffiel, war, dass sie einen spitzen, verkrampften Mund besaß.

»Margaret?«, fragte die Nonne nun ungehalten. »In manch anderer Kirche ist Schwätzerei üblich. Nicht so in Sankt Klara.« Dann runzelte sie die Stirn, denn offenbar erkannte sie die Spannung in Margarets Zügen. »Geht es dir gut? Du siehst aus, als hättest du ein Gespenst gesehen.«

»Elisabeth«, stammelte Margaret. »Es geht mir gut. Ich wollte nur gerade –«, Luzinde zog den Kopf ein. Würde sie der Nonne etwas mitteilen? »Es ist nichts. Ich habe diese junge Frau nur mit jemandem verwechselt.« Luzinde atmete auf.

»Diese Frau?«, die Nonne zog eine Augenbraue hoch und musterte Luzinde abschätzend. Der Magd stellten sich bei dem Blick sämtliche Haare auf. »Kenne ich dich nicht? Bist du nicht eine Jüdin?«

»Ich – nein, das bin ich nicht, Schwester«, stotterte Luzinde.

»Warum trägst du dann ein Gewand, auf dem ein siebenarmiger Leuchter eingestickt ist?« Schwester Elisabeth wies auf das grüne Kleid Luzindes. »So etwas tragen nur Juden. Und Juden ist es verboten, an christlichen Messen teilzunehmen, das ist dir doch wohl klar! Willst du unseren Glauben verhöhnen?«

»Ich – nein, ich bin –«, Luzinde wollte ihr versichern, dass sie eine Christin war, dass sie an den Heiland glaubte und niemals an den jüdischen Ketzereien teilhaben würde, da fiel ihr Blick auf Ulman Stromer. Der junge Mann hatte sich durch die Menge geschoben und trat nun ebenfalls zu ihnen. Sie verstummte. Ulman hielt sie für eine Verwandte Gottschalks. Wenn sie ihm jetzt erklärte, dass sie eigentlich doch keine Jüdin war, dann stünde sie erst recht als Lügnerin da.

»Schwester Elisabeth?«, fragte Ulman die Nonne mit einem Seitenblick auf Luzinde, die so plötzlich der Mittelpunkt des Interesses eines kleinen Grüppchens von Leuten geworden war. »Ist etwas nicht in Ordnung?«

»Diese Frau hier«, Elisabeth deutete auf Luzinde, »hält sich hier auf, obwohl sie mir doch eine Jüdin zu sein scheint. Hier, auf geweihtem Grund, während der heiligen Messe!«

Ein Handwerker neben ihr schüttelte erbost den Kopf. »Sie will sich über uns lustig machen!«

»Wenn nicht Schlimmeres!«, orakelte ein Greis.

»Wir sollten sie verjagen und ihr eine Lektion erteilen, damit sie nie zurückkommt!«, keifte ein Weib.

Luzinde wich erschrocken einen Schritt zurück. Sie kannte diese Feindseligkeit. Damals, in Lindelberg, hatten sich wegen ihrer Leibesfrucht all jene Menschen gegen sie gewandt, mit denen sie doch vierzehn Jahre lang aufgewachsen war. Das hatte sie mehr geschmerzt als die Ablehnung dieser Leute hier. Doch Luzinde spürte, dass es nur einen Funken brauchte, um ein Feuer zu entfachen, das niemand mehr würde löschen können. Diese Menschen würden nicht zögern, Hand an sie zu legen. Sie sah sich hilfesuchend um.

Margarete sah von Luzinde zu Elisabeth und der feindlichen Gruppe hin und her. Sie schien sich insgeheim zu freuen, dass die Magd in Schwierigkeiten steckte, und machte einen Schritt zurück. »Sie ist –«

Luzinde sollte nie erfahren, was Margaret über sie sagen wollte, denn Ulman fiel der Frau ins Wort. »Dies ist keine Jüdin«, sagte er zu der Nonne. »Sie trägt zwar ein Kleid aus einem jüdischen Haus, aber sie ist keine Jüdin.«

»Das wisst Ihr sicher?«, fragte Schwester Elisabeth.

»Ganz sicher.«

Die Nonne musterte Luzinde noch einmal eindringlich. »Nun gut«, murmelte sie. »Wenn Ihr das sagt … Zieh dir das nächste Mal etwas Anständiges an, Weib!«

»Ja, Schwester«, erwiderte Luzinde erleichtert. Sie wollte sich schon wieder der Gemeinde der Gläubigen anschließen, da fühlte sie sich von Ulman Stromer am Arm gepackt und hinausgeschoben. Sie verkniff sich einen Protest.

»Du solltest nicht hier sein«, stieß er hervor, als sie vor der

Kirchhalle auf dem Hof standen. »Juden dürfen wirklich nicht an Messen teilnehmen, das solltest du doch wissen. Genauso wenig, wie ihr an Feiertagen vor die Tür treten dürft, habt ihr einen Fuß in ein christliches Kloster zu setzen. Du kannst froh sein, dass man dich nicht totgeschlagen hat! Was willst du nur hier?«

»Ich …«, begann Luzinde, doch er unterbrach sie schnell.

»Ich will gar nicht wissen, was du hier für deinen Herrn getan hast«, sprach er eindringlich. »Die Menschen hier sind sehr zornig, was die Verteidigung ihres Glaubens gegen die Juden angeht. Sie werden schnell handgreiflich.«

Luzinde senkte den Blick. Nun war der Zeitpunkt, an dem sie ihm sagen musste, dass sie wirklich eine Christin war und seine Lüge eigentlich der Wahrheit entsprach. Doch wie sollte sie ihm erklären, dass sie das Missverständnis nicht schon längst aufgeklärt hatte?

Sie rang noch mit sich, da nahm er ihre Hand und trat vor sie. »Wollt Ihr mir etwas versprechen?«, fragte er mit rauer Stimme. Seine Finger lagen warm auf ihrer Haut, und Luzinde konnte nur nicken.

»Seid Ihr von jetzt an vorsichtiger?«

»Ja«, murmelte Luzinde und sah Ulman in die Augen. Er hatte sie beschützt, gar für sie gelogen. Er sorgte sich um sie und behandelte sie von Angesicht zu Angesicht, als wäre sie ihm gleichgestellt. »Ich verspreche es.«

Er nickte. »Danke«, murmelte er. Dann fiel ihnen beiden auf, wie nah er ihr bereits gekommen war. Hastig trat er einen Schritt zurück. »Euer Wohl liegt mir am Herzen«, setzte er noch hinzu. Dann neigte er das Haupt zum Abschied, drehte sich schnell um und schritt von dannen. Erst als er über den Hof eilte, fiel Luzinde auf, dass er ihr die ehrenvolle Anrede für hochgestellte Persönlichkeiten hatte angedeihen lassen. Und als er sich, an der Pforte stehend, noch einmal zu ihr umwandte, da wusste sie, dass sie sich verliebt hatte. Und als sie erkannte, dass er ihre Gefühle teilte, schlug ihr Herz höher. Sie lächelte froh. Es würde sich sicher noch eine Gelegenheit finden lassen, zu der sie ihm die Wahrheit sagen konnte! Dieses Mal würde alles ganz anders werden.

Von diesem Tag an wurde Ulman Stromer zu einem festen Bestandteil in Luzindes neuem Leben. Er besuchte den alten Gottschalk mehrere Male die Woche, entweder auf einen Krug Wein, den die beiden im Hof, in der Diele oder in der Schreibstube miteinander genossen, oder wegen Verhandlungen geschäftlicher Natur, an denen sie nicht teilhatte. Jedes Mal nahm sich der junge Patrizier mehr und mehr Zeit für Luzinde, bis sie nicht mehr wusste, ob seine Besuche bei Gottschalk Zweck oder Vorwand für ihn darstellten. Ulman berichtete ihr von seinem eigensinnigen Onkel Ulrich, der die Geschäfte der Familie leitete, dem viel älteren und etwas versponnenen Halbbruder Peter, der nach einem Weg suchte, den Reichswald wieder aufzuforsten, sowie von den Hadermühlen der Welschen, die Papier aus Lumpen herstellten. Einmal berichtete er sogar von dem Zusammentreffen mit König Karl und dessen ritterlicher Großzügigkeit ihm gegenüber.

»Ihr werdet von mir keine Worte gegen den König hören«, sagte Ulman einmal zu Luzinde. »Er ist ein echter Ritter, was immer mein Onkel auch von ihm denken mag.«

Sie saßen an einem der weniger unwirtlichen Tage dieses Oktobermonats auf einem Buckel des Burgberges außerhalb der Stadtmauer, gerade außer Sicht jener Straße, die unter der Burg hindurch nach Norden aus der Stadt hinausführte. Die Sonne lächelte mild auf das Land hinunter.

»Ist er nicht auch ein Liebling des Papstes?«, fragte Luzinde. Immerhin hatte Karl Nürnberg den Glauben zurückgebracht und damit den Bann des Papstes wieder aufgehoben.

»Das ist er. Bevor sie Papst und König waren, waren sie in Karls Jugend in Paris Lehrmeister und Schüler. Und nun sitzt der eine auf dem weltlichen, der andere auf dem Petrusthron.«

Aus dem Tonfall Ulmans hörte Luzinde eine Bewunderung heraus, die sie kaum verstehen konnte. Diese Herren standen, obwohl sie den einen wohl einmal gesehen hatte, so hoch und fern über ihr, dass sie gar nicht so recht begreifen konnte, dass Ulman mit einem von ihnen tatsächlich bereits Worte gewechselt hatte.

»Stört es Euch nicht, dass ich nur eine Magd bin?«, fragte sie unvermittelt.

Er sah auf. »Warum sollte mich das stören?«

»Weil …«, sie wusste nicht, was sie sagen sollte. »Weil Ihr doch nun aus einer so angesehenen Familie stammt. Ziemt es sich da, dass Ihr Euch mit einer gemeinen Frau abgebt?«

Da lächelte er. »Ihr meint, weil Ihr Jüdin seid? Ich bin nicht von Stand und nicht von Adel, Luzinde. Noch vor zwanzig oder dreißig Jahren, so erzählte mein Vater mir einmal, hielten uns die Ritter für hoffärtig und wollten dem Reichtum der Bürger einen Riegel vorschieben. Und wo sind wir nun?« Er zuckte mit den Schultern. »Ich glaube daran, dass Adel nichts mit der Geburt zu tun hat. König Karl ist sicherlich nicht nur deshalb so ritterlich, weil er der Enkelsohn eines Kaisers und Sohn eines Königs ist. Es liegt ihm einfach im Wesen. Und genauso, wie es ritterliche Menschen in den ratsfähigen Familien gibt, kann es doch auch welche unter den Juden geben, oder? Auch der Geldverleih gerät ja mehr und mehr in christliche Hände. Ich halte uns nicht für so verschieden, Luzinde.«

Die Magd sah betreten zu Boden. »Herr Ulman …«, begann sie verunsichert. »Ich muss Euch etwas gestehen.«

»Ihr seid ja plötzlich ganz ernst.« Er nahm ihre Hand in seine, und Luzinde spürte sich erröten.

»Ich – Ihr seid da einem schrecklichen Irrtum aufgesessen, Herr Ulman.«

»Ein Irrtum? Was für ein Irrtum? Seid Ihr etwa auch der Meinung, dass Juden und Christen grundverschieden sind? Herr Mose scheint ja zu denken, die Trennung der beiden Religionen sei gottgegeben.«

»Nein, darum geht es nicht.« Luzinde entzog sich seinem Griff und stand auf. Sie wandte sich ab und sah auf das Land hinunter, dessen abgeerntete Felder sich in braun mit goldenen Garben bis zum Waldrand des Sebalder Reichsforstes erstreckten. Dort unten lag alles ruhig da. Sie war froh über die Abgeschiedenheit dieses Ortes. In ihrem Inneren aber fand ein Kampf statt. Sollte sie sich ihm offenbaren? Ein Teil von ihr fürchtete, dass Ulman sie nur deshalb interessant fand, weil er sie für eine Jüdin hielt. Doch wollte sie unter dieser Larve weiterleben? Wollte sie nicht, dass er endlich sie selbst sah?

»Luzinde?« erklang seine Stimme ganz nah an ihrem Ohr. Er war ihr gefolgt und stand nun hinter ihr. Sie spürte seinen Atem in ihrem Nacken, und eine Gänsehaut überfuhr sie. »Was gibt es denn, das dich so aufwühlt?«

Langsam drehte Luzinde sich um und sah ihm tief in die Augen. Dann stellte sie sich auf die Zehenspitzen, neigte den Kopf zu ihm hinauf und küsste seinen Mund mit weichen Lippen. Ulman blinzelte erstaunt, dann legte er die Hände sanft auf ihre Schultern und erwiderte ihren Kuss.

Luzindes Herz raste. Ihre Sehnsucht nach seiner Berührung verbrannte jeden sinnvollen Gedanken. Sie wünschte, dass dieser süße Augenblick ewiglich dauern würde. Plötzlich aber fürchtete sie sich vor dem Moment, in dem sich ihre Lippen voneinander lösten und sie Ulman in die Augen schauen musste. Was dann passieren würde, wusste allein Gott der Herr.

Würde Gottschalk davon erfahren? Oder würde sie den alten Mann auch belügen müssen? Luzinde wusste mit einem Mal, dass sie das nicht würde ertragen können. Sie löste sich von Ulman und sah ihn bloß an. Dann drehte sie sich um und lief davon.

Kapitel 10

Auch weiterhin ließ Luzinde Ulman darüber im Unklaren, dass sie eine Christin war. Der Augenblick auf dem Felsen hatte sie beide verbunden. Trotzdem hatte sie es dort nicht übers Herz gebracht, sich ihm zu offenbaren. Zuerst war es ein Missverständnis gewesen. Nun war es offensichtlich eine Lüge. Sie wusste selbst nicht genau, was sie zurückgehalten hatte. Aber sie beließ es dabei.

Da Ulman sie immer noch für eine jüdische Magd hielt, sprach er viel und gerne mit ihr über Familie, Glauben und Ritus. Luzinde erklärte ihm die eine oder andere ihr bekannte Eigenart der Juden. Ihn interessierten viele Dinge – die Gebetsriemen und -schals der Männer, die Judenschule, in der mindestens zehn Männer versammelt sein mussten, um einen Gottesdienst abhalten zu dürfen, wie oft man sich zum Gebet versammelte, ob es eine jüdische Bibel gäbe und ob sie das Heiligtum einer Judenschule wäre, was die Schrifttafeln am Eingang jüdischer Häuser zu bedeuten hatte, und vieles mehr. Als Ulman sich darüber wunderte, dass Luzinde nicht mit demselben Akzent wie die Familie Gottschalk sprach, vollendete Luzinde ihre Lüge tatsächlich. Sie redete sich damit heraus, dass sie eine Großnichte Gottschalks aus einem weniger strengen Haushalt sei, in dem die Eltern nicht so religiös lebten und kein Jiddisch sprachen. Diese Ausrede rettete sie auch über so manche Unwissenheit hinweg, die sie sonst als Nichtjüdin verraten hätte.

Denn seit sie sich davon überzeugt hatte, dass weder Gottschalk noch seine Familie sie zum nächsten Festtagsmahl schlachten würden und auch keine Christenkinder zu essen schienen, erschloss sich ihr die Faszination dieses Glaubens. Bei all den Details des jüdischen Lebens half Luzinde der kleine Jakob, der in der Schul gerade die Tora lernte und bereitwillig über alles Auskunft gab, was ihre Neugier erweckte.

Mehr und mehr wagte sie sich auch mit den Juden in die Öffentlichkeit. Rebekka ging mit dem Gesinde ein oder zwei Mal in der Woche auf den Markt, und ab und an durften die Kinder sie begleiten. Nachdem Luzinde ein paar Mal im Haus geblieben war, bat sie die Hausherrin in der dritten Woche des Oktobermonats, sie begleiten zu dürfen. Die Woche ging wieder einmal auf einen Schabbesabend zu, und die Frauen wollten Vorräte für den Festabend einkaufen. Als auch Jakob die Mutter anflehte, sie mitzunehmen, willigte Rebekka schließlich ein und hieß sie die Kinder beaufsichtigen. Dass die Jüdin ihr die Verantwortung für ihre Kinder anvertraute, flößte ihr großen Stolz ein.

Luzinde wunderte sich darüber, dass ihr Weg sie auf den schmalen und völlig zugestellten Markt auf der Straße zwischen Fleischbrücke und Sankt Sebald führte. Sie hätte nicht gedacht, dass Juden dort einkauften, wo die Christen ihre Geschäfte tätigten. Viele Dinge mussten die Juden sogar bei den christlichen Händlern erstehen. Vor Feiertagen durften sie erst zu gewissen Tageszeiten einkaufen, damit den Christen nichts weggekauft wurde, oder mussten auf den Einkauf ganz verzichten. Das koschere Fleisch zum Beispiel erstanden sie ausschließlich bei Juden, und auch andere Dinge wie etwa Wein kauften sie am liebsten von ihren eigenen Leuten. Deshalb gab es in Nürnberg sogar eigens jüdische Fleischer. Die durften ihre Waren ausschließlich untereinander verkaufen, denn man munkelte, dass die Juden in anderen Landstrichen das Große Sterben mit vergiftetem Fleisch verursacht hätten.

Selbst in Pillenreuth hörte man seit etwa einem Jahr, dass die Menschen vieler Städte am Schwarzen Tod starben, den die Juden verursacht haben sollten. Die schrecklichen Nachrichten nahmen beinahe unglaubwürdige Züge an, die die Beginen hinter vorgehaltener Hand bereits vom Ende aller Zeiten hatten reden lassen. Wenn man den Berichten Glauben schenken konnte, dann gab es in vielen Städten Berge von Leichen auf den Straßen. Mancherorts sei angeblich jeder Zweite von schlimmem Gift dahingerafft worden, das schwarze Beulen und einen grässlichen Tod verursachte. Nürnberg war Gott sei Dank von solchem Unheil bislang verschont geblieben. Luzinde kannte die Wahrheit hinter solchen Berichten nicht. Doch sie erinnerte sich an Gottschalks Rede davon, dass manche Menschen Gutes in sich trugen, und manche Böses.

Für Luzinde war es ein merkwürdiges Gefühl, den Markt mit Rebekka und den Kindern zu besuchen. Sie war hier schon ein paar Male gewesen, sei es um zu betteln, etwas zu stibitzen oder schlicht, weil die Fleischbrücke den besten und direktesten Übergang über die Pegnitz ermöglichte. Trotzdem schien es ihr, als sei sie zwischen den Verkaufsständen, den Marktschreiern, Hunden und Leuten eine Fremde, während sie die jüdische Familie begleitete. Die Leute starrten sie an, steckten die Köpfe zusammen und tuschelten. War eine Traube von Menschen an einem Stand, dann wurde Rebekka als Letzte bedient und akzeptierte dies auch mit Gleichmut. Ein paar Stände, zu denen sie gingen, wurden umgekehrt von den Christen gemieden, denn dort verkauften die jüdischen Fleischer ihre Ware. Hier trugen die Männer ihre Bärte gestutzt und stets Kopfbedeckungen, oft spitze Hüte, während die Frauen Schleier mit blauer Spitze übergelegt hatten. Nicht alle, doch ein großer Teil der Juden trugen diese Zeichen, um sich von den Christen zu unterscheiden. Dann wiederum gab es Leute, die alle eine auffallend ähnliche safranfarbene Gugel trugen. »Des sind Fremde«, sagte Bel. »De missen sich so anzin.« Und doch wurden diese Fremden in der jüdischen Gemeinschaft offenbar mit derselben Herzlichkeit begrüßt wie die Alteingesessenen.

Dort blieben die Frauen dann auch für ein Schwätzchen länger stehen, als eine üppige Jüdin mit breitem Lächeln und apfelroten Wangen herüberkam.

»Rebekka, libe Rebekka!« Die Frau begrüßte die Angesprochene mit Küsschen auf die Wangen. »Schen dich ze seen! De musst mit Mose wider einmal zum Feiern in unser Haus komen. Sei doch so lib, freg den Man, ob er Suntig komen wollt, jo?«

»Danke, Michal«, erwiderte Rebekka, offenbar geschmeichelt von der Einladung. »Ich werd Mose fregen. Wir sind so gern bei Eberlein und dir ze Haus!«

»Schen! Der Eberlein hat schon gefregt – Michal, Waib, hat er gefregt, der Mose un de Rebekka, de haben uns lang nit geseen. Zorenen de uns? Aber ich heb ihm gesegt, Nein, liber Eberlein, de zorenen uns nit, de haben Kinder!« Dann lachte Michal albern, als hätte sie gerade einen großartigen Witz gemacht. »Ir komt uns besuchen, jo?«

Die Magd Rahel schnaufte hinter dem Rücken der Herrschaft unterdrückt und unkte: »De haben wol ein neue Menora aus Gold oder Kleider aus Seide aus Venedik, die se vorzeigen woln.«

»Wer ist sie?«, fragte Luzinde zurück.

»Des is Michal, de Frau des Eberlein. Er is der Judenrichter hier, und is ein Freind de christlichen Ratsleut. Man sagt, Ulrich Stromer hett als Birge fer ihn hergehalten, als er als einer der ersten Jiden ein Birger von Nirnberg geworden is. Adonai weiß, wie viel er dem alten Hosto damals gezolt het.«

»Ulrich Stromer hat für ihn gebürgt? Ist das der Oheim von dem jungen Herrn Ulman?«

»Is er. Der alte Fukss is ein wichtiger Man hier in Nirnberg«, erklärte Rahel, bevor sie mit einem Seitenblick herübersah. »De schteckst fil zusamen mit dem Hern Ulman, was, Schicksa?«

»Nein«, brummelte Luzinde errötend, während sie Jakob zusah, wie er einen räudigen Hund mit Gemüseabfällen aus einem Korb bewarf. »Warum nennt man ihn Hosto?«

Da lachte Rahel. »De Leit seg'n, jeder zweite Saz an den Ulrich fengt an mit ›Host do dies, host do jenes fer mich?‹« Luzinde musste lachen, da Rahel mit ihrem Akzent versuchte, die Mundart der Nürnberger nachzumachen. »Da komt halt schnell Hosto raus, Schicksa. Ulrich Stromer ist en mechtiger Man. De Leit sagen, neben dem Konrad Groß is er der mechtigste Man in Nirnberg. Seine Arm reichen weit. Bis an den Kaiserhof vom alten Ludwig, bis noch Avignon zum Paupss, sagt man, un bis Prag an den Hof vom Kenik sowieso. Na«, schloss sie, »un darauf, dass der Hosto fer ihn gebirgt hat, darauf bilden sich de Eberlein und sein Weib einiges ein.«

Als hätte sie das gehört, drehte sich Michal um und musterte erst Rahel, dann Luzinde, von Kopf bis Fuß. Der christlichen Magd wurde dabei unwohl, denn sie fühlte sich spontan an die Mutter Oberin Agnes erinnert, die sie aus dem Klarissenkonvent geworfen hatte. »Hast dir wider ein Schabbesgoje genomen, Rebekka?«

»Des war ich nit, Michal«, widersprach die Mutter errötend. »Mose Foter, de Gottschalk, hat se in unser Haus genomen.«

»Nach der Schand, die de letzt Schicksa unter sein Dach gebracht het? Wie kan er nur?«

»Och, de kennst doch die alten Mannen. Haben se sich was in den Scheidel gesezt, de bekomst es do nit mer raus.«

»S'is Zeit, mein Lib«, Michal hakte sich jetzt bei Rebekka unter, »das de Mose und du ein Haus fer euch und de Kinder kauft.«

»De Schrift sagt, man sol Foter und Mutter eren, Michal. Und Mose ert seinen Foter ser.«

»Sicherlich«, bestätigte Michal schnell. »Sicherlich sol'st den Vater er'n. Ich find nur, ein Man sol der Her unter seinem eigen Dach sein. Und es gibt doch des ein oder andere schene Haus von Leuten, die dem Mose Geld schulden, nit?«

Luzinde fühlte sich wieder einmal trotz ihrer Anwesenheit als Gegenstand einer Diskussion, die über ihren Kopf hinweg geführt wurde. Sie hasste das mehr denn je.

Jakobs kleine Hand schlüpfte in ihre. »Wilst mal eine risen Ribe seen?«, fragte er. Luzinde machte ihre Hand sofort wieder frei. Dann fiel ihr erstaunt auf, dass der Bube sie ablenken wollte. Sie erkannte die Gelegenheit, sich den beiden Frauen zu entziehen. »Natürlich will ich!«, sagte sie dankbar. Rebekka stand mit Michal vor dem Stand mit Seidenstoffen aus Venedig, der Knecht Fischlein hielt sich in ihrer Nähe. Also folgte Luzinde dem Jungen zu einem Stand mit Feldfrüchten.

»Heilige Kathrein!«, entfuhr es Luzinde. Die Riesenrübe stellte sich als wirklich enorm großer Knollensellerie heraus. Das Ungetüm war beinahe so groß wie Jakobs Kopf. Sie standen dort in einer Traube aus Kindern, die die Knolle bestaunten. Leider war der Stand nicht halb so weit weg, wie Luzinde es sich gewünscht hätte, denn noch immer konnte sie die hohen Stimmen der beiden Frauen hören.

»De lesst deine Kinder mit de Schabbesmad alein?«, hörte sie Michal jetzt entsetzt ausrufen. »De beiden behandeln se jo, als wer se a Jidene!«

»De Kinder haben se gern, Michal. Ich see nit, das des schedlich is.«

»Rebekka, mein Lib, lass uns mal tachles reden. De Schiksen sind falsch und dibisch. Wenn sich de Kinder noch was bei ihr hol'n? Also, wenn des meine Kinder wer'n, ich wird mer achtgeben!«

»De host kein Kinder, Michal«, erwiderte Rebekka säuerlich.

Doch Luzinde hörte nicht mehr zu. Sie hatte die Hausherrin für schlimm und arrogant gehalten, doch wenn sie die beiden Frauen jetzt verglich, hatte sie es noch ganz gut getroffen. Aber sie wollte sich jetzt nicht ärgern. Sie hatte sich vorgenommen, Jakob das Attentat mit den Nacktschnecken heimzuzahlen, und hier bot sich ihr die Gelegenheit.

Sie hatte reife Hagebutten von den Büschen gepflückt, das Fruchtfleisch vorsichtig mit den Zähnen heruntergegessen und in einem Fetzen Tuch die Nüsslein gesammelt. Die kleinen Widerhaken lösten auf der bloßen Haut einen scheußlichen Juckreiz aus. Kinder neckten einander damit gerne. Sie hatte nur wenige genommen, die Jakob ausreichend jucken würden, ohne ihn verzweifeln zu lassen.

»Luzinde?«, fragte ein Mann hinter ihr, gerade als sie das kleine Leinentuch hervorgezogen hatte, um es in einem geeigneten Moment in den Nacken des Jungen zu entleeren. Sie drehte sich um und stand vor dem Krämer, der sie vor dem Juden Gottschalk gewarnt hatte. »Herr … Caspar, nicht wahr?«, fragte sie irritiert. »Dass Ihr Euch noch an mich erinnert!«

Er versuchte das leichte Erröten mit einem Schulterzucken zu überspielen. »Ich habe ein gutes Gedächtnis für Gesichter.«

»Und Namen offenbar auch«, sagte sie, während Jakob ihr

begeistert davon berichtete, dass die Rübe meistbietend versteigert werden sollte.

Als Caspar den Jungen sah, runzelte er die Stirn. »Du hast eine Anstellung gefunden?«

»Ja«, erwiderte Luzinde. »Der Herr Gottschalk war so freundlich, mich aufzunehmen. Nun arbeite ich dort als –«

»Und du schämst dich nicht, mit den Juden in der Öffentlichkeit gesehen zu werden?«, fragte er in hartem Ton. »Sie sind hier nicht gerne gesehen. So mancher anständige Bürger hat seine Existenz durch sie verloren.«

»Ich – also«, stammelte Luzinde. »Sie sind eigentlich recht freundlich zu mir.«

»Aber weißt du denn, was sie wirklich von dir wollen?«, hakte der Krämer nach. »Diese Juden, die haben doch bei allem Hintergedanken.«

Luzinde verstummte, denn sie wusste nicht, was sie darauf erwidern sollte. Caspar drückte dieselben Zweifel aus, die ihr am Anfang gekommen waren. Und natürlich wusste man nicht genau, was in einem anderen Menschen vorging. Wusste sie denn wirklich, ob Gottschalk es gut mit ihr meinte? Vertraute sie ihm inzwischen? Sie wusste es nicht genau. Doch er war der einzige Mensch in Nürnberg, der ihr die Hand gereicht hatte. »Ihr leiht doch auch Geld bei den Juden und macht Euch so abhängig«, gab sie zurück. »Und bislang«, ihre Stimme wurde fester, »bislang hat mir Herr Gottschalk noch keinen Grund gegeben, ihm zu misstrauen.«

»Aber er ist ein Jude«, erwiderte Caspar, als sei das eine hinreichende Erklärung.

»Ich muss auch von etwas leben, Herr Caspar«, verteidigte sie sich.

»Jeder muss leben! Aber gibt es denn in Nürnberg keine anständige Arbeit mehr?«

Sie schob den Kiefer vor. Nicht für Frauen wie sie, lag ihr auf der Zunge, doch das sprach sie nicht aus. »Gibt es denn in Nürnberg kein anständiges Geld, das Ihr leihen konntet?«

Der breite Krämer Caspar glotzte sie an und räusperte sich verärgert. »Ich habe dich gewarnt, Mädchen«, sagte er grob und ließ sie stehen.

Luzinde schwieg und sah Caspar nach. Damit hatte sie die einzige freundliche christliche Seele in Nürnberg gegen sich aufgebracht. Was hätte sie sagen sollen? Dass sie mit den Juden außer der Arbeit nichts zu schaffen hatte? Sie sah zu Jakob hinunter, der voller Begeisterung auf und ab sprang und mit dem Finger auf die Versteigerung deutete, die gerade stattfand. Sie erkannte, dass diese Aussage eine Lüge gewesen wäre.

»Kennen wer biten? Bitte, kennen wer biten?«

»Das weiß ich doch nicht«, erwiderte sie brüsk. Die Worte klangen härter, als Luzinde beabsichtigt hatte, und die Fröhlichkeit des Jungen erstarb prompt. Sofort tat ihr die Grobheit leid. »Komm, wir schauen zu.«

Und so beobachteten sie gebannt, wie die riesige Rübe an einen reichen Fleischer verkauft wurde, der sie anschließend selbstzufrieden präsentierte. Danach begann die Menge auseinander zu laufen. Luzinde nutzte endlich heimlich die Gelegenheit, den Inhalt des kleinen Leinentuchs in Jakobs Nacken zu streuen. Und es dauerte nur wenige Augenblicke, bis die Wirkung einsetzte.

»Oi – oha!« Jakob verzog das Gesicht zu einer tragikomischen Grimasse und verrenkte die Arme auf den Rücken, um an den Quell des Übels langen zu können. »Oioioi! Des juckt! Oi!« Dann erhellte sich sein Gesicht, als ihm an Luzindes schelmischem Grinsen bewusst wurde, dass sie dahintersteckte. Doch die Freude hielt nicht lange an. Sein Herumgehüpfe glich einem skurrilen Tanz. Luzinde musste bei dem Anblick laut auflachen, wie er sich verdrehte und dabei das Gesicht verzog. Ihr Lachen war so ansteckend, dass der Bube mit einfiel, der nun gleichzeitig kratzen, jammern und kichern musste.

»Oi! Mach des weg! Mach's weg!«, japste er dann, sich immer noch oben und unten herum am Rücken kratzend, und strauchelte hin und her. Dabei rempelte er in einen Mann hinein, der seines Weges ging, ohne nach rechts und links zu schauen.

»Vergebung, Herr«, lachte Luzinde, und eilte Jakob hinterher, um ihn mit dem Tüchlein den Nacken freizuwischen. »Der Bursche hat Euch nicht gesehen, weil –«, die Magd verstummte, als der Kerl sich herumdrehte. Sein Gesicht war von Ekel verzerrt.

»Lass mich in Ruhe, verfluchte Judenbande!« Unter seinen Augen lagen tiefe Ringe, ein Zahn stak schwarz aus seinem Mund hervor, über die Wange trug er eine breite Narbe, die in einer leeren Augenhöhle endete. Der lange Bart und das schulterlange Haar waren bereits streifig vom Grau. Der Stoff seiner völlig abgenutzten Kleider zeugte von ehemals guter Qualität, doch seine Füße steckten bloß in Holzschuhen. »Greifst einen Christenherrn auf offener Straße an! Ihr hetzt ja schon eure Kinder auf, verdammte Gottesmörder!« Und bevor Luzinde heran war, holte er aus und schlug Jakob mit dem Handrücken hart ins Gesicht. Der Bube flog zurück und schlug mit dem Kopf gegen die Wand eines Bauernkarrens, aus dem sich der Hafer eines geöffneten Sackes über ihn ergoss. Dort blieb er liegen.

»Jakob!«, stieß Luzinde gellend aus und sprang hinzu, um ihn aus dem Korn zu ziehen. Als sie das Blut an seinem Kopf sah, wurde ihr ganz kalt. »Du!«, schrie sie den Kerl empört an. »Er hat dir doch gar nichts tun wollen!« Rebekka hastete mit kalkbleichem Gesicht herüber, Fischlein immer an ihrer Seite.

»Er hat mich angegriffen!«, rief der Mann. »Ist er tot? Gut so!« Dann rief er, so dass es alle Umstehenden hören konnten: »Eine Zecke weniger im Pelz der alten Mutter Nürnberg!«

»Tot?«, stammelte Rebekka und warf sich auf die Knie, um den Jungen aus Luzindes Armen zu reißen.

»Nein, Rebekka, er ist nicht tot. Er atmet ja noch!« Luzinde überließ den Burschen seiner Mutter und wandte sich zu dem Übeltäter um. Sie erschauerte bei der Kälte, die in seinem gesunden Auge stand.

Seine Worte aber verhallten nicht ungehört. Auf dem Markt wurde es sehr still. Alle Männer und Frauen wandten sich der Szene zu und starrten schweigend herüber. Nur Rebekkas glückliches Gestammel war zu hören. Plötzlich fiel Luzinde auf, wie viele Juden hier auf dem Markt tatsächlich standen, und wie viele Christen. Mit einem Mal schienen die Unterschiede zwischen ihnen unerklärlich greifbar. Luzinde kam es beinahe so vor, als rückten die beiden Gruppen ein Stück weit voneinander ab, ohne sich zu bewegen.

»Was denn?«, höhnte der einäugige Mann. »Wollt ihr mir was tun, ihr Maden? Wollt ihr mich totschlagen? Kommt nur, kommt! Traut euch was! Denn wenn ich sterbe, dann werden alle aufrechten Christenmenschen dieser Stadt die Fackeln anzünden und euch erschlagen wie die raudigen Hunde, die ihr seid!«

Die Menge der Juden auf dem Markt starrte den Mann nur an. Niemand sprach ein Wort, und niemand rührte sich. Doch auch die Christen zögerten.

»Kommt schon! Ich erschlage eure Kinder, und ihr rührt euch nicht? Feiges Pack! Kein Wunder, dass sie euch aus der Heiligen Stadt geworfen haben!«

Jetzt machte ein Großteil der jüdischen Marktgänger unwillkürlich einen Schritt nach vorne, und Rebekkas Knecht

Fischlein hatte plötzlich einen Knüppel in der Hand. Die christlichen Handwerker hingegen zogen ihre Kinder und Frauen zurück. Luzinde hockte sich an den Karren. Würden die Juden etwas tun? Und wenn ja – wie würden die Christen reagieren? Wenn es hier zu einem Gemetzel käme, dann wollte sie niemandem in die Quere kommen. Doch als es auch nur so aussah, dass die Juden zur Tat schreiten wollten, schreckte der Angreifer mehrere Schritte zurück.

»Heda, Handwerkersleut! Aufrichtige, rechtschaffene Bürger! Wollt Ihr das geschehen lassen?«, rief der Einäugige. Doch die angesprochenen Christen warteten ab, während drei jüdische Fleischhauer nun mit Fischlein die Schultern schlossen, die großen Haumesser in den Fingern. Sie starrten wütend herüber, als könnten sie den Mann mit Blicken aufspießen. Luzinde hielt den Atem an.

»Mame?«, drang das weinerliche Stimmchen von Jakob in die Stille zwischen den Männern. Er zog mit seiner kindlichen Unschuld die Aufmerksamkeit der Menschen auf sich.

»Sch, mein Bub«, murmelte Rebekka weinend dazwischen. »S'is gut.«

Luzinde atmete erleichtert aus. Mit diesem einen kurzen Wort hatte Jakob die Spannung auf dem Marktplatz aufgelöst. Das merkte auch der Einäugige, doch er schäumte vor Wut. »Jetzt lacht ihr Ketzer euch etwas, nicht? Aber keine Bange! Ich beende, was ich angefangen habe! Euch wird schon noch Hören und Sehen vergehen!« Damit gab er Fersengeld und verschwand die Straße hoch, weg vom Judenviertel, durch das der Markt hindurch führte, und hin zum Rathaus.

Luzinde lehnte sich zurück und schloss für einen Augenblick die Augen, so froh war sie. »Geht es ihm gut?«, fragte sie dann.

»Er is aufgewacht. Des is aber nit dein Schuld, Schlimmesalnize!«, keifte Rebekka. Die Magd konnte ihr das nicht einmal vorwerfen. Hätte sie die Samen der Hagebutten nicht in seinen Nacken gestreut, wäre all das nicht passiert.

Doch die Mutter wendete sich wieder ihrem wimmernden Sohn zu. »Is gut, Jakob, ich hab dich, wir –«

»Wo is de Luzind?«, fragte der Bube schniefend. »Mir tut de Scheidel we. De Luzind sol mich halten, de hat so schen kalte Hend.«

»Luzinde hat nit achtgegeben auf dich, Bub. Jezt is de Mame da, und aless wird –«

»Ich wil de Luzind!« Nun begann Jakob stärker zu weinen, was ihm offenbar noch mehr Kopfschmerzen bereitete, denn er begann zu wimmern.

Rebekka schoss der Magd einen so zornigen Blick zu, dass diese vor Schreck erstarrte. »De kriegst de Luzinde aber nit mer! De is schuld, dass de fast tot werst! Luzinde wird nie mer auf dich aufpassen! Und jezt is Schluss.« Damit winkte sie den Knecht Fischlein herbei und hieß ihn den weinenden Jungen vorsichtig aufnehmen und wegtragen. Dann wandte sie sich wieder Luzinde zu.

»De werst nit mehr aufpassen auf meine Kinder. De werst nit mer spielen mit meinen Kindern. Und de wirst nit mer reden mit meinen Kindern. Farschtend?«

Luzinde nickte bloß, selbst den Tränen nah.

»Was het der elte Gottschalk sich blos gedacht!«, schimpfte die Mutter noch, schnappte ihre Tochter bei der Hand und stapfte mit Fischlein nach Hause. »De kanst schon deine Lumpen packen, Geylerin!«

Luzinde sah nicht auf. Rebekka hatte Recht. Vielleicht war sie Schuld an dem Angriff auf Jakob. In jedem Fall aber tat die Mutter Recht, ihr die Kinder nicht mehr anzuvertrauen. Mit einem schmerzenden Stich in der Brust erinnerte die Magd sich an die Worte ihres Vaters, damals, in der stürmischen Novembernacht in der Kate vor Lindelberg: »Du kannst noch gar nicht ermessen, was für eine Verantwortung du dir damit aufbürden willst. Für dich ist es besser so, und für das Kleine auch.« Auch Jakob war ganz sicher besser dran, wenn sie ihn nicht weiter in Gefahr brachte. Sie wollte nicht noch einmal verantwortlich dafür sein, dass ihm etwas zustieß.

Doch Luzindes Herz wurde schwer. Warum zerstörte sie immer sofort alles, was sie aufgebaut hatte? Gerade hatte sie begonnen, sich in Gottschalks Haus heimisch zu fühlen, hatte gar gedacht, sie lebte dort sicher und zufrieden. Und dann tat sie etwas, das ihr eigenes Glück mit einem einzigen Streich vernichtete. Aber jetzt wieder auf die Straße müssen? Der Herbst hatte längst begonnen, und ob sie auf der Straße einen Winter überleben würde, das wusste nur Gott der Herr allein. Luzinde strich sich die Tränen von den Wangen und trottete Bel und dem Gesinde hinterher, heim auf den Zotenberg.

»Des is nit ihre Schuld. Und ich hab kein Farlangen nach einem neuen Schabbesgoje«, sagte aber der alte Gottschalk knapp und weigerte sich, Luzinde vor die Tür zu setzen. Damit war die Diskussion beendet, so sehr Rebekka auch zeterte und schimpfte.

Die Stimmung im Haus verschlechterte sich durch diesen Zwischenfall so drastisch, dass Luzinde schon nach zwei Tagen beinahe wünschte, der alte Herr hätte sie doch aus seinen Diensten entlassen. Denn Rebekka blieb ihrem Versprechen treu: Luzinde durfte mit den Kindern nicht einmal mehr sprechen. Und so zerschellte am dritten Tag ein Krug mit Dünnbier auf dem Dielenboden der Kemenate.

»Ich les nit!«, schmollte Jakob und verschränkte die Arme vor der Brust.

»Jakob, de wirst lesen, sonst holt der Foter de Rute.« Rebekkas Stimme zitterte vor Ungeduld.

»Soll er doch. Ich les nit!«

Luzinde unterdrückte einen Seufzer und rannte nach Tüchern, um das Chaos zu beseitigen, bevor es den weichen Teppich der Stube erreichte. Sie konnte die Mutter verstehen. Dies war das dritte Gefäß, das der Junge heute herunterwarf. Der Arzt hatte Jakob den Kopf gesäubert, verbunden und ihm zwei Tage Ruhe verordnet, in denen der Junge aber schon nicht mehr auf dem Lager zu halten gewesen war. Seitdem waren drei Tage vergangen, in denen der sonst so fröhliche Bube wie ausgewechselt schien.

Jakob hatte nicht mehr mit Luzinde gesprochen, seit der Angriff auf dem Markt passiert war. Noch am ersten Tag hatte er mit kleinen Gemeinheiten gegen sie begonnen, die über das übliche Maß ihrer Neckereien deutlich hinausgingen. Er hatte ihre Lederschuhe in einen Topf kochenden Kräutertees getunkt, hatte ihr seinen Nachttopf durch das Fenster geworfen und die gewaschenen Laken zerschnitten, die trotz des wechselhaften Wetters im Innenhof zum Trocknen hingen. Tags darauf brach er in Wutausbrüche aus, wann immer sie zugegen war. Luzinde ließ das alles schweigend über sich ergehen. Jakob hatte jedes Recht, wütend auf sie zu sein. Heute hatte der Junge schließlich begonnen, Dinge herunterzuwerfen. Krüge mit Bier waren da beinahe eine Erleichterung gegenüber der Schüssel mit Haferbrei und dem Honigtopf, den der Bursche in der Küche vom Tisch gefegt hatte. Luzinde hatte Stunden gebraucht, um das klebrige Zeug vom Boden aufzuwischen.

Luzinde beschwerte sich nicht über die Arbeit, die der Junge ihr bereitete. Offenbar litt er noch schlimm an dem Schrecken, den ihm der Kerl auf dem Markt eingejagt hatte. Der Gedanke daran, wie ihn die Angst wohl plagen musste, auch nur einen Schritt vor die Tür zu setzen, schnitt ihr ins Herz. Und sie durfte nicht einmal mit ihm reden, um sich bei ihm zu entschuldigen. Als sie Rebekka darauf ansprach, fauchte die bloß – »des is so weniger schlim fer ihn, als wenn de bei ihm bist, Schlimmesalnize! De bringst ihn mir noch um's Leben!«

Also hatte Luzinde sich weiter von ihm ferngehalten. Sie wollte mit Jakob wenigstens in ein paar heimlichen Worten oder einer Nachricht Verbindung aufnehmen, doch Rebekka schien nichts anderes von ihr zu erwarten: Sie behielt ihren Sohn im Auge wie eine Harpyie. Darüber hinaus schien Jakobs Wut auf die Magd Rebekka mit grimmiger Zufriedenheit zu erfüllen. Vielleicht war das nur natürlich, nachdem Jakob Luzinde auf dem Marktplatz vor aller Öffentlichkeit so eindeutig der eigenen Mutter vorgezogen hatte – ein Verhalten, das die Magd nicht verstand. Sie hatte dem Jungen Hagebutten in den Kragen geschüttet und nicht absichtlich versucht, seine Zuneigung abzuwerben! Trotzdem verletzten sie seine blinden Wutattacken merkwürdigerweise mehr als Rebekkas offene Feindschaft – und weit mehr, als Luzinde sich anfangs eingestehen wollte.

Als die Magd schließlich das Abendbrot in die Diele brachte und die Familie sich anschickte, das Abendgebet zu sprechen, da schlug Jakob ihr wütend die Holzschüssel mit den Hühnerschmalzgraupen aus der Hand. »Ich hass dich!«, brüllte der kleine Junge dabei, und stürmte davon. Die Graupen hatten sich über die Holzdielen, den halben Tisch und Großvater Gottschalks Gewand verteilt. Schweigen fiel über den Raum, und Luzinde machte sich schnell daran, das Essen aufzuwischen. »Ich sag Rahel, dass sie neue macht«, sagte sie dann und hastete hinunter in die Küche. Dort angekommen, brach sie in Tränen aus.

»Oi, Meidel, was is denn?«, fragte Rahel und legte ihr die schwielige Linke beruhigend auf den Rücken. Doch Luzinde konnte nicht antworten. »Kom, Meidel, kom her.« Die Jüdin zog sie an ihre Brust. »Wein nur, Kind. Und dann sagste mir, was de hast, armes Ding.« Und Luzinde weinte. Sie weinte, bis ihr Kopf schmerzte und ihr die Tränen ausgingen; bis sie so müde war, dass sie nicht mehr weinen konnte. Sie wollte Rahel gerne erklären, welche Verzweiflung in ihrem Herzen wohnte – über die Freunde, die sie in Pillenreuth zurückgelassen hatte, über ihr Elend in dieser Stadt, über Jakobs Unfall, über den neu gefundenen Ort, an dem sie sich wieder geborgen fühlte und der als Heimat doch ständig bedroht war – doch alles, was sie herausbekam, war: »Jakob – Jakob hasst mich!«

»Hat er des gesagt, Meidel?« Rahel ließ sie los, um ihr einen warmen Krug Bier zu reichen. Luzinde nickte und trank.

»Und warum, meinste, hasst er dich?«

»Weil er auf dem Markt angegriffen worden ist. Weil ihm der Schrecken noch in den Gliedern sitzt! Und weil ich schuld dran bin!«

Rahel schmunzelte kopfschüttelnd. »Bist ein dummes Ding, nit?«

»Was?«, fragte Luzinde ganz verdaddert, doch die jüdische Magd ließ sich nicht beirren. »Glaub aber nit, dass der Jakob genauso dumm is.«

Zögernd nahm Luzinde noch einen Schluck vom Getränk. Das warme Bier verfehlte seine Wirkung nicht: Es heizte ihr tüchtig ein und beruhigte sie gleichzeitig. »Wie meinst du das, Rahel?«

Beinahe ungeduldig stemmte die Magd die Arme in die breiten Hüften. »Glaubst nit, dass der Kleine selbst seen kann, dass der Romer schuld is an dem Angriff, nit du?«

Luzinde starrte in den dampfenden Krug und wärmte die Finger an dem Steingut. Wenn sie sich selbst doch die Schuld gab – wie könnte der Junge das anders sehen? »Wer ist eigentlich dieser Romer?«

»Der Man auf dem Markt. Der Jakob geschlaken hat. Sein Nam is Romer. Man nent ihn den Schneider, weil er ein Handwerksschtub gehabt het.«

»Gehabt hat? Warum hat er sie nicht mehr?«

»Er hat mit seinem Foter Schulden beim Nathan gemacht«, sie wies mit dem Kinn zum einen Nachbarhaus, wo Nathan von Grevenberg lebte. »Hat's nit zahlen können. Das passiert schon mal.« Sie seufzte. »Hat aless verlor'n, de Schneiderei, de Familie ... Der Foter hat sich letztes Jar erhangt.«

Luzinde nickte. Das erklärte, warum der Mann die Juden hasste. Der Vater in den Ruin getrieben und dann von der eigenen Hand gestorben – wen würde das nicht zornig machen? »Und dann?«

»Und dan hat der Romer einen Auflauf gemacht. Hat alless Folk farsamelt, das er finden konnt, und wollt schon herziehen und uns alle erschlaken.«

»Aber das ist nicht passiert?«

»Nein, is nit. Der Rat hat den Romer geschnappt. Hat ihn aus der Schtot gebannt, fer finf Jar.«

»Aber – wenn er letztes Jahr auf fünf Jahre verbannt worden ist – warum ist er dann wieder zurück in Nürnberg?«

»Des is eine ser gute Frage, Kind«, sagte Rahel traurig. »Eine ser gute Frage.« Dann wischte sie die Angelegenheit mit einer ungeduldigen Handbewegung vom Tisch. »Schluss damit. S' get um den Jakob hier. Der Jung kan selbst sen, das du nit schuld bist an seinem Scheidelbrumen.«

»Aber warum ist der dann so wütend auf mich?«

»Meinst nit, dass de ihm felst?«

»Ich – ihm fehlen?«

»Ja, Meidel. De bist fer ihn wie ein Schwester geworden. Ein Schpielkamerad. Und nu redest'e nit mer mit ihm, nit?«

»Aber ... Rebekka hat es mir untersagt!«

»Des weiß doch der Bube nit, Kind. Und wem sol er sunsst die Schuld geben – seiner Muter?«

»Willst du mir damit sagen, ich soll an Rebekka vorbei mit ihm reden?«

»Ihre Winsch halten dich doch sonst nit davon ab, dein Wilen zu haben, nit? Se lent dich ab, und doch biste noch hir ...«

»Ich –«, Luzinde errötete. »Aber Rebekka sitzt auf ihm wie eine Glucke. Sie lässt mich nicht an ihn ran!«

»Dann musst'e dir was iberlegen, nit? Bist doch sonst ein schlaues Meidel.«

»Aber wie –« Schritte auf der Treppe ließen sie aufhorchen.

Rahel nahm Luzinde den Krug aus der Hand. »Dir felt schon was ein, nit? Nu hol neues Bier.«

»Wo bleiben den de neuen Graupen?«, fragte Bel leise, als Luzinde an ihr vorbei zum Keller eilte, während Rahel sich an den Herd stellte. »Graupen? Die komen gleich.«

Luzinde tastete sich mit der Laterne die steilen und ausgetretenen Stufen hinunter. Unten hielt sie kurz inne und schloss die Augen. Hatte Rahel Recht? Hasste Jakob sie am Ende gar nicht für das, was mit ihm geschehen war? Der Gedanke ließ das Herz der Magd vor Freude höher schlagen. Schließlich gelangte sie zum Bierfass, stellte den Krug darunter und öffnete den Zapfen, während sie sich auf einen Hocker setzte. Erst atmete sie den kühlen Kellergeruch und sah dem schäumenden Strom zu, wie er in den Krug plätscherte. Dann begann sie zu planen. Was sollte sie nur tun, um Jakob eine Nachricht zukommen zu lassen? Sollte sie Rebekka aus dem Haus locken? Sollte sie sich nachts in die Kammer der Kinder schleichen?

Doch das würde Bel bemerken und vielleicht der Mutter verraten.

Als ein merkwürdiges Geräusch ertönte, sah sie auf. Es hatte geklungen wie hohl aufeinanderreibendes Holz. Luzinde hielt den Atem an und griff nach der Laterne, um nachzusehen. Sie kannte das Geräusch – es war ihr sehr vertraut. Doch sie konnte es nicht einordnen. Sie tastete sich vorsichtig durch die Kellerräume und stellte erstaunt fest, dass es noch zwei weitere davon unterhalb des Hauses gab, die so groß waren, dass etliche Fässer mit Bier, Korn, Stockfisch und anderen haltbaren Nahrungsmitteln hier unten Platz fanden. Als sie dem Geräusch folgte und eine niedrige Holztür aufschob, drang das Rattern von Karrenrädern durch einen schmalen Schacht in der Decke. Doch das andere, merkwürdige Geräusch kam aus einem kleinen Bogendurchgang, der kaum bis zu Luzindes Hüfte reichte und mit einem schrägen Stück Holz versperrt war. Dahinter hörte sie einen Wasserstrom gurgeln. Als sie in das dunkle Loch hineinleuchtete, musste sie beinahe lachen. Dort saß, gerade außerhalb ihrer Armesreichweite, ein Frosch, ein kleines hellgrünes Ding, und blähte die Backen auf. Dabei ertönte das merkwürdig hölzerne Geräusch, das klang wie eine Ratsche. Kein Wunder, dass sie den Laut nicht hatte zuordnen können – Frösche kannte sie von den Pillenreuther Teichen, in der Stadt waren sie ungewöhnlich. Vermutlich kamen sie vom nahen Pegnitzufer. Ob es dasselbe Tier war wie das erste?

»Heh du«, murmelte Luzinde. »Du fühlst dich hier schon heimisch, was?« Sie zog das Holz aus dem Bogen, streifte die Schuh ab, hockte sich nieder und kroch in das kurze Gangstück. Es war sehr niedrig und ausgesprochen schmal und uneben – allein sich darin umzudrehen bedurfte schon ein wenig Geschick. Hinter dem Durchlass konnte sie sich aber immerhin aufrichten. Dann sah sie eine Abzweigung. War dies die Lochkanalisation, von der die Nürnberger so stolz berichteten? Sie platschte fröstelnd durch das kalte Wasser und reichte schließlich mit der Hand nach der kleinen Kreatur, die auf einem kleinen Vorsprung des grob behauenen Gangs saß, und barg ihn zwischen den Fingern. »Ich weiß, wie es dir geht«, murmelte sie. »Du fühlst dich wie ein Fisch auf dem Ufer, wie? Du versuchst zu schwimmen, so wie du's immer machst, aber du kommst einfach nicht vorwärts. Weil's kein Wasser gibt.« Das merkwürdig-reibende Quaken ertönte wieder, und die Bewegung kitzelte an ihrer Handfläche. Lächelnd erinnerte sie sich daran, dass dieser Frosch der Anfang der Neckereien zwischen ihr und Jakob gewesen war.

»Natürlich!«, rief sie aus. »Du wirst mein Bote sein, kleiner Frosch. Du wirst Jakob von mir ausrichten, dass ich ...«, sie schluckte und zögerte. Dann sprach sie es aus. »Dass ich ihn liebhab.« Ein ängstliches Quaken schien ihr eine Antwort zu geben. Sie schmunzelte. »Keine Angst, er versteht dich auch so.« Damit steckte sie den Frosch in den Beutel an ihrer Schürze. Zuerst würde sie ihrer Arbeit nachgehen. Den Frosch wurde sie wieder in den Krug am Bett stecken, wo er noch ein wenig warten müsste. Doch schon bei dem Gedanken an ihren Plan ging ihr der Rest des Tages viel leichter von der Hand.

Später am Tage erbat sie sich von Rahel die Gunst, den Kindern ihren Nachttrunk hinauf in die Schlafkammer bringen zu dürfen – Milch, dick mit Honig und Kräutern angemischt, so dass sie süß und köstlich schmeckte. Als Luzinde die Krüge auf die Kammer stellte, vergaß sie nicht, einen zusätzlichen Krug mit feuchtem Gras hinzuzufügen. Den Milchkrug stellte sie neben das Bett der Kinder. Den anderen mit dem Frosch bedeckte sie mit einem schweren Leinentuch und legte ihn ans Ende des Bettes – sorgfältig bedeckt von der Schlafdecke der Kinder. Sie hoffte, das Tier würde nicht zu früh herauskriechen.

Als Luzinde die Kammer verließ, prallte sie mit Rebekka zusammen, die gerade ihre Kinder vom Gebet brachte. Im Hintergrund lösten Gottschalk und Mose die Gebetsriemen von Kopf und Arm; schwarze Lederbänder mit kleinen Kästchen daran.

»Was machst de hier?«, fragte die Hausherrin kühl.

Luzinde senkte den Blick. »Ich bring nur den Nachttrunk, Herrin.«

»Des macht doch de Rahel«, schnappte Rebekka, während Jakob sich grob in die Kammer drängte.

»Rahel hat noch zu tun, Herrin«, log die Magd.

»Geh weg.« Die Frau schob Luzinde beiseite und betrat die Kammer. Sie sah sich misstrauisch um. Sie durchstöberte einige Pergamente auf dem kleinen Pult, öffnete die Truhe und untersuchte schließlich die Bettstatt. Sie hob auch die Decke hoch, und Luzinde hielt den Atem an. Doch die Mutter übersah den Krug unter dem Tuch. Dann kehrte sie zu den Pergamenten zurück und sah sich jedes einzelne an, bevor sie sie wütend zu Boden fegte und Luzinde anfunkelte. »Haste was farschtekt?«

»Was denn, Herrin?«, log die Magd erleichtert.

»Eine Botschaft, oder nit?«

»Nein, Herrin. Ich habe keine Botschaft versteckt.« Luzinde schlug die Augen nieder und hoffte, dass die Frau ihr nicht ansah, dass sie zumindest teilweise log. Kurz glitt ihr Blick über das Bett. Sie hoffte, dass der Frosch nicht ausgerechnet jetzt seine Backen aufblasen wollte, um sich über sein Gefängnis zu beklagen. Als sie wieder aufsah, musterte die Hausherrin sie noch immer. Luzinde erstarrte.

»Raus mit dir«, zischte Rebekka und wandte sich um.

Luzinde machte eine kleine Verbeugung – mehr aus Gewohnheit denn aus Respekt, doch die Wirkung dieser Geste auf Rebekka entging ihr nicht. »Wir brauchen dich heut nit mer«, setzte sie sanfter hinzu.

»Ja, Herrin.« Die Magd ging, doch ihr Herz klopfte vor Freude. Rebekka hatte den Krug nicht gefunden. Doch Jakob würde ihn entdecken, und er würde wissen, dass sie an ihn dachte.

Als Luzinde am nächsten Tag morgens das Essen auf den Tisch der Kemenate stellte, suchte ihr Blick den des Jungen. Und während Gottschalk, das helle Gebetstuch übergeworfen und die Riemen angelegt, den Segen begann, da lugte Jakob seitlich, zur Treppe, wo Luzinde stand, und lächelte.

Zu Sankt Kordula, dem zweiundzwanzigsten Tag des Oktobermonats, kündigte sich im Hause Gottschalk ein Ritter zu Gast an. Arnold von Seckendorf, gehüllt in Gewänder und Schmuck, die seinen hohen Stand mehr als deutlich zur Schau trugen, fühlte sich sichtlich unwohl in dem jüdischen Haushalt. Nachdem Gottschalk ihn zu einer Unterredung in die Schreibstube geladen hatte, wurden dort oben schnell laute Worte gewechselt. Luzinde konnte selbst in der Küche heraushören, dass es um Geld ging.

Als es noch mal an der Haustür klopfte, legte die Magd die Wurzelbürste beiseite und öffnete. Sie spürte sich erröten als sie erkannte, dass Ulman Stromer draußen stand. »Ist dein Herr zu sprechen, Luzinde?«

»Nein, Herr, zurzeit hat er Besuch.« Da gellte auch schon die fremde Stimme aus der Schreibstube hinaus auf die Straße. »Das ist kein Grund! Der Burggraf hat nie Zahlungen erhalten. Egal, wer sonst noch was von euch Juden gefordert haben mag, ihm schuldet Ihr noch Geld!« Die offenbar ruhigere Antwort von Gottschalk war nicht zu vernehmen.

»Es ist ein wichtiges Gespräch«, setzte Luzinde entschuldigend hinzu.

»Das scheint mir auch so.«

»Wollt Ihr warten?«

Sein vorsichtiger Blick zur Treppe sagte Luzinde mehr als tausend Worte. Wollte der junge Herr von dem Seckendorfer Ritter nicht gesehen werden? »Vielleicht führst du mich in den Hof, bis dein Herr da oben fertig ist?«

»Ja, Herr, das kann ich tun.«

Dankbar nahm Ulman einen Platz auf der Bank im Hof ein und schlürfte an dem warmen Bier, dass Luzinde ihm brachte. Der Oktobertag war erstaunlich milde im Gegensatz zur letzten Woche. »Ist der Besuch schon oft da gewesen?«

»Nein, Herr. Das erste Mal.« Die Neugier übermannte sie. »Rechnet Ihr denn damit, dass er noch öfter kommt?«

Er lächelte sie entschuldigend an. »Ich kann mich nicht gut verstellen, was? Ich kenne den von Seckendorf. Und ich fürchte für deinen Großonkel. Da es um Geld geht, wird er wiederkommen.«

»Was will er denn?«

»Die Abgaben, die die Juden an den König zahlen müssen. Sie sind an den Burggrafen verpfändet worden. Und während des Aufstandes hat sie der Aufstandsrat eingesackt. Das interessiert den Burggrafen aber vermutlich wenig, denn er will ja sein Judengeld. Er braucht es.«

»Aber wenn sie es doch schon gezahlt haben – warum holt er es sich dann nicht vom Rat?«

»Weil das ein anderer Rat war als der von heute. Der jetzige Rat ist natürlich nicht willens, Gelder auszuzahlen, die sein aufrührerischer Vorgänger vielleicht eingezogen hat, um die

Löcher in der Stadtkasse zu stopfen. Denn wenn der Aufstandsrat eines hinterlassen hat, dann sind es Schulden.«

»Und das heißt, weil das Geld weg ist, sollen die Juden doppelt zahlen?«

»So klingt es zumindest.« Ulman musterte sie prüfend. »Hast du all das denn nicht mitbekommen?«

Luzinde errötete. »Nein, Herr – ich war doch damals noch nicht hier in Nürnberg. Ich komme doch aus … Regensburg, wie ich Euch bereits berichtet habe.«

»Ich vergaß. Luzinde«, er stockte und sah für einen Augenblick sehr verletzlich aus, »ich sollte dir das eigentlich nicht sagen – aber ich mache mir Sorgen um deinen Großonkel. Um euch alle. Das Geld der Juden – euer Geld – ist ein verlockender Preis, den sich viele Menschen wünschen. Und so manche Leute schrecken nicht davor zurück, über gewaltsame Maßnahmen nachzudenken.«

»Gewalt?«, fragte Luzinde entsetzt. Sie hatte von Verbrennungen von Juden gehört, die früher landauf und landab stattgefunden hatten. Als Gründe wurden stets die Grässlichkeiten genannt, die angeblich der jüdischen Religion halber stattfanden. Entweihungen des Leib Christi, rituelle Schlachtungen christlicher Kinder, kirchliche Pfänder, die mit Urin und Schweinemist besudelt wurden … Luzinde lebte ja noch nicht lange bei den Juden, aber solcher Dinge entsprachen überhaupt nicht der Religion, die sie hier flüchtig kennengelernt hatte. »Das wäre ja furchtbar. Aber Juden und Christen profitieren doch voneinander, oder?«

»Es gibt Leute, die daran Anstoß nehmen, dass die Juden all den Profit vom Geldgewerbe haben. Sie schielen mit Neid auf euren Reichtum.«

»Reichtum?«, schnaubte Luzinde mit einem Lächeln. »Nicht alle Juden sind Wucherer. Und nicht alle Juden sind reich.«

»Natürlich nicht«, meinte der Patrizier. »Aber vielen Leuten erscheint es so. Und der Reichtum der wenigen ist Verlockung genug.«

»Aber welche Leute reden denn so?«

Der schlanke junge Mann mied ihren Blick. »Ich hätte dir das nicht sagen dürfen. Ich –«, er wollte schon aufstehen, doch Luzinde ergriff seine Hand und hielt ihn zurück.

»Wer, Ulman?«, flehte sie.

Er sah auf ihre Hand, die immer noch die seine hielt. Einen Augenblick noch zögerte er, dann schlossen sich seine Finger um die ihren. »Mein Onkel, Luzinde. Doch er ist nicht der Einzige. Der Bischof, der Burggraf – sie alle sehen in den Juden dieser Stadt hauptsächlich Kapital. Kapital, das sie dringend brauchen.«

»Euer Onkel Ulrich?« Luzinde erinnerte sich an die erste Begegnung mit ihm beim Fischteich von Pillenreuth. Schon damals hatte sie ihn als kalt und hart empfunden, dabei hatte sie nur seine Stimme gehört. Nun begann sie den Mann regelrecht zu fürchten. Ulman tat das offenbar auch.

»Genau der. Er ist ein machtbewusster Mann, Luzinde. Es … es wäre besser, wenn du zu deinen Eltern nach Regensburg zurück gingest.«

»Aber ich habe Euch doch erzählt, dass sie all ihr Hab und Gut verloren haben, Herr Ulman«, log sie leicht. »Wovon sollte ich dort leben?«

»Nun …«, wieder zögerte der junge Mann. »Ich würde mich gern erbieten, dich und deine Eltern ein wenig zu unterstützen.« Sein Blick begegnete dem ihren. »Wenn das nicht völlig ungehörig wäre.«

»Herr!«, rief Luzinde. »Das ist in der Tat ungehörig, und auch völlig unnötig. Ich bin sicher, dass Herr Gottschalk für sich und die Seinen sorgt.«

»Natürlich. Es war falsch von mir, auch nur daran zu denken.«

»Es ist … Ich danke Euch für die Besorgnis«, sagte sie leise.

Bei ihren Worten leuchteten seine Augen auf. »Wie könnte ich mich nicht um dich sorgen?«

Er hielt ihre Hand noch immer in der seinen. Luzinde fühlte die Wärme seiner Finger, die ein Prickeln den Arm hoch durch ihren ganzen Körper sandte. Als er ihre Hand umdrehte und mit den Fingern über die Innenfläche ihres Handgelenkes strich, da wurden ihre Beine so weich, dass sie sich vorsichtshalber hinsetzte. Sie musste sich an die Worte von Pater Marcus erinnern, der sie damals schwer gescholten hatte, als er von ihrer Schwangerschaft erfuhr. In jeder Frau, so hatte er gesagt, wohnt eine Bestie, Luzinde, ein Tier der Lust. Es droht sie von innen aufzufressen und ganz zu verschlingen. Schlimmer noch! Lässt sie ihm freien Lauf, kann es sogar gestandene Männer in die Verderbnis reißen. Denn bricht es aus, lockt es jeden, der in ihre Nähe kommt, in die Arme der Sünde. Warum nur wollte sie sich diesem Tier stets ganz und gar hingeben, warum war das ein so verdammt gutes Gefühl?

»Sie sind rau und hässlich, Herr Ulman«, murmelte Luzinde entschuldigend, als er ihr über die Fingerkuppen strich.

»Ich finde sie wunderschön. Sie sind keine dieser verzärtelten Hände, die zeigen, wie wenig Ahnung vom Leben viele Jungfern haben«, meinte Ulman ernst. Er brach vom nahen Hagerosenbusch einen kleinen Ast ab. Das Grün wurde von einer prallen roten Frucht gekrönt. »Eine Rose ist nicht nur von Schönheit, wenn sie von leuchtend rosigen Blättern bekränzt ist«, murmelte er. Und dann tat er das Unglaubliche: Er legte ihr den Zweig in die Hand, neigte sein Haupt darüber und berührte ihre Haut mit seinen Lippen.

»Ich – Ulman, ich –«, stammelte sie überrascht. Er – ein Sohn aus ratsfähiger Familie – warb um sie, die einfache Magd! Sie sollte sich abwenden, sollte die Hand zurückziehen, sollte unter irgendeiner Ausrede fliehen. Doch sie brachte es nicht fertig. Standen in seinen Augen nicht dieselben Zweifel und dieselben Hoffnungen geschrieben? Durfte sie denn endlich wieder zu träumen wagen?

»Luzinde!« Ihr Kopf schnellte herum, und sie entzog dem Herrn ihre Hand. Dabei stach sie der Dorn des Rosenzweiges in den Daumen. Gottschalk stand oben am Fenster und beugte sich heraus. »First den Herrn hier raus, jo? Und dan komst selbst noch mal kurz hoch, bitte schen. Herr, habt'er noch einen kleinen Moment Zeit?«

»Ja doch, Herr Gottschalk. Den ganzen Tag.« Bevor Luzinde ging, schenkte Ulman ihr noch ein Lächeln. Sie konnte nicht umhin, es zu erwidern. Dann steckte sie den Daumen in den Mund und versuchte, den Blutfluss des kleinen Stiches zu stillen. Sie brachte den Seckendorfer Ritter zur Tür und verabschiedete ihn, dann ging sie selbst hinauf.

Oben in seiner Stube ging der Alte auf und ab. Er schloss die Fensterläden zum Hof, als sie hereinkam. »Is der Herr Ulman schon lang da?«

»Er hat den Herrn von Seckendorf gehört, Herr«, nahm sie ihm seine Frage vorweg.

Gottschalk sah auf. »Ja, des hab ich befircht. Und er hat im Hof gewartet?«

»Ja, Herr. Aber nur einen Moment.«

»Und de hast Gefil fer ihn?«

»Ich – also Herr Gottschalk, ich –« Sie klappte den Mund zu, um das Stammeln in den Griff zu bekommen, und sah zu Boden. Natürlich hatte sie Gefühle für Herrn Ulman – aber welcher Natur diese Gefühle waren, das wusste sie nicht zu sagen. In seiner Gegenwart hatte sie stets weiche Knie und einen leichten Kopf. »Irgendwie – irgendwie schon. Aber zwischen uns ist nichts geschehen, ich – ich respektiere Euer Haus.«

»Ich weiß, Luzinde, ich weiß. Und es wird auch nit was gescheen, weil du zu schlau bist, nit wahr?«

»Herr?« Sie sah auf.

»De weißt doch, dass er ein großer Her ist, und du nur eine Mad, nit wahr?«

»Ja, Herr«, erwiderte Luzinde bedrückt. Natürlich wusste sie das. Warum nur schien das völlig bedeutungslos, wenn sie mit Ulman zusammen war?

»Und das daraus nit Gutes werden kann, des weißt'e selbst am Besten, nit?«

»Ja, Herr. Ihr habt mehr als deutlich gemacht, dass Ihr nicht duldet, wenn ich mich mit Männern einlasse. Das habe ich auch nicht vor.«

»Die Lib fellt hin, wo se eben hinfellt. Nur manchmal muss der Kopf auf den hibschen Schultern bleiben, nit?«

»Ja, Herr.«

»File Mannen farwechseln Lib gerne mit Lust, wen se zu einer Frau reden. Lass ihn erst einmal beweisen, dass er ein guter Mentsch is, bevor de ihn zeriklibst. Den so mancher Man weiß hibsch ze reden und ze schauen, aber er ist deine Lib nit wert, weißt?«

»Sicher, Herr Gottschalk. Soll ich den Herrn Ulman jetzt reinbringen?«

»Tu des, Luzinde«, sagte der Alte.

Sie wandte sich um, doch in der Tür hielt sie noch einmal inne und sah zurück. »Wie findet man heraus, ob jemand die Liebe wert ist?«

Gottschalk lächelte versonnen. »Wenn er dich libt, auch

wenn's dir nit gutgeht. Und wenn er zu dir schtet, auch wenn's kein anderer mer tut. Weißt?«

Luzinde nickte unsicher. »Ich werde es mir merken, Herr Gottschalk.«

Kapitel 11

Ulrich Stromer schnaubte vor Wut. Überall Bittsteller, so weit das Auge blicken konnte! Bittsteller aus der eigenen Familie. Bittsteller aus dem Rat. Auch die Klöster um Nürnberg herum wollten nichts als Geld. In wenigen Regionen schossen die Klöster und Beginenhöfe so aus dem Boden wie im Nürnberger Umland, weil reiche Bürger um ihr Seelenheil bangten. Hosto Stromer verstand dieses Bedürfnis nach Sühne nicht. Für ihn waren Klöster hauptsächlich dazu da, vielversprechenden Familienmitgliedern eine gute Stellung zu erkaufen und weniger begabte dort loszuwerden. Mit einem Seufzer gedachte der reiche Kaufmann seines Neffen Ulman. Er war einer der wenigen Lichtblicke in dieser Familie und tat zur Abwechslung auch einmal etwas für ihn. Der einzige Grund zur Sorge war Ulmans Jugend und seine daraus erwachsende naive Rechtschaffenheit. In diesem Alter besaß der Mensch tatsächlich noch ein Gewissen. Aber das würde sich auswachsen, da war sich Hosto sicher. Ihm selbst war es schließlich nicht anders ergangen.

Als Hosto in die Augen der Männer sah, die sich hier in der Sakristei von Sankt Laurentius mit ihm versammelt hatten, da sah er genau denselben Ausdruck wie den seiner Nichte Elisabeth, die ihn für ein Amt im Klarissenkonvent um eine großzügige Aussteuer gebeten hatte, oder den des Plattners Arnold, der all sein Werkzeug an die Juden verpfändet hatte und nun nicht mehr arbeiten konnte. Ihnen allen stand dieses stirnrunzelnde Unverständnis ins Gesicht geschrieben, das zu sagen schien: Du bist doch Hosto Stromer, der mit einem Wink seiner Hand geschehen lassen kann, was er will. Warum also stellst du dich so an? Dass aber endlose Tage und Nächte des Rechnens, Planens, das kostspielige Beschenken höchster Würdenträger und das schweißtreibende Motivieren Unwilliger ihn dorthin gebracht hatten, wo er jetzt war – und dort hielten –, das sahen die werten Verwandten, Kollegen und all die anderen Schmarotzer nicht. Sie waren der Meinung, dass er ihnen wegen seines Reichtums etwas schuldete.

Doch den heute hier in Sankt Laurentius Versammelten tat er mit diesen Gedanken tatsächlich Unrecht. Sie gehörten immerhin zu jenen, die selbst entschlossen waren, etwas zum Wohl Nürnbergs beizutragen. Besonders Leupold Groß, seines Zeichens Reichsmünzmeister der Stadt, bat, obwohl er sich auf seine Herkunft einiges einbildete, um wenig und gab viel. Bei ihm handelte es sich um den arroganten Sohn des berühmten Konrad Groß, jenes reichen Mannes, der mit dem verblichenen Kaiser Ludwig dem Bayern eng befreundet gewesen war. Fritz Schopper hingegen, ein Kaufmann, der beste Handelskontakte ins Königreich Böhmen besaß, war der ewige Zweifler der kleinen Gruppe, obwohl auch er einsah, dass endlich etwas getan werden musste. Und Götz Scheffein, Hostos Schwager, der Mann seiner Schwester, machte bisweilen den Eindruck, als sei er sogar noch skrupelloser als Hosto. Dieser Gedanke erschreckte selbst den blonden Ratsherren, brachte Götz dabei doch nicht halb so viel diplomatisches Geschick mit wie er.

»Und du bist sicher, dass der Seckendorf mit den Juden gesprochen hat?«, fragte Leupold Groß ungläubig.

»Absolut sicher, Leupold.« Was dachte der Mann denn – dass er wie ein altes Weib die Hühner scheumachte?

»Und er will hinter dem Rücken des Rates das Judengeld eintreiben?«

»Genau das. Für Burggraf Johann.«

»Das ist … eine ganz besondere Dreistigkeit.«

»Das ist mehr als dreist, Leupold!«, schnaubte Hosto. »Dieser verruchte Sohn einer räudigen Hündin versucht, uns auszuboten.« Ihm fiel auf, wie laut seine Stimme durch die Schiffe der leeren Basilika hallte, und verstummte. Noch einmal ließ er den Blick durch das stille Nordschiff gleiten. Die vielstabigen Pfeiler schienen von schräg gesehen eine geschlossenene Wand zu bilden und schufen mit den gekreuzten Gewölben eine klösterlich abgeschiedene Atmosphäre. Dass dem nicht so war, dass Sankt Laurentius mit seinen vielen Altären und dem Meer von Kerzen nur zufällig leer war, wie er vorher den Küster hatte feststellen lassen, musste Hosto sich immer wieder ins Gedächtnis rufen.

»Wie entsetzlich!«, flüsterte Fritz Schopper. »Kann er das tun?«

»Er kann nur das tun, was wir anerkennen«, knurrte Götz Scheffein. »Der Aufstandsrat hat das Judengeld eingezogen. Wenn er es will, soll er sich doch an den wenden!«

»Nur gibt es den nicht mehr, werter Götz«, erwiderte Leupold Groß mit feinem Spott. »König Karl hat alle Bescheide des Rates für nichtig erklärt. Wir als neuer Rat weigern uns natürlich, den Burggrafen Johann zu bezahlen, und wir werden auch verhindern, dass die Juden nochmals Geld abgeben. Das bedeutet dann, dass damals ein paar Leute ohne jede Legitimation die Juden um die Abgaben erleichtert haben. Als Folge wird Johann sich an die Familien wenden, die damals im Rat gesessen haben.«

Ulrich Stromer erinnerte sich mit wachsender Abneigung gegen den jungen Gecken, dass außer der Familie Groß beinahe jede ehrbare, also ratsfähige, Familie – die Türbrechs, die Weigels, die Prechtels, die Gruntherrs, die Wendelsteins, die

Kammerers, und wie sie alle hießen – im Aufstandsrat gesessen oder doch zumindest mit ihm zusammengearbeitet hatten. Natürlich hatte man vieles davon Karl gegenüber verschwiegen. Die einzige Familie, die Karls Zorn im Sommer nicht hatte fürchten müssen, hatte Groß geheißen.

»Das geht nicht! Wir haben das Geld nicht!«, stammelte Fritz Schopper leichenblass. »Das kann er doch nicht, oder?« Er wandte sich Hosto zu, wie üblich, wenn er nicht weiterwusste.

Ulrich Stromer zuckte mit den Schultern. »Wir sollten uns beim König absichern.«

»Aber dafür werden wir ihm auch Schuldige aus den Reihen der Ehrbaren Familien liefern müssen«, stellte Götz Scheffein fest.

Diese Aussage stimmte Hosto milder. »Ich bin froh, dass du da bist, Götz«, meinte er und bleckte die Zähne. »So spricht mal jemand anders die unbequeme Wahrheit aus.«

»Wer soll es sein?«, fragte Leupold Groß, ohne zu zögern.

»Ulrich Gruntherr«, sagte Hosto. Er hatte sich das bereits gründlich überlegt. Eigentlich stand dieser Name für ihn fest, seit Gruntherr sich damals auf den Zinnen der Kaiserburg vor Entsetzen über den diplomatischen Sieg Karls beinahe die Beinkleider benässt hatte. »Sein Name steht auf vielen Dokumenten. Das zu tilgen sollte eh beinahe unmöglich sein. Außerdem ist er ein ängstlicher Schwächling. Es ist nicht schade um ihn.«

»Ist er der Grund, warum wir uns nicht in deinem Haus treffen, sondern uns wie Verschwörer in Kirchenmauern rumdrücken?«, fragte Leupold Groß stirnrunzelnd.

»Er, und einige andere, die wissen, dass es von Bedeutung ist, wenn ich nur einen sehr ausgewählten Kreis von Männern in mein Haus einlade.«

»Gruntherr also«, murmelte Fritz Schopper mit einem Mienenspiel, das seine zwiespältigen Gefühle widerspiegelte.

Hosto wusste, was der Mann empfand. Gruntherr war einer der Ihren. Ihn der Gerichtsbarkeit König Karls auszuliefern, um allen anderen den Kopf zu retten, hieß, sich selbst ins Fleisch zu schneiden, indem man es sich mit seiner Familie verscherzte. Gleichzeitig konnte man in Schoppers Augen den Abglanz dieses Triumphes bemerken: einen der ihren, einen Mann mit Geld und Einfluss, dem böhmischen Löwen zum Fraß vorzuwerfen. Nichts demonstrierte die Macht eines Mannes mehr als einen machtvollen Mann zu stürzen.

»Gruntherr ist erst in zweiter Linie von Bedeutung«, sagte Hosto ungeduldig. »Wichtiger ist erst einmal, uns gegen Burggraf Johann abzusichern. Er will die Judengelder rückwirkend, auch für das letzte Jahr. Er will auch die Kaiserburg, die ihm Karl damals im Juni, bevor er mit Nürnberg verhandelt hat, wieder zugesprochen hat.«

»Die Kaiserburg? Die kann er nicht haben!«, rief Schopper entrüstet aus. »Er hat doch bereits die Burggrafenburg direkt daneben! Glaubt er wirklich, der Rat duldet, dass er sich vollends in Nürnberg festsetzt?«

»Das weißt du, und wir wissen es auch, also musst du nicht so schreien«, grunzte Götz Schettein. »Wir haben die Kaiserburg stark bemannt. Soll Johann sich doch eine blutige Nase holen!«

»Das kann uns aber auf Dauer nicht helfen«, widersprach Hosto. Er wusste, dass Götz sich nicht vor einem bewaffneten Konflikt fürchtete – Hosto selbst tat das auch nicht. Darüber hinaus war der andere bisweilen von erschreckender Kurzsichtigkeit. »Wir müssen die Sache ein für alle Mal zu Ende bringen. Johann hat das Recht momentan auf seiner Seite. Das müssen wir ändern. Wir müssen Karl dazu bringen, die Zugeständnisse an Johann zu widerrufen und sämtliche Privilegien wieder uns zu übertragen. Und mehr.«

»Noch mehr? Was denn bloß, Hosto?«, fragte Fritz Schopper stöhnend. »Wir hatten schon alle Hände voll zu tun, um nicht aufs Schafott zu kommen, und jetzt willst du Forderungen stellen?«

»Wir sind im Recht, erinnerst du dich?«, lächelte Hosto. »Wir haben nur mit dem Aufstandsrat zusammengearbeitet, um das Schlimmste zu verhindern!«

»Was willst du denn noch von Karl fordern?«, fragte Scheffein misstrauisch.

»Wir bauen ihm den größten Markt nördlich von Venedig und südlich von Lübeck. Mitten im Herzen des Reiches.«

Schweigen erfüllte die Laurentiuskirche.

»Und wohin?«, fragte Leupold Groß schließlich halb interessiert. »Wir haben keinen Platz dafür, Hosto.«

»Zwischen Rathaus und Fleischbrücke auf der einen und Augustinerkloster und Zotenberg auf der anderen Seite.«

»Aber ... da stehen doch Häuser. Und die Juden wohnen dort«, fasste Schopper verwirrt zusammen.

Hosto sah ihn nur stumm an. Es war der skrupellose Scheffein, der seine Gedanken erriet und aussprach: »Noch.«

»Aber Hosto!«, rief Schopper aus. »Die Juden sind doch des Königs! Sie gehören seiner Kammer an und werden von ihm geschützt!«

»Ja«, sprach Ulrich Stromer leise. »Die Juden gehören dem König. Das heißt aber auch, dass der König sie verkaufen kann.«

Schopper verstummte wieder, und Hosto wartete auf die Reaktion der anderen. In der Stille erklang ein Geräusch. Man konnte nicht erahnen, woher es kam, denn es hallte hohl durch alle drei Schiffe der Basilika. Hosto wandte den Kopf und ging ein paar Schritte hinter den Altar, um einen Blick über das Mittelschiff zu erhalten. Das Meer von Kerzen flackerte in einem kaum wahrnehmbaren Zug. Schließlich sah er auch ins Südschiff und hinter die Chorgestühle. Nichts. Die Schatten hinter den Säulen und den Wänden waren nicht so tief, dass sich jemand dahinter hätte verbergen können. Das beruhigte den Ratsherrn. Es war außer ihnen niemand hier.

Als Hosto zu den anderen Männern zurückkehrte, nickte Leupold Groß. »Mir gefällt der Gedanke. Mein Vater sagt immer, das Einzige, was Nürnberg fehle, um richtig ›Groß‹ zu werden«, er lächelte fein, »sei ein anständiger Markt. Wenn wir die Judenhäuser abreißen ... Das wäre ein Markt, der sich neben Lübeck und Florenz nicht verstecken müsste.«

»Vielleicht werden sie verkaufen?«, fragte Schopper kläglich. Doch Hosto schüttelte den Kopf. »Ich habe meinen Neffen Verhandlungen führen lassen. Die Juden werden nicht verkaufen. Karl hat ihnen damals direkt nach seiner Krönung Schutz zugesichert – und dafür natürlich gut bezahlen lassen. Das heißt aber nur«, kam er Schoppers Einwand zuvor, »dass wir mehr zahlen müssen als sie.«

»Mehr zahlen? Hosto, du bist irre. Wir sitzen doch jetzt schon auf den Schulden!«, wandte Schopper ein.

»Du hörst dich schon wie Ulrich Grunther an«, knurrte Hosto ungeduldig. Wie erwünscht brachte das den anderen Mann zum Verstummen. »Wenn wir die Judenhäuser abreißen, werden wir ausreichend Geld haben, um Karl zu bezahlen – und unsere Schulden obendrein.«

»Das stimmt«, meinte Leupold Groß mit einem feinen, gierigen Lächeln. »Das Hab und Gut der Juden hat Karl uns bereits zugesprochen.«

»Aber das werden sie doch niemals freiwillig herausgeben!«, rief Schopper. »Wie sollen wir's uns denn holen, wenn nicht mit Gewalt? Und dann sitzt uns wieder der König im Nacken! Sie ausbluten zu lassen ist eine Sache. Das Volk auf sie zu hetzen auch. Aber ihre Häuser niederbrennen und dem Erdboden gleichmachen? Das ist ein Vergehen am Königsstuhl selbst!«

»Nicht, wenn er darauf verzichtet, uns dafür zu belangen«, widersprach Hosto.

»Verzichten?«, fragte Götz Scheffein nun. »Er profitiert doch nur von den Juden. Er kann sie auspressen, nach Belieben verleihen, sich das Geld für eine Tilgung ihrer Schulden zahlen lassen – ganz wie es ihm beliebt. Aber nur, wenn die Juden noch am Leben sind. Also warum sollte er verzichten, uns dafür abzustrafen?«

Hosto ließ die berechtigte Frage einige Augenblicke bei den anderen einsickern. »Weil Karl Kaiser werden will«, sagte er dann sanft. Die Gewichtigkeit dieser Aussage verfehlte seine Wirkung auf die Männer nicht.

»Und das hilft uns wie?«, fragte Groß in das Schweigen.

»Er hat von Ludwig dem Bayern gelernt. Starke Städte mit reichen Kaufleuten wie uns –«, Hosto wies in die Runde und sah, wie die Männer stolz die Brüste reckten, »sind eine langfristige Investition. Und ein Machtfaktor. Wüsste er nicht, dass Nürnberg Macht hat – warum hätte er dem Rat dann den Aufstand vergeben? Karl ist nicht so dumm, dass er unsere Lügen nicht zu durchschauen vermöchte. Nein, er hat sie akzeptiert, um uns zu gestatten, unser Gesicht zu wahren. Karl will ein starkes Nürnberg. Denn Karl will Kaiser werden. Und Nürnberg ist trotz des Aufstandes immer noch eine der reichsten Städte seines Reiches.«

»Das ist nur Spekulation«, sprach Leupold Groß leise.

Hosto ballte die Fäuste, doch er unterdrückte seinen Zorn. »Natürlich, Leupold, können wir das nicht genau wissen. Aber glaub mir, ich habe Recht.«

»So Recht wie damals, als du sagtest, dass Ludwig von Brandenburgs Partei gegen Karl gewinnen würde?«

Hosto funkelte ihn an. »Dass sein Kandidat aufgeben würde, konnte man nicht ahnen.«

»Und wir können nun auch nicht ahnen, ob du dieses Mal Recht hast und Karl wirklich nichts auf sein Versprechen gegenüber Burggraf Johann hält, sondern kaufmännischen Argumenten den Vorzug gibt, um Kaiser zu werden.«

»Glaub mir, Freund Leupold«, knurrte Hosto, »er wird es tun. Der Mann hat Großes vor.«

»Was also sollen wir machen?«, warf Götz Scheffein ein. »Sollen wir die Judenhäuser niederbrennen?«

»Jungfrau Maria!«, rief Schopper aus. »Das können wir nicht! Nicht«, lenkte er ein, »ohne ausdrückliche Erlaubnis des Königs!«

»Die wird er uns niemals geben«, meinte Leupold leise.

»Wir werden sehen«, sprach Hosto starrköpfig. »Nur der versagt in seinem Tagwerk, der aufgibt, bevor es beginnt.«

»Wir sollten mehr Druck machen«, warf Scheffein ein. »Das Volk ein wenig aufwiegeln. Da ist doch dieser Schneider wieder in der Stadt – Romer, nicht wahr? Lassen wir ihn an der langen Leine. Vielleicht kann er die Stimmung ein wenig anheizen.«

»Romer ist nicht zufällig zurückgekehrt«, sagte Hosto. »Ich habe dafür gesorgt, dass der Mann in Ruhe gelassen wird. Alles, was wir tun müssen, ist, das Urteil gegen ihn aufzuheben. Dann ist der Kerl in seinem Element.«

Da zog Leupold Groß anerkennend eine Augenbraue hoch. »Respekt, Mann. Du denkst weit voraus.«

»Wenn man nur denkt und nicht handelt, kommt nie etwas dabei heraus«, knurrte Hosto. »Schließlich müssen wir uns aber im Klaren sein, wie weit wir gehen werden.«

Dies ließ die Männer nachdenklich verstummen. »So weit, wie es Nürnberg wert ist zu gehen«, sagte Leupold Groß beinahe zärtlich. »Wir dürfen gegen den Burggrafen nicht verlieren.« Scheffein nickte natürlich, und selbst der weinerliche Schopper stimmte schließlich zu.

»Gut. Dann wollen wir den Druck erhöhen. Und wenn das nicht reicht, um die Juden zum Verkauf ihrer Häuser zu ermuntern …« Hosto machte eine Pause, um seine Worte vorsichtig zu wählen, »dann müssen wir mit dem König reden.«

Die Männer hatten Sankt Laurentius auf demselben Weg verlassen, auf dem sie hereingekommen waren – durch eine Seitentür. Stille senkte sich über den Kirchenraum, in der eine schöne Maria ihr Jesuskind auf dem Arm trug und der heilige Laurentius in bunten Bildern auf einem Feuerrost für seinen Glauben zu Tode gemartert wurde.

Erst, als einige Zeit später wieder Gläubige in die Kirche traten, um vor den Altären zu beten, Kerzen für die Verstorbenen zu entzünden und ihre Seelen den Schutzheiligen anzuempfehlen, wagte Luzinde, hinter dem Chorgestühl der Rüstungsplattner am anderen Ende der Kirche hervorzukriechen, das ihr als Versteck gedient hatte. Sie traute ihren Ohren noch immer nicht. Nicht alles, was die Männer besprochen hatten, war bis zu ihr gedrungen, ja, sie hatte nicht einmal alle Namen verstanden. Ein Götz und ein Leupold waren dabei gewesen. Und war die eine Stimme nicht die von Ulmans Onkel gewesen, die sie an den Fischteichen von Pillenreuth gehört hatte? Doch wenn auch nur ein Quäntchen Wahrheit an dem war, was eben besprochen wurde, dann waren Gottschalk und die Seinen in großer, ja, in höchster Gefahr.

Luzinde mischte sich, noch am ganzen Leibe zitternd, unter die Gläubigen, bekreuzigte sich vor der Jungfrau und dem Jesuskind und betete einige Ave Maria, um sich zu beruhigen. Sie war wieder in die herrschaftliche Kirche gegangen, weil sie sich nicht mehr nach Sankt Klara hinein wagte. Beinahe wünschte sie, sie hätte es nicht getan. Sollte sie die Juden warnen? Gottschalk war immer gut zu ihr gewesen. Aber auf der anderen Seite handelte es sich bei diesen Männern um aufrechte christliche Bürger. Und hatten sie nicht einzig das Wohl Nürnbergs im Sinn?

Kapitel 12

Zu Sankt Simon und Juda konnte man den herannahenden November bereits deutlich spüren. Nebel stand in den Niederungen der Pegnitz, und die Morgenluft war von Dunst verschleiert. Die Schatten wurden früher länger, die Sonne stand tiefer, und als Luzinde nach ihren Arbeitspflichten frei war, dämmerte es bereits.

Sie ging allein den steilen Berg zur Kaiserburg hoch. Vermutlich durfte sie gar nicht hier sein. Wenn einer der Turmwächter sie erwischte, dann erginge es ihr sicher schlecht. Doch als Luzinde sich bei dem Gedanken ertappte, schmunzelte sie nur. Sie war keine Bettlerin mehr. Und wenn die Turmwache sie nicht erwischte, würde auch nichts geschehen. Dieses Treffen war zu wichtig – sie musste sich mit jemandem besprechen, der sich in Nürnberg besser auskannte und dem sie vertraute.

Luzinde kam zur Pforte der Hasenburg, jenes Gebäudes, das dem direkten Zugang von der Stadt zur Burg als Wache diente. Das Gitter des Himmelstores nahm ihr allen Mut. Diese Burg war gebaut worden, um Ritter und Söldner auszusperren! Sicher würde sie sich nicht so einfach Zugang verschaffen können, wo ganze Heerhaufen scheiterten. Doch als sie an den rostigen Stäben rüttelte, merkte sie, dass das Tor nur angelehnt war. Sie drückte es auf und war erstaunt, wie leicht es in den Angeln ging. Es quietschte nicht einmal. Vorsichtig wagte sie sich hindurch und machte ein paar Schritte durch die Zufahrt. Das letzte Wegstück war das steilste und führte sie in einen Vorhof.

Was für ein gewaltiges Gemäuer! Jetzt sah sie, dass es sich bei der Burg eigentlich um deren drei handelte. Luzinde kam die Anlage vor, als hätte man drei hohe Kisten in einer Reihe aneinandergeschoben, denn jede Burg besaß ihre eigenen Mauern, mit denen sie sich von der nächsten abschottete – und doch lagen sie direkt nebeneinander. Die Burggrafenburg lag hangabwärts und gehörte nicht zur Kaiserburg. Luzinde stand nun im mittleren Hof, in dem einige Wirtschaftsgebäude lagen. Der runde Sinwellturm trennte die beiden Höfe voneinander und musste einen immensen Ausblick gestatten. Vor ihr schirmte eine weitere Mauer mit Tor die dritte und eigentliche Kaiserburg vom Vorhof ab. Dort ragte der Palas der Hauptburg mit dem Kapellturm auf.

Widerwillig zwang Luzinde sich vorwärts. Sie hatte eilig zugestimmt, als Ulman das Treffen an diesem Ort vorgeschlagen hatte. Natürlich hatte sie es spannend gefunden, diese Heimat des Kaisers in Nürnberg einmal selbst sehen zu dürfen. Doch als sie nun den mittleren Hof zwischen den Burgen hinaufging, fühlte sie sich schutzlos – und beobachtet. Was hatte sie sich dabei gedacht?

In der Burg war kein Laut zu hören, und sie gelangte unbehelligt bis zum Tor zur inneren Burg. Auch hier stand das Mannloch offen. Sie schob die eisenverstärkte Holztür auf und lugte in die Schatten dahinter. Der Burghof lag tief und leer vor ihr. Sie trat hindurch und sah sich zögernd um. Der vage Geruch nach alten Pferdeäpfeln und Fäkalien war der einzige Anhaltspunkt dafür, dass der Hofstaat vor fünf Wochen hier gewesen war. Im hinteren Bereich lag mit einer großen vorgebauten Holztreppe die Kemenate, in der üblicherweise die Frauen wohnten. Links vor ihr führten ein paar Treppenstufen zum herrschaftlichen Saal hinauf.

Etwas streifte Luzinde am Arm. Erschrocken fuhr sie zusammen. Hinter ihr war ein Rascheln zu hören, und so zuckte sie zurück und stolperte auf dem unebenen Kopfsteinpflaster des Hofs. Sie fiel unsanft, doch sie presste die Lippen aufeinander – sie würde nicht schreien. Nicht vor Schreck zumindest, bis sie wusste, was dort lauerte. Sie raffte die Röcke und sprang wieder auf die Füße. Ihr Bein schmerzte immer noch ein wenig, doch sie ließ es außer Acht und stierte ins Zwielicht. Das Einzige, was sie in den langen Schatten des schwindenden Tages sah, war ein wippender langer Ast des Efeus, das die Mauer erobert hatte. Sie atmete erleichtert aus und lächelte in sich hinein. Wie konnte man nur so schreckhaft sein?

»Luzinde!«

Die Magd fuhr herum. Vor ihr stand Ulman Stromer, das dunkle Haar zurückgestrichen, in einem hellen Seidenwams mit einem weiten Umhang gegen die Abendkühle. »Alles in Ordnung?«

»Ja!« Sie lachte beinahe vor Erleichterung. »Alles in Ordnung.«

Er sah sie noch einen Augenblick prüfend an. »Du sagtest, du wolltest mich sprechen?«

Luzinde nickte, doch sie vermutete, dass er diese Geste im Dunkeln der Mauern vermutlich nicht mehr sehen konnte. »Ja.«

»Es klang dringend.«

»Das … das ist es. Sehr.« Sie zögerte und schlang die Arme um den Leib, denn sie fröstelte. »Ich brauche einen Rat.«

»Einen Rat? Das klingt wirklich ernst. Dann gehen wir besser hinein, was?«, meinte Ulman. »Hier draußen trägt jedes Wort weit.« Er reichte ihr eine Hand. »Wollen wir?«

»Ja.« Sie ergriff seine Finger. Mit einem Mal hatte sie einen ganz trockenen Mund.

»Das dort ist das Frauenhaus«, er wies auf die Kemenate, die rechts von ihnen lag. »Aber diese Verwendung hat es nur, wenn der König – oder Kaiser – mit großem Gefolge reist. Das tut er wahrlich nicht immer. Meist steht es leer oder wird für die Ritter verwendet. Es hat den Vorteil, dass man es gut beheizen kann.«

Dann führte Ulman sie die Treppe des Palas hoch auf die Galerie und durch ein paar kleine Kammern, bis sie in wirklich herrschaftliche Räume kamen. »Das wollte ich dir zeigen«, erläuterte er fast entschuldigend. »Es sind die kaiserlichen Zimmer.«

Die Magd staunte. Die Räume wirkten unbewohnt und leer, denn es gab kaum Möbel. Nur ein riesiges Holzbett mit Vorhängen und Maßwerkschnitzereien zierte einen Eckraum, eine gigantische Truhe einen weiteren. Wände und Decken waren allerdings kostbar vertäfelt und teilweise mit Wappen, sogar dem Reichsadler, ausgemalt. »Warum ist alles leer?«

»Der Rat hat die Pflicht, die Burg auszustatten, wenn der Kaiser kommt. Niemand sagt, dass wir sie möblieren müssen, wenn der Kaiser nicht da ist. Dann würde das teure Holzwerk doch nur herumstehen und verrotten.«

»Wo kommen dann die anderen Möbel her?«

»Von den Ratsfamilien.«

»Das heißt, der König isst an euren Tischen?«

»Und speist von unseren Tellern, ja.«

»Und die Möbel von Bürgersleuten sind gut genug für ihn?«, fragte Luzinde erstaunt.

Da lächelte Ulman und entzündete eine bereitstehende Laterne, denn innerhalb der niedrigen Räume war es bereits dunkel. »Die Möbel der Nürnberger Patrizier sind so edel, dass ein König sie sich kaum leisten kann«, schmunzelte er. »Aber Kaiser Ludwig zum Beispiel hat sowieso viel lieber in einem Bürgerhaus geschlafen – bei Konrad Groß, oder früher bei meinem Vater. Unsere Häuser sind zwar nicht so wuchtig wie diese Burg hier, aber dafür auch weit gemütlicher.«

Den Kaiser in den eigenen vier Wänden – Luzinde konnte sich das gar nicht ernsthaft vorstellen. »Und wo schlaft ihr, wenn der König da ist?«

»In den Betten unserer Dienstleute. Das gibt immer ein Gemurre unter den Frauen, das kann ich dir sagen.«

Es roch nach kalter Asche und Staub. Luzinde drückte die Nase an die Bleiglasfenster, doch sie sah nur verzerrte Formen und Farben. Vermutlich konnte man tagsüber bei geöffneten Fenstern wunderbar weit übers Land blicken.

»Glaubt Ihr an Schicksal?«, fragte sie unvermittelt.

»Schicksal?« Ulman zog erstaunt eine Augenbraue hoch. »Im Sinne von unveränderbarem Schicksal? Ich denke nicht. Mein Oheim sagt, jeder Mensch formt sein Schicksal selbst. Man trifft eine Entscheidung und handelt demgemäß. Mehr ist das Schicksal nicht.«

»Das heißt, alles ist nur Zufall?« Wenn Luzinde dem Glauben schenkte, wäre sie versehentlich Zeugin der Verschwörung in der Kirche geworden. Und es war Zufall, dass sie mit Ulman jemanden kannte, der Hosto Stromers Neffe war. War es dann Leichtsinn von ihr, sich ihm anzuvertrauen? Sie wusste es nicht.

Er geleitete sie weiter, in den oberen Saal, in dem dicke Holzbalken die dunkle Decke stützten. An der jenseitigen kurzen Wand führten zwei, drei Stufen durch ein mit Malereien von Heiligen geschmücktes Portal. »In die Kaiserkapelle hinein«, wie Ulman ihr erläuterte.

Der Saal wirkte genau so, wie sie König Karl an jenem Tag vor knapp fünf Wochen bei seinem Einzug in die Stadt wahrgenommen hatte: kalt und förmlich. Nur an der Fensterseite boten Sitznischen, die in die breite Mauer eingearbeitet waren, einen behaglichen Platz mit Ausblick. Luzinde öffnete eines der kleinen Fenster mit den Butzenglasscheiben. Sie fröstelte, denn die hereinwehende Brise war kühl. Sie sah nach Süden, über die sich auf die Nacht vorbereitende Stadt. Die Schlote rauchten, und hier und da wurde bereits so manches Licht gelöscht. Nürnberg wirkte ganz friedlich. Eine plötzliche Sorge erfasste Luzinde. Der Frieden der Stadt stand auf dem Spiel. Sie musste jemandem vertrauen.

»Ich habe etwas gehört«, sprach sie noch zum Fenster gewandt. »Ich habe gehört, wie jemand davon sprach, die Juden vertreiben zu wollen.«

»Die Juden?«, wiederholte Ulman. »Aus Nürnberg?«

Luzinde nickte bloß.

»Aber warum sollte jemand das tun? Die Juden bringen viel Geld in die Stadt.«

»Weil der König Kaiser werden will. Und weil Nürnberg ihm dafür viel bieten kann. Aber nur, wenn es einen Marktplatz hat«, berichtete Luzinde. Sie wandte sich um und meinte, auf Ulmans Gesicht eine gewisse Betretenheit zu erkennen. »Euch kommen diese Argumente nicht fremd vor, nicht wahr?«

Der junge Mann senkte den Blick und zögerte. »Nein«, bekannte er dann.

Sie presste die Lippen aufeinander. Dann flüsterte sie: »Ich glaube, einer der Männer war Euer Oheim.«

»Woher wisst Ihr das alles?«, fragte Ulman mit rauer Stimme.

»Ich habe es gehört«, wiederholte Luzinde. »Aus seinem eigenen Munde. Euer Oheim … er sprach sogar von Gewalt.«

Ulman schwieg. Er trat nun selbst zum Fenster, so dass Luzinde ihn nur im Profil sah. War es ein Fehler gewesen, sich ihm anzuvertrauen? Jetzt, da sie diese Dinge aussprach, nahm sie erst wahr, wie grässlich das alles klang. Wie würde sie sich fühlen, wenn man das einem Mitglied ihrer Familie vorwürfe?

»Ulman?« Sie trat näher und legte ihm eine Hand auf die Schulter. »Ich wollte Euch nicht zu nahe treten. Ich –«

»Was willst du von mir?«, fragte Ulman beinahe grob. »Was soll ich dazu sagen?«

»Ich –«, begann Luzinde und wollte ihm erklären, dass sie gar nichts von ihm wollte. Doch er unterbrach sie noch einmal: »Ich bin nicht mein Onkel!« Es klang beinahe verzweifelt.

»Das weiß ich«, entgegnete sie schnell. »Ich wollte Euch gar nichts vorwerfen. Ich ... ich wollte das nur mit Euch bereden. Ich wusste nicht, was ich tun sollte, und da dachte ich, ich frage jemanden, der sich auskennt, der nicht der einen oder anderen Seite angehört. Ich vertraue doch nur Euch, Herr.«

»Nenn mich nicht Herr, Luzinde«, sprach Ulman leise. Er drehte sich um und stand nun direkt vor ihr. Die Nähe kam so plötzlich, dass Luzinde die Hand von seiner Schulter nahm. Es fühlte sich an, als habe sie sich verbrannt.

»Wie soll ich Euch dann nennen?«, fragte sie. Sie bemerkte selbst, wie kokett ihre Worte klangen.

»Da fällt mir vieles ein«, gab er zurück und senkte den Blick. »Ulman zum Beispiel. Und du. Fürs Erste.«

»Wie Ihr meint – du. Ulman.« Luzinde stieg die Röte in den Kopf. Es kam selten vor, dass sie nicht wusste, was sie sagen sollte.

»Was wirst du nun tun, Luzinde?«, kehrte Ulman zu ihrer Frage zurück.

»Ich weiß nicht. Haltet – hälst – du es für möglich, dass so etwas wirklich geschieht? Dass jemand – dein Oheim – so dreist ist, alle Juden Nürnbergs zu vertreiben? Direkt unter den Augen des Königs?«

Ulman wand sich unverkennbar unter dieser Frage. »Ich halte meinen Oheim für einen entschlossenen und skrupellosen Mann.«

»Dann sollte ich Gottschalk davon berichten«, entschied Luzinde.

»Du hast ihm noch nichts davon gesagt?« Ulman schien hellhörig zu werden.

»Nein«, entgegnete sie zögernd. »Ich – ich wusste wirklich nicht, was ich tun soll. Ich wollte keine Pferde scheumachen, wenn nichts dabei sein sollte.«

Ulman rieb sich nachdenklich das Kinn. »Vielleicht ist es besser so. Möglicherweise kann ich bei meinem Onkel herausfinden, was es mit den Dingen auf sich hat, von denen du gehört hast. Bevor man andere Leute mit hineinzieht. Vielleicht hast du etwas missverstanden.«

Luzinde glaubte nicht daran; die Worte Hosto Stromers waren ziemlich eindeutig gewesen. Doch seine Worte gaben ihr ein wenig Hoffnung. »Würdest du das tun? Ohne das dein Onkel sofort erfährt, dass ich etwas weiß?«

Ulman schenkte ihr einen sorgenvollen Blick. »Ich würde meinem Onkel um nichts in der Welt von dir berichten. Hosto Stromer ist gut darin, Dinge zu zerstören. Von Schönheit weiß er nichts.« Jetzt wurde Ulman rot. »Es tut mir leid. Das ist mir so rausgerutscht.«

Luzinde war sprachlos. Er wagte es für sie, sich gegen seinen Oheim zu stellen. Er stellte sich schützend vor sie, damit ihr nichts geschah. Sie trat an Ulman heran, legte die Hände auf seine Wangen und sah ihm in die Augen. »Das sollte dir nicht leidtun«, erwiderte sie. Dann küsste sie ihn.

In einem langen Augenblick begegneten sich ihre Lippen. Er erwiderte ihren Kuss sanft. Sie fühlte sich ihm so nah. Dann trat Ulman zurück. »Luzinde, ich – das geht doch nicht.«

Sie schmeckte seine Wärme noch auf ihrer Haut. »Geht nicht? Warum nicht?«

»Ich weiß nicht, wie das bei euch üblich ist, aber bei uns entehrt man eine Frau, wenn man sich ihr unsittlich nähert.«

Luzinde lächelte verschmitzt. »Aber ich habe mich doch dir genähert.«

»Ja«, erwiderte Ulman, »schon. Aber ... das ändert nichts.«

»Magst du mich nicht?«

»Nein, das ist es nicht – im Gegenteil.«

»Aber du respektierst mich doch?«

»Natürlich«, betonte Ulman im Brustton der Überzeugung.

»Siehst du. Und ich entscheide mich für dich. Das Risiko ist doch meines.«

Darauf wusste er keine Antwort.

»Ulman«, sprach Luzinde, jetzt wieder ernst, »ich möchte mit dir zusammen sein. Heute Nacht. Mehr Ansprüche stelle ich gar nicht.« Sie wusste, dass sie das nicht tun sollte. Sie brach damit ihr Versprechen gegen Gottschalk, sein Haus nicht zu besudeln, und handelte gegen jegliche christliche Tugend. Kümmerte sie das? Sie hatte sich so viele Jahre ihres Lebens hinter Klostermauern gesperrt. Sie wollte nicht neue, unsichtbare Hürden aufrichten. Durch Ulman wagte sie wieder zu träumen, dass nichts unmöglich war.

»Und was ist Morgen?«, fragte er leise. Seine Augen wirkten im letzten Abendlicht noch dunkler als sonst.

Sie standen einander jetzt wieder so nahe, dass Luzinde meinte, seinen Herzschlag spüren zu können. Dies war der Augenblick, in dem sie sich umwenden und weggehen konnte. Luzinde zuckte mit den Schultern. »Wen kümmert's?« Dann legte sie eine Hand auf seine Brust, dort wo Wams und Hemd sich öffneten.

Es war, als hätte diese Berührung eine Brücke zwischen ihm

und ihr geschlagen und sämtliche Zweifel beseitigt. Er legte seine Hand auf ihre Wange und ließ die andere durch ihr Haar fahren. »So weich«, murmelte er. Dann zog er sie heran, und seine Lippen berührten erst ihr Haar, dann ihr Ohr. Luzinde erschauerte unter dem warmen Atem und ließ ihn gewähren. Schließlich drehte sie den Kopf und stellte sich auf die Zehenspitzen. Ihre weichen Lippen fanden seine, erst vorsichtig, nachspürend, schließlich forscher, dann begierig, bis sie sich aneinander schmiegten und mit den Händen den Körper des anderen erkundeten.

Dann nahm sie seine Hand, legte sie auf ihr schnell schlagendes Herz neben dem Luzienamulett und zog ihn rückwärts zu der Sitzbank in der Fensternische. Sie wollte ihn spüren; seine Hände auf ihrer Haut, seine Bartstoppeln auf ihrer Wange, seine weichen Lippen auf ihrer Brust. Endlich fiel ein Schatten von Luzinde ab, den sie zuvor nie wahrgenommen hatte. Es war, als berührten die Strahlen der Sonne zum ersten Mal seit Jahren wieder ihre Seele, und brachten sie, wie Wasser ein verdorrendes Pflänzchen, zum Erblühen.

Schließlich bereitete er ihnen aus seinem mit Seide ausgeschlagenen Umhang ein Lager auf der Sitzbank. Begierig erforschte Luzinde den Leib des Mannes und genoss jedes Beben, das sie verursachte. Sie öffnete ihm befangen ihre Beine. Was vorher ein zärtliches Erkunden gewesen war, verwandelte sich nun in ein wildes Spiel. Doch erst als er, eng umschlungen, in sie eindrang und sie ihren Körper vor Lust sich selbst übergab, da spürte sie, dass keine Verwerflichkeit war an ihrem Tun, kein Makel in einer Begegnung, die so reine, so erhabene Gefühle in ihr weckte.

Ulman Stromer stieß die Tür des Hauses auf dem Zotenberg mit so viel Schwung auf, dass sie ganz um die kreischenden Angeln kreiste und auf der anderen Seite gegen die Wand krachte.

Mit ihm rauschte ein Schwung kühler Nachtluft in die Diele. Doch Ulman fror nicht. Seine Haut glühte noch, und sein Kopf war leicht. Immer zwei und zwei Stufen der mit Maßwerk versehenen Treppe nehmend stürmte er weiter, hinauf in das erste Geschoss, in dem die Schreibkammer seines Oheims lag. Auch dort platzte er hinein.

»Du hast mich benutzt«, stieß er aus, als er vor seinem Onkel stand. Der hatte einige Briefe vor sich auf dem Tisch liegen und sah nun auf. »Du hast mich missbraucht. Ich war nur eine Finte! Und in Wahrheit hegst du ganz andere Pläne. Was hast du mit den Juden vor?«

»Ulman«, erwiderte Hosto. »Willst du deiner Tante nicht einen frommen Abend wünschen?« Er nickte hinüber zu einer Sitztruhe. »Wir sprechen gerade über die Zukunft des Klarissenkonvents.« Ulman erblickte seine Tante Elisabeth im dunklen Habit der Klarissen. Sie saß in jenem Bereich der Kammer, der von der Kerze nur schwach erhellt wurde. Das Gesicht hob sich hell über dem Brustschleier ab und schien in der Dunkelheit zu schweben. »Ulman«, nickte sie kühl.

»Ich – Schwester«, er neigte das Haupt. Doch die Anwesenheit seiner Tante dämpfte seinen Zorn nur für kurze Zeit. Er wandte sich wieder Hosto Stromer zu. »Ich dachte, meine Verhandlungen mit den Juden wären echt. Aber stattdessen hältst du mich wie einen Laufburschen im Ungewissen, während du hinter meinem Rücken Pläne schmiedest!«

»Wer Schinken essen will, muss vorher ein Schwein schlachten, Ulman!«, entgegnete Hosto. »Apropos Essen. Da steht ein Pokal mit deinem Lieblingswein. Bedien dich.« Er wies auf den Tisch. Die üppigen Ringe an seiner Hand glänzten dabei. »Ich frage mich allerdings, worüber du dich mehr aufregst. Dass ich den Juden ans Leder will? Oder verletzt dich nicht vielmehr, dass ich dich nicht eingeweiht habe?«

»Ich –« Ulman verstummte.

Der Onkel ging nicht weiter darauf ein. »Du hast also von meinen Plänen erfahren, ja? Wer hat dir davon erzählt?«

»Ich – ich habe selbst ein paar Quellen, Oheim.« Er würde einen Teufel tun und Hosto Stromer verraten, dass Luzinde ihm davon berichtet hatte!

»Ah, dann hast du dieses Wissen nicht zufällig von deiner jüdischen Hure, oder?«

Ulman fühlte, wie ihm das Blut aus dem Gesicht wich. Er fröstelte. Wenn der Onkel wusste – wenn er wusste, dass Luzinde und er ... »Du lässt mich bespitzeln?«

»Ich lasse viele Leute bespitzeln, lieber Neffe«, erwiderte Hosto kühl. »Du wirst dich vielleicht als Erbe dieses Hauses erweisen, Ulman. Da werde ich wohl ein Auge auf dich haben dürfen.«

»Du lässt mich bespitzeln!« Ulman konnte diese infame Dreistigkeit kaum wahrhaben. Dann erkannte er, dass der Oheim vermutlich nur im Trüben gefischt hatte. Mit seiner Reaktion hatte er Luzinde erst verraten. »Wehe, du lässt Luzinde ein Leid geschehen«, knurrte er hilflos und ließ die Faust auf den Tisch krachen. Der Pokal kippte um und ergoss seinen roten Inhalt über Pergament und Tischplatte.

Hosto runzelte die Stirn, während das rote Rinnsal auf die Tischkante zulief. »Eigentlich war ich erfreut darüber, dass du mit der Magd von Gottschalk tändelst, Ulman. Damit bist du an der Quelle; direkt am Herzen des Alten. Aber mir scheint, du hast dabei ein wenig den Kopf verloren. Woher wusste sie von meinen Plänen?«

Ulman presste die Lippen aufeinander und schwieg. Er konnte ja auch gar nichts erwidern, denn das wusste er selbst nicht.

»Dir ist doch wohl klar, dass es unseren ganzen Plan gefährdet, wenn die Jüdin mit Gottschalk spricht, oder?«

Elisabeth erhob das Wort. »Aber sie ist ja gar keine.« Ihre Stimme klang weich.

»Keine was?«, fragten Ulman und Hosto Stromer im selben Moment.

Elisabeth lächelte frostig. »Keine Jüdin.«

In der Stille der Schreibkammer konnte man jeden einzelnen Tropfen des Weines hören. Er leckte von der Tischplatte in eine stetig wachsende Lache auf dem Boden.

»Keine Jüdin?«, fragte Ulman schließlich. »Was ist sie dann?«

»Ich habe sie selbst nicht sofort erkannt. Aber wenn es sich bei dieser Luzinde um jene Magd handelt, die jüngst im Klarissenkonvent einen Zusammenstoß mit Margaret Berainer hatte, dann ist sie eine Christin wie Ihr und ich, ganz, wie ihr damals sagtet«, erwiderte Elisabeth. »Obwohl – eher wie Ihr als wie ich. Sie ist von der Messe ausgeschlossen worden. Schon vor Jahren.«

Ulman konnte kaum begreifen, was seine Tante da sagte. »Weshalb?«

»Sie hat gesündigt. Mit einem Mann«, sie lächelte fein. »Ein Zug an ihr, der sich offenbar nicht gelegt hat. Nur ihm hat sie ein Kind geboren.«

»Ein Kind«, wiederholte Ulman hohl. Das ergab alles keinen Sinn.

»Leider war der Vater einer der Erben des einflussreichsten Mannes vor Ort – und so hat man mich gebeten, es wegzuschaffen.«

»Wie es scheint, war deine Hure nicht ganz ehrlich zu dir, was?« Hosto grinste über das ganze Gesicht. »Na ja, das beruht ja wohl auf Gegenseitigkeit.«

Ulman setzte sich auf einen Stuhl, denn seine Beine versagten ihren Dienst. Hatte er nicht eben Luzindes Seele berührt? Hatte er sich ihr nicht gerade so geöffnet, wie er das bei noch keinem Menschen getan hatte? Wie konnte sie ihn da belogen haben? Wie konnte sie ein so völlig anderer Mensch sein, als der, den er noch vor wenigen Augenblicken in den Armen geborgen hatte? Plötzlich schien an ihr nichts mehr zum anderen zu passen.

»Mir scheint«, fuhr Hosto Stromer fort, »dass du eine verdammt wichtige Lektion des Lebens noch lernen musst, mein lieber Ulman.« Er erhob sich, umrundete den Tisch und legte Ulman die Hand auf die Schulter.

Ulman wich dem Blick des Onkels aus und unterdrückte den Impuls, ihm das Maul zu stopfen – mit einem Pergament, dem Stoff seines Wamses, einem Buch – egal. Er wollte den Vortrag nicht hören. Doch er zügelte sich.

»Frauen sind wichtig«, fuhr Hosto fort. »Um Allianzen zu schmieden. Um Kinder zu bekommen. Um Konvente zu leiten«, er nickte Elisabeth zu. »Um die Einsamkeit zu vertreiben, wie Huren es tun.« Er machte eine Pause und drückte Ulmans Schulter. Und dann beinahe sanft: »Aber nicht so wichtig, dass man darüber den Kopf verlieren darf.«

Ulman schwieg. Alle seine Gefühle rebellierten gegen diesen Grundsatz des Oheims. Er dachte an Luzinde, ihr weiches Haar, den Duft ihrer Haut …

Hosto wandte sich Elisabeth zu. »Die Frage ist doch eher, ob wir diese unerwartete Neuigkeit für uns nutzen können, damit sie ihr Wissen nicht an Gottschalk weiterträgt. Wenn sie das nicht schon längst getan hat. Elisabeth, weißt du, wo sich ihr Kind befindet?«

»Natürlich.«

»Dann sollten wir vielleicht herausfinden, ob das Mädchen es zurück haben will. Und ob sie damit gefügig zu machen ist. Das wäre wohl deine Aufgabe, Ulman.«

Bei dieser Vorstellung drohte sich Ulmans Magen umzudrehen. »Und wenn ich's nicht tue?«

»Dann bist du tatsächlich der Nichtsnutz, für den dich dein Vater gehalten hat, Ulman«, sprach Hosto Stromer schwer. »Und einen Nichtsnutz kann unsere Familie an ihrer Spitze nicht gebrauchen.«

Kapitel 13

»Se ligt doch, wie's den Krischten eben natirlik is!«, beschwor Judenrichter Eberlein die Runde. Gottschalk hatte neben seinem Sohn die Nachbarn Ysaac von Schesslitz und Nathan von Grevenberg sowie den Judenrichter in seine Schreibstube gebeten. Nathan, ein Geldverleiher in prachtvollem bodenlangen Überrock mit kostbaren Perlstickereien, war Gottschalks unmittelbarer Nachbar auf der anderen Seite.

»Ich lüge nicht«, wiederholte Luzinde heute zum etlichen Male. Sie war es leid, sich zu verteidigen. Seit sie die Unterredung in der Laurentiuskirche mit angehört hatte, waren zwei Tage vergangen. Gestern hatte sie sich mit Ulman getroffen. Und obwohl der ihr geraten hatte, niemand anderen einzuweihen, hatte ihr Gewissen sie geplagt. Heute früh hatte sie mit Gottschalk darüber gesprochen. Der Alte hatte ihr zuerst gewissenhaft einige Fragen gestellt, dann mit seinem Sohn die Köpfe zusammengesteckt und schließlich die Herrschaften eingeladen, um die bedrückenden Nachrichten mit ihnen zu besprechen.

»Warum solt'st denn zu uns komen, Schicksa? De kennst es einfach gescheen lassen – warum uns Bescheid geben?«, fragte Nathan von Grevenberg misstrauisch.

»Ja, des frag ich mich auch!«, ereiferte sich Eberlein. Der Mann war alt und gebeugt, dabei dürr wie ein Ast. Er trug nur noch einen grauen Haarkranz auf dem Kopf, dazu einen Vollbart. Ständig knetete er die Hände, bis die Knöchel weiß hervortraten, besonders, wenn er die anderen mit verzweifelter Fürsprache überzeugen wollte.

»Warum sollte ich Euch anlügen? Ich habe doch nichts davon.«

»Nein, de selbst meglicherweise nit. Aber wenn des ein List is, uns die Heuser ze nemen? Ohne, des wir dafir auch nur ein miden Pfennik seen? Vielleicht zalen de Heren im Rat dir dann unser Geld? Hm?« Nathan musste beinahe so alt wie Gottschalk sein, doch er wirkte deutlich kraftvoller. Das schlohweiße Haar unter der Kappe fiel ihm noch dicht auf die Schultern, und die dunklen Augen unter den buschigen weißen Brauen fixierten Luzinde, als sei sie ein Insekt.

»Das stimmt!«, sprang Eberlein ein. »De Leit vom Rat woln doch seit Jar und Tag unsere Heiser kaufen. Besonders in den lezten Wochen! Des is nur ein weitere List, darum ligt se, das Waib.«

»Aber was, wenn se nicht ligt?«, fragte Ysaac von Schesslitz, Gottschalks Nachbar. Ihn hatte Luzindes Bericht leichenblass werden lassen.

»Aber des ergibt doch aless gar keinen Sin«, widersprach Eberlein vehement. »De Krischten brauchen uns. Der Rat von Nirnberg will unser Geld, und darum lasst'er uns am Leben. So einfach is des.«

»Bist'e bereit, dein Leben darauf ze setzen, Eberlein?«, fragte Ysaac nachdenklich.

»Sicher bin ich's!«

»Ich bin's auch«, unterstützte ihn Nathan gereizt. »Sogar mer – ich sag, wir geben den Mannen heimlich Schwerter aus, Spieße, und Armbriste. Ich hab einen Vorrat, in meinem Keller. Wir kennen auch noch mer kaufen. Dann kennen wir den Krischten zeigen, das Nirnberg auch ein Schtot der Jidenen is!«

»Kempfen?«, fragte Mose beunruhigt. »Wir dirfen keine Wafen tragen. Und so schlimm wird's ja nit sein, nit?«

»S' wird gar nit schlim, Mose!« Eberlein funkelte Luzinde an. »Nur weil dis Waib uns iberreiden wil, dass de Rat gegen uns ze Felde ziht, nur deshalb soln wir mit Kind und Keit aus de Schtot ausfarn? Ich glaube nit!«

»Ich hab's nur gut gemeint, ihr Herren«, sprach Luzinde wütend. »Ich –«, sie hielt inne, denn Gottschalk, der bislang geschwiegen hatte, legte ihr die Hand auf den Arm. Seine grauen Augen baten sie, einen kühlen Kopf zu bewahren. Also verstummte Luzinde.

»Aber des Gered vom Kempfen«, griff Eberlein gehetzt Nathans Rede wieder auf, »des solt'n wer lassen. Des is ein Ferschtos gegen de Gesetz des Rates!«

»Und Adonai verhit, das wir die Gesetz des Rates brechen«, murmelte Ysaac trocken. Luzinde mochte Rosas Ehegemahl von Augenblick zu Augenblick mehr.

»De Rat is mir wurscht«, knurrte Nathan von Grevenberg hart. »Ich hab mir nicht mein Leben lang den Arsch aufgerisen, um mir mein Geld von ein paar girigen Birgern wider nemen ze lassen. Ich werd mein Haus fartaidigen, mit Schwert und Blut, wenn's sein muss.«

Der Judenrichter knetete wieder seine Hände. »Des is nit waise, mein Freind«, murmelte er, »nit waise.«

»Des is nachgerad ein Narischkeit«, verkündete Ysaac kopfschüttelnd.

»'s is Zeit, des wir zeigen, des wir nit werlos sind!«, fuhr Nathan ihn an.

»Wir sind nit werlos, Nathan«, versuchte Ysaac ihn zu beruhigen. »Wir megen file sein, hier in Nirnberg – aber de Krischten sind immer mer. Und wenn's auch nur des kleinste Gerede gibt dariber, dass ein Krischt von eines Jidenen Hand gefellt wurde …« Er vollendete seinen Satz nicht.

Doch Gottschalk tat es für ihn: »Dann brennen unsere Heiser erst richtik.« Offenbar hatte seine Stimme bei den anderen Gewicht, denn sie verfielen sofort in nachdenkliches Schweigen.

Schließlich hob Eberlein zaghaft die Stimme. »Also, geen wer doch einfach nach Haus. Ich red mit dem Hosto Stromer. Der is' ein guter Man, uns Jidenen nit faindlich. Auch wenn ich mich farschemen werd, ihm so ein Narischkeit auch nur erzelt ze haben. Der wird mir sagen, Eberlein, wird er sagen, de bist ein Narr. Warum sollt ich erst fer dich birgen, damit de in de Schtot leben kannst, und dann will ich dich wider los sein? Farschemen sollt'st de dich.«

»Nit ein Wort wirste ihm sagen, Eberlein«, brauste Nathan auf. »Wenn's war is, muss er nit wissen, das wir gewarnt sind. Wenn's ein Lige ist«, er warf Luzinde einen zornigen Blick zu, »dann helt er uns fer dume schwetzike Waiber.«

»Aber wenn's keine Lige ist«, mahnte Ysaac, »dann setzen wir nicht nur unsere Leben aufs Spil, sondern auch die unserer Waiber und Kinder.«

»Niemand sezt was auf's Spil!«, knurrte Nathan.

»Ja, woher weißt den das so genau?«, warf ihm Ysaac entgegen.

»Weil wer des Keniks sind!«, schrie Eberlein dazwischen. Tatsächlich brachte er damit das aufkeimende Durcheinander wieder zur Ruhe. »Der Kenik Karl, der hat noch vor zwei Jarn farbriwt, er farsichere den Jidenen Schutz von Leben und Habe, Gnade und Rechtsschutz. Warum solt er sich daran nit halten?«

»Weil er Kaiser werden will«, zitierte Luzinde laut Hosto Stromers eigene Worte. »Und dafür braucht er Geld und Verbündete. Christliche Verbündete.« Sie sah, dass das Argument bei den Herren den gewünschten Eindruck hinterließ.

»Des passt«, murmelte Ysaac. »Ir habt doch de Nachricht aus Frankfurt gehert, nit? Wie de Leit iber de Jidenen dort hergefalen sind? Und se ir Geld und Habe und de Heiser haben wollten? Des kann in Nirnberg auch gescheen. Es gab damals Gerede, der Karl hett dem Rat dort die Jidenen farkauft.«

»Sol'n se komen«, schnaubte Nathan, doch Eberlein schüttelte verzweifelt den Kopf.

»Ich weiß nit, ob das Meidel richtik gehert hat«, wandte Mose ein. »Aber was wol'n wer denn nun machen?«

»Gar nit etwas!«, sagte Eberlein.

»Schwerter kaufen«, knurrte Nathan.

»Wir solten fliehen«, murmelte Ysaac.

»Vielleicht mit dem Rat verhandeln, bevor wir alle Jidenen fer nits und wieder nits aus der Schtot schicken?«, fragte Mose.

Schließlich wendeten sich alle Blicke auf Gottschalk, der bislang noch kaum etwas zu der hitzigen Diskussion beigetragen hatte. Auch Luzinde war gespannt. Gottschalk und Ysaac glaubten ihr. Doch gleich fliehen? Nur auf ihr Wort? Würde Gottschalk das empfehlen, wenn Luzinde doch nicht einmal selbst sicher war, ob das der weiseste Weg war?

»'s gibt noch eine andere Meglichkeit«, sprach der alte Mann.

»Welche?«, fragte Ysaac. Luzinde sah, dass der Nachbar, obwohl er ihr glaubte, selbst nach einem Ausweg suchte, der ihm die Sicherheit von Heim und Gut erhalten würde.

»Wer geen ze Karl und lassen uns beschtetigen, dass er uns schitzt.«

Es entstand eine Pause, in der die Männer das verdauten. Nathan sprach als Erster. »Wenn er Keiser werden will, missen wir ihm mer Geld zalen.«

»Noch mer Geld?«, stöhnte Eberlein. »Er hat uns doch schon seinen Schutz fer teuer Geld gegeben. Dann muss ich noch mer Wucher nemen. Und der Kenig wird sich freien, wenn wir ihm mer Geld geben, bloß weil wer uns vor Angst de Schu vollpissen. Freien wird er sich!«

Doch Ysaac nickte. »Gottschalk, dein Rat is weise, wie imer. De Straßen in Nirnberg sind rauer geworden, die Krischten faindlicher, des merkt ir doch auch. Also is nit nur das, was Luzinde gehert hat, Grund zur Sorge, nit?« Die Männer nickten teils widerwillig. »Also sol jemand nach Prak faren, um mit Karl zu reden.« Wieder stimmten die Männer zu. Nur Eberlein wiegte zweifelnd den Kopf hin und her.

»Wer missen im Geld bieten, fil Geld«, sprach Gottschalk. »Nathan, rechne das durch, jo?«

»Wer sol den geen?«, fragte Ysaac. Alle Augen wendeten sich ihm zu.

»De bist ein starker Man, Ysaac«, sagte Eberlein listig. Doch Gottschalk schüttelte den Kopf. »Ich ge. Ir habt Waiber und Gescheft. Ich hab nur ein Gescheft, des kann der Mose firen.«

»Foter, de bist doch –«, hob Mose an. Doch der Vater schnitt ihn mit einem Blick das Wort ab. »Ich ge, Mose. Der Kenik kennt mich.«

»Gut«, nickte Ysaac halb erleichtert, wie es Luzinde schien. Eberlein dagegen wirkte enttäuscht. Die Magd ahnte, dass der kluge Mann den stärksten Gegner seines Standpunktes aus der Stadt hatte schicken wollen.

Damit löste Gottschalk die Versammlung auf. Nathan versprach, durchzurechnen, wie viel Geld die Judengemeinde Karl anbieten könnte. Eberlein sicherte widerstrebend zu, nicht zu seinem besonderen Freund Ulrich Stromer zu gehen und die Angelegenheit zu besprechen. Mose schien nicht glücklich, widersprach seinem Vater aber nicht. Und Ysaac dankte der Magd nach dem Gespräch mit einem festen Händedruck.

»Luzinde, bleibst noch«, bat Gottschalk, als die anderen den Raum verlassen hatten und sie die Bierkrüge wegräumen wollte. Die Magd gehorchte verwundert. Der alte Mann starrte noch ein paar lange Augenblicke aus dem Fenster, hinaus in die Nacht, wo die Stimmen der Männer langsam in den Gassen verhallten. Dann sah er sie an, und sein Blick war gleichzeitig prüfend und schwer.

»Luzinde«, sagte er, »de bist auf sunderbar Weis in mein Haus gekomen. Und ich glaub beinah, des war kein Glick, oder Zufall, wie ir sagt.«

»Was war es dann, Herr?«, fragte Luzinde besorgt. Wollte auch er ihr jetzt Vorwürfe machen?

»Ich glaub, des war Bestimmung. Adonais Wille. Ich weiß«, er hob eine Hand, um ihren Protest zu unterbinden, »das de das nit heren willst. Denk dir halt, es war der Wille deines Gottes.«

»Ich weiß nicht, Herr«, murmelte Luzinde. Es schien ihr anmaßend, dass ausgerechnet sie sich als Werkzeug Gottes betrachten sollte.

»Des is auch nit wichtik. Wichtik is aber was anderes.«

»Was denn, Herr?«

»Du musst mich auf der Fart zum Kenik Karl begleiten, Luzinde.«

Die Worte des Alten verschlugen Luzinde für einen Augenblick die Sprache. »Ich – zum König?« Sie erinnerte sich an den kurzen Augenblick auf dem Platz vor Sankt Laurentius, als sie den Herrscher unter seinem Baldachin gesehen hatte. Auch die Furcht, die für einen Wimpernschlag in seinen Augen gestanden hatte, war ihr noch gewärtig. Natürlich war auch der König des Reiches nur ein Mensch. Doch was für einen Grund sollte er haben, sie überhaupt zu empfangen?

Als sie die Frage Gottschalk stellte, wog der langsam den Kopf hin und her. »De sollst mitkommen, Luzinde, weil de ein Krischten bist. Und weil de den Hosto Stromer hast reden heren. Und de sollst mich begleiten. Ich bin ein alter Man, meine

Beine woln nit mer so, wie ich des gern hett. Ich brauch jemanden, der mir zur Hand get. Jemanden, dem ich fartrauen kan.«

Luzinde verstummte verblüfft. Er vertraute ihr so sehr, dass seine Wahl auf sie fiel? Doch jemand anderen aus seiner Familie konnte er kaum aus dem Alltag hier reißen. »Aber – das Haus … Rahel … ich –«

»De komen hier auch ohne dich klar, Kind.«

»Ja sicher, aber ich kann doch nicht einfach –« Luzinde verstummte. Was konnte sie nicht? Auf die Straße gehen, um nach Prag zu reisen? Oder konnte sie nicht mit einem Juden reisen? Was ließ sie zögern?

»Meint Ihr, der König glaubt Euch nicht?«

»Ich glaub, er hert mer auf jemanden, der des Gerede selbst gehert hat, als auf Herensagen.«

»Und Ihr glaubt, dass das, was ich gehört habe, für euch Juden hier in Nürnberg wirklich eine Bedrohung ist?«

»Der Mensch ist zu beisen Dingen fehig«, murmelte Gottschalk nachdenklich, »und ich glaub s'wird schlim enden mit den Jidenen von Nirnberg, wenn wer nit was tun. Und du kannst dabei helfen, es ze verhindern. Wenn de willst.«

Luzinde ging darauf nicht ein. »Sieht es nicht merkwürdig aus, wenn ein Jude und eine Christin zusammen auf Reisen sind?«

»Ja, das tut es«, meinte Gottschalk. »Daher musst'e als meine Großnichte reisen.«

Erst ein paar Herzschläge später begriff Luzinde, was der Alte da vorschlug. »Ich – ich soll mich als Jüdin ausgeben?« Gottschalk nickte nur.

»Aber – das geht nicht. Das nimmt mir doch niemand ab! Die Leute sehen mir doch von Ferne an, dass ich eine Christin bin!«

»So wie der Her Ulman?«, fragte Gottschalk schmunzelnd.

Luzinde errötete. Woher wusste er denn das nun wieder? »Aber ich weiß doch gar nicht, wie man sich als Jüdin verhalten muss! Das ist alles so kompliziert!«

»Aber des wissen die anderen Krischten doch auch nit, Luzinde.«

»Und ich kann Euch doch gar nicht beschützen!«

»Dafir gibt's de Knechte.«

Luzinde hörte in sich hinein. Die Sorge um Gottschalk und um die Kinder hatte sich tief in ihrem Leib eingenistet. Außerdem lockte die Reise nach Prag. Sie – eine Schreiberstochter aus Lindelberg – vor dem König?

»Du müsstest mir beibringen, wie ich mich zu verhalten habe«, sprach sie grübelnd.

»Des tet ich, Meidel«, sagte Gottschalk schnell.

»Und ich würde keine Gebete an deinen Gott senden«, setzte sie stirnrunzelnd hinzu. Sie war sicher, dass das Vollführen eines jüdischen Ritus allein ihre Christenseele verdammen würde. Doch da sie bereits vom Gottesdienst ausgeschlossen war, hatte sie nicht mehr viel zu verlieren – oder? Würde Gott dies als letztes Zeichen dafür nehmen, dass ihre Seele unrettbar verloren war? Sie wusste es nicht. »Wann brechen wir auf?«

Kapitel 14

Die nächsten Tage verbrachte Luzinde mit Lernen. Sie schaute Rahel und Rebekka auf die Finger, fand heraus, wie sie sich kleideten, wie sie sich bewegten, wie sie in der Öffentlichkeit mit Juden und Christen umgingen. Rahel und Bel leiteten sie mit viel Spaß und Freude an. Rebekka hingegen hielt davon nichts. Doch sie schien beinahe erleichtert, dass die christliche Magd das Haus für eine Weile verlassen würde.

Der mühevollste Teil bestand im Lernen von Gesten und Segenssprüchen. Sie schreckte vor den rituellen Handlungen zurück. Sie versuchte sich einzureden, dass es ja nur hohle Gesten seien, die nichts bedeuteten. Sie sagte sich, dass ihr Glaube im Herzen stark war, dass sie nichts zu befürchten hätte. Sie hielt sich stets vor Augen, dass sie all das tun musste, um den kleinen Jakob und seine Familie zu schützen. Sie zwang sich, ihr Gewissen außer Acht zu lassen, das ihr die Frage ihrer alten Freundin Anna in Erinnerung rief: »Wo soll das nur enden mit dir, Luzinde?« Insgeheim wünschte sich die Magd, sie wüsste eine Antwort darauf.

Als sie probeweise die Augen mit den Händen bedeckt und den Segensspruch der Hausfrau für den Schabbesabend gesprochen hatte, um dann die Kerzen anzuzünden, hatte kein Blitz sie niedergestreckt. Würde sie wissen, wann sie die Grenze überschritt? Würde sie innehalten, bevor sie etwas tat, für das Gott ihr zürnen würde? Oder lag diese Grenze gar schon hinter ihr, ohne dass sie es bemerkt hatte? Dieser Gedanke erschreckte Luzinde. Als sie zum ersten Mal den Schleier mit der blauen Borte überlegte, wusste sie, dass sie einem der fundamentalen Gesetze ihres Glaubens zuwiderhandelte. Sie leugnete Gottes Namen. Doch sie beruhigte ihr Gewissen. Und irgendwann ging sie, immerfort *Chazan et ha-kol* und andere Sätze murmelnd, wieder ihren Aufgaben nach und ließ sich dabei von Rahel korrigieren, sooft sie ihr begegnete.

Ob aus lauter Sentimentalität oder um sich einen Fluchtweg offen zu halten: Sie packte ihr altes braunes Überkleid ein, in dem sie Pillenreuth verlassen hatte. Bislang hatte sie es gewaschen, geflickt und in ihrer Truhe aufbewahrt. Obwohl das Gewand schon damals, als sie es erhalten hatte, von einer Begine abgelegt worden war, verband sie damit doch so viele widersprüchliche Erinnerungen, dass sie es nicht zurücklassen mochte.

Da die Reisegesellschaft deutlich mehr Leute umfassen sollte als nur Gottschalk, Luzinde und die Knechte – es war Sitte, dass man den König mit Gefolge aufsuchte, und so wollte Gottschalk nicht auftreten wie ein Bettler –, wurden Listen angefertigt, was auf der Reise alles vonnöten wäre. Das Gepäck sollte auf einem Wagen Platz haben, den Fischlein lenken würde, doch Gottschalk versprach Luzinde, dass auch sie die Zügel würde führen dürfen. »Wirst'e bereun«, setzte er augenzwinkernd hinzu. Und Luzinde packte Stoffstreifen ein, um ihre Hände gegen die Lederriemen zu schützen.

Vor der Abreise gab es jedoch noch ein weiteres Problem. Kaum hatte Jakob mitbekommen, dass Luzinde ihr Bündel für eine Reise schnürte, brach bei ihm hektische Betriebsamkeit aus. Er verschwand in seiner Kammer, grub sich für Stunden im Keller ein und wurde den restlichen Tag über nicht mehr gesehen. Am nächsten Morgen – seit dem Beschluss zum Aufbruch nach Prag waren mittlerweile fünf Tage vergangen – stand der Bube morgens mit gepacktem Bündel bereit. Er hatte sein bestes Gewand angezogen und einen Mantel umgeschlungen. Als Luzinde ihn heimlich fragte, wo er denn hin wolle, gab er fest zurück: »Ich ge mit dir und dem Zeydel mit!«

»Aber du weißt doch gar nicht wohin?«

»Aber ir wisst des doch!«

»Ja, aber warum willst du denn mit, Jakob?«, hatte Luzinde erstaunt gefragt.

»Mame hat gesagt, de Reise wer gefehrlik. Da muss jemand auf dich achtgeben.«

Luzinde kümmerte sich nicht darum, ob Rebekka sie sah. Sie umarmte den kleinen Burschen und drückte ihn herzlich. »Mein Ritter«, murmelte sie gerührt. »Aber du kannst nicht mit. Du musst hierbleiben, bei deiner Mame, und aufpassen, dass ihr und Bel und Rahel und Rosa und Mose und all den anderen nichts geschieht.«

»Aber ich muss doch auf dich –«

Luzinde unterbrach ihn. »Du kannst nicht auf mich achtgeben, Jakob. Das macht Fischlein schon. Und viele andere Leute.« Sie dachte nach. Was würde ihn nur trösten? »Du musst doch hierbleiben, um auf unsern Frosch aufzupassen«, sagte sie dann. »Wer soll das sonst tun? Bel?«

»Ne«, machte Jakob, »Bel find den eklik.« Luzinde sah, dass dieser Gedanke in dem kleinen Kinderkopf arbeitete.

»Na siehst du«, gab sie zurück. »Du musst auf unseren Frosch aufpassen. Was soll ich denn machen, wenn ich zurückkomme, und er ist nicht mehr da?«

Da brach der Bube in Tränen aus. »De komst auch wirklich zerik?«

Luzinde strich ihm unbeholfen die Rinnsale fort, die schnell die Wange hinab liefen. »Natürlich komme ich zurück. Da mach dir mal keine Sorgen.«

Also nickte Jakob mit hängenden Schultern. »Dann pass ich fer dich auf den Frosch auf.« Doch die Magd sah, dass der kleine Mann noch immer unglücklich war.

Während der nächsten beiden Tage wurde Luzinde dann doch ungeduldig. War der Aufbruch nach Prag nicht eine eilige Angelegenheit? Musste man sich nicht sputen, um den König auf die verbrecherischen Pläne der Kaufleute hier aufmerksam zu machen? Doch Gottschalk erklärte ihr, dass die verschiedensten Leute Vorbereitungen treffen müssten.

Am Vorabend von Sankt Leonardi schließlich stand Luzinde bevor, wovor sie sich am meisten fürchtete. Tag für Tag hatte sie hinausgeschoben, was doch unausweichlich war: Sie musste Ulman erklären, dass sie für eine Weile fortginge. Und sie konnte ihm noch nicht einmal ganz ehrlich sagen, wohin, denn Gottschalk hatte sich Schweigen ausbedungen. Und obwohl sie Ulman seit ihrer Begegnung auf der Kaiserburg einige Male kurz begegnet war, fühlte Luzinde, dass dieses Geheimnis sie bereits hier in Nürnberg voneinander trennte. Auch Ulman war stiller geworden, geradezu in sich gekehrt.

Am letzten Abend vor dem Aufbruch schließlich nahm Luzinde sich vor, sich zu verabschieden. Und so stahl sie sich abends zu dem mit Ulman vereinbarten Treffen hinter dem Rathaus. Das prachtvolle helle Sandsteingebäude mit den spitzbogigen Fenstern wies nach Süden, zur Pegnitz hin. Nicht zum ersten Mal stellte Luzinde fest, dass es so fein und hell wirkte, als habe man Stein und Putz gerade erst aneinandergefügt.

»Warum hier?«, fragte sie atemlos, als sie Ulman traf. Der junge Mann wartete bereits auf sie. Sie sehnte sich danach, ihn zu küssen, doch in der Öffentlichkeit wagte sie nicht, ihn auch nur zu berühren.

»Ich habe eine Überraschung für dich«, erwiderte er.

»Eine Überraschung? Ich hoffe, eine gute!«

»Ich denke schon«, gab er zurück. Doch wie schon die ganzen letzten Tage wirkte er distanziert.

»Komm«, meinte Ulman. Er schob sie durch eine Hintertür des Rathauses. Durch eine schwere und knarrende Tür hindurch ging es Stufen hinab in die Tiefe.

»Hier rein?«, fragte sie erstaunt. »Dürfen wir das denn?«

»Ich bin Ulman Stromer«, sagte er bloß. »Meiner Familie gehört das Haus fast. Während der Umbauten am Rathaus habe ich hier oft gespielt.«

Die unregelmäßig aus dem Felsen gehauene Treppe führte hinunter ins Dunkel. Luzinde hatte sich unter einer Überraschung eher etwas Verträumtes vorgestellt, nicht einen Gang in düstere und feuchte Keller. Eine blakende Fackel steckte in einer Wandhalterung. Sie meinte wie aus tiefer Ferne einen Schrei zu hören, doch sie schrieb das ihrer lebhaften Einbildungskraft zu. Sie blieb auf den letzten Stufen der Treppe stehen. »Was ist das hier?«

»Früher war das der Keller des Brothauses«, sagte Ulman und reichte ihr die Hand, um sie weiter zu geleiten. »Er ist erweitert und umgebaut worden. Heutzutage dient er als Gefängnis.«

Luzinde blieb abrupt stehen. »Gefängnis? Was für ein Gefängnis denn?«

»Die Angeklagten werden hier verwahrt, während die Vorwürfe untersucht werden.« Wieder drang ein Schrei herüber. Dieses Mal war Luzinde sicher, dass sie ihn sich nicht eingebildet hatte. »Eine Folterkammer gibt es auch. Komm!«

Doch Luzinde rührte sich nicht von der Stelle. »Warum zeigst du mir das?«

»Ich dachte vielleicht, du findest es spannend«, sagte Ulman. »Komm, ich führe dich herum.«

»Und hier hast du gespielt?« Luzinde folgte dem jungen Mann widerstrebend. Er führte sie links herum. Gleich rechts lagen eine Schmiede und ein weiterer Raum, dann ging es ein paar Stufen hinab in eine Kammer mit Brunnen. Von einem Gangstück eine weitere Treppe hinunter drang Licht herüber.

»Manchmal«, gab Ulman zurück. »Wir haben uns hier runtergeschlichen und die Gefangenen geärgert. Nicht alle Jungen haben sich das getraut – manche haben auch wieder die Flucht ergriffen, wenn die Gefangenen geschrien haben.«

»Haben die Leute nicht schon genug Leid zu erdulden?«, fragte Luzinde. Hier unten eingesperrt zu sein, ohne Licht, kaum Luft – es stank schrecklich nach Blut, Schweiß und Fäkalien –, keine Möglichkeit, zu entkommen ... Das musste wahrhaft entsetzlich sein.

»Aber die sitzen hier doch aus einem bestimmten Grund«, erwiderte Ulman. »Sie sind schuldig.«

»Ich dachte, ihre Schuld wird noch untersucht?«

»Die meisten gestehen früher oder später«, sagte Ulman und warf ihr einen rätselhaften Blick zu. Er ging die Stufen in das Gangstück hinunter. Rechts war eine Tür, auf deren Trägerstein über dem Eingang eine schwarze Katze aufgemalt war. »Dort werden Verleumder untergebracht.« Er wies mit dem Kinn auf die nächste. Dort fand sich ein roter Hahn. »Und dort die Brandstifter. Wenn du mich fragst sollte es auch eine gesonderte Zelle für Lügner und Betruger geben. Vielleicht mit einer gelben Schlange?« Im Halblicht der Lichtschächte in der Wand konnte Luzinde seine Augen nicht erkennen. Durch die Schatten wirkte sein Gesicht beinahe wie eine Fratze. Ein kalter Schauder fuhr ihr über den Rücken. Bildete sie sich das ein? Beeinflusste die Atmosphäre dieses Lochs sie so?

Ulman führte Luzinde weiter. Sie hatte bereits die Orientierung verloren, obwohl sie auf dem kurzen Weg nur wenige Ecken umrundet hatten. Sie kamen in eine Eckkammer, deren Boden mit Kopfsteinen gepflastert war. Ein Krug Wasser stand auf einem kleinen Tisch, ein Hocker daneben. »Die Henkersstube. Hier werden die Verurteilten angekettet, bevor sie hingerichtet werden«, erläuterte Ulman. Sie duckten sich durch die gemauerte Tür in einen langen Gang mit Lichtschächten. Beinahe ein Dutzend Türen gingen hier ab. Eine davon stand offen. In dem Halblicht vom Gang konnte Luzinde erkennen, dass die Kammern kaum so groß wie die Fläche eines einachsigen Karrens sein konnten. Und doch schienen dem Jammern und Greinen zufolge hinter den schweren Holztüren jeweils mehrere Menschen eingesperrt zu sein. In einer leeren Zelle sah sie Holzpranger mit Löchern für Hände und Füße. Wer darin eingespannt wurde, hockte in einer Scheißrinne wie auf dem Schleifstein.

Luzinde ließ sich von Ulman durch den Gang ziehen. Jeder Schritt fiel ihr schwerer als der vorherige, denn sie war beinahe steif vor Angst. »Warum zeigst du mir das nur?«, flüsterte sie und hörte, wie schrill ihre Stimme klang. Doch er zog sie um zwei weitere Ecken bis hin zu einer Tür.

Mittlerweile zitterte Luzinde wie Espenlaub. Ulman stand hinter ihr und hatte sie mit einem Arm umfangen. Nun stieß er mit dem Fuß die Tür vor ihnen auf.

Vor Luzinde öffnete sich ein kapellenartiger Raum im Felsen. Mehrere Stufen führten in die Tiefe, so dass er höher war als breit. Er besaß gemauerte Podeste an der Wand, eine Seilwinde sowie ein Gestell aus Holzbalken. An den Wänden hingen metallische Gerätschaften und ein Feuer in einem flachen Ofen sorgte für unerträglich stickige Luft. Luzinde sah direkt auf einen Mann, der an den gebundenen Armen an der Decke aufgehängt war. Langes Haar und ein verwahrloster Bart zeigten, dass er schon lange hier unten litt. Sein Kopf baumelte schwach hin und her; überhaupt pendelte der ganze Leib sachte an dem Strick. Sein Hemd war zerrissen, der Körper darunter zerschunden und blutig. Luzinde wollte gar nicht wissen, was man ihm alles angetan hatte – und warum.

»Hier enden Leute, die stehlen, lügen und betrügen«, zischte Ulman ihr ins Ohr. »Leute, die es nicht besser verdient haben. Leute wie du, Luzinde!«

Der Magd wurde bei seinem Tonfall ganz anders. Sie war beinahe froh, dass er sie festhielt, denn die Beine drohten ihr zu versagen. Doch dann stieß er sie vorwärts, auf die Türöffnung zu. Sie konnte sich gerade noch an der Mauer abfangen und festhalten. Dann wandte sie sich um, Ulman zu. Der funkelte sie wütend an. »Warum hast du mir nichts davon erzählt?«

»Wovon?«, fragte Luzinde schwach. Der Raum um sie herum schien zu schrumpfen, und sie fühlte, wie ihr der Schweiß ausbrach.

»Davon, dass du nicht Gottschalks Verwandte bist. Dass du nicht mal eine Jüdin bist! Dass du sogar ein Kind hast, und als Kebse verschrien bist!«

Luzinde schloss die Augen. Hatte Margaret geredet? Es würde zu der Frau passen. Doch eigentlich war das bedeutungslos. »Ich wollte es dir sagen«, murmelte sie. »Aber ich – ich wusste nicht wie. Und wann.«

»Es ist auch einerlei«, erwiderte Ulman in hartem Ton, doch er konnte seine Verletztheit nur schlecht vor Luzinde verbergen. »Die Vorbereitungen in Gottschalks Haus – du hast mit ihm geredet, nicht wahr?«

»Ich musste doch! Wie hätte ich ihm das verschweigen können?«

»Er bereitet sich auf eine Fahrt nach Prag vor, oder?«

Luzinde presste die Lippen aufeinander. War dies noch der Mann, dem sie vor knapp einer Woche auf der Kaiserburg so nah gewesen war? War dieser hasserfüllte, schwarz gekleidete Mann wirklich derselbe wie jener sanfte Liebhaber?

»Du brauchst mir nicht zu antworten. Wir wissen Bescheid.« Ulman trat näher an sie heran, so dass Luzinde fürchtete, er würde wieder versuchen, sie in die Folterkammer zu stoßen. Doch er blieb auf Armeslänge Abstand stehen. »Es geht das Gerücht, es gäbe einen Zeugen, der die Ratsleute belasten könnte. Das bist du, nicht wahr? Du hast meinen Oheim in der Kirche belauscht! Vielleicht sollte ich dich in die Zelle mit der schwarzen Katze stecken lassen. Zusammen mit anderem Abschaum, der über ehrenvolle Bürger herzieht.« Er senkte die Stimme zu einem Flüstern. »Aber es ist einerlei. Dein Wort wird kein Gewicht haben, und Gottschalks Reise keinen Erfolg.«

»Ich dachte, du hast den alten Mann gerne!«

»Er sollte besser aus Nürnberg verschwinden, solange er noch kann.«

Wann hatte er sich so erklärt auf die Seite seines Oheims gestellt? Oder hatte er dort schon immer gestanden? »Du Bastard!«, presste Luzinde heraus.

»Nein«, sagte Ulman. »Das wird wohl eher auf dein Kind zutreffen, nicht wahr?« Er trat wieder zurück. »Wie lange ist das her? Fünf Jahre? Hast du eigentlich mal darüber nachgedacht, was es alles durchgemacht hat? Oder wie es heute aussieht?« Die Grausamkeit, die jetzt aus seinen Zügen sprach, tilgte auch die letzte Ähnlichkeit, die der junge Mann mit dem verliebten Burschen auf der Kaiserburg gehabt hatte. »Und hast du jemals daran gedacht, dass du es vielleicht wiedersehen könntest?«

Diese Frage raubte Luzinde für einen Augenblick den Atem. »Wiedersehen?«, wiederholte sie dann bebend.

»Ich weiß, wo dein Balg steckt, Luzinde. Aber wenn du Gottschalk begleitest … dann verspielst du meinen letzten Rest Mitleid. Dann wirst du es nie wieder sehen.« Er sah noch auf sie herunter, und Luzinde meinte, seine Hände zittern zu sehen. Er ballte sie zu Fäusten. »Denk darüber nach. Ich schätze, du findest selbst hinaus.« Damit drehte er sich um und ging.

Luzinde blieb zurück. Sie spürte erst, dass sie weinte, als sie die Tränen salzig auf den Lippen schmeckte. Sie weinte über die Wunde, die Ulmans Grausamkeit geschlagen hatte. Sie weinte, weil sie mit ein wenig Ehrlichkeit hätte verhindern können, dass er sich so voller Hass von ihr abgewandt hatte. Am meisten aber weinte sie darüber, dass er trotz der messerscharfen Worte eine schmerzende Leere in ihrem Inneren hinterließ.

Dann begriff sie den vollen Umfang seiner Erpressung. Ich weiß, wo dein Balg steckt, Luzinde, hatte er gesagt. Sie schlang die Arme um den Körper, um ein Zittern zu unterdrücken. Woher wusste er das? Hatte Margaret ihm davon berichtet? Warum ausgerechnet ihm? Und viel wichtiger noch: Hatte er gelogen? Oder wusste er wirklich, wo ihr Kind die letzten Jahre verbracht hatte? Und wo es sich jetzt befand, in diesem Augenblick? Mochte es sich gar in Nürnberg aufhalten? Sie wagte diesen Gedanken gar nicht zu fassen.

»He, du!«, knurrte es da neben ihr.

Luzinde zuckte zusammen. Ein hagerer Kerl mit Glatze und tief eingefurchten Falten im Gesicht hatte sie angestupst. Er trug eine blutbefleckte Lederschürze.

»Das is kein Ort für Bettler und Huren, Weib!«, meinte er. »Mach, dass du wegkommst. Sonst behalt ich dich gleich hier.« Damit grinste er humorlos und wies mit dem Daumen auf die Folterkammer.

Luzinde sprang auf. Sie lief den Gang hinunter, in die Richtung, in die Ulman fortgegangen war. Das war nicht der Weg, den sie gekommen waren, doch sie hatte Glück: vorbei an weiteren verriegelten Holztüren kam sie schon bald zu der Treppe, über die sie diesen schrecklichen Ort betreten hatte. Beinahe panisch stürmte sie die Stufen hoch, riss die Holztüre auf und lief, bis sie das Rathaus weit hinter sich gelassen hatte. Als sie bemerkte, dass sie die Straße zur Burg hinauflief, hielt sie endlich an und schöpfte Atem. Die Luft war schneidend kalt, und Schweiß klebte ihr am ganzen Körper. Sie ging weiter, um warm zu bleiben. Doch sie machte einen großen Bogen um den Zotenberg. Sie mochte noch nicht wieder in Gottschalks Haus zurückkehren.

Morgen sollte der Aufbruch nach Prag stattfinden. Morgen musste sie wissen, was sie tun sollte. Wenn du Gottschalk begleitest, dann wirst du es nie wieder sehen, hatte Ulman gesagt. Wie konnte er ihr gegenüber so kalt, so grausam sein? Wie konnte er sie vor die Wahl stellen, ihr Kind wiederzusehen oder Gottschalk und seine Familie im Stich zu lassen? Luzinde erinnerte sich an jene stürmische Nacht, in der sie alles dafür gegeben hätte, das kleine krähende Bündel in den Arm zu nehmen und zu halten – nur für einen Moment. Die Sehnsucht von damals lebte wieder auf, als wäre es gestern gewesen, und verkrampfte jede Faser ihres Körpers.

Als Luzinde aufsah, merkte sie, dass ihre untreuen Füße sie doch zum Zotenberg zurückgetragen hatten. Sie hielt inne und starrte auf das Haus Gottschalks, und das von Ysaac, und das von Nathan. Sie waren alle bereits durch Laternen erhellt, denn es dunkelte. Ein helles Kinderlachen ertönte, und Bel schalt laut ihren kleinen Bruder. Unwillkürlich kräuselte ein Schmunzeln Luzindes Lippen. Was der kleine Racker seiner Schwester jetzt wohl wieder angetan haben mochte?

Dann gefror das Lächeln auf ihren Lippen. Die Friedlichkeit, die das gemütliche Licht ausstrahlte, war trügerisch. Sie selbst hatte gehört, was Hosto Stromer gesagt hatte. Die Juden sind des Königs, und der König kann sie verkaufen. Und sie erinnerte sich an den Mann mit den grauen Augen unter der Krone. Würde er das tun – die Juden verkaufen? Sie waren doch seine Schutzbefohlenen! Dann wanderte ihr Blick auf das Haus Ulrich Stromers, das direkt neben dem von Gottschalk stand. War Ulman gleich zu seinem Oheim gelaufen, um ihm von der Begegnung zu berichten? Eine verzweifelte Wut machte sich in ihr breit. War sie für ihn von Anfang an nur ein Werkzeug, ein Spitzel im Hause Gottschalk gewesen? Vermutlich hatte er nur so viel Zeit mit ihr verbracht, weil sie sich so leicht aushorchen ließ. Was für eine dumme Gans sie gewesen war! Was sollte ein reicher Patriziersohn wie Ulman sonst wohl von einem armen Ding wie ihr wollen? Sie hatte sich einmal mehr von einem Traumgespinst verführen lassen. Gottschalk hatte Recht damit behalten, sie vor ihm zu warnen. Sie hatte nicht auf ihn gehört, hatte den Feind eifrig mit Vertraulichkeiten gefüttert, die sich nun vielleicht gegen jene wenden würden, die ihr Freundlichkeit gezeigt hatten. Und sie hatte sich ihm an den Hals geworfen wie eine Hure.

Luzinde stellte fest, dass ihr alles Grübeln nicht helfen würde. Sie musste sich entscheiden, ob sie morgen mit Gottschalk nach Prag fahren würde oder nicht. Wenn sie es nicht tat, verringerte sie vielleicht seine Aussichten, beim König Gehör zu finden. Aber wenn sie es tat, wenn sie mitfuhr – dann verspielte sie die letzte Chance, ihr Kind jemals wieder zu sehen.

Als Sankt Leonhardi dämmerte, saß Luzinde nach dem Morgengebet – dem *Schacharit*, wie sie inzwischen wusste – neben Gottschalk auf dem Wagen. Der Abschied von jenem Ort, den sie gegen alle Erwartungen ihr Zuhause hatte nennen dürfen, fiel ihr erstaunlich schwer. Jakobs wütende Tränen erinnerte sie schmerzhaft an die Trennung von Anna und dem kleinen Thomas. Doch sie bewiesen ihr auch, dass sie die richtige Entscheidung getroffen hatte. Sie hatte kaum geschlafen, weil sie so viel gegrübelt hatte. Die Aussicht, ihr Kind nach all den Jahren wieder in die Arme zu schließen, war so verlockend, dass es fast schmerzte. Doch Luzinde konnte ihre Augen nicht davor verschließen, dass sie dann an jeder Untat, die den Nürnberger Juden geschähe, mitschuldig werden würde.

Der Knecht Fischlein lenkte den von einem kräftigen Falben gezogenen Wagen den Zotenberg hinunter. Luzinde sah noch einmal zurück und prägte sich das behagliche Haus ein. Als sie dort an ihrem ersten Tag erwacht war, hätte sie niemals gedacht, dass sie es irgendwann einmal vermissen würde. Doch schon nach wenigen Umdrehungen der Räder fehlte ihr das Gefühl des weichen Teppichs unter ihren Füßen, die ruppige Art Rahels und das schelmische Grinsen von Jakob. Dann glitt ihr Blick zum Nachbarhaus. Am Fenster von Ulrich Stromers Haus stand eine Gestalt und sah ihnen nach. Sie wusste, dass es Ulman war. Sie wandte ihren Blick ab.

Als der Zotenberg außer Sicht war und Luzinde mit klopfendem Herzen den jüdischen Schleier mit der blauen Borte überlegte, kam es ihr bei der Fahrt durch Nürnberg beinahe so vor, als hätte ein Teufel die Zeit verlangsamt. Sie schielte in die Gesichter der Menschen um sie herum. Sicherlich würden diese sie doch sofort als Betrügerin enttarnen? Sie sah nicht aus wie eine Jüdin, noch wusste sie sich wie eine zu benehmen. Was sollte sie tun, wenn ihr jemand den Schleier vom Kopf riss und sie eine Lügnerin schimpfte? Doch das kleine Reisegrüppchen passierte zuerst die Fleischbrücke, dann das Tor an der Königsstraße. Schließlich verließen sie auch die äußeren Bereiche Nürnbergs, vorbei am Klarissenkonvent und dem Galgenberg, ohne dass Luzindes Verkleidung jemandem aufgefallen wäre. War es wirklich möglich, dass niemand sie als Christin erkannte? Der Gedanke erschreckte sie, denn das bedeutete auch, dass sie sich nun einen Leumund als Jüdin machen würde. Was wäre, wenn es niemanden mehr gäbe, der beschwören konnte, dass sie die Christenmagd Luzinde war? Müsste sie dann auf ewig diese Kleider tragen?

Außerhalb von Nürnberg trafen die drei Wagen der jüdischen Gesandtschaft schließlich aufeinander. Es fand sich eine Gruppe von über einem Dutzend Knechten zusammen, die meist nebenherliefen. Man hatte sich hinter dem Galgenberg verabredet, damit der Aufbruch nicht wie ein Auszug der Großen aussah. Auch wenn Hosto Stromer bereits von ihrem Plan wusste – immerhin mussten Juden Auskunft über ihr Kommen und Gehen geben –, wollte man doch nicht auch noch den Rest der Stadt misstrauisch machen. Daher handelte es sich bei den anderen Reisenden auch um weniger bekannte Leute.

Fischlein hielt die Zügel und ließ das Pferd munter ausschreiten, bis ihr Wagen an der Spitze des kleinen Zuges fuhr. Die Gefährte waren alle rechts und links mit Holz verkleidet und besaßen ein Dach. Nach vorne und hinten waren sie mit Planen geschützt, und innen gab es Bänke, Decken und Kissen.

Luzinde schmiegte sich in eine Wolldecke und saß stumm neben Gottschalk. Was würde die Straße vor ihnen für sie bereithalten? Sie war froh, dass so viele wehrhafte Männer mitgingen. Ihnen waren zwar keine Waffen erlaubt, die diesen Namen verdienten – doch Wanderstöcke, Beile furs Feuerholz und Fleischmesser durfte man ihnen nicht wegnehmen.

»Der erste Tag einer Reise is imer der schnelste«, sprach Gottschalk, und tatsächlich kamen sie gut voran. Nach ein paar Stunden durch den dichten Reichswald erreichten sie Feucht, und Luzinde fürchtete längst nicht mehr, von jedem beliebigen Bauern oder Bettelmönch, dem sie auf der Straße begegnete, enttarnt zu werden. Sie wurde mutiger und fragte den Alten weiter aus, was es mit gewissen Bräuchen, wie etwa den Gebetsriemen, auf sich hatte.

»Des schtet so in der *Tora*«, sprach Gottschalk, und begann zu zitieren: »›Diese meine Worte solt'er auf euer Herz schreiben, und auf eure Seel schreiben. Ihr solt se als Zeichen binden um des Handgelenk. Sie soln Schmuck werden auf eurer Stirn.‹«

»Muss ich das auch tun?«, fragte Luzinde entsetzt. Machtvolle Worte auf Pergament schreiben und auf die Stirn binden? Das klang zu sehr nach Zauberei! Glücklicherweise schüttelte Gottschalk den Kopf. »Nein, liebe Großnichte«, schmunzelte er, »des musst nit tun. Des machen nur de Mannen.«

Am Mittag fanden sie einen Gasthof in dem kleinen Ort Altdorf, der von den vielen Gästen beinahe überfordert war. Luzinde atmete auf, denn ein feiner Nieselregen überzog das Land. »Komm schon, Oheim«, betonte sie augenzwinkernd. Sie strebte selbst zum Eingang, sah aber aus den Augenwinkeln, wie Fischlein die Hilfe eines Stalljungen abwies, beim Ausschirren zu helfen. Die anderen Knechte taten es ihm gleich. Sie fand das eigenartig, verwarf den Gedanken aber und betrat dann den Schankraum. Der Alte hatte versprochen, dass es warme Mahlzeiten gäbe, wann immer welche zu erhalten waren. Gottschalk folgte ihr langsamer. Im Gasthaus standen einfache lange Tische und Bänke, an denen reisende Handwerker und Kaufleute saßen. Ein Eintopf mit Speck duftete ihr entgegen – offenbar hatte man kürzlich geschlachtet.

»Zwei Schüsseln Eintopf«, trug sie der Wirtin hungrig auf. »Und zwei Krüge Bier!« Sie erhielt einen merkwürdigen Blick. »Und es wird wohl noch mehr gebraucht werden.«

»Kenen Eintopf fer mich, bitte«, korrigierte Gottschalk. »Und de soltest des auch nit nemen, Luzinde. Des is sicher nit koscher.«

Siedend heiß fiel der jungen Frau ein, was der Alte ihr über jüdische Essensvorschriften gesagt hatte. »Niemals Schwein, des is umrein. Aless andere muss koscher sein. Bei Fleisch get des auf Reisen meist nit. Nur, wen de ein Lagerstatt bei einem andern Jidenen bekomst.« Und dass Gastfreundschaft eine heilige Tugend war, hatte sie in diesem Zusammenhang auch erfahren. »Kein Jid wird einen anderen Jidenen von der Tire weisen, Luzinde«, hatte Gottschalk hinzugefügt. »Jiden sind alle im Exil, fern des heiligen Landes. Also missen wir alle einander helfen.«

Die Magd änderte enttäuscht ihre Bestellung. Auch die anderen Mitreisenden trugen ihre Wünsche vor. »Wer kennen uns auf Reisen nur an wenige Gebote halten«, erklärte Gottschalk ihr weiter. »Aber manche lasen sich einfacher befolgen als andere. Ich farsuch des, wo's get.«

Das war Luzinde kein Trost, denn sie war hungrig. Und zu allem Überfluss dauerte die Bewirtung eine ganze Weile. Luzinde war gewohnt, sich in der Küche selbst zu versorgen, doch sie hätte gedacht, dass man einen reichen Juden schnell bediente, denn immerhin konnte er gut zahlen. Als sie schließlich ihr Essen erhielten – das Bier war kaum lau, wie sie feststellte –, fragte sie Gottschalk: »Ist's üblich, dass alle Leute vor euch bedient werden?« Sie wies auf die anderen jüdischen Reisenden, die teilweise immer noch auf das Essen warteten. Luzinde kannte die wenigsten von ihnen, und wenn dann nur vom Sehen. Einer von ihnen, ein Mann mit rotem Bart, den die anderen Josef nannten, wirkte über die Wartezeit sehr verärgert.

Der Alte nahm Schale und Krug in Empfang und zuckte nur mit den Schultern. »Wer sind eben auf Reisen nit ser beliebt.«

»Aber du hast doch Geld bei dir!« Sie wusste, dass er sogar verhältnismäßig viel Geld bei sich trug. Gottschalk hatte einen Teil der für sie unermesslichen Summe von mehreren Tausend Pfund Haller bei sich, die König Karl als Gabe überreicht werden sollten. Sie wusste, dass er Edelsteine in großem Wert in seinen warmen pelzbesetzten Umhang eingenäht trug. Den genauen Wert der Steine kannte sie nicht. Doch es sollte ausreichen, einen König zu beeindrucken. Die Summen, die die Juden von Nürnberg dem König bezahlten, waren so hoch, dass sie sich diese kaum vorstellen konnte – 1100 Pfund Haller im Jahr. Und sie wusste, dass sie ein bis zwei Hundert Pfund willens waren mehr zu zahlen, um ihren Frieden zu haben.

»Wer solten fro sein, wenn's uns was geben«, sagte der Alte, der mit seinem Geld das Wirtshaus vermutlich aufkaufen könnte, ohne mit der Wimper zu zucken.

Luzinde setzte sich verärgert an einen Tisch und streckte ihre müden Beine aus. Erschrocken zuckte sie zusammen, als eine große Hand auf das Holz krachte. »Nicht an meinem Tisch! Esst euer Zeug draußen!« Der Hauswirt funkelte sie feindselig an.

»Wer biten um Pardon«, murmelte Gottschalk und winkte mit dem Kopf. Luzinde war längst aufgesprungen. Sie folgte dem Alten schnell hinaus, denn plötzlich starrten sie auch die anderen Gäste feindselig an. Dann erhoben sich die Juden einer nach dem anderen und folgten nach draußen. Nur der Mann namens Josef machte keinerlei Anstalten, sich zu bewegen.

»Du, weg mit dir nach draußen!«, befahl der Wirt. Josef hob nur langsam den Kopf. Luzinde schlug das Herz bis zum Halse.

»Ich bin Knecht der Kamer des Keniks«, erwiderte Josef schließlich. »Ich hab jedes Recht, hir ze sitzen.«

»Am Arsch mit der Kammer des Königs«, knurrte der Wirt. »Das ist mein Gasthaus! Und jetzt mach, dass du wegkommst, wenn du überhaupt etwas essen willst!«

Luzinde war mit Josef die letzte aus der Reisegesellschaft, die noch im Schankraum stand. Alle anderen Gäste glotzten feindselig herüber. Dann erhob Josef sich langsam, wie ein Bär, der sich auf die Hinterbeine aufrichtete. Er ballte die Hand zur Faust. Luzinde hielt den Atem an. Wenn er den Wirt schlüge und sich die Leute hier gegen ihn wandten … Josef schlug die Faust auf den Tisch. Dann entspannte er sich und verließ den Raum. Luzinde atmete auf und folgte ihm.

Draußen nieselte es noch immer. Das Dach des Hauses ragte nur wenig über die Bank, die hier stand. Manche aßen im Stehen, andere setzten sich auf den Rand der Pferdetränke oder auf die Wagenflächen. Luzindes Brot wurde feucht. »So viel zu einem warmen Mahl an einem gemütlichen Feuer«, knurrte sie. Das Kaufmannsleben auf Reisen hatte sie sich anders vorgestellt.

»Holst des Wasser?«, fragte Gottschalk.

Das Wasser! Luzinde legte ärgerlich Brot und Käse beiseite und sprang auf. Sie ging zum Brunnen und zog einen gefüllten Eimer hoch. Den füllte sie in einen hölzernen Becher, den sie mitgebracht hatten. Sie reichte ihn erst dem Alten, der sich das Wasser zweimal über jede Hand goss, wie sie es schon so oft in seinem Haus beobachtet hatte. Dabei murmelte er den Segensspruch, der diese rituelle Handlung begleitete. Dann war Luzinde an der Reihe. Auch sie goss sich das Wasser je zweimal über jede Hand und sprach dabei leise und zittrig: *»Baruch ata adonaj elohejnu melech ha'olam, ascher kidschanu bemizvotav, vezivanu«*, dann zögerte sie. Der erste Teil war immer derselbe, eine Preisung Gottes, und auch der war schon schwierig genug auszusprechen. Der zweite Teil war der spezifische Segen. Sie hatte mehrere davon auswendig gelernt. *»leha-«*

Gottschalk schüttelte sanft den Kopf. Also war es der falsche gewesen. Aber welches war der richtige Spruch zum Händewaschen? Sie biss sich auf die Lippen. Eigentlich konnte sie gut auswendig lernen – aber wenn man nicht einmal wusste, was die Worte bedeuteten, dann war das nicht so einfach. Sie setzte erneut an. »*Al netilas jadajim*.«

Der Greis nickte anerkennend. »Sprichst nu den Segen?«

Auch das noch! Luzinde kramte in ihrem Gedächtnis. Ihr Kopf schwirrte vor merkwürdigen Begriffen nur so. Der erste Teil war einfach, den zweiten fügte sie wieder stockend hinzu. Gottschalk lobte sie, doch dann sprach er den Segen selbst noch einmal.

»Reicht es nicht einmal?«, fragte sie stirnrunzelnd.

»De bist doch kein Jidene«, sagte Gottschalk. »De plapperst de Worte, aber de glaubst nit daran. Da sag ich se selbst noch mal.« Danach begann er das *Birkat Hamason* zu beten, wie er ihr erklärte. Das war das dankende Tischgebet, in dem Gott und dem Land gedankt, um den Wiederaufbau des Tempels in Jerusalem gebetet und mit einem weiteren Dank und Bitten abgeschlossen wurde. »Ich werd fir ein sichere Reis beten«, erklärte der Alte. Nach dem Essen wurde die Waschung der Hände wiederholt und dabei gebenscht, wie er es nannte, bevor er den Tischdank sprach.

Schließlich zogen die Männer sich an eine Hecke zurück und sprachen das Nachmittagsgebet, auch wenn es dafür noch zu früh war. Jeder legte sich den *Tallit* über den Kopf. Dabei handelte es sich um ein Tuch aus heller Seide, das mit blauen Streifen und vier mehrfach geknoteten Fäden verziert war, die man *Zizit* nannte. Jeder Jude trug es unter der Kleidung. Dann schnürten sie sich die Gebetsriemen um Arm und Stirn, die sie *Tefillin* nannten.

Luzinde harrte auf der Bank aus und hielt Ausschau, ob jemand herüberschaute. »Denn 's is nit gut in der Fremd«, hatte Gottschalk gesagt. »De Krischten seen des nit gern.« Dabei betete sie ein stummes Ave Maria und bat um Vergebung für die ketzerischen Handlungen, die sie hier vollführte. »Im Herzen glaube ich nur an Gott«, versprach sie. Sie bekam dabei ein vages Gefühl dafür, was es hieß, seinen Glauben verbergen zu müssen – man musste stets um Kontrolle bedacht sein, um nicht etwa aus Versehen ein »Gott sei Dank!« oder ein »Jesus und Maria!« auszustoßen, das einen verraten konnte. Was sie nur kurz erdulden musste, war für Gottschalk in der Öffentlichkeit zur Gewohnheit geworden.

Auf dem zweiten Teil der heutigen Reise übernahm Luzinde die Zügel des Falben, und Fischlein lief neben dem Wagen her. Sie wickelte sich die Leinenstreifen um die Finger, um nicht wundgescheuert zu werden. Sie hatte schon in Pillenreuth gerne die Heukarren gelenkt, wenn es sich einrichten ließ, doch dieses Gefährt fuhr ungleich leichter und beweglicher. Sie schnalzte laut und ließ das Tier schneller ausschreiten. Sie genoss die Schnelligkeit, mit der sie durch das Land zog, und erfreute sich an jeder Wegbiegung, die der Wagen hinter sich ließ. Doch der Falbe machte diese ungewohnten Spielchen nicht lange mit. Irgendwann legte er die Ohren an, streckte den Hals durch und brach zur Seite aus. Luzinde zog an den Zügeln, erst zaghaft, dann härter, doch das Pferd ließ sich nicht mehr lenken. »Er hat des Gebis zwischen de Zene geklemt«, rief Gottschalk hinter ihr. Er hatte das Wachstuch beiseite geschoben, das den Innenraum gegen das Wetter schützte. Der Gaul wählte inzwischen sein eigenes Tempo, und es half wohl auch nicht, dass Fischlein rufend hinterherlief, um sie wieder einzuholen.

»Must zihen!«, rief Gottschalk.

»Ich kann nicht!« Luzinde konnte die Zügel nicht weiter festhalten. Sie rollten auf ein Gebüsch zu, das das Pferd und Luzinde schmerzhaft peitschte. Der Falbe warf sich blind zur anderen Seite und lief noch schneller – doch nun kam er einen

Hügel hinauf. Plötzlich ruckte Luzinde, die sich in die Zügel gestemmt hatte, zurück. Das Zugtier musste vor lauter Schreck das Gebiss losgelassen haben.

Endlich kam der Holzwagen zum Stillstand. Es war auch höchste Zeit – sie standen auf der kleinen Kuppe eines sanften Hügels.

»Ich – es tut mir leid«, sagte sie. »Ich habe die Zügel einfach nicht wieder losbekommen.«

»Des macht er schon mal gern«, erwiderte Gottschalk. Als Luzinde die Bremse anzog und nach hinten sah, ließ er endlich den Rahmen des Holzaufbaus los, an dem er sich festgehalten hatte. Das Gepäck war vollends in den hinteren Bereich gerutscht und über- und durcheinander gepurzelt.

Fischlein holte sie schnaufend ein. »Der hat dich ausgetrickst, hm?«, brummte er. »Is ein Schurke!«

»Ja«, meinte Luzinde errötend. Bei ihm hatte das so leicht ausgesehen!

»Willst wider zerikfarn?«, grinste der Knecht.

»Ja«, erwiderte Luzinde. Sie mochte dem Pferd diesen Sieg nicht gerne überlassen. »Aber vielleicht setzt du dich daneben?«

»Gern.« Der Knecht schwang sich neben sie auf den Bock. »Willst?«

Doch Luzinde löste die Bremse nicht. Sie starrte den Hügel hinab auf ein kleines Wäldchen, wo sie eine Bewegung erspäht hatte. Von dort näherten sich Reiter. Sie wären ihr kaum aufgefallen, wenn es sich nicht um eine ganze Gruppe gehandelt hätte, die da auf schnellen Pferden über das Land huschten – sicherlich beinahe ein Dutzend.

»Was ist das?«, fragte sie besorgt. »Gibt's eine Schlacht in der Nähe?«

»Wiso?«, fragte Fischlein.

Luzinde wies mit dem Finger auf die Reitergruppe. »Sie kommen von Norden.«

Auch Gottschalk steckte nun den Kopf aus dem Wagen. »Von Norden? Des is de Strecke von Nirnberg nach Prak.«

Luzinde verstand, was er damit sagen wollte. »Sind die hinter uns her?«

Gottschalk antwortete nicht gleich. Luzinde aber meinte, dass seine buschigen Brauen sich in einer besorgten Falte zusammenzogen. »Se sind schnel«, murmelte er dann. »Wissen genau, wo se hinwoln.« Auch Fischlein nickte finster. »Des is wol meglich.«

»Und was machen wir nun?«, fragte Luzinde. »Wie weit sind sie noch weg?«

Fischlein wog den Kopf hin und her. »Ein Stundenglas, schetz ich.«

Gottschalk sah zurück auf die anderen beiden Wagen und die Knechte in ihrer Begleitung. »Wer sind ze auffellig«, murmelte er. »So finden se uns leicht.«

»Und was machen wir nun?«, wiederholte Luzinde ungeduldig. Sie konnte nicht glauben, dass es noch eine Stunde dauern sollte, bis die Reiter heran wären – sie konnte ja beinahe zuschauen, wie die Pferde die Meilen fraßen! Ein helles Blinken weckte ihre Neugier. Doch sie konnte noch nichts erkennen.

»Fischlein, bring uns zerik.«

Der Knecht gehorchte. Er nahm Luzinde ohne viel Federlesen die Zügel aus der Hand, schnalzte und lenkte das unwillige Tier den Hügel wieder hinunter, zurück zu der Reisegruppe. Sie hatten das Glück, dass die möglichen Verfolger sie wegen des Hügels noch nicht ausmachen konnten.

»Uns bleibt nich fil Zeit«, sprach Gottschalk. »Da sind Reiter. Die sind meglicherweis hinter uns her. Se komen von Norden, und se komen schnell. Wer sind fil zu auffellig.«

»Wie viele sind es?«, fragte ein Kutscher.

»Die soln nur komen«, meinte Josef wütend. Bei ihm saß die Demütigung in der Gaststube offenbar noch tief.

»Es sind file«, begann Gottschalk, doch Luzinde hatte die besseren Augen und mehr gesehen. »Es sind sicher ein Dutzend. Und ich glaube, sie sind bewaffnet.«

»Bewaffnet? Wie konteste des seen?«, fragte Fischlein.

»Ich habe etwas blinken sehen. Vielleicht ein Schwert, oder eine andere Klinge. Möglicherweise ein Schild«, erklärte Luzinde. Sie wurde mit jedem verstreichenden Augenblick unruhiger. »Was machen wir denn nun?«

»Wer kempfen«, sagte Josef.

»Wer flihn«, meinte ein anderer. »Kempfen is eine Tollheit, wenn's Kriegsknechte sind. Dann kennen wer denen nit unsere Knippel entgegenhalten!«

»Wer missen uns trennen«, erklärte Gottschalk fest.

Der Protest war groß, doch der Alte wischte ihn mit einer Handbewegung weg. »Wer haben nit de Zeit zum Diskutieren! Wir trennen uns, und jeder fehrt alein weiter. Wenn Josef nach Prak komt, spricht er mit dem Kenik. Wenn Abraham durchkomt, tut er's eben. Nur einer von uns muss ungeschoren weiterkomen. Wie machen wir das am besten?« Er sah Fischlein an.

»Wenn se um den Higel komen, dann seen se uns«, sagte der stirnrunzelnd. »Aber da vorn ist ein Wald. Wenn wir dahin komen, dann kan sich ein Wagen farschtecken. Ein anderer fehrt bis Altdorf weiter, so schnel es get. Und der dritte kann zur Flussniederung do«, er zeigte auf einen kleinen Bach. »Wen der Wagen da riber is und es hinter de Higel schafft, dann komen se meglicherweis nit hinterher. Des is de falsche Richtung.«

»Ich weiß nit«, begann der mit Abraham Angesprochene. »Ir habt nur den Fischlein. Wolt er wirklich so durch Behmen?«

»Meglicherweis sind de Geselen da hinten nit auf der Suche nach uns«, meinte Gottschalk. »Kann aber doch sein. Hauptsache, einer komt durch. Aber wer solten sicher geen, damit irgendjemand weiterfehrt. Und wen wer alle durchkomen, seen wer uns am Hof des Keniks und lachen dariber.«

»Wer nimt welchen Weg?«, fragte Abraham. Schweigen fiel über die kleine Gruppe.

»Wer geen nach Altdorf«, beschloss Gottschalk schließlich.

»Aber das ist der gefehrlikste Weg!«, protestierte Josef. »Wenn einer nach Prak muss, dann doch du, Gottschalk!«

»Wer geen nach Altdorf. Und dabei bleibt's.« Abraham beschloss, in das Wäldchen zu fliehen, während sich Josef und seine Leute über das Flüsschen ins Hinterland begeben wollten, um dann in einem Bogen auf die Route zurückzukehren. Der Abschied fiel den Männern sichtlich schwer. Josef bot Gottschalk noch zwei Knechte an, die auf ihn aufpassen sollten, doch der lehnte ab. »Wirst se selbst brauchen, Josef«, schloss er, doch Luzinde ahnte, dass er die zum Kampf ausgebildeten Männer nicht unbedingt an seiner Seite wissen wollte. Zu dritt wären sie unauffälliger. Und so trennten sich die drei Wagen bereits am ersten Tag ihrer Reise.

Fischlein setzte den Falben mit der Gerte in einen strammen Trab. Sie hatten den längsten Weg durch offenes Gelände vor sich. Das hieß, sie mussten sich beeilen. Mit ein wenig Glück suchten die Bewaffneten nach drei zusammen reisenden Wagen und würden die einzelnen Gefährte nicht beachten. Doch Luzinde wollte nicht darauf hoffen, dass die Kriegsleute so dumm wären. Wenn Ulman sie anführte, würde das sicher nicht geschehen.

Ungefähr ein halbes Stundenglas später – Luzinde konnte es nicht genau sagen – war der Falbe durch die sanfte Steigung des Geländes bereits so abgekämpft, dass Fischlein ihn im

Schritt gehen ließ. Die Magd setzte sich an die Rückseite des Wagens und lugte an dem Vorhang aus Wachstuch vorbei nach hinten hinaus. Sie wollte gewarnt sein, wenn ihnen jemand folgte. »Geht es nicht schneller?«, fragte sie besorgt.

»Nit, wenn das Tir heut Abend noch atmen sol«, grunzte Fischlein angespannt. Auch ihn schien die erzwungene Langsamkeit unruhig zu machen.

Des Öfteren glaubte Luzinde, Bewegungen wahrgenommen zu haben; bildete sich eine Reitergruppe ein, die mit gezogenen Klingen heranpreschte, wie man es sich von den Sarazenen erzählte – doch wenn sie dann blinzelte, dann war die Landschaft leer. Als sie wieder etwas zu sehen meinte, zögerte sie, rieb sich die schmerzenden Augen und schaute noch einmal hin. Der gefleckte Punkt sah anders aus, als sie erwartet hatte. Und kleiner. Doch als sie ihn kurz beobachtete, stellte sie fest, dass er sich bewegte. »Sie kommen.«

Gottschalk steckte nun auch den Kopf durch die Wachsplane und nickte grimmig. »Ja, de komen.«

Fischlein trieb den Falben unsanft in einen Galopp. Im Joch zu galoppieren war schwierig und das Gefährt schwer; doch offenbar übertrug sich die Spannung auch auf das müde Tier, denn es protestierte nur kurz.

Luzinde beobachtete die Geschwindigkeit der herannahenden Reiter mit wachsender Unruhe. »Das reicht nicht. Sie holen uns über kurz oder lang ein!«

»Was sol'n wer den machen?«, fragte Gottschalk verzweifelt. »Wer kennen nit weglaufen, aber kempfen kennen wer auch nit.«

»Sicher kennen wer kempfen!«, gab Fischlein vom Kutschbock zurück.

»Nit gegen so file«, erwiderte Gottschalk. »Aber es bleibt uns nits. Wer missen es farsuchen.«

Luzinde sah einen weiteren Moment lang auf die herannahende Gruppe. Dann schüttelte sie den Kopf. »Nein. Es gibt einen dritten Weg.«

»Je welchen denn?«

»Wir können ein Lager aufschlagen.«

Einen Augenblick sah Gottschalk sie an, als hätte sie den Verstand verloren. Oder las Luzinde Misstrauen in seinen Augen? »Warum soln wer den blos lagern, Meidel?«

»Weil sie das von ihrer Beute nicht erwarten. Wir werden sie täuschen müssen.«

Verstehen und Anerkennung schlichen sich in Gottschalks Blick. »Fischlein, such ein Lager!«

»Ein was?« Die Stimme des Knechtes überschlug sich fast.

»Ein Lager«, wiederholte Gottschalk. »Des Tir muss ze Atem komen.«

»Is euch ein Donerwurm ins Hirn gekrochen?«, fluchte Fischlein panisch.

»Wir brauchen ein Lager, Fischlein«, bat nun auch Luzinde. »Und zwar schnell.«

Also suchte der Knecht ihnen ein Lager an einer Baumgruppe, vor dem Wind geschützt und doch offen erkennbar. Luzinde stürzte sich derweilen mit klopfendem Herzen in die Vorbereitungen. Sie konnten den Verfolgern nicht entkommen. So aber würden sie bestimmen, wie ein Zusammentreffen mit ihnen aussah. Und das war besser, als im gestreckten Galopp auf der Flucht ertappt zu werden. Sie zog sich im Wagen ihr altes braunes Kleid wieder an, das sie auf dem Beginenhof erhalten hatte. Dann band sie sich ein Tuch um den Kopf und räumte sämtliches Kochgeschirr heraus. »Mach ein Feuer!«, befahl sie Fischlein. Der gehorchte kopfschüttelnd. Sie warf eines der Wachstücher über die Seite des Wagens, um mit zwei mitgeführten Stäben ein kleines Überdach zu bilden. So erweckte sie den Anschein, dass sie in aller Ruhe ein Lager gebaut hatten und verdeckte gleichzeitig die dezenten jüdischen Ornamente, die dem Eingeweihten verrieten, wer der Besitzer des Wagens war.

»Gottschalk, mach dir ein Lager im Wagen. Fischlein, schirr das Pferd aus, reib es ab und leg ihm die Decke über«, bat sie, dann machte sie sich ans Kochen. »Und ach – nehmt eure Kappen ab!«

»De Kappen?«, fragte Fischlein entgeistert und sah zu Gottschalk hinüber. Erst als der zögernd die Kopfbedeckung herunterzog, tat Fischlein es ihm gleich. Doch er fluchte beim Versorgen des Pferdes wie ein Rohrspatz. Luzinde war froh, dass sie kein Wort verstand. Und dass Fischlein nicht wusste, dass ihr Plan zum Scheitern verurteilt war, wenn Ulman den Zug anführen sollte.

Sie selbst warf in den Kochtopf, was die meisten Gerüche hervorbrachte. Wen würde es stören, dass sie den Inhalt des Bierschlauchs hineingekippt hatte und mit Thymian und Nelke würzte? Der Geschmack wäre grässlich, doch darauf kam es nicht an. Immer wieder versuchte sie abzuschätzen, wie lange die Reiter noch bräuchten.

»Fischlein, leg dir die Decke um!« Sie reichte ihm eine schlichte Decke, denn seine Kleider besaßen keinen schlichten Schnitt. Als die Reiter näher und näher kamen, bat sie Gottschalk, sich auf das Lager zu legen, bedeckte ihn bis über den verräterisch kurz geschnittenen Bart mit einer Decke und entzündete eine Räucherschale daneben. Dann klappte sie die hintere Plane zu.

»Nur die Ruhe jetzt«, meinte sie. »Wir müssen so aussehen, als hätten wir alle Zeit der Welt. Ich rede«, sagte sie zu Fischlein. »Gottschalk ist dein Vater. Er ist krank, wir bringen ihn in ein Kloster …«, sie zögerte, denn ihr fiel keines ein. Sie schwang sich auf den Bock und fragte leise: »Was für ein Kloster gibt es hier in der Nähe?«

»Dutzende«, gab Gottschalk zurück. »Castel is eines.«

»Wir bringen den Vater ins Kloster Castel«, gab sie an Fischlein weiter. »Er hat schlimme Gicht.« Fischlein nickte, doch er warf ihr einen merkwürdigen Blick zu. Er stellte sich, nachdem er das Pferd abgedeckt hatte, trotzdem vor das Lager, einen Knüppel in Reichweite. Luzinde ließ ihn gewähren – jeder Mann würde das tun, wenn sich Fremde näherten.

Dann waren die Reiter heran. Von nahem betrachtet sahen sie noch gefährlicher aus, als Luzinde sie sich ausgemalt hatte. Doch es waren nur sechs. Und Ulman befand sich nicht unter ihnen. Alle besaßen nur halb vollständige Rüstungen zum Schutz des Körpers. Einer trug vernietetes Hartleder mit einer angeschnürten Panzerschulter sowie einen Topfhelm, der nächste hatte sich eine auf Leder genähte Kettenbrust umgebunden, wieder einer besaß gar ein mit Lederriemen geflicktes Kettenhemd, an dem eine großer Teil an der Seite fehlte. In den gegen die Kälte mit Lappen umwickelten Händen trugen sie Hämmer, Morgensterne und Schwerter. Ihre Gesichter wirkten brutal und kalt, die stumpfen Augen zeugten davon, dass der Tod ihr Geschäft war und dass sie sich ihre Gnade teuer erkaufen ließen. Doch auch sie sahen erschopft aus. Besorgt machte Luzinde bei einigen von ihnen blutige Verbände an den Beinen oder den Armen aus. Hatten Josef und seine Männer sich ihnen etwa mit Knüppeln entgegengestellt? Sie wagte nicht, sich auszumalen, was ihnen geschehen sein mochte.

Fünf der Reiter hielten sich im Hintergrund und zügelten ihre dampfenden Pferde, der Mann mit dem geflickten Kettenhemd ritt die letzten Dutzend Ellen langsam heran. Sein hartes Gesicht trug die schlecht vernarbten Male vieler Kämpfe. Luzinde hatte den Wortführer schon mit Ulman zusammen im

Klarissenkloster gesehen. Sie hoffte, dass das umgekehrt für ihn nicht galt. Der Mann ließ nun seinen Blick über Fischlein schweifen, über die Feuerstelle, das Tier …

»Heh, Mann, wie heißt du?«, bellte er dann Fischlein an.

Der Knecht antwortete wie befohlen nicht, doch er wurde sichtlich unruhig.

»Herr, sein Name ist Thomas«, sprang Luzinde ein.

»Braucht er ein Weib, um für ihn zu reden?«, brachte der Kerl hervor, und die Reiter hinter ihm lachten.

»Vergebung, Herr«, sprach sie unterwürfig. Das Herz schlug ihr bis zum Hals. Sie durfte ihn jetzt nicht misstrauisch machen! »Er ist stumm. Ich rede immer für ihn.«

Der Anführer warf Fischlein beinahe einen mitleidigen Blick zu. »Was für ein Schicksal. Was macht dein Mann?«, fragte er Luzinde.

»Er – er ist Feinschmied, Herr«, log Luzinde. Das erklärte Fischleins grobe Statur, gleichzeitig aber auch den bescheidenen Wohlstand des Wagens. Der Mann auf dem Pferd blickte skeptisch drein, und ihr brach der Schweiß aus. Sie musste ihn überzeugen, musste einen dichten Teppich aus Lügen weben, den er nicht hinterfragen würde …

»Wir kommen aus Lindelberg, Herr«, plapperte sie das Erste, was ihr einfiel. »Der Vater ist krank, sehr krank. Er hat die Gicht. Wir müssen noch bis Castel, Herr, und wir haben gar keine Ahnung, wo das liegt. Wisst Ihr zufällig, wo das Kloster ist? Man sagt, sie würden dort wahre Wunder tun und könnten den Vater gesundmachen. Er kann kaum noch stehen, und jeder Stoß des Wagens tut ihm weh, er –«

»Halt die Luft an, Weib«, knurrte der Söldnerführer nun. »Ansgar, schau mal in den Wagen.«

»Mach ich, Ludewich!« Der Angesprochene lenkte sein Pferd hinüber zu dem Gefährt und schob die Wachsplane beiseite. Luzinde schloss kurz die Augen und betete, dass Gottschalk darin alle verräterischen Stoffe und Gepäckstücke – wie den kleinen klappbaren Reisekerzenleuchter aus Holz – unter sein Lager gestopft hatte.

»Wir wissen, dass wir nach Osten müssen«, begann sie wieder. »Durch Altdorf durch, und darüber hinaus. Ihr – Ihr habt nicht zufällig denselben Weg?«

»Ich hab gesagt, du sollst die Klappe halten!«, fuhr Ludewich sie an.

»Hier ist ein Greis, Ludewich«, rief Ansgar nun herüber. »Die räuchern hier drin rum, so dass ich kaum was sehen kann, aber den Greis, den seh ich.«

»Es ist der Vater von meinem Mann, Herr, wie ich sagte«, hob Luzinde wieder an. »Wenn Ihr uns begleiten könntet, nach Castel, dann wär die Reise viel schneller und sicherer, Herr, und wir müssten uns nicht mehr so viele Sorgen –«

»Schnauze!«, schrie Ludewich nun. Dann wandte er sich an Fischlein. »Mann, bei so einem Weib stumm zu sein ist ja eine echte Strafe!« Der Knecht zuckte nur ergeben mit den Schultern.

»Wir suchen ein paar Juden, die hier unterwegs sind. Ein Karren, vermutlich mit Bewaffneten dabei. Habt ihr die Leut gesehen?«, fragte Ludewich dann.

»Juden?«, fragte Luzinde mit aufgesetzter Ahnungslosigkeit. »Mit Waffen? Ist das denn erlaubt?«

»Natürlich nicht, du dumme Gans. Deswegen suchen wir sie ja.«

Ein Gefühl des Triumphes überflutete sie. Der Mann glaubte ihr. Er glaubte ihr wirklich. »Nein, Herr«, gab sie zurück. »Gesehen haben wir sie nicht. Ist wohl auch besser so, wenn sie mit Knüppeln durch die Länder ziehen!«

»Kannste wohl laut sagen, Weib«, sagte Ludewich. Dann

stockte er misstrauisch. »Woher weißte denn, dass sie mit Knüppeln bewaffnet sind?« Einer seiner Männer griff seinen Streitkolben fester.

Luzinde hätte sich für diesen Fehler ohrfeigen mögen. Mit einem Wort hatte sie alles aufs Spiel gesetzt. »Ich hab mal welche gesehen, Herr, die hatten Knüppel dabei. Dachten, sie kämen so davon, haben gesagt, es wär doch keine Waffe, sondern – ich weiß nicht – ein Werkzeug oder so. Ich hab mich mächtig gefürchtet, damals. Verdammtes Judenpack«, stieß sie schnell aus. Ludewich musterte sie mit kaum verhohlenem Misstrauen. Noch einmal ließ er seinen Blick über das Lager schweifen. »Ich hoffe, Ihr gebt's denen ordentlich, wenn Ihr sie erwischt, Herr!«, setzte sie noch hinterher. Fischlein vor ihr ballte die Hand zur Faust. Sie hoffte, er würde sich beherrschen können.

»Los«, bellte der Söldnerführer. »Und du«, er wies auf Luzinde, »solltest lernen, wann man die Klappe zu halten hat.« Damit wandte er sein Pferd. Insgeheim gab Luzinde dem Kerl sogar Recht.

Als sie den Trupp nach Norden verschwinden sahen, atmete Luzinde auf und zog sich das Tuch vom Kopf. Sie musste sich setzen, denn ihre Beine zitterten.

»Gebt's dem Judenpack?«, fragte Fischlein wütend.

»Ich musste ihn überzeugen, Fischlein. Es tut mir leid.«

Auch Gottschalk kam aus dem Wagen gekrochen. »Des hast gut gemacht«, sagte er. »Bereit dir Freide, nit?« Doch seine grauen Augen unter den buschigen Brauen musterten sie jetzt aufmerksamer, fand Luzinde. Wie ein ungebändigtes Pferd, das man im Auge behalten musste, weil man nicht wusste, ob es austreten würde.

Sie gönnten sich eine Ruhepause, denn die hatten sie alle, Menschen wie Tier, dringend nötig. Als sie das Lager wieder abbauten, um weiterzufahren, hielt Luzinde den Kopf gesenkt. Vielleicht hatte Gottschalk Recht. Es bereitete ihr zu viel Spaß, wenn sie mit den Lügen durchkam.

Nur ein, zwei Wegstunden später erreichten Gottschalk, Fischlein und Luzinde das Städtchen Altdorf. Obwohl man bereits von der Straße reges Markttreiben erkennen konnte, besaß der Ort noch keine befestigte Stadtmauer. Sie zahlten den Torpfennig – ohne, dass ein Tor da gewesen wäre, aber Gottschalk wagte offenbar nicht, mit dem Büttel zu verhandeln.

»Warum lässt du dir das immer gefallen?«, fragte Luzinde ärgerlich. »Du bist mehr wert als die!«

»De Krischten behandeln uns Jidene nun mal so«, erwiderte der Alte ergeben. »Des farschtet man im Laufe seines Lebens.«

»Aber wünschst du dir nicht, es wäre anders? Du kannst doch nicht zulassen, dass die Leute dich behandeln wie Dreck! Du bist ein reicher Mann!«

Gottschalk sah sie müde an. »Reich? Ja. Aber alles Gold der Welt wird nit endern, was de Krischten von uns denken. Wer haben den Maschiach getetet, sagen se. Wer sind Ungleubige, weil wer das Heil von Jausel dem Krischt nit seen. Dabei sen se nit, was wir sen.«

»Was?«, fragte Luzinde gereizt. Sie hatte keine Lust, jetzt mit Gottschalk über Religion zu diskutieren.

Der Alte blinzelte ins Licht. »Wenn der Maschiach bereits gekumen is, warum is de Welt dan noch so beis?«

Luzinde schluckte eine bittere Antwort hinunter. In einem hatte der Alte Recht – die Welt war wirklich böse.

Sie fuhren in den Ort, um sich nach den anderen Wagen umzuhören. Doch Fischlein kehrte kopfschüttelnd von seinem Erkundungsgang zurück. »Niemand hett was gehert«, verkündete er. »Weder Josef noch Abraham haben's her geschafft.«

»Dann missen wer nun wol davon ausgeen«, meinte Gottschalk, »das wer de Einzigen sind.«

»Was mag den anderen wohl zugestoßen sein?«, fragte Luzinde. Das Schweigen, mit dem die beiden Männer der Frage begegneten, war beredt. Luzinde erwähnte auch nicht, dass Ludewich nach nur einem Wagen gefragt hatte. Sie ging davon aus, dass er gewusst hatte, wie viele aus Nürnberg aufgebrochen waren. Das musste bedeuten, dass sie die beiden anderen tatsächlich gefunden hatten.

»Ich denk nit, dass die Reiter se totgeschlaken haben«, sagte Gottschalk schließlich. Doch weiter sprachen sie nicht darüber.

Trotz des aufreibenden Zwischenfalls hielt es sie nicht lange in Altdorf, denn sie wollten das restliche Tageslicht nutzen. Der Karrenpfad schwang sich sanfte Hügel hinauf und hinunter, durch Linden- und Fichtenwälder. Die Gegend war bäuerlich. Zur Sicherheit beschlossen sie, erst in Amberg wieder auf die Laufer Straße zurückkehren, die direkt von Nürnberg über Sulzbach nach Böhmen führte.

Als die Sonne sich bald am westlichen Horizont neigte, war es bereits so kalt, dass Luzinde auf dem Bock fröstelte und ihren Umhang enger um den Körper schlug. Fischlein hielt an einem Haus und bat um Bewirtung für die Nacht. Gegen ein ordentliches Sümmchen erhielten sie einen Platz im Stall. Inzwischen war es so spät, dass Luzinde froh um ein Dach über dem Kopf war. Auch dem alten Mann sah man an, wie müde er war. Zwar schien er an das Reisen gewohnt, doch das Rütteln des Karrens auf der schlechten Straße machte seinen Knochen zu schaffen. Fischlein versorgte das Pferd, und dann machten sie es sich bei den zwei Kühen und unzähligen Hühnern so gemütlich, wie es eben ging. Nach dem Essen übte Luzinde das Abendgebet. Dann hüllte sie sich mit Stroh in Umhang und Decken ein.

Als sie auf ihrem Lager ein wenig zur Ruhe kam, dachte sie ein letztes Mal über ihre Entscheidung im heutigen Morgengrauen nach. Sie hatte sich für Gottschalk und Jakob entschieden. Und gegen ihren kleinen Hannes, wie sie ihn bei sich nannte. Jetzt, nachdem sie nicht mehr zurückkonnte, merkte sie erst, wie nahe ihr diese Wahl gegangen war. War sie zu feige gewesen? Hatte sie befürchtet, das Kind würde ihr Vorwürfe machen, weil sie es im Stich gelassen hatte? Sie war sich unsicher. Und trotz ihrer Müdigkeit hielten diese Grübeleien sie die ganze Nacht über wach. So hatte sie zum zweiten Mal kaum ein Auge zugetan, als der Hahn krähte und das Morgengrauen nahte.

Bald darauf saßen die drei Reisenden wieder auf dem Karren und setzten ihren Weg fort. Sie kamen an der Abzweigung nach Castel vorbei. Dort, so hieß es, habe Kaiser Ludwig seine Tochter, Prinzessin Anna, begraben, als er selbst noch König gewesen war. Luzinde konnte sich mittlerweile gut in einen Vater hineinversetzen, der sein Kind zu Grabe tragen musste. Sie selbst hatte immerhin den Trost, dass ihr Kind irgendwo noch lebte und lachte. Doch auch sie trauerte, das wusste sie nun. Und was ihr blieb, war das Andenken.

Doch die Reise lenkte ihre Gedanken schnell wieder in andere Bahnen. Der Tag war strahlend hell, brachte aber eine empfindliche Kälte mit sich. Gottschalks Finger waren bereits so steif, dass er viele Handgriffe nicht mehr selbst machen konnte. Der alte Mann ertrug das Gerüttel, so gut er konnte, doch im Verlauf des Tages wurden seine Lippen immer schmaler und sein Rücken immer krummer. »Aber wer missen heut noch nach Hirschau«, sagte er. »Jezt dirfen wer nit mer trödeln.«

Das Unterfangen gelang. Über Amberg und kleinere Höfe erreichten sie den Ort in einer kleinen Seenlandschaft noch am Abend desselben Tages. Am Hauptweg stand ein Büttel am Tor, der ein Auge auf die einreisenden Karren warf und Händler anhielt. Als Gottschalk und Luzinde wie alle anderen Karren durch das Holztor fahren wollten, da streckte der Mann den Arm mit einem Stock aus wie eine Schranke. »Nicht ihr«, bellte er ihnen zu. Luzinde hielt gehorsam an. Der Wachmann sackte eine Geldsumme von dem Händler ein, dessen Wagen er gerade untersucht hatte, dann wandte er sich ihnen zu.

»Ihr müsst einen Torpfennig zahlen.«

»Einen Torpfennig? Und der da?« Luzinde deutete auf einen Mann, der unbehelligt das Tor passierte. Fischlein, der neben dem Karren ging, spannte sich und legte seine Hand auf die Wand des Bockes, wo sich sein Knüppel fand.

»Der eben nicht«, grunzte der Büttel unfreundlich.

»Und alle anderen müssen auch nicht zahlen?« Sie wies auf weitere Reisende, die das Tor durchschritten.

»S' ist ein Judenpfennig«, grinste der Mann. »Und für Schwätzer wie euch sind es je ein Pfennig pro Rad.«

Gottschalk legte die Hand auf Luzindes Arm und warf Fischlein einen warnenden Blick zu. »Komm, Kind, wir fahren außen herum.«

»Außen rum?«, fragte der Büttel stirnrunzelnd.

»Wir missen nicht in deine Stadt, Mann«, erklärte Gottschalk. »Es gibt genug Hefe außen rum, in denen wir Herberge finden kennen.«

»Außen rum – das kostet dasselbe«, knurrte der Kerl, rückte sich den Helm gerade und baute sich zu seiner ganzen Größe auf. »Durch oder drum – zwei Pfennig pro Jude.«

»Das ist doch –«, ereiferte sich Luzinde, doch Gottschalk

drückte ihren Arm so fest, dass sie erschreckt innehielt. Der Alte warf ihr einen warnenden Blick zu. Was der Alte nicht sah, war Fischleins Reaktion. Der Knecht zog seinen Knüppel unter dem Bock hervor und reckte ihn gegen den Büttel. »De lest uns geen, Kerl«, knurrte er dabei.

Dann ging alles sehr schnell. Der Büttel schlug Fischlein mit seinem Stock voller Wucht auf den Arm, so dass der den Knüppel mit einem Schrei fallen ließ. Dann ließ er ihn mit einem Tritt in den Bauch vornüberkippen. Fischlein hielt sich stöhnend den Arm, doch Luzinde konnte trotzdem sehen, dass der in einem ungesunden Winkel herunterhing.

Gottschalk stand auf und hob beschwichtigend die Hände, als der Büttel mit dem Stock weiter auf Fischlein losgehen wollte. »Nur die Ru, Her, der is fertik«, dann zog er seine Börse. »Wir zalen das Geld.«

»Ihr Juden dürft gar nicht bewaffnet sein! Das muss ich melden!«, schnaufte der Büttel.

»Und wenn ich Euch einen Gutteil mer geb, damit aless seinen Gang get?« Damit bot Gottschalk dem Büttel einen Schilling an. »Lasst'er uns dann durch?«

Der hagere Mann entspannte sich und griff nach dem Geld. »Reist nur, Judenvolk!«, grinste er dann. »Hin und zurück, so oft ihr wollt. Aber wehe, einer von euch versucht noch einmal, mich zu verprügeln – dann zerhack ich euch!«

»Wir werden's nit wider tun«, meinte Gottschalk und verneigte sich.

»So eine Unverschämtheit«, fluchte Luzinde, sobald sie den armen Fischlein auf den Karren gezogen hatten und nach Hirschau hineinrollten. »Das Geld wandert direkt in seine Tasche! Von wegen Torpfennig. Und du wolltest es gleich bezahlen!«

»Ich hab Geld genug«, erwiderte Gottschalk mit Blick auf

Fischlein, »aber nur eine Nos, die man mir brechen kan. Und nur einen Knecht.«

»Aber Fischlein hat doch nur versucht, dich zu verteidigen!«, ereiferte sich Luzinde, der die Angst noch in den Gliedern steckte. »Was die Leute machen, ist so ungerecht! Dieser Kerl fordert einfach so Geld von dir und verprügelt dich, wenn du nicht zahlst. Fischlein hat doch noch nicht einmal zugeschlagen! Und du lässt ihn einfach damit durchkommen?«

»Er is meglicherweise nit im Recht. Aber er hat die Macht, uns Schwierigkeiten ze machen, weißt? Und zwei Pfennik sind's nit wert, sich dafir totschlaken ze lassen.«

Luzinde verstummte und hielt den stöhnenden Fischlein fest. Sie hatte immer gedacht, die Juden seien des Königs, und daher würde es niemand wagen, sie anzurühren. Doch das Gegenteil war der Fall – da sie des Königs waren, unterstanden sie meist nicht dem Schutz der Städte und Fürsten vor Ort, so dass Hilfe fern war. Und trotzdem konnte sie es kaum ertragen, wie widerspruchslos der reiche Händler Gottschalk selbst die willkürlichen Schikanen eines kleinen Büttels hinnahm. Ihr kam der Verdacht, dass der Alte ein wenig feige war. Ganz im Gegenteil zu dem wackeren Knecht.

Sie brachten den armen Fischlein zu einem Heiler und zahlten mit gutem Geld. Der Knecht entschuldigte sich vielfach dafür, dass er nicht gehorcht hatte, doch Gottschalk verzieh ihm. »Hast's nur gut gemeint.« Dort ließ der Alte den Knecht zurück, mit dem Auftrag, nach Nürnberg zurückzukehren, sobald er gehen könnte. Mit gebrochenem Arm war er ihnen auf der Reise mehr hinderlich als von Nutzen. Luzindes Eingeweide zogen sich zusammen, wenn sie daran dachte, ohne Schutz durch das Land zu ziehen. Doch Gottschalk beruhigte sie. »Nach Behmen fahren file Leit, Luzinde. Wo Gold is, da find sich Schutz. Wirst schon seen.«

Im letzten Licht des Tages fanden sie sogar noch ein Zimmer in einem Gasthof in der Nähe des Dorfplatzes. Als Luzinde dem völlig erschöpften Alten am Abend die Stiefel und Beinkleider auszog, da hatte er auf jeder Backe dunkel angelaufene Blutergüsse, die sehr schmerzhaft sein mussten. Stumm badete sie ihm die Wunden und beschloss, ein Leinentuch zuzunähen und mit Stroh zu füllen, damit das Kissen ihn am nächsten Tag zusätzlich zu der Decke, auf der er saß, schützen konnte. Sie trug eine Salbe mit Arnika und Johanniskrautextrakt auf, die Rahel ihnen vorausschauend eingepackt hatte. Nach einem Stündchen Ruhe bestand Gottschalk gar wieder darauf, im Gastraum zu speisen, wo ihnen ein Judentisch direkt am Eingang zugewiesen worden war. Dort planten sie die nächsten Reiseabschnitte. »Morgen solten wer iber Weiden bis Neustadt komen«, sprach der Alte nach dem Essen. Die nächsten Tage der Reise hatten Gottschalk schon in Nürnberg Sorgen bereitet. Das waldbekränzte Land schwang sich immer höher hinauf. Die Handelsstraße dort war unsicher – zu viele Händler mühten sich mit ihren Karren durch jenes Land, als dass Raubritter und Schurken der Verlockung widerstehen konnten.

»Müssen wir morgen auch so weit wie heute?«, fragte Luzinde besorgt.

»Nit ganz«, beruhigte er sie. »Ich werd sen, ob's nit eine Grupe gibt, de uns wil«, fügte er hinzu. »S'is besser, den Weg dort nit alein ze geen.«

Er machte sich dann auch auf, im Ort nach weiteren Reisegruppen Ausschau zu halten, und kam tatsächlich zufrieden wieder. »Da is ein Ritersman«, sagte er froh. »Riter Wenzel, der firt eine Grup nach Prak. Der mog uns meglicherweis nit sonderlich, aber er nimt unser Gold trotzdem. Er sagt, wer soln morgen beim Aufgang der Sune bereit sein. Ein Ritersman!«, wiederholte er froh. »Des is besser, als wer haben hoffen kennen, Luzinde!« Und er hatte jeden Grund, sich zu freuen, denn der Schutz eines Ritters war in dieser Gegend Gold wert. Die Anstrengungen der letzten Tage forderten von beiden ihren Zoll, und so schlief Luzinde wie ein Stein.

Am nächsten Morgen packten sie hastig alles zusammen und fanden sich wie verabredet auf dem Dorfplatz ein, um sich Ritter Wenzels Reisegruppe anzuschließen. Das Erste, was Luzinde sah, war ein großes schwarz-braunes Pferd mit goldbestickter Schabracke. Daneben stand der Ritter im geschwärzten Kettenhemd. Als sie auch noch den böhmischen Löwen in den Stickereien entdeckte, da war sie sich ganz sicher: Dies war einer der Ritter, die den Baldachin von König Karl bei seinem Einzug in die Stadt getragen hatten! Und als sie den kurzen braunen Bart und die warmen, ebenfalls braunen Augen des jungen Mannes sah, da wusste sie, dass dies der Ritter war, mit dem Karl Worte gewechselt hatte, als der Lichtstrahl durch die Wolken auf den König gefallen war. Damals hatte er ein weißes Pferd geritten und das braune Haar offen getragen, das nun durch ein Band im Nacken gehalten wurde. Er wirkte in seiner Rüstung sehr grob und kräftig. Ritter Wenzel erkannte Luzinde wohl ebenfalls, denn er schenkte ihr einen irritierten Blick. Er musterte sie stumm.

»Des is mein Großnichte«, stellte Gottschalk Luzinde dem Ritter vor.

»Deine Großnichte, Jude?«, fragte Wenzel stirnrunzelnd. »Das heißt, du bist auch Jüdin?«

»Ja, Herr«, erwiderte Luzinde errötend und neigte das Haupt. Er ahmte ihre Geste sofort nach. »Ich heiße Luzinde.«

»Wenzel von Sparrenheck«, stellte er sich vor. Erstaunt stellte Luzinde fest, dass er ähnlich befangen wirkte wie sie – ein Ritter in voller Rüstung, der nicht wusste, was er sagen sollte! Das passte nicht in das Bild, das sie sich von ihm gemacht hatte.

»Ritter Wenzel?«, vernahm sie eine wohlvertraute Stimme hinter sich. Ihre Nackenhaare stellten sich auf. Sie fuhr herum.

Dort ritt Ulman Stromer auf seinem prachtvollen fahlgrauen Schimmel heran. Hinter ihm folgten ein älterer Mann, der ebenfalls wie ein Patrizier gewandet war, sowie eine Gruppe von Bewaffneten und Unbewaffneten. Sie alle waren beritten, wirkten jedoch nicht, als seien sie ein solcher Jagdtrupp wie der, der ihnen aus Nürnberg gefolgt war. Luzinde erstarrte. Die Männer mussten auch nach Prag unterwegs sein – zum König.

Gottschalk fand seine Sprache schneller wieder. »De Leut werden mit uns auf de Reise geen?«

»Was hat das zu bedeuten?«, fragte Ulman gleichzeitig. »Sollen wir mit den Juden reisen?«

»Ich sehe, man kennt sich«, stellte Ritter Wenzel stirnrunzelnd fest.

Da drängte der reich gekleidete Patrizier, dessen Haaransatz schon weit zurückgewichen war und der so manche Wulst vom guten Essen besaß, sein Pferd voran. »Die Juden sollen mit uns reisen? Das ist ausgeschlossen.«

»Herr Stromer. Herr Götz Scheffein«, grüßte Gottschalk höflich, doch Luzinde hörte den kühlen Unterton.

»Der Jude kann nicht bleiben«, erwiderte Scheffein brüsk. Wieder stellten sich Luzindes Nackenhaare auf, denn sie erkannte seine Stimme. Er war einer der Männer, die sie in der Laurentiuskirche gehört hatte.

»Nu waren wer aber zuerst hier«, meinte Gottschalk so freundlich wie möglich.

Luzinde beobachtete Ulman unwillig. Ausgerechnet er befand sich in der Gesandtschaft zum König und musste ihnen nun hier begegnen! Es stand außer Frage, dass Gottschalk, sie und er nicht in derselben Gesellschaft nach Prag reisen konnten. Doch zwischen zwei so angesehenen Herrschaften und einem Juden mit Begleitung stand fest, wie Ritter Wenzel sich entscheiden würde. Beinahe wütend vermutete sie, dass Gottschalk diese Ablehnung mit der ihm eigenen Höflichkeit akzeptieren würde. Die Magd wandte sich ab, doch als sich ihr Blick mit dem des Ritters kreuzte, erkannte sie an seinem Stirnrunzeln, dass er den feindseligen Blick zwischen Ulman und ihr bemerkt hatte.

»Ihr wollt nicht mit den Juden zusammen reisen?«, fragte Wenzel die neu hinzugekommenen Herrschaften.

»Um nichts in der Welt!«, verkündete Götz Scheffein. »Wer etwas auf sich hält, kann das nicht akzeptieren.«

»Und Ihr, Herr?«, fragte der Ritter Ulman Stromer.

Der zögerte, tauschte mit dem Ratsherrn neben sich einen Blick. »Das ist nicht standesgemäß«, gab er dann zur Antwort. »Mit den Juden können wir nicht ziehen.«

Der Ritter sah von einer Gruppe zur anderen. Wog er ab, wen er lieber bei sich haben wollte? Sicher würde er den hohen Herrschaften den Vorzug geben. Doch sein Blick suchte zunächst den von Luzinde. Warum musterte er sie so? Die Magd las in den warmen braunen Augen eine gewisse Verwirrung. Sie schenkte ihm unwillkürlich ein Lächeln.

»Nun«, schloss Wenzel dann, »dann geht wohl nicht beides zusammen. Der Herr Gottschalk hat schon bezahlt. Im Gegensatz zu Euch, Herrschaften.« Luzinde hörte verwundert zu. Der Ritter schien es beinahe zu genießen, die reichen Patrizier so abzustrafen.

»Ihr lehnt uns ab?«, fragte Götz Scheffein konsterniert. »Ihr – lehnt *uns* ab?«

»Es sieht beinahe so aus«, erwiderte der Ritter kühl. »Ihr habt Bewaffnete dabei und werdet auch ohne meinen Schutz nach Prag gelangen. Bei den beiden Juden sieht das anders aus.

Außerdem haben sie, das sagte ich ja eben, schon vor Euch bezahlt. Ich stehe zu einem einmal gegebenen Wort.«

»Euer Herr König wird nicht erfreut sein«, schnarrte der Patrizier und wendete sein Pferd. »Kommt, Stromer. Wir sind hier nicht willkommen.«

Der junge Mann wendete seinen Schimmel, um Götz Scheffein zu folgen. Vorher aber schenkte er Gottschalk und Luzinde noch einen unfreundlichen Blick.

Luzinde atmete auf. »Habt Dank, Herr«, sprach sie. Erst als Ulman außer Sicht war, stellte sie fest, dass der Patrizier sie in der Hand gehabt hatte. Warum hatte er dem Ritter nicht verraten, dass sie keine Jüdin war? Damit hätte er ihn sicher davon abgebracht, Gottschalk und sie mitzunehmen. Luzinde fragte sich beklommen, was der junge Patrizier wohl gegen sie im Schilde führen mochte, dass er darauf nicht angewiesen war.

Kapitel 15

»Dein Vater, Mose, ist seit Tagen nicht beim Gebet gewesen. Was ist los mit Gottschalk? Ist er etwa in seinem Alter noch vom Glauben abgefallen?«, fragte Ulrich Stromer süffisant. Er empfing Mose in seinem Haus am Zotenberg – was keine große Anreise für den Mann gewesen war, denn er wohnte ja im Nachbarhaus.

»Mein Foter ligt mit einem schweren Schnupfen im Bett, Her«, erwiderte Mose auf seine beinahe unterwürfige Art. »Er sagt Euch de besten Winsch.«

»Ich hoffe, er erholt sich bald wieder. Wenn er so krank ist, dass er nicht in eure Judenschule gehen kann, muss es ihm ja recht schlecht gehen.« Sie wussten beide, dass Gottschalk andere Gründe hatte, schon drei Tage nicht in der Synagoge zu erscheinen, und dass dem anderen das auch bewusst war. Doch das Aufrechterhalten der Fassade gehörte zum Spiel.

Hosto machte es sich zur Gewohnheit, das Leben seiner potenziellen Feinde auszuspionieren. Oft waren Dinge dabei, die einem in Verhandlungen von Vorteil sein konnten. In diesem Falle war das ausgesprochen leicht, denn er konnte von seinem Eckhaus in den Innenhof des Juden schauen.

»Ich wollte mit Gottschalk sprechen, weil die Frist, die der Rat gestellt hat, verstrichen ist«, begann der blonde Mann nun und legte die Füße auf einen Hocker. »Wir haben ihm und den anderen gutes Geld für die Häuser geboten, in denen ihr Juden wohnt.«

Mose saß aufrecht auf der Kante seines Stuhls, als hätte er einen Besenstiel verschluckt. Der Bart mit den langen Schläfenlocken, der Hut auf dem Kopf und die weißen Bänder des Gebetstuches unter seinem Wams verrieten Hosto, dass er ebenso fromm war wie sein Vater. Zudem hatte er Familie – das machte vieles einfacher.

»Seine Antwort, Her Stromer, is noch die gleiche. Er wil sein Haus nit abgeben. Nebenbei – das Geld ist nit mal die Helfte des Wertes.«

»Das ist aber schade«, erwiderte Hosto unbewegt. Er goss sich mehr Wein nach und verdünnte ihn mit Quellwasser. »Du willst ja sicher wie üblich keinen Wein, was, Mose?«

Der Mann schüttelte wie erwartet den Kopf.

»Ein Stück Brot?«

Wieder lehnte er ab.

»Einen Schluck Wasser?«

»Nein, aber ich dank dir, Her.«

»Du bist wählerischer als dein Herr Vater, nicht wahr? Er nimmt meinen Wein gerne. Es ist ja auch ein guter aus dem Land der Welschen. Mein Neffe ist so begeistert davon, dass er ihn unverdünnt trinkt.« Hosto seufzte und trank einen Schluck.

Mose zögerte. »'s is sicher der Beste, Her. Damit hat es nits zu tun. Meine Religion sagt, er is nit koscher.«

»Du trinkst also niemals Wein?«

»Doch«, der Mann runzelte die Stirn. »Wein, der koscher is.«

»Aber Gottschalk – dein Vater – trinkt meinen Wein stets mit Genuss.«

»Mein Foter farschtet das Gebot der Tora ein wenik anders.«

»Ah! Jetzt kommen wir der Sache auf den Grund«, lächelte Hosto. »Das heißt, es ist Auslegungssache, ob du den Wein trinken darfst oder nicht? Dann kannst du doch mal ein Auge zudrücken, nicht wahr?«

Mose rutschte auf seinem Stuhl mit Unbehagen hin und her. »Vergebung, Her. Ich darf des nit.«

»Das heißt doch nur, dass mein guter Wein dir nicht gut genug ist, was, Mose?« Hosto schob in gespielter Anerkennung die Unterlippe vor. »Dann müsst ihr zu Hause einen grandiosen Wein trinken. Aber ich bin ein wenig beleidigt. Selbst König Karl hat diesen Wein nicht abgelehnt.«

Mose schwieg, und Hosto triumphierte innerlich. Was sollte der Mann auch sagen? Er hatte sich mit dem Rücken zur Wand in eine Ecke manövrieren lassen.

»Zu dem Haus – ich hatte ja gehofft, diese Angelegenheit gütlich beilegen zu können«, fuhr Ulrich fort. »Ich wäre sehr bedrückt, wenn es deshalb zwischen uns zu Unstimmigkeiten käme. Wo wir doch so gute Nachbarn sind.«

»Ein guter Nachbar neidet dem anderen nicht sein Heim«, erwiderte Mose kühl.

»Und ein guter Gast«, Hosto wies auf den Wein, »nimmt, was sein Gastgeber ihm anbietet.«

»Schon der Foter meines Foters lebte hier, auf dem Zotenberg, in unserem Haus. Auch in deinem Haus lebten einmal idene, Herr. Wir waren Geste hier in der Schtot, und wir haben genomen, was man uns geboten hat. Dies Land«, Mose runzelte verärgert die Stirn, »war Sumpf, als unsere Ahnen herkamen, Her! Man hat sie hier wonen lassen, weil es ein matschiger Morast war, den nimand sonst wolt haben. Nun ist es das Herz der Schtot. Und nun wolt ir's uns wegnemen?« Er schnaubte abfällig. »Wir wolen aber nit gen.«

»Ist das so«, murmelte Ulrich jetzt ganz ruhig. »Du vergisst dabei nur eines, Jude.«

»Und des is was?«

»Gäste werden geduldet, solange sie willkommen sind. Und wenn sie länger bleiben, dann schickt man sie wieder fort. Ihr

Juden glaubt, ihr habt hier Rechte?« Er feixte. »Ihr seid Fremde in einem fremden Land. Ihr wart willkommen, solange ihr uns von Nutzen wart. Aber weißt du was, Mose?« Hosto lehnte sich so plötzlich vor, dass sein Gegenüber zusammenschreckte. »Wir brauchen euch nicht mehr.«

Die Drohgebärde hatte ihre Wirkung auf sein Gegenüber nicht verfehlt. Doch Mose straffte sich. »Dann is ja gut, dass wir nit *eure* Geste sind«, erwiderte er nun mit dünner Stimme. »Wir sind des Keniks. Und der Kenik wird uns schitzen.«

»Du scheinst dir dessen ja recht sicher zu sein.«

»Des bin ich.«

»Und was, wenn Gottschalk mit seiner Reise nach Prag keinen Erfolg hat?« Hosto lächelte. »Was, wenn Karl ihn zurückschickt, weil er lieber mit Christen verhandeln will als mit Juden?«

Hosto beobachtete mit satter Befriedigung, wie es im Hirn des anderen arbeitete. Vielleicht bekäme er den Mann ja doch noch dazu, das Haus zu verkaufen, ohne dass schlimmere Maßnahmen nötig waren. Nicht, dass Hosto sonderlich davor zurückschreckte, das Leben der Juden zu opfern, um sein Ziel zu erreichen. Doch wenn es eine elegantere Lösung gäbe, würde er sie der einfachen, brutalen Gewalt vorziehen.

Als sich Moses Lippen zu einem feinen Lächeln kräuselten, wusste Hosto, dass er sein Spiel nicht gewonnen hatte. »Wen de ganz sicher werst, dass Karl uns aufgibt«, erwiderte Mose nun, »dann wer ich heut nit hier, nit war, Her Stromer? De wilst, das ich dein Geld nem und des Haus hergeb. Aber weißt«, der Mann erhob sich und verbeugte sich tiefer, als es sich gegenüber einem Gastgeber üblicherweise geziemte, »so leicht wird des nit werden, Her.« Damit ging er ohne ein weiteres Wort.

»Das ist aber schade«, sagte Hosto noch, obwohl er nicht mehr gehört wurde. »Sehr schade.« Er beherrschte seine Wut, bis er unten die Haustür gehen hörte. Dann nahm er den Weinkrug und schleuderte ihn mit aller Kraft gegen die Wand seiner Schreibkammer. »Ihr wählt den harten Weg?«, murmelte er dazu. »Dann sollt ihr den harten Weg bekommen. Wir werden sehen, wer den längeren Arm hat, verfluchtes Judenpack!«

Es dauerte eine Stunde, bis sich Ulrich Stromers Gesinde wieder in die Kammer traute, um die Scherben zu beseitigen und die Wand zu säubern. Hosto hörte die Glocken von Sankt Sebaldus und wusste, was der nächste Schritt war. Die Zeit war reif, ein Urteil aufheben zu lassen. Jetzt würde er die Hunde von der Kette lassen.

Ulman sah zurück und ließ seinen Blick über das Land unter ihm schweifen. Da lagen sich sanft aufschwingende Wiesen und Wälder unter ihm, die sie heute Stunde um Stunde hinter sich gelassen hatten. Da fanden sich kleine Höfe und Weiler, in denen die Menschen ihrem einfachen Tagwerk nachgingen. Die tief stehende Abendsonne tauchte alles in ein warmes Licht und warf gleichzeitig lange Schatten.

Manchmal beneidete der junge Stromer die schlichte Landbevölkerung. Die Probleme dieser Menschen erschienen ihm überschaubar. Was konnte man sich beim Düngen der Felder, beim Melken der Kühe und beim Ernten von Äpfeln und Rüben schon für Sorgen machen? Niemand würde darunter leiden, wenn man den Acker einen Tag früher oder später bestellte. Es gab nur die eigenen Kinder, Eltern und das Gesinde zu füttern. Und am Ende des Tages wusste man, was man getan hatte. Und warum.

Besonders diese moralische Eindeutigkeit, so gestand sich Ulman ein, ließ das einfache Leben auf ihn am verlockendsten wirken. Einem Bauern waren Entscheidungen fremd, die er später bereuen würde. Er kannte nur harte Arbeit, Essen und Schlaf.

Ulman war sich bewusst, dass seine Müdigkeit ihn zum Grübeln brachte. Der Reisetag war anstrengend gewesen, besonders, da Götz Scheffein darauf gedrängt hatte, dass sie gleich von Beginn an einen gehörigen Vorsprung gewinnen sollten. Dass Gottschalk es an Ludewich und seinen Söldnern vorbei geschafft hatte, war ärgerlich genug. Damit hatte niemand gerechnet. Nun machten Luzinde und er ihnen auch noch Druck, was die Reise nach Prag anging. Doch es durfte nicht zu einem Wettrennen kommen; auch durfte der Jude nicht eher beim König anlangen. Etwas musste geschehen.

Ulman machte unten im Tal eine Bewegung aus. Er stellte sich in den Steigbügeln auf und blinzelte, um etwas erkennen zu können. Kroch da der Wagenzug um Ritter Wenzel durch das Land? Er mochte sich täuschen. Falls ja, käme die Gruppe mit ihren Wagen und Fußgängern schneller voran als erwartet. Wie es Luzinde wohl ging?

Ärgerlich schob Ulman diesen Gedanken beiseite. Doch es war zu spät. Die Müdigkeit, die ihn erfasst hatte, war wohl weniger körperlich als seelisch, denn wenn er an das Mädchen dachte, dann rangen erschöpfend viele Gefühle miteinander. Er dachte daran zurück, wie er sich nach der Konfrontation im Lochgefängnis gefühlt hatte. Hätte ihn ein Brauereifuhrwerk überfahren und mitgeschleift, er wäre nicht zerschlagener gewesen. Gleichzeitig kehrte die alte Wut zurück, die er damals empfunden hatte. Wut auf Luzinde, auf ihre Lügen, auf Hosto, der ihn zu solchen Dingen zwang; auf Gott und die Welt, dass er Ulman Stromer war, und nicht irgendein unbedeutender Bauer aus Sulzbach oder Hirschau … Nein, vermutlich richtete sich ein Hauptteil seiner Wut gegen ihn selbst. Dafür, dass das Leben so kompliziert war und er solche Entscheidungen treffen musste.

»Ulman«, erklang Götz Scheffeins Stimme. »Gibt's da unten was zu sehen?« Ulman schüttelte nur den Kopf. Er hatte sich die Bewegung sicher nur eingebildet.

»Können wir dann weiter? Wir schaffen vor Sonnenuntergang vielleicht noch ein paar Meilen.«

»Ich bin müde, Götz, und die Tiere auch. Wir sollten rasten.«

»Rasten können wir in Prag, Junge. Wenn wir's uns vorher zu gemütlich machen, wird unser Problem nur größer.« Er wies mit dem Kinn den Weg zurück. »Die Juden werden nicht trödeln, und wer weiß, vielleicht verleiht der Teufel ihnen ja Flügel.«

»Nur Gottschalk ist das Problem«, korrigierte Ulman. Scheffein wusste nicht, dass Luzinde die Zeugin ihres leichtsinnigen Gesprächs in Sankt Laurentius war. Der jüngere Mann wollte es auch dabei belassen.

»Ein Problem, das beseitigt werden kann. Du weißt, was dein Oheim gesagt hat.«

Oh ja, Ulman erinnerte sich nur zu gut an Hostos Worte. Das ist deine Gelegenheit, dich zu beweisen, Ulman. Du musst vor Gottschalk in Prag sein. Du musst Karl auf unsere Seite bringen und erfolgreich nach Nürnberg zurückkehren.

Doch Götz hatte offenbar andere gemeint, denn er zitierte nun: »Lasst den alten Kerl damit nicht durchkommen!, hat er gesagt, Ulman! Und du weißt, was dein Onkel uns damit sagen wollte, nicht wahr?«

Ulman nickte bloß. Auf einer Reise konnte viel geschehen. Unfälle waren nicht selten. Und der Zorn der Bevölkerung richtete sich gerade gegen Juden … Diese Gedanken machten ihn ganz rastlos. Jetzt musst du zeigen, was du bereit bist für die Familie zu tun, Ulman. Du schreibst jetzt selbst deine Zukunft, hatte Hosto noch gesagt. War er fähig zu tun, was sein Oheim von ihm forderte?

Doch insgeheim kannte Ulman die Antwort bereits. Er hatte schon Luzinde aus seinem Herzen gerissen. Nichts, was die Familie von ihm verlangte, könnte ihn mehr erschüttern.

Kapitel 16

Am vierten Tag ihrer Reise schmerzte Luzinde jeder Muskel im Körper. So war es ihr zumindest vorgekommen, als sie am Morgen aus dem Kastenbett gestiegen war und die steifen Glieder gedehnt hatte. Der Novemberregen war in der Nacht durch das Dach getropft und hatte das Stroh ihres Lagers feucht werden lassen, so dass sämtliche Decken und Kleidungsstücke klamm waren. Besorgt hatte sie dem graugesichtigen Gottschalk geholfen, sich in seine Kleider zu mühen. Noch jetzt, als sie auf der Straße nach Weiden fuhren, hielt er seinen Rücken in Schonhaltung ein wenig krumm. Auch die gichtigen Fingergelenke, die die Zügel hielten, waren stärker geschwollen als sonst. Der alte Mann wirkte schon zu Beginn des Tages am Ende seiner Kräfte.

Unwillkürlich stellte Luzinde sich die Frage, ob er es überhaupt bis Prag schaffen würde. Was, wenn er auf halber Strecke siech wurde? Doch sie schüttelte diese düsteren Gedanken ab. Vermutlich drückte sie nur der morgendliche Novembernebel, der das Sonnenlicht nur als diffusen Schleier auf die Erde fallen ließ und jegliches Geräusch um sie herum erstickte. Sie kam sich vor, als hätte jemand sie in ein Nebelreich verwünscht, aus dem es kein Entkommen gab.

Das Schnauben des Streitrosses durchbrach dieses bittere Trugbild. Neben ihr tauchte geisterhaft der Kopf des dunklen Pferdes auf, das auf seinem Zaum kaute. Das leise metallische Rasseln von Ritter Wenzels Kettenhemd und das Klappern seines Schwertgürtels waren durch die Schwaden erst spät zu hören. Sie blickte auf und lächelte den Mann an. Sie war froh, dass sie in seinem Geleitschutz reisen durften. Doch Wenzel nickte ihr nur zu, trieb sein Pferd mit den Sporen voran, so dass es einige Galoppsprünge machte, um sie zu überholen.

Luzinde sah Wenzel nach, als er mit seinem Tier schnell vom Nebel verschluckt wurde. Sie fröstelte und zog den Umhang enger um den Leib. Sie musste sich erst noch daran gewöhnen, dass die Menschen sie mit mehr Distanz behandelten als früher, nur weil sie einen Schleier mit blauer Borte über dem Kopf trug.

Der Rest der Reisegruppe ließ den Alten und seine vermeintliche Großnichte fast ganz außer Acht, als sie am Morgen über den Höllberg zogen und sich eine von bestimmt drei oder vier Hohlwegtrassen über den Berg auswählten. Neben dem Ritter zogen noch verschiedene Leute mit ihnen nach Osten. Der auffälligste war Bruder Ambrosius, ein Franziskaner, der mit Wenzel freundschaftlich verbunden zu sein schien, denn sie beteten viel miteinander. Der drahtige junge Mönch musterte Luzinde misstrauisch, ja beinahe herausfordernd, wann immer sie ihn ansah. Er predigte in allen Pausen, die Gottschalk zum Gebet nutzte, lautstark gegen dessen leisen schunkelnden Singsang an. Ganz anders der rundliche Händler namens Seifert und sein Gehilfe Adam, die beide immer mal wieder neugierig herüberäugten und auch schon freundlich lächelten, wenn sich die Blicke begegneten. Sie waren mit einem vollbeladenen Eselskarren unterwegs. Ein böhmischer Reisender, dessen Sprache und Namen Luzinde kaum verstand, war mit seiner blassen Frau und drei jungen Kindern per Ochsenkarren auf der Straße. Das vierte Kind war noch so klein, dass die Mutter es vor den Leib geschnürt trug. Diese Familie bewahrte stets einen Sicherheitsabstand zu Gottschalk und Luzinde, und die Kinder liefen einmal sogar weinend in den Schutz ihres

Vaters, als Luzinde sie ansprach. Schließlich machten die Familienmitglieder das Zeichen gegen den Bösen Blick, wann immer sie hinübersah.

Während einer Pause setzte Luzinde sich erschöpft nieder. Sie waren bei gutem Tempo bereits an Weiden und Altenstadt vorbeigezogen, und Gottschalk ruhte, in Decken und Mäntel gehüllt, an einem Baumstamm. Sie hockte sich daneben. Die Landschaft um sie herum war atemberaubend. Luzinde hatte nun, da die nachmittägliche Sonne die Wolken und den Nebel vertrieben hatte, einen halbwegs klaren Blick die weiten Hügel hinauf. Allesamt mit dunklen Wäldern bekränzt, waren sie aus der Ferne wunderschön anzuschauen. Als Luzinde gen Nordosten blickte, wo sich ihre Straße dem Blick bald entzog, empfand sie die Landschaft bald nur noch als düster, denn die Vorstellung, tatsächlich einen Fuß in die hohen Wälder setzen zu müssen, barg mehr Schrecken als Vorfreude.

»Der Rest des Weges heute wird noch anstrengender«, erklang eine Stimme neben ihr. Wenzel, der eben noch mit Ambrosius gesprochen hatte, war herangetreten. Jetzt schweifte sein Blick über die Landschaft. »Es wird noch steiler.«

»Das habe ich mir wohl gedacht, Herr«, erwiderte sie.

»Werdet ihr das schaffen?«

»Aber ja, wir schaffen das. Gottschalk auch.« Sie fürchtete schon, er würde das bezweifeln und sie zurücklassen.

»Das will ich wohl hoffen«, sagte der Ritter. »Auf der Strecke sollten wir nicht trödeln.«

Sie nickte erleichtert. Eile hatten Gottschalk und sie, seit sie in Hirschau der Nürnberger Gesandtschaft begegnet waren. Eine kleine Pause entstand. Dann fragte sie endlich, was sie seitdem beschäftigte: »Warum habt Ihr uns den Patriziern aus Nürnberg vorgezogen, Herr? Sie werden beim König gegen Euch Rede führen.«

Der junge Ritter schnaubte abfällig. »Sollen sie das tun. Da sind sie an den Richtigen gekommen.«

»An den Richtigen … was meint Ihr damit?«

Wenzel strich sich über den kurzen Bart. »Sagen wir einmal, dass der König mit meinen Entscheidungen oftmals nicht einverstanden ist.«

»Aber warum habt Ihr sie dann getroffen?«

»Weil ich deinem Oheim mein Wort gegeben hatte, ihn sicher nach Prag zu bringen. Und ich nehme ein einmal gegebenes Wort nicht zurück. Auch nicht für solche Herren, die am Königshofe bereits genug zu sagen haben.« Sein Blick traf ihren, dann senkte er die Lider. »Einen anderen Grund gibt es nicht.«

»Natürlich nicht, Herr«, entgegnete sie. Das Pferd des Ritters zupfte mit den Lippen Blätter von einem Busch und kaute zufrieden darauf herum.

»Die Begegnung mit den Herren aus Nürnberg hat dich überrascht, nicht wahr?«

»Ja, Herr«, erwiderte Luzinde und vermied nun ihrerseits seinen Blick.

»Kennst du den Herrn Ulman Stromer gut?«

Die Magd wurde ein wenig rot. »Schon, Herr – er ist oft bei meinem Oheim zu Gast.«

»Aha.«

»Er ist immer sehr freundlich zu mir.«

»Kann ich mir denken«, murmelte Wenzel. Als er sich ohne ein weiteres Wort abwendete und ging, sah Luzinde ihm nach, bis er hinter ein paar Bäumen verschwunden war. Der Ritter verwirrte sie.

Gottschalk regte sich und schälte sich umständlich aus den Decken. Luzinde nahm sie wortlos und legte sie zusammen. »'s braucht lang, bis se dir vertrauen«, murmelte der Alte bloß.

Sie nickte nur errötend, als sie erkannte, dass er die ganze Zeit wach gelegen hatte.

»Gottschalk«, fragte sie aus einem Impuls heraus, »was ist, wenn Ulman Stromer und Götz Scheffein eher beim König sind als wir?«

Der Alte wog den Kopf langsam hin und her, als könne er sich nicht zu einer Antwort durchringen. »Des weiß ich nit, Kind. Des darf nit passieren.«

Luzinde verfluchte sich für ihre Vertrauensseligkeit dem Patriziersohn gegenüber. »Es tut mir leid, Gottschalk. Wenn ich dumme Gans nicht mit Ulman gesprochen hätte, dann wüsste der Rat nichts von unserer Reise.«

»Las des, Kind«, mahnte Gottschalk. »Des weißte nit. Was gescheen is, is gescheen. Und one dein offenes Ohr wissten wer gar nit Bescheid iber den Plan des Rates.« Er drückte ihr beruhigend die Hand. Trotzdem wirkte er besorgt.

Dank des freundlichen Wetters am Nachmittag kamen sie gut voran. Luzinde nahm Gottschalk immer öfter die Zügel des Wagens ab, damit er sich auf den Decken zusammenrollen konnte. Doch auch im Liegen waren seine Gelenke und Knochen offenbar beeinträchtigt, denn er stöhnte häufig vor Schmerz.

Sie selbst ertrug die Unbillen der Reise so klaglos wie möglich. Trotz der Leinenstreifen, die sie um die Finger gewickelt hatte, scheuerte das spröde Leder die oberen Schichten ihrer Haut auf und hinterließ bald Blasen, die es ihr unmöglich machten, die Zügel ohne Schmerzen zu führen. Sie versuchte, die Riemen immer abwechselnd mit rechts oder links zu führen, doch auch das half irgendwann nicht mehr.

Schließlich schloss Adam, der Gehilfe des Händlers Seifert, neben ihr auf und schwang sich ungefragt auf den Kutschbock. »Gib her!«

»Ich – aber –«

»Gib schon her! Ich habe schon Schwielen!« Er zeigte ihr die langen Finger und grinste. Tatsächlich hatte er auf der Haut der Finger, über die die Zügel liefen, dicke Hornhautschichten. Dankbar überließ sie ihm die Lederriemen.

»Reib sie mit Sattelfett ein. Das hilft!«

»Ich habe eine Salbe gegen Wundschürfungen«, erwiderte sie. »Aber danke für deine Freundlichkeit.« Sie ruckelten eine Weile lang nebeneinander her, dann konnte Luzinde ihre wachsende Neugier nicht länger verbergen.

»Kennst du den Ritter Wenzel näher?«

»Nicht besser als du, fürchte ich«, erwiderte Adam. »Er stammt aus dem Geschlecht von Sparrenheck. Sie haben im letzten Jahr eine Allianz mit König Karl geschlossen.«

»Immerhin vertraust du ihm dein Leben an.«

»Na ja«, grinste Adam, »eher vertraut mein Herr ihm unser beider Leben an. Ich hab da nicht so recht die Wahl.«

Luzinde verstand das sehr wohl. Sie schaute bedrückt auf die Ladefläche, wo der Alte mit geschlossenen Augen lag. Er wirkte so dürr und zerbrechlich, als könnte er bei dem Geruckel jeden Augenblick in sich zusammenfallen. Sie konnte nur hoffen, der Ritter würde sie alle sicher nach Prag bringen.

Auch Adams Blick wurde dunkel, als er dem Blick folgte. »Er ist ein feiner Herr, der Gottschalk«, sagte er leise. »Dass er sich in seinem Alter noch so schindet …«

»Manche Dinge sind es wert, sich dafür zu schinden«, erwiderte sie.

»Ja?« Adam blickte erstaunt auf. »Was ist es denn?«

»Ich …« Sie zögerte. Sie wollte Adam nicht misstrauen, doch der Verrat durch Ulman mahnte sie zur Vorsicht. »Ich weiß es nicht genau.«

»Luzinde?« Gottschalk hatte den Kopf gehoben. »Sol ich wider faren?«

»Nein, Oheim. Der Adam hat die Zügel genommen.«

»Des is aber freindlich, Herr Adam.« Der Alte rappelte sich auf und massierte seine Schultergelenke.

»Ich helfe gerne«, erwiderte der junge Mann nach hinten. »Aber warum reist ihr denn nach Prag?«, knüpfte er wieder an das Gespräch an.

Luzinde verfluchte ihn für sein gutes Gedächtnis. »Ich … wir wollen jemanden besuchen«, log sie leise.

»Jemand wichtiges?«

»Ja«, erwiderte sie einsilbig.

»Du musst es mir auch nicht erzählen«, gab Adam zurück.

»Es hat mit dem Herrn Gottschalk zu tun«, meinte sie. Sie belog Adam nicht gerne, denn er war sehr freundlich. »Der hat's schwer.«

»Ich schätze jeder, der so alt wird, weiß das«, murmelte der junge Gehilfe. »Niemand hat's leicht im Leben.«

»Herr Gottschalk hat mir etwas Weises gesagt, Adam.« Sie runzelte die Stirn, um sich zu erinnern. »Er sagte, dass in jedem Menschen Gut und Böse wohnen. Die Wahl liegt am Ende nur bei einem selbst. Er sagt, der leichte Weg führt immer zum Bösen. Für das Gute muss man sich jeden Tag neu entscheiden.«

Adam sah erstaunt auf. »Mein Vater sagte auch so was. Er sagte ›die Entscheidungen machen den Mann, nicht der Mann die Entscheidungen‹.«

Luzinde runzelte die Stirn. »Ich glaube, das sagt eher das Gegenteil.«

»Wirklich?«

»Ich glaube, es ist nur wichtig, zu begreifen«, schloss sie unsicher, »was man aus seinem Leben machen will.«

Adam lächelte, und Luzinde war ganz erstaunt, wie sehr diese Miene sein einfaches Gesicht aufhellte.

»Da hast du wohl Recht«, meinte er.

Stunden später erreichten sie Püchersreuth in den letzten Strahlen des Abendlichtes. Luzindes Augen fielen zu, sobald ihr Kopf das einfache Lager auch nur berührte.

Der nächste Reisetag trug sie hoch in die Wälder, die die Oberpfalz von Böhmen trennten. Den ganzen Vormittag nieselte es, so dass Mensch und Tier nass und frierend vor sich hin schlurften. Die Hohlwege bei Bärnau waren so aufgeweicht, dass der Esel seinen Karren nicht mehr allein ziehen konnte. Adam musste oft schieben, um dem Gefährt aus dem Schlamm zu helfen. Luzinde war kalt und elend zumute. Das Einzige, was sie vom Jammern abhielt, war die Tatsache, dass der alte Gottschalk sich niemals beklagte.

Erst gegen Mittag klärte sich der Himmel auf. Östlich der mauerlosen Stadt Bärnau kämpften sie sich eine Steigung auf den Steinberg hoch. Die Tiere mussten sich noch den Hang hinauf quälen, obwohl jede verfügbare Hand anpackte und schob. Der schwere Händlerkarren steckte einmal so fest, dass sie die Hilfe eines ihnen entgegenkommenden Gespanns benötigten. Die Bergleute schirrten einen ihrer Ochsen von dem mit Silbererz beladenen Fuhrwerk aus, um Seiferts Wagen wieder aus dem Dreck zu ziehen. Schließlich erreichten sie völlig erschöpft einen kleinen Unterstand, der auf der Kuppe an einem Abrutsch stand. Er hielt trockenes Holz für Wandersleute und sogar einige getrocknete Kräuterbüschel für wärmende Tees bereit. Luzinde entzündete ein Feuer unter dem Vordach, hängte einen Kessel in den Haken darüber und schnupperte sich durch die Kräuter, um schließlich Minze, Vervene und Salbei auszuwählen, sowie eine Handvoll Johanniskraut, um die Stimmung aufzubessern. Während Bruder Ambrosius und die böhmische Familie den Tee wortlos ablehnten, nahmen die anderen das Getränk gerne an. Luzinde hängte die feuchten Umhänge und alle Kleider, die man gerade entbehren konnte, ans Feuer und wärmte sich dann selbst daran. Danach beschloss sie, die Kräuterbestände, über die sie sich so gefreut hatte, zu ergänzen. Auch andere Reisende würden sie willkommen heißen. Ihre steifen Gliedmaßen benötigten dringend Bewegung. Zwar blühte im November kein Johanniskraut, doch Baldrian, Enzianwurzel, Klettenwurzel – die auch gegen Gottschalks Gicht guttäte – sowie Wacholderbeeren gegen Husten würde man vielleicht finden.

Also streifte Luzinde durch den nahen Wald, stets hügelan. Die Tannenzweige trieften nur so vor Regen, der bei der kleinsten Erschütterung in glitzerndem Schauer herabfiel. Der vollgesogene Boden federte jeden Schritt ab, nur das Knacken schmaler Zweige oder das Quatschen der Holzschuhe war zu hören. Trotz der Kälte duftete der Wald intensiv nach Harz.

Schließlich erklomm Luzinde die Spitze des kleinen Hügels, an dessen Flanke die Reisegruppe gerade rastete. Der Magd in Judenkleidern verschlug es den Atem, als sie über das Land schaute. Dunkelgrüne, tiefe Wälder wechselten sich mit lichten Tälern ab, durch die kleine Flüsse drängten. Der Blick reichte nicht sehr weit, denn Schleier aus Regen oder Nebel verhängten den Tag. Die Sonne selbst war kaum zu sehen, doch das Zwielicht verlieh dem Wald ein merkwürdiges Glühen.

Als Luzinde sich dem dunklen Wald hinter sich zuwandte, sah sie ein Flackern. Sie näherte sich neugierig, und bald erkannte sie einen kleinen moosbewachsenen Schrein aus Holz. Ein verwittertes Marienantlitz an der Außenwand sah nach Osten. Das Herz der Magd öffnete sich. Hier draußen, in der Wildnis, würde niemand bemerken, wenn die Jüdin ein Gebet an einem Christenschrein tat. Und unter dem Schutz der Gottesmutter konnte sie für das Glück und die Gesundheit der lieben Freundin Anna und deren kleinen Sohn beten, sowie für den eigenen, den sie nicht kannte. Sie zog den Luzienanhänger, den sie niemals ablegte, aus dem Ausschnitt und küsste ihn. Sie vermisste die heilige Messe, als läge die letzte ein halbes Leben zurück. Schnell schritt sie um die Wände herum, um den Unterstand zu betreten und dort ein kurzes Gebet zu sprechen.

»Was willst du hier?«, fragte Wenzel stirnrunzelnd. Der Ritter kniete vor dem Schrein der Gottesmutter und hatte eine Kerze entzündet – das Licht, das Luzinde gesehen hatte.

»Ich –«, Luzindes Hand flog zur Brust, um das Amulett der Luzia zu bedecken. Sie schob es vorsichtig wieder unter ihr Gewand. »Ich wollte der G – der Mutter eures Heilands – meinen Respekt zollen«, erwiderte Luzinde. »Eine Freundin – Anna – ist ihr sehr verbunden. Darum bin ich hier, ich – ich hatte nichts Böses im Sinn, Herr.«

Der Ritter erhob sich und musterte sie. »Ich dachte, ihr Juden glaubt nicht an Jesus Christus?«

Die Magd geriet ins Schwitzen. Sie musste ihre Tarnung aufrechterhalten, sonst würde sie in noch größere Erklärungsnot geraten. Doch den Erlöser verneinen? Das konnte sie nicht. »Die Juden … erwarten die Ankunft des Messias noch, Herr«, erwiderte sie zögernd, und bat Christus stumm um Vergebung.

»Das heißt, du kennst die Bibel nicht?«

Luzinde wand sich innerlich. »Die Tora … das ist das Alte Testament«, murmelte sie und war froh um alles, was sie bei Jakob gelernt hatte. »Das Neue hingegen –«

»– bezieht sich auf Jesus Christus, den Erlöser. Und wenn ihr seine Existenz verleugnet, anerkennt ihr auch die Schriften nicht.«

Die Magd nickte mulmig. Nie hatte sie dringender das Bedürfnis empfunden, von ihren Sünden losgesprochen zu werden.

»Bruder Ambrosius sagt, ihr Juden seid verstockt und unbelehrbar. Ich glaube fast, er hat Recht. Wie kann man das Wesen von Jesus Christus leugnen? Jeder weiß doch, dass er Gottes Sohn ist.«

Stumm gab Luzinde dem Ritter Recht. Sie schwieg und sah zu Boden.

»Dabei seid ihr des Königs eigene Kammerknechte.«

»Aber wenn's doch so schlimm wäre, würde der König uns doch nicht schützen, oder?«, wagte Luzinde einzuwerfen.

»Ich weiß nicht. König Karl ist ein seltsamer Mann. Er ist kein Ritter wie sein Vater, oder wie Kaiser Ludwig es war. Er gibt mehr auf Zahlen und Pläne denn auf Ehre und Gottvertrauen.«

Luzinde hielt die Luft an. Hatte Wenzel gerade des Königs Glaubensfestigkeit bezweifelt? In den falschen Ohren konnte das in einer Anklage wegen Hochverrats münden. Der Herrscher war nicht nur Souverän, sondern auch oberster Gesetzgeber und Richter. Außerdem ließen solche Worte aus dem Mund eines Gefolgsmanns des Königs nichts Gutes ahnen. Dem Ritter schien die Bedeutung seiner Worte selbst aufzugehen. »Ich meine – also, natürlich will ich den Glauben des Königs nicht infrage stellen.«

Erstaunt stellte die Magd fest, dass der Ritter errötete. Das lange braune Haar fiel ihm auf die Schultern und ließ ihn sehr jung wirken. Wieder schoss Luzinde verwundert die Frage durch den Kopf, wieso ein Krieger wie dieser Ritter einen so warmen Blick haben konnte. »Kennt Ihr den König denn näher, Herr?«

»Kann man einen König kennen?«, fragte Wenzel.

»Aber Ihr kennt ihn – persönlich.«

»Das schon. Aber das heißt nicht unbedingt, dass ich ihn verstehe. In jedem Fall weiß er genau, was er tut.«

»Ist er ein mitfühlender Herrscher?«

»Mitfühlend?« Wenzel zog die Augenbraue hoch. »Er ist so mildtätig, wie man das von einem frommen König erwarten kann.«

»Das heißt, er ist sehr christlich?« Das gab Luzinde Hoffnung. Sicher konnte ein guter Christ Gottschalks Anliegen nicht ablehnen?

»Natürlich ist er sehr christlich«, entgegnete Wenzel. »Man nennt ihn den Frommen. Er hat in seiner Jugend sogar Visionen gehabt. Warum willst du das wissen?«

»Mich interessiert, was er für ein Mensch ist«, erwiderte sie ausweichend.

»Karl ist der König«, stellte er fest. »Er ist einer der großen Regenten der bekannten Welt. Er sorgt innerhalb der Gnade Gottes für Gerechtigkeit und das Wohlergehen seines Landes. Und er ist einer der frömmsten Christen, die es gibt.« Sein Tonfall hatte beinahe einen trotzigen Unterton.

»Ich bitte um Vergebung«, murmelte Luzinde vorsichtshalber. »Ich wollte Euch nicht zu nahe treten. Es klang fast so, als wäret Ihr nicht so ganz ... freiwillig bei Hofe.«

Wenzel suchte ihren Blick, und seine Grobheit verflog. »Schon gut. Ich wollte dich nicht anfahren.« Er band sich das Haar wieder zusammen. »Ich kam als Geisel in sein Haus. Mein Vater Rüdiger stand auf Kaiser Ludwigs Seite. Er versucht seit Ludwigs Tod sich Karl von Böhmen anzunähern. Eine Grundbedingung für das Vertrauen des Königs war ich. Und so kam ich als Geisel nach Prag.«

»Das heißt, Ihr mögt Karl gar nicht?«

»Was heißt hier mögen? Er ist mein Herr, und heilige Eide binden mich an ihn. Aber er ist ... ein wenig ritterlicher König. Und mehr werde ich dazu nicht sagen.« Er runzelte wieder die Stirn. »Überlasse mich jetzt meinem Gebet, ja?«

»Natürlich, Herr.« War dem Ritter das Gespräch zu persönlich geworden? Die Magd neigte das Haupt und wollte sich schon umdrehen – da wurde sie von Wenzel am Umhang gepackt. »Herr!« Sie erstarrte in der Bewegung. Was war in ihn gefahren? Der Mann fixierte sie misstrauisch und hielt sie mit der einen Hand. Mit der anderen schob er den Stoff des Umhangs beiseite. »Was ist das?«

Luzinde senkte den Blick vorsichtig, um zu sehen, was er meinte. Das Amulett war aus ihrem Ausschnitt gerutscht. Das Herz schlug ihr wild im Leibe, so dass sich der silberne Anhänger auf ihrer Brust hob und senkte. Trotzdem hatte offenbar auch der Ritter erkannt, dass sie das mit Kerzen bekränzte Antlitz der heiligen Luzia am Lederband trug. Erst ihre Anwesenheit hier am Schrein, nun das Amulett. Er würde sich bestimmt zusammenreimen, dass sie eine Christin war! Diese Erkenntnis machte sie am ganzen Leibe Zittern.

»Die heilige Luzia!« Seine Brauen verengten sich, und er hielt sie weiter an dem Wollstoff fest. »Was willst du damit? Warum trägst du das?«

»Ich ...«, begann Luzinde, doch sie wusste nichts zu sagen. Sicher würde er eine weitere Ausrede mit ihrer Christenfreundin Anna durchschauen – doch was sollte sie ihm antworten? »Es – es ist ein Geschenk, Herr – von –«

»Ich dachte, Bruder Ambrosius hätte übertrieben, als er euch Juden Ketzer genannt hat«, knurrte der Ritter. »Ich habe mich wohl geirrt.«

»Nein, Herr – es ist ein Andenken, ich halte es in hohen Ehren, ich –«

»Das hat bei dir nichts zu suchen.« Damit griff er sich das Amulett und zog es Luzinde unsanft über den Kopf. Erst dann ließ er sie los.

Luzindes Herz raste so sehr, dass sie nicht einmal protestierte. Sie drehte sich um und floh den Hang hinunter, zurück zum

Lager. Dort rannte sie in Adam hinein. »Geht es dir – holla!«, rief er aus, als die Magd, den Kopf zwischen die Schultern gezogen, weiterrannte.

Auch Gottschalk schaute auf, als Luzinde herbeigerauscht kam und sich zitternd hinter den Baum setzte, unter dem sie ihr Gepäck gestapelt hatten. »'s was gescheen?«, fragte er besorgt. Doch Luzinde schüttelte nur den Kopf. Ihr Amulett – das Luzienamulett, das sie in jener Nacht erhalten hatte, als ihr Kind geboren war! – war fort. Sie versuchte mühsam, sich zu beruhigen. Vielleicht könnte sie morgen in vernünftigem Ton mit Wenzel sprechen und das Amulett zurückbekommen. Sie atmete ein paar Mal tief durch, doch es brauchte eine Weile, bis sie sich beruhigt hatte.

Als sie das Gespräch mit Wenzel noch einmal im Geiste durchging, erinnerte sie sich an die Unterhaltung über den König. Die alten Sorgen kehrten zurück.

»Gottschalk?«

»Ja, Luzinde?«

»Kennst du den König gut?«

Der Alte wog den Kopf hin und her. »Nit sonderlich, nein.«

»Wird er dir helfen?«

»Des seen wer, nit? Ich hoff schon. Mit deinem Zutun.«

Sie dachte an Wenzels Worte über den Herrscher. »Meinst du denn, da ist noch Hoffnung?«

Nun zuckte der Alte mit den Schultern. »Karl hat uns Schutz geschwor'n. Und es is des Rechte.«

Luzinde war des Hoffens müde. »Du glaubst wirklich an das Gute im Menschen, nicht wahr?«

»Des tu ich, Meidel. Jeder hat's. Manchmal, da muss man nur ein wenig suchen.«

Die Magd dachte über Gottschalks Worte nach. Nach allem, was sie bislang erlebt hatte, bezweifelte sie diese Theorie.

Sie reisten bald wieder bergab, durch ein steil eingeschnittenes Flusstal. An vielen Stellen zeugten bis zu acht Ellen tiefe Hohlwege von der regen Nutzung der Straße. Immer wieder lugte Luzinde zu den hohen Wegrändern hinauf und fürchtete, dass Ulman die Einsamkeit nutzen würde, um sie aufzuhalten. Doch ihr Verdacht bestätigte sich nicht.

Und so atmete sie auf, als sich die Reisegruppe am Abend Tachau näherte. Der graue Himmel hatte sich den Nachmittag über nur wenig aufgehellt, so dass sämtliche Kleidungsstücke klamm und feucht blieben. Allein die Bewegung hielt Luzindes Körper warm, und sie dankte Gott dafür, dass sie ihre Gewänder bald an einer Feuerstelle trocknen und eine wärmende Mahlzeit bekommen könnten. Offenbar dachten die anderen ebenso, denn das Tempo der Gruppe erhöhte sich spürbar.

Das langgestreckte Ufer des Sees, der die Luft noch mehr abkühlte, begleitete den Weg eine ganze Weile. Fischreusen im Teich, brachliegende Felder und gebrochene Wagenräder deuteten auf Bewohner hin, und tatsächlich wich der Wald bald zurück. Die Hügel, auf denen sie die letzten Stunden auf und ab marschiert waren, senkten sich endlich, und der kleine Ort lag mit rauchenden Schloten unter ihnen. Darüber thronte eine königliche Burg.

Ritter Wenzel suchte ihnen im Herzen des Ortes ein altes Wirtshaus, das an einer Kreuzung zweier viel befahrener Straßen lag. Tatsächlich war das Haus bereits so alt, dass die hölzernen Balken und Wände sich bedenklich bogen. Drinnen sah es nicht besser aus – die Tische waren schwarz vor Alter und klebrig vom Bier, aus der Feuerstelle quoll die alte Asche, und die schräge Stiege ins Obergeschoss hinauf zu den Lagern wirkte wenig vertrauenerweckend. So war Luzinde dann auch gar nicht unglücklich darüber, als der Wirt knapp verkündete, es hätten nicht alle Platz im Haus, Gottschalk und sie müssten im

Stall übernachten. Davor hatten sie auch ihren Karren untergestellt.

Doch zunächst setzten sie sich in den Schankraum und wärmten sich von innen und außen. Es gab heißes Honigmet, Hafergrütze mit Speck – den Gottschalk heraussammelte, und auch Luzinde ließ des Anscheins wegen ein paar Stückchen zurück – sowie Brot. Die Plätze um die Feuerstelle waren zwar bereits besetzt, doch selbst in der zugigen Nähe des Ausganges war es noch angenehmer als draußen. Die Menschen hier beäugten sie allerdings merkwürdig.

Als der Händler Seifert und sein Gehilfe Adam von der Messe kamen, setzten sie sich zu ihnen anstatt zu den anderen Reisenden. Dankbar unterhielt Luzinde sich mit ihnen über Metallwaren und Werkzeug, obwohl sie an beidem kaum Interesse fand. Erst als Gottschalk sich schließlich erhob, um sich zur Nacht zurückzuziehen, wollten sich die beiden zu den anderen Reisegefährten gesellen. Die Nähe zu den Juden brachte ihnen von Bruder Ambrosius finstere Blicke ein. Der Ritter begegnete ihrem Blick nicht, und Luzinde wusste nicht, was sie nach seiner Anklage beim Schrein von ihm halten sollte.

»Soll euch nicht doch jemand begleiten?«, fragte Seifert zum Abschied.

»Nein, Her Seifert, de Leut gucken schon«, sagte Gottschalk. »Des wird nit netig sein.«

»Dann wünsche ich eine gute Nacht.«

Luzinde trat vor die Tür. Die Kälte der Nacht sorgte dafür, dass der Atem zu Nebelwolken gefror. Auch der Dunst der Mies, des Flusses, der durch Tachau floss, bildete helle Schwaden. Die Magd sah wehmütig zu dem Kirchturm herüber, der sich massiv über den Dächern des Ortes erhob. Wann immer sie ein Kruzifix sah, brannte ihr die Verkleidung mit dem blaurandigen Schleier auf dem Gewissen, und mit ihr die Worte, die sie heute zu Ritter Wenzel gesprochen hatte. Doch in die Kirche durfte sie nicht gehen – wenn sie dort jemand sähe, wäre sie verraten. Nein, heute würde sie sich wie die letzten Nächte mit einem stummen Gebet auf dem Heuboden zufriedengeben, nachdem sie der Tarnung halber mit Gottschalk vor seinem kleinen Reiseleuchter gesessen und die Sprüche der Juden aufgesagt hatte.

»Kom«, meinte Gottschalk. Offenbar bemerkte er ihre Bedrücktheit, denn er lächelte sie warmherzig an und bot ihr, ganz der alte Herr, eine Hand an, um sie über die uneben gefrorene Straße vor dem Gasthaus zu führen. Die Magd hielt sich dankbar an ihm fest. Mit einem Mal wirkte das Gasthaus, so lumpig und verlaust es vermutlich war, doch verlockend. Sie freute sich nicht auf die Nacht in dem kühlen Stall, in dem die einzige Wärme von den Leibern des Viehs stammen würde.

»Luzinde«, begann Gottschalk stockend, »de wirdest mir's doch sagen, wenn de mit dem Herrn Wenzel innig werst?«

Luzinde erstarrte. »Wie kommst du denn darauf, Gottschalk?«

»Bin ein alter Narr«, erwiderte der Greis seufzend. »Aber kein dummer Narr. Ich hab den Blick geseen, den er dir gegeben hat, gleich in Hirschau.« Er machte eine Pause. »Aber de weest, dass de dann nit mer in meinem Haus bleiben kennst, nit? Des gibt Erger.«

Luzinde nickte stumm. Sie musste an ihre Nacht mit Ulman denken und vermied seinen Blick. Doch Wenzel? Mit dem Ritter war das nicht so wie mit dem Patrizier. Wo Ulman stolz und strahlend war, wirkte Wenzel warm und in sich ruhend. Bei Ulman hatte das Körperliche, die Lust, sie beide zueinander gezogen. Wenzel … Wenzel hatte bei ihr von Anfang an Vertrauen erweckt, obwohl sie ihn doch nicht gekannt hatte. Der

Ritter stand ihr bereits nach den paar Tagen nahe, gestand sie sich ein. Doch da er sie für eine Jüdin halten musste, war sie für ihn völlig unstandesgemäß. Sie zwang sich zu einer Antwort. »Zwischen uns ist nichts, Gottschalk.«

»Gut.« Doch Luzinde war nicht sicher, ob er ihr wirklich glaubte. Sie konnte bei der Dunkelheit nicht in seinen Zügen lesen und traute sich auch nicht, ihn anzuschauen. Doch es passte zu Gottschalk, dass er nicht einmal für sie, die er offenbar ins Herz geschlossen hatte, bereit war, das öffentliche Ansehen in Nürnberg zu riskieren.

Gemeinsam betraten Gottschalk und Luzinde die Hauptstraße, die von Händlers- und Bauernkarren tief gefurcht war und einige halbgefrorene Pfützen aufwies. Sie hoben die Säume der Gewänder und schoben sich an den Wänden der Holzhäuser entlang, die selbst im Mondschein noch dunkel von Wind und Wetter wirkten. Die Stille über dem Ort wurde nur vom Rauschen des Windes gefüllt. Plötzlich kam ein Mann zwischen zwei Gebäuden hervor und rannte in Luzinde hinein. Er traf sie hart an der Schulter.

»Au!« Sie rieb sich den Oberarm, denn sein Ellenbogen hatte ihren Muskel getroffen. »Verdammt …«

»Platz da, Jüdin!«, knurrte der Kerl in rauem böhmischen Akzent und wandte sich ihr zu. Es handelte sich um einen dürren, dreckigen Mann mit schütterem Bart und Haar. »Willst dich nicht entschuldigen, heh?«

Luzinde biss den Schmerz zurück. »Du hast mich angerempelt, verdammt!«, presste sie zornig heraus.

»Was hast du gesagt?«, fragte der Kerl und legte den Kopf schräg. »Hast du gerade den Namen des Herrn verflucht?«

»Hat se nit, Herr«, sprang Gottschalk ein. »Ir wisst doch, wie de Waiber so sind. Es tut mir leid, wenn's Euch hat wegetan, Her.«

Doch der Mann hörte ihm kaum zu. »Die Juden hier haben den Namen des Herrn verflucht!«, rief er noch einmal aus.

»Gottschalk, der Kerl hat mich angerempelt! Und du entschuldigst dich bei ihm?«, fragte Luzinde. Auf den Schmerz folgte die Wut. »Wie kannst du nur immer so buckeln?«

»Der Jude ist zum Buckeln geboren, Weib!«, knurrte der Fremde. »Er soll dienen und buckeln, um für den Tod des Heilands zu büßen! Und wenn wir euch dabei noch grün und blau schlagen, sollt ihr noch danke sagen!«

Der Magd riss nun endgültig der Geduldsfaden. »Wer sagt das?«

»Der Papst, du Hure!«, erwiderte der Mann, dem sich zwei weitere Gestalten hinzugesellten, die kaum weniger schmutzig wirkten. »Juden sind zur Knechtschaft geboren. Ihr könnt froh sein, wenn wir euch am Leben lassen!« Damit griff er nach Luzindes Arm. »Was nicht heißt, dass ihr Judenweiber uns verboten seid.«

»Nit!«, rief Gottschalk nun und bot mit zittriger Hand seine Lederbörse mit den Rosenprägungen an. »Nemt des Geld, und last ab von uns!«

Das Grinsen des Kerls offenbarte die Zahnstummeln in seinem Mund. »Schnappt euch das Geld. Und dann schnappt euch den Alten!«

Luzinde erkannte ihren Fehler zu spät. Die beiden Begleiter dieses Mannes waren noch breiter und stärker als er. Und sie waren allzu schnell zur Stelle gewesen, als er gerufen hatte. Und woran hatten sie im Dunkeln erkannt, dass sie Juden waren? Das ließ nur einen Schluss zu – er war nicht zufällig in sie hineingerannt. »Nein!«, rief sie, als die beiden anderen Schläger vorsprangen und nach Gottschalk schlugen, so dass er ins Taumeln geriet. »Hilfe!«, schrie sie. Adam, Seifert oder Wenzel würden sie sicher hören! Immerhin hatte der Geld genommen, um sie zu beschützen!

Der Mann, der sie hielt, schlug ihr die Hand über den Mund. »Leiden sollt ihr, Juden! Aber stumm!«

Luzinde schmeckte das Blut ihrer aufgeplatzten Lippe. Panik erfasste sie. Die Kerle meinten es ernst. Sie riss sich los und rannte hinüber zu Gottschalk, der von einem Schlag auf den Kopf in eines der Schlammlöcher geworfen wurde. »Sind die Schweine nicht eure Lieblingstiere?«, lachte einer der Männer böse und trat nach dem Alten. »Suhlen die sich nicht auch immer im Dreck?« Der andere ahmte die schnorchelnden Grunzlaute einer Sau nach.

Als die Magd bei dem Greis angelangt war, warf sie sich auf ihn. »Nicht!«, schrie sie schluchzend, und versuchte, seinen Kopf zu schützen. Ein dunkles Rinnsal lief bereits von seiner Schläfe. »Er kann doch nichts dafür! Bitte!«

»Erst dreist, dann betteln!«, knurrte der erste Mann und zerrte sie von dem Alten herunter. »Leute wie euch muss man züchtigen, bis ihrs lernt!« Damit schubste er sie in den Schlamm vor sich und hielt sie mit einer Hand am Haarschopf fest, so dass sie auf den Knien zuschauen musste, wie die anderen beiden Gottschalk malträtierten.

Luzinde schrie, sie schluchzte, sie schlug um sich. Immer wieder versuchte sie, sich loszureißen, um dem alten Mann zu helfen. Irgendwann blieb er unter den Tritten und Schlägen mit dem Gesicht im Schlamm liegen und rührte sich nicht mehr. Die Männer hielten erschöpft inne. Der Kerl mit den Stummelzähnen ließ das Haar der Magd los. Sie kroch weinend auf den Alten zu, der so still dalag, dass es ihr Angst machte. Doch bevor sie bei ihm anlangte, riss man sie am Umhang zurück.

»Und jetzt zu dir, Judenhure!« Als einer der Männer seine Beinkleider aufzuschnüren begann, wusste Luzinde, was ihr drohte. Doch sie scherte sich nicht darum – ihr Blick kehrte ohne ihr Zutun zu dem blutig verschmierten Gesicht des Alten zurück, der vor ihr im Dreck lag. Jemand schleifte sie weg, hinein in die Nische zwischen den beiden Häusern, aus der sie gekommen waren, und warf sie auf einen Misthaufen. »Da hast'es wenigstens warm von unten«, murmelte einer der Kerle, als er sich zwischen ihre Beine kniete und mit den Händen unter ihre Hüften fuhr, um sie zurechtzurücken. Ein anderer riss ihr das schilffarbene Gewand über der Brust auf. Luzinde schloss die Augen. Sie wollte nicht dabei sein, wenn das mit ihr geschähe.

Ein dumpfes Geräusch holte sie zurück. Der Kerl vor ihr war weg und rutschte von der gegenüberliegenden Wand in der dunklen Nische herunter. Ein zweiter stöhnte auf, als ihm jemand ein Knie in den Magen hieb und ihn dann mit beiden Fäusten auf den Rücken schlug, so dass er still zu Boden ging. Von dem dritten hörte man nur noch das Platschen der Schritte in den Pfützen. Dann wurde es ruhig, und jemand beugte sich über Luzinde. Sie zuckte zusammen.

»Nicht! Ich – ich tu dir nichts«, raunte eine dunkle Stimme. Die Magd konnte sie nicht zuordnen, und sie wollte auch nicht. »Komm«, jemand griff nach ihrem Arm und zog sie hoch. »Du bist ja eiskalt.«

Langsam erkannte Luzinde Ritter Wenzel. Die Kraft verließ ihre Beine, doch der Mann hielt sie, so dass sie nicht wieder fiel. Ihr Blick suchte und fand die leblose Gestalt auf der Straße. »Gottschalk?«, fragte sie bebend. Dann wehrte sie Wenzels Hand ab und stolperte vorwärts.

»Er – er ist …«

Doch Luzinde hörte nicht zu. Sie sank neben dem Alten in den Schlamm. Sie drehte ihn vorsichtig herum und wischte Dreck und Blut aus seinem Gesicht. Ein Tritt hatte mehrere

Zähne in seinem Mund zertrümmert. Luzindes Eingeweide krampften sich zusammen. »Gottschalk!«, stammelte sie. »Gottschalk, bitte wach auf!« Der Mann rührte sich nicht mehr.

»Er ist tot.«

»Nein«, bat sie bebend und rüttelte am Wams des Alten. »Nein!«, schrie sie zornig. »Er – er ist zu klug, um tot zu sein!«

»Luzinde –«, begann Wenzel und trat näher, doch sie legte sich auf Gottschalks Leib und hielt sich an ihm fest. Dort klammerte sie sich fest und ertrug die Krämpfe, die ihren Körper schüttelten. Erst viel später, als ihr Kraft und Tränen fehlten, bemerkte sie, dass sie die ganze Zeit geweint hatte.

»Luzinde«, murmelte der Ritter hinter ihr schließlich. Als sie sich nicht mehr wehren konnte, zog er sie sanft zurück. Er hielt sie, dreckig, wie sie war, an sich gedrückt und drapierte seinen Mantel über ihr zerrissenes Kleid. Luzinde ließ sich fallen. Das Letzte, was sie vor Augen hatte, bevor die Bewusstlosigkeit sie übermannte, war der gütige alte Mann, der mit eingeschlagenem Gesicht im eingefrorenen Schlamm dieser dunklen Tachauer Gasse lag.

Ritter Wenzel hielt Luzinde fest in seinem Mantel umschlungen, bis weitere Hilfe kam. Als man Gottschalk abtransportiert hatte, hob er sie auf und trug sie in das Gasthaus. Die Magd hatte vage Erinnerungen daran, dass sie auf ein Lager gelegt wurde, jemand sie auskleidete und wusch und in trockene Kleider steckte. Während sie die ganze Nacht wach lag und in die Schwärze hinaus starrte, saß Wenzel beim Kerzenschein auf einem Hocker an der Wand und wachte. Jemand nötigte sie am Morgen, etwas zu essen, doch Luzinde verspürte keinen Hunger. Man hüllte sie in Gottschalks guten Umhang und trug sie mit dem Gepäck aus dem Haus.

Die nächsten beiden Reisetage zogen an der Magd vorbei, als wäre sie nicht dabei gewesen. Man zog über Mies nach Pilsen weiter. Luzinde lag wie ein Kleinkind auf Gottschalks Karren. Adam lenkte. Sie sah das Land durch die rückwärtige Öffnung in der Ferne verschwinden. Ab und an erschien Ritter Wenzel zu Pferd in ihrem Blickbereich, und sprach ein paar Worte mit ihr. Doch Luzinde konnte nicht einmal blinzeln.

Das einzige Ereignis, das eine Reaktion aus der starren Magd herausbrachte, geschah während einer Pause. Stimmen drangen an den Wagen heran, vermutlich die des Bruders Ambrosius und der böhmischen Frau mit dem hartem Akzent.

»Was haben die sich denn gedacht – sie lassen die Leute durch Wucher ausbluten und ziehen dann ohne Schutz durch das Land? Dieses Volk muss sehr dumm sein.«

»Der Schutz des Königs reicht eben auch nur so weit wie der Arm des Königs«, stimmte der Mönch kühl zu. Dann sprach er lauter: »Es ist sehr gut von Euch, Herr Seifert, dass Ihr Euren Knecht dem Mädchen helfen lasst.«

»Ich halte es für meine Christenpflicht zu helfen, Frater«, erwiderte der Mann trocken.

»Ein Christ«, belehrte Ambrosius den Händler, »ist einem Juden zu nichts verpflichtet.« Luzinde liefen bei seinen Worten stille Tränen über die Wangen, und sie schloss die Augen.

Am zweiten Tag saß Luzinde, in mehrere Decken gehüllt, neben Adam auf dem schmalen Bock des Karrens. Es schien beinahe, als kümmere es die anderen Reisenden nicht, dass Gottschalk tot war. Und warum auch? Sie hatten ihn weder gekannt noch gemocht. Die Welt ging weiter ihren ganz normalen Gang, und außer Luzinde fiel niemandem auf, welche Lücke der Alte hinterlassen hatte.

Der Knecht versuchte am Anfang, sie aufzumuntern, doch auch er verstummte irgendwann. Nach einer Rast setzte er Luzinde wieder hinten auf die Ladefläche. Von dort aus schaute Luzinde der Sonne zu, wie sie hinter den dunkel bewaldeten Höhen, über die sie gezogen waren, langsam schlafen ging. Die Laterne über Luzinde, die das hintere Ende des Karrens beleuchtete, wurde entzündet und schaukelte hin und her. Doch irgendwann hörte auch das auf. Jemand trat in den Eingang. Die Magd wandte ihren Kopf.

»Du bist wach«, sagte Ritter Wenzel. »Das ist gut. Wir … Adam hat sich schon Sorgen gemacht.« Luzinde blinzelte nur. »Wir sind in Pilsen, noch etwa zwei Tage vor Prag. Wir werden in der Gaststube an der Brauerei nächtigen. Aber für dich ist die Reise hier zu Ende.«

»Zu Ende?« Luzindes Stimme klang dünn. Ihre Kehle war trocken. Sie hatte zwei Tage lang nichts gegessen und nur getrunken, was man ihr unter Zwang eingeflößt hatte.

»Wir sind beim Haus des Juden Levi. Er wird dich aufnehmen, bis es dir besser geht. Dann kann er entscheiden, wie es mit dir weitergeht. Er wird dich sicher mit dem Hab und Gut von Gottschalk nach Nürnberg zurückschicken.«

Luzinde schloss die Augen wieder. Sie hatte keine Kraft zum Widerspruch. Und so half ihr der Rittersmann schließlich vom Karren. Sie sah in der Ferne einen riesigen Marktplatz und eine kleine Kirche mit halbfertig gebautem Turm.

»Luzinde.« Sie sah auf. Wenzels Gesicht spiegelte einen Teil ihrer Trauer wider. »Dein Verlust tut mir sehr leid.« Seine Worte kratzten an der Mauer, die sie um sich herum errichtet hatte und durch die nichts an sie herangelangte. Dahinter, so spürte sie, wartete ein Meer an Tränen auf einen Dammbruch. Doch das wollte sie nicht zulassen. Sie nickte bloß und begab sich in die Obhut der jüdischen Frauen, die sie am Tor des großen steinernen Hofes erwarteten. Sie hatte keine Ausrede, nicht hier zu bleiben. Und nun gab es ja keinen Grund mehr, nach Prag zu gehen. Gottschalk war tot. Der Plan, den König um Schutz für die Juden von Nürnberg zu bitten, war gescheitert. Doch Luzinde war das gleichgültig. Sie spürte nichts mehr.

Kapitel 17

Die Nacht lag wie ein Leichentuch über dem Böhmischen Land, als Ulman Stromer und seine Reisegefährten Rast machten. Sie hatten sich den Tag über geeilt. Man wollte zeitig in Prag sein. In jedem Fall vor dem Ritter Wenzel von Sparrenheck, der als Einziger Klage führen konnte, falls er dahintergekommen sein sollte, wer Gottschalk hatte erschlagen lassen.

Ulman konnte nicht schlafen. Stattdessen stand er in seinen Umhang gehüllt an einem abschüssigen Hang und starrte in die Dunkelheit. Götz Scheffein und er waren in Tachau von der Reisegruppe Wenzels überrascht worden. Sie hatten nicht gedacht, dass die Leute mit ihren Karren so zügig vorankämen – doch offenbar trieb der Ritter sie an.

»Er darf Prag nicht erreichen, Ulman«, hatte Götz finster gesagt.

Ulman war klar gewesen, dass er Recht hatte. Sein Onkel Hosto hätte die Schläger in Tachau ebenfalls dafür bezahlt, dass sie Gottschalk überfielen. Er hatte den Männern aufgetragen, dem Mädchen nichts zu tun und den Mann am Leben zu lassen. Doch er hatte das Risiko gekannt. Und nun war Gottschalk tot. Der Wettlauf gegen die Juden von Nürnberg war gewonnen. Doch dieser Sieg bereitete ihm keine Freude.

Sobald der junge Mann die Augen schloss, sah er die Szene auf der Straße immer wieder vor sich. Er hatte hinter einer Mauer gehockt und sie aus der Ferne beobachtet. Hatte er mit eigenen Augen sehen wollen, was sein Geld und sein Befehl bewirkten? Hatte er beobachten wollen, wie Luzinde litt? Er wusste es nicht genau. Er wusste nur, dass er beinahe selbst aufgesprungen wäre, um die Kerle abzustechen, als sie Luzinde Gewalt androhten. Dass die Leute nie tun konnten, was man ihnen befahl!

Als der Kerl ihm Gottschalks Börse übergeben hatte, hatte Ulman ihm endlich die Faust ins Gesicht schlagen können. »Du Scheißkerl!«, hatte er ihn angebrüllt. »Von der Frau war keine Rede!« Doch der Mann hatte gar nicht verstanden, warum er sich so aufgeregt hatte. Ebenso wenig wie Götz. »Hauptsache, sie tragen keine Mischlinge aus«, hatte er gesagt. »Ansonsten sind sie zu genau denselben Dingen gut wie andere Huren auch.«

Doch Ulman war nicht dieser Meinung. Es machte ihn wütend, dass er noch so von ihr dachte, doch der Duft von Luzindes Haar hing ihm noch nach, wenn er an die Nacht in der Kaiserburg dachte. Sie hätte das nicht tun müssen. Inzwischen verachtete er sie, für ihre Lügen, für ihr Vertrauen, für die Faszination, die sie auf ihn ausübte. Doch vergessen konnte er sie nicht.

Er ballte die Faust und boxte den Baumstamm neben ihm. Warum nur war nichts so einfach, wie er früher einmal gedacht hatte? Warum hatte er den Körper dieser Frau nicht einfach nehmen und sie dann vergessen können? Warum um Gottes willen musste der Blick ihrer klaren Augen ihn heimsuchen, wohin er auch ging? Und warum sah er immer wieder die Furcht in ihren Augen, als er sie im Lochgefängnis zur Rede gestellt hatte? Sie hatte ihn angeschaut, als wäre er ein Ungeheuer.

»Ulman?«, klang Götz' Stimme vom Lagerfeuer herüber.

»Ja?«

»Starrst du schon wieder ins Dunkle?«

Ulman schloss die Augen und fluchte. »Nein. Ich pisse.«

»Du pisst aber lange.«

»Ich pisse halt, so lange ich will!«, knurrte Ulman.

Der Bischofsring aus dickem, dunklem Gold schnürte den fleischigen kleinen Finger ein, als Friedrich von Hohenlohe, Bischof von Bamberg, die Hand spreizte und den bereits fettigen Zeigefinger unter den Kiemen des Fisches auf der Platte schob. Er hatte das Wangenfleisch bereits mit dem Messer gelöst, pulte es nun heraus und führte es zum Munde. Sein üppig gewulstetes Gesicht verzog sich unter einem genussvollen Seufzer und war gleichzeitig Zeugnis dafür, dass der Bischof den täglichen Freuden des Essens ganz und gar nicht abgeneigt war.

»Köstlich!«, rief er aus und lutschte den Finger ab. »Einfach köstlich. Was ist das?«

»Barsch«, erwiderte Ulrich Stromer, der Hausherr, brach einen Kanten von dem hellen Brot ab. Er tunkte es in das Fett, das von einem Schweinebraten herrührte, und bestrich es anschließend mit Erbsenmus mit Senf. Der Bischof hatte Recht – eine Köstlichkeit. Hosto hoffte, dass sie ihren Zweck erfüllte und den Kirchenmann einlullte, der eine gute Mahlzeit stets zu schätzen wusste. Der fette Mann stellte die Zeichen seiner Völlerei ganz ungeniert zur Schau. Belustigt erinnerte sich Hosto, dass der Bischofsring mit dem Amethyst für Bescheidenheit stand. Der Reif war an dem wulstigen Finger längst eingewachsen.

»Eminenz«, begann Hosto nun, »Ihr habt Geldforderungen an die Juden gestellt, wie ich höre?«

Der Bischof, der sich gerade geschmorte Feigen in die Wangentaschen geschoben hatte, hielt nun inne und warf dem Patrizier einen finsteren Blick zu. Er kaute weiter, um die Masse in seinem Mund zu verkleinern, und sprach dann: »Müscht Ihr Gottesch schönschte Gaben mit geschäftlischem Gerede beschmutzen, Schtromer?« Dabei tropfte rötlicher Feigensaft über seine Lippen und über sein Brustkreuz auf das weiße Spitzengewand.

»Das muss ich, Eminenz«, erwiderte Hosto und betrachtete die Spritzer, die sich wie Blut über den kostbaren weißen Stoff verteilten. »Denn Ihr wisst sicherlich, dass der aufständische Rat in diesem und im letzten Jahr bereits die Judengelder eingezogen hat, nicht?«

»Sischer«, schmatzte der Bischof und schluckte. »Ihr solltet mir dankbar sein, Stromer – ich hätte auch direkt zum Rat gehen können.«

»Was hättet Ihr davon? Dieser Rat hat das Geld nicht eingezogen.«

»Stromer«, der Bischof lächelte schlau. »Nur weil der König Euch verziehen hat, heißt das nicht, dass Ihr mich für dumm verkaufen könnt. Karl hat mir das Geld im Juni diesen Jahres in Frankfurt zugesprochen«, Hosto erinnerte sich noch genau an den Tag auf der Kaiserburg, an dem er davon erfahren hatte, »und ich werde es mir holen. Wenn Ihr nicht wollt, dass ich zu den Juden gehe, dann komme ich ins Rathaus.« Damit biss er herzhaft in einen Hühnerflügel.

Und genau diese Zusprechung war der einzige Grund, warum Ulrich Stromer Bischof Friedrich von Hohenlohe überhaupt in sein Haus gebeten hatte. Der Bischof und auch der Burggraf, doch der wäre erst später dran, hatten versucht, sich hinter dem Rücken des Rates die Nürnberger Privilegien zu sichern. Einige hatten sie sich erkaufen können. Hosto aber passte es gar nicht, dass diese beiden hohen Herrschaften nun die Juden aufscheuchten, indem sie von ihnen Geld forderten.

»Ist das nicht allzu mühevoll?«, fragte er daher. »Ich könnte Euch, Eminenz, eine viel bequemere Lösung anbieten.« Wie erwartet horchte der Kirchenmann auf.

»Der Rat zahlt Euch und dem Burggrafen eine einmalige Summe von – na, sagen wir siebenhundert Gulden, die Ihr nach Belieben unter euch aufteilen könnt. Dann habt Ihr keine Mühe mit dem Eintreiben des Geldes von den Juden und macht Euch nicht die Finger dreckig.«

Der Bischof hob die kaum vorhandene Augenbraue. »Das ist kaum mehr als die Hälfte des Judengeldes, das mir allein zustünde. Aber sagt mir, Stromer – warum solltet Ihr das tun?«

»Wir erkennen damit immerhin Eure Ansprüche auf das Judengeld an und wollen Euch dafür entsprechend entschädigen.«

»Aber warum?«

»Ist die gute Beziehung zwischen dem Rat und der Kirche denn nicht Grund genug?«

Der fette Mann schüttelte langsam den Kopf. »Nein, ist es nicht. Nicht für Euch, Stromer. Euer teuflisches Hirn kocht doch etwas aus – Ihr wollt Euch doch bloß den Rücken freihalten, hm?« Hosto schwieg. »Aber wofür?«, schob der Bischof nach und runzelte die Stirn. Dann schüttelte er den Kopf. »Ihr bietet mir ein Viertel von dem, was mir eigentlich zusteht. Mir ist die ganze Summe lieber; mag sie auch mit ein wenig Mühe verbunden sein. Ich halte mich an die Juden.«

Hosto schürzte die Lippen und griff sich auch eine Feige, doch er biss nicht hinein. »Was, wenn das schwierig wird?« Hosto wollte den Bischof mit seinen Ansprüchen aus dem Weg haben, bevor er handelte. Solange der Bischof sich noch das Geld von den Juden erhoffte, würde er sie im Namen des ihm vom König verliehenen Anspruches schützen.

»Was meint Ihr damit, Stromer? Sprecht!«

»Es gibt Unruhen in der Stadt«, formulierte Ulrich vorsichtig und strich sich über den blonden Bart. »Wer weiß, was da passieren kann? Vielleicht gibt es bald keine Juden mehr in Nürnberg. Und wenn der Pöbel einmal über sie hergefallen ist, dann kann niemand mehr garantieren, wo ihr Hab und Gut, all die Pfänder und Wertsachen hingeraten … Der Rat müsste sie einziehen, feststellen, wem sie gehören, und Ihr wisst, wie so etwas läuft. Wo kein Besitzer mehr ist, übernimmt der Rat das Erbe.« Nun nagte er in kleinen, bescheidenen Bissen an der köstlichen Feige und wischte sich den Sud, der ihm aufs Kinn lief, mit dem Handrücken ab. Um nichts in der Welt wollte er sich so besudeln wie der gefräßige Bischof. Doch als Hosto den Kirchenmann ansah, stutzte er. Der Mann grinste. Er hielt Hostos herausforderndem Blick mit einer Maske schlecht verhohlenen Triumphs stand. Hosto hatte den Eindruck, dass ihm etwas Wichtiges entgangen war. Er hasste kein Gefühl auf der Welt mehr als das, nicht alle Karten zu kennen, die gespielt wurden.

»Nur zu, Stromer. Lasst den Pöbel los. Lasst ihn die Juden abschlachten. Wir werden ja sehen, wie sich die rechtliche Situation hinterher klärt.« Das Grinsen des Bischofs verbreiterte sich zu einem süffisanten Lächeln.

Hosto zerbrach den Hühnerknochen und zermatschte das Fleisch, das noch daran hing. Er schätzte es nicht, mit dem Bischof zu verhandeln, doch es war üblicherweise ein leichtes Spiel. Wie auch dieses Mal konnte der gefräßige Mann nicht an sich halten, wenn er meinte, gewonnen zu haben – er musste die Niederlage in den Augen seiner Gegner sehen, musste seinen Triumph auskosten bis zum letzten Tropfen. Und hier sah Hosto, dass er bezwungen war. Wie auch immer sie aussah – der Bischof hatte vermutlich eine Vereinbarung mit König Karl, die ihm die Habe der Juden im Falle ihrer Vernichtung zuschrieb. Das würde auch das vermehrte Interesse erklären, das Bischof Friedrich von Hohenlohe nun, da die Verhältnisse mit dem König geklärt waren, der Stadt wieder widmete. Ulrich Stromer hatte gehört, dass Karl den Rat der Stadt Frankfurt von jeglicher Schuld freigesprochen hatte, sollte den dortigen Juden und ihrer Habe etwas geschehen. Was im Sommer natürlich prompt geschehen war. Wenn der König mit dem Bischof und dem Burggrafen damals eine ähnliche Vereinbarung getroffen hatte, dann würden beinahe all seine eigenen Sanierungspläne ins Leere laufen.

Hosto ließ dem Bischof seinen Genuss. Er ertrug ihn noch eine Stunde lang und ließ ihm die besten Speisen servieren, während er selbst seine Wut gerade so unter Kontrolle hielt, dass der Kirchenmann sich an seiner Niederlage weiden konnte. Wenn Friedrich dachte, dass der Rat sich bezwungen glaubte, würde er sorglos werden.

Doch kaum hatte der Bischof das Eckhaus am Zotenberg schräg gegenüber der Synagoge verlassen, ließ Hosto seinem Zorn freien Lauf. Er griff sich den Tisch und schleuderte ihn mitsamt der Tafel durch den Raum, begleitet von einem Schrei, der ein hungriges Rudel Wölfe vertrieben hätte. Ulrich riss das hölzerne Kruzifix von der Wand, schleuderte es dem Tisch hinterher und warf die Weinkrüge die Treppe hinunter, als das Gesinde nach dem Rechten sehen wollte. Das Gefühl, nicht selbst die Kontrolle über eine Situation zu besitzen, sondern zum Zuschauen verdammt zu sein, machte ihn rasend.

Schließlich stand der kräftige Mann keuchend am Fenster und blickte nach Osten. Er hätte selbst nach Prag fahren sollen. Stattdessen musste er sich nun darauf verlassen, dass Ulman in seinem Sinne klug verhandelte. Und dass, obwohl der junge Mann sogar Skrupel geäußert hatte, gegen die Juden vorzugehen, weil sie anständige Menschen seien. Ulrich schleuderte eine geschliffene Achatschüssel aus dem Fenster, die auf der von tiefen Spurrillen zerfahrenen Straße zerplatzte. Anständige Menschen! Als ob das Bedeutung hätte, wenn es um die Zukunft Nürnbergs ging! Hosto schüttelte den Kopf, während er sich langsam beruhigte. Der Junge war zu mitfühlend. Er musste noch viel lernen, wenn er einmal die Geschäfte der Familie Stromer übernehmen wollte.

Schwer atmend blickte Hosto in den Innenhof, den die Gebäude am Zotenberg gemeinsam bildeten. Dort spielte der Enkelsohn Gottschalks gerade an den Pfützen. Der Ratsherr musste hoffen, dass Ulman das Rückgrat besaß zu tun, was nötig war. Er musste daran glauben, dass Ulman Karl dazu brachte, sich ganz auf die Seite der Stadt Nürnberg zu stellen. Sonst würden sie alle in der Bedeutungslosigkeit versinken, aus der so vieler Hände Arbeit die Stadt gehoben hatte.

Kapitel 18

Am Tisch des Juden Levi in Pilsen wurde das Abendgebet gesprochen, bevor man mit dem Essen begann. Luzinde sah in die Gesichter und wunderte sich, dass auch hier alles seinen normalen Gang ging. Der gedrungene alte Levi, seine Ehefrau Gutlein und die vier bereits erwachsenen Söhne und Töchter, von denen sie sich nur die Namen der beiden ältesten, Veisel und Joßlein, hatte merken können, beäugten den neuen Gast am Tisch mit schlecht verhohlener Neugier. Nur der Hausherr Levi sprach direkt mit ihr.

»Gottschalk war ein guter Man. Er hat bei mir gewohnt, wann immer er nach Prag reiste. Er hatte Einfluss bei Jiden wie Krischten zugleich, und stand in hohem Respekt. Des kennen nit viele Leute. Doch der Gottschalk, der war so weis, dass jeder seine Worte gehert hat. Er hat imer gesagt, des Leben ist ze kurz, um de Zeit mit Dummkepfen zu verschwenden, und er hat es so gemeint. Hat jeden Ernst genomen, wie's ihm ziemt, und wenn es Erger gab, hat er erst gedacht, dann gehandelt, egal, was die Leute gesagt haben.«

Levi pries Gottschalks Verhalten und seinen Charakter, sein Handelsgeschick und seine Weisheit, doch Luzinde hörte nicht mehr zu. Dass Gottschalk zuerst gedacht und dann gehandelt hatte, das hatte sie ihm als Feigheit ausgelegt. Vermutlich hatte sie die Weisheit des Alten einfach nicht verstanden. Und nur wegen ihrer Dummheit hatte man ihn im Schlamm dieser Straße erschlagen wie einen räudigen Hund. Und das, obwohl er doch nur genau das tun wollte, was er immer getan hatte: Erst alle Leute an einen Tisch holen, damit es keinen Ärger gab. Genau das, was er auch in Prag am Königshof vorgehabt hatte. Und sie war jetzt hier die Einzige, die davon wusste.

»Ihr müsst nach Prag schicken lassen«, brach es schließlich unvermittelt aus Luzinde hervor. Sie starrte in fragende Gesichter. »Ihr müsst nach Prag schicken lassen. Gottschalk war auf dem Weg zu König Karl, um Schutz für die Juden in Nürnberg zu bitten.«

»Aber der Kenig Karl, der schitzt seine Jiden doch. 's is zehn Jar her, da hat er den Pilsenern farboten, uns ze schlagen.«

»Dann hoffen wir, dass er das in Nürnberg auch tut. Denn dort braut sich Ärger zusammen.«

»Aber in Nirnberg hat es doch so viele Jidene wie sonst nirgendwo«, antwortete Veisel, der Älteste. »Warum is er denn blos alein gegangen?«

»Wir sind mit mehreren Wagen aufgebrochen, aber die Nürnberger haben Söldner geschickt, und so haben wir uns getrennt. Dann war da noch Fischlein, der Knecht. Ein Büttel hat ihm den Arm gebrochen, und so musste er umkehren.«

Levi runzelte besorgt die Stirn. »Was fir ein Erger is das denn, der in Nirnberg droht?«

»Ärger … mit dem Rat. Es ist ziemlich schlimm. Ihr müsst jemanden nach Prag schicken!«

»Erger mit dem Rat?« Die Augenbrauen des Mannes zogen sich zusammen. Er sah nachdenklich aus. »Das klingt wirklich zimlich schlim. Ich werde dariber nachdenken. Wir reden morgen, ja?«

Luzinde nickte. »Darf ich gehen?« Sie fühlte sich in dieser Familie wie ein Verbrecher auf der Anklagebank.

»Natirlik.«

Sie erhob sich und wollte schon gehen, da fragte Levi: »Willst dich nit reinigen und benschen?«

Luzinde hielt inne und wurde rot. »Natürlich«, sie kramte in ihrem Gedächtnis, während sie die rituelle Waschung über einer Schale vollführte, die eine Magd bereithielt. Dann senkte sie das Haupt. »*Chazan et ha-kol.*« Gottschalk hatte ihr versichert, dass man damit den Ewigen segnete und sich bedankte, dass er alle ernährte. Der Dank für das Essen war ja auch eine christliche Sitte. Sie hielt den Atem an – hatte sie alles richtig gesagt? Niemand runzelte die Stirn oder warf ihr zornige Blicke zu. So atmete sie auf.

Damit entließ die Familie den stummen und trübseligen Gast, und ein Knecht namens Seligmann brachte sie in eine Kammer des geräumigen Hauses. »Hier ist's, Meidel«, meinte er, und öffnete die Tür. Die Kammer war kühl und dunkel, doch Seligmann beeilte sich, eine Schale mit glühenden Kohlen in einem dreibeinigen Gestell zu verankern. »Braucht's noch was?«, fragte er. Luzinde fiel auf, dass der kleine Mann mit dem rötlichen Haar und Bart schielte wie ein irres Pferd.

»Nein«, erwiderte sie leise. Sie wollte allein sein. Der Knecht starrte sie mit einem Auge an, mit dem anderen glotzte er schräg an ihr vorbei. Trotzdem sah Luzinde, dass sich Misstrauen darin abzeichnete. Vielleicht sah der Mann ja besser, als man dachte. Ahnte er etwas? Hatte sie sich bei Tisch verraten?

»Soll ich de Lichter anschtecken?«, fragte Seligmann und wies auf die Kerzen auf dem Fenstersims. »Zum Beten?«

»Nein«, sagte Luzinde. »Du kannst gehen.« Sie wollte den Burschen nur los sein – er war ihr unheimlich.

Die Magd legte sich ins Bett, obwohl die Stunde noch früh war. Der Verlust von Gottschalk lastete schwer auf ihr, ohne dass sie das Gefühl richtig greifen konnte. Doch es machte ihr das Schlafen schwer. Wie sollte es nun mit ihr weitergehen? Sie fühlte sich ausgesetzt in einer Fremde, die mehr umfasste als nur ihre örtliche Unkenntnis. Sie wusste nicht, wie lange sie die Juden hier würde glauben lassen können, dass sie eine der

Ihren war. Hier konnte sie nicht bleiben. Doch wohin? Zurück nach Nürnberg, in das Haus von Mose und Rebekka, die sie beide nur geduldet hatten, weil Gottschalk es wollte? Oder nach Pillenreuth? Oder voran nach Prag, zwei Tage allein durch Böhmen? Dort kannte sie auch niemanden.

Luzinde weinte in ihr Kissen, denn sie fühlte sich schutzlos – und schuldig. Hatte sie mit ihren Lügen, ja mit der Verleugnung ihres Glaubens das Unglück über Gottschalk gebracht? Sie hatte doch bloß nicht mehr ertragen, wie der alte Mann sich behandeln ließ. War es gerecht, dass das gleich mit seinem Tod hatte enden müssen? Sie wusste es nicht. Das Bedürfnis nach einem Gebet, nach einer echten christlichen Messe, wurde so dringlich, dass es sie beinahe körperlich schmerzte. Sie wollte Abbitte leisten für die Sünden, die sie auf sich geladen hatte. Endlich stand sie auf. Es war schon spät. Und sie wusste, dass es eine Dummheit war. Doch sie musste zur Kirche gehen.

Zum zweiten Mal auf dieser Reise legte Luzinde ihren Schleier mit der blauen Borte beiseite und zog ihr altes braunes Überkleid aus der Tasche. Es duftete nach Erde und Stall. Sie breitete es auf dem Lager aus und starrte es an. Beinahe eine Ewigkeit schien vergangen, seit sie Gottschalks Haus betreten hatte. Erst jetzt, da sie auf ihr Leben zurückblickte, erkannte sie, wie viel sie dem Toten zu verdanken hatte. Er hatte ihr eine Hand gereicht, als sie es am nötigsten gebraucht hatte. Er hatte sie beschützt und ihr neuen Mut gegeben. Damals hatte ein neuer Abschnitt ihres Lebens begonnen. Die Schreiberstochter aus Lindelberg und selbst die Magd aus Pillenreuth kamen ihr heute wie Fremde vor.

Als sie das an eine klösterliche Frauentracht erinnernde Gewand über ihr Unterkleid zog, kam sie sich nun umgekehrt vor, als würde sie sich verkleiden. Doch in dem Judengewand wollte sie nicht in die Kirche gehen. Luzinde band sich das

Kopftuch um, das sie neben dem Schutz gegen Kälte und Regen auch vor neugierigen Augen bewahren würde. Sie streifte sich Gottschalks schweren Umhang über, der bei ihrem Gepäck lag, denn die Nacht würde kalt sein.

Dann trat Luzinde aus der Kammer auf die Balustrade, die in den Hof hinauswies, huschte leise die Stufen hinab und stahl sich über den Innenhof, auf dem sich Unterstände für Karren und Vieh befanden. Doch sie trat nicht durch das Hoftor hinaus, sondern folgte einem Pfad durch Gebüsch und Gestrüpp zu einer vergitterten Hinterpforte des Eckgrundstücks. Entgegen aller Befürchtungen quietschte die Tür nicht, als sie den Riegel aufschob und sie langsam öffnete, um sich hinauszuschieben.

Der feine kalte Regen überzog Pflanzen und Wege und füllte die Pfützen der sandigen Straßen langsam wieder. Trotzdem hing der herbe Duft von Maische in der Luft. Die Glockentürme hatten Mitternacht noch nicht verkündet. Luzinde fühlte sich schrecklich verwundbar, als sie schnell den Weg zu dem riesigen Marktplatz hinunterhastete, um zu der Kirche zu gelangen, die sie am Abend gesehen hatte.

Auch von nahem wirkte das Bauwerk gedrungen und schlicht, mit vier hoch aufragenden Fenstern in den Seiten. Auf den zweiten Blick stellte Luzinde fest, dass die Kirche noch lange nicht fertiggestellt oder bereits wieder im Umbau befindlich war – zwei Seiten waren von hölzernen Baugerüsten umgeben, Holz- und Steinlager standen in der Nähe. Auch der Kirchturm ragte nur halb auf, doch daran wurde zurzeit nicht gebaut. Als die Magd die Tür im Nordportal aufschob, da wirkte das Innere, trotz einiger Statuen und Verzierungen, auch nur halbfertig. Kurz überlegte die junge Frau, ob sie in eine andere Kirche gehen sollte – ein oder zwei Kirchtürme hatte sie noch über den Dächern gesehen –, doch sie entschied sich dafür, zu bleiben. Das passte zu ihr: eine halbe Kirche für eine halbe Christin.

Dank der Gerüste in der Kirche wirkte die Halle erdig und eng, die Säulen noch roh und unfertig. Der Lehm an den Wänden verlieh der Luft eine Muffigkeit wie in einem schlecht belüfteten Keller. Luzinde wunderte sich darüber, dass ein so riesiger Marktplatz einer offenbar gut betuchten Handelsstadt wie Pilsen eine so kleine Kirche beherbergte – aber vielleicht standen genau deshalb die Baulager draußen. Sie ging leise durch die Halle nach vorne, zum Altar, der nur wenig vom Mondlicht beschienen war, da die Fenster teilweise farbig oder von Gerüsten zugestellt waren. Auf dem Altar brannte eine Kerze.

Zuerst bekreuzigte sich die Magd. Dann sah sie nach oben, um herauszufinden, welchem Schutzpatron diese Kirche geweiht war. Sie hatte ja insgeheim auf die Heilige Mutter Maria gehofft. Doch die Fresken wiesen auf einen der Jünger Jesu Christi hin: den heiligen Bartholomäus, jenen Mann, der nach Jesu eigenen Worten ohne Falsch gewesen war. Man musste wahrhaft heilig sein, um immer die Wahrheit zu sagen. Selbst wenn man sich bemühen wollte, nicht zu lügen – welcher Mensch kannte sich selbst so genau, sah sich mit eigenen Augen so unverstellt, dass er immer aussprach, was er dachte und meinte? Unter solchen Augen fühlte die Magd sich noch kleiner und schuldiger, als das ohnehin der Fall war.

Trotzdem kniete Luzinde sich auf den kalten und dreckigen Boden. Sie faltete die Hände und breitete ihre Verfehlungen vor Gott aus. Jetzt erst sah sie, wie viele sich im Laufe ihres Lebens und dann in jener kurzen Zeit angehäuft hatten, seit sie das Beginenhaus in Pillenreuth verlassen hatte. Am heißesten aber brannte ihr auf der Seele, dass sie gegenüber dem Ritter Wenzel ihren Glauben verleugnet hatte. Wie viele Geschichten gab es in der Bibel, in der Heilige für das Wort Gottes starben und dafür mit himmlischer Seligkeit beschenkt wurden? Zum

Beispiel die heilige Katharina, die sich geweigert hatte, Götzenopfer zu bringen, und dafür gefoltert worden war.

»Ich bin halt keine Heilige«, murmelte sie unter Tränen. Sie betrachtete auch die anderen Wandmalereien, die sieben Kreuzwegstationen darstellten. Da war die Geißelung Jesu durch Pilatus, die Dornenkrönung, seine Verurteilung, Jesus mit dem Kreuz, dann Simon von Kyrene, der ihm das Kreuz abnimmt. Wieder Simon, der neben Jesus das Kreuz trägt, und schließlich die Kreuzigung selbst auf dem Berg aus Totenschädeln. So gut wie auf allen Bildern sah man Juden mit ihren charakteristischen Hüten und Mänteln, wie sie Jesus verfluchten und mit Steinen nach ihm warfen. Die Juden hatten den Heiland ermorden lassen. Hatte Luzinde an seinem Namen doch gefrevelt, indem sie sich als Jüdin ausgegeben hatte? Sie sah in die vor Hass und Wut entstellten Gesichter der Juden auf der Wand und raufte sich weinend die Haare. Wie konnte sie das nur wiedergutmachen? Sie konnte sich schlecht in eine Beichte schleichen, weil sie eine Sünderin war, und dort nur einen Teil der Wahrheit offenbaren, um die Absolution zu erhalten.

Doch Luzinde fand auch Trost in den Bildern. Johannes, Maria und Maria Magdalena waren allgegenwärtig. Sie weinten über das Schicksal des Heilands und ertrugen doch alles sehenden Auges. Das waren Heilige, die dem Schmerz ins Gesicht sahen und doch die Augen nicht abwenden konnten. Wie klein man sich in solcher Gesellschaft fühlte!

Nein, Luzinde war keine Heilige, sie war eine einfache Sünderin. In den zuckenden Schatten der dicken Altarkerze erschien es ihr auch beinahe, als sähe Bartholomäus vorwurfsvoll von der Wand herunter. Ihr Blick kehrte zu Simon von Kyrene zurück, der Christus das Kreuz tragen geholfen hatte. Warum hatte das nicht Johannes getan, der ihn doch so geliebt hatte? Warum hatte ein völlig Fremder so viel Mitleid mit dem Heiland gehabt, dass er ihm seine Bürde erleichterte? Woher war Simon gekommen? Doch das war nicht wichtig. Jesus war doch selbst Hebräer. Und nun stritten Christen und Juden miteinander, ob er der Retter der Welt sei oder nicht. Sie trocknete ihre Tränen. Sie war zwar keine Gelehrte, doch eine Antwort gab das Bild des Leidensweges Christi: Sie durfte ihren Gott nicht verleugnen. Doch sich als Jüdin auszugeben, war mit Sicherheit keine Sünde in den Augen von Jesus. Es war immerhin sein eigenes Volk, auch wenn es seit Jahrhunderten im Exil lebte, weil es ihn selbst verleugnete.

Luzinde wusste, wie das Leben als Heimatlose war. Nicht dorthin zurückkehren zu können, wo man sich zu Hause fühlte, nirgendwo sicher vor Armut und Verfolgung zu sein ... das war ein hartes Los.

Zögernd griff sie zu einer dünnen Kerze und gedachte Gottschalks. War es richtig gewesen, ihm nach Prag zu folgen? Oder hätte sie in Nürnberg für ihr Kind da sein sollen? Sie war eine Rabenmutter, so viel stand fest. Sie verachtete sich für die Schwäche, die sie in jener Nacht überkommen hatte. Hätte sie damals, in diesem kurzen Augenblick, mehr gekämpft; hätte sie ihrem Vater verständlich machen können, dass sie es behalten wollte ... Sie verdrängte den Gedanken.

Dann zündete Luzinde die Kerze an und bat den heiligen Bartholomäus um Fürsprache. »Wenn's sich irgendwie machen lässt«, murmelte sie mit schwerem Herzen, »dann bitte auch für den Juden um einen Platz im Reich Gottes.« Dann bekreuzigte sie sich ein letztes Mal und trat den Heimweg an.

Wie sie gehofft hatte, war der Aufruhr in ihrem Herzen dank des Gebets ein wenig beruhigt worden. Ihre Gedanken klärten sich. Sie wusste noch immer nicht, was sie tun, wohin sie sich wenden sollte. Doch nun hatte sie das Vertrauen, dass sie schon eine Lösung finden würde. Ihr war bereits zwei Mal ein Neuanfang gelungen. Warum also nicht ein drittes Mal? Doch jetzt würde sie sich ausruhen und neue Kräfte sammeln. Die letzten Tage und Wochen voll Aufregung und Sorgen hatten an ihr gezehrt. Dann würde sie entscheiden, wie es weiterging.

Also schlich Luzinde sich auf dem Weg, den sie gekommen war, wieder in Levis Haus zurück. Sie schloss das Gartentor leise und schob den Riegel wieder so vor, wie sie ihn vorgefunden hatte. Als sie sich durch die Büsche schob, hörte sie vom Tor ein leises Rumpeln und verharrte geduckt. Sie hielt den Atem an, um in die Dunkelheit zu lauschen. War noch jemand des Nachts unterwegs? Oder war ihr gar jemand gefolgt? Dieser Gedanke ließ ihr Herz rasen.

Als sie es in der Hocke nicht mehr länger aushielt, schob sie sich wieder in eine stehende Position. Nichts regte sich. Doch sie wollte kein Risiko eingehen. Sie ließ mindestens den vierten Teil einer Stunde verstreichen, in dem sie nur auf ihren Atem und die Stille der Nacht lauschte. Dann schlich sie sich über den Hof auf die Außentreppe und über die Galerie zurück ins Haus.

Hier angekommen, schob Luzinde die Tür hinter sich ins Schloss und atmete erleichtert auf. Sie streifte ihr braunes Überkleid und den Mantel ab, hängte es zum Trocknen nahe der Kohleschale über einen Hocker und schlüpfte dann zwischen die Decken ihres Lagers. Es dauerte eine ganze Weile, bis sich ihre Aufregung gelegt hatte und die Füße halbwegs warm geworden waren. Schließlich gelang es ihr, die Augen zu schließen und in einen Dämmerschlaf hinüberzugleiten.

»Jungfer Luzinde!« Es pochte hart an der Tür. »Jungfer Luzinde! Aufgestanden!«

Luzinde schlug die Augen auf und starrte ins Dunkel. Wo war sie? Was ging hier vor? An der Tür klopfte es wieder, und langsam kehrte die Erinnerung an das Haus des Levi und ihren nächtlichen Betgang zurück. Nur das Glühen der Kohlen in der Schale spendete einen Hauch Licht. Am Zustand der Kohlen konnte sie abmessen, dass wohl kaum eine Stunde vergangen sein mochte, seit sie sich zum Schlafen niedergelegt hatte. Und die Stimme des Mannes vor ihrer Tür musste die von Seligmann sein.

»Ich komme«, murmelte sie schlaftrunken. Sie hatte den Eindruck, gerade erst eingeschlafen zu sein. Das machte sie müder denn je. Doch sie sprenkelte sich ein wenig Wasser aus der Schale auf dem Tisch ins Gesicht und wischte es sich schnell mit einem Leinentuch ab, denn die Kälte setzte ihr zu. Dann wickelte sie sich in eine Decke und öffnete.

»Was gibt's, Seligmann?«, fragte sie. Vor ihr stand ein Mann mit einer Laterne in der Hand, doch es war nicht Seligmann. Es war der gedrungene Levi. Der drückte nun die Tür auf und betrat ihre Kammer. Der schielende Knecht folgte ihm auf dem Fuß und grinste schief, während er die Tür hinter ihnen wieder schloss.

»Herr Levi«, stammelte die Magd. »Was kann ich Euch … was wünscht Ihr denn mitten in der Nacht?«

Der alte Hausherr drehte sich um und musterte Luzinde ernst. »Des sag du mir, Luzinde.«

»Herr?«

»Warst aus dem Haus?«

»Ich …« Luzindes Gedanken überschlugen sich. Leugnen hatte offenbar keinen Zweck, denn jemand musste sie gesehen haben. »Ich war spazieren.«

»Schpaziern? In der Miten der Nacht?«

»Ich … ich musste den Kopf klar bekommen, Herr Levi. Es ist so vieles passiert in der letzten Zeit …«, Luzinde verstummte, denn Levis Blick barg so viel Misstrauen, dass ihr das Lügen schwerfiel, so nahe sie der Wahrheit auch kam.

Nun nickte der Hausherr zum Knecht hinüber. »Seligmann sagt, du werst nach Sankt Bartholome gangen.«

»Warum sollte er so etwas sagen?«, fragte sie mit klopfendem Herzen.

»Was soll ich den glauben, Luzinde?«, fragte Levi. »Was sagst du dazu?«

Luzinde rang um Worte. »Ich bin in Sankt Bartholomäus gewesen. Um eine Kerze für einen Freund aufzustellen.« Das war nicht einmal gelogen.

Doch Levi ließ es dabei nicht bewenden. »Seligmann sagt weiter, de werst nit mit dem Schleier gangen.«

Die Magd warf dem Knecht einen finsteren Blick zu, doch der grinste nur triumphierend. Was hatte sie sich nur dabei gedacht, sich in einen jüdischen Haushalt bringen zu lassen? Glaubte sie, echte Juden mit ihrer Verkleidung narren zu können? »Ist das verboten?«, fragte sie, nun kühler. Trotzdem machte sie ein paar Schritte seitwärts, um den Blick auf ihre feuchte Kleidung zu verstellen.

»Sicher is des farboten«, erwiderte Levi grimmig. »Aber des mein ich nit. 's figt sich ales zusam. De sprichst kein Jiddisch. De kennst ja kaum de Lobpreisungen! Und selbst wenn de ein Jidene bist, de nit nach der Tradition lebt, bleibt's imer noch komisch, des de nach Sankt Bartholome gest.«

»Und se hat andere Kleider angehabt, Her!«, krähte der Knecht nun. »Krischtenkleider!« Er deutete auf das Gewand auf dem Schemel.

Levi stellte sich vor Luzinde und blickte auf sie herunter. »Ge beiseit.« Luzinde hielt seinem Blick einen Augenblick stand. Dann senkte sie das Haupt, und der Hausherr ging mit einigen langen Schritten an ihr vorbei. Er betastete das umgearbeitete Beginenkleid, stellte fest, dass es feucht war, und trug es aus der Ecke ins Licht der Laterne.

»De Kleider sind wahrlich nit ser jiddisch«, murmelte er dabei. Er sah nachdenklich auf. Offenbar fügten sich die Fakten zu einem Ganzen zusammen. »Was um aler Welt bringt dich dazu, Jidenkleider ze tragen, wenn de keine bist?«, fragte er verwundert.

»Das war Gottschalks Idee«, erwiderte Luzinde leise. »Ich sollte ihn nach Prag zum König begleiten. Er sagte, dass eine Christin und ein Jude zusammen zu viele Fragen aufwerfen.«

Levi starrte sie an, als könne er immer noch nicht fassen, was sie da sagte.

»Und was solltest ausgerechnet du mit in Prak?«

Luzinde schwieg und senkte den Blick. Dass sie als Zeugin hatte sprechen sollen, das mochte sie nicht offenbaren. Doch Levi musste verstehen! »Ihr müsst Eure Söhne nach Prag schicken!«, bat sie eindringlich. »Es ist sehr wichtig, denn der Rat von Nürnberg will den Juden dort Böses –«

»Halt den Mund«, sprach Levi düster. »Ich weiß nit, ob de wahr schprichst. Ich weiß nit, ob de ligst. Ich weiß nur, dass de dich in mein Haus geschlichen hast. Und unter meinem Dach«, er schlug mit der Hand einen Bogen, der sein Haus umfasste, »kann ich weder eine lignerische Jidene noch eine erliche Krischtenmad dulden. Pack dein Sachen und farlas mein Haus!«

Damit ging er zur Tür, während Seligmann Luzinde anfeixte.

»Wo soll ich denn mitten in der Nacht hin?«, fragte sie müde.

Der Hausherr sah kühl zurück. »Des is deine Sach. Frag de Krischten, ob se dich nemen.«

So fand sich Luzinde mitten in der Nacht auf den Straßen von Pilsen wieder. Sie hatte ihr Gepäck genommen, ihre jüdischen – weil trockenen – Gewänder angezogen und war gegangen. Wieder einmal wusste sie nicht, wohin sie ihr Haupt betten sollte. Sie streifte müde durch die Kälte, bis sie in einem Hinterhof im Osten der Stadt einen offenen Unterstand fand. Sie kroch hinter einen alten Karren mit gebrochener Achse, häufte das bisschen Stroh um sich, das sie fand, und legte alles an trockenen Decken und Kleidern über, was sie besaß. Immerhin schützte sie sich so vor dem beißenden Novemberwind. Bei einer Bewegung ratschte sie sich zu allem Überdruss den Handballen. Sie hatte nicht mal mehr Kraft für einen Fluch und wickelte einen schmutzigen Leinenstreifen darum.

Luzinde schloss die Augen und versuchte zu schlafen, doch sie fand keine Ruhe. Levis enttäuschter Blick fraß sich in ihr Gedächtnis und brannte sich dort fest. Ja, sie hatte ihn belogen. Nach allem, was der Mann wusste, hatte sie sich unter Lügen in sein Haus geschlichen, um seine Gastfreundschaft auszunutzen. Kein Gottschalk war da, um alles aufzuklären und sich vor sie zu stellen. Luzinde war nun ganz allein.

Eine Träne kroch ihr in den Augenwinkel und glitt über ihre Wange. Sie wischte sie schnell fort, denn wo die Flüssigkeit auf der Haut saß, biss der Frost noch härter zu. Nun war sie endgültig heimatlos.

Die Kälte kroch ihr in die Glieder. Sie starrte in die Finsternis der Nacht und weinte nur noch mehr. Hier saß sie nun und wusste nicht, wo sie die nächste Mahlzeit oder Feuerholz herbekommen sollte. Der Winter hatte sich grimmig angekündigt, und es würde vielleicht wieder frieren. So mancher Bettler hatte sich bei dem Wetter hingesetzt und war nie wieder aufgestanden.

Als sie den Umhang Gottschalks enger um den Leib stopfte, hörte sie ein leises Klicken. Sie bewegte den Umhang noch einmal, und da war es wieder – ganz sacht schlugen harte Kiesel oder Steinchen aneinander. Sie tastete am Saum des schweren Mantels und erfühlte Widerstände, wie kleine Perlen, die in den Stoff eingenäht waren. Ganz aufgeregt ertastete sie die Menge der Huckel. Handelte es sich dabei um Gottschalks geheimen Reichtum, den er König Karl darzubieten gedachte? Wenn ja, dann mussten das Edelsteine sein, die sicher mehrere Tausend Pfund Haller wert waren! Ihr Herz schlug schneller. Vielleicht war die Situation doch nicht so verfahren? Sie prokelte den Saum auf und schob eine der Murmeln aus dem Stoff heraus. Und siehe da – das rund geschliffene Kleinod wirkte selbst im Dunklen kostbar. Vielleicht war es ein Saphir, oder ein Rubin – sie konnte die Farbe nicht erkennen. Der Größe nach könnte er die Krone eines Fürsten zieren. Was für ein Vermögen besaß sie da auf einmal? Sie hatte für den Rest ihres Lebens ausgesorgt!

Doch nach dem Glücksrausch dieser Erkenntnis kamen die Zweifel. Dies war vermutlich das Geld der Juden von Nürnberg. Sie wollten damit ihr Leben und ihren Besitz von König Karl freikaufen. Wenn sie nun mit den Edelsteinen verschwände, dann würde deren Blut an ihren Händen kleben. Könnte sie einen solchen Verrat begehen? Würde sie sich nicht ewig dafür hassen? Sie kannte die Antwort, und sie wusste, dass sie mit dieser Schuld nicht würde leben wollen. Ihre Hoffnung erlosch so schnell, wie sie aufgeflackert war.

»Wenn man hoft, gibt's imer was, des man tun kan, Luzinde.« Die brüchige Stimme Gottschalks drang beinahe geisterhaft an ihr Ohr. Und damit fasste Luzinde einen Entschluss. Natürlich, sie konnte bleiben und in Pilsen betteln. Vielleicht würde sie gar den Winter überleben. Sie konnte mit dem Geld von Gottschalk zurück nach Nürnberg gehen und Mose und Rebekka die doppelt schreckliche Nachricht vom Tod ihres Vaters und vom Versagen seines Botenganges überbringen. Doch all das hieße, die Suche aufgeben und sich wie eine Ratte hinter dicken Mauern vor der Welt verkriechen. Nein, das war der leichte Weg, jener, der sie weniger Mut und Mühe, aber ihr ganzes Gewissen und ihren Respekt vor sich selbst kosten würde. Hatte Gottschalk das gemeint, als er sagte, der leichte Weg führe zum Bösen? Wenn sie schon für sich kaum noch Hoffnung hatte, dann konnte sie wenigstens versuchen, Gottschalks Wunsch zu erfüllen – sie würde nach Prag zu König Karl gehen und ihn um Schutz für die Juden von Nürnberg bitten. Der alte Mann war gut zu ihr gewesen, obwohl ihn nichts dazu verpflichtet hatte. Im Gegenteil, er hatte sich das Leben in seinem Haus durch Luzinde nur schwerer gemacht. Nun konnte sie sich für diese Güte bedanken, indem sie den Gang beendete, den er selbst nicht mehr gehen konnte.

Die Anzahlung auf das Geld der Juden von Nürnberg für König Karl war gesichert. Zwar besaß sie nicht das Verhandlungsgeschick des alten Mannes, doch sie konnte ungefähr sagen, wie viel die Juden für den Schutz des Königs bezahlen würden. Sie könnte immerhin versuchen, mit dem König zu reden!

Das schiere Ausmaß dieses Vorhabens raubte Luzinde für einen Augenblick den Atem. Sie würde zum König gehen, sie würde ihm gegenüberstehen und ihn bitten, sich auf die Seite der Juden zu stellen. Und dann würde sie versuchen, seine Gunst zu kaufen. Die Magd musste unwillkürlich schmunzeln. Sie war sich unsicher, ob es gelänge. Doch sie wusste, wenn sie jetzt umdrehte und fortrannte, würde sie niemals wieder erhobenen Hauptes durch die Straßen einer Stadt gehen können. Es gab nur den Weg nach vorne.

Luzinde ging ihre Habseligkeiten durch. Das braune schlichte Kleid war bei Levi zurückgeblieben. Sie bedauerte den Verlust. Fast schien es ihr, als müsse sie damit einem Teil ihrer Vergangenheit Lebewohl sagen. Mit Gottschalks Mantel besaß sie immerhin auch noch ausreichend Mittel, um ihr Ziel zu erreichen. In der Tasche war ein wenig Reisegeld, Essen für zumindest noch ein oder zwei Tage, ihr braunes Gewand sowie die Ritualgegenstände von Gottschalk, namentlich der kleine klappbare Reiseleuchter, die Lederriemen und das Gebetstuch. Die würde sie Mose und seiner Familie zurückbringen.

In der kleineren Tasche fanden sich ein paar Stücke Leinen zum Verbinden von Schnitten und Blasen, Kräuter sowie ein goldenes Medaillon mit einer eingeprägten Menora. Sie beließ alles, wo es war.

Als sich im Osten, wo Luzinde die Königsstadt Böhmens wähnte, die Sonne mit einem feinen hellen Streifen am Horizont ankündigte, da lächelte Luzinde. Zum ersten Mal seit Wochen – nein, eigentlich sogar seit Jahren –, hatte sie das Gefühl, die Zügel ihres Lebens selbst in der Hand zu halten und den richtigen Weg zu beschreiten. Das wollte Luzinde niemals wieder missen. Und so zog sie den Judenschleier mit der blauen Borte wieder übers Haar und verstaute ihn sorgfältig unter der Kapuze.

Sie blickte der Sonne entgegen, die breite Gasse entlang, die sich außerhalb der Stadt der Mies anschloss. Sie warf sich das Gepäck für einen langen Marsch auf den Rücken. Dann machte sie sich auf nach Prag.

Kapitel 19

Der Regen blieb an diesem Morgen aus, doch die Wolken am Himmel lichteten sich trotzdem niemals vollständig. Der Wind blies schneidend kalt und trug den Geruch von nächtlichem Frost mit sich. Das Land lag im Dämmerlicht da, als wolle es nicht vollständig aus einem trägen Winterschlaf erwachen.

Luzinde schleppte schwer an ihrem Gepäck, da sie die beiden Taschen, die sich vorher auf dem Karren befunden hatten, selbst tragen musste. Wo das Gefährt geblieben war, wusste sie nicht – vielleicht stand es noch bei Levi. Also kam sie langsamer voran als auf dem ersten Reiseabschnitt.

Ihr zogen Bauernkarren und Marktschreier entgegen, die Herbstäpfel und Korn nach Pilsen zum Verkauf brachten. Allesamt beäugten sie Luzinde neugierig, teils sogar dreist, denn die Sorte Frau, die allein zu reisen wagte, hatte üblicherweise nichts zu verlieren. Luzinde war froh, als sie so weit von Pilsen entfernt war, dass die Begegnungen rarer wurden.

Schon nach wenigen Stunden hatte sie neuen Respekt davor gewonnen, zwei ganze Tagesreisen allein durch Böhmen zu ziehen. Wie sollte sie in die Ortschaften einziehen, ohne dass man sie für leichte Beute hielt, wo sie doch ohne schützende Begleitung war? Sie fand keine Antwort auf diese Frage und beschloss, sehr vorsichtig zu sein. Wie sie es von Wenzel gelernt hatte, machte sie regelmäßig Pausen, um ihre Füße ausreichend zu schonen und neue Kraft für die nächste Etappe zu sammeln. Mutlosigkeit lauerte in ihr. Wie damals, als sie irgendwann beschlossen hatte, in Pillenreuth zu bleiben, hätte sie sich am liebsten hier in Gottschalks Pelzmantel zusammengerollt und die Welt um sich herum vergessen. Doch sie riss sich zusammen. Sie durfte sich nicht gestatten, jetzt aufzugeben! Ein Mensch, der sich vor der Welt versteckt hatte, wollte sie niemals wieder sein. Also machte sie sich wieder auf den Weg, denn vorwärts war immer noch besser als zurück. In Pilsen besaß sie keine Freunde. Was in Prag auf sie wartete, wusste sie nicht.

Kurz vor Mittag näherte sich Luzinde Gebäuden. War dies Rokytzan? Eigentlich hatte Wenzel nach Pilsen Horowitz als Etappe für ein Nachtlager auserkoren. Doch da sie beide Orte nicht kannte und keinerlei Erfahrungen mit den Entfernungen besaß, würde sie erfragen müssen, wo sie war und wie sie nun weiterziehen musste.

Zögernd betrat Luzinde den Ort. Sie wusste nicht, ob dies ein Fehler war – doch sie brauchte etwas zu essen. Bei einem Bauernhof anzuhalten war mindestens ebenso riskant. Eine Münze des Reisegeldes lag in ein Tuch eingeschlagen in ihrem Schuh griffbereit und doch gut verborgen.

Der Ort stellte sich als bloße Ansammlung weniger Häuser und Höfe heraus. Die Gegend war so bewaldet, dass man für die Felder einen riesigen Kreis hatte schlagen müssen. Die Häuser bestanden zu großen Teilen aus Holz und lehnten sich bereits schief aneinander. Der kleine Platz in der Mitte des Ortes besaß immerhin eine hölzerne Kirche. Nur wenige Menschen verweilten draußen, dazu war das Wetter zu unwirtlich. Die wenigen, die sie sah, eilten mit festem Ziel in eines der Häuser. Luzinde kam es so vor, als würde jeder sie mehr oder weniger unfreundlich anstarren. Eine alte Frau lehnte am Fenster und glotzte nur.

Luzinde kam an einem Fuhrgespann vorbei, an das zwei Männer, der Kleidung nach Knechte, gerade das Geschirr zweier schwerer Kaltblüter reparierten. Der Karren war ein geschlossener Kastenwagen mit einer verketteten Tür an der Rückseite. Die Knechte nickten ihr zu. Sie grüßte zurück. Sollte sie sie ansprechen? Immerhin wirkten sie weder verschlossen noch feindselig, und sie war hier fremd.

»Heda!«, rief da der eine, der ihr Zögern offenbar bemerkt hatte. Also hielt Luzinde inne. »Ich grüße Euch, Herrschaften«, sprach sie vorsichtig. »Ist dies der Ort Rokytzan?«

Die beiden blickten einander an. »Das ist Rokytzan, wohl wahr«, sagte dann der andere. Sie sprachen beide mit schwerem Akzent.

»Danke«, sagte sie beinahe enttäuscht, denn das bedeutete, dass Horowitz vermutlich noch in einigen mühevollen Wegstunden Entfernung lag.

»Reist Ihr allein?«, fragte der Erste.

»Nein«, eilte Luzinde sich zu sagen. »Ich … ich treffe jemanden.«

»Ach so«, meinte der zweite. »Sonst hätten wir Euch vielleicht mitnehmen können. Wo wollt Ihr denn hin?«

»Prag«, erwiderte sie zögernd. War dies eine Möglichkeit, schneller voranzukommen?

»Schau an«, meinte der erste Knecht erstaunt. »Da fahren wir auch hin! Und wir haben noch Platz, nicht, Pavel?«

»Oh ja«, lachte der Angesprochene.

»Das ist ja eine Fügung des Herrn«, gab Luzinde zurück. »Dann könntet Ihr mich ein paar Meilen mitnehmen?«

»Ich dachte, du triffst jemanden?«

»Ich … treffe jemanden in Horowitz«, redete sie sich heraus.

Der eine rief dem anderen in der böhmischen Sprache etwas zu, und sie lachten.

Irgendetwas im Ton der Männer ließ Luzinde innehalten. Sie nahm den Kastenwagen näher in Augenschein. Es gab ein paar

Schlitze in dem Holz, ansonsten konnte man nicht hineinschauen. Wurden darin Tiere transportiert? Aber nein, die konnte man auch anbinden, und man musste sie nicht hinter Schloss und Riegel befördern. Dann fiel ihr der Gestank von Kot und Urin auf, und ihr wurde ganz mulmig zumute. War dies ein Hurenwagen? Oder waren die Männer Frauenhändler?

Die Magd wich instinktiv einen Schritt zurück, denn in ihr verkrampfte sich alles. Sie sah sich um und erblickte ein Schild mit einem Krug darüber. Ein Gasthaus! Dort wären Menschen. In deren Gegenwart würden die Kerle sicher das Interesse an ihr verlieren! Kaum war sie einen weiteren Schritt zurückgewichen, ließ der eine Knecht die Arbeit fallen, an der er gewerkelt hatte, und glich die Distanz zu ihr mit einem Sprung wieder aus. »Nu«, sagte er. »Wir unterhalten uns gut, oder? Musste doch nicht gleich weglaufen, nicht?«

»Ich … lasst mich in Ruhe, Herrschaften«, bat sie und versuchte, ihrer Stimme einen festen Ton zu verleihen. Wie dumm sie gewesen war! Offensichtlich sprachfremd und allein unterwegs, hielten die beiden sie für eine leichte Beute. Und sie rechneten sich vermutlich völlig richtig aus, dass ihr hier niemand beistehen würde. Warum auch? Sie sah aus wie eine Jüdin, um die die Christen sich nicht scheren würden.

»Na, stell dich nicht an«, sagte der Erste. »Je weniger du dich wehrst, desto weniger tun wir dir weh.«

»Tu nicht so, als wärste eine Ehrbare«, sagte der andere. »Ehrbare Frauen reisen nicht allein.«

Luzinde befeuchtete ihre Lippen mit der Zunge. Sie wich ganz langsam zurück, denn sie wusste, sobald sie sich umdrehen würde, um zu rennen, würden die beiden laufen. Mit Gottschalk und Fischlein wäre ihr das nicht passiert, und mit Ritter Wenzel an ihrer Seite sicher auch nicht. Was also tun? Wie sich vor den beiden schützen? Wie ihnen begreiflich machen, dass es besser für sie war, sie nicht zu rauben? Das ging nur, wenn sie ihnen Angst machte.

»Ich … ich mache mir keine Sorgen um mich«, begann sie vorsichtig.

»Ach so? Meinst du, wir werden uns an dir stoßen?«, grinste der zweite Knecht.

»Ich mache mir Sorgen um Euch.« Sie richtete sich ein wenig auf und versuchte, eine selbstsichere Pose einzunehmen. »Glaubt Ihr wirklich, ich reiste allein, wenn ich schutzlos wäre?«

»Vermutlich wirst du uns mit deinem Zopf erschlagen, Weib?«, lachte der Erste.

Luzinde versuchte, ihre Angst zu bezwingen. Sie hatte schon oft gelogen, und das aus den unterschiedlichsten Gründen. Aber dies musste mehr als eine Lüge sein, jetzt musste sie Eindruck schinden …

»Ich werde gar nichts tun«, erwiderte sie mit einer Kaltschnäuzigkeit, die für sie selbst überraschend war. »Ihr könnt Hand an mich legen und mich verschleppen. Ihr könnt mir Gewalt antun, mich in ein Hurenhaus schaffen, und ihr könnt dabei lachen und scherzen. Doch ich werde irgendwann ein – ein schwarzes Huhn in die Hände bekommen. Und dann werde ich es aufschlitzen und seine Eingeweide meinem dunklen Judengott weihen. Doch sein Herz werde ich essen. Und wisst ihr auch warum? Um euch mit dem schlimmsten Fluch zu belegen, den die Frauen des – des Volkes Israel beherrschen. Und dann, eines Tages, wenn ihr es am wenigsten erwartet, dann wird mein Gott mich rächen. Er wird euch die Haare ausfallen und die Zähne im Munde verfaulen lassen. Er wird eure Augen stumpf und eure Ohren taub werden lassen. Er wird eure Eingeweide und eure Schwänze verdorren lassen. Und dann, wenn ihr am Ende seid, dann wird er euch … Er wird euch nicht töten. Er wird euch in aller Grausamkeit seines Wesens so alt werden lassen wie Methusalem. Damit euer Leiden so lange dauert, wie es nur irgend geht.« Luzinde hatte sich in Rage geredet und funkelte die Kerle an, die Wangen gerötet, der Busen bebend, da sie zum Schluss beinahe geschrien hatte.

»Du – du lügst doch«, stammelte der erste Kerl, doch er konnte seine Verwirrung nicht verbergen.

»Wenn das nicht wahr wäre, würde ich dann so ruhig hier stehen?«, fragte Luzinde bissig. »Wenn ich Angst vor euch haben müsste – würde ich dann nicht fliehen und betteln und um mich schlagen?«

»Ich glaub dir trotzdem kein Wort«, meinte der Zweite, doch auch er verhielt sich zögernd.

»Dann müsst ihr wohl aus eurem Schaden klug werden«, sie zuckte in gespieltem Bedauern mit den Schultern. »Ich habe nicht die Macht, euch aufzuhalten. Doch Adonai«, sie wies gen Himmel, »hat die Macht, euch zu strafen. Er wird dafür sorgen, dass ihr hundeelend krepieren werdet!« In einem spontanen Einfall löste sie das blutige Stück Leinen von der Hand, mit dem sie sich in Pilsen den Ratscher verbunden hatte. Sie hielt das blutige Tuch hoch, in die Luft, und brabbelte Wortfetzen, die so ähnlich klangen wie die Sprache, die die Juden für ihre Tischgebete benutzten. Das einzig sinnvolle Wort darin war »Adonai«, das sie so oft wiederholte, dass es einer Beschwörung glich. Dann warf sie das Tuch den Männern entgegen. »Schreitet an dem Punkt vorbei, den mein Blut markiert, und Adonais Fluch wird euch treffen!«, rief sie schrill. Gleichzeitig betete sie, dass die Leute im Dorf ihre Sprache nicht verstehen konnten. Sonst würde sie morgen als Hexe brennen.

Der Knecht, der sie zuerst angesprochen hatte, wich unwillkürlich zurück, als ihm das Tuch entgegenflog. Der Zweite wirkte weniger beeindruckt. »Du lügst doch«, sprach er, und kam bedrohlich auf sie zu.

Doch kaum hatte er zwei Schritte getan, hielt ihn der andere am Arm zurück. »Pavel, was, wenn's stimmt?«

»Das stimmt nicht, Mierek«, spie der aus. »Die verscheißert uns nur!«

»Aber woher weißte das?«

»Schau sie dir doch an! Glaubst du, das ist eine Judenhexe? Dieses schmale Hühnchen?«

»Müssen Judenhexen dick sein? Haste denn schon mal eine gesehen, Pavel? Was, wenn's stimmt?« Mierek schien den Freund zu verunsichern. »Mir ist es das nicht wert.«

Pavel wandte sich ihm zu, und nun fielen die beiden in ihre Muttersprache zurück, so dass Luzinde nichts mehr verstand. Doch sie entnahm der hitzigen Diskussion, dass sie gewonnen hatte. Der Zweifel war gesät. Die beiden würden den Zorn des Judengottes Adonai nicht herausfordern.

Schnell sandte die Magd ein Gebet an die Heilige Jungfrau. Sie hoffte, dass der Gott der Juden nur ein Irrbild war, denn wenn es ihn gab – hatte sie dann nicht Mächte herausgefordert, die sich gegen sie selbst wenden würden? Aber wer wusste das schon? Vielleicht fände ihre Scharade sogar seinen Gefallen.

Die beiden Knechte waren noch in ihrem hitzigen Streit vertieft, da öffnete sich unweit eine Tür. Die alte Frau, die vorhin noch am Fenster gestanden und geglotzt hatte, kam mit krummem Rücken aus der Tür gehinkt und hielt kurz inne, um ihre Blicke von Luzinde zu den beiden böhmischen Knechten schweifen zu lassen. Dann zischte sie ihnen etwas zu, das Luzinde nicht verstand. Sie ging auf die Magd zu, drehte sie am Arm herum, hakte sich bei ihr unter und hinkte mit ihr über den Dorfplatz, hinüber zum Gasthaus.

»Nicht umdrehen, Kind«, knurrte sie, als Luzinde Anstalten machte, sich zu wehren. Und die Magd gehorchte. Schließlich, nach quälend langem Gang, kamen sie bei dem gastfreien Haus an und gingen die steilen Stufen hinunter in den Schankraum. Dort, endlich, atmete Luzinde auf. Auch die Dorfbewohner sahen nicht unbedingt vertrauenerweckend aus, wie sie sie anstarrten, doch die Alte bugsierte sie an einen Tisch aus Holzplanken, drückte sie auf die flache Bank und winkte nach Getränken.

»Wer seid Ihr?«, fragte Luzinde.

»Meinen Namen sag ich dir besser nicht, falls du mich auch verfluchen willst«, grinste die zahnlose Frau. »Vielleicht hast du's auch schon getan, denn meine Zähne sind ausgefallen, mein Rücken krumm und verdorrt bin ich auch schon, weiß Gott.« Sie lachte heiser.

»Das war alles nicht sehr einfallsreich, nicht?«, fragte Luzinde bedrückt.

»Nein, Kind. Aber für die beiden groben Klötze da draußen hat's wohl gereicht. Zumindest für den einen. Jetzt werden sie zusehen, dass sie wegkommen. Dann ist alles sicher für dich. Aber du solltest nicht allein reisen, Dummchen.«

»Das tue ich auch nicht freiwillig.« Luzinde musterte die Alte. »Was habt Ihr ihnen gesagt?«

»Dass die Teufel aus der Hölle ihnen die schlimmsten Qualen bereiten würden, wenn sie einen Finger gegen dich erheben.«

Luzinde musste lachen. »Das ist auch nicht viel einfallsreicher.«

»Die Pfaffen drohen seit Jahrhunderten mit dem Höllenschlund. Das hat noch immer gezogen.«

»Und deshalb stört euch nicht, dass ich eine Jüdin bin?«

»Warum sollte mich das stören?«

»Weil die Priester lehren, dass wir unrein sind und Gottesmörder.«

»Mädchen«, lachte die Alte und nahm einen tiefen Schluck von dem warmen Bier, das ihnen gebracht worden war. »Wenn ich alles glauben würde, was die Priester sagen, dann wäre ich vor dreißig Jahren vor Gram gestorben. Wenn der Herrgott all das sühnen würde, was die Pfaffen so behaupten, dann hätte er viel zu tun.« Sie zwinkerte Luzinde zu. »Und er wär ganz schön pingelig, wenn du mich fragst.«

Da musste Luzinde lächeln. Ja, irgendwie hatte die Alte wohl Recht. Oftmals drohten die Priester von den Lettnern aus Stein und Holz mit Pestilenz und Höllenqualen. Man musste selbst bewerten lernen, welche Sünden die Sühne wert waren.

»Ihr seid sehr weise, namenlose Frau«, schmunzelte Luzinde.

»Das macht das Alter, Kind. Das muss auch seine Vorteile haben.«

Sie saßen noch eine kleine Weile und schwatzten, bis sich die Alte verabschiedete. »Pass bloß auf dich auf.« Sie drohte mit dem Finger. »Ich kann ja nicht überall für dich da sein.«

»Ich dank dem Herrn, dass Ihr es hier getan habt«, gestand Luzinde erleichtert, und drückte ihr die Hand.

Nach einer Schüssel Eintopf hatte Luzinde den Schrecken bald vergessen. Sie labte sich an der Wärme von innen und außen und starrte in das Feuer, über dem der Kochtopf hing. Als die Tür aufging, sah sie auf, denn ein plötzlicher Zug ging durch den Schankraum. Ihre Augen brannten vom Rauch und der schlechten Luft. So dachte sie zuerst, ihre Sicht würde sie trügen, als Ritter Wenzel mit dem Händler Seifert die Treppe herunterkam und sie eben so verblüfft ansah wie sie ihn.

»Frau Luzinde!«

»Tatsächlich – meiner Treu, wie kann denn das sein?«, ergänzte Seifert.

»Ritter Wenzel, Herr Seifert«, Luzinde sprang auf und neigte artig das Haupt. »Ich wähnte Euch längst vor mir. Wieso habt ihr so lange gebraucht?«

Die beiden Männer setzten sich zu ihr an den Tisch und ließen sich ebenfalls bedienen. Dann brummte Wenzel: »Der Frater hat zu viel vom Pilsener Bier gehabt. Er war kaum vom Lager zu treiben, so dick war sein Schädel.«

»Und wieso bist du hier, Mädchen?«, fragte Seifert. »Solltest du nicht bei dem Juden in Pilsen bleiben?«

»War Levi nicht gut zu dir?«, fragte Wenzel stirnrunzelnd.

»Nein, Ihr Herren, Levi war gut zu mir.« Sie fand, sie schulde dem Mann, der sie immerhin aufgenommen hatte, ein paar gute Worte. »Ich kann nicht in Pilsen bleiben.« Sie senkte den Blick. »Ich … ich muss nach Prag.«

»Nach Prag?«, fragte Seifert stirnrunzelnd.

»Und da hast du dich allein auf den Weg gemacht?«, fügte Wenzel hinzu. Der besorgte Ton in seiner Stimme war Luzinde Balsam auf ihrer Seele. Dann schüttelte er halb verständnislos, halb bewundernd den Kopf. »Deine Reise muss ja dringend sein.«

»Das ist sie«, sagte Luzinde. »Bitte, Herr Wenzel, Ihr müsst mich wieder mitnehmen. Ich kann Euch bezahlen, damit Ihr für Eure Umstände entlohnt werdet, ich –«

Wenzel hob die Hand. »Euer Großonkel hatte bereits für die Reise bezahlt. Aber ich weiß nicht … Wir können sie auch zurück nach Pilsen bringen lassen.« Er sah fragend zu Seifert hinüber. Der zog die Stirn in Falten. »Herr Wenzel, was soll sie denn in Pilsen? Da können wir sie genauso gut nach Prag mitnehmen. Wenn es doch so dringlich ist …«

»Ich weiß nicht«, sagte der. »Eine Stadt wie Prag scheint mir wenig geeignet für eine junge Frau ohne Schutz. Kennst du denn dort jemanden?«

»Nein«, gestand sie. Doch es ärgerte sie, dass nun, da Gottschalk tot war, offenbar jeder die Verantwortung für sie übernehmen wollte. »Aber hier auch nicht.«

»Ihr Juden seid einander doch sonst nicht so fremd«, meinte Seifert erstaunt.

»Das stimmt.« Konnte sie den beiden die Wahrheit sagen? Doch sie wagte es nicht. Noch nicht. »Ich … finde in Prag schon jemanden. Es geht um Leben und Tod.«

»Wessen Leben? Doch wohl nicht deins?«, fragte Wenzel.

»Nein. Aber ändert das etwas? Ihr setzt Euer Leben doch auch für andere ein.«

Der Ritter schwieg. »Hier kannst du jedenfalls nicht bleiben.« Er machte eine kleine Pause und musterte sie so intensiv, dass Luzinde unter dem Blick unruhig wurde. Schließlich schien er zu einem Entschluss gekommen zu sein. »In Prag kannst du auch nicht allein bleiben«, meinte er dann. »Aber da findet sich etwas.«

»Danke, Herr Wenzel.« Doch sie war froh, als Wenzel sich bald wieder Seifert zuwandte. Sie schien vor dem Ritter nichts verbergen zu können.

Als der Rest der Reisegruppe in Rokytzan eintraf, gewährte Wenzel ihnen eine kurze Pause, bevor man weiterzog. Luzinde atmete auf. Sie hatte es geschafft – es ging voran. Sie sah zu dem Ritter hinüber, der auf seinem dunklen Pferd das Schlusslicht bildete. Er sah fast grimmig aus, wie er da so ritt. Doch wenn man sich von der Fassade nicht täuschen ließ, sah man einem ernsthaften Mann ins sorgenvolle Gesicht. Mit einem Mal fragte Luzinde sich, ob sie wohl vollbringen könnte, was er mit einer solchen Selbstverständlichkeit tat – im Namen seines Königs für völlig fremde Menschen die Sicherheit zu gewährleisten. Das tat er mit einer Selbstverständlichkeit, die Luzinde Respekt abverlangte. In der Nacht in Pilsen hatte sie nicht gedacht, dass sie sich auf dem Weg nach Prag so schnell wieder sicher fühlen würde. Jetzt musste sie es nur noch irgendwie zum König schaffen.

Doch die Reise der wieder zusammengeführten Gemeinschaft endete schon am Abend abrupt, als Bruder Ambrosius am Rande der Straße zusammenbrach und nicht mehr aufstand. Man hatte Horowitz noch nicht erreicht, da der Mönch sich den ganzen Nachmittag nicht von seiner nächtlichen Zecherei erholt zu haben schien. Luzinde hatte ihm schließlich für einen Teil der Strecke ihren Platz auf Seiferts Händlerkarren abgetreten. Doch als Ambrosius zitternd an der Böschung liegen blieb, da wusste Luzinde, dass dies kein einfacher Kater war. Sie hatte durch ihren Umgang mit Kräutern in Pillenreuth ein bisschen was über Krankheiten gelernt. Und der Mönch war krank, sehr krank. Sie lief zurück und zögerte nur kurz. Man sollte sich von Kranken fernhalten, das wusste jedes Kind. Aber den Mann einfach so liegen zu lassen, kam nicht infrage.

Sie nahm seine Hand und schob den Ärmel seines Bettelgewandes nach oben, um zu fühlen, wie weit die hitzigen Säfte vorgedrungen waren. Der Mann war heiß und zitterte doch am ganzen Körper, dass sie sich ernste Sorgen machte. Inzwischen waren auch die böhmische Frau und Seifert mit seinem Gehilfen Adam näher getreten und blickten ihr über die Schulter. Da die Kapuze verrutscht war und dem Mönch die Luft abschnürte, verschaffte sie ihm mit zitternden Händen ein wenig Erleichterung, indem sie die Schnur seiner Kutte öffnete.

»Er hat ein schlimmes Fieber«, verkündete sie. »Soweit ich weiß, hilft Salbei, Bertram und Gundelrebe. Salbei habe ich vielleicht noch etwas dabei, alles andere müsste man zuerst suchen oder kaufen. Hier findet man vermutlich eher Eibisch, der tut es auch. Kennt sich jemand –«

»Das ist der Schwarze Tod!«, stieß die böhmische Frau mit schwerem Akzent aus. Ihr ausgestreckter Finger wies unmissverständlich auf die aufgedeckte Brust des Mönchs. Und tatsächlich – dort fanden sich rote Male, die merkwürdige Formen aufwiesen. Sofort sprangen die Umstehenden zurück, als seien sie vom Hafer gestochen. »Die Pest!« Seifert lief zu seinem Karren zurück. Adam blieb in einiger Entfernung stehen, bleich wie ein Leichentuch, den Blick fest auf den Kranken geheftet. Die Mutter aus Böhmen aber begann zu lamentieren, zunächst in ihrer Landessprache, und schließlich, nachdem sie erkannte, dass kaum jemand ihre Warnungen verstand, in fränkischer Mundart. »Sie war es! Sie hat den Schwarzen Tod zu uns gebracht! Oh weh, oh weh! Mein Junge ist krank, seit wir den Juden begegnet sind, und kaum ist sie wieder bei uns, ergreift es auch den Frater. Sie hat uns vergiftet!« Sie stach mit dem anklagenden Zeigefinger in die Luft, als wolle sie Luzinde aufspießen.

»Ich – aber«, stotterte Luzinde, »es ist doch noch gar nicht sicher, ob es der Schwarze Tod ist, es kann doch auch –«, aber niemand hörte ihr zu. Seifert gab seinen Zugtieren die Peitsche. Von Adam fiel die Starre ab, und er lief einen Gutteil Weges hinter dem Gefährt her, bevor es ihm gelang, sich hinaufzuschwingen. Die böhmische Familie spornte unter großem Wehgeschrei ihre Tiere ebenfalls an. Und Ritter Wenzel stand in der Mitte und versuchte, auf die Leute einzureden und sie in ihrer Sprache zu beruhigen, doch ohne Erfolg. Schließlich blieben nur Luzinde und er bei dem Kranken zurück.

»Herr Wenzel«, bat sie dann, »wir müssen ihn hier wegbringen, sonst verbrennt er uns von innen! Wir müssen das Fieber senken! Vielleicht gibt es in der Nähe –«

Der Ritter sah die Magd in großer Erregung an. »Hat sie Recht? Warst du das?«, fragte er. Luzinde schüttelte den Kopf. »Nein, so etwas würde ich niemals tun.«

Wenzel nickte. »Kümmere dich um ihn. Sieh zu, dass er am Leben bleibt.« Dann schwang er sich auf sein Pferd und galoppierte davon, den anderen hinterher.

Damit blieb Luzinde mit dem armen Mönch allein. Verzweifelt sah sie sich um. Wenzel hatte vor etwa einer Stunde gesagt, dass sie Horowitz kurz nach Sonnenuntergang erreichen würden, es konnte also nicht mehr weit sein. Ein Blick auf den Kranken zeigte jedoch, dass er kaum in der Lage sein würde, mehr als ein paar Schritte zu gehen. Doch jeder Augenblick, den er fiebernd hier auf dem frostkalten Boden lag, minderte seine Kräfte, dessen war sie sicher. Der Mann begann schon zu husten und nach Luft zu ringen.

»Salbei«, murmelte Luzinde. Sie brauchte ein Feuer, ein Gefäß, Decken oder Stroh und am besten ein paar erhitzte Steine, mit denen man ihn wärmen konnte.

Luzinde schulterte ihr Gepäck, zog die Kleidung des Mönchs wieder so weit zusammen, dass er nicht frieren musste; sie legte ihm sogar Gottschalks Pelzmantel über, um ihn warm zu halten. Dann zog sie ihn hoch und schob ihm den Arm unter die Schulter. Der Mann war zwar kein Fass, für sie aber schwer genug. Mit allen Kräften hielt sie ihn zunächst wankend aufrecht. Sie tat probeweise einen Schritt, dann den nächsten, und schließlich wieder einen. Glücklicherweise bewegte der Mönch wenigstens seine Beine mit. So schleppte sie ihn voran, den Weg hinunter.

Selten hatte Luzinde solche Anstrengungen leisten müssen. Sie trug den Mönch mehr als seine eigenen Beine. Mehrmals setzte sie ihn ab, um den Rücken durchzustrecken und Luft zu schöpfen. Sie kam nur quälend langsam voran, und die Sonne verschwand bald hinter dem Oberpfälzer Wald. Das machte die Kälte noch beißender, doch Luzinde spürte sie wegen der Anstrengung kaum. An einer Weggabelung hielt die Magd inne. Es gab keinen Wegweiser, der ihr verraten hätte, in welche Richtung Horowitz lag. Sie vermutete, es wäre wohl der befahrenere, und so folgte sie dem von Wagenrädern tiefer ausgehöhlten Weg.

Erst zwei schweißtreibende Meilen später erkannte sie ihren Irrtum, als sie an einer abgelegenen Scheune anlangte. Die Spuren stammten wohl eher von schwer beladenen Bauernkarren. Sie sah kein Licht und kein Wohngebäude, und so setzte sie den Mönch ab, machte sich an dem Riegel zu schaffen und betrat den Speicher. Sie hatte Glück. Die Hauptkammer enthielt Strohgarben und Säcke mit Getreide. Ein daran angebauter winddichter Verschlag barg Werkzeug, Decken und eine gesicherte Schmiedestelle.

Mit letzter Kraft schleifte Luzinde den schweren Mann in die Schmiede. Während sie nach Luft rang und der Schweiß eiskalt auf ihrer Haut kühlte, musterte sie den Kranken besorgt. Er sah übel aus. Wenn ihr Anstrengung und Kälte schon an den Kräften zehrten, wie musste es ihm erst ergehen? Husten und Fieber schüttelten ihn durch, sein Kopf leuchtete wie ein Furunkel. War das der Schwarze Tod, so wie die anderen dachten?

Die letzten Berichte vom Großen Sterben lagen nun schon viele Wochen zurück. Niemand wusste, woher es kam und wohin es als Nächstes ziehen würde. Manche sagten, es sei eine Geißel Gottes, andere nannten es das Gift der Juden. Was auch immer die Ursache war, der Schwarze Tod entvölkerte Dörfer und Städte. Im letzten Jahr waren die welschen Lande und das Frankenreich verheert worden. Im Sommer hatte man davon berichtet, dass Regensburg und das Herzogtum Bayern gelitten hatten. Im September waren die Nachrichten über das Sterben abgeflaut, und im Oktober und November war davon nichts mehr zu hören gewesen. Das musste natürlich nichts bedeuten – wo Gott strafen wollte, fand er einen Weg. Doch sie betete, dass diese Strafe an Ambrosius und ihr vorüberziehen mochte.

Nein, Luzinde glaubte nicht, dass er mit dem Schwarzen Tod geschlagen war. Hinter vorgehaltener Hand hatte man flüsternd weitergetragen, wie entsetzlich er im Körper wütete. Er trieb Beulen aus dem Körper, die so groß wie Eier wurden, hatte sie gehört. Die Flecken auf Ambrosius' Brust aber sahen eher aus, als hätte er dort einen Ausschlag, oder Nesselsucht. Vielleicht gab es auch Fieberarten, die sich so äußerten – Luzinde war keine Expertin, sie konnte nur raten. Doch irgendetwas musste sie tun.

Also raffte sie sich auf und hüllte den Mönch in seine Decke und stopfte sie mit Stroh aus. Sie zündete ein Feuer an und suchte Steine, die sich hineinlegen und mit der Zange später wieder herausfischen ließen, um sie dem Mann in Tücher gehüllt an die Füße zu stecken. Zuletzt fand sie ein Gefäß, das sie an einer Kette über die Flammen hängen konnte, um den Salbei zuzubereiten.

Als alles getan war, was in ihrer Macht stand, kniete Luzinde nieder und faltete ihre Hände über denen von Ambrosius. Sie fühlte keine Zuneigung für den Mönch, doch den Tod wünschte sie ihm nicht. Was der Mensch nicht vermochte, konnte vielleicht Gott vollbringen. Und ein Gebet war ein Christenmensch dem anderen schuldig. Also würde sie die Heilige Jungfrau um Hilfe bitten. »Ave Maria gratia plena. Dominus te –«

»Kannst du mir erklären, was das zu bedeuten hat?«, fragte Wenzel hinter ihr müde. »Eine Jüdin, die den Namen der Heiligen Maria im Mund führt?«

Luzinde fuhr herum. Der Ritter stand in der Tür der Schmiede, den Helm unter den Arm geklemmt. Er hatte seine ihm sonst übliche Ruhe verloren und wirkte gehetzt. »Warum hast du nicht dort gewartet, wie ich es gesagt habe?«

»Dort wäre er gestorben.«

Seine Augen verdüsterten sich noch mehr. »Hat er die Pest?«

»Nein, ich glaube nicht. Er –«

»Er darf nicht sterben. Nicht so!« Seine Stimme drückte eine verzweifelte Leidenschaft aus. »Du wirst das nicht wissen. Aber ohne die Sakramente zu sterben – hier draußen, wo weit und breit niemand ist, der sie ihm erteilen könnte –, das verdammt seine Seele ins Fegefeuer!«

Luzinde nickte nur. Natürlich wusste sie das. Wer unverhofft starb, dem drohte nicht nur der leibliche, sondern auch der Zweite Tod, der Tod der Seele.

»Werden wir auch krank werden und sterben?«

»Ich bin keine Heilerin, Herr Wenzel«, sagte sie sanft. »Man sagt, je mehr Zeit man mit einem Kranken verbracht hat, desto wahrscheinlicher ist es. Und er hat ein schlimmes Fieber.«

Wenzel schwieg betroffen. Luzinde sah ihm an, dass er, der auf der Reise bislang immer alles geplant und durchdacht hatte, plötzlich nicht mehr wusste, was er tun sollte.

»Die anderen sind weg«, murmelte er. »Sie sagen, du seist Schuld an Ambrosius' Krankheit. Stimmt das?«

Sie schüttelte den Kopf. »Ich habe niemandem je ein Übel gewünscht«, flüsterte sie dann.

»Ich hätte es mir auch nicht denken können«, sagte er erleichtert. »Kannst du ihn retten?«

Luzinde blickte auf den kranken Frater hinunter, der sich unter dem Fieber wand. Sein Leben lag jetzt in Gottes Hand. »Ich weiß es nicht.«

»Aber du versuchst es?«, bat der Ritter.

Luzinde nickte stumm.

»Ich bringe dir, was immer du brauchst.«

In dieser Nacht kämpfte Luzinde um das Leben des Mönchs Ambrosius. Sie verließ die Schmiede nur kurz, um Eibischwurzeln zu suchen, denen Hildegard von Bingen fiebersenkende Wirkung zugemessen hatte. Ansonsten konnte die Magd den Mönch nur warm halten, ihm zusätzlich Salbeitee einflößen, bisweilen die Decke wenden oder das Stroh austauschen – und beten. Letzteres tat sie viel und anhaltend, doch leise. Sie erwog kurz, den Kranken zu schröpfen, um die schlechten Säfte, die ihn vergifteten, abfließen zu lassen. Doch da sie keine Blutegel hatte, hätte sie das nur mit Schnitten machen können. Zwar hatte sie manchmal dem Bader über die Schulter geschaut, wenn er die Schnitte angesetzt hatte, doch sie wusste, dass man viel falsch machen konnte, wenn man die Adern an der falschen Stelle öffnete.

So musste Luzinde mit ansehen, wie Bruder Ambrosius seinem Fieber in der kältesten Stunde der Nacht erlag. Sie befreite ihn von Stroh und Decken, bahrte ihn anständig auf und faltete ihm die Hände, bevor sie für seine Seele betete. Schließlich hängte sie Gottschalks Mantel zum Trocknen ans Feuer und hielt an seinem Totenbett Wache. Als Ritter Wenzel kurz darauf in die Schmiede trat, murmelte sie leise: »Ich bin keine Heilerin. Ich vermute, dass sein Körper unter der Hitze von innen und der Kälte von außen zergangen ist.« Dann erhob sie sich von der Seite des Toten und überließ Wenzel müde das Feld.

Draußen hielt sie überrascht inne. Das Land war von einer flockigen weißen Decke überzogen. Ihr Atem formte Nebelwölkchen vor ihrem Mund, und ihre Schritte knarrten im kaum berührten Schnee. Gewöhnlich genoss sie die kristallene Landschaft in der Nacht, besonders, wenn man sich in eine beheizte Stube zurückziehen konnte. Heute aber sah sie nur das Leichentuch, das über dem Land lag. Sie zog den Umhang enger um die Schultern und gab Wenzel Zeit für seine Trauer.

Luzinde stierte in die schneehelle Nacht und rang eine Weile mit der Kälte. Als ihre Zehen taub wurden, beschloss sie, wieder hineinzugehen. Zudem machte sie sich Sorgen.

Als sie die Schmiede wieder betrat, atmete sie die stickige Luft nur widerwillig ein. Der Leichnam lag noch dort, wo sie ihn zurückgelassen hatte. Der Ritter saß in einer Ecke an der Bretterwand und starrte auf den toten Freund. Sie eilte an seine Seite, wagte aber nicht, ihn zu berühren.

»Herr Wenzel?«

Er reagierte nicht auf sie.

»Geht es Euch gut?«

Er blieb stumm.

Luzinde fühlte sich hilflos im Angesicht seines Schmerzes. Sie verstand nicht, warum jemand, der vermutlich schon etliche Feinde im Kampf bezwungen hatte, vom Tod so berührt wurde – üblicherweise waren Kriegsleute stumpfe und abgebrühte Gesellen. Die Trauer, die in seinem Gesicht geschrieben stand, erinnerte sie an die eigene. Jetzt hatten sie beide innerhalb weniger Tage einen Menschen verloren, der ihnen lieb und teuer war. Wenzel war so weit wie möglich für sie da gewesen, als sie Gottschalk betrauert hatte. Sie wollte ihm diesen Dienst so gerne erwidern, auch wenn sie wusste, dass man einen Trau ernden aus dieser Einsamkeit nicht erlösen konnte. Man konnte sie nur mildern. Doch was würde ihm Trost spenden?

»Herr Ritter?«, fragte sie schließlich zaghaft. »Wollt Ihr für Bruder Ambrosius nicht ein Gebet sprechen?«

Da nickte der Ritter immerhin, und bewegte die Lippen, doch kein Ton war zu hören. Luzinde meinte aber das Credo vernommen zu haben. Spontan kniete sie sich neben ihn, nahm seine Hand und begann, den Rosenkranz zu beten. Erst das Credo, dann das Pater Noster. »Ave Maria gratia plena. Dominus tecum. Benedicta tu in mulieribus, et benedictus fructus ventris tui, Jesus. Sancta Maria, Mater Dei, Ora pro nobis peccatoribus, nunc et in hora mortis nostrae. Amen.« Drei Ave Maria, ein Gloria, ein Pater Noster. Und sie wiederholte das Ave Maria aufs Neue, und immer weiter fort. Beim siebten Mal fiel Wenzel endlich mit brüchiger Stimme ein. Als sie das zehnte des ersten Gesätzes gesprochen hatten, wurde seine Stimme zum nächsten Gloria Patri fester. Luzinde spürte, wie die Kraft in seine Hand zurückkehrte, bis diese den tröstenden Druck, den sie darauf ausübte, erwiderte. Als der Rosenkranz beendet war, lief dem Mann eine feine Tränenspur über die Wange. Die Starre, die ihn erfasst hatte, war vorbei.

Sie wollte die Hand des Ritters schon loslassen, doch er hielt sie fest. Unwillkürlich suchte sie seinen Blick. Sie dachte, er würde etwas sagen, würde sich bedanken, doch er schaute ihr nur in die Augen. In seinen war Verwunderung zu lesen, Neugier, sowie etwas Tieferes, beinahe Dunkles, das Luzinde erschauern ließ. Sie erkannte, wie verletzlich Wenzel in diesem Augenblick war, wie wund seine Seele vor ihr lag. Er tat ihr unendlich leid. Sie hatte aber auch noch nie etwas so Ergreifendes gesehen.

Der Moment verflog. Wenzel blinzelte die Tränen fort und senkte den Blick. Doch er hielt sie noch immer fest. »Du bist keine Jüdin.« Es war keine Frage, sondern eine Feststellung. Immerhin hatte sie gerade das Credo gesprochen, das christliche Glaubensbekenntnis.

»Nein.«

»Warum tust du so?«

Luzinde zögerte nicht. Die Zeit war reif für die Wahrheit. »Ich musste mit Gottschalk nach Prag gelangen. Und eine Christin, die mit einem Juden reist – das geht nicht.«

»Nein«, murmelte er. »Was willst du in Prag?«

»Ich will zum König.«

»Zum König?« Jetzt besaß sie seine volle Aufmerksamkeit. »Was willst du beim König?«

Sie senkte den Blick. Würde er das verstehen? Sie wusste es nicht. »Ich will für die Juden von Nürnberg bitten. Man droht ihnen Gewalt an.«

Das verschlug dem Ritter offenbar für einen Moment die Sprache. »Warum du?«, fragte er dann.

Sie zuckte mit den Schultern. »Weil es niemand anderen mehr gibt, der es an meiner statt tun könnte.« Schließlich setzte sie noch hinzu: »Und sie ihrem Schicksal überlassen, kann ich auch nicht. Das …«, sie wollte es ihm erklären, wollte es ihm verständlich machen, doch sie fand nicht die rechten Worte. »Das kann ich nicht«, wiederholte sie einfach.

Er schwieg wieder. »Ja«, meinte er dann, »trägt man einmal die Last der Verantwortung auf seinen Schultern, ist sie schwer wieder abzulegen.«

»Das ist sie«, sprach sie leise. Jetzt verstand sie, warum sie Gottschalk begleitet hatte. Sie fühlte sich verantwortlich für das Schicksal ihrer Freunde.

»Du willst also zum König, wie?« Er drückte ihre Hand noch einmal. »Schwörst du beim Herrn Jesus Christus, dass du nichts Übles im Schilde führst?«

Luzinde legte die freie Hand aufs Herz. »Ich schwör's, beim Herrn Jesus Christus! Ich führe nichts Übles im Schilde. Und das ist die Wahrheit.«

Der Ritter nickte erleichtert. »Dann sollst du zum König kommen.« Damit entließ er ihre Finger. Luzinde vermisste die Berührung beinahe.

Mit den ersten Strahlen des Morgens trat Luzinde hinaus. Der Schnee hatte ihre Spuren bereits wieder getilgt und kleidete das Land in einen weißen Pelz. Der Ritter folgte ihr auf dem Fuße. Er hatte das Feuer gelöscht und sperrte die Schmiede zu. Bevor er sich umwandte, lehnte er sich für einen Augenblick gegen die Tür, als wolle er hineinhorchen, oder als könne sie ihm ein Geheimnis anvertrauen. Dann wandte er sich um. »Werden wir die Krankheit mit uns führen?«

»Ich glaube nicht. Es ist nicht der Schwarze Tod – und hätten wir uns damit geschlagen, wären wir ebenfalls schon geschwächt.«

Und so brachen sie auf. Am neunten Tag reiste Luzinde zu Pferd. Der Ritter setzte sie hinter sich auf sein dunkles Ross und schlug ein zügiges Tempo an. Sie hielt sich an ihm und seiner unförmigen, kalten Rüstung fest und ließ das Geruckel und Gezuckel über sich ergehen. Sie ließen Horowitz noch am Morgen hinter sich. Trotzdem schien die letzte Strecke nach Prag länger zu dauern als die ersten acht Reisetage zusammen, denn Luzinde begann in ihrer Aufregung zu zweifeln. War es überhaupt sinnvoll, dass sie mit einem König sprach? Würde er sie anhören? Doch jedes Mal, wenn sie verzagen wollte, dachte sie an die unausweichlichen Folgen.

Nach vielen Stunden erreichten sie Prag. Luzinde hielt überrascht den Atem an. Die Nacht war bereits hereingebrochen, und die Stadt schien beinahe zu glühen. In der Mitte überragte eine gewaltige Burg mit wuchtigen Türmen das Meer von Häusern, das den Hügel umgab. Daraus hervor ragten unzählige Kirchtürme mit kantigen Giebeln. Die gewaltige Moldau glich einem Fluss aus schwarzem Gold, dessen Breite jeden Fluss, den Luzinde bislang gesehen hatte, wie einen schmalen Gebirgsbach wirken ließ. Wenn Nürnberg der strahlende Fürst des Reiches war, dann musste Prag seine dunkle Königin sein.

»Das ist …«

»… wunderschön.« Wenzels Stimme drückte eine warme Zärtlichkeit aus. »In der Tat.«

Die Hufschläge von Wenzels Schwarzbraunem hallten laut durch die Gassen der Stadt, als sie dank des Ritters Autorität das Stadttor passierten und hinauf zur Burg ritten. Trotz der späten Stunde fanden sich noch ausreichend Leute auf den Straßen, die in schlichte, meist dicke dunkle Gewänder mit weiten Umhängen gehüllt waren.

Schließlich taten sich vor den beiden Reisenden die Tore des Hradschin auf, wie Wenzel die Burg nannte. Schon von außen wirkte sie düster und prachtvoll. Als Luzinde staunend vom Pferd glitt und einen Fuß hineinsetzte, da spürte sie endlich wieder Hoffnung. Sie würde mit dem König sprechen. Und wenn sie, die Schreiberstochter aus Lindelberg, so weit gekommen war, zeigte sich darin nicht Gottes Wille?

Kapitel 20

Caspar der Händler wusste nicht mehr ein noch aus. Mit jedem Tag stiegen seine Schulden, und jede Nacht schlief er schlechter. Bei der letzten Zinszahlung war er wieder außerstande gewesen, den Wucher des Juden zu zahlen, geschweige denn seine Schuldenlast zu verringern. Und jetzt forderte Nathan auch noch unverzüglich das Geld zurück, das er ihm geliehen hatte. Sicher, das vereinbarte Datum für die Zinsen war längst verstrichen. Eigentlich hätte er auch die Schulden längst zurückzahlen müssen. Doch wenn er das Geld nicht besaß, was sollte er dann tun? Gold scheißen? Wenn ihm der Stadtrat nicht helfen könnte, dann wusste er nicht weiter. Und so war Caspar nun auf dem Weg zum Rathaus, um dort Klage zu führen.

Caspar fühlte sich seit Wochen, als zöge sich eine unsichtbare Schlinge immer enger um seinen Hals. Nathan der Jude hatte ihm das Geld, das er brauchte, schnell verschafft. Caspar hatte gehofft, sowohl das geliehene Geld als auch die Zinsen zügig abbezahlen zu können, da seine Geschäfte gut gegangen waren und er sogar kostbare Glaswaren aus Prag bestellt hatte, die ihm hier ein Vermögen hätten einbringen sollen. Doch der Aufstand des Rates hatte ihm einen Strich durch die Rechnung gemacht, das böhmische Glas war wegen des Zwistes mit dem König nie eingetroffen, der Handel zurückgegangen und das Geld durch seine Hände geflossen, ohne, dass er etwas dagegen hatte unternehmen können. Was blieb, waren die Zinsen. Caspar kam sich vor wie ein Narr, da er sich auf das Wuchergeschäft eingelassen hatte.

Seit die Anklagen begonnen hatten, schärften die Christen Nürnbergs ihren Töchtern und Ehefrauen ein, nicht allein ins Badehaus zu gehen und einen großen Bogen um die Juden und ihr Viertel zu machen. Man ereiferte sich über die Tatsache, dass die Juden sich breitmachten in Nürnberg. Sie benahmen sich, als wären sie selbst die Herren hier. Nun hatte der Rat offenbar bemerkt, dass es so nicht weiterging. Man trug die Klagen über den Wucher der Juden ins Rathaus. Dort wurden angeblich all die Beschwerden säuberlich notiert und jedem geduldig zugehört. Man sagte sogar, ein Mann sei erkrankt, nachdem ein Jude am Brunnen getrunken habe! Noch vor einem Jahr wäre man für weniger schlimmes Gerede vor Gericht gestellt worden, wie mit Romer dem Schneider geschehen. Heute aber hörte der Rat zu. Der Wind hatte sich gedreht.

Ohne sich dessen bewusst zu sein, hatte Caspar einen kleinen Umweg gewählt, die Gasse hinter dem Dominikanerkloster, und trat nun auf die Straße, die rechter Hand hinauf zur Burg, linker Hand hinunter zum Rathaus führte. Hier kam der Krämer an der Stelle vorbei, an der er sonst seinen Marktstand hatte. Er hielt inne, als er die Ecke sah, wo er der Bettlerin begegnet war. Er erinnerte sich, er hatte ihr einen Pfennig gegeben. Sie hatte den Groschen des alten Juden abgelehnt, obwohl sie recht verzweifelt gewirkt hatte. Was er ihr aus lauter schlechtem Gewissen gegeben hatte, war nur ein Bruchteil dessen gewesen. Er dachte zurück an seine eigene Situation und wünschte, es wäre jemand für ihn da gewesen so wie er damals für sie. Jemand, der ihn vor dem Wucher der Juden hätte warnen können. Doch wenn er ganz ehrlich mit sich war, dann hätte ihm Romers Beispiel Warnung genug sein können. Eigentlich hätte er es besser wissen müssen. Und das ärgerte ihn am meisten.

Bei dem Gedanken an die Bettlerin wurde Caspar ganz warm. Bei aller Verzweiflung hatte ihr eine gewisse Forschheit in den Augen gestanden. Andere ihres Standes hatten einen leeren Blick, der besagte, dass ihr Los sie innerlich schon ganz stumpf gemacht hatte. Dieses Mädchen war anders gewesen. Doch auch sie hatte schließlich nachgegeben und war in des Juden Dienste getreten. Er dachte zurück an seine Frau Kungunt, die sechs Mäuler zu stopfen hatte und nicht mehr wusste, woher sie das Geld dafür nehmen sollte. Sowohl der stumme als auch der manchmal sehr beredte Vorwurf nagten an dem Krämer, der seine klagende und bangende Frau bisweilen nur mit einer tüchtigen Maulschelle zum Schweigen bringen konnte. Die Bettlerin – Luzinde war ihr Name gewesen – hatte ebenfalls gelitten. Doch sie hatte sich der Verzweiflung niemals ergeben. Und diese Charakterstärke fehlte Kungunt, und, gestand sich Caspar ein, als er vor dem Rathaus stand, vermutlich auch ihm selbst. Neben all ihren körperlichen Vorzügen war es diese Kraft gewesen, die Caspar hatte unkeusche Gedanken für die Bettlerin hegen lassen.

Caspar stierte am Rathaus vorbei hinunter zum Judenviertel. Es lag direkt nebenan, im Herzen der Stadt. Wie ein Geschwür nagte dieses Volk sich immer tiefer in die Stadt hinein. Es nahm sich das Geld, die Häuser, ja das Leben der Menschen, die hier wohnten, und musste sich nicht einmal vor dem städtischen Schultheiß oder dem Rat dafür verantworten, denn es unterstand ja dem König. Bis jetzt. Caspar zuckte zusammen, als von irgendwoher ein leiser Schrei kam. Die Lochgefängnisse lagen direkt unter dem Rathaus im weichen Gestein. Hier wurden die Geständnisse erzwungen. Dort würde bald auch Nathan von Grevenstein sitzen, um für die Verzweiflung zu büßen, die er über so viele Menschen gebracht hatte. Vielleicht war er ein Diener des Satans? Man konnte es nicht wissen. Diese Gedanken vertrieb Caspar schnell. Solche Dinge konnten nur die Priester herausfinden. Doch ohne Anklage auch keine Untersuchung.

Also öffnete Caspar der Krämer die kleine hölzerne Tür zum Rathaus und ging hinein. Bald wäre alles gut. Und vielleicht würde er auch eines Tages wieder lachen können. Nach nichts sehnte er sich so sehr wie danach, endlich wieder für einen kleinen Augenblick ohne Sorgen in die Zukunft blicken zu können.

Kapitel 21

Knapp zwei Tage wartete Luzinde nun schon auf dem Hradschin. Als Wenzel sie endlich aus ihrem einfachen Quartier in der Nähe der Stallungen hinauf in das Prager Königsschloss führte, tobten die Gefühle in ihr. Der Abend des fünfzehnten Novembertages kündigte sich mit langen Schatten an. Luzinde kam die Zeit seit dem Aufbruch aus Nürnberg länger als elf Tage vor. Die letzten beiden Nächte hatte sie in ihrer Aufregung kaum geschlafen – obwohl sie von Kälte und Anstrengung entkräftet war. Nun war sie froh, dass das Warten ein Ende hatte.

Sie durchquerten einen Burghof, um in einen zweiten zu treten, in dem die eine Seite völlig von einem durch ein Baugerüst gerahmten Kirchbau eingenommen wurde. Auf der anderen befand sich der alte Königspalast. Im Innern des Gebäudes schritten sie durch mit kostbaren Gobelins geschmückte Kammern, bevor sie schließlich in einer innehielten. Vor einer Tür standen zwei Wachen. Wenzel wechselte einige Worte in der Landessprache mit ihnen. Bruder Ambrosius' Name tauchte in dem Gespräch auf. Einer der Männer lief in Richtung der Stallung, ein zweiter verschwand im Innern.

Luzinde sah an sich herunter auf das von der Reise abgenutzte, vielfach geflickte und teilweise mit Stroh gespickte Gewand, das selbst sauber und intakt viel zu schlicht für diese Umgebung gewesen wäre. Ihr ungewaschenes Haar hing ihr strähnig ins Gesicht, und selbst einige hastige Versuche, ein wenig Ordnung und Sauberkeit in ihr Äußeres zu bringen, fruchteten nur wenig. Als sie sah, dass Wenzel sie beobachtete, lächelte sie entschuldigend. »Ich sehe aus wie eine Bettlerin.«

Wenzel schüttelte den Kopf. »Du musst dich deines Äußeren nicht schämen.« Luzinde lächelte dankbar. Trotzdem war ihr mulmig zumute. All der Prunk zeigte ihr auf, aus welch ärmlichen Verhältnissen sie kam. Bald ging die Tür auf, und die Wache rief sie herein.

Wie stellte man sich einen Raum vor, in dem ein König Bittsteller empfängt? Luzinde wähnte eine große Halle mit bestem Holzboden vor sich, wie in der Kaiserburg, oder einen hellen Steinfußboden aus großen Sandsteinplatten, wie in mancher Kirche. An den Wänden stellte sie sich von Königinnenhand geknüpfte Wandteppiche vor, beleuchtet von mehrarmigen Kerzenleuchtern aus Gold, oder kunstvoll bemalte Wände, die sich dem Blick in der dunklen Höhe der Halle entzogen. Weiche Orientteppiche musste es geben, Heerscharen von Mägden und Knechten und gepanzerte Ritter, die ihren Herrn bewachten.

Der Kontrast zu ihrer Vorstellung hätte nicht größer sein können. Die Kammer war erstaunlich klein und bis über Kopfhöhe vollständig mit Holz getäfelt. Die kleinen Fenster in der tiefen Mauer ließen nur wenig Licht herein. Zusammen mit dem dunklen Holz sorgte das für eine gedrückte Atmosphäre, der man mit Kerzenleuchtern und Laternen entgegenzuwirken versuchte. In der Mitte des Raumes stand ein ebenfalls dunkler Tisch, an dem Stühle mit Lehnen aus geschnitztem Maßwerk standen. Einer davon besaß von der Form her Ähnlichkeit mit einem Thron. Man hatte versucht, ihn mit Kissen bequemer zu gestalten. Auf dem Tisch standen ein Krug aus grünlichem Glas und einige silberne Kelche, dahinter ein einzelner Leibknecht in samtener Tunika. Luzinde fühlte sich beinahe betrogen. Sicher, sie selbst könnte sich nicht einmal den

Glaskrug leisten. Doch dies wirkte nicht wie die repräsentative Halle des höchsten Herrschers ihrer Zeit.

An den König erinnerte sie sich vage, wie er damals in Nürnberg unter dem Baldachin an ihr vorbeigeritten war. Hätte sie nicht gewusst, dass es derselbe Mann war, sie hätte ihn kaum wiedererkannt. War er in Nürnberg noch mit Prunk und Pracht für seinen Einzug in die Stadt umgeben gewesen, wirkte er hier nun beinahe schlicht. Der ernste Eindruck, den er bei ihrer damaligen Begegnung auf sie gemacht hatte, hing noch immer um seine Augen. Er war klein, kleiner, als Luzinde gedacht hatte, und hätte, wie er da in seiner juwelengeschmückten Tunika in seine Dokumente vertieft saß, auch einer der reichen Hofministerialen sein können, denen sie gestern begegnet war. Sie hatte sich ausgemalt, dass er ein wenig wie Wenzel sein würde – aufrecht, entschlossen, herrscherlich. Der Mann, der dort am Tisch saß, wirkte eher in sich gekehrt, ja beinahe geduckt.

Der Herrscher sah nun von seinen Dokumenten auf und musterte sie. Wieder fror sie beinahe unter einem Blick, von dem sie sich abgeschätzt fühlte. Doch als der König ihr in die Augen sah, da schrak er in einer kaum wahrnehmbaren Reaktion zusammen – wie damals, als er sie in Nürnberg erblickt hatte. Er legte das Pergament aus der Hand, in dem er gelesen hatte, und widmete Luzinde seine Aufmerksamkeit. Der Gedanke, dass ihr der bedeutendste Herrscher der bekannten Welt zuhörte, ließ sie innerlich schrumpfen, obwohl sie von seinem Äußeren geradezu enttäuscht war.

»Du sprichst für die Juden von Nürnberg?«, fragte er leise. Seine Stimme war flach, aber nicht desinteressiert. Sein Akzent bot eine Mischung aus weichen sch-Lauten und Nasalen, wie man sie im Land der Frankenkönige sprach, und den harten Konsonanten der Böhmen.

»Ja, Herr«, erwiderte Luzinde fast unhörbar, und zum ersten Mal fiel ihr auf, dass sie keine Ahnung hatte, wie man einen König eigentlich ansprach. Sie fiel vorsichtshalber auf die Knie.

»Steh auf. Und du kannst ruhig lauter sprechen«, erwiderte Karl. Auch er sprach leise, doch bei ihm hörte man genau zu.

»Ja, Herr«, sagte sie lauter und erhob sich wieder.

Eine Pause entstand. »Habe ich dich nicht auf dem Platz vor Sankt Laurentius in Nürnberg gesehen?«, fragte der König dann.

»Ja, Herr.« Wie kam es, dass auch er sich an sie erinnerte – eine beliebige Frau aus der Menge?

»Merkwürdig. Ich hätte nicht gedacht ...«, er verstummte, doch sein Blick huschte zu ihrem notdürftig geflickten schilffarbenen Gewand. Luzinde ahnte nicht, wie der Satz hätte enden sollen. Doch der König besaß ein Gespür für Menschen, das merkte sie. Besser vielleicht gar als der alte Gottschalk.

»Was also willst du vortragen, Jüdin?«

Luzinde wurde heiß und kalt. Sie hatte den Judenschleier abgelegt, den sie auf der Reise getragen hatte. Sie musste sich nicht mehr verkleiden, seit Gottschalk tot war. Trotzdem hielt Karl sie für eine Jüdin. Siedend heiß fiel ihr ein, dass sie sich hätte überlegen sollen, wie sie sich präsentieren wollte. Was hätte das größere Gewicht – die Jüdin, die für ihr Volk sprach, oder die Christin, die für die Juden sprach? In jedem Fall musste sie den König jetzt korrigieren oder schweigen.

»Ich –« Luzinde stockte, ihr Gaumen war trocken. »Ich bin hier anstelle des Herrn Gottschalk von dem Steyne.«

»Gottschalk«, nickte Karl. Der Name schien ihm bekannt zu sein. »Warum ist er nicht selbst gekommen?«

»Er ist tot, Herr.«

Der König runzelte die Stirn. »Wie das? Und wann?«

»Erst vor ein paar Tagen, Herr. Er wurde auf dem Weg zu Euch in Pilsen von drei Männern erschlagen«, Luzinde unterdrückte das Bedürfnis, sich zu bekreuzigen.

Karl hingegen führte die Geste aus, und eine steile Zornesfalte erschien zwischen seinen Brauen. »Die Juden dieses Landes stehen unter meinem Schutz. Wie wagt es da jemand, Hand an sie zu legen?« Er griff nach einem Stück Pergament und kritzelte mit einem Federkiel ein paar Zeilen darauf. Dann gab er Sand darauf, ließ ihn kurz trocknen, und schüttete ihn zurück in das Gefäß. Schließlich winkte er einem Bediensteten und drückte ihm das Schreiben in die Hand. »Gib dies Kanzler Heinrich von Leipa. Er soll die Angelegenheit ahnden lassen. In diesen Zeiten können derartige Ausschreitungen nicht geduldet werden! Daraus erwächst zu schnell eine Hetzjagd.«

Luzindes Herz schlug höher – offenbar sorgte der König sich darum, dass den Juden in seinem Land nicht ähnliche Gräueltaten widerfuhren wie in so vielen anderen Städten. Das machte ihr Mut. »Ich bin gekommen, um Euch an Gottschalks Stelle um Euren Schutz für die Juden von Nürnberg zu bitten, Herr.«

Ein kühles Lächeln huschte über seine Lippen. »Sprich weiter.«

»Der Rat versucht, den Juden ihre Häuser abzukaufen. Was sie bieten, ist nicht einmal das Holz des Dachgestühles wert. Zudem wollen die Juden nicht fort. Sie sind Bürger Nürnbergs, und Nürnberg profitiert von ihren Geschäften. Genauso wie … wie Ihr, Herr. Die … wir Juden sind Eurer Kammer untertan, Herr. Wir zahlen Euch den Güldenen Oberpfennig, die Judensteuer und … und viele Sonderleistungen, wenn Ihr derer bedürft. Nun …«, sie wollte schon »fordern« sagen, doch als sie den Funken des Widerspruchs in Karls Augen aufglühen sah, schlug sie die Augen nieder und neigte den Kopf in Demut. »Nun bedürfen Eure Knechte Schutz, Herr, denn wir fürchten, dass der Rat …«, Luzinde fiel es schwer, diese Erkenntnis auszusprechen, »der Rat von Nürnberg auch vor Gewalt nicht zurückschrecken wird.«

»Ich verstehe«, erwiderte Karl. Als die Magd wieder aufsah, betrachtete er sie gedankenverloren. »Die Herren Stromer und Scheffein auf der anderen Seite bitten mich, der Stadt zuzusichern, dass ich sie weder finanziell noch rechtlich dafür verantwortlich mache, sollte ein Aufstand der Bevölkerung gegen die verhassten Juden losbrechen. Und man will dort einen Marktplatz bauen.«

Die Patrizier waren also vor ihr zum König gelangt. Luzinde hätte es sich denken können. Vielleicht hatte die Verzögerung am gestrigen Tag auch damit zu tun, dass der Herrscher sich erst deren Angebot hatte anhören wollen?

»Was also soll ich nun tun?«

Luzinde zögerte. War diese Frage ernst gemeint? »Die Juden von Nürnberg haben Euch viel zu bieten«, begann sie zögernd. Sie versuchte zu rekapitulieren, was sie von Gottschalk und Nathan mitbekommen hatte. »Momentan werden 1100 Pfund Haller im Jahr von der Gemeinde bezahlt. Es ließen sich darüber hinaus 200 Pfund Haller mehr im Jahr aufbringen. Sowie in den nächsten sieben Jahren … 500 Haller zusätzlich pro Jahr, so dass Ihr in sieben Jahren sicher 10000 Pfund Haller von den Juden bekämt«, rekapitulierte sie. Die Summen waren so hoch, dass sie selbst Schwierigkeiten hatte, sie sich vorzustellen, doch dem König rangen sie nur eine erhobene Augenbraue ab. Vermutlich bereute er, die Zahlungen nicht längst angehoben zu haben.

»Wir verlangen von Euch nichts Ungehöriges, Herr«, sagte Luzinde dann noch schnell. »Nichts, was Ihr nicht selbst versprochen hättet. Vor zwei Jahren mussten die Juden dem Burggrafen von Nürnberg die Schulden erlassen, weil er Euch bezahlte. Und man hat Euch eine großzügige Gabe zur Krönung geschickt. Im Gegenzug habt Ihr den Juden von Nürnberg Schonung von Leben und Habe, Gnade und Rechtsschutz zugesichert. Diesen Schutz brauchen Eure Knechte jetzt.«

Der König antwortete nicht. Er hatte den Zeigefinger auf die Lippen gelegt und betrachtete sie nachdenklich. Endlich erhob er sich und winkte den Diener herbei, der an der Seite noch immer stand. »Bist du durstig?«

»Ein wenig, Herr.«

»Nimm etwas Wein.«

Luzinde grübelte – sie erinnerte sich an eine Diskussion zwischen Gottschalk und Mose, in der es darum ging, ob ein Jude denn mit einem Christen unkoscheren Wein trinken durfte. »Ist er denn koscher, Herr?«, fragte sie vorsichtshalber.

Der König schüttelte den Kopf. »Nein, ich fürchte nicht. Du isst also koscher?«

»Ja, Herr.« Gab es denn Juden, die nicht koscher aßen? »Etwas Wasser vielleicht, Herr?«

»Sicher. Du musst auch hungrig sein. Probiere die eingekochten Feigen, sie werden dich stärken.« Der Diener griff zu einer Schale auf dem Tisch und bot sie Luzinde an. »Nimm!«, befahl Karl.

Die Magd bemerkte erst jetzt, dass ihr Magen tatsächlich nach etwas Nahrhaftem verlangte. Sie hatte in den letzten Stunden des Wartens nicht viel herunterbekommen. Es kam ihr zwar komisch vor, in Gegenwart des Königs zu essen, doch er bestand ja darauf … »Gerne, Herr.« Sie fischte sich mit den Fingern eine Feige aus dem Sud und biss herzhaft hinein. Ihr waren Honig und Gewürze beigegeben, und sie schmeckte köstlich.

Während sie kaute, schwieg der König wieder und erhob sich. Er stellte sich an das kleine Fenster, das einen weiten

Blick über die Stadt freigab. Draußen musste sich die Sonne dem Horizont nähern, denn es herrschte bereits Zwielicht.

Als Luzinde endlich den letzten Bissen geschluckt hatte und sich den Mund und die Hände in einer bereitgestellten Wasserschale wusch, sprach Karl mit dem Rücken zu ihr gewandt: »Du willst sicher hinunter in das Judenviertel und mit deinen Leuten den Schabbesabend feiern, nicht wahr?«

Luzinde durchfuhr es siedend heiß. War es schon wieder so weit? Sie hatte jegliches Zeitgefühl verloren. Und es fiel ihr schwer, sich daran zu gewöhnen, dass der heilige Tag im jüdischen Glauben am Freitagabend begann. »Ja«, meinte sie verwirrt, »ich meine – nicht jetzt. Ich kann mich auch später noch zu ihnen gesellen.«

Nun drehte Karl sich um. Seine Silhouette wurde vom grauroten Sonnenuntergang verdunkelt. Der König wirkte wie in einen See aus Blut getaucht. Sein Gesicht, nur beschienen vom Licht der Kerzen und Laternen, verzog sich zu einem Lächeln, das seine Augen nicht erreichte. Doch bevor er sprechen konnte, platzte jemand zur Tür herein. Es war Ulman Stromer.

»Mein Fürst! Was immer sie Euch gesagt hat, es ist eine Lüge!« Er beugte kurz Knie und Haupt. Hinter ihm eilten Götz Scheffein und Wenzel herein, bezeugten dem Herrscher die Ehre. »Vergebung, Herr«, bat der Ritter, »sie behaupteten, Ihr hättet nach ihnen geschickt.«

Ulman wies mit dem Finger anklagend auf Luzinde. »Ich wollte Euch erreichen, bevor etwas Schlimmes geschieht. Diese Frau lügt. Sie ist keine Jüdin.«

Karl hob die Hand, und die Männer verstummten. »Ich weiß.«

»Ihr wisst?«, fragte Luzinde überrascht.

»Allerdings. Irgendetwas an dir stimmte nicht.« Er trat näher und griff sich einen Kelch, den der Bedienstete sofort mit

Wein auffüllte. Der König nippte nur, bevor er fortfuhr: »Dein Benehmen ist nicht schlecht. Doch einer Prüfung hast du nicht standgehalten. Du nennst dich eine Jüdin und isst koscheres Essen. Gleichzeitig vergisst du den Spruch, mit dem die Juden ihre Mahlzeiten segnen.«

Luzinde schwieg.

»Dieser Segen geht Judenkindern in Fleisch und Blut über, sobald sie sprechen können. Und du hast keine Ahnung, dass heute nicht der Schabbesabend ist.« Er lächelte noch immer. »Kein gläubiger Jude würde vergessen, wann der Schabbesabend ist.« Erst nachdem er zu Ende gesprochen hatte, nahm er das Lächeln vom Gesicht. »Wer also bist du?«

Sie ließ den Kopf hängen. »Ich heiße Luzinde. Ich bin die Tochter eines Schreibers aus Lindelberg.«

»Und du bist eine Christin.«

»Seit meiner Geburt.« Luzinde klopfte das Herz im Leibe, und die Männer schwiegen. Draußen senkte sich Dunkelheit über die Königsstadt.

»Dann gibt es eigentlich nur noch eine Frage.« Karl wurde lauter. »Was bei allen Heiligen bringt eine christliche Schreiberstochter aus Lindelberg dazu, sich in Judengewänder zu hüllen und einen König zu belügen?«

Luzindes Kopf glühte, und sie suchte nach Worten. »Ich verdanke Gottschalk viel«, flüsterte sie schließlich. »Es sind gute Menschen. Und sie brauchten einen Fürsprech!« Sie warf sich auf die Knie. »Bitte, ich wollte Euch nicht belügen. Ich wusste nur nicht, wie ich's am besten mache! Damit Ihr versteht, dass es hier um Menschenleben geht, die sich nur an Euch um Schutz wenden können! Ihr seid ein Mann aus ritterlichem Geblüt, Enkel eines Kaisers! Die Juden von Nürnberg verlangen nicht viel. Sie vertrauen nur darauf, dass Ihr ein gegebenes Wort haltet.«

Der Blick des Königs ruhte nachdenklich auf ihr. Er setzte sich. »Ihr habt die Moral natürlich auf Eurer Seite, Frau Luzinde.«

Luzinde schöpfte Hoffnung. Gab es doch noch eine Chance, dass Karl sich der Juden annahm? Wenn er schon zugab, dass sie Recht hatte, dass es das Richtige wäre, sie zu schützen, dann konnte er sich der Pflicht doch nicht mehr entziehen, oder?

»Das alles hat doch wenig mit Ritterlichkeit zu tun, Herr«, wagte Ulman einzuwerfen. »Hier geht es um das Überleben einer Reichsstadt! Und Nürnberg wird überleben – es ist nur eine Frage, ob der König davon profitiert!«

»Es geht hier also nur um Profit?«, fuhr Luzinde auf. »Ich dachte, bei den Judenverfolgungen ginge es um eine Sache des Glaubens?«

Ulman ignorierte sie. »Mein Fürst, ich habe Euch das Angebot des Rates unterbreitet. Nürnberg besitzt großen Einfluss. Mehr noch aber besitzt es eine Zukunft. Beides kann es noch vergrößern, wenn Ihr uns die Gelegenheit dazu gebt.« Dies sagte er mit einem drohenden Blick zu Luzinde. »Nürnberg hat gerade kürzlich den Umfang Eurer Gnade erfahren. Gebt uns die Möglichkeit, die Tiefe unserer Treue zu beweisen. Mit Nürnberg an Eurer Seite – nein«, korrigierte er sich, »mit Nürnberg an der Spitze Eures Reiches werden Euch alle Städte des Reiches folgen. Auch nach Rom.«

Luzinde wollte Ulmans Argumente nicht hören. »Glaubt Ihr denn, für die Judengemeinde ginge es nicht ums Überleben? Ihr wollt mehrere hundert Menschen vertreiben, um Euren Marktplatz zu bauen!«

»Da kommt es wohl darauf an, wessen Überleben dem König wertvoller ist«, meinte der Patrizier flach.

Da zog Luzinde den Mantel aus und riss wütend an der Naht, die die Edelsteine barg. Daraus rasselten die rundgeschliffenen

Kostbarkeiten hervor. Korunde in rot und blau, weißglänzende Diamanten sowie Steine, die in vielen Farben des Regenbogens schillerten und deren Namen Luzinde nicht einmal kannte, prasselten auf den Holzboden. Die Magd wurde rot. »Vergebung!«, sie rutschte über den Boden, sammelte die Steine wieder ein und trug die kostbare Last dann zum Tisch. »Das senden Euch die Juden von Nürnberg, Herr. Als ein erstes – Geschenk.«

»Ihr wollt den König bestechen?«, knurrte Götz Scheffein.

»Ach, und Ihr?«, fragte sie voller Zorn. »Ihr wollt ihn erpressen!«

»Nürnberg hat mehr zu bieten«, meinte Ulman leise.

»Wie könnt Ihr nur?«, stieß Luzinde da aus. »Ihr müsst die Juden wahrhaftig hassen!«

»Ich hasse die Juden nicht«, verteidigte sich Ulman starrköpfig. »Aber hier geht es nicht um persönliche Zuneigung, und auch nicht um den Glauben. Hier geht es einzig und allein ums Geschäft.«

Diese Aussage war so sachlich und kalt, das Luzindes ihren Zorn vergaß. Fassungslos starrte sie den Mann an. Wie hatte sie übersehen können, wie brutal Ulman dachte? Niemand, der einen Funken Menschlichkeit in sich trug, konnte das Leid anderer so gefühllos hinter Zahlen und Fakten verstecken, wie der Mann es gerade tat! Sie wandte sich Karl zu.

»Ich kenne die Umstände nicht genau«, sagte sie erschüttert. »Doch ich gehe davon aus, dass sich auch noch ein wenig mehr Geld aufbringen lässt, wenn –«

Der König hob die Hand. »Dies ist kein Viehhandel«, sprach er leise, und beide Parteien verstummten. »Ein König braucht Geld, um seine Untertanen regieren zu können.« Luzinde atmete auf. Wenn Karl Geld brauchte, dann konnten ihm die Juden sicher dienlich sein!

»Die Juden können mir das Geld bieten«, er wandte sich Luzinde zu. »Das kann der Rat von Nürnberg noch nicht.« Die Magd nickte erfreut.

»Doch ein König muss nicht nur Bäuche füllen, er muss auch Herzen gewinnen. Darum braucht er treue Gefolgsleute. Und Nürnberg kann mir bieten, was dieses Reich noch braucht: Ein Herz für den Handel zwischen Gibraltar und dem Bosporus.«

Luzindes Hoffnung stürzte von einem Moment auf den nächsten ins Bodenlose. An ihre Stelle traten Wut und Verzweiflung.

»Nürnberg kann mir das bieten«, fuhr Karl kühl fort. »Und Nürnberg braucht dazu sein Herz zurück.«

»Und wird Euch im Gegenzug bei Euren politischen Plänen vollständig unterstützen«, warf Ulman erfreut ein.

»Du bist ein falscher Hund!«, rief Luzinde aus. »Du hast dich bei uns eingeschlichen, um mich auszuhorchen! Du hast mich hintergangen, und nun vernichtest du alles, wofür Gottschalk je gearbeitet hat! Du –«, sie wollte sich schon auf Ulman stürzen und mit den Fäusten auf ihn losgehen, doch bevor sie sich versah, griff Ritter Wenzel ihr mit beiden Armen um den Leib und zog sie zurück.

»Luzinde!«, stieß er hervor. »Reiß dich zusammen! Du hast es mir versprochen!«

»Was gebt Ihr auch auf das Wort einer Betrügerin, Mann?«, schnaubte Scheffein und wandte sich um.

Luzinde zappelte noch kurz in Wenzels Armen, doch gegen den Ritter kam sie nicht an. Sie atmete ein paar Mal tief durch, um sich zu beruhigen. Wie sehr wünschte sie, sie wäre Ulman nie begegnet! Er hatte nur Unglück in ihr Leben gebracht. Als sie nicht mehr um sich schlug, ließ Wenzel sie los. »Bastard«, stieß sie aus, doch sie meinte Ulman, nicht den Ritter. »Mögest du dafür in der Hölle schmoren!«

Der junge Mann antwortete darauf nicht. Er funkelte sie mit dunklen Augen an. »Der König hat seine Entscheidung getroffen.«

»Das hat er«, sprach König Karl, und man hörte ihm seine Verärgerung an. »Aber jetzt will er mit dem Mädchen wieder allein sprechen.«

Götz Scheffein sah aus, als wolle er protestieren, Ulman aber zog ihn stumm am Ärmel zur Tür hinaus. Auch Wenzel ging, doch bevor er die Tür hinter sich schloss, warf er Luzinde noch einen warnenden Blick zu. Dann war das Mädchen wieder mit dem König allein.

»Du hast mich belogen.«

»Vergebung, Herr«, bat Luzinde und sank auf die Knie. »Ich wusste nicht, was ich tun sollte.«

Karl nickte nachdenklich. »Steh auf. Wie ich sagte – du hast die Moral auf deiner Seite. Doch Moral zahlt keine Steuern, Mädchen. Wenn ich eines von Ludwig, meinem Vorgänger im Amt, gelernt habe, dann, dass man die Städte gewinnen muss, um Kaiser zu werden. Ich brauche Nürnberg, um zu regieren. Ich kann die Juden nicht dem Stadtrat vorziehen.«

»Ihr handelt nicht, obwohl Ihr wisst, dass es falsch ist?«

»Nicht ganz«, korrigierte Karl. »Ich handle nicht, obwohl ich weiß, dass es moralisch falsch ist. Politisch ist es weise.«

Bitterkeit stieg in Luzindes Kehle auf. Der König konnte nichts mehr für sie tun. Und wenn sie sich seine Ausreden noch länger anhören müsste, würde sie vielleicht etwas sagen, das sie bereute. »Darf ich bitte gehen?« Sie wandte sich schon um.

»Halt!« Die Stimme des Königs war hart.

Luzinde hielt inne. »Was, Herr?«

»Bleib. Bitte.« Er winkte sie wieder heran. »Ich wusste im Herzen, dass du eine Christin sein musst. Ich habe dich schon in Nürnberg gesehen, bei dem Einzug in die Stadt. Umstrahlt von einer Korona aus Licht.«

»Ja und?«, fragte sie und starrte ihn herausfordernd an.

Nun wich König Karl ihrem Blick aus. »Ich habe dich auch schon vorher gesehen«, murmelte er dann.

»Das ist unmöglich«, erwiderte sie. »Ich würde mich erinnern, Euch schon einmal begegnet zu sein, Herr.«

»Nein, du mir nicht«, äußerte er rätselhaft. »Aber ich dir. In den Bergen des Welschenlandes.«

»Dort bin ich ganz sicher noch nie gewesen.«

»Nicht körperlich, nein.«

»Herr?«, fragte Luzinde irritiert.

»Wir standen damals vor Verona«, murmelte Karl, ohne auf ihre Frage zu antworten. »Wir hatten viele Ritter verloren, und mein Vater fluchte die ganze Nacht lang. Er trank, verprügelte, wen er in die Finger bekam. Ich hielt es im Lager nicht mehr aus, und so nahm ich mir mein Pferd und eine Handvoll Männer und ritt in die Berge.« Luzinde lauschte mit wachsendem Erstaunen. Was hatte das mit ihr zu tun?

»Wir ritten die ganze Nacht. Ich war so wütend, dass ich die Pferde und die Männer bis zur Erschöpfung geschunden habe«, bekannte der König. »Schließlich machten wir an einer Klippe halt, da wir nicht weiterkamen. Es war ein steiler Hang, nach Osten gewandt. Wir schleppten uns hinauf, und als wir oben ankamen, da brach über den Bergen das erste, zarte Morgenrot hervor. Ich hatte damals noch nie einen solchen Sonnenaufgang gesehen. Der Himmel war geschmückt in zarten Tönen, Rosa und Blau, dazwischen das immer greller werdende Gold der Sonne. Es war wunderschön.« Er machte eine Pause und sah die Magd an. »Und dann habe ich eine Erscheinung gehabt. Eine Vision, wie sie klarer nicht hätte sein können. Ein Frauenantlitz mit Schleier, gekrönt von gleißendem

Licht. Es war die heilige Ludmilla, die die Fürsten Böhmens zum Christentum brachte. Und sie trug dein Gesicht.«

»Warum ist sie Euch erschienen, Herr?«, fragte Luzinde atemlos.

»Sie zeigte mir, dass mein Vater in einer fernen Schlacht sterben würde, und ich auch, wenn ich ihr nicht gehorchen würde. Sie warnte mich vor einer schwarzen Rüstung, denn ich müsse leben, um Böhmen und das Reich zu neuer Größe zu führen und dem Herrn zu dienen.«

»Und hatte sie Recht? Starb Euer Vater im Gefecht?«

»Oh ja. Er ritt in die Schlacht von Crecy – blind und verstockt, wie er war – und kehrte nicht zurück. Und ich war nicht an seiner Seite.«

»Wo wart Ihr, Herr?«

»In einer Kapelle der Heiligen Jungfrau. Ich wollte die heilige Ludmilla um Rat anflehen, denn in der Schlacht stand auch Eduard von Woodstock. Man nannte ihn den Schwarzen Prinzen. Wegen seiner schwarzen Rüstung.« Er machte eine nachdenkliche Pause. »So rettete die Heilige mir das Leben. Und dann sah ich dich in Nürnberg.« Seine Stimme fiel aus dem nachdenklichen Tonfall abrupt in eine atemlose Hast. Er sprang auf und trat hinter dem Tisch hervor. »Und es muss einen Sinn haben, dass du hier nun vor mir stehst, mit ihrem Gesicht.«

Luzinde legte den Kopf schief. »Stellt Euch auf die Seite der Juden, Herr. Vielleicht wollte sie Euch das sagen?«

Er schüttelte den Kopf. »Das kann ich nicht. Dieses Reich braucht eine starke Hand. Ich kann es nicht im Stich lassen.«

»Ich bin keine Hofmaid, Herr. Ich weiß nur zu sagen, was ich empfinde. Und wenn Euch das beleidigt, dann tut es mir aufrichtig leid. Aber ihr lasst stattdessen Eure Kammerknechte im Stich.«

Der König funkelte sie an. Luzinde glaubte schon, er werde befehlen, sie in den Kerker werfen zu lassen. Ein paar Herzschläge vergingen, dann hatte er sich wieder in der Gewalt. »Ich vergebe dir«, sagte er leise und sah sie prüfend an. »Du bist ein merkwürdiges Mädchen, Luzinde aus Lindelberg. Du stehst zwischen den Welten. Aber es braucht bisweilen Menschen, die sich nicht für Schwarz oder Weiß entscheiden. Im Grau lebt es sich nicht gut. Aber sie gehören dorthin. Ich weiß das.« Er seufzte. »Und vielleicht hast du mit deinen Worten sogar Recht.«

»Herr, ich …«

»Ich kann den Juden nicht helfen, Luzinde. Aber du vielleicht.«

»Herr?«

»Auch ich habe ein Gewissen. Und auch ich fürchte um meine Seele. Vielleicht mehr als jeder andere in diesem Reich.« Er stand auf, legte die Hände hinter dem Rücken zusammen und sah auf das Wappen Böhmens an der Wand. Sie wartete skeptisch darauf, dass er weitersprach.

»Götz Scheffein, Ulman Stromer und ich werden noch einige Punkte verhandeln, die den Nürnbergern wichtig sind. Zum Beispiel das Schicksal der Kaiserburg. Ich werde mich mit dieser Entscheidung schwertun, glaube ich. Die Verhandlungen könnten noch eine Weile dauern. Vielleicht gar ein paar Tage. Sagen wir drei? Sind drei Tage genug?«

Jetzt blickte Luzinde den König kühl an. Was sollte sie dazu sagen? Dass dies seinen Verrat nicht milderte? Dass er sich so sein Seelenheil nicht würde erkaufen können? Doch er war der König, und sie wollte seinen Stolz nicht noch weiter verletzen, als sie das bereits getan hatte. Sie konnte froh sein, wenn er sie trotz ihrer Lügen gehen ließe.

Der König hielt ihrem Blick ungerührt stand. »Das ist alles, was ich für dich tun kann.« Der Augenblick der Verletzlichkeit war vorbei.

»Dann will ich es annehmen. Drei Tage Vorsprung werden vielleicht etwas bringen«, erwiderte sie. Dann zwang sie sich hinzuzufügen: »Ich danke Euch.«

»Du kannst gehen.«

Luzinde bezeugte dem Herrscher ihren Respekt und verließ die Kammer. An ihrer statt wurde Ritter Wenzel zum König gerufen. Draußen lehnte sich Luzinde gegen eine Wand. Sie zitterte am ganzen Leibe. Diesem machtvollen Mann zu begegnen hatte sie ihre ganze Kraft gekostet. Ihr Blick fiel auf Ulman, der am anderen Ende dieses Vorraums stand und sich den Bart rieb. Sie straffte wieder die Schultern. An ihm musste sie noch vorbei, und sie würde ihm nicht die Genugtuung geben, sie schwach zu sehen. Sie wollte nicht mit ihm sprechen, doch sie musste es wissen. »Bist du jetzt zufrieden?«

»Das hat mit Zufriedenheit nichts zu tun. Ich musste es tun.«

Luzinde schnaubte. »Ihr hohen Herrschaften seid um keine Ausrede verlegen, nicht wahr? Warum Ihr manche Dinge tun müsst und andere nicht. Warum Ihr dies und jenes macht, statt etwas anderes. Ich habe es satt! Seid doch einmal ehrlich mit Euch selbst!«

»Ich verstehe, dass du wütend bist. Wäre Gottschalk hier –«

»Gottschalk? Du wagst es, seinen Namen in den Mund zu nehmen?«, fauchte sie. Er wich ihrem Blick aus und sah zu Boden. Luzinde kam ein schrecklicher Verdacht. Beinahe kam es ihr so vor, als sei ein Schatten der Schuld über seine Züge gehuscht.

Stand hinter dem Überfall auf den Alten sogar mehr als die gezielte Wut einiger Tachauer Schläger? Er passte allzu gut in Ulmans üble Pläne …

»Der König war wütend, als er von Gottschalks Tod hörte«, sagte sie leise. »Er befahl, das Ereignis aufzuklären. Bist du nicht gespannt darauf, was dabei herauskommt?« Als Ulman erbleichte, wurde Luzinde übel. Sie hatte gehofft, dass ihr Verdacht sich nicht bestätigen würde. Doch jetzt stand ihm die Schuld deutlich ins Gesicht geschrieben. »Ich zumindest bin's.« Damit ließ sie ihn stehen und ging in ihr kleines Quartier beim Stall zurück.

Wenzel ließ nicht lange auf sich warten. Er trug ein Samtbündel in den Armen. »Ich dachte, du bräuchtest neue Kleider.« Er legte den kostbaren blauen Stoff sowie ein goldfarbenes Untergewand auf ihr Lager.

»Danke. Ich weiß das zu schätzen.« Sie traf seinen Blick. »Alles.«

Wenzel nickte mitfühlend. »Es tut mir nur leid, dass du keinen Erfolg gehabt hast.«

»Ja. Mir auch.«

»Was willst du nun tun?«

Luzinde seufzte tief. Sie hatte gehofft, sich ausruhen zu können. Doch das war unmöglich. Karl hatte ihr drei Tage Vorsprung gegeben, um die Juden von Nürnberg zu warnen. Die musste sie nutzen. »Ich gehe zurück nach Nürnberg. Wir müssen retten, was noch zu retten ist.«

Wenzel setzte sich neben sie. »Wenn du möchtest …«, er zögerte.

Sie versuchte, in seinen Augen zu lesen. »Was?«

»… dann komme ich mit dir.«

»Und Eure Pflicht?« Sie nickte in Richtung der Gemächer des Königs.

»Er wird mich schon gehen lassen«, erwiderte der Ritter mit einem halben Lächeln. »Dich lässt er ja auch gehen.«

Da musste auch Luzinde schmunzeln. Doch sie wurde schnell

wieder ernst. »Gut. Wir sollten morgen gleich früh aufbrechen. Und wir brauchen ein zweites Pferd.«

»Du hast alles Geld, das du brauchst.« Wenzel zog ein Tuch mit den Edelsteinen hervor, die Luzinde dem König angeboten hatte. »Du solltest es nutzen.«

Luzinde musste die Tränen zurückhalten. Die Steine aus Gottschalks Besitz waren ein Vermögen wert. Doch es hatte nichts gebracht. Und Gottschalks Tod war umsonst gewesen. Sie vermisste den ruhigen alten Mann mehr, als sie angenommen hatte. Wie würde sie seiner Familie erklären, dass er nicht mehr da war? Sie wusste es nicht. Doch noch schwerer wog eine andere Bürde. Sie würde Mose und Rebekka und all den anderen berichten müssen, dass sie Nürnberg den Rücken würden kehren müssen. Und dass der König sie zu Freiwild erklärt hatte.

Kapitel 22

Als der einäugige Schneider Romer in den niedrigen Bierkeller am Brunnengässchen hinabstieg, spürte er beinahe zärtlich der dicken Geldkatze unter seinem neuen Wams nach. Endlich segnete Gott ihn wieder mit Erfolg. Endlich konnte er die Schande, die ihm und seinem Vater angetan worden war, wieder ausmerzen. Man hatte ihn aus der Stadt geprügelt und gedemütigt. Nun würde er allen zeigen, dass man so nicht mit ihm umspringen konnte. Nein, er, Romer der Schneider, war wieder jemand! Und dieses Glück musste gefeiert werden. Das Starkbier, das bereits in seinem Blut kreiste, beschwingte ihn und ließ ihn im Inneren schon nach den Sternen greifen, während er die aus dem Sandstein gehauene Treppe hinabstieg.

Er beugte den Kopf und trat von der letzten Stufe in den kleinen, niedrigen Schankraum, den man wie so viele Keller tief in den Boden getrieben hatte, um das Bier in der Kühle brauen und lagern zu können. Doch das große Willkommen, das Romer sich in seinen Träumen ausgemalt hatte, blieb aus. Krämer, Schneider, Plattner und weitere Handwerker saßen beieinander und stemmten die Krüge. Das laute Gewirr der Stimmen war betäubend, der satte Dunst von Malz hing in der Luft, und an den verklebten Tischen, nicht mehr als ein paar zusammengezimmerte Planken, drängten sich die Männer.

Der Mann mit dem graustreifigen braunen Bart sah sich im Zwielicht der Talgkerzen nach bekannten Gesichtern um. Schließlich fand er den Krämer Caspar, der ihm des Öfteren Stoffe geliefert hatte, sowie Michel den Drahtschmied, bei dem er die Ahle für seine Arbeit erstanden hatte. Sie saßen in großem Kreise am Tisch in der Wandnische und ließen die Krüge rundgehen.

»Caspar! Michel! Wollt ihr denn nicht einen alten Freund begrüßen?«, fragte Romer und breitete die Arme aus, während er zu den beiden hinüberging. Dabei stieß er sich den Kopf beinahe an dem sich herabschwingenden Rippenbogen der aus dem Felsen getriebenen Decke, die in ihrer Flachheit die Spitzbögen von Kirchen imitierte.

»Heh – Romer? Mann, Romer, bist du das?«, fragte Michel überrascht.

»Hat man dich nicht aus der Stadt geworfen?«, grinste Caspar. »Und gedroht, dir alle Knochen im Leib zu brechen, wenn du in den nächsten fünf Jahren wiederkommst?«

»Die haben eingesehen, dass sie sich geirrt haben, schätze ich«, erwiderte Romer knapp und zog sich einen Schemel heran. »Is doch nichts Falsches daran, sein Recht zu fordern, oder?«

»Recht so!«, stimmte Michel ihm zu. Dann machte er große Augen und betrachtete den Schneider von Kopf bis Fuß. »Bist du in einen Geldtopf gefallen? Du siehst ja aus wie ein Edelmann!«

»Ich kann behaupten, dass es mir gut geht«, meinte Romer selbstgefällig. Er winkte Richtung Ausschank und hielt drei Finger in die Luft, um neue Bierkrüge zu ordern. »Zur Feier des Tages lade ich ein.« Tatsächlich war es ihm eine helle Freude gewesen, bei einem alten Konkurrenten eine moderne französische Tunika aus grün-blau bedrucktem Samt mit geschnürten Ärmeln und Strümpfen in mi-parti anfertigen zu lassen – einer blau, der andere grün. Zu all dem noch eine blaue Gugel und ein feiner blau-goldener Hut, und er wirkte wie ein reicher Herr aus fremden Landen. Natürlich hatte er sich das Gewand fachmännisch vorgenommen und jeden Fehler beheben lassen, den er finden konnte – die Schneider hier wussten einfach nicht mehr, was solide Nürnberger Handarbeit war!

»Ich dachte, du wärst längst in Roth oder Regensburg, oder gar am Rhein irgendwo, um Arbeit zu suchen«, meinte Caspar.

»Näh«, machte Romer und nahm die Krüge in Empfang. »Das geht auf mich.« Man prostete einander zu, dann herrschte Schweigen am Tisch, als man nur das Glucksen aus den Kehlen der Männer hörte. »Ahh! Das war gut!«, ächzte der Schneider. »Ich war in Regensburg«, fuhr er dann fort. »Aber die Regensburger wissen gute Arbeit nicht zu schätzen.« Er verschwieg, dass der Regensburger Bischof seine Judenhetze ebenso wenig geduldet hatte wie der Rat von Nürnberg und ihn schließlich aus der Stadt hatte weisen lassen.

»Wenn du keine Arbeit hast, woher ist dann das Geld?«, fragte Caspar. »Du hast es doch niemandem geklaut, oder?«

»Geklaut? Was für eine Unterstellung! Ich bin ein ehrlicher Mann, Caspar!«, rief Romer aus. »Du beleidigst mich!«

»Das wollt er nicht«, ging Michel dazwischen. »Nicht, Caspar? Das wolltest du nicht.«

»Nein«, erwiderte Caspar langsamer. »Woher ist das Geld dann, Romer?«

Der einäugige Schneider überlegte noch kurz, ob er dem Mann die dreiste Unterstellung mit der Faust heimzahlen sollte – doch wenn Romer stark oder groß gewesen wäre, hätte er sicher ein anderes Handwerk als das Schneidern gewählt. Caspar hingegen besaß eine kräftige Figur und hatte mehrfach bewiesen, das er sich in einer Prügelei zu behaupten wusste. Nein, so würde Romer die Leute wenig beeindrucken. Seine Stärken lagen auf anderen Gebieten.

»Es ist ein Vorschuss«, fauchte er trotzig. »Auf eine wichtige Arbeit, die ich zu tun habe.«

»Was für Arbeit?«, fragte Caspar, doch der Schneider ließ den Bierkrug auf den Tisch krachen. »Ich zahl das Bier«, knurrte er. »Da werd ich's ja wohl ohne ein Verhör trinken dürfen?«

»Ist ja gut, Romer«, beschwichtigte Michel. »Der Caspar, der meint's nicht so, nicht wahr, Caspar?«

»Nein«, erwiderte Caspar und leerte seinen Bierkrug. Er hob schon die Hand, um einen neuen zu bestellen, doch Romer war schneller. Wieder hob er drei Finger. »Alva, noch eine Runde!«

»Der Caspar ist nur ein wenig mürrisch«, sagte Michel, »weil der Stadtrat ihm sein Geld nicht zurückholen kann.«

»Der Stadtrat?«, fragte Romer interessiert. »Caspar, heh, was für Geld?«

»Den Judenwucher«, grunzte Caspar. »Ich war beim Rat und habe Klage geführt. Sie haben sich alles fein angehört und alles niederschreiben lassen. Dann haben sie gesagt, ich müsse Geduld haben, sie würden sich drum kümmern. Und als ich gefragt habe, ob ich denn den Wucher, den ich schon bezahlt habe, zurückerhalte und ob ich dem Nathan denn sein Geld zurückgeben muss, da haben sie gelacht. Ein Schuldschein ist ein Schuldschein, haben sie gesagt. Ob der Nathan mit dem Teufel im Bunde ist oder nicht.«

»Das sieht ihnen ähnlich«, stieß Romer aus und hieb mit der Faust auf den Tisch.

»Und der Jude hat ihm sogar gedroht. Nicht wahr, Caspar? Er hat dir Gewalt angedroht!«, plapperte Michel.

»Hat er das?«, fragte Romer entrüstet.

»Das hat er«, schnaufte Caspar und fuhr sich durch den langen braunen Vollbart. »Er hat gesagt, in meinem Geschäft bräuchte man nicht beide Hände, um zu arbeiten, eine tät es auch. Hat gesagt, er würde sich meine Hand holen, wenn ich nicht zahle.«

»Verdammtes Pack«, nickte Michel, und die drei Männer starrten einen Augenblick in ihre Krüge.

Doch Romer kam diese Geschichte gerade recht. Besser hätte er es nicht treffen können! »Wenn du's wissen willst, Caspar«, er senkte den Kopf verschwörerisch, »bin ich zurückgekommen, um etwas dagegen zu tun. Ich werde mir zurückholen, was mein ist.«

»Was dein ist?« Caspar runzelte die Stirn. »Und was wäre das?«

Alva die Schankmagd kam und brachte das Bier. Romer lehnte sich zufrieden zurück. »Mein Geld«, begann er, nahm einen kräftigen Zug, »meine Besitztümer, meine Werkstatt. Am wichtigsten – meinen Ruf. Und das alles mit vierzig Prozent Zinsen für die letzten, zwei, ach was, drei Jahre.« Er lachte hässlich. »Zusätzlich noch Blutgeld für meinen toten Herrn Vater, Gott sei seiner Seele gnädig!«

Michel senkte die Stimme. »Mann, Romer«, flüsterte er. »So ein Gerede ist dich das letzte Mal schon teuer zu stehen gekommen. Du solltest besser das Maul halten, sonst bringt der Rat dich dieses Mal vielleicht auf den Galgenberg!«

»Ach was«, lachte Romer. Er sollte sich noch einmal bei seinem Schneider beschweren gehen – die Tunika kniff unter den Achselhöhlen, wenn er sich rückwärts fletzte. »Der Rat wird gar nichts tun.«

»Was macht dich da so sicher?«, wiederholte nun auch Caspar skeptisch. »Immerhin haben sie dich letztes Jahr rausgeworfen.«

Romer zuckte mit den Schultern. »Das sind unbewegliche Rechenschieber, diese Leute! Die sind inzwischen so reich, dass sie gar nicht mehr wissen, wie es uns kleinen Leuten auf der Straße geht. Also warum sollte ich mir von denen etwas sagen lassen? Du weißt das doch selbst am besten, Caspar. Deine Schulden bei dem Juden treiben dich in den Ruin. Und arbeitest du nicht seitdem mehr dafür, den Wucher zu bezahlen, als deine Schulden abzutragen? Du wirfst den Juden mehr Geld in den Rachen, als deine Frau für Kleider und Schmuck sieht oder deine Kinder für ein nahrhaftes Mahl! Und hab ich's dir nicht gesagt? Habe ich dich nicht gewarnt?«

Das brachte Caspar wie erwünscht zum Schweigen. »Sag mir einer, dass das nicht wahr ist!« Romer sah in die Runde. »Die Juden gehören nicht hierher, und doch verdienen sie sich eine goldene Nase damit, uns auszubluten. Ist das so, wie der Herrgott es wünscht?«

Zustimmendes Gemurmel antwortete dem einäugigen Schneider. Der stand auf und winkte, vom Bier beflügelt, zum Ausschank. »Bier für alle meine Freunde hier!« Er machte eine umfassende Geste, die den ganzen Keller einschloss. Prompt schlug die zaghafte Zustimmung in laute Anerkennung um, während Alva sich eilte, der Forderung nachzukommen. Sie begann mit der Runde an Romers Tisch. »Solltest du so reden, Mann?«, fragte sie leise. Der Schneider funkelte sie an. »Ich rede, wie's mir passt, Weib. Verdirb meinen Freunden nicht die Stimmung!« Dann erhob er sich und sprach zu allen.

»Das Judenpack lockt uns mit ihrem Geld. Sie umschmeicheln uns. Sie drängen uns ihr Gold geradezu auf. Und wenn man sie nimmt, dann schnappt die Falle zu. Und wenn man da einmal drin sitzt, dann wird man seines Lebens nicht mehr froh, was, Caspar?« Der Krämer nickte zögernd.

»Sie treiben uns anständige Christenleut mit Wonne in den Ruin!«, rief Romer, und die Anwesenden prosteten ihm mit dem spendierten Starkbier zu. »Sie raffen unsere liebsten Güter als Pfänder an sich. Kirchenkreuze, Heiligenstatuen, Messkelche! Und warum?« Er schaute fragend in die Gesichter. Dann klopfte er sich auf den Schritt und wippte mit der Hüfte.

»Um drauf zu pissen natürlich!« Die Menge johlte. »Und was macht der König?«, fragte Romer in die Runde.

»Ja, was macht der König?«, fragte jemand.

»Ich sag euch, was der König macht!«, rief Romer. »Der König macht gar nichts! Der König sagt, wir dürfen uns nicht holen, was unser ist, und warum?« Er stierte in die Runde, wie er es bei den Wanderpredigern oft gesehen hatte. »Weil sie ihn schmieren, natürlich! Mit demselben Geld, das sie uns vorher aus den Taschen gezogen haben!«

Der kleine Raum tobte bei dieser Einsicht. »Sie leben in unserer Mitte, in den besten Häusern!«, brüllte Romer. »Sie speisen das beste Fleisch! Sie trinken aus Kelchen aus Gold – aus unserem Gold!« Die Leute zischten dazu vernichtend. »Sie zahlen nicht einmal Steuern, so wie wir! Und was geben sie uns für all diese Freundlichkeiten?« Er sah sich um und lächelte. Die Männer fraßen ihm aus der Hand. Nun müsste er nur noch zum finalen Stoß ansetzen. »Sie vergiften unser Land! Sie ermorden unsere Kinder! Sie bringen uns den Tod!« Die Leute schrien nun vor Zorn und sprangen von ihren Stühlen auf. Sie stießen die Fäuste in die Luft oder hoben die Bierkrüge. Doch Romer tönte über den Krach hinweg: »Sie tragen den Schwarzen Tod unter uns Christen! Wo immer sie hingehen, da sterben Menschen! Erinnert ihr euch an das Sterben in Regensburg im Sommer? So war es auch in den welschen Landen. Und im Reich der Frankenkönige. Und in den Engellanden. Überall wo Juden sind! Und was tun wir?« Er sah sich fragend um. »Was tun wir? Wir tun gar nichts!« Widerspruch sprang im ganzen Raum auf, doch Romer fuhr fort. »Wir warten, bis sie den Schwarzen Tod auch nach Nürnberg bringen! Wir werfen ihnen unser Gold in den Rachen! Und dann sagen wir noch artig ja und Amen dazu!«

Der Raum glich einem Hexenkessel. »Nein!«, brüllte jemand.

»Das lassen wir uns nicht mehr gefallen!«, ein anderer.

»Wir lassen uns doch nicht für dumm verkaufen!«, rief der Nächste, und »Wir werden den Juden ihren Platz schon zeigen!«, ein Vierter.

»Wann ziehen wir los?«, schrie Michel hinter Romer.

»Wir ziehen bald los!«, grölte Romer und versuchte, gegen den Tumult anzukommen.

»Wir ziehen jetzt los!«, rief jemand. »Gibt doch genug Judenhäuser in der Stadt für alle!«

»Ich nehme das am Augustinerkloster!«, schrie jemand, und die Menge lachte. »Ich das an der Brücke!« – »Ich die drei auf dem Zotenberg!«

»Wir ziehen los, wenn ich es sage!«, brüllte Romer, und schlug mit dem Krug auf den Tisch, so dass die Leute wieder zuhörten. »Ich kenne mich aus damit, Leute! Wenn wir zwanzig Männer aufbrechen, um uns von den Juden zu holen, was unsers ist, dann kommen wir nicht weit! Wir müssen uns zusammentun! Sagt's weiter, an alle, die ihr kennt!« Er machte eine große Geste mit dem schwappenden Bierkrug. »Sagt's ganz Nürnberg weiter, wenn ihr wollt! Dann gehen wir die Juden schlagen, ob der Rat will oder nicht!« Heiser schloss er seine Rede: »Wir ziehen in ein paar Tagen ins Judenviertel. Danach soll niemand mehr sagen, Nürnberg wüsste nicht, wer der Herr im Hause ist! Und jetzt eine zweite Runde für diese feinen Herrschaften!«

So ertrank die Schlägerstimmung im Bier. Romer ließ sich erschöpft auf seinen Platz fallen und löschte seine heisere Stimme mit dem Rest Flüssigkeit aus seinem Krug. Er fühlte sich unglaublich beflügelt. Der Hass in den Augen der Männer um ihn herum, die pure Brutalität, zu der sie bereit gewesen wären, erregte ihn. Erregte ihn so sehr, dass nur das Abschlachten dieser Ungläubigen ihn hätte befriedigen können.

»Romer –«, begann Caspar.

»Was!«, bellte der Schneider dazwischen. Wenn der Kerl ihm jetzt mit Zweifeln käme, dann würde er ihm die Nase ins Gehirn nageln!

Der Krämer zögerte. »Ich sag den Leuten im Krug Bescheid. Und denen im Agneskeller.«

Der Schneider nickte. Er war selbst enttäuscht, dass sie nicht sofort losziehen konnten. Eine Schlägerei wäre jetzt fast so gut geeignet gewesen, um sich abzureagieren. »Guter Mann«, murmelte er, »guter Mann.«

Spät in der Nacht – nach viel Schultergeklopfe und einer Rechnung, die alles übertraf, was Romer früher in einem Monat für Bier ausgegeben hatte – taumelte der Schneider zu seiner Unterkunft. Er wohnte im Roten Ross an der Stadtmauer, unweit der Sebalduskirche. Beides war von hier nur ein kleiner Spaziergang. Er taumelte durch die dunkle Stadt, über den Kirchhof von Sankt Sebaldus und über den Weinmarkt. Dann hielt der Schneider wankend inne. Ihm war noch nicht nach Schlafen zumute. Wut und Kampfeslust pulsierten in seinen Adern und schrien nach Blut – oder nach einer Frau. Doch um die Zeit war hier keine Hure zu finden, da müsste er auf die andere Pegnitzseite. Also ging er, sich an die Mauer des Augustinerklosters stützend, zum Fluss hinunter, um über die Fleischbrücke in den Südteil der Stadt zu gelangen.

Der einäugige Mann kam kaum bis zum Ende der Mauer. Er hörte feste Schritte hinter sich. Doch bis er sich im Suff herumgedreht hatte, um mit seinem einen Auge zu erforschen, wer ihm da folgte, traf ihn ein Schlag von der Kraft eines Schmiedehammers ins Gesicht. Er fiel um wie ein Sack Mehl und spürte, wie ihm Blut in die Kehle lief. Hustend hielt er sich die Nase, als jemand in den Samtstoff seiner neuen Tunika griff und ihn wieder hochzog.

»N-nicht!«, keuchte Romer und wich aus, doch auch dieses Mal war er zu langsam. Eine Faust traf ihn in den Magen und ließ ihn vor Schmerz vornüber klappen. Er begriff selbst durch den Nebel hindurch, dass der Kerl ihn totschlagen konnte, ohne dass er auch nur in der Lage wäre, sich dagegen zu wehren. Die Erkenntnis ernüchterte ihn schlagartig.

»Steh auf, du dummer Hund!«, knurrte Ulrich Stromer den Schneider an.

Doch Romer wimmerte nur. Er schüttelte den Kopf, um zu klarem Verstand zu kommen, aber auch, um den Mann davon abzuhalten, weiter auf ihn einzuschlagen. »Nicht!«, keuchte er dann noch einmal. »Kann nicht!«

»Du verdammte Memme. Du Idiot!«, fluchte der Patrizier. »Du kostest mich noch den Kopf!« Statt weiter auf dem Schneider herumzuschlagen, trat der Mann eine gefrorene faulige Rübe gegen die grobe Mauer des Augustinerklosters.

Romer krümmte sich noch immer, doch dieses Mal war der Schmerz mehr innerlich. Er beneidete den Ratsherrn um seine Stärke und um seine furchtlose Brutalität. Wie gerne würde der Schneider aufstehen und zurückschlagen! Er wollte dem Mann die Augen auskratzen, ihm mit einer Klinge die Brust zerfleischen und sein Gemächt an die Türen des Rathauses nageln! Doch so sehr Romer versuchte, aufzustehen und dem Mann seine Wut ins Gesicht zu schreien, gefolgt von einem zünftigen Schlag, er brachte es nicht fertig. Stattdessen krümmte er sich demütig und beschied sich mit den Bildern der Gräueltaten, die er ihm antun wollte.

»Du feige Ratte«, keuchte der große blonde Ratsherr. »Was hast du dir dabei gedacht – die halbe Stadt aufzupeitschen! In wie vielen Bierkellern warst du in den letzten Tagen?«

»Ich –«

»Wie viele frag ich!«, donnerte Ulrich Stromer.

»Ich – fünf.«

»Und wer hat dir das befohlen?« Die Stimme des Ratsherrn war nun gefährlich leise.

»Ihr – Ihr habt doch gesagt, ich soll meine Leute treffen! Ich soll vorfühlen, wer alles mitmacht, und ich –«

»Vorfühlen? Ja, vorfühlen solltest du. Einen verteufelten Volksaufstand anzetteln?«, spie Stromer aus. »Nein!«

Romer sah zögernd auf, ließ sich aber wieder zusammenfallen und wimmerte. Der Patrizier sah aus, als wolle er wieder auf ihn einprügeln.

»Jetzt hörst du mir genau zu«, zischte Stromer. »Ich habe dein Urteil nicht aussetzen lassen und dir ein kleines Vermögen bezahlt, damit du mich ruinierst. Ich zahle das Geld, also entscheide ich auch, wann die Juden brennen. Hast du das verstanden?«

Der Schneider sah auf. »Aber ich habe den Jungs jetzt schon gesagt, dass wir bald –«

Stromer griff ihn wieder am Stoff und zog ihn nah zu sich heran. »Ob du mich verstanden hast!«

»Ja, Herr«, winselte Romer. Doch was sollte er den Leuten nun sagen? Die gierten genauso nach Blut wie er! Sie wollten, dass jemand für all die Ungerechtigkeiten und die Angst zahlte, die sie wegen der Juden hatten erdulden müssen!

»Ruf deine Bluthunde zurück. Sonst verlierst du auch noch das andere Auge.«

»Aber – warum ist's Euch denn so wichtig, wann die Juden brennen? Hauptsache ist doch, dass sie endlich kriegen, was sie verdienen!«

»Das verstehst du doch nicht, du Ratte! Wenn du zu früh handelst, verliert Nürnberg alles. Die Häuser, den Platz, die Schuldscheine, alles Hab und Gut, das du nicht an dich raffst, alles wird dann dem Burggrafen und dem Bischof gehören. Und der

Rat wird sehr unglücklich sein. Also wartest du genau ab, dass ich dir gestatte zu tun, was du dir am sehnlichsten wünschst. Hast du verstanden?« Stromer schleuderte ihn fort wie einen alten Lumpen.

Der Schneider fiel mit der Schulter hart gegen die Klostermauer und nickte nur schwach. Die Bierseligkeit war wie weggeblasen, und er fühlte sich hohl und ausgebrannt. Durfte man so mit ihm sprechen? Nein, sagte er sich, nur Hosto Stromer durfte das, denn er war ein mächtiger Mann. Dann raffte Romer sich auf. Er ertrug die Leere in seinem Inneren nicht. Er brauchte mehr Wein und mehr Bier. Und eine Hure, verdammt nochmal.

Kapitel 23

Kleine gelbe Flammen leckten ruhig über das Holz des Lagerfeuers. Rauchzungen stiegen von den glühenden Unterseiten auf, doch sie waren willkommen, denn sie brachten die Wärme, die den Frost vertrieb. Das dunkle Schweigen der Nacht, das außerhalb des dreiseitigen Unterstandes herrschte, wurde nur durch das Rascheln des Windes in dem alten Laub der Bäume gestört. Ein neuer Schneeschauer hob an; einer von vielen, die diesen Tag so ungemütlich gemacht hatten. Der Weg von Prag zurück nach Nürnberg war für Luzinde noch härter als der Hinweg.

Luzinde hatte in Tachau haltmachen wollen, um Beweise für Ulmans Schuld zu suchen. Wenn er für Gottschalks Tod verantwortlich gewesen war, dann musste das jemand wissen. Doch Wenzel hatte nur sanft den Kopf geschüttelt und gesagt: »Gottschalk ist tot. Deine Freunde in Nürnberg sind noch am Leben.« Jetzt noch biss sich die Magd schmerzhaft auf die Lippe, um ihre Wut zu zügeln. Sollte Ulman etwa ungeschoren davonkommen? Doch der Ritter hatte Recht. »Es wird bald dunkel«, hatte sie ihm nur geantwortet. »Wir sollten die Zeit nutzen.« Und sie waren weitergeritten.

Wenzel und sie waren heute, nach anstrengenden Reisetagen, in denen ihnen der Schnee stets unmittelbar auf dem Fuße gefolgt war, bis weit nach Sonnenuntergang durch das eingeschneite Hirschauer Land geritten. Zu Pferde kamen sie schneller voran als zu Fuß, doch da Luzinde keine geübte Reiterin war, ermüdete sie die Reise zu Pferd auf andere Art und Weise. Sämtliche Gliedmaßen taten ihr weh von der ungewohnten Belastung. Abends konnte sie kaum gehen, so sehr peinigten sie die Innenseiten ihrer Oberschenkel. Das Wetter ließ jede Bewegung zur Qual werden und machte diesen Vorteil gleich wieder zunichte. Jetzt saß Luzinde in Decken gehüllt auf dem Strohlager und starrte in die Flammen. Es musste der Tag der heiligen Cäcilia oder der des heiligen Clemens sein, also der zwei- oder dreiundzwanzigste des Novembermonats.

Zu allem Überdruss hatte Ritter Wenzel darauf gedrungen, dass sie nicht in Hirschau nächtigten. So tauschten sie das warme Bett in einer Herberge für den zugigen Unterstand im verschneiten Land, weil er befürchtete, man könne sie in Hirschau als die Jüdin von der Hinreise wiedererkennen.

Die Magd wusste es besser. Menschen schauten kaum je in die Augen ihres Gegenübers, sondern merkten sich die Kleidung und das, was man repräsentierte. Da Luzinde den Judenschleier abgelegt hatte und ein schlichtes Reisegewand trug, würde niemand auch nur wagen, sie mit der ärmlichen Christin oder der jungen Jüdin zu verwechseln, die vor über einer Woche in Richtung Prag gereist waren.

Das Reisekleid hing am Feuer und würde hoffentlich bis morgen früh wieder trocken werden. Luzinde strich unter dem Pelzmantel über den weichen Stoff des blauen Samtkleides. Das enge Oberkleid aus blauem Samt war kürzer als das goldfarbene Unterkleid und besaß Ärmel bis zum Ellbogen. Zudem war es vorne durchgeknöpft und wurde erst ab der Hüfte weiter, so dass es den Oberkörper vorteilhaft zur Geltung brachte – ein neumodischer Schnitt, den die Beginenmeisterin Vischbecken sicher verteufeln würde. Bei Hofe hingegen würde man sie ob der Schlichtheit vermutlich eine graue Maus schelten. Luzinde war es egal – sie hatte noch nie etwas getragen, das ähnlich elegant und kostbar gewesen wäre.

Doch die Freude an dem Kleid lenkte sie nur kurz von ihrer inneren Unruhe ab. Luzinde konnte abends kaum ertragen, zum Stillhalten verdammt zu sein. Seit König Karl die Worte ausgesprochen hatte, die die jüdische Gemeinde von Nürnberg ihrem Untergang weihte, musste sie stets daran denken, was Ysaac von Schesslitz in jener abendlichen Besprechung vor ihrem Aufbruch gesagt hatte. Dass nämlich Karl die Juden von Frankfurt an den dortigen Rat verkauft und sie seiner Gnade überlassen hätte. Und nur kurz darauf seien ihre Häuser von der wütenden Menge niedergebrannt worden. Ob sie zu spät käme? Sie zwang sich zur Ruhe. Man würde in Nürnberg nicht ohne Karls Zustimmung handeln. Die käme erst noch, mit Ulman Stromer.

Luzinde plante im Stillen schon genau, was in Nürnberg alles zu tun wäre. Man müsste alle zusammenrufen, am besten in der Judenschule. Jemand mit einem gewissen Einfluss müsste das tun, vielleicht Mose oder der Judenrichter Eberlein – oder der stets besonnene Ysaac. Man würde alle Karren und Zugtiere brauchen, die man bekommen konnte. Die Alten, Kinder und Schwachen müssten Hilfe erhalten, um ihre Wertsachen gut zu verstauen. Luzinde wusste nicht, wie die Judengemeinde in Nürnberg organisiert war, doch bislang hatte sie den Eindruck gehabt, dass man füreinander sorgte, wenn die Not dazu aufrief.

Stumm verfluchte sie die Nacht und den Schnee, die sie zwangen, auf das Morgengrauen zu warten. Derweilen saß Wenzel auf der anderen Seite des Feuers und beobachtete sie. Er saß auf einem geglätteten Baumstamm, der längs in dem Unterstand lag, und reparierte den Sattelgurt ihres Pferdes mit Ahle und Faden. Der Helm lag neben ihm auf dem Boden, und auch Schwert und Scheide hatte er abgelegt. Er sah auf und musterte sie besorgt. »Geht es dir nicht gut?«

»Ich wünschte, wir könnten die Nacht über durchreiten, bis wir in Nürnberg sind«, seufzte sie und beobachtete den Dampf ihres Atems in der kalten Luft.

»Es ist zu dunkel«, erwiderte Wenzel. »Wir finden den Weg nicht. Oder die Pferde brechen sich die Fesseln.«

Luzinde wrang umständlich die Hände. »Ich weiß! Ich wünschte einfach nur, wir wären schon da!«

Der Ritter schob vorsichtig die Ahle durch das Loch im Leder. »Ich kann uns nicht fliegen machen, Luzinde. Bis Nürnberg ist es noch mehr als ein Tagesritt. Und heute Abend kommen wir nirgendwo mehr hin.«

»Nein, wohl nicht.« Sie seufzte und schlang sich die Arme um die Beine. Trotzdem gelang es ihr nicht, sich zu beruhigen, und an Schlaf war gar nicht zu denken. Irgendwann legte Wenzel seine Arbeit beiseite, stand auf und hockte sich neben sie. »Gibt's da jemanden, um den du dich besonders sorgst?«

»Ja«, sagte Luzinde. Sie war ganz froh, darüber reden zu können. »Ich … ich hätte nicht gedacht, dass ich ihn so ins Herz schließen würde. Aber so ist es nun mal.«

»Ins Herz schließen –«

»Ja. Sein Name ist Jakob.«

Wenzels Blick wurde düster. »Ich verstehe. Ich – der Sattel sollte bis Morgen fertig werden.«

»Jakob ist fünf. Oder sechs. Ich weiß es nicht genau.«

Wenzel wurde rot. »Es tut mir leid. Ich wollte nicht andeuten, dass du … Ich wollte deine Tugendhaftigkeit nicht infrage stellen.«

»Ihr habt jedes Recht dazu«, stellte Luzinde fest. »Ich bin keine sehr tugendhafte Frau. Und immerhin habe ich Euch belogen.«

»Dass du keine Jüdin bist?«

»Ja. Das tut mir leid.«

Wenzel nickte. Dann schüttelte er den Kopf. »Mir nicht.«

»Hm?«, machte Luzinde erstaunt.

Er lächelte. »Mir tut es nicht leid, dass du keine Jüdin bist. Im Gegenteil. Und ich halte wegen der Lüge nicht weniger von dir. Der Bube kann froh sein, dass du all das für ihn auf dich genommen hast.«

»Belogen habe ich Euch trotzdem«, sagte Luzinde ernst. »Und das tut mir eben leid.« Sie zögerte. »Ich glaube, ich habe gedacht, dass ich den Leuten nicht genüge, wenn ich nur ich selbst bin. Also habe ich gelogen, habe versucht, mehr zu erscheinen. Der König hat das sofort durchschaut.«

»Er hat ein Auge für Menschen.«

»Und für Lügner, nehme ich an.« Der Augenblick war ihr so unangenehm gewesen – wieso nur hatte sie gedacht, einen König täuschen zu können?

»Du kannst froh sein, dass er dich hat gehen lassen. Aber jetzt musst du dich nicht mehr verstellen. Du kannst einfach du selbst sein.«

Seine Worte waren freundlich gemeint, doch sie munterten Luzinde nicht auf – im Gegenteil. In Nürnberg wartete noch ein weiteres Problem auf sie, das sie trotz der Ereignisse und Entbehrungen nicht vergessen hatte. Eines, bei dem sie auf Ulmans guten Willen angewiesen war. Ihr Kind. Wenzel hatte schon Recht – sie hatte den Gang auch im Hinblick auf Jakob gemacht. Doch damit hatte sie ihren Johann der Gnade Ulmans preisgegeben.

Den Worten der Nonne, die ihr das Kind damals fortgenommen hatte, hatte sie entnommen, dass es nach dem heiligen Johannes benannt war. Also vermutete sie, dass es ein Junge war. Er musste jetzt etwas jünger als Jakob sein. Sie hoffte, es ginge ihm gut, wo immer er sich auch befand. Denn wenn Ulman wirklich Gottschalk hatte überfallen lassen – würde er dann davor zurückschrecken, ein Kind zu verletzen?

»Luzinde, was ist denn nur?«, fragte Wenzel betroffen. »Bedrückt dich das Ganze so sehr?« Sie nickte sanft. Doch sie brachte kein Wort heraus.

Der Ritter saß einen Augenblick daneben und wusste ganz offenbar nicht, was er tun sollte. Dann legte er ihr den Arm um die Schulter und zog sie zu sich heran. Er sagte gar nichts mehr. Doch das brauchte er auch nicht. Luzinde flossen die Tränen still über die Wangen. Es tat gut, sich nicht erklären zu müssen. Sie konnte nicht immer stark für andere sein. Und während der kalte Wind durch die Ritzen des Unterstandes fuhr und der Schnee draußen die Spuren ihrer Pferde verwehte, da wusste sie nicht mehr, wann sie sich das letzte Mal so geborgen gefühlt hatte. Doch sie wagte nicht zu hoffen. Nicht, dass sie das Kind jemals wieder sehen würde. Und auch nicht, dass Wenzel mit seiner Umarmung mehr als Trost spenden wollte. Ihre Träume hatten sie zu oft betrogen.

»Geschtorben?« Mose wurde bleich und ließ sich auf die große Truhe im Dielenraum direkt hinter der Tür fallen.

»Ja«, murmelte Luzinde bedrückt. »Es tut mir leid, Mose. Rebekka«, sie nickte auch der Frau und den Kindern zu, »Gottschalk war ein guter Mann.« Neben ihr schob sich Wenzel von einem Fuß auf den anderen. Der Ritter hatte ehrerbietig den Helm abgenommen und unter den Arm geklemmt, doch er fühlte sich in Gottschalks Haus auf dem Zotenberg offensichtlich unwohl. Luzinde kümmerte das nicht.

»Wie –«, setzte Mose an, doch Luzinde erriet seine Frage. Sie hatte lange darüber nachgedacht, wie sie sie beantworten sollte, und sich dann für große Teile der Wahrheit entschieden. »Ein paar Kerle in Tachau. Es – es ging recht schnell.«

»Wurd er schnel begraben?«

Luzinde sah Wenzel an, der alles veranlasst hatte. Der Ritter nickte befangen. »Ich habe für ein schlichtes Grab außerhalb der Stadt gesorgt. Er konnte natürlich nicht in die geweihte Erde ... aber das stört Euch wohl kaum.« Er verstummte.

»Find'st des wider?«, fragte Mose tonlos. Auf seiner bleichen Stirn erschienen ein paar Schweißperlen. Der Ritter nickte und beschrieb den Ort kurz.

»Ich werde es auch finden«, sprang Luzinde ein. »Der Ritter hat mich auf der Rückreise dorthin geführt.« Sie hatte für Gottschalks Seele gebetet.

»Ihr misst nun geen«, bat Rebekka.

»Ich weiß, dass euer Verlust groß und schmerzhaft ist«, begann Luzinde. »Doch ihr müsst jetzt weiter denken. Ihr müsst eure Gemeinde zusammenrufen. Ihr müsst –«

»Ihr misst nun geen!«, wiederholte die Hausherrin und schob Luzinde zur Tür. »Dies is ein *Schiwa*-Haus.«

Mose und Rebekka ließen sich nicht erweichen. Der Knecht Fischlein, der den Arm noch in der Schlinge trug, leitete sie zur Tür. So standen die Magd und der Ritter nur wenige Augenblicke nach ihrer Ankunft wieder draußen auf der Straße. Der Schnee war dem Regen gewichen. Die Straßen waren voll Schlamm und Matsch. Das alltägliche Leben Nürnbergs floss um sie herum, als wäre dies ein Tag wie jeder andere. Luzinde drehte sich um und starrte auf die geschlossene Tür. Sie hatten sie nicht einmal aussprechen lassen.

»Was bedeutet Schiwa?«, fragte Wenzel.

»Ich weiß es nicht«, bekannte Luzinde. »Ich denke, es ist wohl so was wie eine Trauerzeit.«

»Sie farlassen das Haus auf sieben Tag nit mer.« Luzinde drehte sich um. Dort stand Rosa, die Frau des Ysaac von Schesslitz. »Wer is geschtorben?«

»Gottschalk«, murmelte Luzinde. Die rundliche Frau wurde ebenfalls blass. Die Magd nahm sie bei den Händen. »Rosa, es ist dringend. Ich muss mit Ysaac sprechen. Er wird mir zuhören.« Als ihre Worte mit Tränen beantwortet wurden, fragte Luzinde erschrocken: »Ja, Rosa, was ist denn bloß?«

»Ysaac sizt im Loch, Luzinde«, weinte die rundliche Frau. »Se haben ihn wegen mererer Aussreiden im Kerker eingesezt.«

»Aber was für Ausreden denn?«, fragte Luzinde entsetzt.

»Aless megliche! Er hett zu vil Wucher genomen, und die Prozessionen der Krischten verheemt, und er hett Unzucht getrieben mit einem Krischtenwaib.« Da brach die arme Rosa auf der Straße in Tränen aus. »Aber des hett er nie getan! Und vom Nathan sagen se fast desselbe.«

Luzinde schob Rosa zur Türe ihres Hauses. »Rosa, Liebe, er hat es bestimmt nicht getan. Aber ich fürchte, das ist erst der Anfang. Wir müssen Nathan und Eberlein Bescheid sagen, und wer in eurer Gemeinde sonst noch Einfluss besitzt.« Luzinde verstummte. Sie wollte hier draußen auf der Straße nicht mehr als dunkle Orakel ausstoßen. »Ich muss sie treffen.«

»Ich kan se einladen, Meidel«, versprach Rosa. »Heit oder morgen Abend.«

»Je schneller, desto besser, Rosa«, beschwor Luzinde sie.

»Haste ne Bleibe?«, fragte Rosa, noch immer schniefend.

»Nein.«

»Denn bleibst bei mir, Kind, nit?«

»Sehr gerne, liebe Rosa«, erwiderte Luzinde erleichtert. »Du warst immer so gut zu mir. Ich wünschte nur … ich wünschte, die Zeiten wären nicht so schlimm.« Doch sie biss sich auf die Lippe. Wären die Zeiten weniger schlimm für sie oder die Juden der Stadt, wäre sie nie in Gottschalks Haus gekommen und hätte Rosa niemals kennengelernt.

»Werdet Ihr in Nürnberg bleiben?«, wandte sich Luzinde dann an Wenzel.

»Ja. Ich habe versprochen, für deine Sicherheit zu sorgen. Und ich habe vor, mein Versprechen zu halten.« Luzinde warf ihm einen dankbaren Blick zu.

»De bleibst natirlik auch.« Und trotz Wenzels Protest ließ Rosa sich von diesem Beschluss nicht mehr abbringen. Wenzel erhielt eine Kammer unter dem Dach, die für Gäste vorbehalten war, und Luzinde schlief bei Rosa im Bett. Die beauftragte dann die Mägde und Knechte, Essen zu machen.

»Kann ihn jeder besuchen?«, fragte Luzinde, bevor Rosa hinüber zu Mose ging, um mit ihm *Schiwa* zu sitzen, wie sie es nannte.

»Jeder Jid«, erwiderte die. »Jeder, der ihn treisten will. Aber er wird dich nit seen wollen.«

»Geht er denn nicht zum Gebet?«

»Nein, das wird er nit. Nur am Schabbes.«

»Das ist ja erst übermorgen!« Luzinde schüttelte den Kopf. »Ich muss Mose und Nathan und Eberlein, und am besten alle einflussreichen Juden Nürnbergs irgendwo zusammen antreffen. Ich weiß, wenn Mose erst einmal hört, was ich zu sagen habe, dann wird er mir verzeihen, dass ich ihn in seiner Trauer störe!«

Rosa legte nachdenklich die Stirn in Falten. »Der *Minjan* wird sich jeden Abend bei Mose einfinden, um *Maariw* mit ihm zu beten.«

Luzinde machte ein verständnisloses Gesicht. »*Maariw* – das ist das Abendgebet. Aber was ist …«

»Ein *Minjan* bestet aus den zen Mannen, die's fer Zeremonjen braucht.«

»Müssen die heiligen Riten denn nicht auf geweihtem Boden, in der Schul, vollführt werden?«

Rosa lächelte. »Ne, Kind. De Schul ist nur ein Ort. De Gemeinschaft trifft sich da, nit mer. Des Abendgebet wird nur geschprochen, wenn zen Mannen da sind. Da Mose sein Haus nit verlassen wird, kommt der *Minjan* zu ihm. Und da Gottschalk ein weiser Man war, werden's sicher wichtige Leit sein.«

Luzinde erkannte, wie wenig sie in den letzten Wochen eigentlich über das Judentum und dessen Bräuche gelernt hatte. Das Christentum erschien ihr ungleich einfacher und schlichter. Und doch hatte sie unter Christen nie diesen Willen gespürt, es dem Herrn auch im Alltagsleben in jeder Situation recht zu machen – und gleichzeitig die humorvolle Erkenntnis, dass ein Mensch diese Anforderung niemals fehlerfrei erfüllen konnte.

»Das heißt, Nathan und Eberlein werden heute Abend bei Mose sein?«

»Mit zemindest sieben weiteren Mannen, ja.«

»Und wenn ich das Gebet nicht störe, könnte ich hinterher mit ihnen sprechen?«

»Wenn's wichtig is …«

»Das ist es.« Und damit stand Luzindes Entschluss fest. Rosa ging, trotz ihres eigenen Leids ganz um den Nächsten besorgt, mit der gesamten Familie und einem großen Brett voll Würzfleisch bewaffnet hinüber zu Mose, um mit ihm und der Familie *Schiwa* zu sitzen.

Luzinde setzte sich unterdessen an das Fenster, das zum Hof hinauswies. Sie hoffte, Bel oder Jakob würden herauskommen. Doch bis auf Rahel, die einmal über den Hof eilte, um nach dem Vieh zu sehen, zeigte sich niemand. Es war merkwürdig, jene Heimat, die sie für ein paar Wochen mit Gottschalk und Jakob geteilt hatte, nun aus dem Haus nebenan zu betrachten. Sie erinnerte sich an manche kleinliche Auseinandersetzung, die sie gehabt hatte, und an einige kleine Freuden. Insgesamt schaute sie mit Wehmut zurück. Wie einfach das Leben ihr dort vorgekommen war! Die kleinen Sorgen einer Magd erschienen ihr mit einem Mal beinahe erstrebenswert. Wenn sie an die Zukunft dachte, dann sah sie nur dunkle Wolken am Horizont. Doch mit ein bisschen Glück und Gottes Hilfe würde alles gut werden. Noch hatten sie Zeit! Und mit diesen Gedanken begann sie, sich ihre Worte für den heutigen Abend zurechtzulegen.

Luzinde saß noch am Fenster, als die Männer das Haus von Mose durch die Hintertür betraten. Nathan war dabei, Eberlein ebenso, und die anderen kannte sie nicht oder hatte sie höchstens kurz auf dem Markt gesehen. Ihr Plan ging also auf. Ungeduldig wartete sie dann, bis sie schätzte, dass das Abendgebet dem Ende zuginge. Als sie aufstand, erhob sich auch Ritter Wenzel.

»Ihr müsst mich nicht begleiten. Ich gehe nur kurz über den Hof.«

»Ich komme mit.«

»Aber die Männer werden sich vielleicht bedroht fühlen, Ihr –«

»Ich komme mit.« Sein fester Blick gestattete keine weitere Diskussion.

Auf dem Weg die Treppe hinunter erinnerte Luzinde sich an den vorgestrigen Abend. Ritter Wenzel hatte sie nur gehalten. Auch jetzt war er noch für sie da, stets einen Schritt hinter ihr. Sie erinnerte sich an Gottschalks Worte vor mehr als zwei Monaten, als sie gefragt hatte, wie sie herausfände, ob ein Mensch ihre Liebe wert sei. »Wenn er dich libt, auch wenn's dir nit gut geht. Und wenn er zu dir schtet, auch wenn's kein anderer mer tut. Weißt?«, hatte er damals geantwortet. Erstaunt begann

Luzinde zu begreifen, was er ihr damit hatte sagen wollen. Sie lächelte gedankenverloren.

Jetzt aber huschten die beiden schnell von der einen Hintertür über den Hof und hinein in die andere. Dabei lugte sie kurz zu den Fenstern von Ulrich Stromers Haus hinauf. Stand dort oben jemand und beobachtete sie? Sie konnte es nicht genau erkennen.

Wie erwartet waren die unteren Kammern von Gottschalks Haus leer. Die Juden befanden sich sicher oben in der Diele. Luzinde vermied es, sich groß umzusehen. Ohne Gottschalk wirkte das Haus verlassen. Wie schwer musste erst Mose den Verlust des Vaters empfinden! Sie wünschte, sie könnte ihn mit weiteren schlechten Nachrichten verschonen. Doch sie hatte keine Wahl, wenn sie den Vorsprung nutzen wollte, den König Karl ihr gegeben hatte.

Oben in der Diele angekommen, erwartete Luzinde und Wenzel eine große Gruppe von Menschen, die ihnen teils überrascht, teils ungehalten entgegenblickte. »Dies is ein Schiwa-Haus«, meinte Mose stirnrunzelnd.

»König Karl wird euch nicht schützen.« Die Wirkung von Luzindes Worten hätte nicht größer sein können. Der Raum war still. Sie sah in die Gesichter der Männer und Frauen und las Entsetzen. Allein Jakob, der Bube, der vom Tod noch nichts verstand, schenkte ihr ein kurzes Lächeln.

»Du warst beim Kenik?«, fragte Mose ungläubig. »Alein?«

»Ja«, sprach Luzinde. »Ritter Wenzel hier ist mein Zeuge. Er steht in Karls Diensten.«

»Was macht Ihr hier, wenn Karl uns doch nit schützt?«, fragte Nathan den Ritter grimmig.

Wenzel wusste offenbar nicht, was er darauf antworten sollte, und so sprang Luzinde ein. »Ritter Wenzel soll dafür sorgen, dass euch die Warnung auch sicher erreicht. Ihr müsst gehen. Ihr müsst Nürnberg verlassen, oder es wird schlimm enden.«

»Sagt Karl das?«, fragte Nathan. Seine buschigen Brauen zogen sich missmutig zusammen.

»Du wilst, dass wir Nirnberg farlasen?«, sprang der Judenrichter Eberlein ein. Sein Mienenspiel schwankte zwischen Unglaube und Heiterkeit. »De bist toll, nit?«

»Halt den Mund«, fuhr Nathan ihn an.

Luzinde zögerte. Immerhin ließ man sie ausreden. »Nicht direkt«, antwortete sie auf Nathans Frage. »Er hat mir einen Vorsprung eingeräumt, damit ich es euch sagen kann.«

»Einen Forschprung?«, fragte Eberlein. »Forschprung vor was?«

Sie seufzte. »Vor Ulman Stromer und Götz Scheffein. Sie haben ein Einvernehmen mit Karl getroffen, dass … dass dem Rat eure Habe zusteht, sollte das Volk einen Aufruhr gegen euch machen. Sie wollen den Marktplatz wirklich bauen. Auf dem Boden, auf dem eure Häuser stehen.« Diese Worte ernteten wieder Stille. »Ich muss euch nicht sagen, was das bedeutet.«

»Wenn's stimt, was de sagst, dann hat der Kenik uns farkauft«, sagte Mose. Ritter Wenzel wurde mit unfreundlichen Blicken bedacht.

»Warum sollt Karl des den tun?«, fragte Eberlein in die Runde. »Und warum solt er ein Meidel wie dieses schicken, um's uns ze sagen? Des schtinkt doch!«

»Und selbst wen«, fuhr Nathan dazwischen, »sol'n se doch komen! Wer sind bereit.«

»Bereit?«, fragte Wenzel finster. »Heißt das bewaffnet?«

Nathan lächelte wissend und lieferte sich mit dem Ritter ein Duell der Blicke. »Aber des get doch nit, Herr«, sagte er dabei. »Des dirfen wer doch nit.«

Luzinde legte Wenzel die Hand auf den Arm, um ihn zurückzuhalten. Nathan wollte nur provozieren. Der Ritter presste die Lippen aufeinander und schwieg.

»Aber des is doch wider jede Farnuftigkeit!«, schimpfte Eberlein und stellte sich zwischen die Parteien mitten in den Raum. »De Zeiten sind farbai, in denen de Krischten uns in Nirnberg so hassen, das se uns rausschlaken woln. Se sind nit freindlich, sicher, aber se treffen Einkinfte mit uns. Wer sind doch aless farnuftige Mentschen! Zalen wir ihnen eben mer Geld! Das wird se besenftigen und zeigen, das wer inen von Nutzen sind.«

Luzinde fühlte, dass die Diskussion in dieselbe Richtung ging wie vor ein paar Wochen, bevor Gottschalk und sie aufgebrochen waren. »Mose«, bat sie. »Hör mir zu. Ich schwör dir beim Grab deines Vaters, dass Nürnberg nicht sicher ist für dich, für Rebekka und die Kinder. Ihr müsst hier weg, sonst …«

»Sonst was?«, fragte ein Mann aus dem Hintergrund. Sie erkannte Levi, den Juden aus Pilsen, der sie beherbergt hatte. Der gedrungene Alte trat nach vorne und sah sie kühl an. »Droste uns?«

»Ich versuche nur, die Leute zu warnen, Levi.«

»De hast mich schon mal belogen, als de in mein Haus kamst«, meinte er. »Und als ich dich zur Red gestelt hab, hast imer noch gelogen.«

»Ich … das war doch Gottschalks Idee«, meinte Luzinde verzweifelt. »Mose, du kannst das bezeugen!«

»Ich dacht, es wer deine«, murmelte Mose unschlüssig. »Aber se is schon als Jidene hier aus dem Haus gezogen, zusamen mit dem Foter.«

»Des is mir nit gut genug«, erwiderte Levi.

»Es geht auch nit um dein Haus«, knurrte Nathan.

»Nein, es get um deins, und die aller anderen hier«, bekannte Levi. »Aber wolt'er euer Fartrauen einer Lignerin schenken? Eure Häuser farkaufen? Eure Waiber und Kinder ins Ungewis schlepen? Auf die Schtros, ze einer neuen Schtot, wo ihr ein neues Leben bauen mist?« Er sah sich um und wies schließlich mit dem Finger auf Luzinde. »Was wist er den iber das Meidel, und Gottschalks Tod? Meglich, das se ihn im Schtich gelasen hat! Meglich, das se ihn farschwarzt hat! Und meglich, das se euch nur Angst machen wil, damit ir aus Nirnberg flieht. Das wer ein leichter Streich fir de Ratsheren!«

Auch Luzinde sah in die Gesichter der Männer und Frauen. Die Entscheidung lag bei ihnen, und es war keine einfache. Alles zurücklassen und neu beginnen? Sie wusste, was das bedeutete, und sie wünschte es niemandem. Immerhin hätten die Juden einen gewissen Wohlstand, eine Familie, die zu ihnen hielte, und einige Gemeinden, die ihnen gerne wohltätige Hände entgegenstrecken würden. Trotzdem, es blieb eine schicksalhafte Entscheidung für sie alle.

»Nein«, stimmte Nathan widerwillig zu. »Des wil ich nit.«

»Ich wil's auch nit«, meinte Eberlein. »Des is doch aless Bledsin.«

Luzindes Blick wanderte, wie der aller Anwesenden, zu Mose. Der schien nach wie vor innerlich zerrissen. »De magst Recht haben, Luzinde. Aber einfach so aless zericklasen, das kan ich niemandem raten. Wir solten versuchen ze verhandeln.« Dann sah er sie entschuldigend an. »Dies ist ein *Schiwa*-Haus. Bitte ge.«

»Aber es hat bereits begonnen«, sprach Luzinde leise. »In wenigen Tagen kommt Ulman Stromer aus Prag zurück. In seinem Gepäck trägt er einen Freibrief des Königs, den Marktplatz zu bauen und sich euer Hab und Gut anzueignen, wenn euch etwas geschieht. Wie könnt ihr da hierbleiben?«

Mose lächelte traurig. »Seit der Tempel gefalen is, Luzinde, sind wer schtets auf der Flucht. Wen wer jedes Mal laufen wirden, wenn uns jemand drot, dan stinden wer nit mer schtil.« Und damit löste sich die Gesellschaft auf.

Die Gerüchte über Luzindes Nachricht aber verbreiteten sich unter den jüdischen Familien schnell. Die meisten wollten nicht glauben, dass in der heutigen Zeit in der Weltstadt Nürnberg so Schlimmes würde geschehen können, wie die Christenmagd prophezeite. Nur einige beherzigten in den nächsten beiden Tagen die Warnung und packten ihre Siebensachen, um heimlich die Stadt zu verlassen. Als manche von ihnen wegen Stadtflucht aufgegriffen und eingesperrt wurden, ließ der Rat die Wachen an den Stadttoren verstärken. Spätestens jetzt wurden von den Köpfen der Gemeinde die Bemühungen verstärkt, mit Hosto Stromer und dem Stadtrat Verhandlungen aufzunehmen. Doch der Ratsherr war für keinen von ihnen zu sprechen.

Kapitel 24

Der Tag, an dem Ulman Stromer nach Nürnberg zurückkehrte, war der erste Tag des Dezembermonats; dieser Tag war dem heiligen Andreas geweiht, der den geblendeten Matthäus geheilt hatte. Der graue Morgen hatte sich in einen grauen Vormittag verwandelt und kündigte einen grauen Abend an. Auch Ulman und sein Schimmel wirkten grau im Zwielicht, als er mit Götz Scheffein und dem Rest der Reisegruppe durch das Tor beim Galgenberg hinein und die Königsstraße hoch vorbei am Klarissenkonvent ritt. Man trennte sich hinter der Stadtmauer. Der junge Mann trabte allein weiter.

Während die beschlagenen Hufe des Pferdes tief in den Schlamm vergangener Regentage einsackten, sah Ulman auf und betrachtete die Häuser um sich herum. Vor ihm warteten Sankt Laurentius und das wehrhafte Steinhaus seines Halbbruders Peter. Davon ab zogen sich gerade Gassen durch die Handwerkerviertel. Auf dem Platz vor der großen Kirche, deren krummes Holzgerüst bereits wieder von Arbeitern belebt war, die an der Fassade arbeiteten, hielt er inne und sah nach Norden. Man hatte einen klaren Blick zwischen den Häusern hindurch, über die Flussniederung hinweg und auf den jenseitigen Hang. Dort thronte einer der Streitpunkte dieses Konflikts – die Kaiserburg. Wie eine gemauerte Halbmondsichel saß sie Schulter an Schulter mit der Burggrafenburg auf dem Felsen über der Stadt. Ulman Stromer war einer der wenigen, die wussten, dass die Kaiserburg wieder dem Stadtrat unterstellt sein würde.

Der junge Patrizier bereute, innegehalten und diese Gedanken zugelassen zu haben, denn die Urkunden in seiner Tasche wogen nun schwer auf seinem Gewissen. Sie bedeuteten eine Zeit des Unheils für Nürnberg. Sicher, sein Oheim würde sagen, dass ein Baum beschnitten werden müsse, damit er wieder kraftvoll ausschlagen könne. Doch Ulman war kein Kind mehr; und solche Sprüche dienten nur der Beruhigung schlichterer Gemüter. Manchmal wünschte er sich die kindliche Unschuld zurück, um den Worten des Oheims Glauben schenken zu können. Der konnte solche Entscheidungen kühl angehen. Wie es aussah, verfügte er selbst noch nicht über diese Gabe. Ulman fühlte stets die Frage an seinem Gewissen nagen, ob er richtig handelte, oder ob er gerade dabei war, die schlimmste Entscheidung seines Lebens zu treffen. Oder lag diese schon längst hinter ihm?

Kurz überkam ihn der Impuls, wieder aus der Stadt zu reiten und die Tasche mit Karls Dokumenten in ein schlammiges Erdloch zu stecken. Er könnte Ulrich gegenüber behaupten, dass man ihn überfallen hätte und sämtliches Geld und die Urkunden dabei verlorengegangen wären. Oder dass er und Götz Scheffein in den Verhandlungen mit König Karl versagt hätten. Doch Ulman hatte den Blick, den sein Oheim ihm dann schenken würde, förmlich vor Augen. Noch ein unnützer Verwandter, würde darin zu lesen sein. Und dann würde sein Interesse an dem Neffen und dessen Zukunft so abrupt versiegen, wie es begonnen hatte. Und später, wenn die Wahrheit heraus käme, dass Karl die Dokumente unterschrieben hatte – dann würde die Hölle über Ulman hereinbrechen.

Der junge Mann musste an Luzinde denken. Ihr plötzliches Auftauchen beim König hatte ihn erschüttert. Ulman hatte geglaubt, dass mit Gottschalks Tod die Gefahr vorbei wäre. Er hatte sich schrecklich geirrt. Luzinde hatte dort einen Teilsieg errungen, wo der alte Jude vermutlich versagt hätte. Ulman hatte ihre Willensstärke deutlich unterschätzt.

Er hatte an ihren Augen abgelesen, dass sie sich von ihm verraten und verkauft fühlte. Damit hatte er ihr nur in gleicher Münze heimgezahlt, was er empfunden hatte, als er von ihren Lügen erfahren hatte. Leider hatte Luzinde das *ganze* Ausmaß seines Verrates erahnt und vielleicht bereits Beweise gegen ihn gesammelt … Und nun war sie vermutlich lange vor ihm wieder hier, in Nürnberg.

Die fahlgraue Schimmelstute schlug nervös mit dem Schweif und trat von einem Bein auf das andere. Dem aufgewühlten Mann gelang es nicht, das Tier zu beruhigen. Warum dachte er über diese Dinge noch nach? Er würde seinen Oheim nicht enttäuschen. Alles Zögern jetzt war nur ein Ausdruck seines Gewissens. Er würde lernen müssen, es zur Ruhe zu bringen. Ulman leitete sein widerspenstiges Pferd am harten Zügel zum Zotenberg.

Im Haus des Onkels angekommen, führte ihn ein Knecht in die Schreibstube. Die Kammer war vollgestopft mit Pergamenten, auf denen sich krumme Zahlenkolonnen mit hingekritzelten Warengruppen abwechselten. Briefe mit illustren Siegeln stapelten sich in Regalböden, und offene Kisten bargen ledergebundene Rechnungsbücher und Beutel, die ohne Zweifel mit Münzen gefüllt waren. Anhand dieses Raumes erfasste Ulman immer wieder, was für ein Genie der geschäftlichen Organisation sein Oheim war – er plante stets alles im Voraus, was für das Handelshaus wichtig war. Sogar Geld für die kostbaren Geschenke diverser einflussreicher Würdenträger war mindestens für das kommende Jahr im Voraus beiseitegelegt. Ulrich Stromer überließ nichts dem Zufall. Ulman kam der Gedanke, dass man nicht nur über Waren und Würdenträger Buch führen konnte, sondern auch über Reisen, Geburten, Hochzeiten und Todesfälle in der Familie. Auch da mussten Kosten kalkuliert werden.

»Ulman, mein Junge«, strahlte Hosto nun breit, trat hinter seinem Rechentisch hervor und zog ihn herzlich an die Brust. Dann führte er ihn zu einem Stuhl und schenkte ihm selbst Wein ein. »Du bist endlich zurück. Es ist viel geschehen, seit du fort warst.«

»Es ist auch viel geschehen, als ich weg war, Oheim«, erwiderte Ulman müde. Oft fragte er sich, woher Hosto seine unerschöpfliche Kraft nahm. Er selbst könnte jetzt drei Tage lang durchschlafen.

Ulrich Stromer musterte ihn einen Augenblick erwartungsvoll. »Na, hast du etwas für mich?«, fragte er gespannt. Ulman erkannte einen Hauch des Zweifels in seiner Stimme. Hatte der Oheim ihn fortgeschickt, obwohl er sich nicht sicher war, ob ihm die Aufgabe gelingen würde? War das alles vielleicht gar eine Prüfung gewesen – seiner Tauglichkeit, seines Verhandlungsgeschicks, vielleicht seiner Treue? Ulman dachte bitter, dass er die Erwartungen des Onkels um einiges übertreffen würde, wenn er nun diese Urkunden aus der Ledertasche zöge. Er hielt inne. Mit diesen Urkunden entschied er nicht nur über das Schicksal von Nürnberg, sondern auch über sein eigenes. Wollte er das überhaupt? Wollte er Hosto Stromer zeigen, dass er fähig wäre, das Handelshaus der Familie eines Tages selbst zu leiten? Die Antwort darauf fand sich schnell. Seine Hand wanderte zur Tasche und zog die Dokumente mit dem reichsköniglichen Siegel heraus.

»Karl hat zugestimmt«, sagte er leise.

»Zugestimmt – zu was?«

»Zu allem. Zum Abriss der Judenhäuser. Zum Bau eines neuen Marktplatzes. Zur Freisprechung des Rates von aller Schuld, sollte den Juden etwas geschehen.«

Ulman sah ungläubigen Triumph in den Augen seines Oheims aufblitzen. »Die Kaiserburg?«, fragte er atemlos.

»Bleibt unter Verwaltung des Stadtrates.«

»Die Waldfeste Brünn?«

»Gehört uns.«

Der ältere Mann strich sich über den Bart und entließ dabei den angehaltenen Atem in einem erleichterten Seufzer. »Das ist gut. Junge, das ist gut. Das ist wunderbar!« Hosto schlug Ulman anerkennend auf die Schulter. »Was kostet uns das?«

»Dreizehn Tausend Pfund Haller. Teils an den König, teils an den Burggrafen, teils an den Bischof.«

Diese Summe verschlug Hosto ganz offensichtlich für einen Augenblick die Sprache. »Du hast gesagt zu jedem Preis, Oheim«, verteidigte sich Ulman.

»Ja, das habe ich«, stimmte Hosto stirnrunzelnd zu. Dann nickte er zufrieden. »Wir werden Schulden aufnehmen müssen. Hohe Schulden. Doch das macht nichts. Ich habe noch nie zurückgezahlt, was vereinbart worden ist.« Er ließ seinen Blick kurz auf Ulman ruhen. Dann goss er auch sich vom Wein nach. »Mein Junge, einen solchen Erfolg hätte ich in meinen kühnsten Träumen nicht erwartet! Das ist ein Grund zum Feiern!«

»Danke, Oheim.« Ulman entspannte sich.

»Und, hast du dich bezüglich der Häuser absichern lassen?«

Der junge Mann schloss kurz die Augen und seufzte. »Habe ich, Oheim. Die Urkunde schenkt dir, Fritz Schopper, Götz Scheffein und Leupold Groß die entsprechenden Judenhäuser aus dem Besitz des Königs. Und, ja«, sprach er lauter werdend, bevor Hosto ihn unterbrechen konnte, »du erhältst die beiden Häuser nebenan. Gottschalks Haus.«

Hosto schloss die Augen und schien einen Augenblick lang den Herrn zu preisen. »Ich bin dir sehr dankbar, Ulman. Du hast bewiesen, dass du ein wahrer Stromer bist. Wenn du so weitermachst, wirst du mich eines Tages als Kopf unseres Handelshauses ablösen – wer weiß, vielleicht wirst du mich sogar um ein Vielfaches überragen! Jetzt können wir einen Kauffahrerhof auf dem Zotenberg bauen, der der Familie angemessen ist.«

»Zu viel der Ehre, Oheim«, murmelte Ulman.

»Zu viel der Ehre? Mein lieber Neffe«, rief Hosto aus. »Weißt du eigentlich, was du da gerade zu meiner Tür hereingetragen hast?« Ulman nickte, doch der Oheim fuhr trotzdem fort. »Nichts Geringeres als die Zukunft Nürnbergs hast du geebnet, junger Mann! Du hast den Grundstein dafür gelegt, dass unsere Stadt die erste im ganzen Reich sein wird! Sicher, Bonn wählt den König und Aachen krönt ihn. Nürnberg aber beherrscht von nun an den Handel und wird damit die Kaiser erst auf den Thron bringen.« Der Oheim war beinahe außer sich. »Sollen andere die Ehren erhalten! Das wahre Herz des Reiches wird in Nürnberg schlagen, denn das Blut, das durch seine Adern fließt, ist bares Geld, junger Mann! Und mit dem Geld«, Ulrich Stromer rieb Daumen und Zeigefinger aneinander, »mit diesem Geld kommt die Macht.«

»Wird der König dir da nicht widersprechen, Oheim?«, wagte Ulman einzuwerfen. »Liegt nicht ein Großteil der Macht beim Adel?«

»Beim Adel?«, fragte Hosto belustigt. »Ulman, noch nie ist ein armer Mann zum Kaiser gekrönt worden. Ohne unser Geld werden all die Fürsten, Bischöfe und Ritter in der Bedeutungslosigkeit versinken. Sie kommen und gehen. Wir aber werden bleiben. Die Leute werden sich immer mit Luxus umgeben wollen. Und wir sind diejenigen, die ihn liefern. Du und ich.« Sein Lächeln hatte etwas Wölfisches.

»Das ist eher dein Verdienst, Oheim«, erwiderte Ulman. »Ich war doch bloß der Laufbursche. Und nicht der Einzige, der mit Karl verhandelt hat.« Die Enttäuschung über Karls Gefeilsche saß ihm noch immer in den Knochen. Der König war nicht das ritterliche Vorbild, das Ulman in ihm gesehen hatte.

»Weil Götz Scheffein ja so ein begabter Unterhändler ist, wie?«, lachte der Onkel. »Oh, nein, mein Junge. Stell dein Licht nicht unter den Scheffel. Du hast meine Erwartungen um ein Vielfaches übertroffen.« Dann hielt Hosto Stromer inne. »Ich hörte, Gottschalk ist auf der Reise verschieden?«

Also war Luzinde mit den schlechten Neuigkeiten tatsächlich vor ihm eingetroffen. Kein Wunder, solange wie Karl ihn in den Verhandlungen hingehalten hatte! Doch Ulman wollte nicht über den Tod des Alten reden. Also erhob er sich. »Ja, Oheim. Doch du wirst mich entschuldigen, ich bin müde von dem langen Ritt. Und ich will endlich aus diesen dreckigen Gewändern heraus und ein anständiges Bad nehmen.«

»Geh, nimm ein Bad. Ich werde in die Wege leiten, was noch vor uns liegt. Jetzt können wir das alles endlich zu einem befriedigenden Ende bringen.«

Der Patrizier war schon an der Tür der Schreibkammer, als er noch einmal innehielt. »Willst du das wirklich tun?«

Erstaunt sah Hosto auf. Er ging zu seinem Schreibpult und wühlte in den Urkunden. »Ich sehe keine Alternative. Das Volk von Nürnberg lechzt nach Blut. Mit jedem Tag wird es schwerer, die Menschen davon abzuhalten, es aus den Juden herauszuschneiden.«

»Und wenn man mit ihnen verhandelte? Dass sie Haus und Hofstand zurücklassen und gehen?«

Hosto schaute nachdenklich. »Werden sie das tun? Ich weiß nicht. Außerdem naht der Feiertag. Manche Leute verlangen, dass man sie bis zum Vorabend von Sankt Nikolaus aus der Stadt wirft.«

»Man könnte immerhin mit den Juden reden.«

»Wirst du jetzt wieder weich, Ulman?«

»Nicht weich. Nur vorsichtig. Ich denke, es wäre einen Versuch wert.«

»Na ja, es würde uns eine Menge Unbill ersparen. Wir werden sehen.«

Ulman nickte und ging. Er würde sich ausruhen. Und dann würde er seine eigenen Pläne machen. Er musste darüber nachdenken, wie er Luzinde begegnen würde. Denn die Urkunde sprach den Rat von der Schuld für den Tod jener Juden frei, die in Nürnberg stürben. Nicht aber für den Tod von Juden in Böhmen; dort schützte Karl seine Kammerknechte noch immer mit aller Kraft. Wenn Luzinde in Tachau nachgeforscht hatte, dass er, Ulman, an Gottschalks Tod beteiligt war, dann war sie auch die Einzige, die Klage gegen ihn führen konnte. Und sie hatte selbst gesagt, dass der König den Schuldigen unbedingt finden wollte. Nun, da sie offenbar das Gehör des Königs besaß, bedrohte das Ulmans Existenz. Was also tun?

Der junge Patrizier zog aus den Fakten eine erschreckend nüchterne Konsequenz. Erbleichend stellte er fest, dass es nur einen Ausweg für ihn gab. Vielleicht war er seinem Onkel doch ähnlicher, als er gedacht hatte.

Kapitel 25

Eine Woche lang hatten die Juden seit Luzindes Rückkehr versucht, Ulrich Stromer an den Verhandlungstisch zu bekommen. Eine Woche lang hatte man sie vertröstet. In dieser Woche hatte sich der innere Ring der Stadtmauer für die Juden als Henkersschlinge erwiesen. Unter der Hand erfuhr man ab und an von einzelnen Leuten, die an den Wachen vorbeigekommen waren. Doch die Nachrichten von jenen überwogen, die aufgegriffen und in die Lochgefängnisse geschleift wurden.

Luzinde hatte Nürnberg in dieser Zeit neu kennengelernt. Auf die Bettlerin hatte die Stadt feindlich gewirkt. Als Schabbesgoje in Gottschalks Haus hatte sie sich niemals als ein Teil von ihr empfunden. Nun war sie weder Bettlerin noch Gesinde, sondern trug ein Kleid, das sie als wohlhabend auswies. Mose hatte ihr aus Dankbarkeit für ihren Einsatz eine kleine Summe überlassen, die eigentlich für die Bezahlung von König Karl hatte verwendet werden sollen. Er sagte, es sei nicht viel, doch für Luzinde handelte es sich um ein kleines Vermögen. Was geschah, wenn die kleine Börse aufgebraucht sein würde, daran wollte sie noch keinen Gedanken verschwenden.

Das Verhältnis zwischen Christen und Juden war zum Zerreißen gespannt. Jeden Morgen befürchtete Luzinde, eine Meute zorniger Christen vor Rosas Tür anzutreffen, oder von Übergriffen zu hören. Doch nichts dergleichen geschah. Männer, Frauen und Kinder wurden ausgezischt, wo man ihnen begegnete. Die Zahl der stummen Anklagen wuchs, wie etwa der vor die Haustür gebaute Schuhmacherstand, in den Eingang gekippte Nachttöpfe, in die Kellertreppen geschüttete Misthaufen oder Handwerker, die behaupteten, ihre Ware bereits ausverkauft zu haben, obwohl die Auslage prall gefüllt war. Doch niemand warf den ersten Stein. Es war beinahe, als stünde eine unsichtbare Wand zwischen den jüdischen und den christlichen Bürgern.

Luzinde streifte wie so oft durch Nürnberg. Sie hatte mit Christen gesprochen, um den Hass zu besänftigen. Doch die sahen sich im Recht und von der allgemeinen Stimmung beflügelt. Und was auch immer den Menschen widerfahren war, den Juden wurde stets ein Großteil der Schuld angelastet. Sie war am Ende ihres Lateins. Nun gab es nichts mehr, was Luzinde tun konnte. Ritter Wenzel drängte sie bereits seit Tagen, die Stadt zu verlassen. Doch sie fühlte sich verantwortlich für das, was geschah. Wie hatte Karl noch gesagt? »Du stehst zwischen den Welten. Aber es braucht bisweilen Menschen, die sich nicht für Schwarz oder Weiß entscheiden. Sie leben im Grau. Auch wenn es sich da nicht gut lebt, gehören manche doch dort hin.« Und damit hatte er Recht behalten. Sie kannte die Christen, und die Juden von Nürnberg hatte sie ein wenig kennengelernt. Sie respektierte beide Seiten, auch wenn sie momentan die Christen für ihre Verbohrtheit verdammen wollte, und die Juden für ihre Zaghaftigkeit. Es musste doch eine Lösung geben! Und die Suche nach einer Lösung trieb sie immer wieder auf die Straßen hinaus. Als sie eines Tages zurückkehrte, saß Rosa in Tränen aufgelöst in der Diele.

»Rosa! Guter Gott, was ist denn geschehen?«, fragte sie erschrocken.

»Ich hab Ulrich Schtromer des Haus farkaufen woln, fir des Geld, des er geboten hat«, schluchzte sie, »wen er nur mein Ysaac geen lest.«

»Was hat er gesagt?«

Die Worte waren in dem Schluchzen der Frau kaum zu verstehen. »Er hat gesagt, des Angebot sei abgelaufen! Was sol ich nu machen?«

»Ich weiß es nicht«, flüsterte Luzinde bedrückt. Die Verzweiflung der älteren Frau brach ihr das Herz.

»Kanst nit irgendwas tun?«

»Ich – ich glaube kaum, Rosa. Ich wünschte, es wäre anders. Vielleicht ... du solltest fortgehen.«

»Alein? Ohne den Ysaac? Was sol ich dan tun?«

»Schütze die Kinder, Rosa. Und dich selbst. Und vielleicht ... vielleicht wendet sich ja doch noch alles zum Guten.«

Die Frau schüttelte heftig den Kopf. »Des kan ich nit tun, Luzinde. Ich kan Ysaac nit zuricklasen. Des kan ich nit.«

»Dann schick wenigstens die Kinder weg!«, beschwor Luzinde die Freundin. »Die Straßen sind für euch nicht mehr sicher.«

Rosa schluckte die Tränen hinunter und nickte schließlich. »Des kan ich tun. Aber nur die kleinen.«

»Warum das?«

»Der Rat hat farboten, das ein Jidene, der das Birgerrecht gekauft hat, aus der Schtot wegziht. Des dirfen wer nit, ohne eine große Sume zu bezahlen.«

Dies war die Vorschrift, deretwegen die Juden, die hatten weggehen wollen, aufgegriffen und eingesperrt worden waren. Estellina, eine der Mägde Rosas, kam auf sie zu, in der Hand ein Pergament mit Siegel. »Luzinde?«, fragte sie vorsichtig, denn sie wollte ihre Herrin nicht noch weiter stören. »Des is fer dich.«

Luzinde nahm das Papier und sah auf dem Wachs drei zu einem Dreieck angeordnete Lilien eingeprägt. Stirnrunzelnd erbrach sie das Siegel und las die kurze Botschaft. »Ich habe etwas für dich«, stand da in einer sauberen Handschrift. »Triff mich zur Vesper im Klarissenkonvent. U.«

Luzinde schlug das Herz bis zum Hals. Bei dem, was Ulman für sie zu besitzen vorgab, konnte es sich nur um eines handeln – ihr Kind. Warum schrieb er ihr? War das vielleicht eine Falle? Doch sie verwarf den Gedanken schnell wieder. Was hätte der Patrizier davon, sie, Luzinde, in einen Konvent zu locken?

Der Nachmittag dunkelte bereits früh in den Abend, und Luzinde sah nervös zum Fenster mit den kleinen Butzenglasscheiben hinaus. Sie vertraute Ulman längst nicht mehr. Und doch würde sie gehen. Wenn sie diese letzte Chance vertat, ihren Hannes wiederzusehen, würde sie sich ewig hassen.

Also machte sie sich nach Einbruch der Dunkelheit, als vom Klarissenkloster zur Vesper geläutet wurde, mit einer Kerzenlaterne auf den Weg. Der Gang über die Fleischbrücke und vorbei an Sankt Laurentius fiel ihr nicht schwer. Als sie aber das noch geöffnete Stadttor passierte und in die dunkleren Gassen vor der Mauer gelangte, da wurde ihr schon ein wenig mulmig zumute. Die Dunkelheit lauerte zwischen den Häusern wie ein sprungbereites Tier. Unversehens fand sie sich an die dunklen Schatten in Tachau erinnert, in denen man Gottschalk und ihr aufgelauert hatte. Luzinde ballte die Fäuste und machte sich Mut. Sie hatte halb Böhmen durchreist, da würde sie ja wohl ein paar Dutzend Ellen durch Nürnberg überleben!

Schließlich erreichte sie die grobe Steinmauer, die das Klarissenkloster umgrenzte, schlüpfte durch das Tor hinein, durchmaß den Hof und betrat die Kirche. Sie liebte den warmen Raum der Klarissenkirche. Luzinde zog es, wie sollte es anders sein, zum Altar der heiligen Luzia. Die ehemalige Magd leistete sich eine Kerze und stellte sie für Gottschalk auf.

Die Nonnen bereiteten gerade die Messe vor, während Luzinde sich vor den Altar kniete, bekreuzigte, und Luzia um Schutz und Hilfe bat. Sie sah auf zu dem Bild, auf dem die Heilige mit dem Lichterkranz im Haar in die Dunkelheit einer

Höhle trat, um jenen Christen zu helfen, die sich vor der Verfolgung verbergen mussten. Auf ihrem Gesicht stand Furcht, vermutlich vor der Dunkelheit und dem Unbekannten, aber auch Entschlossenheit. Sie hatte so viel gewagt, so vielen geholfen – und das im stetigen Wissen, dass ihr Handeln sie das Leben kosten konnte. Luzinde wünschte, sie wüsste wie die Heilige einen Ausweg aus dem Elend, in dem sie steckte, und hätte den Mut, ihn zu beschreiten.

Vom Hochaltar her drangen inzwischen die Worte eines Priesters, der mit der Psalmenlesung begonnen hatte. Jemand kniete sich neben sie vor den Luzienaltar und sah zu ihr herüber. Ulmans schönes Gesicht versetzte ihrem Herzen einen Stich.

»Ich war mir nicht sicher, ob du kommen würdest.«

»Ich auch nicht. Was wollt Ihr, Herr Stromer?«

»Du kniest vor dem Altar unserer Hausheiligen«, sprach er, statt auf ihre Frage einzugehen. »Sie ist deine Namenspatronin, nicht wahr? Das hätte uns fester verbinden sollen. Hätte ich von Anfang an gewusst, dass du eine Christin bist –«

»Ulman«, unterbrach Luzinde ihn ungeduldig. »Ihr schriebt mir, Ihr hättet etwas für mich?«

»Ja. Lass uns dort hinübergehen.« Er wies in die Ecke des Nordflügels, die vom Chor her nicht einsehbar war. Sie gingen hinüber, und Ulman musterte sie mit dunklen Augen, als er weitersprach. »Ich möchte mit dir über dein Kind sprechen.«

»Woher wisst Ihr davon?«

»Das ist nicht wichtig. Es wurde mit einer Glückshaube geboren, nicht wahr? Vor fünf Jahren am Tag des heiligen Virgilius? Man hat die Glückshaube in sein Gewand eingenäht, damit es behütet wird. Und du hast dafür ein Luzienamulett erhalten.«

Luzinde rang um ihre Fassung. War jener siebenundzwanzigste November wirklich vor fünf Jahren gewesen? Wegen all der Sorgen hatte sie dieses Jahr zum ersten Mal den Jahrestag der Geburt vergessen. Sie wandte sich ab. Konnte er das von Margaret wissen? Die wusste gar nicht alles – das taten nur die Nonne, die ihr Kind genommen hatte und ihr Vater. »Wo ist es?«, fragte sie mit zitternder Stimme.

»An einem sicheren Ort.«

Luzinde liefen die Tränen über die Wangen. Mit einem bitteren Lächeln drehte sie sich wieder um, entschlossen, die Beherrschung zu wahren. »Was wollt Ihr?« Ulman begegnete ihrem Blick kühl. Warum hatte sie die Grausamkeit, die er besaß, damals nicht gesehen, als sie sich in ihn verliebt hatte? Sie hasste sich dafür, dass sie diesem Menschen so viel von sich selbst offenbart hatte.

»Sind die Juden bewaffnet?«

Luzinde wurde bleich. Natürlich kannte sie so manches Detail, das für die Stromers bei einem Kampf von Bedeutung sein würde. Doch ihnen von Nathan von Grevenbergs Absicht zu berichten, die Juden zu bewaffnen, grenzte nicht nur an Verrat.

»Ich habe gefragt, ob sie bewaffnet sind!«

»Gebt Ihr mir dann mein Kind wieder?«, fragte Luzinde mit bebenden Lippen.

Ulman verschränkte die Arme vor der Brust und starrte sie eindringlich an. Dann sah er zu Boden. »Ja.«

Luzinde ließ die Schultern hängen. Ihr Herz schlug höher, doch gleichzeitig wühlte bereits das schlechte Gewissen in ihren Eingeweiden. Die Frage, ob sie auf den Handel eingehen sollte, stellte sich nicht. Sie konnte nicht anders.

»Sie sind bewaffnet.«

»Wie stark?«

»Schwerter.«

»Und sonst?«

»Spieße.«

»Schusswaffen?«

Luzinde schwieg. Sie hasste sich bereits jetzt.

Ulman trat einen Schritt heran und senkte seine Stimme. »Haben sie Schusswaffen?«, fragte er langsam.

Luzinde nickte. »Ja«, hauchte sie, während ihr die Tränen über die Wangen liefen. »Armbrüste.«

»Wie viele?«

»Ich weiß es nicht.«

»Wie viele?«

»Ich weiß es nicht!«, rief sie, und ihre Stimme hallte durch das Kirchenschiff. Dort herrschte für einen Augenblick Stille. Dann löste sich eine Nonne in der Tracht der Klarissen und kam herüber. Sie schenkte Luzinde einen merkwürdigen Blick.

»Ulman, was geht hier vor?«

»Nichts, Schwester Elisabeth«, beschwichtigte Ulman.

»Dann macht doch bitte nicht so einen Lärm, ja?«

»Natürlich, liebe Tante«, erwiderte der junge Mann. Als sie ging, setzte er hinzu: »Als wäre es hier sonst leiser und andächtiger.«

»Bitte, Herr Ulman, Ihr müsst mir glauben – ich kann Euch nicht sagen, wie viele Armbrüste sie haben. Bitte lasst das nicht an meinem Kind aus!«

Ulman starrte auf den Altar der heiligen Luzia, als ringe er um eine Entscheidung. Endlich nickte er düster. »Erfülle mir eine Bedingung.«

»Welche?«

»Du verschwindest noch heute Nacht aus Nürnberg und kehrst niemals wieder zurück. Dann vereinige ich dich mit dem Kind.«

Luzinde zögerte nicht. »In Ordnung.«

»Triff mich in der Nacht zum Komplet jenseits des Laufer Tores. Da ist ein Fuhrhof am Judenfriedhof. Kennst du den?«

Luzinde nickte. »Pack deine Sachen. Ich werde dir ein wenig Geld mitgeben. Und dann zieht ihr beiden fort und betretet Nürnberg nie wieder.«

»Warum tut ihr das alles?«, hauchte sie vorwurfsvoll.

Ulman zuckte mit den Schultern. »Die Juden müssen weg. Nürnberg braucht Geld. Niemand wird uns belangen«, erwiderte er knapp.

»Gott wird Euch belangen«, meinte Luzinde mit einem Knoten im Hals.

»Gott braucht weder Gold noch Macht zum Überleben.«

»Brauchen tut Ihr das auch nicht. Ihr habt Euch dafür entschieden.«

»Sei einfach heute Nacht beim Fuhrhof«, fuhr Ulman sie an. Dann drehte er sich um und wollte schon gehen, doch er hielt noch einmal inne. »Noch was«, meinte er mit rauer Stimme. »Bring deinen Schoßhund nicht mit.« Dann ging er und ließ sie zurück.

Luzinde wandte sich zum Luzienaltar und fiel auf die Knie. »Vergib mir, Heilige«, weinte sie. »vergib mir alle meine Verfehlungen. Wenn ich das irgendwie wiedergutmachen kann, dann will ich es tun!« Sie drückte sich die Fäuste auf die Augen, um den inneren Schmerz zu betäuben, und lauschte auf eine Antwort. Im Kirchenraum sangen die Klarissen gerade das De profundis. Ihre hohen Stimmen hallten im der heiligen Klara geweihten Kirchenraum von allen Wänden wider. Sie hatte diesen Psalm stets mitgesprochen, wenn er für Tote gesagt wurde, doch erst jetzt schien sie wirklich zu verstehen, was er ihr sagen wollte: Würdest du, Herr, unsere Sünden beachten, Herr, wer könnte bestehen?

»Aus der Tiefe ruf ich, Herr, zu dir … Achte auf mein lautes Flehen«, murmelte sie. Doch Luzinde erhielt keine Antwort auf ihr Gebet.

Zurück in Rosas Haus begann Luzinde hastig zu packen. Aus der Küche nahm sie sich leise einen Laib Brot, etwas Käse sowie einen Bierschlauch. Die Magd war glücklicherweise längst im Bett, da sie früh aufstehen musste. Als Luzinde die Treppe hinaufging, hielt sie inne und öffnete das Fenster zum Hof. Draußen schwebte eine Laterne beim Rosenbusch. Sie sah näher hin und erkannte Jakob, der im Dunkeln Hagebutten erntete. Bestimmt hatte er damit eine kleine Garstigkeit vor. Sie lächelte wehmütig und machte kehrt. Sie hatte seit ihrer Rückkehr auf eine Gelegenheit gewartet, dem kleinen Lausbuben allein im Hof zu begegnen. Von ihm wollte sie sich wenigstens verabschieden.

»Sei gegrüßt, Jakob, Sohn des Mose«, sprach sie ihn ganz förmlich an, nachdem sie in den dunklen Hof getreten war.

Das brachte ihn dazu, seine kleine Stirn zu runzeln. »Luzinde – is was? De schprichst doch sonst nit so komisch.«

»Nein«, gab sie zu. »Ich weiß nicht, wie man sich benimmt, wenn *Schiwa* gesessen wird. Ich möchte nicht respektlos erscheinen.«

»Ich weiß des auch nit«, bekannte der Kleine. Die gedankenlose Trauer eines Kindes huschte kurz über seine Züge. »Ich mag nur, das der Zeydel wider komt.« Er sah auf die durch den Frost verschrumpelten Früchte in seiner Hand und pulte verlegen an der Schale.

»Das fände ich auch schön«, presste Luzinde hervor. Was sollte sie dem Jungen nur sagen? »Aber Gottschalk kommt nicht wieder. Er …«, sie stockte. Sie wusste nicht, wie die jüdische Sicht der Nachwelt war. »Er ist jetzt an einem besseren Ort, wo ihm nichts mehr zustoßen kann.«

Er sah fragend zu ihr auf. »Kan ich ihn da besuchen?«

»Nein«, Luzinde musste wider Willen lächeln und strich ihm über das Haar. »Aber du wirst ihn wiedersehen, irgendwann.«

»Wann?«

»Wenn du alt und grau geworden bist und einen Stall eigener Kinder und Kindeskinder besitzt, und es auch für dich Zeit ist zu gehen.«

»Aber ich will den Zeydel jezt seen«, schmollte der Kleine mit Feuchtigkeit in den Augen. Wenn schon Erwachsene dem Tod verständnislos gegenüberstanden, wie musste es dann erst den Kindern gehen?

Impulsiv nahm Luzinde das Kind in den Arm. »Nur Geduld. Das Warten lohnt sich.«

Der Junge legte seinen warmen Kopf auf ihre Schulter und schmiegte sich an sie. »Na gut«, murmelte er. »Dann wart ich halt ein wenig.«

Luzinde schloss die Augen. »Und derweilen lebst du dein Leben, so, wie der Gottschalk das gewollt hat.« Gleichzeitig bekam sie beinahe Angst. Bald würde sie ihren eigenen Sohn so im Arm halten. Was mochte er in seinem Leben alles erduldet haben? Welche Freuden, welches Leid hatte er erfahren? All das wusste sie nicht, und sie konnte es nicht mit ihm teilen, wenn sie ihn wiedersähe. Sie würden einander begegnen wie Fremde. Und doch schlug das Herz der jungen Frau höher bei dem Gedanken, dass sie den weiteren Weg nun zusammen gehen würden. Damals, vor fünf Jahren, da hatte die Angst sie beherrscht. Die Angst vor der Zukunft, die Scheu vor Ausgrenzung und Verantwortung, ja vor dem Leben – erstaunt horchte Luzinde in sich hinein und stellte fest, dass hiervon nur wenig geblieben war. Und sie dankte dem Herrgott dafür, dass sie die Chance erhielt, alles zum Guten zu wenden.

»Luzinde? Get's dir gut?«

»Ja«, murmelte sie. »Mir geht es gut. Sammel deine Hagebutten ein und lauf ins Haus. Deine Mutter wird dich vermissen.«

»Gut, Luzinde.« Der Bursche kicherte und lief davon.

Der Gehorsam des Buben machte die Magd misstrauisch. Im selben Moment hörte sie ein Klappen von oben, doch als sie zum Haus emporsah, da waren alle Fensterläden geschlossen. Dann verspürte Luzinde ein Jucken am Rücken. Sie verrenkte den Arm, um die Stelle zu erreichen, doch sie lag gerade außerhalb ihrer Reichweite, zwischen den Schulterblättern. Sie schüttelte sich und versuchte, das Jucken zu ignorieren, doch statt besser zu werden, breitete sich das Picken und Zwicken eher noch aus. Also lehnte sie sich an den Türrahmen von Rosas Hofeingang und rieb sich. Als es ihren Rücken hinabrieselte, da musste sie lachen. Natürlich! Der kleine Teufel Jakob hatte ihr die Samen der Heckenrose, die er aus der Frucht gepult hatte, auf den Rücken gestreut! »Du Biest«, zischte sie grinsend. Als das Jucken erträglich geworden war, sammelte sie ein paar der Früchte ein. Vielleicht machte sie ihrem Sohn damit eine Freude.

Luzinde trat in Rosas und Ysaacs kaum erleuchtete Stube. Sie wollte sich zurückziehen und ihr Gepäck zusammensuchen. Sie gestand sich ein, dass sie auch Rosa und Wenzel aus dem Weg gehen wollte. Sie mochte die beiden über ihre Abreise nicht belügen. Doch Wenzel saß bereits auf der Bank an der Tür und wartete auf sie. Er erhob sich, als sie zur Treppe ging.

»Luzinde«, begann er, »ich würde dich gerne sprechen, ich –«

»Ich bin sehr müde, Wenzel«, unterbrach sie ihn schnell. »Ich möchte mich eigentlich nur hinlegen.«

»Hinlegen«, murmelte er, offenbar ein wenig betreten. »Ich – nun gut, dann –«

Doch bevor er ausreden konnte, ging die Tür hinter Luzinde wieder auf. Mose und Rebekka baten um Einlass.

»Luzinde!«, rief Mose. »Wer brauchen deinen Rat!«

Luzinde hatte sich schon wieder der Treppe zugewandt. Sie wollte die Freunde nicht brüskieren, doch sie traute sich selbst nicht so ganz, ihre Abreise heute Nacht geheim halten zu können. Und sie wollte ihnen auch nicht ins Gesicht sehen und mitteilen müssen, dass sie sie im Stich lassen würde. »Ich wollte eigentlich gerade –«

»'s wird schlimm«, unterbrach Rebekka, deren geschwollene Augen verrieten, dass sie geweint hatte. »Was in der Schtot forget, das is zum Firchten, Luzinde.«

»Wer hetten gleich geen solen, als de uns von den Plenen des Rates erzelt hast«, murmelte Mose dazu.

Luzinde seufzte. Nein, sie konnte die Freunde nicht einfach so hier stehen lassen. »Das alles konnte man damals doch noch nicht voraussehen, Mose«, tröstete sie den Mann. »Hinterher ist man immer schlauer.«

»Aber damals hetten wer noch geen kennen. Nu lassen se uns nit mer.«

»Wieso lassen sie euch nicht mehr?«, fragte Luzinde besorgt.

»Der Rat lesst ab und an Jidene aus der Schtot weg, wen se sich freikaufen. Is teier, und man darf kaum was mitnemen. In der lezten Woch gab's so file Anfragen wie nie von Jidenen, die sich freikaufen wollten.« Seine Stimme war dunkel, als er fortfuhr. »Se haben keinem die Genemigungen erteilt. Keine einzik.«

»'s wird schlimm«, klagte Rebekka noch einmal.

»Herr Wenzel, meint' er, wer komen hier noch lebend raus?«, fragte Mose verzweifelt.

»Nicht durch die Tore«, erwiderte der Ritter. »Nicht heimlich. Der Rat wird dort sicher Wachen verstärkt haben, um Juden, die mit Sack und Pack aus der Stadt fliehen wollen, aufzuhalten. So würde ich's zumindest tun.«

»Und dan haben se 'nen Grund, uns anzeklagen«, nickte Mose. »Und wen wer heimlich iber de Mauern geen? Wer kenen eine Wache bestechen.«

»Möglich«, warf Luzinde ein. »Aber alle Juden durch ein Tor herausbringen? Wie viele seit ihr denn?«

»Eintausendfünfhundertundeinundzwanzig.«

»So viele?«, fragte Wenzel ungläubig.

»So genau wisst ihr das?«, kam gleichzeitig von Luzinde.

Mose zuckte mit den Schultern. »Wer zalen de Schteuern fer ale zesamen, nit einzeln. Da missen wer das wissen.«

Luzinde sah Wenzel an. »Bekommt man eineinhalb Tausend Menschen heimlich durch ein Tor hinaus?«

»Man bekommt eineinhalb Tausend Menschen nirgendwo heimlich hinaus«, brütete der. »Aber nach dem, was Mose erzählt, werden auch gar nicht alle weg wollen.«

»Nein, aber ein gros Teil«, sagte Rebekka bedrückt. »Bestimt de Helfte.«

»Das ist gut«, meinte Luzinde. Der Entschluss der Juden, auch zu fliehen, erleichterte ihr Gewissen. »Je mehr die Stadt verlassen, desto weniger werden zu leiden haben.«

»Und umso schwieriger wird es, sie hinauszubringen«, warnte Wenzel. »Du weißt nicht, wie langsam eine Menschenmasse sein kann, Luzinde. Sie haben Angst, sie sind verwirrt, keiner weiß genau, was zu tun ist – von Alten und Kindern ganz zu schweigen.« Er schüttelte den Kopf. »Ich weiß keinen Ausweg.«

Betrübt schaute Luzinde zu Boden. »Ich auch nicht.« Sie wünschte sich hinauf, in die Einsamkeit ihrer Kammer.

»Meglicherweis hat Nathan Recht«, murmelte Mose. »Meglicherweis missen wer kempfen.«

Seine Worte machten Luzinde Angst. Nürnberg war voll des Hasses auf beiden Seiten. Jeder hatte sich irgendeine Waffe besorgt. Und sie alle wurden durch den Ring der Stadtmauer so zusammengedrängt, dass es unweigerlich zum Schlimmsten kommen musste. Luzinde wollte Mose davon abraten. Schließlich war er eher Gelehrter als Kämpfer. Aber welches Recht besaß sie noch, auf ihn einzuwirken? Sie selbst würde dann bereits fort sein. Nein, Mose und die Seinen mussten wissen, was am besten für sie war. »Vielleicht will Hosto Stromer genau das«, warnte die junge Frau trotzdem. »Dass ihr den Anfang macht. Und Nathan gibt ihm seinen Willen.«

Das Klopfen an der Hintertür ließ sie alle zusammenzucken. Rahel steckte ihren glühenden Kopf zur Hintertüre herein. »Es kam ein Briw.«

»Nit jezt, Rahel«, stöhnte Mose.

»Aber er is vom Schtromer«, fuhr Rahel fort.

»Vom Stromer?«, fragte Wenzel misstrauisch und erhob sich, um den Brief in Empfang zu nehmen. »Von welchem?« Luzindes Herz klopfte schneller. Hatte das etwas mit Hannes zu tun?

Der Ritter reichte den Brief an Mose weiter. »Für Euch.«

Mose nickte dankbar, erbrach das Siegel mit dem Dreieck aus Lilien und las. »Hosto wil farhandeln.«

Luzinde sah in Gesichter, die ihre eigene Ratlosigkeit widerspiegelten. »Er will verhandeln? Warum jetzt?« Und wie passte das mit Ulmans Angebot zusammen, sie aus der Stadt zu schicken?

»Und warum überhaupt?«, brummte Wenzel. »Der führt doch etwas im Schilde.«

»Meglicherweis tut er das«, sagte Mose. Doch in seinen Augen glühte der Hoffnungsfunke. »Aber wir missen trotzdem geen. Meglicherweis meint er's erlich.«

Wenzel schnaubte verächtlich. »Der alte Stromer ist so ehrlich wie eine Kreuzotter. Er beißt zu, wenn du gerade nicht hinschaust.«

Luzinde nickte.

»Und was sagst du, Luzinde?«, fragte Mose. Die ehemalige Magd wünschte sich weit fort. Doch sie war ihm eine Antwort schuldig. »Ich denke, ihr solltet trotzdem gehen. Vielleicht könnt ihr den Stromers klarmachen, dass es sich nicht lohnt, die Juden von Nürnberg zu ermorden.«

»Wir? Komst nit mit?«

»Nein«, murmelte sie. Die anderen starrten sie erstaunt an.

»Aber Luzinde«, bat Mose eindringlich, »de hast mit Kenik Karl geschprochen. De musst dabei sein!«

»Aber ich –«

»Luzinde, ich bitt dich – de musst uns helfen. Fer Gottschalk.«

Luzinde wurde heiß und kalt. Schon morgen wäre sie gar nicht mehr in der Stadt. »Also gut«, hauchte sie trotzdem. Sie wollte sich nicht auf eine Diskussion einlassen.

»Wunderbar«, sprach Mose erleichtert. »Ich wird dem Hosto gleich einen Briw zuricksenden.«

Luzinde drehte sich schnell um und ging die knarrende Treppe hoch. Sie begann bereits sich auszumalen, wie Mose, Rosa und Wenzel die Enttäuschung in die Gesichter geschrieben stünde, wenn sie morgen herausfänden, dass sie fortgegangen war. Sie biss sich auf die Unterlippe. Noch hatte sie die Wahl. Doch sie hatte ihr Kind schon einmal für Gottschalks Familie aufgegeben. Ein zweites Mal brachte sie das nicht fertig. Sie würde Nürnberg verlassen. Das Schicksal ihrer Freunde lag nun in Gottes Hand.

Von Rosas Stube, die liebevoll mit getrockneten Blumen und allerlei Kostbarkeiten geschmückt war, ging die Schlafkammer ab, die die Jüdin im Augenblick, da Ysaac im Loch saß, mit der Christin teilte. Sie packte die Nahrungsmittel erst einmal auf die Bettstatt und schaffte Platz in ihrem Rucksack.

»Du liebst diese Leute wirklich, was?«

Luzinde fuhr herum und stellte sich vor die Vorräte, die offen auf dem Bett lagen. Ritter Wenzel war ihr gefolgt und stand nun in der Tür. Er hatte Rüstung, Helm und Wappenrock abgelegt und trug nur eine schlichte Tunika aus dunkelgrünem Wollstoff über dem Untergewand. Er wirkte erstaunlich schlank und aufrecht ohne das Kettenhemd, das seiner kräftigen Kämpferstatur sonst die Form eines Mehlsackes verlieh. Sein braunes Haar war gewaschen und zurückgekämmt, der Bart sorgfältig gestutzt. Die Verwandlung war so verblüffend, dass die ehemalige Magd einen Augenblick lang irritiert war. Seine Augen wirkten verletzlich.

»Sie liegen mir am Herzen«, erwiderte sie widerwillig.

»Das sieht man. Der Junge hat dich sehr gern. Er benimmt sich ein wenig wie mein Bruder früher. Ein Lausejunge vor dem Herrn, der …« Doch er brach ab. »Hast du keine Sorge um sie? Wenn du doch weißt, dass ihre Seelen zur Verdammnis verurteilt sind?«

Luzinde fühlte Widerspruch in sich wachsen. »Sorgt Ihr Euch um meine Gefühle oder um ihre Seelen?« Wenzel wich ihrem Blick aus. »Ich wollte es auch erst nicht wahrhaben«, fuhr sie fort. »Seht Euch diese Leute doch einmal an. Steht in ihren Augen denn nicht dieselbe Freude über die schönen Seiten des Lebens geschrieben? Und steht dort nicht dieselbe Furcht vor dem Üblen, vor Gewalt und Tod? Sie unterscheiden sich doch gar nicht von uns, Wenzel! Hätte der Herrgott denn seinen Sohn zu einem der ihren gemacht, wenn er das Volk so verachten würde?«

Der Mann schwieg nachdenklich, das Gesicht im Zwielicht. »Ich weiß es nicht«, murmelte er schließlich. »Aber die Priester sagen …«

»Die Priester sind auch nur Menschen, Wenzel«, lächelte Luzinde. Hatte die Alte in Rokytzan nicht etwas Ähnliches gesagt? Jetzt verstand sie deren Worte. »Man muss seinem Herzen vertrauen.«

Er schüttelte den Kopf, als müsse er seine Gedanken klären. »Ich weiß nicht. Wenn ich meinem Herzen vertraute, würde ich jetzt etwas tun, mit dem ich Eure Tugend beleidigte, und ich weiß wirklich nicht …« Er sah verwundbar zu ihr herüber und setzte neu an. »Ich weiß nicht, ob das nicht vielleicht ein Fehler wäre.«

Luzinde fiel das Atmen plötzlich schwer. »Bisweilen ist es das Wagnis wert«, gab sie leise zurück. »Denn ob's ein Fehler ist oder nicht, das weiß man erst hinterher.«

Das Schweigen lastete einen Augenblick drückend auf dem dunklen Raum. Dann löste Wenzel sich aus dem Schatten an der Tür und trat Schritt für Schritt näher, bis er schließlich vor ihr stand. Luzinde fühlte förmlich, wie der Raum zwischen ihnen schwand. Es war, als könnte sie ihn auf der Haut fühlen, obwohl er doch sicher eine Elle vor ihr stand. Dann streckte er die Hand aus und berührte ihre Schulter, als sei sie ein verletzbarer Vogel. Er zog sie vorsichtig, fast ungelenk, zu sich heran und legte ihr erst die eine, dann die andere schwielige Hand an die Wange. Sie spürte seinen Atem auf dem Gesicht, und die Barthaare kitzelten ihre Haut. Schließlich berührten seine Lippen die ihren. Die Liebkosung geschah so weich, so vorsichtig, wie die junge Frau sie dem Ritter kaum zugetraut hätte. Es war, als fürchte er, sie zu verletzen.

Luzinde drohte sich in diesem Kuss zu verlieren. Sie erinnerte sich an den ersten Blick, den sie getauscht hatten, als er den Baldachin des Königs getragen hatte. An die Begegnung in Hirschau, wo er sie den Nürnberger Patriziern vorgezogen hatte. An die Konfrontation am Luzienschrein, als er so wütend schien, dass er ihr nicht vertrauen konnte. Und an die Nacht, in der sie für Bruder Ambrosius' Seele gebetet hatten. Vom ersten Augenblick an waren sie einander verbunden gewesen, das spürte Luzinde nun.

Als sich ihre Lippen voneinander lösten, schloss Wenzel sie in die Arme. »Luzinde«, sprach er mit rauer Stimme. »Was soll nur aus uns werden?«

»Was immer aus uns wird, Wenzel«, gab sie zurück. Sie hielt ihn ebenfalls fest. Sein warmer Körper spendete ihr Halt. Er hatte natürlich Recht – er war von Stand, sie nur eine entwurzelte Schreiberstochter. Doch sie mochte sich keine Sorgen um die Zukunft machen.

Die Zukunft! Siedend heiß fiel Luzinde ein, dass sie heute Nacht ja fortgehen wollte, um ihren Sohn zu finden und mit ihm die Stadt zu verlassen. Und sie durfte Wenzel nicht mitbringen, wenn sie das Kind abholen ging.

»Luzinde, ist etwas?«, fragte Wenzel, der offenbar merkte, dass etwas nicht stimmte. Plötzlich schob er sie unsanft beiseite. Luzinde schloss die Augen – er musste ihren Rucksack gesehen haben. Unverständnis zeigte sich in seinen Zügen. »Du wolltest verschwinden?«

»Ich – ja.« Sie trat zurück. Sie setzte zum Sprechen an, doch sie brachte es nicht heraus. Musste sie sich zwischen Wenzel und ihrem kleinen Hannes entscheiden? Sie verfluchte das Schicksal, dass sie jetzt erst zusammengeführt hatte. Doch sie konnte nicht mehr zurück – nicht dieses Mal. Sie wollte ihren Hannes nicht noch einmal verlieren. Also drehte sie sich um, steckte Brot und Käse sowie die Hagebutten zum Gepäck und schnürte es zu.

»Ohne mit jemandem darüber zu sprechen?« Seine Verwirrung machte Verletztheit Platz. »Ohne mit mir zu sprechen?«

»Das ist allein meine Sache.«

»Eure – deine Sache?«, fragte der Ritter verblüfft. »Aber ich dachte … Eben gerade dachte ich …« Schließlich klappte er den Mund wieder zu. »Ich bin ein Esel.«

»Wenzel, das hat nichts mit dir zu tun!«

»Ach nein? Womit dann?«

Sie schwieg und wich seinem Blick aus. Er wartete nur kurz auf eine Antwort. »Ich sollte glücklich darüber sein, dass du die Stadt verlässt«, stellte er dann fest. »Aber warum habe ich den Eindruck, dass du wegläufst?«

»Wovor – vor dir?«

»Vor deiner Verantwortung hier in Nürnberg!«

»Was soll ich hier noch tun«, verteidigte sie sich. »Die Menschen wollen nicht hören. Der Rat will nicht verhandeln. Also was soll ich hier noch?« Doch ihr glühender Kopf strafte ihre Worte Lügen.

»Und stattdessen gibst du lieber auf, nachdem du so hart gekämpft hast?«

»Ich kann nichts aufgeben, was schon längst verloren ist, Wenzel«, meinte Luzinde bedrückt. »Sieh dich doch um!«

»Und darum lässt du jene im Stich, die deiner Hilfe bedürfen?«, erwiderte Wenzel ungläubig.

»*Du* hast mich doch angefleht, die Stadt zu verlassen!«

Er schnaubte. »Da gab es auch nicht die kleinste Aussicht, eine friedliche Einigung zu erzielen. Aber lauf nur weg.«

»Was soll denn das nun bedeuten?«, fragte Luzinde ärgerlich. »Du weißt ja gar nicht –«

»… dass du den leichten Weg wählst?«, knurrte Wenzel. »Das weiß ich sehr wohl. Aber geh nur. Vermutlich hast du Recht. Du kannst hier nichts mehr bewirken.« Damit drehte er sich um und ging.

Luzinde starrte wütend auf ihren Rucksack. Sie wusste, dass der Ritter sie mit seinen Worten hatte verletzen wollen. Er fühlte sich zurückgewiesen. Doch das linderte den Schmerz nicht. Was ging es ihn überhaupt an? Er verstand sie nicht.

Bei diesem Gedanken blutete Luzinde das Herz. Sie hätte niemals gedacht, dass sie die Verachtung eines Menschen derartig verletzen würde. Doch Wenzels Worte gingen ihr näher, als die Strafe, mit der die Lügnerin Luzinde aus Pillenreuth verjagt worden war, als die Tritte, die der Bettlerin Luzinde gegolten hatten, und die Schimpfworte, mit denen man die Jüdin Luzinde belegt hatte. Sie gab sich ihren Tränen hin. Warum nur taten seine Worte so weh?

Schließlich legte sie sich angekleidet unter die Decke. Sie tat so, als schliefe sie. Irgendwann kam Rosa herein und legte sich leise dazu. Bald würde zum Komplet gerufen werden.

Irgendwann kehrten ihre Gedanken zu der bevorstehenden Reise zurück. Sie würde Nürnberg heute Abend verlassen. Und sie würde endlich zum ersten Mal ihren Sohn in den Armen halten dürfen.

Der dunkle Klang der Glocken von den Klostertürmen Nürnbergs hallte durch die wie ausgestorben wirkenden Straßen. Er trug weit durch die kalte Luft, um Mönche und Nonnen zum Gebet zu rufen. Der nächtliche Frost ließ die Rauchsäulen über den auskühlenden Schornsteinen der Häuser fast senkrecht in den Himmel steigen. Zusammen verliehen Glockenklang und Rauch der Stadt einen täuschend friedlichen Eindruck.

Luzinde schreckte aus dem Dämmerschlaf auf. Sie war eingeschlafen! Nun war es spät – fast zu spät! Schnell sprang sie auf und griff nach ihrem Rucksack. Sie hoffte, dass Rosa sie nicht hörte, während sie hinausschlich, und atmete erst auf, als sie die Tür des Hauses auf dem Zotenberg hinter sich schloss. Mit einem letzten Blick auf die schmale Front von Gottschalks Haus, das nun an Mose übergegangen war, schlang Luzinde den Umhang um sich und kehrte dem Ort, der ihr für einige

Monate Heimat gewesen war, den Rücken. Sie wandte sich zuerst in Richtung Dominikanerkloster und bog dann in die Gasse zum Laufer Tor ab.

Auf Höhe des Aegidienklosters wurde Luzinde ängstlich zumute. Sie wünschte sich, sie könnte achtsamer sein. Doch sie hatte es eilig! Zu ihrem Glück waren die Straßen gähnend leer. Ihre Trippen sanken knirschend tief in den Schlamm ein. Hinter den Klostermauern zu ihrer Linken ertönte Gesang. Die Musik mehrte ihre Einsamkeit. Sie schaute als Außenstehende auf die alltäglichen Abläufe der Stadt und fühlte sich schon wieder fremd. Ihre Gedanken glitten zu Wenzel zurück, den sie schon jetzt schmerzlich vermisste.

Doch sie schüttelte den Anflug von Traurigkeit ab und richtete ihre Aufmerksamkeit auf das Tor. Dort angekommen klopfte sie den Büttel aus dem Turm, drückte ihm einen Pfennig in die Hand und ließ sich von ihm die Nachtpforte öffnen. Dann stand sie schließlich vor der Mauer und sah sich mit klopfendem Herzen um. Auch außerhalb standen die Häuser bereits dicht an dicht bis an den jüdischen Friedhof. Sie selbst kannte dieses Viertel kaum, denn während ihrer Zeit in Gottschalks Diensten hatte sie hier nur selten einen Fuß hingesetzt. In der Dunkelheit irrte sie sich in der Straße. Sie unterdrückte einen Fluch und hastete zurück, denn der Fuhrhof lag, wenn sie sich recht erinnerte, ein wenig nach hinten versetzt. Sie hatte erst ein paar Schritte getan, da hielt sie beklommen inne. Ein großer Schatten war über die Straße gehuscht und in einer Gasse verschwunden. Sie drückte sich an die Wand eines schmuddeligen Holzhauses und lauschte in die Nacht hinein. Lauerte ihr jemand auf? Ulman, oder ein Dieb? Mehrere Herzschläge lang verharrte sie. Doch nichts regte sich. Und schließlich siegte die Angst davor, die Verabredung zu verpassen, über ihre Vorsicht.

Luzinde trat durch die dunkle Einfahrt des Fuhrhofes, der mehrere Häuser miteinander verband. Der sandige Boden war tief ausgefurcht und an den Rändern mit Gras bewachsen. Es roch nach Urin und Pferdeäpfeln. Schritt für Schritt trat sie in die Dunkelheit. Hätte sie nur eine Laterne mitgebracht! Doch sie hatte Rosa nicht bestehlen wollen, und ohne Licht fiel man in den nächtlichen Gassen selbst weniger auf. Nun konnte sie in der Finsternis kaum etwas sehen. Hier gab es einen Unterstand und mehrere klobige Karren. Die vielen dunklen Ecken beunruhigten Luzinde immer mehr, und so stellte sie sich in die Nähe eines windschief in den Angeln hängenden Fensterladens, durch den aus dem Innern eines Gebäudes noch Licht drang. Sie wollte wenigstens ein bisschen was sehen können! Nur kurze Zeit später vernahm sie das Knirschen des Sandes unter schweren Füßen, und ihr Herzschlag beschleunigte sich. Eine Gestalt bog in den Innenhof ein und verharrte.

»Ulman?«, fragte Luzinde leise. Die Gestalt wandte sich um und kam herüber. Als das spärliche Licht auf sie fiel, erkannte Luzinde, dass es nicht Ulman war. Der Mann sah einfach, ja ungeschlacht aus. Und er stank nach Schnaps.

»Biste Luzind?«, fragte er nuschelnd.

»Ja. Wer bist du? Und wo ist mein Sohn?«

»Der kommt noch. Ich soll dir schon mal das Geld geben, das de kriegst.«

»Wann kommt das Kind?«

»Weiß nich, Mädel.« Er griff unter den Mantel und zog eine Lederbörse hervor.

»Das is für dich.«

Doch jetzt, da es ihr angeboten wurde, wollte sie das Geld nicht nehmen. Es war Stromersches Geld. Es war also Blutgeld. Sie schüttelte den Kopf.

»Aber ich soll dir die ganze Börse geben.« Er warf ihr das Lederbeutelchen zu. Sie fing es instinktiv auf. Das weiche Leder fühlte sich warm an, und dem Gewicht nach handelte es sich um viel Geld. Der Kerl glotzte sie an.

Luzinde wollte ihm die Börse schon wieder zurückwerfen, als sie die Prägung auf dem Leder ertastete. Sie hielt inne. Obwohl sie bereits wusste, was sie finden würde, wendete sie die Börse ins Licht, das zwischen den Fensterläden hindurchschimmerte. Als sie die feine Punzierung sah, die die Form einer Rose bildete, zog sich in ihrem Hals ein so fester Knoten zusammen, dass es schmerzte. Das war Gottschalks Börse. Luzinde hatte sie bei dem Alten zuletzt in Tachau gesehen. Die Schläger in Tachau mussten sie geraubt haben, als sie den alten Mann auf der Straße erschlagen hatten.

Sie hatte es gewusst! Ulman hatte die Mörder gedungen, um Gottschalk daran zu hindern, Prag zu erreichen. Mit der Börse gestand Ulman ihr nun diese Tat. Wollte er sie verhöhnen? Oder einen letzten Respekt erweisen? Das war bedeutungslos. Sie würde ihr Wissen nicht weitergeben können.

Langsam sah Luzinde auf. Der Blick des Mannes verwandelte ihren Verdacht in Gewissheit. Der Kerl vor ihr war von Ulman gedungen worden, sie zu töten. »Warum?«, flüsterte sie starr vor Schreck.

»Das hab ich nich gefragt«, nuschelte der Kerl. »Ich mach, was man mir sagt. Ich sollt dir den Beutel zeigen, bevor ich's tu. Gibst's mir gleich wieder?«

»Sicher«, sagte Luzinde. Der Mann grinste und streckte eine Hand aus. Doch die Magd war nicht bereit, so schnell aufzugeben. Sie zog den Lederriemen auf, so dass die Börse offen stand. Sie hielt sie am Boden fest und schleuderte dem Kerl den Inhalt ins Gesicht. Er duckte sich unter dem Münzhagel und sprang unwillkürlich beiseite.

Luzinde tauchte an ihm vorbei und rannte so schnell sie konnte. Hinter ihr erklangen Flüche, und nur drei Herzschläge später ruckte sie zurück. Der Kerl hatte sie am Umhang gepackt. »Nein!«, schrie sie und versuchte, die Schließe ihres Umhangs zu öffnen, um freizukommen, doch das Metall lag tief in den Falten des Stoffes vergraben. Fieberhaft fingerte sie daran herum, riss und zerrte, doch der Wollstoff war zu fest verarbeitet. Langsam ging ihr die Luft aus.

»Nu mach mal keinen Ärger«, grunzte der Mann angestrengt. »Sonst tut's mehr weh.«

Doch Luzinde dachte nicht daran, aufzugeben. Sie spürte den Stift der Schließe und zog mit Daumen und Zeigefinger daran, und endlich, endlich gab er nach und rutschte aus der Halterung. Der Umhang glitt ihr von den Schultern und sie stolperte vorwärts, während der gedungene Mörder hinter ihr zurücktaumelte. Die junge Frau rannte. Sie war frei! Doch kaum in der Durchfahrt zum Hof angekommen, knickte sie mit der Trippe um und prallte gegen die Mauer.

Der Mann packte sie am Handgelenk. »Du machst mich richtig sauer, Weib!«, keuchte er. »Vielleicht schneide ich dir doch zuerst –«

Luzinde sollte nie erfahren, was der Mann ihr zuerst abschneiden wollte. Ein Pferd schnellte unter fliegenden Schlammklumpen plötzlich heran. Es prallte mit der breiten Schulter so hart gegen den Schurken, dass er ein Dutzend Ellen zurückgeschleudert wurde. Doch das Tier hielt nicht inne, sondern rannte über den Kerl hinweg in den Hof, so dass das hässliche Knacken von Knochen und ein Schrei erklangen. Dann stieg das Pferd, warf sich herum und machte einen Satz nach vorne, so dass es neben Luzinde zum Stehen kam.

»Komm«, zischte Wenzel. »Schnell!«

Luzinde dachte nicht lange nach. Sie griff nach dem gereichten Handgelenk und kam in einer fließenden Bewegung hinter dem Mann auf dem Pferderücken zu sitzen – ihr Schambein schlug hart gegen den hinteren Bock. Dann gab Wenzel dem Tier die Sporen, und sie sprengten aus der Hofeinfahrt.

Luzinde klammerte sich erleichtert an den Ritter vor ihr, um nicht vom Rücken des Pferdes zu rutschen. Es trug sie durch die nächtlichen Gassen. Bald zügelte er das Tier wieder, verhandelte am Laufer Tor kurz mit der Wache an der Nachtpforte, dann waren sie innerhalb der Mauern. Als die Tür hinter ihnen geschlossen wurde, kamen Luzinde die Tränen. Sie glitt vom Pferd und rang um Fassung. Ulman hatte sie töten wollen. Und sie konnte nicht einmal sagen, dass es sie überraschte. Doch die Tatsache, dass sie so knapp dem Tode entronnen war, raubte ihr für einen Augenblick die Luft. Sie stützte sich an einer Wand ab, um Atem zu schöpfen. Wenzel sprang ebenfalls von seinem Schwarzbraunen und folgte ihr besorgt.

»Er hat Gottschalk ermorden lassen«, stieß Luzinde hervor. »Wie einen Hund auf der Straße erschlagen lassen! Ich hab's gewusst! Ich hab's gewusst.«

»Woher wisst –«

Als Luzinde ihm die Börse zeigte, stellte er keine weiteren Fragen. Stattdessen nahm er sie in den Arm und zog sie an sich. Die junge Frau schlug blind vor Wut um sich. Sie ließ den Tränen ihren Lauf und weinte, weinte, bis sie nicht mehr konnte. »Ich hab's gewusst«, schluchzte sie schließlich ein letztes Mal und hielt kraftlos inne. Sie hörte nichts mehr als den Schlag seines Herzens an ihrem Ohr. Sanft und regelmäßig pochte es stetig weiter, und dieses Geräusch beruhigte sie.

Erst eine Stunde später, in der Kammer, die Rosa Wenzel in ihrem Haus bereitgestellt hatte, ging es Luzinde wieder besser. Eingeschlagen in einen Haufen Decken, in den Händen eine

Schüssel mit Hühnerbrühe, die die Magd ihr gewärmt hatte, saß sie bei Kerzenschein da und starrte auf die mit Holz verkleidete Wand. Sie war entsetzlich müde.

»Geht es dir besser?«, fragte Wenzel von der Tür her.

Luzinde nickte. Der Ritter schloss die Tür hinter sich und lehnte sich dagegen. Sein Blick sprach von seinem eigenen Schmerz. »Was in Gottes Namen hattest du dort draußen mitten in der Nacht zu tun?«, fragte er erschüttert. Er sprach den Namen des Herren aus wie einen Fluch.

»Ich –«, setzte Luzinde an, doch sie verstummte. Was sollte sie ihm sagen? Dass ihn das nichts anging? Das stimmte längst nicht mehr. Sie konnte ihn nicht noch einmal so zurückweisen wie noch vor wenigen Stunden. Er hatte ein Recht darauf, die Wahrheit zu erfahren. »Ich habe ein Kind«, sagte sie deshalb schlicht. »In meiner Jugend liebte ich einen Mann, von dem ich dachte, er würde mir die Hand zur Ehe reichen. Doch das tat er nicht. Ihm gebar ich einen Sohn. Seitdem lebe ich in Sünde und bete darum, dass Gott mir verzeihen kann.«

Daran hatte der Ritter hart zu schlucken. »Wo ist er jetzt?«

Luzinde senkte den Kopf. Es fiel ihr noch immer schwer, diese letzte Wahrheit auszusprechen. »Ich – ich habe ihn weggegeben.« Luzinde schluckte schwer, denn der Knoten in ihrem Hals schnürte ihr die Kehle zu. »Nach der Geburt – ich war so erschöpft, so müde. Ich wollte nur noch zwei Dinge – schlafen und mein Kleines halten.« Sie spürte Tränen über ihre Wange laufen, doch sie wischte sie nicht fort. »Aber sie haben es mir nicht gegeben. Da war diese Klarissenschwester Elisabeth – sie hat vor der Geburt mit mir gebetet. Sie erzählte mir von dem Leben, das mein Kleines führen würde. Als Sohn einer Sünderin. Ein Ausgestoßener, nirgendwo zu Hause. Unfähig, ein Handwerk zu erlernen, weil kein Meister ihn nehmen würde. Sie sagte, mein Kind würde mich irgendwann für diesen Makel hassen. Und sie bat mich, eine Entscheidung für das Wohl des Kindes zu treffen. Damit es wohlbehalten aufwachsen und in der Gnade des Herren leben könnte.« Luzinde blickte zu Boden, die Augen blind vor Tränen. Ihre Hand tastete aus Gewohnheit nach ihrem Amulett, doch es war nicht da. »Ich wollte doch nur das Beste für ihn! Sie gab mir das Zeichen der heiligen Luzia mit den Worten, die könne Gefallene wieder zurück ans Licht führen – und immerhin sei sie meine Namenspatronin. Und dann – dann hab ich sie gehen lassen.«

Wenzel schwieg. Dann streifte er sich etwas über den Kopf, zog sie an der Hand hoch und legte einen warmen Metallgegenstand hinein. Es war das Luzienamulett. Er ließ ihre Hand nicht los. »Nur Gott allein weiß, ob es richtig oder falsch war«, murmelte er dann. »Vielleicht hätten sie dir das Kind in jedem Fall weggenommen.«

Luzinde strich mit dem Daumen über das Metall. Es trug noch die Wärme seiner Haut in sich. »Vielleicht.« Die Traurigkeit kehrte zurück. »Ulman hat versprochen, mir den Jungen zurückzugeben. Er hat gelogen. Auch das habe ich gewusst. Aber ich konnte nicht anders.«

Wenzel nickte bloß.

»Was, wenn er meinem Kind etwas antut?«, fragte Luzinde beklommen.

»Das glaube ich nicht.«

»Aber wie bringe ich ihn dazu, mir den Hannes wiederzugeben?«

»Ich weiß es nicht. Dein Ulman«, sein Seitenblick zeigte Luzinde, dass Wenzel die Worte durchaus mit Bedacht gewählt hatte, »scheint mir mindestens so böse zu sein wie sein Oheim. Wenn wir nichts gegen ihn in der Hand haben, dann wird er wohl kaum plötzlich den barmherzigen Samariter in sich entdecken.«

»Etwas in der Hand haben ...«, murmelte Luzinde. »Ich weiß jetzt, dass er Gottschalk getötet hat.« Sie hob die Börse.

»Das beweist nichts. Und selbst wenn – wird König Karl sich um einen einzelnen Juden scheren, wenn er hier nichts auf den Tod von Hunderten gibt?«

»Nürnberg ist Nürnberg«, erwiderte Luzinde. »Aber Tachau ist Böhmen. Der König ist richtig wütend geworden, dass Gottschalk in seinen böhmischen Landen ermordet wurde.«

Wenzel verschränkte die Arme vor der Brust. »Du willst Ulman Stromer erpressen?«

»Er hat versucht, mich zu ermorden«, sagte Luzinde. Dann barg sie das Gesicht in den Händen.

Wenzel legte ihr die Hand auf die Schulter. »Es würde sowieso zu nichts führen, Luzinde.«

»Warum nicht?«

»Wenn du ihm drohst, dem König Beweise vorzulegen, wird er dich wieder erpressen. Mit dem Leben deines Kindes.«

Luzindes Herz setzte einen Schlag aus. »Du hast Recht. Er muss wissen, dass ich nachgeben würde.« Sie seufzte. »Aber was tun wir dann? Für Hannes? Und für die Juden?«

Wenzel sah grimmig aus. »Was wir immer tun. Weiterkämpfen.«

»Hat das Kämpfen denn noch einen Sinn?«

»Darum geht es nicht, Luzinde«, meinte der Ritter ernst. »Es geht nur darum, dass man nicht aufhört zu kämpfen.« Er runzelte die Stirn und sah in die dunkle Nacht. »In diesem Fall glaube ich sogar, dass die Juden von Nürnberg dich brauchen. Du denkst ein wenig wie er. Wie Ulman Stromer.«

Luzinde wollte protestieren, doch er fügte entschuldigend hinzu: »Du sagst selbst, dass du vorherahnst, was er als Nächstes tun wird. Wenn jemand einen Weg finden kann, der aus dieser Misere herausführt, dann du.«

Sie lächelte kurz. »Ich glaube eher, du bist derjenige, der hier etwas tun kann. Die Zeit der Verhandlungen ist doch längst vorbei.«

Wenzel nickte nur. Einen Augenblick lang dachte sie, er würde sich herunterbeugen, um sie zu küssen. Sie stand so nah vor ihm, dass sie die Wärme seines Körpers spüren konnte. Seine Hand berührte weiterhin ihre Schulter. Die Fingerspitzen berührten ihre Haut am Hals. Eine Gänsehaut überkam sie. Und endlich wusste Luzinde, was Gottschalk gemeint hatte, als er damals mit ihr über die Liebe gesprochen hatte. Sollte sie doch zu hoffen wagen? Dieser Mann war jede Liebe wert, die sie zu geben in der Lage war. Doch waren das nicht wieder unerfüllbare Träume, dass er für sie den Standesunterschied zwischen ihnen außer Acht lassen würde?

Luzinde lächelte traurig über ihre Zweifel. Bislang hatten die Männer in ihrem Leben immer nur etwas von ihr verlangt. Wenzel aber gab ohne Vorbehalt. Ihr kam der Verdacht, dass sie noch viel zu lernen hätte.

Kapitel 26

Sie braucht einen Physicus!«, kreischte Kungunt. Ihre Stimme war vom Weinen schon ganz heiser.

»Ich kann keinen Arzt bezahlen, Weib! Woher soll ich denn das Geld nehmen?«, gab Caspar zur Antwort. Doch seine Ruhe täuschte; in seiner Brust tobten die Gefühle. Es hatte begonnen, kurz nachdem die Sonne untergegangen war. Cristein, seine achtjährige Tochter, hatte stark erbrochen. Kurz darauf hatte sie Durchfall bekommen, als sei sie vom Teufel besessen. Nun lag das Kind auf dem Lager, sabberte und lallte, während der Kopf unkontrolliert auf dem Hals hin- und herpendelte. Und er stand da und musste hilflos mit ansehen, wie seine Tochter sich, um Luft ringend, in den Decken wand.

Caspar schlug rhythmisch mit der Faust auf den Rahmen der niedrigen Tür. Erst am Schmerz merkte er, dass er sich den Handballen an einem Splitter aufgerissen hatte. Er betrachtete die blutende Wunde und war beinahe dankbar für die Ablenkung. Gedankenverloren wickelte er ein Tuch darum, um das Blut nicht durch das ganze Haus zu schmieren. Kungunt befand sich jetzt schon am Rande eines weiteren Weinkrampfes. Eine Blutspur auf den Dielen würde nicht nützlich sein.

»Sie wird sterben«, greinte Kungunt. Sie versuchte, das Kind in ihren Armen zu beruhigen und gleichzeitig zu trösten. Doch wie verhielt man sich gegenüber einem Kind, das keine Luft bekam? Caspar nahm ihre wachsende Verzweiflung, die blasse, verschwitzte Haut und die Zuckungen des schmalen Leibes wahr. Schließlich wagte er den letzten Schritt in die Kammer, in der Cristeins Krankenbett stand. »Sie braucht wirklich einen Arzt.«

»Ja«, flüsterte seine Frau kraftlos. »Vielleicht lässt er dich Schulden machen. Es geht doch um unsere Cristein!«

»Vielleicht«, gab Caspar zurück, obwohl er das bezweifelte. Jedermann in der Stadt wusste, dass ihm die Schulden bereits über den Kopf wuchsen. Der Arzt würde den Fuß nicht in sein Haus setzen, ohne dass er Münzen sähe. Doch Kungunt musste nicht wissen, woher er das Geld bekäme. Er selbst wollte es ja auch nicht wissen. »Ich beeile mich.«

Kaum hatte Caspar das Haus verlassen, sog er die kühle Luft ein. Dann rannte er los. Am Brunnen und am Dominikanerkloster vorbei, über den verwaisten Markt an den Brottischen zum Sebaldus-Kirchhof, und immer geradeaus zu dem besten Gasthaus in Nürnberg, dem Roten Ross. Trotz später Stunde und geschlossener Läden hörte man unten im Schankraum noch lautes Gejohle. Caspar lief in die Hofdurchfahrt und platzte dann mit der Tür in die große Kammer. Stützende Holzbalken, Tische und Bänke beengten den L-förmigen Raum, der voller Menschen war. In dieser kalten Jahreszeit hockte man gerne an einem offenen Kamin zusammen und wärmte sich auch von innen. Trotzdem hatte Caspar schnell gefunden, wen er suchte.

»Romer!«, keuchte Caspar. »Ich brauche – ich muss dich sprechen.« Damit zog er den kleineren Mann auch schon am Ärmel von der Bank und hinaus in die dunkle Hofdurchfahrt.

»Mann!«, beschwerte sich Romer und ordnete den bedruckten Samt wieder, den der Händler geknautscht hatte. »Was ist in dich gefahren, Caspar? Ich habe mich fein unterhalten! Und was habt ihr nur alle mit meinem neuen Wams?«

»Ich brauche Geld!«

»Geld? Als könnten wir das nicht alle –«

»Romer, ich meine es ernst. Ich brauche einen Teil von deinem Vorschuss.«

»Meinem Vorschuss? Welchem Vorschuss?«, fragte der Einäugige verdaddert.

»Du hast gesagt, du hast für gewisse Arbeiten einen Vorschuss bekommen. Und davon brauche ich jetzt was. Stell dich nicht so dumm, verdammt!«

»*Den* Vorschuss meinst du. Davon ist kaum noch etwas übrig, und ich brauch's noch bis –«

»Ich brauch's *jetzt*. Meine kleine Cristein ist krank. Es ist schlimm, und sie hat den Arzt nötig. Und dafür brauche ich Geld.« Erschrocken hörte er sich selbst zu und erfasste endlich das Ausmaß der Situation. Die Angst griff mit einer kalten Faust nach seinem Magen. »Bitte, Romer, meine Kleine – sie stirbt sonst.«

Der Einäugige starrte ihn einen Moment lang an, als müsse er etwas kalkulieren. Dann nickte er und klimperte mit dem Beutel. »Gut. Aber ich komme mit dir. Ich will sehen, wo meine Münzen hinrollen.«

»Danke. Danke!« Caspar rannte schon los, doch Romer eilte noch zurück in den Schankraum und kehrte kurz darauf mit seinem Umhang wieder. Jetzt erst stellte der Händler fest, dass es regnete. Er hatte nicht bemerkt, wie nass er bereits geworden war.

Zusammen rannten die beiden dann zum Heilig-Geist-Spital. Dort in der Nähe wohnte der Physicus Meister Marquart, der die Medizin in Bologna studiert hatte und sich seine Kunst deswegen teuer bezahlen ließ. So auch dieses Mal. Der rundliche Mann, der im Gesicht einen geckenhaften Schnurrbart trug, streckte die Hand aus, als ihm das Problem geschildert wurde, und forderte einen Schilling im Voraus – er murmelte etwas von schlechten Erfahrungen mit verschuldeten Leuten.

Doch er kam mit. Auf dem Weg zurück zum Haus verfluchte Caspar jedes von Meister Marquarts Pfunden.

Am Krankenbett angekommen beugte der Arzt sich mit sorgenvollem Gesicht über das Mädchen, das auf seinem dunklen Lager noch immer nach Luft rang. Ihr Gesicht wirkte bei dem Licht der blakenden Kerzenlaterne verzerrt, fast wie eine teuflische Maske. Die Augen lagen tief in den dunklen Höhlen und die Haut spannte sich über den Knochen. Caspar glaubte schon, in einen Totenschädel zu blicken. Diese Gedanken erschreckten ihn. War seine Cristein wirklich besessen, wie er vorhin vermutet hatte? Hätte er besser gleich zu einem Priester rennen sollen? Er spürte, dass er die Kammer nicht betreten konnte.

»Sie ist vergiftet«, urteilte der Arzt, nachdem er einen Blick in die Augen Cristeins getan hatte und sich hatte schildern lassen, wie es ihr bereits ergangen war. »Sie hat geschissen und gekotzt, das ist gut, so kommt das Gift raus. Aber ob sie's überstehen wird …«, er wog den Kopf betrübt hin und her, »das hängt davon ab, wie viel's war. Hat sie denn etwas Ungewöhnliches gegessen oder getrunken?«

»Ich … ich hab uns Fleisch gekauft«, erwiderte Caspar tonlos. »Ich wollte den Kindern etwas Gutes tun.«

»Fleisch! Und woher?«

»Vom Heinrich, ganz unten an den Fleischbänken. Er hatte billiges Rindfleisch.«

»Heinrich, hm?«, schnaufte der Arzt. »Er hat oft so billiges Fleisch, das es mich wundert. Warum verkauft jemand das Fleisch so billig, wenn's ihm doch ein paar Pfennig mehr pro Tag einbringen könnte? Aber das ist nicht meine Sache.« Marquart winkte ab. »Nicht meine Sache. Lasst sie kotzen und scheißen, das tut ihr gut. Ich könnte sie schröpfen, um das Gift aus dem Blut zu ziehen, aber …«

»Tut es. Ihr bekommt Euer Geld«, schnaufte Caspar und nickte Romer zu. Der zahlte dem Arzt so viel Geld im Voraus, wie der Krämer den ganzen Monat über nicht in der Hand gehabt hatte. Doch Caspar war es egal. Seine Schulden ließen ihn bereits unruhig schlafen; auf einen Gulden mehr oder weniger käme es nicht an.

Marquart der Arzt machte sich ans Werk. Er schickte Kungunt und die beiden ältesten Kinder in dem ärmlichen Haus herum. Er befahl ihnen, eine Schüssel mit Kohlen aus der Feuerstelle zu füllen, Kräuter zu verbrennen und Leinen zu holen. Das Kind wurde auf den Rücken gedreht. Dann schärfte er sein kleines dunkles Messer und begann zu schneiden.

Caspar hatte gehofft, dass Cristein wegen des Giftes und ihres Zustandes den Schmerz der Schnitte nicht so spüren würde. Sie schrie auch nicht, wie es jemand bei klarem Verstande getan hätte. Doch das kraftlose Greinen, das das Kind immer dann aus dem kleinen Körper herauspresste, wenn der Arzt seine Klinge ansetzte, war schlimmer als jeder Schrei. Auf jeden Schnitt wurde einer der warmen grünen Glasnäpfe gestülpt, der sich dann langsam mit Blut füllte.

Der Kampf um Cristeins Leben dauerte noch zwei Stunden. In den Laken stand das Blut, denn die erkaltenden Schröpfköpfe lösten sich irgendwann von selbst. Der rundliche Meister Marquart arbeitete sich in den Schweiß, richtete bisweilen Stoßgebete an den heiligen Benediktus, um gegen das Gift zu helfen, oder warf eine andere Handvoll Kräuter in die Flammen. Caspar ertappte sich derweilen beim Beten. Er spulte alle Litaneien herunter, die er nur kannte. Dabei war er völlig unfähig, sich zu bewegen. Er wusste nicht, ob er die Psalme richtig aufsagte, noch, ob sie dem Anlass gemäß waren.

In der dritten Stunde ihrer Mühen starb die kleine Cristein. »Es tut mir leid«, schnaufte Marquart erschöpft. »Wir sind zu spät gekommen. Das Gift hatte den Körper schon fest im Griff. Am besten ihr verbrennt die Tücher – nicht dass noch jemand anderes leiden muss.«

Caspar der Krämer nickte. Er fühlte nichts mehr. Nicht einmal die Schläge seiner Frau, die ihm mit ihren Fäusten auf der Brust herumtrommelte. Er hörte auch ihre Schreie nicht. Er sah nur den kleinen Leib in den blutverschmierten Leinentüchern liegen und bemerkte, wie etwas in ihm starb.

»Gift, sagt der Arzt?«, drang es an sein Ohr. »Dafür wird der Heinrich baumeln müssen!«

Caspar war Romer dankbar für diese Worte. Sie lösten die Starre in ihm und öffneten der Wut die Tore. Er stieß die schluchzende Kungunt von sich und griff zum Schüreisen. »Aber vorher will ich wissen *warum*.« Sie nickten einander grimmig zu und brachen auf.

Bis zu Heinrichs kleinem Haus im Laurentiusviertel war es nicht weit. Die beiden Männer rissen den glatzköpfigen Fleischer aus dem Bett, in dem er mit Frau und sieben Kindern lag. So kräftig er auch sein mochte, hatte er Caspars von der Wut beflügelten Schlägen nichts entgegenzusetzen.

»Was hast du mit dem Fleisch gemacht!«, brüllte der Krämer und trieb seine Faust immer wieder in das Gesicht des Fleischers. »Warum hast du uns vergiften wollen!« Nur der einäugige Romer hielt ihn davon ab, den wimmernden Fleischer totzuschlagen, indem er Caspar in den Schwitzkasten nahm und all seine Kraft aufbrachte, ihn wegzuziehen.

»Lass ihn leben, Mann! Sonst sagt er dir gar nichts mehr!«

»Warum, Heinrich? Was hast du gegen mein Kind?«, schluchzte der Krämer nun. »Wir haben dir doch nichts getan!« Er trat dem Mann in den Bauch. »Gift, Mann! Wie konntest du nur?«

Der dürre Schneider schob sich dazwischen und sprach beschwichtigend auf ihn ein. »Caspar, Mann, denk doch mal nach. Wenn Heinrich keinen Grund hatte – wer dann? Jemand muss dich sehr hassen, wenn er deine Kinder vergiftet. Jemand, der dich unter Druck setzen will.«

Plötzlich verstand Caspar. Warum hatte er das nicht vorher gesehen? Nur so ergab alles einen schrecklichen Sinn. »Hat dich der Nathan beauftragt, Heinrich? Ist es wegen meiner Schulden?« Er machte einen Schritt auf den sich auf dem Boden krümmenden Fleischer zu, griff ihn beim Hemd und schüttelte ihn so heftig, dass der Stoff riss. »War es Nathan?«, grollte er dabei.

Der Fleischer zuckte zusammen und nickte so eifrig er vermochte. »Das Fleisch«, stöhnte er und spie einen Zahn aus. »Es kommt von … von Josel dem Fleischer! Es ist – es ist Judenfleisch gewesen. Er hat mich gezwungen! Ich habe es nicht gewollt. Ich habe es nicht gewollt!«

Schlagartig verwandelte sich Caspars tobende Wut in kalten Zorn. Judenfleisch. Es war den Juden streng verboten, ihre Fleischreste an Christen zu verkaufen, und christliche Fleischer durften den Juden auch nichts abkaufen. Dies geschah zum Schutz der Christen vor Verunreinigungen und – Gift. Jedes Kind wusste, dass die Juden die Christen so sehr hassten, dass sie ganze Landstriche ausrotteten.

»Steckt der Jude Nathan dahinter?«

»Ich weiß es nicht!«

Nathan von Grevenberg, bei dem er sich sein Geld geliehen hatte. Der Jude, der zwei Pfennig pro Woche vom Pfund Haller als Wucher von ihm verlangte. Der Jude, der ihm Gewalt angedroht hatte, wenn er seine Schulden nicht bezahlte. Er ließ Heinrich unsanft auf den Boden sinken und wandte sich Romer zu. »Den hol ich mir. Ich hol sie mir alle.«

Doch der Schneider folgte nur zögernd. Seine Augen blitzten, doch gleichzeitig strich er sich nervös den graustreifigen Bart. »Vielleicht sollten wir warten, bis …«

»Warten?«, presste Caspar heraus. »Dein Warten hat meine Cristein das Leben gekostet, Mann! Wären wir damals aus dem Bierkeller alle losgezogen, um die Juden zu schlagen, sie wäre jetzt noch am Leben! Erst hältst du große Reden, dann ziehst du den Schwanz ein. Ich dachte, du wolltest Blut sehen!« Seine Stimme zitterte nun vor Schmerz und Zorn. »Sie leben in unserer Mitte«, keuchte er, »wie teuflische Zecken! Und wir lächeln und sagen Ja und Amen, wenn sie uns verdammen und verfluchen! Das hat jetzt ein Ende. Mit Feuer und Schwert, Romer! Lass uns den Juden den Garaus machen!«

Die Zunge des Schneiders fuhr sich über die trockenen Lippen. Dann nickte er. »Also gut. Wir setzen dem ein Ende. Erst einmal nur dem Josel, der das Fleisch verkauft hat.«

»Aber er hat es doch sicher in Nathans Auftrag getan! Ich kenne den Josel doch kaum!«, protestierte Caspar.

»Das wissen wir nicht«, widersprach der Schneider. »Und du willst doch keinen Unschuldigen treffen, oder? Wenn jemand für Cristein büßen soll, dann doch der Rechte, nicht wahr? Wir sind doch keine Ungeheuer!«

Widerstrebend stimmte Caspar ihm zu. »Wir holen uns ein paar Männer und quetschen Josel aus, ob es in Nathans Auftrag geschah.«

Romer nickte. »Und anschließend wird der Fleischer bezahlen.«

»Und dann Nathan.«

»Und dann Nathan. Aber nicht sofort. Nicht sofort! Wir müssen erst einmal alle auf unserer Seite haben, Caspar. Zuerst müssen wir schlau sein. Aber ich verspreche dir, sie werden alle büßen. Ich verspreche es!«

Der Krämer nickte. Als er Heinrich geschlagen hatte, war endlich das tote Gesichtchen seiner Tochter vor seinem geistigen Auge verschwunden. Je mehr Blut floss, desto erträglicher wurde der Schmerz. Caspar verzog seine Lippen zu einer grinsenden Grimasse. »Holen wir uns Josel.«

Wie von Sinnen hieb Caspar auf Josel den Fleischer ein. Er schlug sich die Knöchel an den Zähnen blutig, doch er hieß den Schmerz willkommen. Irgendwann rührte der Mann sich nicht mehr.

»Lass gut sein, Caspar, er ist tot.« Romer war hinter den Krämer getreten und legte ihm die Hand auf die Schulter. Caspar schlug sie weg. Er schuldete dem einäugigen Schneider Geld. Das hieß nicht, dass er sich Vertraulichkeiten erlauben durfte.

»Hoh! Ist ja gut!«, stieß Romer aus. »Komm zur Vernunft. Und lass die Leiche los.«

Caspar gehorchte. Romer hatte schnell ein paar Freunde um sich geschart, mit denen sie in Josels Haus eingedrungen waren. Sie hatten die Knechte vertrimmt und den kräftigen Fleischer schließlich mit einem Knüppel niedergeschlagen. Dann hatten sie ihn in das Judenbad gezogen, damit man die Geräusche nicht überall hörte. Das war Romers Idee gewesen. Vor Ort stellte sich heraus, dass der teils gemauerte Schacht, der Gott weiß warum tief in die Erde reichte, den Schall der Schreie eher noch beförderte. Doch Caspar war es egal gewesen.

Unter Schlägen hatte der Fleischer gestanden, dass Nathan ihn dazu angestiftet hatte, das Rindfleisch mit Gift einzureiben. Es sollte speziell an alle seine Schuldner verkauft werden, um ihnen eine Lektion zu erteilen. Danach hatte Caspar ihn erschlagen.

Nun nahmen zwei kräftige christliche Fleischersburschen den Leichnam an Händen und Füßen, gaben ihm ein, zweimal

Schwung, um ihn dann in das Judenbad zu werfen. Dort schwamm er dann, das zu einer unkenntlichen Masse zerschlagene Gesicht nach oben, und färbte das Wasser rot.

Mittlerweile kehrte Caspars Gefühl zurück. Seine Handknöchel pulsierten. Vermutlich hatte er sich etwas gebrochen. Der körperliche Schmerz schwemmte die Wut fort, und die Trauer überfiel ihn wieder. Er stürzte vornüber auf den Steinboden und schrie. Sein Töchterchen war tot. Es würde nie wieder lachen können.

Er wusste nicht, wie lange er in dem Bad im Stein unter Nürnberg auf dem Boden gekniet und geweint hatte. Als seine Tränen versiegt waren und er aufsah, war er allein mit der Leiche. Er sollte eigentlich Genugtuung empfinden. Der Schmerz sollte nachlassen, nun, da der erste Mörder tot war. Er sollte Freude empfinden.

Doch als Caspar der Krämer auf den toten Juden hinabsah, da spürte er in sich nur eine tiefe, bodenlose Leere. Und er wusste nicht, ob er sie jemals wieder füllen könnte.

Kapitel 27

Am zweiten Tag des Dezembermonats schwamm ein Toter in der *Mikwe* bei Sankt Laurentius. Das Quellwasser des rituellen Bades der Juden färbte sich rot von dem Blut des Schlachters Josel, der koscheres Fleisch für die Gemeinde geliefert hatte.

Rosa berichtete, eine aufgebrachte Menge habe Josels Haus gestürmt, ihn aus dem Bett gerissen und fortgeschleppt; Knechte, Frau und Kinder seien halb totgeschlagen worden. Angeblich hätte Josel unkoscheres Fleisch vergiftet und an die Christen verkauft, um sie zu töten. »So was hett der Josel nie getan!«, meinte Rosa erschüttert. »Und kein Jidener hett einen Toten in de *Mikwe* geworfen!«

Luzinde hatte den Mann nicht gekannt und wusste nichts über sein Geschäftsgebaren. Doch die Anklage gegen ihn und der Fund in der *Mikwe* bewogen den Stadtrat dazu, öffentlich verkünden zu lassen, dies sei ein Verbrechen von Juden an Juden gewesen, für deren Aburteilung sie auch selbst verantwortlich seien. Der Ausrufer betonte dabei, dass die Juden natürlich keine Gewalt über Christen besaßen.

Josels Tod erschütterte die Juden von Nürnberg. Die Zeichen hatten sich inzwischen so verdichtet, dass das Unheil selbst den sorglosesten Menschen unmittelbar vor Augen stand.

»Nathan will kempfen«, platzte Rebekka heraus. »Er wird seine Leit rufen und die Kerle finden, die den Josel erschlaken haben.«

Luzinde wurde bleich. »Das kann er doch nicht wirklich vorhaben.«

»Du kenst doch Nathan«, meinte Mose. »Er wil sich des aless nit mer gefalen lassen. Er hat schon for Wochen heimlich Wafen in de Schtot geholt. Die Sach mit Josel hat's Fas zum iberlaufen gebracht. Jezt farsamelt er Leute, die denken wie er.«

»Des gibt ein Blutbad«, platzte Rebekka heraus. »Und de Kinder – Luzinde, denk doch nur, Bel und Jakob, und all die anderen Kinder …« Sie brach wieder in Tränen aus. Luzinde legte der Frau, zu der sie doch bislang eine herzhafte Abneigung gehegt hatte, beruhigend die Hand auf die Schulter. Sie selbst fürchtete auch um ihr Kind. Rebekka musste schreckliche Angst um Bel und Jakob ausstehen.

Offenbar waren mit Hosto bereits mehrere Briefe ausgetauscht worden. Darin standen höfliche Floskeln, die für beide Seiten wenig Bedeutung besaßen. Schließlich lud Hosto Stromer Mose ein, um über die Sache mit den Juden in Nürnberg zu verhandeln. Da Wenzel Luzinde nicht aus den Augen lassen wollte, gingen sie zu dritt. »Der Ulman Stromer soll dir nur zu nahe kommen«, knurrte der Ritter. »Den werd ich Mores lehren.« Auch in dieses Haus ging man hinten herum, durch die Hoftür.

Hosto Stromer empfing sie in einer Kemenate mit einer Bank mit fein geschnitztem Maßwerk, einigen Hockern und einem niedrigen Tisch. Die Zeichen des Reichtums empfand Luzinde als protzig. Hier gab es nichts, was nicht aus kostbarem Glas, zurechtgeschnitztem Halbedelstein oder Brokat bestand oder mit Geringerem als Edelsteinen oder Goldeinlegearbeiten verziert war.

»Ich würde Euch ja etwas anbieten«, sagte Hosto mit süffisantem Lächeln, »aber ich will den Juden nicht brüskieren.«

»Wie rücksichtsvoll von Euch, Eure Gastfreundschaft hinter Eure Höflichkeit zu stellen«, erwiderte Mose ebenso spitz.

Luzinde standen die Haare zu Berge, als sie Hosto Stromer nun zum ersten Mal gegenübersaß. Der blonde Mann mit dem ebenso hellen Bart musterte sie unverhohlen. Er hatte sich auf der Bank breitgemacht und wirkte dabei wie ein satter Löwe, der eine Herde Rehe beäugte und erwog, ob noch Platz in seinem Bauch wäre. Ulman dagegen stand eher wie ein schlanker und dunkler Falke hinter ihm am Fenster. Er schwieg düster. Er sah Luzinde nicht in die Augen.

»'s is schlim geworden fir de Jiden in Nirnberg«, eröffnete Mose das Gespräch.

»Es gibt viel Unruhe«, nickte Hosto.

»Fil Unruh von Seiten der Krischten«, korrigierte Mose.

Der blonde Mann zog eine Augenbraue hoch. »Auch vonseiten der Juden, würde ich sagen. Einige Männer haben Fleischereien aufgebrochen und Schweinemist hineingekippt. Wollt Ihr mir sagen, dass das nichts mit euch Juden zu tun hat?«

»Davon weiß ich nits«, erwiderte Mose ausweichend. »Lesst denn der Rat den Merder von Josel suchen? Oder wollt er mir sagen, dass das nits mit euch Krischten ze tun hat?«

»Da fragt Ihr mich zu viel«, schmunzelte Hosto süffisant. »Der Rat geht davon aus, dass das Verbrechen von einem Juden begangen wurde, und also müsst ihr Eberlein den Judenrichter bemühen. Wir haben euch doch das Recht zugestanden, euer Volk selbst abzuurteilen. Wollt Ihr's lieber anders haben?«

»Nein. Aber es darf nit als Ausred benutzt werden, de Schuldigkeit fon euch Krischten abzuwelzen«, schnaufte Mose ungehalten.

»Wollt Ihr damit –«

»Wollen wir uns den ganzen Morgen Beschuldigungen an den Kopf werfen?«, unterbrach Luzinde. »Deshalb sind wir nicht gekommen.«

»Warum seid Ihr überhaupt gekommen, Jungfer Luzinde?«, fragte Hosto, sich nun ihr zuwendend. »Oder vielleicht sollte ich Euch mit einem anderen Titel ansprechen, nach dem, was mir mein Neffe hier berichtet hat.«

Luzinde schoss das Blut ins Gesicht. Sie hätte ahnen können, dass Ulman Hosto von ihren Zärtlichkeiten berichtet hatte. »König Karl nannte mich Frau Luzinde. Das wird Euch sicher auch genügen, Herr Stromer.«

Er nickte anerkennend. »Und warum habt Ihr Euren Wachhund mitgebracht, Frau Luzinde?«

»Damit Euer Neffe nicht wieder auf dumme Gedanken kommt«, knurrte Wenzel. Hosto warf Ulman einen irritierten Blick zu. Offenbar hatte der junge Mann seinem Oheim von den Ereignissen der letzten Nacht noch nichts berichtet.

»Das ist doch momentan alles nicht wichtig«, unterbrach Luzinde. »Wichtig ist, wie wir die Situation in Nürnberg beruhigen können, so dass niemandem etwas passiert.«

»Ihr kommt immer schnell zur Sache, wie?«, fragte Ulrich gähnend. Dann richtete er sich auf und schnaufte. »Ich weiß nicht, ob ich in der Lage bin, da etwas zu tun, Frau Luzinde. Der Pöbel ist aufgebracht. Aber kann man ihm das verdenken? So viele Vergehen der Juden, wie in den letzten Wochen gemeldet worden sind, gab es in den letzten Jahren zusammen nicht. Überhöhter Wucher, Vergewaltigung von christlichen Frauen, Verkauf vergifteten Fleisches, Pfandnahme von Kirchengütern und Entweihung derselben – das sind schwere Anschuldigungen.«

»De sind ale frei erfunden, des wisst er doch!«, meinte Mose, doch Hosto hob eine Hand und sprach weiter.

»Wir wollen unseren jüdischen Gästen nichts unterstellen, was sie nicht getan haben. Das will natürlich alles untersucht werden. Aber eine sorgfältige Untersuchung braucht seine

Zeit. Und bei dieser großen Zahl an Vorwürfen bleibt schon mal etwas liegen. Das Volk aber will entschiedenes Handeln sehen. Wäre Euch lieber, wir würden weniger sorgfältig hinschauen, um zu schnelleren Urteilen zu kommen?«

»Ihr dreht und wendet des doch aless, wie's Euch passt«, stieß Mose aus. Luzinde legte ihm die Hand auf den Arm, um ihn zu beruhigen. »Natirlik wolen wer nit, das nit richtig untersucht wird«, erklärte Mose zähneknirschend. »Aber de Leut sind Eure Farantwortung. Haltet se also im Zaum.«

»Der Rat und die Turmwächter, die Viertelmeister, die Gassenhauptleute – alle tun sie ja, was sie können!«, rief Hosto mit kaum verhohlener Dramatik. »Aber wenn sich das ganze Volk dazu entschließt, zu den Waffen zu greifen – was dann? Dann können wir wenigen uns auch nicht dagegen stellen! Dann liegt der Ausgang der Dinge bei Gott!« Und leiser, unter seinem Atem, fügte er hinzu: »Und auf welcher Seite der steht, das wissen wir ja.«

Luzinde erkannte, dass der Patrizier gar nicht mit ihnen zu verhandeln gedachte. Er hatte, was er wollte: Die jüdischen Familien waren ihm hilflos ausgeliefert. Das Volk war begierig darauf, seine Wut an ihnen auszulassen. Der Rat musste sich nur zurücklehnen und zuschauen, um schließlich die Reste aufzusammeln. Für Hosto Stromer war die Schlacht bereits gewonnen. Warum also hatte er Moses Bitte um ein Gespräch schließlich akzeptiert? Sie hielt ihn nicht für die Sorte Mensch, die einen Triumph nur genoss, wenn man seinem Feind dabei ins Gesicht sehen konnte. Irgendetwas musste man ihm bieten können!

»König Karl hat Euch die Häuser der Juden zugestanden«, sagte sie schroff. »Darin gibt es so viele Schätze, die sie auf einer Flucht gar nicht mitnehmen könnten, und die Eure Kassen füllen. Ist Euch das nicht genug? Wollt Ihr unbedingt Blut fließen sehen?« Wie erwartet brachte sie die Männer damit zum Schweigen. »Ihr könntet Euch einen guten Namen in dieser Angelegenheit machen, indem Ihr dafür sorgt, dass die Juden aus der Stadt ausreisen können, ohne dass ihnen ein Leid geschieht. Ihre Güter gehören Euch doch ohnehin!«

»Einen guten Namen?«, fragte Hosto stirnrunzelnd. »Bei wem? Den Juden? Denn bei den Nürnbergern ginge ich in die Geschichte ein als der Mann, der verhindert hat, dass die Verbrecher ihre gerechte Strafe erhalten! Stellt Euch mal vor, Frau Luzinde, Euch hätte ein Geldverleiher zu viel Wucher abgeknüpft. Wolltet Ihr dann nicht auch Euer Geld zurück? Und der Mann, dessen Frau oder Tochter vergewaltigt worden ist? Soll der ohne Genugtuung zusehen, wie die Schandtäter in die nächste Stadt ziehen, um dort ein anderes Weib zu schänden?«

»Ihr sprecht von Zurückzahlungen, von Wucher und von Genugtuung. Wo es für andere um Seelenheil und gute Werke geht, dreht sich bei Euch immer nur alles um Geld. Selbst Euer König hat genug Respekt vor dem Höchsten, um die Juden nicht einfach dem Tode zu überantworten. Glaubt Ihr, er will, dass sich in Nürnberg Christen und Juden an die Kehle gehen?«

Die Männer im Raum schwiegen. Wenzel hatte die Arme vor der Brust verschränkt – wie Luzinde vermutete, um dem infamen Patrizier nicht an die Kehle zu gehen. Und Ulman stand blass am Fenster, seine Blicke zwischen den Anwesenden schweifend. Nur Hosto Stromer lehnte auf seiner Bank und grinste. »Klug und direkt, was? Kein Wunder, dass Ihr König Karl beeindruckt habt. Ihr appelliert an das Höhere im Menschen, an seine Gottesfurcht, an das Leben nach dem Tode, gedrückt durch die Sündenlast. Aber soll ich Euch etwas verraten?«

»Was?«, fragte Luzinde widerstrebend.

Hosto Stromer beugte sich verschwörerisch vor und spreizte die leeren Finger. »Meine Familie handelt mit Stoffen, mit Wein, mit Waffen, neuerdings mit welschem Papier. Die Kirche feilscht ihrerseits mit den Gütern, die sie besitzt. Ablässe, Totenmessen, Vikarien – das alles sind Güter, die man nicht anfassen kann. Viele Leute bezahlen horrende Preise dafür. Schaut Euch Konrad Groß an – er verschenkt Höfe mit weiten Ländereien an fromme Schwesternorden und lässt ganze Spitäler bauen, damit in seinem Namen ewig die Totenmesse gelesen wird!« Hosto schüttelte den Kopf. »Ich investiere mein Geld lieber in etwas, dessen Ertrag ich noch in diesem Leben ernten kann.« Er lehnte sich schnaufend wieder zurück und griff nach seinem Weinkelch. Doch Luzinde wunderte sich. Hatte sie Ulman Stromer nicht dabei beobachtet, wie er dem Klarissenkloster eine große Spende übergeben hatte?

»Fürchtet Ihr Euch denn gar nicht vor dem Gericht Gottes?«, fragte Wenzel angewidert.

»Fürchten? Kann ich nicht sagen. Wir werden sehen, wer dort besser fährt. Aber selbst wenn Ihr Recht habt«, meinte Hosto, »und ich brenne in jenem Leben für alle meine schlimmen Taten, dann habe ich doch die Gewissheit, für meine Kinder und Kindeskinder ein Nürnberg hinterlassen zu haben, das für die nächsten Jahrhunderte auf sicheren Pfeilern ruht. Den sichersten, die es in diesem Reich gibt, um ehrlich zu sein.« Er grinste breit. »Dafür opfere ich meine Seele gern.«

Weder Wenzel noch Mose fanden darauf eine Antwort. Doch Luzinde wusste, wie der Mann zu packen war. »Wie viel wollt Ihr?«

»Wie viel will ich für was?«, fragte Hosto überrascht.

»Ihr lasst Euch nicht beim Gewissen packen und redet nur von Geld. Also wie viel wollt Ihr dafür, dass die Juden aus

Nürnberg ausziehen können, ohne dass ihnen ein Leid geschieht?«

Ulrich Stromer nickte anerkennend. »Ihr lernt schnell. Aber könnt Ihr denn das Geld der Juden ausgeben? Es ist doch nicht das Eure.«

Mose nickte müde. »Wenn Ihr Farnuftigkeit zeigt, uns geen ze lassen«, sprach er langsam, »dan werden wer sicher gerne eine Sume zalen, um unsere Birgerpflicht in Nirnberg ze beenden, wie der Rat des forschreibt.«

Hosto schloss die Augen und bewegte die Finger einer Hand, als müsse er etwas nachrechnen. Dann grinste er, blickte seinem Gegenüber fest in die Augen und sagte: »Zehn Pfund Haller pro Kopf.«

»Zehn Pfund?«, rief Mose aus. »Des sind ja finfzen Tausend Pfund Haller fir alle Jidenen, wie sie hier in Nirnberg sind! Ihr seid ja irsinig! Damit beraubt'er uns schon des Geldes, das wir fir eine neue Heimat netig haben!«

»Ob Ihr in Regensburg, Mainz oder Speyer oder wo immer ihr hinzieht unter goldenen Dächern oder unter Brücken schlaft, kann mir doch scheißegal sein!«, brach es aus Hosto Stromer hervor. »Zehn Pfund pro Kopf!«

Mose holte tief Luft. »Wir zalen Euch finf Pfund Haler.«

»Sieben einhalb pro Kopf. Das ist mein letztes Wort.«

»Kennen wir dann unsere Sachen packen und ordentlich aus der Schtot faren?«

Der blonde Mann runzelte die Stirn. »Ich denke, das bekommen wir hin. Mit dem Geld können wir zusehen, dass wir genug Büttel und Gassenhauptleute zusammentrommeln, um Euch ein sicheres Geleit durchs Tor zu ermöglichen.«

»Dann sind wir uns einig.« Mose reichte Hosto die Hand. Der schüttelte sie fest.

»Ihr werdet sehen – so ist es für alle ein Gewinn«, meinte er lächelnd. Dann stand er auf. »Sagt Euren Leuten, dass jede Familie einen Wagen mit dem Nötigsten mit sich führen darf. Ihr werdet alle gemeinsam fahren. Alle werden durch das Laufer Tor hinausgelassen, damit wir für die Sicherheit sorgen können. Wer nicht bei Sonnenaufgang von ...«, er dachte kurz nach, »vom Vortag von Sankt Nikolaus bereitsteht, muss dableiben. Dann garantiere ich für nichts. Wer aber dort ist, der wird aus Nürnberg ausziehen können, so für ihn die vereinbarte Summe von sieben einhalb Pfund Haller bezahlt wird.«

»Der finfte Dezember?«, wandte Mose aufgebracht ein. »Das is der Schabbat, und das wisst er genau! Am Schabbat bricht nimand auf eine Reise auf!«

»Wollt ihr nun fort, oder wollt ihr's nicht? Die Wahl zwischen Glaube oder Leben sollte doch einfach sein, oder?«

Mose schien eine Antwort herunterzuschlucken. »Und es sind noch drei Tage, die wer in Nirnberg aushalten missen!«

»Manche von Euch haben es hier drei Jahrzehnte ausgehalten – und jetzt habt Ihr es eilig?«, fragte Hosto Stromer belustigt. »Seht es doch so. Ihr habt drei Tage zum Packen. Das sollte euch doch glücklich machen, oder?«

»Drei Tage also«, nickte Mose kühl. »Wir werden da sein.«

Damit waren die Verhandlungen beendet, und Mose wandte sich zum Gehen. Luzinde aber zögerte.

Ulman folgte ihnen zur Hoftür und machte Anstalten, sie hinter ihnen zu schließen. Die Magd nutzte diese Gelegenheit. »Herr Ulman, ich –«

»Du bekommst dein Kind nicht«, erwiderte Ulman kühl. »Es ist meine einzige Versicherung.«

»Bitte«, flüsterte sie eindringlich, »bitte, Ulman, ich –«

»Die Zeit zum Packen ist kurz«, sagte Ulman. »Ihr solltet sie nutzen.« Damit schob er die Tür zu.

»De Leit missen alarmiert werden«, stieß Mose hervor, als sie ins Haus zurückkehrten. »Und de Torarolle muss weggeschafft werden.«

»Das kannst nur du tun, Mose«, sagte Rebekka.

»Kennen wir im trauen?«, fragte Rosa.

»Natürlich können wir ihm nicht trauen«, knurrte Wenzel.

»Aber wer missen«, schloss Mose und ging hinein.

Luzinde war noch ganz benommen von Ulmans kalter Unnachsichtigkeit. Als sie mit Wenzel und Rosa ins andere Haus gehen wollte, hielt Rebekka sie zurück. »Wo wirste hingeen, wenn das aless forbei ist?«

Luzinde zuckte mit den Schultern. Ihre Zukunft war so unbestimmt wie eh. »Ich weiß es nicht«, meinte sie. Ihr Blick schweifte zu Wenzel hinüber. Er beobachtete sie. »Ich habe ein wenig Geld. Vielleicht kann ich in den Klarissenkonvent gehen und dort eine Weile bleiben.« Bis sie einen Weg gefunden hatte, ihren Sohn zu finden zumindest.

Rebekka zog die Brauen hoch. »Aber de weißt schon, dass die Tante von Ulman Schtromer do als nechste Oberin bestimmt wird? Meinst, da biste sicher?«

Aber natürlich! Ulman hatte ihr davon erzählt. Jetzt verstand sie auch die Spende, die er im Klarissenkonvent abgegeben hatte. Die Tante, von der Ulman gesprochen hatte, war die Nonne, die Margaret die Stellung gegeben hatte. Wie hieß sie noch? Elisabeth? Ein Schauer fuhr ihr den Rücken hinunter. Irgendetwas an der Frau war ihr bekannt vorgekommen. Sie legte die Stirn in Falten.

»Nein, dort kann ich wohl kaum bleiben«, meinte sie befangen. »Aber dann weiß ich auch nicht wohin.« Sie sagten einander schweren Herzens gute Nacht.

Luzinde hielt im nächtlichen Hof noch einmal inne und nahm Abschied. Wie schwer es den Menschen fallen musste,

Heim, Herd und Sicherheit zurückzulassen! Sie wusste selbst, dass man das nur über sich brachte, wenn es sich nicht vermeiden ließ; wenn das Weltgefüge so ins Wanken geriet, dass es keinen Ausweg mehr gab. Die winterlichen Zweige der Hagebutte ragten dürr heran, die schwarzgefrorenen Früchte glitzerten vom Reif. Sie folgte der Pflanze mit den Blicken, die sich teilweise mit langen Ranken an die steinerne Wand krallte und dort Halt fand. Die knorrigen Wurzeln bohrten sich in den kaltgefrorenen Boden. Die Rose war hier ebenso verwurzelt wie Mose und seine Familie. Um sie scherte man sich nicht. Sie hatte auf dem Boden Nürnbergs sicher ebenfalls zu kämpfen, doch sie grub ihre Wurzeln auf der Suche nach Wasser immer tiefer in den Felsen.

Sie erinnerte sich an den Tag, an dem Jakob ihr im Keller den Frosch in den Krug gesetzt hatte. Sie musste lächeln. So lange war das noch gar nicht her. Der kleine Frosch war in den kühlen Felsengang gehüpft und nur schwer wieder einzufangen gewesen.

Die Erkenntnis durchfuhr Luzinde ganz plötzlich. Die Felsengänge! Sie hastete in den dunklen Felsenkeller, der Mose und Ysaacs Häuser verband. Dort ergriff sie ihr Luzienamulett und schickte ein schnelles Gebet zum Himmel. Die Heilige hatte selbst in der tiefsten Finsternis unter der Erde nicht verzagt. Am Samstag würde man sehen, ob Ulrich Stromer sie ins Verderben führen würde. Doch das Leben so vieler Menschen auf das Wort dieses Mannes riskieren? Ihre Brauen schoben sich nachdenklich zusammen. Sie ließ das Amulett wieder unter das Kleid gleiten und entfernte das Holz aus dem Gangstück, das den Eingang versperrte. Dann wagte sie sich ein paar Schritte hinein. Sie kam an eine Abbiegung. Die unregelmäßigen Gänge waren sehr eng, doch ein Ende war nicht abzusehen. Gerüchte besagten, dass sie ganz Nürnberg durchzogen. Luzinde holte sich eine Laterne. Es war an der Zeit herauszufinden, ob daran etwas Wahres war.

Die Juden hatten das Haus am Zotenberg gerade verlassen, und Ulman Stromer kehrte zu seinem Oheim zurück. Der stand am Ostfenster und blickte hinunter in den verwinkelten Innenhof, den sich mehrere Judenhäuser auf beiden Seiten des Häuserblocks teilten. Es gab einen Brunnen, ein kleines Hinterhaus und einen Unterstand.

»Was kann man da nicht alles draus machen!«, murmelte Hosto. »Platz für Pferde und Fuhrwerke. Galerien über alle Stockwerke, mit Holzschnitzereien an den Geländern, die eines Fürsten würdig wären. Ein Haus nur für edle Gäste, so kostbar ausgestattet, dass man dort Könige beherbergen kann.«

Ulman zog eine Augenbraue hoch. »Deshalb machst du das alles?«

»Natürlich nicht, Junge. Das ist mein Lohn. Ein Kauffahrerhof, so groß und prunkvoll, wie es sie in Venedig und Florenz gibt. Von Sankt Nikolaus an wird sich Nürnberg nicht mehr hinter solch großen Städten verstecken müssen.«

Der jüngere von beiden fröstelte unter dem Zug, der durch die Butzenglasscheiben kroch. »Du hast die rechtliche Freisprechung durch den König. Und du hast die Genehmigung, das ganze Viertel dem Erdboden gleichzumachen, um einen Marktplatz zu bauen«, meinte er. »Warum hast du dich auf einmal entschieden, die Juden gehen zu lassen? Nur um schnell und einfach an ihr Geld zu kommen?«

Hosto Stromer lächelte wie eine Raubkatze. »Wer sagt, dass ich sie gehen lasse?«

Ulman fand seinen Verdacht bestätigt. »Du willst, dass sie noch ein paar Tage stillhalten, hm?«

»Mein Junge, du musst strategischer denken«, Hosto klopfte ihm auf die Brust. »Sagen wir mal, es fliehen nur einhundert oder zweihundert von den Juden. Jede Familie darf einen Karren voll Habseligkeiten mitführen. Was werden sie da wohl draufpacken?«

»Ihre kostbarste Habe vermutlich«, dämmerte es Ulman. »Damit sie anderswo ein gutes Leben anfangen können.«

»So ist es. Sie zahlen uns Geld für die Ausreise, verpacken ihre Reichtümer für uns und versammeln sich alle an einem Ort. Und wir müssen dort nur bereit stehen und alles in Empfang nehmen. So ein Aufstand ist eine unsichere Sache. Bricht ein Feuer aus, verbrennt vielleicht ein Gutteil der Wertsachen. Durch den Handel mit Mose haben wir zumindest einen Teil als sicheren Gewinn. Was will man mehr?«

Der Oheim war ein ruchloser Mann. Ulman zog die Schnürung an seinem Wams zu und trat vom Fenster weg, denn er fröstelte. »Du wirst die Juden abschlachten lassen, die weg wollen«, stellte er fest.

»*Wir* werden sie abschlachten lassen, Ulman. Wir werden selbst ein Auge auf die Söldlinge haben müssen, damit auch danach alles seinen Gang geht.«

»Danach?«, fragte Ulman leise, obwohl er die Antwort ahnte.

»*Wir* machen ein Ende.« Hosto Stromer hielt den Blick fest auf den Hof und die benachbarten Häuser gerichtet. »Zu Sankt Nikolaus wird es in Nürnberg keine Juden mehr geben.«

Kapitel 28

In den frühen Morgenstunden des fünften Dezember 1349 lag frisch gefallener Schnee über der Stadt an der Pegnitz. Er lag auf den in der Nacht erkalteten Dächern. Er lag in den schmalen Gassen. Er lag auf den Türmen der Stadtmauer und auf den Schrägen der Kirchenhallen. Die Pfützen waren leicht überfroren; die durch Karrenräder tief eingepflügten Straßen wirkten durch die geschlossene Schneedecke beinahe unberührt. Nur die Schlote der Backöfen und Essen dampften in den klaren Himmel und tauten Löcher in das Weiß; und die feuchten Straßen an der Flussniederung fransten an den Rändern dunkel aus. Doch der friedliche Eindruck trog mehr denn je.

Die Situation in Nürnberg glich bereits seit Tagen einem Pulverfass mit brennender Lunte. Gruppen von Männern waren singend von Judenhaus zu Judenhaus gezogen und hatten Steine hineingeworfen. Stadtfremde Juden, kenntlich an ihren gelben Überwürfen, waren verprügelt und in die eiskalte Pegnitz geworfen worden. Jene, die das Nürnberger Bürgerrecht erworben hatten, sperrten sich in ihren Häusern ein und wagten sich nur noch in größeren Gruppen auf die Straße. Die Synagoge, von den Christen als heiliger Versammlungsort der Juden angesehen, war mit Pferde- und Schweinemist besudelt worden. Je näher das Fest des heiligen Nikolaus rückte, desto dichter wurde das Netz der Gewalt.

Die Sonne war im Osten noch kaum zu erahnen, als ein langgestreckter Zug durch die Gassen zog. Mehrere Dutzend Männer mit zusammengeraubten Waffen und grimmiger Miene näherte sich dem Laufer Tor mit knirschenden Schritten von Sankt Sebald her. In den gegen die Kälte mit Lappen umwickelten Händen trugen sie Morgensterne und Schwerter, Spieße und Hämmer. Ihr Anführer, ein Mann mit vernarbtem Gesicht, der ein beschädigtes Kettenhemd trug, wies ihnen mit Handzeichen ihre Plätze zu.

Zwischen ihnen ritten zwei Männer auf hellen Pferden, der eine auf einem weißen Hengst, der andere auf einer Grauschimmelstute. In der durch den Schnee merkwürdig leuchtenden Dunkelheit wirkten sie selbst wie Nebelschwaden. Unter ihren Umhängen glitzerten wohlgepflegte Rüstungen und mit Juwelen geschmückte Klingen. Sie hielten die sich unruhig bewegenden Tiere mit einer fein behandschuhten Hand geübt am Zügel, die andere lag jeweils locker auf dem Oberschenkel. Obwohl der eine Mann blond, der andere dunkel war, glichen sie einander in dieser Pose wie Vater und Sohn.

»Wir sind gleich da, Ludewich«, verkündete Hosto Stromer dem Söldnerführer. »Deine Männer sollen sich also rechts und links von der Straße verbergen, damit wir auf die Judenwagen warten können.«

»Und der Pöbel? Ihr habt gesagt, der Pöbel will auch etwas zu schlachten haben. Müssen wir auf die Leute warten?«

»Der Pöbel wird heute das Judenviertel plündern, Ludewich. Von diesen Wagen wissen sie nichts. Aber hinterher wird es so aussehen, als wären die Juden von der aufgebrachten Menge erschlagen worden.« Hosto grinste. »Ich habe mit Sankt Ägidien alles geregelt. Die Seitenpforte ist offen, so dass ihr dort hinter der Mauer warten und euch hinüberschwingen könnt, wenn sie kommen. Am Tor solltet Ihr …«

»Oheim, sieh«, unterbrach Ulman Stromer ihn und verhielt sein Pferd. »Sie sind schon da.« Er wies mit der behandschuhten Rechten auf den Schemen eines Wagens, vor dem zwei

Gäule standen und deren Ohren bei den merkwürdigen Geräuschen aus der Dunkelheit nervös spielten.

»Schon da?«, grunzte Hosto. »Aber die sollten sich doch erst nach Sonnenaufgang sammeln.« Er zögerte nur kurz. »Wir müssen uns eilen, damit die Juden nicht gewarnt werden.«

»Na das fängt ja gut an. Kaum da und schon geht der Plan schief«, grunzte der Söldnerführer und zischte seinen Leuten Befehle zu. Sofort brach große Hektik aus. Die Männer nahmen ihre Waffen vor, schoben Rüstungsteile und Helme zurecht und hasteten dann geduckt fort, um sich entlang der Straße zu verteilen. Man wollte den Zug von rechts und links angreifen, damit niemand entkommen konnte.

Währenddessen zogen sich die Stromers auf ihren Pferden hinter die Reihen der Söldner zurück. Ulman war zwar im Umgang mit dem Schwert geübt und hatte es auch bereits eingesetzt. Doch der Plan, Frauen und Kinder zu ermorden, bereitete ihm keine Freude. Das überließ er lieber den Schlächtern seines Oheims. Der junge Patrizier wappnete sich innerlich gegen das Blutvergießen. Die Söldner wären nur schwer zu zügeln, wenn sie mit dem Morden einmal angefangen hatten. Die Stadttore waren auf Weisung seines Oheims allesamt versperrt. Dort käme niemand hinaus, bis nicht die Juden tot wären.

»Ulman?«, fragte Hosto.

»Oheim?«

»Spürst du es?«

»Was denn, Oheim?«

Hosto sog geräuschvoll die Morgenluft ein. »Dies ist ein historischer Augenblick. Ein Tag noch. Morgen wird Nürnberg am Rande eines Neubeginns stehen.«

»Sicher doch, Oheim.«

»Ich möchte, dass du den Söldlingen den Befehl zum Angriff gibst. Du hast es dir verdient.«

Ulman erstarrte. Er sollte das Morden befehlen? Sein Gaumen wurde trocken. »Das … das ist dein Sieg, Oheim«, sagte er und hoffte, dass die anderen den gepressten Ton in seiner Stimme nicht wahrnahmen.

»Ulman, ich bin alt. Ich habe das Haus geplant und die Arbeiter bestellt. Jetzt ist es an dir, den Grundstein zu legen. Denn wir werden zwar das Fundament noch gemeinsam legen und möglicherweise den Bau beaufsichtigen, doch wohnen wirst du in dem Haus. Deshalb gebührt die Ehre dir.«

Ulman begann zu schwitzen. Zwischen den Sätzen hörte er aus Hostos kleiner Ansprache noch etwas anderes heraus. Er sollte sich ein letztes Mal beweisen. Er sollte dem Oheim zeigen, dass er nicht nur dessen Vision erfüllen konnte, sondern Rückgrat genug besaß, sie zu seiner eigenen zu machen. Er zögerte. Er sollte es einfach als Jagd wie jede andere nehmen. Vielleicht machte es das leichter. Ulman sog ebenfalls die kühle Luft ein. Dann nickte er.

»Ludewich«, brachte er heiser hervor und hoffte, seine Stimme würde nicht zittern, »schick deine Männer los.«

Der Söldnerführer nickte. Er nahm ein kleines Horn vor und entlockte ihm einen Ton, der Ulman durch Mark und Bein fuhr. Das Geräusch erinnerte eher an einen grellen Schrei. Der Laut hing für einen Augenblick lang in der kristallklaren Morgenluft. Dann brach der Lärm los. Die Söldner sprangen aus ihren Verstecken auf die Wagen, die Streitkolben und Schwerter gezückt. Der junge Mann schloss die Augen und wartete auf die Todesschreie.

»Schau da hin, Ulman!«, befahl der Onkel unwirsch. »Wenn dich jemand sieht!« Ulman gehorchte widerwillig. Ob Luzinde auch auf den Wagen saß? Wie würde sie wohl sterben?

Es wurde totenstill.

»Herr«, gellte ein Ruf von den Wagen herüber. »Hier ist niemand!«

Nun war die Aufmerksamkeit der beiden Patrizier geschärft. Ludewich stand in voller Rüstung auf dem Wagen. Er hatte die Plane heruntergezogen und hielt in jeder Faust ein Bündel Stroh. Auch von weiter vorne und hinten klangen Rufe der Enttäuschung. »Was soll das? Wollt Ihr uns auf den Arm nehmen?«

Ulman und Hosto lenkten ihre Pferde zwischen die Wagen. Der Onkel selbst zog einige Decken beiseite, trat aus dem Sattel Fässer um und riss einen Stuhl von der Ladefläche. »Stroh, Wasser und wertloser Tand!« Der Ratsherr fluchte.

Ulman zog eine Augenbraue hoch. Offenbar war es Luzinde, Mose und den anderen gelungen, den großen Hosto Stromer hereinzulegen. Das konnten nicht viele Menschen von sich behaupten. Doch sein Onkel hasste es, verhöhnt zu werden.

»Wo sind sie?«, schrie Hosto wutentbrannt und riss eine weitere Plane in den Dreck. »Wo sind die gottverfluchten Juden?«

»Wenn sie nicht hier sind, müssen sie noch in ihren Häusern sein«, warf Ulman ein. »Viele Hundert Menschen fliegen nicht mal eben so über die Mauer.«

»Ja!«, fiel Hosto ein. »Wenn die Juden nicht hier sind, haben sie sich verschanzt. Ihr könnt sie euch *dort* holen. Aber seid vorsichtig. Sie dürfen zwar keine Waffen tragen, aber sie werden sich nicht drum scheren.« Die Männer, die sich um ihren Anführer versammelt hatten, nickten mürrisch.

»Die Juden mögen mit Geld umgehen können«, nuschelte Ludewich und klopfte sich auf die Waffe. »In diesem Handwerk sind wir die Meister. Kommt, Leute!«

»Wartet!«, rief Hosto. »Ihr erkennt die Judenhäuser an den kleinen flachen Behältnissen an den Türzargen. Sie stehen fast alle zwischen Rathaus und Fleischbrücke. Brecht sie auf und stecht jeden ab, den ihr findet. Männer, Frauen, Kinder – alle.

Nehmt euch an Münzen und Schmuck, was ihr finden könnt. Und glaubt mir – die Juden sind reich.« Er machte eine kleine Pause und funkelte die Kriegsleute an. »Doch derjenige von euch, den ich dabei erwische, wie er etwas niederbrennt, baumelt morgen auf dem Galgenberg, verstanden?«, rief er so laut, dass auch der letzte von ihnen es hörte. »Also worauf wartet ihr noch?«

»Los, Männer!«, rief Ludewich. Doch bevor er ging, wies er mit dem Finger noch auf Hosto Stromer. »Wehe, wenn wir leer ausgehen!« Dann stürmte die Rotte durch die Straßen und trug den Kampf ins Herz der Stadt Nürnberg.

»Hättest du ihnen nicht noch sagen sollen, die Leute von Romer dem Schneider am Leben zu lassen?«, fragte Ulman, als sie weg waren. »Die Söldner sind viel besser ausgerüstet als die Handwerker. Wenn es um saftige Stücke geht, schlagen die sich doch gegenseitig tot.«

»Dann regen sie sich wenigstens aneinander ab«, grunzte Hosto. »Das Kriegsvolk zündet uns sonst noch die Dächer an. Aber vielleicht haben wir Glück.« Er wies auf die Wagen. »Die Juden wissen, dass wir kommen. Das hier hat ihnen Zeit verschafft.«

»Das heißt, du hoffst, dass die Söldner dabei draufgehen?«

Hosto nickte. »Die Juden werden Widerstand leisten. Und jeder tote Söldner bedeutet, dass weniger Gold aus der Stadt getragen wird.« Er schnalzte mit der Zunge, um sein Pferd in einen vorsichtigen Trab zu versetzen. »Komm. Wir sollten uns auch auf die Suche machen. Irgendwo müssen die Juden ja hin sein.«

In den Straßen Nürnbergs wütete der Tod. Bei Sonnenaufgang brach die Menge um den einäugigen Schneider Romer in das erste Haus an der Fleischbrücke. Mit Knüppeln, Messern und anderem Werkzeug bewaffnet drängten sie sich um die Tür, warfen die Butzenglasscheiben ein, rissen die Läden herunter und pissten gegen die Mauern. Als der Strom vor dem Eingang stockte, spaltete sich die Meute wie ein Fluss an einem Stein und schwappte weiter, zum nächsten Haus.

Romer spürte, dass die Menschen bereit waren. Die Stimmung fühlte sich beinahe an wie die drückende Schwüle vor einem Gewitter, die darauf wartete, sich endlich in Blitz und Donner zu entladen. Und die Menschenmenge, die bereits seit Wochen nach dem Blut der Juden gierte, brach endlich über deren Häuser herein.

Zusammen mit den wütenden Leuten trat Romer im ersten Haus alle Türen ein, stach in jedes Bett, durchwühlte alle Kisten und Schränke. Er heulte enttäuscht auf, als es nicht nur niemanden abzustechen, sondern nicht mal etwas zu holen gab – nur bekritzeltes Pergament, weiße Laken und Unmengen von Möbeln und Steingut. Sicher, es gab für seine Verhältnisse kostbare Kleider und Möbel sowie etliche Kleinigkeiten, die man versetzen konnte. Doch wo war das Gold? Wo die Juwelen? Wo waren die Pfänder der Kirchen und Klöster, der Könige und Kaiser? Romer musste sich mit aller Macht davon abhalten, nicht nach einer Fackel zu schreien, um das Haus niederzubrennen. Doch der Schneider wusste, dass Ulrich Stromer ihm dann bei lebendigem Leib die Haut abziehen lassen würde. »Reißt alles nieder! Haut es kurz und klein!«, gellte seine Stimme durch die leeren Kammern. Und dann stürmten sie weiter.

Ein paar Häuser später – die Sonne beschien die so unberührt weiß gezuckerte Stadt inzwischen mit tiefstehenden morgendlichen Strahlen – brach die Meute durch eine Tür, hinter der sich Leute verbarrikadiert hatten. Romers Blut war so sehr in Wallung geraten, dass er jede Vorsicht vergaß. Den Männern um ihn herum erging es genauso – denn aus dem Gebäude wurden entsetzte Scheie laut und das Weinen von Kindern. Endlich, endlich würden sie tun, weswegen sie gekommen waren. Sie würden Juden schlachten.

Sie fielen mit der Tür ins Haus, während eine zweite Gruppe an der Hintertür arbeitete und eine andere durch den Kellereingang zu kommen trachtete. Romer brach in Triumphgeschrei aus, als er sah, dass diese Juden nicht nur nicht geflohen waren, sondern auch ihren Besitz nicht weggeschafft hatten. Er griff sich einen Silberkelch und stopfte ihn in den mitgebrachten Beutel, langte nach einem goldenen Kerzenleuchter und räumte eine fein geschnitzte Dose ab. Er hoffte, die anderen hatten ihn nicht gesehen, denn bei solchen Plünderungen kam es schnell zu blutigen Streitereien.

Die Männer um ihn herum rannten in den Keller, doch Romer flog die Treppe hoch. In den Kammern der Juden wären nicht nur weitere Wertsachen, sondern auch die Ungläubigen selbst. Er schlug mit seinem Messer Laternen um und Geschirr herunter, wo er es fand, doch der Akt barg wenig Befriedigung. Er sollte sich irgendwo eine Keule oder einen Hammer beschaffen.

Dicht gefolgt von zwei anderen Männern rannte er eine Tür ein und stolperte in die dahinter liegende Kemenate. Das Bild, das sich ihm bot, ließ ihn für einen Augenblick erstarren. Etwa zehn Menschen hockten in dieser Kammer, Männer, Frauen und Kinder, sowohl Handwerker wie auch Gesinde. Auf den zweiten Blick erkannte Romer, dass mindestens vier Juden bereits in ihrem Blute lagen und eine Frau, offenbar die Mutter, gerade dabei war, ihre Tochter zu töten. Nur wenige Augenblicke später, und er hätte gar nichts mehr zu tun bekommen! »So nicht!«, rief er wütend und stürzte sich mit dem Messer auf die Mutter. Er stach auf die kreischende Frau ein und traf sie an der Schulter. Er hatte ihren Hals treffen wollen, doch sie bewegte sich. »Halt still, Hure!«, knurrte er. Da traf ihn etwas von hinten und schleuderte ihn fort. Romer landete in der Ecke des Raumes und stieß sich schmerzhaft die Schulter und den Kopf. »Verdammt!«, fluchte er benommen, rappelte sich auf und duckte sich gerade rechtzeitig, als ein Mann, der Herr des Hauses offenbar, ein Tischbein auf ihn niedersausen ließ, das neben Romers Kopf auf den Holzfußboden krachte. Der Schneider krümmte sich schreiend und versuchte, seinen Kopf zu schützen. Er wusste, dass er nicht schnell genug war, einem zweiten Schlag auszuweichen. Doch der Schlag kam nicht. Romer lugte vorsichtig zwischen den Armen auf und sah, wie sich zwei Drahtzieher, ein Meister und sein Geselle, mit ihren Hämmern und Messern über den Juden hermachten. Sie ließen ihre Waffen kraftvoll immer wieder auf den Mann niedersausen, bis sein Blut Romer über Gesicht und Kleider spritzte. Er war froh, dass er so vorausschauend gewesen war, nicht sein neues Wams anzuziehen.

Schließlich richteten sich die beiden Männer wieder auf und feixten den Schneider an. »Du kannst auch draußen warten, bis wir hier fertig sind, Schneiderlein«, unkte der Meister. »Das ist Männerarbeit!«

Da packte Romer die Wut. Er sprang mit einem Schrei auf und stürzte sich auf die Hausherrin, die schon wieder ihr Messer gepackt hatte. Er rammte ihr seine Klinge in die Brust, doch er kam nur so tief – sein Messer war nicht so scharf, wie es wohl hätte sein müssen, um Haut, Fleisch und Gekröse zu durchschneiden. Also drückte er nach. Er schob die nach Luft ringende Jüdin an die Wand, stemmte sich mit dem ganzen Gewicht gegen den Griff seines Messers und strengte sich so sehr an, dass er die Zähne zusammenbeißen musste. Er rüttelte an der Klinge, um sie zu lösen, denn er hatte den Verdacht, auf etwas Knochiges gestoßen zu sein. Schließlich brachte er alle

Kraft auf, und endlich verrutschte die Klinge und versackte bis zum Heft in der Brust der Jüdin. Sie krächzte, rang gluckernd nach Luft und zuckte noch viele lange Herzschläge, bis sie endlich still wurde und an der Wand erschlaffte. Doch Romer gestattete dem plötzlich spannungslosen Körper nicht, hinabzurutschen. Er hielt sie noch einen Augenblick fest. Ihr Blut lief ihm über die Finger, doch schließlich versiegte auch das.

Nun würde ihn niemand mehr einen Hänfling oder einen Schwächling nennen. Er war nicht hilflos, nicht Opfer! Er würde nicht mehr tatenlos zusehen, wenn ihm jemand ein Unrecht tat! Sein Vater wäre stolz auf ihn. Er spürte, wie sich Feuchtigkeit in den Augenwinkeln sammelte, und wischt sie verächtlich weg.

»Na, du wirst doch nicht um die Judenhure weinen, was, Romer?«, fragte ein Kerl, den Romer noch nie gesehen hatte.

»Halt's Maul, oder ich schlitz dir den Bauch auf«, keuchte der Schneider wütend und ließ die Frau endlich los. Sie schlug dumpf auf dem Boden auf.

Im oberen Stockwerk des Hauses herrschte großes Chaos. Die männlichen Juden lagen tot oder krepierend in ihrem Blut. Die Kinder waren genauso erschlagen worden wie die Alten. Die Mädchen und Frauen hatte man wehrlos geprügelt und rückwärtig auf den Boden geworfen. Romer sah, wie der Drahtziehermeister sich gerade zuckend in einer ergoss, um schließlich Platz für seinen Gesellen zu machen. Der zückte vor Gier zitternd sein steifes Glied und stieß es mehrmals so tief in das Mädchen, dass sie doch wieder anfing, sich zu wehren. Sie versuchte, ihn mit bereits gebrochenem Arm von sich herunterzuschieben. Der Geselle schlug ihr mit der Faust hart ins Gesicht, ohne seinen Rhythmus zu unterbrechen.

»Na, Romer, willst du auch?«, grinste der Meister, während er seine Beinkleider verschnürte.

»Ich nehm nichts, was ihr beide schon abgenutzt habt«, erwiderte der Schneider angewidert. Tatsächlich zitterten seine Beine noch.

»Hier ist genug Auswahl, Mann!« Der Meister wies in die Runde.

Doch Romer schüttelte den Kopf. »Ich bin nicht gekommen, um die Ungläubigen zu begatten. Das ist eine Sünde, das weißt du. Lass sie uns einfach abstechen und weitermachen. Der Tag ist noch lang.« Das sahen auch die anderen Männer so, und als der Geselle fertig war, machten sie ein Ende mit ihren Opfern.

Auf dem Weg zum nächsten Haus breitete sich in Romers Bauch trotz seiner hochtrabenden Worte eine Übelkeit aus, die er nicht verstand. Diese Leute waren Ungläubige. Eine Plage, wie sie in der Schrift beschrieben stand! Sie fielen wie die Heuschrecken in gute christliche Städte ein und fraßen sie leer, bis es nichts mehr zu holen gab. Dann zogen sie weiter und nahmen sich die nächste Stadt vor. Romer kotzte in die Küche, in der gerade zwei Schmiede das jüdische Gesinde totgeprügelt und auf dem sauberen Steinboden in einer schmierigen Blutpfütze liegen gelassen hatten.

»Hast nicht den Magen dafür, was, Romer?«, fragte der eine Schmied mitfühlend und klopfte ihm auf die Schulter.

Der mitleidige Ton des Mannes brachte das Fass zum Überlaufen. Der einäugige Schneider stieß ihn mit dem Ellenbogen beiseite und griff sich einen hölzernen Küchenhammer. Damit malträtierte er den Kopf einer toten Magd so lange, bis er knackte und splitterte und nur noch eine blutige Masse übrig war. Als Romer aufsah, waren sämtliche Wände mit blutigen Fetzen übersät.

»Lasst uns weitergehen. Die Häuser der reichen Juden sind gleich da oben«, knurrte Romer dann. Die Männer gehorchten ohne Worte.

»Verdammt – was sind denn das für Kerle?«, fragte jemand und deutete auf ein Haus. Darum herum standen eine Handvoll gerüsteter Männer mit Waffen in der Hand. Sie sahen nach Söldnern aus – die Art von Leuten, vor denen Romer zeit seines Lebens einen Heidenrespekt gehabt hatte. Was hatten die hier zu suchen? Wollten sie plündern? Ärger packte ihn. »Verdammt!«, zischte auch er. »Die wollen sich holen, was uns zusteht!«

»Scheißkerle«, murmelte ein Dritter. »Sollen wir sie erschlagen?«

»Bist du irre?«, fragte Romer. »Die schneiden uns alle nieder. Kämpfen ist ihr Handwerk – unseres ist es nicht. Nein, lass sie hier plündern. Dann sind sie eine Weile beschäftigt. Wir sind im Vorteil! Wir wissen, wo die *reichen* Juden wohnen!« Der Schneider stolperte voran, den Zotenberg hoch. Es wäre doch gelacht, wenn bei den Wucherern nicht noch etwas zu holen wäre!

Drei Tage noch bis Sankt Nikolaus! Die Zeit kam Luzinde ewig vor, denn die Juden müssten damit noch lange in Nürnberg aushalten. Gleichzeitig war der Zeitraum schrecklich kurz, wenn Hunderte sicher aus der Stadt fliehen wollten. Aus diesem Grund war sie auf ihren Einfall hin gleich nach den Verhandlungen zwischen Hosto und Mose in den Keller gegangen und hatte die Felsengänge ein paar Ecken weit erkundet.

Jetzt stürmte sie in das Haus des Mose und verkündete noch ganz außer Atem: »Wir bringen euch durch die Felsengänge heraus!«

»Wir tun was?« Mose hielt erstaunt dabei inne, seine Pergamente einzupacken.

»Wir bringen euch durch die Felsengänge heraus!«, wiederholte Luzinde. Sie war direkt nach dem Gespräch mit Hosto und Ulman Stromer in den Keller gegangen und hatte die Felsengänge ein paar Ecken weit erkundet. Dann war sie sofort hochgelaufen. »Ich bin ein paar Ecken weit gegangen, bis ich mich nicht weiter getraut habe. Aber heißt es nicht, dass der Nordteil von Nürnberg über die Wasserleitungen und Felsengänge verbunden sei? Es muss doch jemanden geben, der sich da unten auskennt!«

»Ist so etwas möglich?«, fragte Wenzel. »Gibt es genug Gänge, dass man sie zur Flucht benutzen kann?«

Ihre Aufregung schien Rosa anzustecken. »Meglich wär des. Viele unserer Heiser sind miteinander verbunden. Und mit anderen Kellern. Und wo die Lochkanalisation hinfihrt, das weiß nur … ja, der Asriel weiß des bestimmt. Der kennt die Genge.«

»Dann lasst uns mit ihm sprechen«, erwiderte Luzinde. Endlich konnte sie wieder Mut fassen.

»Und ir wollt wirklich Tausend finfhundert Leit durch die Felsengenge aus der Schtot bringen?«, fragte Mose. »In drei Tagen?« Sein Tonfall ließ keinen Zweifel, was er von ihrem Verstand hielt.

»Die Alternative ist, auf Hosto Stromers Wort zu vertrauen«, erwiderte Wenzel.

Mose sah nachdenklich auf seine Pergamente. Dann nickte er entschlossen. »Wir missten einen Plan machen. De Leit missten genau die Zeit abmessen. Wenn zu file Leit durch die Gossen laufen, wird das jemand merken. Ale missen Bescheid wissen.« Er sah sie ernsthaft an. »Ale, die rauswolen natirlik.«

»Wenn Nathan wirklich bleiben und kämpfen will«, sprach Wenzel langsam, »dann kann uns das mehr Zeit erkaufen. Je mehr Widerstand es in der Stadt gibt, desto mehr Leute können wir rausschaffen.«

Mose nickte schwer. »Ich red mit Nathan.«

Die Nacht zum fünften Dezember war längst dem grauen Morgen gewichen. Das Brunnengässlein befand sich im Schatten der hohen Mauern des Dominikanerklosters am Hang des Berges, auf dessen Gipfel sich die Kaiserburg erhob. Im Bierkeller am Brunnen lag der einfachste Einstieg in die Felsengänge. Die Schankmagd Alva hatte ihnen vor drei Tagen die Tür geöffnet. »Niemand hat so was verdient«, sagte sie. Dann überließ sie ihnen das leere Haus.

Die Gänge zogen sich unter vielen Häusern hindurch und waren in mehreren Systemen miteinander verbunden. Man konnte immer mal wieder eine Strecke unterirdisch zurücklegen, um unter der Stadt hindurch zu gelangen. Doch immer wieder musste man kurze Strecken über die Straßen huschen, um in das nächste Gangsystem zu gelangen, denn die meisten Keller waren nicht so einfach verbunden wie unter den Häusern von Ysaac und Gottschalk. Bei anderen Häusern gab es nur einen Durchschlupf von der Größe eines Kindes, oder die beängstigend engen und grob behauenen Gänge der Lochwasserleitungen, in denen das Wasser wadenhoch in einem steten Rinnsaal durchfloss. Ein großer Mann wie Wenzel bekam hier bereits Schwierigkeiten, aufrecht zu stehen. Das größte Problem aber war, dass es nur ein oder zwei Leute gab, die in der Vielzahl von Abzweigungen und Zuflüssen die richtigen Gänge kannten, um an der Nordwand unterhalb der Burggrafenburg jenseits der Mauern ins Freie zu gelangen. Der bucklige Asriel war einer von ihnen. Er, Wenzel und Luzinde hatten in den letzten beiden Nächten kein Auge zugetan, um so viele Juden wie möglich in kleinen Gruppen aus der Stadt zu schmuggeln. Dabei hatte sich herausgestellt, wie lange ein Marsch durch die Gänge dauerte.

Jetzt, in der dritten Nacht, warteten Luzinde und Wenzel im Eingang des Hauses. Der Morgen dämmerte, und Ulrich und

Ulman Stromer mussten festgestellt haben, dass die Wagen vor dem Laufer Tor nur mit Holz und Stroh gefüllt waren. Aus der Stadt drang jetzt Kampfeslärm. Vermutlich suchte man sie im Judenviertel. Über kurz oder lang würde eine Gruppe von Flüchtlingen aufgebracht werden und diesen Ort verraten. Noch in den Morgenstunden zu fliehen, das konnte nicht lange gutgehen. Doch die Nächte hatten für die Menge an Menschen nicht ausgereicht.

»Sollte Asriel nicht längst zurück sein?« Der krumme kleine Mann kannte die Lochkanalisation wie seinen Handrücken. Er hatte Wenzel und Luzinde den richtigen Weg gezeigt, um die Leute herauszubringen.

»Möglich«, brummte Wenzel. »Der wird sich schon nicht verirren.«

Sie schwiegen und warteten. Doch Luzinde hielt es nicht lange aus. »Wann kommen sie denn endlich!«

»Wenn die Dominikaner zur Terz läuten«, erwiderte er gereizt.

Luzinde sah ihn schräg von der Seite an. Dem Ritter war die Anstrengung der letzten Tage ebenso anzusehen wie vermutlich ihr selbst. Als er ihren Blick bemerkte, fuhr er sich mit den Händen über das Gesicht. »Entschuldige. Ich bin müde.«

Sie nickte. »Ich auch.« Sie stierte in die Dunkelheit. »Ich hätte nicht gedacht, dass Nathans Zeitplan aufgeht. Dass sich so viele Leute daran halten, nach dem Geläut die Sanduhren zu zählen. Es ist schon ein Wunder, dass sich alle gedulden können, bis sie an der Reihe sind.«

»Sie wissen, was auf dem Spiel steht. Aber du hast Recht – es ist ein Wunder, dass noch niemand erwischt worden ist.«

Luzinde war so ungeduldig, weil jetzt endlich Rebekka, Rosa, Mose und die Kinder unter den Flüchtlingen waren. Eigentlich hatte Luzinde sie als Erste hinausbringen wollen, doch die Familie hatte sich geweigert. »Des fellt zu ser auf«, hatte Mose gesagt. Vermutlich stimmte das sogar – Hosto Stromer brauchte dafür nicht einmal Spitzel, denn er konnte in Moses Innenhof sehen.

Jetzt zuckte Luzinde zusammen, als der Klang der hellen Glocke vom Dominikanerkloster die Morgenstunden zählte. Die Terz war heran. Bald wären Jakob und die anderen auch in Sicherheit.

Sie musterte Wenzels Profil in dem frühen Licht, dass durch die halb offen stehende Tür hereindrang. »Danke«, sagte sie sanft.

Er sah erstaunt auf. Dann schüttelte er den Kopf. »Du musst dich nicht bedanken.«

»Ihr müsstet das aber nicht tun.«

»Du auch nicht.«

»Doch«, erwiderte sie düster. »Ich muss das tun. Für Gottschalk. Und für Jakob.«

»Und für Hannes?«

Luzinde nickte. »Auch für ihn.« Sie hatte in den letzten Tagen auch deshalb so unermüdlich gearbeitet, um jeden Gedanken an ihr Kind zurückzudrängen. Sie hatte Ulman nichts anzubieten, um es zurückzubekommen.

»Weißt du«, meinte Wenzel nachdenklich, »der beste Ort, um ein angebliches Waisenkind aufzuziehen, ohne dass es jemanden kompromittiert, ist ein Konvent. Oder ein Kloster.«

Luzindes Kopf ruckte hoch. Ein Kloster? Sie suchte in Wenzels Zügen nach einer Antwort. Margarets Familie hatte eine Nonne gerufen, die ihr das Kind geraubt hatte. Die Nonne hatte Brusttuch und Schleier der Klarissen getragen. Man hatte sie Elisabeth genannt – Schwester Elisabeth. War Margaret nicht hier in Nürnberg in dem Klarissenkloster von einer Nonne namens Elisabeth Stromer angestellt worden? Und handelte es sich dabei nicht um Ulmans Tante? Luzinde hatte plötzlich eine Ahnung. Die Welsers hatten Verbindungen zu den Stromers. Die Nonne hatte ihnen einen Gefallen getan, indem sie das unerwünschte Kind weggeschafft hatte, das Margarets eigenen Kindern das Erbe hätte streitig machen können. Daher war ihr die Nonne bei den Klarissen bekannt vorgekommen! Luzinde hatte sie nicht sofort wiedererkannt, weil es damals in der Kate so dunkel gewesen war – ganz zu schweigen von der Anstrengung der Geburt. Umgekehrt musste Elisabeth Stromer Luzinde schneller erkannt haben. Wusste Ulman vielleicht von seiner Tante um ihre Vergangenheit?

»Luzinde? Geht es dir gut?«, fragte Wenzel.

»Ja«, log sie. »Elisabeth weiß, wo er ist.«

»Wer?«

»Hannes. Sie weiß, wo mein Kind ist. Sie hat ihn mir weggenommen. Die Nonne im Klarissenkonvent!«

»Bist du sicher?«

»Ganz sicher.«

»Dann sollten wir den Klarissen einen Besuch abstatten.«

Luzinde nickte. Sie wollte sofort aufspringen und losrennen, wollte Elisabeth schnappen und sie schütteln, bis sie ihr gestand, wo sie das Kind hingeschafft hatte. Doch sie beherrschte sich. »Ja. Aber erst müssen wir das hier zu Ende bringen.«

»Bist du sicher? Es wird noch Stunden dauern, bis alle Juden hinaus sind. Und was passiert, wenn der Morgen graut, kannst du dir vorstellen.«

»Aber wir beide kennen die Gänge hier inzwischen mit am besten. Einer von uns muss mit durch, der andere hält hier Wache, um die nächsten zu empfangen.« Sie horchte auf ihr Inneres. »Ich habe fünf Jahre lang gewartet. Nun kommt es auf fünf Stunden nicht an.«

Wenzel nickte und drückte ihr mitfühlend die Hand. »Du musst dann nicht allein gehen.«

»Ja«, sprach sie leise. »Ich weiß.« Wenzels Leib war ihrem nun ganz nahe.

Hastige Schritte hallten von den Häuserwänden der engen Gasse wider. Luzinde spähte hinaus. Ein Grüppchen näherte sich von Süden her. Es handelte sich vielleicht um zwölf Leute – fast doppelt so viel, wie es hätten sein sollen. Jakob musste irgendwo unter ihnen sein und ängstigte sich vermutlich zu Tode.

»Sie sind laut«, stellte Wenzel besorgt fest.

Die Leute näherten sich hastig. Luzinde merkte, wie sie sich in den Fäusten die Fingernägel in die Handflächen bohrte. Sie zwang sich zur Ruhe. Die Leute würden es schaffen. Niemand würde sie entdecken.

Kaum hatte sie diesen Gedanken zu Ende gedacht, da bogen dunkle Gestalten um eine Ecke. Ein greller Schreckensschrei ertönte, und die Juden erstarrten. Dann näherten sich die beiden Gruppen einander an.

»Wer ist das?«, fragte Luzinde. »Turmwächter?«

Wenzel antwortete nicht, auch er stierte ins Dunkel.

Stimmen drangen an ihre Ohren. »Sie unterhalten sich?«, fragte Luzinde ungläubig.

»Ich sehe nach«, zischte Wenzel und sprang aus dem Eingang auf die Straße.

Luzinde beobachtete das Treiben aus der Ferne. Wenzel näherte sich den Menschen, wechselte ein paar Worte, dann trieb er sie mit einer Bewegung, die an einen Hirten erinnerte, zum Haus hinüber. Luzinde entspannte sich erst, als die Ersten zur Tür hereinkamen. Dann drückte sie Rosa und Jakob kurz an sich. Wenzel kehrte schließlich als Letzter zurück. »Drei Gruppen auf einmal«, grunzte er. »Ich habe gewusst, dass das mit den Sanduhren nicht klappt. Sie sind alle unterschiedlich groß und laufen unterschiedlich schnell. Wenn da nur nicht noch mehr schiefgeht!«

»Hat sie jemand gesehen?«, fragte Luzinde.

»Ich weiß es nicht. Soll ich sie durchführen?«

»Nein. Es ist besser, wenn ich das mache. Wenn jemand auf uns aufmerksam geworden ist, wäre es besser, wenn du hier bliebest«, erwiderte Luzinde und griff sich die Öllaterne, die an einer Kette hing. Sie wandte sich an die Menschen, die eng zusammengedrängt im Bierkeller standen. Es waren über zwanzig – viele Frauen mit Kindern und Alte darunter.

»Wir müssen hintereinander gehen. Wir haben leider nicht genug Laternen für alle. Aber der Letzte«, sie wies auf Mose, »sollte eine bei sich haben. Die Kinder müssen nicht getragen werden. Sie haben weniger Schwierigkeiten in den engen Gängen als wir.« Dann blickte sie die Leute ernst an. »Niemand – hört ihr? – niemand trennt sich von der Gruppe. Ich kenne dort unten auch nur den einen Weg nach draußen. Ich kann euch nicht wiederfinden, wenn ihr euch verlauft. Daher binden wir uns alle an eine Leine. Besonders die Kinder. Außerdem müssen wir mucksmäuschenstill sein. Die Gänge führen an manchem Keller vorbei. Wenn jemand gerade Bier holt und uns hört oder sieht, sind wir geliefert – und alle nach uns ebenfalls. Habt ihr das verstanden?« Die Leute nickten ängstlich. »Wenn jemand fällt, kann ich nicht umdrehen und ihm aufhelfen. Daher sollten sich Kinder und Erwachsene abwechseln. Jeder ist für die Leute vor und hinter sich verantwortlich. Entweder wir schaffen es alle da durch – oder keiner.«

Luzinde band den Flüchtlingen sorgfältig die Leine an den Gürtel und verteilte drei Laternen. Das war zu wenig, damit alle sehen konnten, wohin sie ihre Füße setzten, doch mehr besaßen sie nicht. Viele der Kinder würden sich im Stockfinsteren ihren Weg suchen müssen. Und wenn jemand stolperte und fiel, möglicherweise gar schrie …

»Alles wird gut«, beruhigte sie Jakob und Bel, die sich ängstlich an ihre Mutter drängten.

»Luzinde.« Wenzel hielt sie zurück.

»Ich passe auf mich auf«, lächelte sie mutig.

»Gut. Und noch was.« Er drückte ihr einen Knüppel in die Hand. »Niemand darf euch erwischen.«

Sie sah auf die Waffe herunter und schluckte. Wie sollte sie damit gegen einen ausgewachsenen Mann ankommen?

»Ziele auf den Kopf, den Bauch, die Augen, den Schritt. Je mehr Schwung, desto härter der Schlag. Je später dich der Gegner sieht, desto besser.«

Luzinde nickte. Dann drückte sie seine Hand zum Abschied und ging die steilen Stufen voran in die Tiefe. Zum etlichsten Male umfing sie vollständige Dunkelheit. Die Welt verengte sich auf die Lichtkugel um die hölzerne Laterne, deren Schein kaum den Boden vor ihren Füßen erreichte. Sie wartete geduldig, bis alle unten waren, dann ging sie los und spürte schnell den Zug des Strickes an ihrem Gürtel. Sie fühlte sich sicherer mit dem Strick, denn teilweise waren die Gänge so eng, dass man den Hintermann seines Hintermannes schon nicht mehr sehen konnte.

Die ersten paar Abbiegungen waren leicht. Dann musste sie sich konzentrieren und Gänge zählen. Sie ging langsamer als sonst, denn je mehr Leute am Seil hingen, desto länger musste man warten, bis jeder um die schwierigen Stellen herum war. Es würde ein langer und anstrengender Marsch werden.

Hinter ihr hörte sie einen erstickten Schmerzensschrei. »Was war das?«, fragte sie nach hinten. Bel, die hinter ihr ging, zuckte mit den Schultern. »Woher sol ich des wissen?«

»Gib's weiter!«, bat Luzinde.

»Ah.« Bel tat wie ihr geheißen.

Luzinde kam es so vor, als bräuchte die Antwort Stunden. »Zulezt links«, rezitierte Bel was ihr weitergetragen worden war.

Luzinde blinzelte verständnislos. »Was?«

Doch Bel zuckte nur mit den Achseln. »Des het mir der Kleine als Antwort weitergegeben.«

Luzinde beschloss weiterzugehen. Vermutlich war beim Weitertragen der Frage schon nicht das angekommen, was sie hatte wissen wollen. Und wer weiß, wer sich angesprochen gefühlt und geantwortet hatte.

Die Abzweigungen rechts und links wirkten auf die junge Frau wie aufgerissene Schlünde. Jedes Mal, wenn sie in einen hineinblickte, wurde ihr ein wenig schwindelig – als ginge ein Sog davon aus. Sie wendete den Blick von dem dunklen Gang vor ihr ab und richtete ihn auf die Laterne. Das Licht verlieh ihr Sicherheit.

Drei Abbiegungen später – Luzinde zwängte sich gerade durch eine besonders enge Stelle –, hörte sie vor sich ein Geräusch. Sie erstarrte für einen Augenblick und lauschte. Eine Weile lang geschah gar nichts; dann erklang ein Knirschen.

Luzindes Gedanken überschlugen sich. Sie drückte sich vollends aus der Enge, denn zurück konnte sie nicht, dort standen Bel und die anderen dicht an dicht. Sie gab schnell die Laterne nach hinten weiter, machte »Pscht« und löste den Strick an ihrem Gürtel. Dann griff sie den Knüppel fester und drückte sich an die Wand. Luzinde hielt die Luft an. War dort jemand?

»Get's weiter?«, hörte man von hinten eine durch den Felsen gedämpfte Stimme. Sie fluchte stumm. Ein drittes Schaben von Holz auf Stein bestätigte ihre Befürchtung. Hinter dem nächsten Vorsprung stand jemand. Hatte er sie gehört? Ihr Herz hämmerte heftig in ihrer Brust. Sie konnte nur hoffen, dass derjenige die Entfernung der Gruppe falsch einschätzte. Sie hockte sich eng an die Wand gedrückt unter einen kleinen Felsensims, um sich zu verbergen. Wenzels Worte noch im Ohr machte sie sich bereit für einen Stoß von schräg unten. Sie durften nicht entdeckt werden.

»Hallo?«, erklang eine Frauenstimme. Luzinde fluchte innerlich. Beinahe wünschte sie sich, dass dort ein Baum von einem Kerl wartete, den sie mit einem Stoß in den Unterleib ausschalten konnte. Warum musste es eine Frau sein, die vermutlich genau so viel Angst hatte wie Luzinde selbst? Sie zögerte.

»Hallo!«, erklang es noch einmal. Luzinde hoffte, dass die Frau einfach gehen würde. Doch als sie ein weiteres Knirschen hörte und einen schwachen Lichtschein wahrnahm, gab sie diese Hoffnung auf. Sie kam näher. Luzinde schloss kurz die Augen und griff den Knüppel fester. Als sie die leisen Schritte ganz nahe hörte, stieß sie zu.

Sie traf etwas Weiches und hörte ein Japsen. Sie sprang auf und sah eine junge Frau, die sich auf dem Boden wand und den Bauch hielt. Die Laterne war stehend auf den Boden gefallen und brannte noch. Als die Frau Luzinde erblickte, gab sie einen stöhnenden Schrei von sich und versuchte, sich wegzuziehen.

Luzinde stand mit dem Knüppel über ihr und wusste nicht, was sie tun sollte. Die Frau durfte nicht entkommen. Und doch konnte Luzinde sich nicht dazu durchringen, ihr Schlimmeres anzutun.

»Luzinde!«, hörte sie Bel neben sich. »De musst was tun!«

»Ich – ich kann nicht. Vielleicht sagt sie ja niemandem was. Oder wir nehmen sie mit.«

»Luzinde! Wer sind die lezte Grupe, wenn de nit was machst!«

»Ja«, sagte Luzinde, den Knüppel in der Hand. Doch sie bewegte sich nicht von der Stelle.

»Gib her!« Bel schnappte sich den Knüppel und stellte sich über die Frau, die bereits bei den Stufen einer schiefen Treppe angekommen war. Dann schlug Bel einmal kräftig zu. Schließlich kehrte das Mädchen zu Luzinde zurück und gab ihr den Knüppel. Ihre Hände zitterten. »Ich hoff, se is nit tot.«

»Ja«, hauchte Luzinde. »Ich auch!« Doch als sie sich an die Leine anbinden und den Zug der Menschen wieder in Bewegung setzen wollte, da zwängte sich Rebekka rücksichtslos nach vorne.

»Der Jakob«, keuchte sie, völlig außer sich. »Der Jakob! Der is nit bei uns!«

»Rebekka!« Luzindes Herz setzte einen Schlag aus. »Wie konnte das passieren!«

»Er war direkt hinter mir! Als ich mich dann eben umgedret hab, da war er weg!« Rebekka brach in unkontrolliertes Schluchzen aus. »Der is' jezt irgendwo, hat sich verlaufen! Oder in der Schtot! Er sagte irgend was von einem Frosch!«

Luzinde stöhnte vor Entsetzen. Wenn er den Frosch holen wollte, würde er sicher zum Haus zurücklaufen. Sie hoffte nur, dass er sich hier unten nicht verlaufen hatte.

»Er will ganz sicher nach Hause, Rebekka.«

»Nach Haus?« Die Mutter erbleichte. »Aber was is das blos für ein Frosch?«

»Wir haben einen Frosch im Keller gefunden. Er hält ihn in einem Krug am Bett.«

»Oh, du Schlimmesalnize«, stammelte Rebekka, doch sie verstummte in ihren Anschuldigungen sofort. »Aber zu Haus – da wird's doch am Schlimsten sein!«

Luzindes Entschluss stand schnell fest. »Ich gehe trotzdem.«

»Aber ich kom mit«, nickte Rebekka und trocknete ihre Tränen.

»Bel«, sprach Luzinde hastig. »Du gehst weiter, bis sich der Weg gabelt. Dort wendest du dich rechts. Nimm keinen Gang, der auf diesen stößt, und keine Treppe, die hoch oder runter führt, bis ihr ins Freie kommt. Zum Schluss müsst ihr ein wenig klettern. Und mit etwas Glück begegnet euch Asriel auf seinem Rückweg. Schaffst du das?« Bel nickte blass.

Luzinde und Rebekka zogen die bewusstlose Frau ein paar Stufen die Treppe hoch, zwängten sich selbst hinein und ließen die Truppe an sich vorbeiziehen. Rosa blieb mit ihren Kindern stehen. »Meinst, der Ysaac wird's iberleben?«

Luzinde mied den Blick der Freundin. Wenn sie ihr Hoffnungen machte, würde sie gar auch noch bleiben wollen. »Ich weiß nicht, Rosa«, sagte sie dann ehrlich. »Nathan und die anderen geben ihr Bestes, um die Gefangenen aus dem Loch zu befreien. Aber ich fürchte, sie werden genug damit zu tun haben, ihr eigenes Leben zu schützen.«

Die rundliche Frau nickte blass. »Dank dir, Luzinde. Ich werd's dir nie vergessen.«

»Sorg dafür, dass es deinen Kindern gutgeht, Rosa.« Die liebe Frau nickte und verschwand in der Dunkelheit. Mose ging als Letzter.

»Ir wolt da raus?«

»Ja.«

»Dann kom ich mit.«

»Mose, des get nit«, erwiderte Rebekka eindringlich.

»Aber des is gefehrlich!«, meinte er. »Wir sind von da gekomen! Der Zotenberg ligt miten im Herzen des Unheils. De erschlaken jeden, der nur nach einem Jidenen ausschaut!«

Rebekka nahm seine Hände und küsste sie. »Du pass auf Bel und die andern auf. Jemand mus des tun. Ich hol den Jakob. Die Luzinde hilft mir ja.«

Mose sah unentschlossen zu Luzinde hinüber. Als diese nickte, verabschiedete er sich widerstrebend von seiner Frau und folgte den anderen.

»Meglicherweis war das ein dummer Gedanke«, sagte Rebekka. »Er kennt uns helfen …«

»Es ist besser so, Rebekka. Die anderen werden Mose dort brauchen. Er wird sie beruhigen und kann sie zum Waldrand bringen.«

»Hast sicher Recht.« Die Jüdin hatte Angst. Luzinde erging es nicht besser. »Komm. Wir müssen –«

»Altrud?« Aus Richtung der Stufen hinter ihnen erklang die Stimme eines Mannes. »Altrud, Weib, wo steckste!«

Luzinde und Rebekka sahen sich nur an, auf die Frau, die schwer atmend zu ihren Füßen lag. Sie zogen sie wieder ein Stück in den Gang hinein. Dann hasteten die beiden in die Dunkelheit. Hinter ihnen wurde das Rufen lauter.

Als Luzinde aus dem Keller herausstieg, fiel sie Wenzel in die Arme. »Jakob ist weg. Ist er an dir vorbeigekommen?«

»Nein. Hier ist er nicht raus, solange ich an der Tür war. Aber ich habe vorhin etwas hinten in der Küche gehört. Dort stand das Fenster offen. Vielleicht ist er dort hinaus.«

»Wir müssen ihn finden«, stieß Luzinde aus. »Und Wenzel, jemand hat uns dort unten gesehen.«

»Die anderen?«

»Ich habe ihnen den Weg beschrieben und sie losgeschickt. Aber wenn jemand die Gänge entdeckt, Wenzel, dann bekommen wir niemanden mehr hinaus.«

»Dagegen können wir nun auch nichts mehr tun. Das musste früher oder später geschehen. Wir müssen nehmen, was Gott uns gibt. Asriel wird sicher weitermachen, so lange es geht. Aber du hast Recht, wir müssen los. Wegen Jakob. Und zum Kloster.«

Rebekka, Luzinde und Wenzel schulterten das wenige Gepäck, das sie besaßen, und hasteten hinaus in die kalte Dezemberluft.

Obwohl umgeben von Häusern und Mauern kam Luzinde sich in den Gassen schrecklich entblößt vor. Besorgt sah sie hinüber zu der Rauchwolke, die wie ein Pfeil auf jenen Teil Nürnbergs deutete, in dem momentan die Hölle wüten musste. So viele Menschen würden dort heute sterben, weil – ja, warum? Sie wusste es nicht mehr. Gleichzeitig war sie froh zu wissen, dass es bereits so viele Flüchtlinge bis draußen vor die Stadt geschafft hatten. Sie zumindest würden leben. Und das war zu einem Großteil nur dem zornigen alten Nathan und seinen Leuten zu verdanken, die ihre Häuser – ihre Heimat – nicht kampflos aufgeben wollten. Sie schickte ein Stoßgebet zum Herrgott, dass sie diesen Schritt nicht bereuen mussten. Sie würden jede Hilfe brauchen, die sie bekommen konnten.

Der Weg zum Zotenberg war gar nicht weit. Doch Gottschalks altes Haus lag tatsächlich mitten im Herzen des Geschehens. Luzinde verwünschte sich nun dafür, die Spielerei mit dem Frosch überhaupt angefangen zu haben. Herr, Gott, beschütze den kleinen Jakob!, bat sie stumm. Es durfte nicht sein, dass die Familie nach dem Großvater nun auch noch den Sohn verlor.

Kapitel 29

Romer war nicht der Erste an dem Haus, an dessen Türrahmen eines dieser jüdischen Behältnisse genagelt war: Jemand hatte die Kapsel bereits mit einem kräftigen Hieb zerschlagen. Er sah sich um. Das war das Haus des Juden Gottschalk, eines wohlhabenden Kaufmanns. Und er kam zu spät! Wütend sah er den Männern hinterher, die bereits durch die niedrige Tür getreten waren. Was sollte es – vielleicht gab es ja doch noch genug zu holen. Romer baute sich auf, straffte sein bereits blutbespritztes Wams und nahm das Messer vor. Irgendwie musste es sich ja lohnen, dass er die ganze Sache losgetreten hatte!

In der Diele von Gottschalks Haus drängten sich bereits Männer aller Stände und Handwerke und zerschlugen die Einrichtung. Der einäugige Romer fluchte. Wenn er nur so breite Schultern hätte wie der Caspar, er wüsste sich ausreichend Respekt zu verschaffen! Doch was andere an Kraft besaßen, besaß er an Schläue, und so dachte er nach. Wo ließe sich wohl noch etwas finden? Wollte er jemanden abstechen, müsste er wohl in die Küche zum Gesinde gehen. Doch die Frau im anderen Haus war nicht so leicht gestorben, wie er sich das gewünscht hatte. Außerdem wollte er verflucht sein, wenn er ohne eine anständige Entlohnung aus diesem ganzen Chaos hervorginge! Also rannte er, mehrere Männer anrempelnd, die Treppe hinauf.

Oben stapfte er mit seinen vom Schneeschlamm dreckigen Stiefeln über den kostbaren Teppich. Er war nicht der Erste; das teuere Stück, das sicher einen guten Profit abgeworfen hätte, war bereits völlig ruiniert. In der Kemenate musste er mit ansehen, wie jemand einen goldenen Leuchter einsteckte, platzte in eine Schreibstube, in der ein Teil der Meute schon unchristliche Bücher und Schriften aus dem Fenster warf, und rannte blind in die nächste Kammer, wo ein großes Bett stand. Er triumphierte, denn hier war offenbar noch niemand vor ihm gewesen. Von den geschnitzten Pferden und Puppen her schloss er, dass dies wohl eine Kinderstube war. Zwei Truhen brachten kleine Gewänder aus Samt und Seide hervor, von denen er sich ein, zwei schnappte. Die waren gut gearbeitet, aber schwer zu transportieren. Wenn er etwas Besseres fand, könnte er sie immer noch wegwerfen. Er grub in der Kiste bis zum Grund und fand eine Brosche mit einem Rubin. Er musste sich beherrschen, um nicht vor Freude zu jauchzen. Dann öffnete er einen Krug, der auf einem Seitschrank stand.

Aus dem Gefäß schnellte ihm etwas Dunkles entgegen, haftete sich klebrig an sein Gesicht und verdunkelte sein verbliebenes Auge. Romer der Schneider schrie auf. Er ließ sein Messer fallen und streifte sich mit den Händen mehrfach über das Gesicht, bis er endlich wieder sehen konnte. Er sprang zurück und presste sich mit klopfendem Herzen an die Wand. Was für eine Teufelei war das gewesen?

»Das ist bloß ein Frosch, Mann!«, lachte neben ihm ein Kerl. Und tatsächlich. An der Wand hing eine kleine grüne Kreatur. Der Kerl griff sich den Krug, aus dem der Frosch geschnellt war, und warf ihn zielsicher. Zurück blieb nur ein Blutfleck. Der Schneider fühlte sich vor Scham und Wut erröten. Das Blut rauschte so laut in seinen Ohren, dass er kaum mehr etwas anderes hörte.

»Vielleicht solltest du mit den Frauen Stullen schmieren, Mann, wenn dich so ein kleiner Wurm schon so verschreckt«, lachte der Kerl laut. So laut, dass es durch das Rauschen in Romers Ohren drang.

Mit diesem Kommentar war es um des Schneiders Selbstbeherrschung geschehen. Bevor er einen klaren Gedanken fassen konnte, hob er seinen Dolch auf, wirbelte herum und bohrte dem Mann die Klinge in den Bauch. Er hatte seit der Judenfrau dazugelernt – er stieß ihn nicht in die harte Brust, sondern durch die weichere Bauchdecke. Der Kerl klappte vornüber und japste vor Schmerz, doch Romer ließ nicht locker. Er hielt den Mann fest und drehte den Dolch so lange weiter, bis ihm das Gekröse entgegenquoll und er nicht weiterkam. Der Mann rutschte auf den Boden, sich windend und vor Schmerz brüllend. Romer grinste auf ihn nieder. Nach allem, was die Bader sagten, würde es lange dauern, bis er so krepierte. Sollte er doch – es geschah ihm Recht. Natürlich könnte er ihm noch die Kehle durchschneiden, um sein Leid zu verkürzen. Romer erwog den Gedanken kurz. Schulterzuckend entschied er sich dagegen. Er wollte sich gar nicht erst in die Reichweite dieses Kerls begeben, noch hatte er genug Mitleid mit ihm. Also stieg er über ihn hinweg.

Romer war schon halb zur Tür heraus, da hörte er ein leises Geräusch. War es ein Schluchzen gewesen? Ein Schaben? Er unterzog die Kammer und das Bett noch einmal einer genaueren Betrachtung. Niemand hatte bislang im Kastenbett nachgeschaut – vielleicht hockte dort ja noch jemand? Er machte einen Schritt in den Raum hinein und zog an der Decke.

Da spuckte der Kerl, den er gerade abgestochen hatte, keuchend Blut und griff nach seinem Bein. Der Schneider schrie auf und stach nach der Brust des starken Burschen. »Stirb!«, brüllte er dabei. »Stirb endlich!« Immer wieder bohrte er die Klinge in das Fleisch des Mannes; so lange, bis seine Schulter von der Anstrengung schmerzte. Dann ließ er nach. Die Augen und das Gesicht des Angreifers waren leer. Er war tot.

Zitternd erhob sich der Schneider wieder und wischte sich über das Gesicht. Wie gut, dass am Ende dieses Tages niemand würde unterscheiden können, wessen Blut das war.

Männer kamen aus Gottschalks Haus. »Oh nein!«, rief Rebekka. Sie lief los. Luzinde erwischte gerade noch ihren Arm und zog sie unsanft zurück. »Rebekka! Jetzt können wir eh nur noch hoffen und beten!«

»Aber mein Jakob!«, weinte die Frau und wehrte sich gegen den Griff.

»Wir schauen gleich nach ihm!«, versprach Luzinde. »Lass die Kerle dort erstmal abziehen, dann sehen wir nach ihm!«

Sie warteten. Die Männer kamen in Grüppchen oder alleine aus dem Haus, mehr oder minder schwer beladen und teilweise mit Blut besudelt. Luzinde hatte dort nur einige Wochen gewohnt, doch selbst ihr wurde übel, als sie zusah, wie die zurückgelassenen Kostbarkeiten aus dem Hause getragen wurden.

Luzinde wollte schon hinter der Ecke hervortreten, da die Straße frei war, da erschien noch jemand in der Tür. Romer der Schneider stand dort, der Jakob damals auf dem Markt angegriffen hatte. Er war von oben bis unten mit Blut besudelt. Kalte Angst breitete sich in ihr aus. Was, wenn sie nur noch den stillen Körper des Jungen fänden? Was, wenn Jakob wirklich tot wäre? Bislang hatte sie noch gehofft, dass sie ihn lebend wiedersehen würden, durch irgendein Wunder gerettet.

»Man sollte den Mann erschlagen wie einen Hund!«, knurrte Wenzel.

»Das können wir nicht riskieren!«, flüsterte Luzinde. »Wenn uns dabei jemand zusieht?«

»Aber er ist doch der Anführer, sagtest du. Tötet man den Anführer, tötet man die Meute.«

»Sieh ihn dir an«, zischte Luzinde. »Dieser Mann hat vielleicht den Funken angeschlagen. Aber er hat nicht das Zeug zum Anführen. Diese Meute hat keinen Anführer.«

Einen Augenblick lang stand Romer im Eingang des Hauses. Schließlich eilte der Mann wie ein Trunkenbold taumelnd die Straße hinunter.

»Jetzt!« Wenzel sprang voran, das Schwert gezückt. Luzinde zog Rebekka hinterher. Sie liefen über die Straße – für den flüchtigen Beobachter hoffentlich nur einige von vielen Plünderern – und hinein in den Hauseingang. Die Tür hing gesplittert in den Angeln; dahinter lauerten Trümmer und Verwüstung. Alles, was nicht niet- und nagelfest gewesen war, lag teils zerschmettert auf dem Boden. Was die Männer zurückgelassen hatten, war nicht mehr Mose und Rebekkas Heim. Es sah noch so aus, und es barg die Erinnerungen daran, doch es war nun besudelt und fremd.

Sie begannen die Suche oben. Rebekka stürmte die Treppe hoch, hinauf zur Kemenate, und damit zu den Schlafgelegenheiten der Kinder. Gleich in der Tür lag der Leichnam eines Mannes. Sein Brustkorb war von vielen Messerstichen zerfleischt worden.

»Jakob?«, rief die Mutter mit zitternder Stimme. »Jakob!« Sie ließ sich schluchzend auf das Kastenbett fallen, als keine Antwort kam. »Oh, der arme Junge!«

Luzinde sah sich suchend um. Hier war der Frosch zuletzt aufbewahrt worden. War Jakob hier gewesen? Wenn ja – woran würde man das erkennen? Doch die verwüstete Kammer bot keine Verstecke, die ein Mensch nutzen konnte. Oder doch? Ihr Blick schweifte zurück zu dem Bett. Darin lagen mit Stroh gestopfte Matten und darüber Decken. Irgend etwas bewegte sich dort. Sie sprang schnell zum Bett, schob Rebekka beiseite und zog die Decken herunter. Sie wühlte im Stroh, riss die

Matten weiter auf und brachte schließlich einen zitternden Jungen hervor, der sich, zusammengekrümmt wie ein Neugeborenes und mit gelben Halmen gespickt, herausheben ließ. Er weinte stumm vor Angst – doch er war unversehrt.

»Jakob!«, rief die Mutter glücklich, zog den Jungen an ihre Brust und bedeckte ihn mit Küssen. »De lebst!«

Luzindes Beine drohten vor Erleichterung nachzugeben. Wenzel hielt sie für einen Augenblick fest. »Nichts passiert«, murmelte er. »Dem Buben geht es ja gut. Aber wir müssen weiter.«

»Ja.«

»Wo wollt er den hin?«, fragte Rebekka, die sich schnell wieder beruhigt hatte.

Wenzel sah Luzinde fragend an. »Meinen Sohn holen, Rebekka«, antwortete sie. »Wir müssen zum Klarissenkonvent. Ich glaube, dort weiß man, wo er ist.« Wenn Ulman sie in jener Nacht, in der er den Mörder gedungen hatte, nicht vollständig belogen hatte, dann hielt sich der Junge vielleicht in der Nähe der Stadt auf. Sie sprach ihre Hoffnung nicht aus, dass er vielleicht gar dort wäre, im Kloster.

»Wir werden Elisabeth schon zum Reden bringen«, versprach Wenzel finster. »Aber zuerst müssen wir hier raus.«

»Wer geen hinten raus«, schlug Rebekka vor. »Über den Hof, dann durchs Hinterhaus.«

»Also los«, sagte Wenzel.

Sie eilten die Treppe hinunter, Jakob auf Rebekkas Arm unter dem Umhang. Kaum standen sie unten in der Diele und waren schon beinahe zur Hoftür hinaus, da verdunkelte sich die Vordertür.

»Plünderer«, knurrte Wenzel. »Schnell, Rebekka, raus!«

»Und ihr?«, fragte die Mutter.

»Wir sind nicht in solcher Gefahr wie du!«, zischte Luzinde. »Geh zum Fluss, schwimme mit Jakob um die Mauer herum, so kommt ihr raus!« Die Stadtmauer lag an der Insel Schütt gar nicht weit von hier – bis dorthin würde Rebekka es mit Jakob hoffentlich alleine schaffen. »Viel Glück!«

»Euch auch!«, erwiderte Rebekka. Dann hastete sie fort, nach hinten, über den Hof.

Luzinde und Wenzel wandten sich den Eindringlingen zu. »Heh«, sagte der eine, ein dicker Mann mit Glatze, der eine lange Glefe in der Hand trug – ein geschärftes Krummblatt auf einer Holzstange. »Hier ist ja schon alles kaputt!«

Der zweite, eine Bohnenstange von einem Kerl, wurde auf sie aufmerksam. »Da! Da ist jemand!« Er trug eine Axt in der Hand.

Wenzel trat aus dem Hinterausgang in die Diele zurück. »Hier ist nichts mehr zu holen, Leute. Macht, dass ihr nach Hause kommt! Diese Leute haben euch nichts getan.«

Unschlüssig, wie sie dem offenbar Gewappneten begegnen sollten, zögerten die Leute an der Türe. »Du hast dir schon alles selbst geholt, was?«, fragte die Bohnenstange dann. Seine Augen glitzerten gierig. »Willst dir klauen, was uns zusteht, hm, Fremder?«

»Er ist ein Ritter des Königs!«, protestierte Luzinde. Doch sie wünschte sich gleich, sie hätte es nicht getan.

»Hast dir auch ein schönes Mädchen gepflückt, was?«, erwiderte der Glatzkopf, der nach Sauerteig stank. Beide traten in die Diele und näherten sich langsam.

»Geht. Geht und sauft euch satt, Männer. Hier gibt es für euch nichts mehr.«

Luzinde kannte Wenzels Tonfall inzwischen gut; wenn er so leise sprach wie jetzt, war ihm jeder Scherz fremd. Sie merkte, wie Wenzels Körper sich für den Kampf spannte, ohne groß die Haltung zu ändern. Sie trat ein, zwei Schritte zurück, um nicht in die Reichweite einer Klinge zu kommen.

Die beiden Männer vertrauten offenbar auf die Waffen in ihren Händen.

Plötzlich machte der Glatzkopf mit der Glefe einen Satz nach vorne und stach nach Wenzels Bauch, während der Dürre hinterhersprang und die Axt hochriss.

Luzinde selbst machte einen Sprung zurück. Nicht so der Ritter. Statt auszuweichen ging er dem Glatzkopf entgegen, ließ die Glefe an sich vorbeifahren und griff nach der Holzstange, als sie ihm unter dem Arm hindurchfuhr. Ein Ruck, und er hatte den Mann entwaffnet. Gleichzeitig stach er mit dem Schwert nach dem Bauch des Dürren, der mit der Axt noch Schwung holte. Als der zusammenbrach, lag dem waffenlosen Glatzkopf bereits die blutige Spitze des Schwertes am Hals, obwohl doch kaum mehr als zwei oder drei Herzschläge vergangen waren.

Die beiden Männer starrten einander für einen Augenblick über die blutige Länge der Waffe an. »Mach, dass du nach Hause kommst, Bäckersmann«, knurrte Wenzel. »Und nimm deinen Kumpanen dort mit. Er braucht Hilfe.« Er nickte zu dem am Boden Liegenden hinüber.

Diesen Augenblick nutzte der Glatzkopf. Er griff so schnell nach dem Schaft der Glefe, dass Luzinde erst den Mund aufriss, um Wenzel eine Warnung zuzurufen, als der Mann schon die Hände um das Holz geschlossen hatte und zog.

»Achtung!«, rief Luzinde panisch.

Doch der Glatzkopf stieß nicht zu. Seine Hände lockerten sich wieder, und Blut floss ihm über den rundlichen Bauch. Als Luzinde hochsah, erkannte sie, dass er einen tiefen Schnitt im Hals hatte. Wenzel hatte mit der Spitze seiner Klinge zugestochen.

»Dummkopf«, murmelte der Ritter nun. »Die Welt ist voller dummer Menschen.«

Doch Luzinde lehnte sich erschüttert an den Türrahmen. Sie wandte die Augen ab. Kaum zu glauben, dass solche Geschehnisse Wenzels tägliches Einerlei darstellten. Die Leichtigkeit, mit der er die beiden Männer getötet hatte, hinterließ einen tiefen Schrecken bei ihr. Sie brauchte einige Augenblicke, um sich wieder in den Griff zu bekommen. »Die Welt ist voller gieriger Menschen«, murmelte sie.

»Komm«, sprach Wenzel und reichte ihr die Hand. Luzinde zögerte. Dann griff sie zu. »Ja. Zum Kloster.«

Sie machten sich auf den Weg zum Stadttor. Die Wachen dort hatten zwar strikte Befehle, keine Fremden oder Juden durchzulassen, doch sie hatten der Autorität eines königlichen Ritters nicht viel entgegenzusetzen. Bis zum Klarissenkonvent war es nicht weit.

Romer lief der blutrünstigen Meute hinterher. Sie wollten tiefer ins Judenviertel, wo nicht alles ausgeräumt und versteckt worden war. Der kalte Tag wurde immer lichter, die mittägliche Sonne spiegelte sich schließlich auf den mit Schnee bedeckten Kirchdächern und verwandelte die sonst so düstere Stadt Nürnberg in einen Hort des Lichts. Sankt Nikolaus verhieß ein noch schönerer Tag zu werden.

Doch Romer und die Seinen hatten kein Auge für die Schönheit. Auf halbem Weg sahen sie Rauch aufsteigen. »Verdammt! Welcher Narr hat denn die Häuser angezündet?«, brüllte der Schneider. Wenn das auf andere Häuser übersprang, läge bald die ganze Stadt in Schutt und Asche. Plötzlich erkannte er in der Menge Caspar den Krämer. »Caspar!«, rief Romer erfreut.

»Romer!«, rief Caspar zurück. »Die Juden haben sich bewaffnet!«

Der Blick des Schneiders folgte dem ausgestreckten Finger des Krämers. Dort vorne fanden sich Juden mit blinkenden

Schwertern und Glefen, die sich den Angreifern in den Weg stellten. Vermutlich wollten sie die Judenschule verteidigen, die hinter ihnen lag. Allen voran kämpfte Nathan der Wucherer mit seinen Knechten und hieb einem Mann gerade den Arm ab.

»Verdammt!« Romers anfängliche Wut und Empörung verwandelten sich in Angst. Reflexartig sprang er in den nächsten Hauseingang, der ihn nur ungenügend verbarg. Er hoffte, sie wären weit genug weg vom Geschehen. Er musste nachdenken!

Doch er war unfähig, seinen Blick von der Szene abzuwenden. Die Männer, die er flüchtig von Treffen in Bierkellern und Kirchhöfen kannte, die er selbst dazu gebracht hatte, zu sehen, was für eine Plage die Juden in Nürnberg waren – diese Männer stürzten den Juden in einem Pulk entgegen, Waffen schwingend und mit gebleckten Zähnen. Viele Schläge trafen ihr Ziel, doch der Schneider sah manche seiner Kumpanen stürzen, denn die Juden kämpften mit dem Mut der Verzweiflung. Doch was geschähe, wenn die Juden an ihnen vorbeikämen? Was, wenn sie ihn erreichten? So berauscht der Schneider auch von seinem jüngst errungenen Triumph war, umso mehr staunte er darüber, dass die Männer einfach weiterliefen, den Schwertern der Verteidiger entgegen, während er hier kauerte und sich nicht bewegen konnte.

Dann sah Romer die Gerüsteten. Die waren offenbar dabei, sich durch das ganze Judenviertel hindurch zu kämpfen und wussten noch nichts von dem Gemetzel hier. Der Schneider sprang geduckt vor und lief zur Ecke. »Die Judenschul!«, rief er aus vollem Hals. »Die Judenschul! Dort haben sie all ihr Gold hingebracht! Die Judenschul! Da ist ihr Gold!« Er schrie so lange, bis der Söldnerhaufen ihn hörte. Die Männer in den Rüstungen sammelten sich, wechselten Worte. Dann näherten sie sich im Pulk, und Romer machte, dass er in sein Versteck zurückkam. Doch vorher zog er Caspar mit sich. »Lass die man machen!«, zischte er ihm zu.

»Aber Gold – in der Judenschule? Woher willst du das den wissen?«, stieß Caspar hervor.

»Ich weiß es nicht, Mann!«, sprach Romer. »Aber wenn jemand gegen die Juden ankommt, dann die Söldner dort! Schau nur zu!«

Die Söldner rannten in einer schiefen und krummen Reihe auf die Verteidiger zu. Ihre Gesichter waren zu grimmigen Grimassen verzogen, die Kleider voll Blut und Dreck, und sie brüllten ihre Gegner an, als wollten sie sie bei lebendigem Leibe auffressen. Die beiden Zuschauer zuckten zusammen, als die Gegner aufeinanderprallten.

Caspar musste wegen der Heftigkeit der Gewalt blinzeln. Unter der klaren Mittagssonne verwandelten sich die Straßen von Nürnberg nun wahrhaftig in ein Schlachtfeld. Nathan und seine Leute hatten sich gut gegen die Handwerker geschlagen. Offenbar hatte das Waffenverbot für Juden sie nicht davon abgehalten, den Umgang mit ihnen zu lernen. Sie schossen sogar mit Armbrüsten aus den oberen Stockwerken und mähten so manchen Angreifer nieder, bevor er auch nur zum Schlag gekommen war.

Als das Kriegsvolk nahte, wendete sich das Blatt. Mit brutaler Präzision schlugen die Söldner die ersten Männer nieder, bevor diese wussten, wie ihnen geschah. Dann hackten, stachen und schlugen die Kämpfenden aufeinander ein. Neben ihm reckte Romer den Kopf aus ihrem Versteck, um etwas zu erkennen.

»Was tun sie?«, fragte Caspar.

»Sie treiben die Juden zurück. Die Bastarde verkriechen sich in ihre Schul«, stellte Romer grimmig fest. »Herrgott, ohne das Kriegsvolk wäre es blutig geworden.«

»Es *ist* blutig!«, rief Caspar entsetzt aus. Die Verwundeten und Toten auf der Straße legten ein furchtbares Zeugnis davon ab.

»Ich meine für uns«, korrigierte Romer. »Schau, die fliehen wirklich alle in die Judenschule!«

»Es sind noch so viele«, murmelte Caspar ganz erschüttert. »Ich habe Leute reden gehört, dass ganz viele geflohen sein sollen. Warum sind diese nicht auch gegangen?«

»Sie sind halt verstockt, die Juden.« Romer schien das Antwort genug.

Caspar fiel auf, dass es sich bei den Kämpfern nicht nur um das Gesinde und die Handwerker handelte. Nein, reich gekleidete und gerüstete Männer hielten dort vor der Judenschule das Schwert in der Hand. Arm und Reich standen Seite an Seite. Caspar konnte nicht umhin, den Mut der Leute zu bewundern, die dort ihren Glauben und ihr Leben verteidigten.

Er beobachtete, wie die Kämpfe um das gemauerte Gebäude und seine Anbauten hin und her wogten. Die Angreifer versuchten in dem Getümmel hier und da durchzubrechen und in das Gebäude zu gelangen. Die Verteidiger fielen einer nach dem anderen und zogen sich schließlich hinter die Tore der Synagoge zurück. Vereinzelt tobten noch brutale Zweikämpfe, an anderer Stelle jagten Grüppchen hinter Fliehenden her. Dann krachten die Türen der Judenschule hohl ins Schloss. Die Söldner fluchten. Sie versuchten, die Tore mit Äxten aufzuhebeln, sie einzuschlagen und schließlich mit einem eilig herbeigebrachten dicken Balken aufzusprengen. Eine Ewigkeit schien zu vergehen, in der sie sich an den Außenwänden hochhievten, um zu den schmalen Hochfenstern zu gelangen, doch von dort wurden sie bald mit einem Hagel von Wurfgeschossen vertrieben.

Schließlich wurde es den Söldnern zu bunt. Sie rotteten sich zu einer Gruppe zusammen, um zu beraten, was zu tun sei.

Dann nahmen sie die Balken und verkeilten das Tor damit. Laternen wurden gebracht, und Fackeln.

»Was haben sie nun vor?«, fragte Caspar besorgt.

Romer aber deutete von der Szene weg auf eine Hauswand. Inmitten von Blut, Gekröse und Leichen bewegte sich etwas. Caspar sah genauer hin – ein Jude lag dort, der sich an einer Hauswand auf die Füße schob. Dort blieb er stehen, offenbar verwundet, bevor er dann schwankend einen Schritt vor den anderen setzte.

»Nathan!«, stieß der Schneider neben ihm aus. »Das ist Nathan. Und er versucht, sich davonzumachen!« Der einäugige Mann sprang aus seinem Versteck und hetzte hinüber. Ein Schlag traf den Verwundeten in den Rücken und schleuderte ihn vorwärts auf den Boden. »Bleib liegen, Abschaum!«, keuchte Romer und trat noch einmal nach. »Jetzt bist *du* da, wo du hingehörst – in der Gosse!«

Nathan krümmte sich. »Da geherste selbst hin, Romer«, presste der Mann heraus und funkelte ihn unter den buschigen Brauen an. »De bist ein Bestie, und Bestien gehern geschechtet!«

Caspar zuckte zusammen, als Romer noch einmal feste zutrat und den alten Mann in den Bauch traf. An seinem Stiefel klebte dunkles Blut. »Hör auf zu wimmern, Schmeißfliege!«, knurrte der Schneider. »Ich werde dir erst die dreisten Augen ausstechen und dann jeden Finger einzeln abschneiden. Damit es richtig lange dauert, Jude!« Und damit griff Romer nach der Hand des Mannes.

»Romer!«, unterbrach ihn der erbleichte Krämer. »Siehst du das?« Er deutete nach vorne, auf die Judenschule. Die Söldner hatten dort inzwischen schnelle Arbeit geleistet. Die Tür war zusätzlich mit einem einachsigen Karren verbarrikadiert und die schmalen Butzenglasscheiben zertrümmert. Ein paar Männer hatten von anderen Gebäuden brennende Scheite geholt und warfen die nun in die oberen Stockwerke, auf das Dach und durch die Fenster ins Innere. Tatsächlich brannte das Haus an einer Ecke schon so hell, dass man den Widerschein der Flammen trotz des hellen Sonnenlichtes sah. Die Söldner mussten Lampenöl hineingeworfen haben.

Auf dem Gesicht des Schneiders breitete sich ein erleichtertes, grausames Grinsen aus. »Jetzt haben wir gewonnen.«

»Siehst du das nicht?«, wiederholte Caspar verzweifelt. »Sie haben die Judenschule verbarrikadiert. Von außen! Weißt du, was das heißt? Sie werden sie bei lebendigem Leibe verbrennen!«

Die kalte Brutalität der Kriegsleute erschütterte Caspar tief. Sie brachte ihn ins Grübeln. Sein eigener Hass, sein Schmerz, waren echt. Doch diese Leute waren angeworben worden. Und Romer war von seinem Urteil befreit worden. War dies dieselbe Hand gewesen, aus der der Schneider sein Gold erhalten hatte? Hatte jemand sie in dieses Unheil gesteuert? Warum hatte Caspar nicht früher erkannt, dass man ihn benutzt hatte?

Mit einem Mal konnte er keinen Zorn mehr wegen Cristeins Tod empfinden. Die Juden starben nicht, weil sie Verbrechen begangen hatten. Oder aus Glaubensgründen. Sie starben des Geldes wegen. Und das wollte Caspar nicht mit ansehen. Der Krämer wollte schon loslaufen, hin zu dem brennenden Steinbau, doch Romer hielt ihn zurück.

»Caspar, denk nach! Das da ist Söldnersvolk! Mit dem willst du dich nicht anlegen!« Der Schneider zerrte ihn am Arm weg, zurück zur Hauswand. »Lass sie die Judenschule niederbrennen. Es ist Wahnsinn, sich dazwischenzuwerfen!«

Die Flammen schlugen im Innern nun schnell höher, und man hörte panische Schreie. »Romer!«, schrie Caspar nun und riss sich los. »Siehst du das denn nicht!« Er deutete auf die oberen Fenster des Gebäudes. Dort oben hatten sich Menschen gesammelt. Vorne in den Fensteröffnungen standen Leute und winkten, während an einer Stelle der Dachgauben gerade mühsam die Ziegel heruntergestoßen wurden, um einen zusätzlichen Ausgang zu schaffen.

»Ja und? Haben sie was anderes verdient?«, fauchte Romer wütend. »Diese Bastarde sollen leiden!« Dann sprang er Nathan hinterher, der sich umgedreht hatte und versuchte, auf allen vieren davonzukriechen. »Du bleibst hier! Ich bin noch nicht fertig mit dir!« Romer zückte sein Messer und warf den Alten herum. »Dank deiner ist mein alter Vater gesprungen, weißt du das? Wir konnten nicht zahlen, und du hast die Werkstatt genommen, und alles war fort!« Der Schneider zitterte vor Wut. »Alles, für das er sein Leben lang gearbeitet hat, war weg! Er hat sich lieber umgebracht, als in Schande und Armut zu leben!«

»De warst selbst nit so schlau, sonst werst'e nit mer hier«, keuchte der Geldverleiher und presste seine Hände auf eine blutende Wunde.

»Halt dein verdammtes Maul!«, befahl Romer. Er griff sich ein Handgelenk und verdrehte es, so dass der Mann aufschrie.

»Niemand hat dich und deinen Foter farzwungen, mein Geld ze nemen, Blutsauger!«, ächzte der Mann.

Caspar sah fassungslos zu, wie Romer den Arm Nathans auf den Boden presste, den Stiefel darauf stellte und das Messer so griff, dass er mit ganzer Kraft zustoßen konnte. »Du hast gut reden«, keuchte er dabei. »Du hast das Geld, du kannst verlangen, was du willst. Wenn man verzweifelt ist, dann kann man nicht nachrechnen! Dann nimmt man alles, was man kriegt! Und deinetwegen ist mein Vater zur Hölle gefahren!«

»Aber des Geld, des hast gewollt. 's ist also eher dein eigene Schuld, dass dein Foter schmort!«

Aus Romers Brust brach ein Wutschrei hervor. Sein Körper spannte sich, um das Messer mit der ganzen Wucht herunterzustoßen, zu der er fähig war.

Caspars Schlag traf den Schneider unerwartet in den Rücken. Der Mann flog vorwärts, über den am Boden Liegenden hinweg und gegen eine Häuserwand.

»Du Bestie!«, stieß der kräftige Krämer aus. »Du brutale Bestie! Nicht auszudenken, dass ich auf deine Lügen gehört habe. Du bist feige und erbärmlich, nichts anderes! Deine Schuld zerfrisst dir die Seele, und darum musst du alles um dich herum mit Schmerz und Leid überziehen!«

Romer aber grinste. Als Caspar seinem Blick folgte, sah er die brennende Judenschule. Der Anblick lähmte den Krämer von Entsetzen. Die Juden in den oberen Stockwerken schrien und flehten aus Angst um ihr Leben. Dann sprangen die Ersten. Ihre Körper schlugen dumpf auf dem Boden auf.

»Wir haben gewonnen!«, kreischte Romer. Gerade sprang eine Frau auf der Flucht vor den Flammen mit wehenden Röcken in die Tiefe. In den Armen hielt sie ein Bündel. »Wir haben gewonnen! Wir brennen sie aus, mit Stumpf und Stiel!«

Der Schneider rappelte sich wieder auf. Er griff nach dem Messer und ging hinüber zu Nathan. »Sag dem Teufel einen Gruß von mir!«, keuchte er. Dann holte er aus.

Der zweite Schlag Caspars traf Romer direkt auf die Brust. Der Knüppel, den der Krämer mit aller Kraft niedersausen ließ, presste dem Schneider sämtliche Luft aus den Lungen und ließ mehrere Rippen knacken. Er taumelte zurück, mitten auf die Straße und hielt sich nur noch kurz auf den Beinen.

Caspar setzte nicht nach. Romer bewegte die Lippen, als wolle er sprechen. Doch er rang erst einmal verzweifelt nach Luft. »Caspar«, presste er im Flüsterton heraus. Doch der Krämer hörte ihm nicht zu. Stattdessen wies er auf Romer. »Ich habe noch einen!«, rief Caspar laut. »Das ist einer der Anführer der Juden!«

»Caspar!«, krächzte der Schneider, denn auf den Ruf hin drehten sich gleich eine Handvoll der Söldner grimmig lächelnd um und hoben ihre Klingen.

Caspar sah nicht zu, wie Romer davonkroch. Er hatte genug Blut für ein Leben gesehen. Er hörte nur das Knacken, als einer der Söldner mit seinem Streithammer die Rippen des Schneiders vollends zertrümmerte.

Ulman hielt sein Pferd am kurzen Zügel. Das Tier war zwar nicht sehr schreckhaft, doch das Chaos, das Feuer und die Schreie brachten selbst schlachterfahrene Gäule aus der Ruhe. Der ganze Morgen hatte die Welt des jungen Patriziers verändert. Sein Onkel hatte Recht behalten: Es machte einen Unterschied, ob man das Töten nur beobachtete oder befohlen hatte. Er beobachtete mit merkwürdiger Faszination, wie leicht sich der Zorn des Pöbels entzünden ließ – und wie wenig dieser Pöbel gleichzeitig von den wahren Hintergründen verstand.

Nun, kurz vor Mittag, lenkte der junge Mann seinen Rauchschimmel auf den Zotenberg. Noch immer gellten an verschiedenen Ecken der Stadt Schreie durch die glasklare Luft. Die ehemals weißbeschneite Straße war tief aufgewühlt und mit dunklen Flecken übersät. Noch immer jagten Gruppen von Bürgern und Söldnern hinter einzelnen Juden her. Wer sich noch innerhalb der Stadtmauern befand, wurde gefasst und vor die Stadt zu den Scheiterhaufen geschleift. Andere polterten auf der Suche nach Wertsachen in aufgebrochenen Häusern herum. Ein Stadtviertel zu plündern war eine langwierige Angelegenheit. Ulman selbst hatte mit einigen Leuten dafür gesorgt, dass die Häuser der reichsten Juden aufgebrochen und geplündert wurden, bevor der Pöbel überhaupt angekommen war. Doch die Ausbeute war enttäuschend gewesen. Die meisten Flüchtigen hatten sorgfältig hinter sich aufgeräumt, bevor sie gegangen waren. Nun musste man tiefer in den Kellern und Gärten graben, um versteckte Wertsachen zu finden. Immerhin hatten sie etliche Schuldscheine von Nürnberger Handwerksleuten entdeckt. Vermutlich würde dabei ein erkleckliches Sümmchen für den Rat herauskommen.

Nun verhielt Ulman sein Pferd auf der Ecke des Zotenbergs und sah auf das Judenviertel hinunter. Die Judenschule brannte lichterloh, um sie herum lag ein Meer von toten Körpern. Auch andere Gebäude im Innern des Viertels standen in Flammen, doch inzwischen hatten sich Menschen zusammengerottet, um die Brände zu löschen. Ein Feuer in der Stadt bedrohte sie alle. Die von seinem Oheim angeworbenen Söldner hatten sich vor Enttäuschung über die geringe Ausbeute nicht auf die Häuser der Juden beschränkt. Einige von ihnen waren sogar in das Augustinerkloster eingedrungen. Den ganzen Schaden könnte man erst in ein paar Tagen abschätzen.

Als er zu den oberen Fenstern des Hauses seines Oheims sah, erblickte er hinter den geschlossenen Butzenglasscheiben mehr schlecht als recht Gestalten. Die kleinen und dicken Scheiben gestatteten keine gute Sicht ins Innere, doch ein Fenster war geöffnet. Wenn er sich nicht täuschte, erkannte er dort den Judenrichter Eberlein, der hinunter auf das Schlachtfeld sah, das bis heute Morgen noch seine Heimat gewesen war. Der schlaue kleine Mann schien nicht der Einzige zu sein, der sich von Hosto Stromer seine Unversehrtheit hatte garantieren lassen. Der junge Mann schnaubte verächtlich. So würde sein Onkel doch noch seinen Schnitt machen.

Der Schimmel ging unruhig unter dem Zügel, und so ließ Ulman ihn auf der anderen Seite der Gebäude zum Heilig-

Geist-Hospital traben; weg von der Gewalt. Er ertappte sich dabei, wie er in den Gassen auf die Leichen hinabsah und nach einem bekannten Gesicht Ausschau hielt. Irgendwann fand er sich hinter dem Friedhof des Spitals an der Mauer wieder. Luzinde war bislang nicht unter den Toten. Er wusste nicht, ob er froh oder wütend darüber sein sollte.

Als links von ihm ein Schrei ertönte, brach seine Stute nach rechts aus und machte ein paar Sätze den breiten Weg hinunter, der zur östlichen Stadtmauer führte. Es brauchte eine harte Hand und gutes Zureden, um das Tier wieder zu beruhigen.

Eine Frau huschte vor ihm über die Straße, erblickte ihn und erschrak. Einen kurzen Augenblick sahen sie einander an, und Ulman erkannte die Jüdin aus Gottschalks Haus wieder, die einen Jungen vor dem Bauch trug. Der kurze Augenblick des Erkennens verging, und die Frau rannte weiter, in einen Unterstand mit Schmiedegerät und Blasebalg hinein.

Nur wenige Momente später brach eine Horde von mehr als einem halben Dutzend Männern, mit Forken und Fackeln bewehrt, aus derselben Gasse und hielt inne. »Herr Stromer!«, sagte einer von ihnen keuchend. »Wo ist das Judenweib hin?«

»Dort«, er deutete auf die Gasse gegenüber jener, aus der die Männer gekommen waren. »Es sah aus, als wolle sie an der Mauer entlang zum Laufer Tor.«

»Danke, Herr!«, rief der Kerl, und die Meute rannte weiter.

Ulman aber stieg vom Pferd und leitete es zu dem Unterstand. »Sie sind weg, Frau Rebekka.«

Trotz der Kälte stand die Frau im Schweiß. Sie erhob sich aus ihrem Versteck hinter der Esse. »Warum habt Ihr des getan, Her?«, fragte sie misstrauisch. »Ihr hettet ihnen blos etwas sagen missen.«

»Und was bringt mir das?«, fragte Ulman. »Nein, ich brauche dich lebend.« Er band das Pferd an einen Balken. »Es sind wenig Juden in der Stadt. Wo sind die Flüchtigen hin?«

Rebekka wurde blass. Sie schlang die Arme schützend um den Buben, den sie vor dem Bauch trug. »Des … des weiß ich nit. Se haben es nit gesagt, se sind –«

»Das müssen mehrere Hunderte Leute gewesen sein, Rebekka. Du willst nicht wirklich behaupten, dass niemand etwas bemerkt oder gewusst hat, oder?«, fragte Ulman leise. »Lüg mich nicht an. Sonst rufe ich die Meute herbei, die sich nach dir die Finger leckt, und werfe ihr deinen Sohn zum Fraß vor!«

»Nein, ich bitt Euch«, bat Rebekka den Tränen nah. »Tut des nit. Se sind weg – durch die Felsengenge. Se haben de Wagen schon gestern Nacht vor des Laufer Tor gefaren und sind dann weg.«

Die Felsengänge. Nürnberg stand auf einem weichen Felsen aus Sandstein, der so löchrig wie ein Stück Käse sein musste. Es gab je Fluchtgänge aus Kaiserburg und Rathaus, die jenseits der Mauern endeten. Warum also nicht auch aus den Judenhäusern?

»Wie viele?«, fragte er düster.

»Mehr als finf Hundert, Her!«

»Das sind viele.« Was für ein Meisterstück, so viele Menschen unter ihren Augen aus der Stadt zu schaffen! »Und Luzinde? Sprich, Weib, wo ist sie hin?«

Die Frau verstummte und starrte ihn trotzig an. Offenbar wurden die Gefühle, die Luzinde für diese Familie hegte, erwidert. »Rede, Rebekka!«, zischte er ungeduldig.

Sie sah ihn an und schwieg. Da tat Ulman einen Schritt vor. Sie versuchte, zurückzuweichen, doch sie saß zwischen der Wand und der Esse in der Falle. Er trat ganz nahe vor sie hin und legte dem Jungen eine Hand um den Hals. »Sprich, Weib.

Wo ist Luzinde?« Er drückte langsam zu, so dass der Bube vor Schreck zu wimmern begann. Der Laut brach den Widerstand der Mutter sofort.

»Se wollte jemanden finden. Ein Kind. Ich weis nit fil davon. Se sagte was von einer Elisabeth. Der Ritter hat gesagt, er wird se dort schon zum Reden bringen. Ich wusste nit genau, was se meinten!«

Ulman aber verstand. Es gab nur einen Ort, an dem Luzinde nach ihrem Kind suchen würde, und er kannte ihn genau. Offenbar war Luzinde letzten Endes doch darauf gekommen, dass seine Tante Elisabeth jene Nonne gewesen war, die ihr damals das Kind weggenommen hatte.

Er sah auf die Jüdin herab. Was sollte er nun mit ihr machen? Sollte er sie zum Scheiterhaufen vor die Stadt bringen, wo die anderen Juden hingeschleppt wurden? Er sah in das blasse Gesicht des Jungen. Jakob war sein Name. Er zeigte bereits jetzt eine gewisse Ähnlichkeit mit seinem Großvater. Das Bild des alten Gottschalk, totgeprügelt auf der Straße liegend, kam ihm in den Sinn. Nein, er hatte keine Zeit für so etwas. Er nahm Rebekka beim Arm und zog sie trotz ihrer Gegenwehr auf die Straße.

»Hier, Weib, geh hier rein«, knurrte er und stieß die Tür der verwaisten Schmiede auf. »Das Haus steht leer. Niemand wird dich hier suchen. Sperr die Tür ab und verbarrikadiere die Fenster. Komm erst im Dunkeln raus. Und dann verschwinde so schnell als möglich aus der Stadt.«

Die Frau nickte bleich. »Habt Dank.«

Doch der junge Patrizier hörte schon nicht mehr zu. Er eilte zum Pferd und schwang sich in einer geschmeidigen Bewegung in den Sattel. Dann gab der Patrizier seinem Pferd die Sporen. Er preschte durch die Gassen, einmal quer durch die Reihen der Leute, die versuchten, die brennenden Häuser im

Judenviertel zu löschen, und über die Fleischbrücke auf die andere Seite der Pegnitz. Er flog beinahe die Steigung zu Sankt Laurentius hoch, auf das Stadttor zu und befahl dem Büttel, das Tor zu öffnen. Mit ein bisschen Glück käme er noch rechtzeitig zum Klarissenkonvent. Er musste das Kind wegschaffen, bevor Luzinde dort war.

Kapitel 30

Die winterliche Sonne über Nürnberg hatte ihren Zenit überschritten. Noch immer zeigte sich keine Spur von Wolken am Himmel. Es war, als wolle der Herrgott ungehindert auf all die Dinge herabschauen, die in seinem Namen geschahen. Umgekehrt hing eine dichte und düstere Rauchwolke über dem Herzen der Stadt, denn ein leichter Wind war aufgekommen und blies die Asche durch die Gassen. Der Schnee färbte sich unter der Holzkohle grau.

»Du hast ausgesehen wie die heilige Luzia«, sagte Wenzel unvermittelt.

»Wie bitte?«

»An dem Tag, als ich mit König Karl zur Kaiserburg eingeritten bin. Du hast ausgesehen wie die heilige Luzia. Mit einem Lichterkranz im Haar, gebadet in einem Strahl des Mittagslichtes. Der König hat gedacht, du wärst eine mahnende Ludmilla. Aber ich musste gleich an die heilige Luzia denken. Merkwürdig, nicht?« Als er auf sie herabsah, strahlten seine Augen.

»Ja, merkwürdig«, murmelte sie. Sie standen vor der Mauer des Klarissenkonventes, doch Luzinde sah immer wieder zurück zur Stadt. Sie hoffte, dass Rebekka und Jakob es unversehrt aus dem Chaos hinausgeschafft hatten. Dann holte sie tief Luft und wollte die Tür zum Kloster öffnen. Die war verriegelt.

»Lass mich mal«, sagte der Ritter und warf sich zwei, dreimal gegen die Holztür. Der morsche Riegel zerbarst, und die Tür war geöffnet.

»Die Nonne, die wir suchen, heißt Elisabeth Stromer. Wenn wir die Magd Margaret Welser finden, hilft das auch.« Sie schluckte. »Oder einen fünfjährigen Jungen. Er ist nach dem heiligen Johannes benannt.«

Die beiden begannen, das kleine Kloster zu durchsuchen. Wo der Ritter auftauchte, flohen Frauen und Gesinde. Schließlich blieb nur noch die Klosterkirche übrig. In dem runden Chor der kleinen breiten Hallenkirche sammelten sich die Menschen wie eine Herde Schafe vor dem prachtvollen Altar um die Oberin Frau Agnes. Die stach aus der knienden und betenden Menge hervor wie ein mahnender Zeigefinger.

»Ihr seid im Haus des Herrn!«, warnte sie, als Wenzel sich in voller Rüstung vor der Menge aufbaute. »Wagt es nicht!«

Luzinde ließ ihre Blicke über die Menschen schweifen. Die Nonnen sahen in ihrem Habit alle ähnlich aus – sie erkannte Elisabeth Stromer nicht. Auch die Buben sah sie sich genauer an und spürte bereits die Enttäuschung. Zwei Buben waren da, der eine sah wie knapp zehn Jahre aus, der andere wirkte eher wie zwei oder drei.

»Wo ist mein Sohn?«, fragte Luzinde mit bebender Stimme.

»Du!«, stieß die Mutter Oberin aus. »Du hast mich doch wegen einer Stellung belogen. Was willst du noch?«

»Wo ist mein Sohn?«, wiederholte Luzinde.

»Ich weiß nicht, wovon du sprichst!«

»Ich spreche von dem Kind, das mir Schwester Elisabeth vor fünf Jahren geraubt hat. Das Kind, von dem sie mir sagte, es würde in Armut und Sünde aufwachsen, wenn ich es behielte. Mein Kind!«

»Du bist ja toll«, sprach Mutter Agnes.

Endlich erblickte Luzinde Schwester Elisabeth mit gesenktem Haupt hinter den anderen Nonnen. »Du hast mir das Kind damals weggenommen! Du hast mir eingeredet, es würde in der Hölle schmoren!« Sie erinnerte sich kaum an das Gesicht der Frau von damals, doch die Augen, die so kühl und berechnend wie damals glänzten, würde sie nie vergessen. Luzinde ließ ihren Tränen freien Lauf.

»Und es war besser so! Mit einem Bastard vor der Nase hätten die Welsers noch mehr unter deiner Sünde gelitten«, meinte die Schwester kalt. »Wo hätte es auch sonst bleiben sollen? Bei dir, einer Sünderin? Dein Kind wäre mit dir auf der Straße gelandet. Es ist mit einer Glückshaube geboren worden! Weißt du eigentlich, wie begabt diese Kinder sind?«

»Du hast mir eingeredet, ich könnte mich nicht um mein eigenes Kind kümmern!«, flüsterte Luzinde mit erstickter Stimme. »Du hast gesagt, ich wüsste gar nicht, wie man für Kinder sorgt. Wie ich es ernähren soll, wie aufziehen! Du hast gesagt, ich solle mich erst einmal um mein eigenes Seelenheil kümmern, bevor ich für ein kleines Seelchen Verantwortung trage!« Sie wischte sich die Tränen aus dem Gesicht.

»Und ich hatte Recht. Sieh dich doch an. Eine Bettlerin, eine Lügnerin und eine Hure! Der Herrgott hat mich zu deinem Kind geschickt, um es zu retten!«

»Nun«, erwiderte Luzinde mühsam beherrscht. »Nun hat der Herrgott mich hierhergeführt, um das Kind zurückzuholen.«

»Vielleicht hat dich auch der Teufel hergeführt!«, schnappte Elisabeth Stromer. »Dein Vater hat damals gewusst, was gut für deine Familie war. Und er hatte Recht.«

»Was meinst du damit?«

»Die Welsers haben ihm das Haus gegeben, in dem er wohnte.«

»Warum hätten die Welsers das tun sollen?«

»Sie hatten Angst, es würde ein Erbe werden, der Ärger machen kann.«

»Das ist nicht wahr!«, stieß Luzinde erstickt aus. War es möglich, dass ihr Vater sie deswegen dazu gebracht hatte, das Kind fortzugeben? Wegen eines Hauses?

Wenzel trat mit klingendem Kettenhemd vor. »Komm her, Nonne!« Als Elisabeth nicht gehorchen wollte, schritt er auf die Menge zu, die vor ihm ängstlich auseinanderwich. Dann zog er die eingeschüchterte Nonne am Stoff ihres Habits nach vorne.

»Lasst sie los!«, befahl Mutter Agnes bebend, doch Wenzel schenkte ihr keine Aufmerksamkeit.

»Ich bin Elisabeth Stromer!«, kreischte die Nonne. »Wenn ihr mir etwas tut, dann seid Ihr tot! Meine Familie jagt Euch bis in die Hölle!«

Wenzel wandte sich ihr zu und funkelte sie an. »Dann rede schon, Weib!« Die Nonne begann bleich ein Gebet.

»Lasst sie los!«, gellte eine zweite Männerstimme durch die Halle der Kirche. Luzinde fuhr herum. Dort stand Ulman Stromer.

»Lasst sie los, Herr Wenzel. Und geht. Ihr habt noch niemandem etwas getan. Noch können wir Gnade walten lassen.«

Der Ritter schnaubte verächtlich. »Was versteht ihr Stromers schon von Gnade?«

»Wenzel«, bat Luzinde. Seine Wut machte sie nur ruhiger. »Ulman, wo ist mein Sohn?«, fragte sie leise.

»Geh, Luzinde. Nimm dir ein Pferd, nimm diesen Beutel, aber geh und kehre niemals zurück.« Er hielt eine Börse hoch.

Luzinde schüttelte den Kopf. »Ich gehe nicht ohne mein Kind.« Sie sah von Ulman zu Elisabeth hinüber. Die Gruppe der Frauen im Hintergrund war erstarrt vor Angst.

Nur eine kleine Bewegung zog Luzindes Aufmerksamkeit auf eine Magd. Es war Margaret. Die hatte ein Mädchen an der Schulter gepackt und schob sie langsam hinter sich. Der Ausdruck in den Augen der spitzgesichtigen Magd erinnerte Luzinde an den Moment im Hof von Pillenreuth, als der kleine Thomas für den Diebstahl verurteilt worden war.

»Du«, sagte Luzinde tonlos und deutete auf das Mädchen. »Komm her.« Das Kind erstarrte.

»Geh nicht, Hanna«, zischte Margaret. »Die böse Frau will dir etwas antun.«

»Nein«, beteuerte Luzinde. »Ich tu dir nichts. Komm her. Du heißt Hanna?«

Die Kleine steckte den Kopf hinter Margarets Rock vor und nickte. Luzinde erkannte sie – es war das Mädchen, das ihr bei ihrem ersten Besuch in dem Klarissenkloster eine Schale Suppe gereicht hatte.

»Ist das – ist das die Abkürzung für Johanna?«

»Ja«, sprach das Mädchen. »Es heißt, dass Gott mir gnädig ist.«

»Das heißt es«, entgegnete Luzinde bewegt. »Wie alt bist du?«

»Fünf!«, sagte Johanna stolz und zeigte die fünf Finger ihrer kleinen Hand hoch.

»Und zählen kannst du auch schon«, lächelte Luzinde.

»Du rührst sie nicht an!«, zischte Elisabeth. »Dieses Kind ist dazu geboren, einmal Nonne zu werden – vielleicht gar Äbtissin!«

Mutter Agnes mischte sich ein. »Elisabeth, stimmt, was diese Frau sagt? Dies ist ihre Tochter?«

»Mutter Agnes, ich –«

»Stimmt's, was sie sagt?«

Die Schwester senkte den Kopf. Dann nickte sie wütend.

»Wieso dachtest du, es wäre ein Sohn?«, fragte Agnes nun Luzinde.

»Man hat mir das Kind nie gezeigt«, flüsterte Luzinde. »Ich wusste nur, dass es nach dem heiligen Johannes benannt worden ist … Ich dachte, es wäre ein Junge.«

Sie machte einen Schritt nach vorne, beinahe ehrfürchtig.

»Das ist mein Kind?« Das kleine Mädchen schaute ihr verwirrt entgegen. Das blonde lange Haar lockte sich an den Spitzen so fein, die großen Augen beobachteten sie neugierig, und der eigenwillige Schwung der Lippen entsprach genau dem ihren.

Mutter Agnes blickte streng in die Runde. »Hannchen, geh. Das ist deine Mutter.« Doch Margaret hielt sie fest.

»Margaret! Lass das Kind los!«, befahl die Oberin.

Die Magd lockerte ihren Griff widerstrebend.

Luzinde hörte nicht hin. Sie machte ein paar Schritte auf ihre Johanna zu, die verwirrt einige Schritte nach vorne tat. »Nun geh schon, Hannchen«, sagte Mutter Agnes sanfter.

Das Mädchen ging mutig vor und stockte nur, als Luzindes Beine versagten und sie auf die Knie ging. Dann standen sie einander auf Augenhöhe gegenüber. »Lass dich anschauen«, flüsterte Luzinde. Das Mädchen schaute fragend zu Margaret zurück. »Johanna«, sagte Luzinde, um den Namen auszuprobieren. »Meine Johanna«, stammelte sie dann.

»Bist du wirklich meine Frau Mutter?«, fragte das Kind.

»Ja«, hauchte Luzinde. Luzinde wurde von einer Welle der Zärtlichkeit überschwemmt.

»Aber Schwester Elisabeth hat gesagt, meine Mutter wäre tot.«

»Da hat sie gelogen.«

»Wo warst du denn?«

»Ich ... ich war an einem sehr, sehr dunklen Ort.«

»Warst du im Kerker?«

»So ähnlich.« Luzinde musste lächeln. »Hannchen! Es tut mir so leid!« Sie nahm das Mädchen in den Arm und weinte. Ihre Suche hatte ein Ende.

»Aber Schwester Elisabeth hat gesagt, nur schlechte Menschen kommen in den Kerker. Bist du schlecht?«

»Nein«, lächelte Luzinde unter Tränen. »Ich glaube nicht. Ich gebe mir zumindest Mühe. Aber manchmal«, sie seufzte und sah zu Ulman und Wenzel hinüber, »manchmal ist man dumm und trifft die falschen Entscheidungen. Das ist schlecht.«

Das Kind legte die Stirn in Falten. »Aber jetzt ist alles gut?«, fragte Johanna.

»Ja, Hannchen. Jetzt ist alles gut.« Damit stand sie auf und nahm das Kind bei der Hand. Sie achtete nicht auf Margaret und Elisabeth und ging mit Wenzel zur Tür. Dort standen sie schließlich vor Ulman.

»Macht den Weg frei«, knurrte der Ritter.

Der Patrizier schüttelte den Kopf und sprach leise: »Das kann ich nicht tun. Luzinde weiß zu viel, und Ihr vermutlich auch.« Er zog sein mit Juwelen besetztes Schwert und hielt es mit beiden Händen in einer abwehrenden Kampfhaltung, um Wenzel auf Abstand zu halten. Luzinde trat sofort zurück und schob Johanna hinter sich.

Wenzel aber blieb dort stehen, die Spitze der Klinge kaum eine Elle von seinem Brustkorb entfernt. »Und was wollt Ihr nun tun, Herr Stromer? Uns vor all diesen Leuten erschlagen?«

»Ihr habt Euch gewaltsam Zugang zum Kloster verschafft und wolltet das Kind rauben. Niemand wird mir einen Vorwurf machen.«

»Glaubt Ihr denn, Ihr seid mir gewachsen?«, spottete Wenzel.

»Ich weiß mein Schwert zu führen.«

Endlich trat Wenzel in einer fließenden Bewegung einen Schritt zurück, so dass er ganz vor Luzinde zu stehen kam, das Schwert in der Hand, jeder Muskel gespannt.

»Übung ist nicht dasselbe wie ein echter Kampf, Herr Stromer. Aber das müsst Ihr selbst herausfinden. Ich werde Euch mit Freuden eine Lektion erteilen. Das ist längst überfällig.«

»Versucht es nur.« Die beiden veränderten ihre Posen, gingen leicht in die Knie, verlagerten das Gewicht von einem Fuß auf den anderen und ließen einander nicht aus den Augen. Offenbar schätzten sie einander ab, wer den ersten Streich führen würde.

»Halt!«, rief Luzinde. »Wie könnt ihr nach einem solchen Tag, mit allem, was geschehen ist, noch mit den Waffen aufeinander losgehen?« Die Männer zögerten kurz, und Luzinde sprach schnell weiter. »Ulman, momentan wissen nur Wenzel und ich von Gottschalks Tod. Das kann auch so bleiben, wenn du uns drei gehen lässt. Ansonsten schreie ich das alles heraus, und du hast es nicht mit zwei Mitwissern zu tun, sondern mit ein paar Dutzend!« Sie wies auf die Nonnen und das Gesinde. »Und eine davon erpresst andere Leute ebenso leichtzüngig wie du.«

Ulman trat einen Schritt zurück, um aus Wenzels Reichweite zu gelangen, und musterte sie. »Das würdest du nicht tun – diese Leute ihrem Schicksal auszuliefern.«

»Finde es heraus«, erwiderte sie wütend. »Und ich will sehen, wie du den Tod eines ganzen Konventes erklären willst.«

Der Patrizier hielt den Blick weiterhin fest auf seinen Gegner geheftet. »Ihr werdet Karl nicht davon berichten?«

»Nein.«

»Luzinde!«, knurrte Wenzel. »Du willst ihn einfach so davonkommen lassen?«

»Wenn ich damit verhindere, dass ihr beiden euch hier an die Gurgel geht – ja.« Der Rittersmann schwieg verbissen. »Ulman?«

Der Mann furchte die Stirn. Sein Blick glitt über die Nonnen und Mägde im Hintergrund. Dann senkte er das Schwert und nickte. »Und wir haben doch gewonnen«, sprach er leise. »Nürnberg ist unser.« Er trat beiseite und machte den Weg frei.

»Du hast nicht gewonnen, Ulman. Du hast nur bekommen, was du wolltest. Jetzt lerne, damit zu leben«, erwiderte Luzinde traurig. »Du hast dich entschieden, an einem dunklen Ort zu leben. Aber das ist kein schöner Ort, man ist dort ganz allein. Glaub mir, ich weiß das.«

Sie wandte sich ab und ergriff Johannas kleine Hand. Wenzel steckte das Schwert nicht weg, bis sie an Ulman vorbei und aus der Klosterpforte hinausgetreten waren. Die Mutter Oberin segnete sie aus der Ferne. Dann verließen die drei die Kirche Sankt Klara, das Kloster, und schließlich Nürnberg. Eine winterlich helle Sonne leitete sie auf ihrem Weg.

Epilog

Das Feuer in Nürnberg wütete nicht lange und vernichtete nur einige wenige Judenhäuser und die Synagoge. Bis in die späte Nacht hinein wurden Menschen auf das Feld vor der Stadt geschleift und auf die Scheiterhaufen gebracht. Später bezeichnete man es als Judenbühel. Ysaac von Schesslitz war einer von jenen, die verbrannten.

Der Stadtrat von Nürnberg ließ dem König, dem Burggrafen und dem Bischof sein tiefes Bedauern über die Gewalttaten mitteilen. Die schon lange schwelende Feindseligkeit der Menschen habe sich plötzlich Bahn gebrochen. Von den eineinhalb Tausend Juden in der Stadt waren viele geflohen. Manche hatten sich freigekauft. Rund ein Drittel waren erschlagen oder auf die Scheiterhaufen gebracht worden.

Um der Toten zu gedenken, hatte König Karl befohlen, an der Stelle der alten Judenschule eine Kirche zu errichten und sie der Heiligen Jungfrau zu widmen. Der Bau der Frauenkirche begann.

Dort, wo die Juden einst gewohnt hatten, wurde ein großer Marktplatz angelegt. Sämtliche Handelsfamilien weltweit wurden eingeladen, in die Stadt zu kommen und dort ihre Waren umzuschlagen. Man nannte Nürnberg bereits das Venedig des Nordens. Plötzlich saß die Stadt wie die Spinne in einem Netz von Handelswegen, die sich über ganz Europa erstreckten. Es ging voran, in die Zukunft.

Für die Flüchtlinge aber lag all das noch in der Zukunft. Der Tag des heiligen Nikolaus kam und ging, während sie mit dem wenigen Gepäck, das sie am Leibe trugen, fortgingen – nach

Regensburg manche. Andere wollten weiter in Richtung Osten, nach Prag. Dort hielt König Karl weiterhin seine Hand über die Juden.

Einige aber wollten so bald wie möglich zurück nach Nürnberg. Lemlein, ein Sohn Nathans, zuckte mit den Schultern. »'s wird beser werden, nun, da wer nit mer so fil Jiden da sind.« Luzinde bezweifelte das. Sie selbst war den Freunden mit Johanna und Wenzel schnell bis Regensburg gefolgt. Sie hatten nicht darauf vertraut, dass Ulman sich an sein Wort hielt, und waren auf den Nebenstraßen gereist, um möglichen Häschern zu entgehen.

In Regensburg erreichte sie schon nach wenigen Tagen die Nachricht, dass den Juden in Nürnberg ein neues Viertel zugewiesen worden war: draußen vor den Toren der Stadt, dort, wo ihr Friedhof lag.

Eine Woche später kam der Tag der heiligen Luzia. Dies war auch der Tag, an dem Wenzel, Johanna und Luzinde Regensburg verließen und Mose, Rebekka, Bel und Jakob sowie die liebe Rosa und all die anderen zurücklassen mussten. Luzinde würde die Freunde vermissen. Doch genau so sicher war sie sich, dass sie nicht bleiben und für sie ein fremdes Leben leben konnte. Sie würde Johanna ein Zuhause schaffen. Sie wusste noch nicht, wo und wie sie das schaffen sollte, doch sie war voll Zuversicht. Und obwohl die Freunde nun selbst kaum noch etwas besaßen, bestanden sie darauf, Luzinde einen Teil davon abzutreten, damit sie wie sie ebenfalls ein neues Leben beginnen konnte. »Mein Foter hett's so gewolt«, erwiderte Mose mit einem Schmunzeln. Der Abschied war tränenreich.

Als Luzinde mit Wenzel und Johanna wieder die Straße unter den Füßen spürte, da sah sie nur voran. Sie zogen nach Osten, denn der Ritter wollte die Burg seines Vaters aufsuchen, mit dem er seit Jahren im Argen stand. Der hatte ihn als Unterpfand weggegeben, als sei er ein Wertstück, das man veräußern konnte. »Inzwischen kann ich die Gründe dafür sogar nachvollziehen«, murmelte er irgendwann. »Karl versteht nichts anderes. Er hätte ein Kaufmann werden sollen, so wie die Stromers. Ein König sollte mehr von einem Ritter in sich haben als von einem Pfeffersack.«

An einer Wegscheide wussten beide, dass der Abschied nahte. »Ich werde nun heimgehen«, erklärte er Johanna. »Doch zuerst muss ich nach Prag, meinen Abschied beim König nehmen.«

»Was ist Prag?«, fragte das Mädchen die Mutter.

»Eine große, schöne Stadt, habe ich mir sagen lassen«, erwiderte Luzinde. Dann runzelte sie die Stirn. »Genau sagen kann ich dir das auch nicht. Ich habe kaum etwas davon gesehen.«

»Gehen wir nach Prag?«, fragte die Kleine.

Luzinde warf dem Ritter einen Seitenblick zu. Ihre Antwort schien für ihn mindestens ebenso interessant wie für die Tochter. »Ja«, stellte sie überrascht fest. »Ja, warum nicht? Die Straßen dort sollen aus Gold sein, habe ich gehört.«

Da lächelte Wenzel warm. »Ich fürchte, die Straßen dort sind so dreckig wie überall.«

»Das kann man nicht wissen, wenn man es nicht selbst gesehen hat, oder?«, schmunzelte sie.

»Und danach?«, fragte Wenzel. »Was machst du danach?« Sein Blick wanderte von ihren Augen zu ihren Lippen und zurück, als sei er stets auf der Suche nach einem Lächeln. Luzinde fühlte den Schalk in ihrem Nacken sitzen, als sie unentschlossen seufzte.

»Danach, Ritter Wenzel, will ich einen Freund besuchen. Einen Ritter, aufrecht, edel und gut. Ein Mann, der mir vielfach seine Treue bewiesen hat, obwohl ihn das seinen Ruf und seinen Kopf hätte kosten können.« Der Augenblick der Neckerei war vergangen, und Luzinde senkte den Blick. Wenn er sie abwies, wollte sie ihm nicht in die Augen sehen. »Aber nur, wenn der das will.«

Der Ritter zuckte mit den Schultern. Würde er sich den Konventionen beugen und sie fortschicken? »Ich kann mir kaum vorstellen, Frau Luzinde«, begann er nachdenklich, »dass ein solch edler Mensch, wie Ihr ihn beschreibt, das würde ablehnen können.« Dann lächelte er so aufrichtig, dass Luzinde das Herz aufging.

»Ich auch nicht«, erwiderte sie.

»Ich auch nicht«, meinte Johanna.

Damit lenkten die drei ihre Schritte gen Osten. Luzinde wusste nicht, ob ein Ritter und eine Magd in dieser Welt einen Weg miteinander finden konnten. Aber Wenzel und sie würden es versuchen. Und das war ihr genug. Sie wagte wieder, davon zu träumen.

Historisches Nachwort

Während Luzinde und Wenzel fiktive Charaktere sind, entsprechen die Stromers, Gottschalk von dem Steyne und viele andere Figuren historischen Persönlichkeiten.

Im Dezember 1349 wurden die über 1500 Juden von Nürnberg brutal aus der Stadt vertrieben. Bei dem Pogrom starben mindestens 562 Menschen, derer in den Memorbüchern von Nürnberg gedacht wird. Nach 1349 lebten in Nürnberg nur noch 150 bis 200 jüdische Einwohner. Historiker vermuten, dass wirtschaftliches Kalkül der Hauptgrund der Vertreibung war.

Ulman Stromer stand von 1369 an dem Handelshaus Stromer als einer der führenden Verantwortlichen vor. Seine Tante Elisabeth leitete das Klarissenkloster ab 1367 als Äbtissin. Ungefähr ab 1388 war Ulman einer der führenden Politiker Nürnbergs. 1391 gründete er die erste Papiermühle auf deutschem Boden. Er blieb ein Vertrauter Karls IV. Bis zu seinem Pesttod im Jahr 1407 stand Ulman Nürnberg im höchsten Rang als der vorderste der drei Obersten Hauptleute vor. Heute gilt er als eine der Schlüsselfiguren der Finanzwelt des 14. Jahrhunderts.

Der spätere Kaiser Karl IV. sprach den Stadtrat in der Marktverordnung, die er am 16. November 1349 in Prag ausstellte, von jeglicher Schuld frei, sollten die Juden der Stadt in einem Aufstand getötet werden. Ulrich »Hosto« Stromer wurde in der Urkunde durch die königliche Schenkung mehrerer Häuser von Juden am deutlichsten begünstigt. Darunter befanden sich die Häuser Ysaacs von Schesslitz und Gottschalks von dem Steyne. Man nimmt an, dass er einer der Architekten des Ereignisses ist. Gleichzeitig gewährte Karl der Stadt Nürnberg das Recht zum Bau eines Marktplatzes an der Stelle des Judenviertels und verfügte den Bau einer Marienkirche an Stelle der alten Synagoge.

Karl (ursprünglich Wenzel) von Böhmen zog im Jahre 1354 mit einem kleinen Heer nach Rom und ließ sich dort 1355 zum Kaiser Karl IV. krönen. Schon 1356 erließ er in Nürnberg die Goldene Bulle. In ihr wurde die Wahl der Könige des Reiches für die nächsten Jahrhunderte geregelt und formell von der Zustimmung des Papstes gelöst. Karl IV. bestimmte darin auch, dass jeder Kaiser seinen ersten Reichstag in Nürnberg abhalten musste.

Mit dem Dialekt der jüdischen Figuren habe ich mich bemüht, dem modernen Leser, der Leserin eine ans Jiddische gemahnende Einfärbung der Sprache zu präsentieren, die trotzdem nicht den Lesefluss behindert. dem Jiddischen nur annähern, hoffe aber, dass sich echte Kenner des Jiddischen darüber hinwegsetzen können.

Lena Falkenhagen